雷僑雲著

中國兒童文學研究

臺灣學生書局印行

序　言

兒童文學是文學中重要的一環，它擁有文學淨化人心的力量，能夠潛移默化地讓兒童在本國兒童文學領域中，奠定民族思想的基礎、堅持熱愛文化的情操，有鑑於此，舉世一切教育、文化的推動者，莫不積極竭力地提倡兒童文學，世界各國優良的兒童讀物，因而如雨後春筍般地蓬勃興盛起來；而出色的兒童文學作家，也相繼輩出，亟受社會尊崇。

由於「兒童文學」一詞，遲至民國九年，才在我國正式地啟用流傳，同時坊間所陳列的兒童文學讀物，多半譯自國外，鮮有自本國文化資源取材編述而成的兒童文學作品，因而在兒童本身受到完全重視，而兒童文學也欣欣向榮的今天，仍然令人狐疑，誤以爲中國是本無兒童文學的，甚至部分兒童文學專家，談論到兒童文學源流的時候，便肯定地提出「兒童文學發端於西洋」的論點，例如許義宗先生在西洋兒童文學史一書中便是這樣說的，他說：

兒童文學發端於西洋，目前西洋兒童文學頗為發達，而我國正處於起步階段，如果我們能充分了解西洋兒童文學的源流、特色、發展等，必定能充實並提昇我國兒童文學的領域及境界。

此外，對於中國本有的兒童讀物，他們也頗有異議，不但責難先儒前賢以道德與知識爲主的兒童讀物，更嚴厲地抨擊著重記憶的傳授方式，齊鐵恨先生在清末民初的兒童讀物一文中厲色苛責道：

惟三本小書兒（三百千），則勢須必讀；讀過之後，或者逕讀「四五」，卽「四書」、「五經」，以應科考而求仕進。但在「四書」第一本的「大學」一書裏，明文註定：「大學者，大人之學也。」却不知先儒前賢們，據什麼理由，要把：「正心誠意」「治國平天下」的大道理，生塡硬塞地注入幼稚的腦海裏？

此外，齊先生又將中國本有的兒童讀物，與現代的兒童讀物做了一翻比較之後不屑地說：

卽以「三本小書兒」的內容來講：三字經的起頭兩行：「人之初，性本善。性相近，習相遠。」宋人編書以敎「童蒙」，開口便道「性善」，其迂實不可及；以及中國的人才物力，不不足抵禦文化落後的遼、金，而終亡於元，豈不甚慘？百家姓的「趙錢孫李，周吳鄭王。」只記姓氏，又多罣漏，全無文義可尋！千字文的「天地玄黃，宇宙洪荒。」乃把字帖上的單字勉强集成韻語罷了；只可作識字課本，難以用之敎學。以上三本小書兒，賴有「養蒙針度」一書，逐字逐句地爲之註解，才可略明文義；否則一般塾師，尚難完全瞭解，而況年當四五歲，至六七歲的兒童呢？我國數百年來，以這樣的讀物敎育兒童，不知毀滅了多少民族天才呢！至於其他幾本小書兒，可說是「補充讀物」。如：弟子規的「聖人訓」，名賢集的集諺語，千家詩的四季歌詠，六言雜字的列舉事物名稱，雖然不合於兒童心理，但去實際生活，尚不甚遠，有些文義，也不太深，比較起來，容易明瞭。但以現代的「兒童讀物」相衡量，差的實在太遠了。

在中國兒童讀物遭受抨擊的風潮聲浪中，也有不少學者力挽狂瀾，以確立我國兒童讀物在文學領域中的地位，例如吳鼎先生在兒童文學研究一書序文中，就說明了他個人所做的努力及發現，他說：

從本國的資源中來編述的，為數極少。因此使人誤會到中國根本沒有兒童文學。我為著研究這個問題，花費很多的時間，埋首於古籍中，掘發中國兒童文學的資源。摸索的結果，發現中國的兒童文學的資源異常豐富。如古書中的兒童故事，史前的兒童神話，諸子中的兒童寓言，歷代淺近的兒童詩歌，宋元明清的白話小說，真可說是取之不盡，用之不竭的。

想任何關心中華文化的國人，必定也會像吳鼎先生一樣，急於鑽入中國古代典籍中，多方地探究考證，以期瞭解中國果眞原無兒童文學，而是源自西洋兒童文學的呢？還是專家無妄的抨擊，塵封了綿延整個中國歷史文化的兒童文學作品呢？此外，中國古代兒童讀物，在今日兒童文學的領域中，果眞卑賤如毒素般，毫無立錐之地嗎？相信這些都是值得我們深切省思的問題。

個人以爲，一般學者所以會對中國兒童文學產生誤解，一方面是自己沒有投入中國文學領域中潛心研究，另一方面則是疏忽了文學作品所以產生的文學背景，不知一切學術都要還其本原的道理，而逕以今日兒童文學的界說爲準的，來範圍我國古代童蒙讀物的關係。爲了能夠確立我中國兒童讀物在兒童文學中應有的地位，個人在碩士論文敦煌兒童文學研究首章中，指出：文學作品是不可以忽略它所擁有的個別性、民族性以及時代性這三項最有力的文學的背景，宜將我國古有以「兒童」爲對象的讀物原貌，眞實地呈現出來，斷不可以今日的是非，抹殺它在當時所存在的意義與價值。進而闡釋了中國童蒙讀物，何以多偏向道德與知識的教導，以及反覆背誦的傳授方式所擁有的獨到好處。末尾則憑藉兒童心理學、兒童身理學，以及文學理論，將兒童文學重要的幾個觀點結合起來，定出兒童文學的定義（請參閱學生書局敦煌兒童文學第一章）：

兒童文學就是以兒童為主的文學，有成人專門為兒童所創作的，但也包括兒童們在成人文學中所選擇，所繼承而來的文學。這些文學都具備了真善美的內涵，可是由於時空的變更，常使三者在作品中無法同時並存，或互有消長，但仍不失文學的本意，像這種作品我們可稱為兒童文學。

循此定義，範圍敦煌殘卷，撰就了碩士論文敦煌兒童文學研究一篇。

且鑑於我中華民族乃當今世上文化歷史最悠久的國家之一，自三代、周、秦、漢、魏、六朝、隋、唐、宋、元、明、清，所遺留下來的群經、子、史、詩、騷、辭、賦等文體，以及諸家專集所包涵的義理、詞章、考據之書，像這些寓有我國民族高度文化精神的文章典籍，可都是前輩先人在不斷的傳統生活中，辛苦耕耘收獲的豐碩成果，它是保存中國固有文化智慧的大寶庫，藏有無數先人於童年所熟悉及熱愛的文學作品，是以承受這分光榮遺產的我們，能不正視「中國兒童文學」，並投注畢生精力，由辨證、介紹、分析、研究，進而翻譯、傳佈，以達成宏揚我中華文化的神聖使命嗎？因此，六年來戮力撰寫中國兒童文學研究論文，即本著此情此志，援引個人自訂兒童文學的定義，尋覓我國歷代兒童文學作品，分門別類，做一系統的介紹與評論，全書計分七章：

第一章「兒童歌謠」。兒童識字之先，聽覺記憶已經十分發達，有欣賞音樂及歌詠詩歌的能力，因此「兒童詩歌」是兒童文學首當論述的體裁。由於「兒歌」主要服務的對象是幼稚的兒童，因而此章先述兒童歌謠，次章再論兒童詩篇。此章先探討兒歌的源頭，接著歸納說明兒歌所呈現的特質，再就兒歌功用加以分類作內容的介紹，章末則以兒歌的功用及日後應有的趨向作結。

第二章「兒童詩篇」。此章先闡述童詩的涵義與特質，進而辨別童詩與兒歌的差異性。接著縱論童詩的源流，再依詩篇的實質作內容分類的介紹，終以兒童學的觀點證明童詩是屬於兒童的文學作品，並且對兒童擁有多面的教育價值。

第三章「兒童字書」。文學的基礎在文字，熟稔文字，才能欣賞文學作品，由於我國文字本身，就具有藝術之美，頗能引起兒童的認知興趣。此章先述語言文字的起源及我國語文的特性，再介紹中國固有的字書讀本急就篇與三字經（百家姓、千字文、開蒙要訓等已詳述於拙著敦煌兒童文學一書今不贅述）。章末將傳統語文教學的教材與教法，驗以今日兒童學的觀點，剖析它們在當時所擁有的文學地位與特殊價值。

第四章「家訓文學」。我國傳統門訓森嚴，在父母殷殷企盼的情緒下，由胎教開始以至耳提面命的家訓文學，成爲當今世界兒童文學作品當中，最具我國國別性的兒童讀物。此章先探究作品所以產生的特殊背景——中國的家庭制度，再敍述中國家訓文學的源流，並以對象區分家訓文學作品，分胎兒教育、兒童守則、戒子叢說、訓女遺規四部分作內容介紹，最後以兒童教育觀點在確立了家訓文學的功用之後，再憑藉著今日兒童學、醫學及倫理學的觀念，平反並肯定家訓文學的教訓意義，胎兒文學的特殊價值及訓女讀物的永恒地位。

第五章「中國神話」。神話本身具有神奇古怪的構思，與愛美幻想的情節，頗符合兒童好奇心理的需求。此章採廣義範疇，先敍述神話的源流並介紹中國神話專書——山海經，從而分開天闢地物類起源、解釋說明自然現象、超乎自然的神怪信仰世界和動植物等五類神話作內容介紹，最後的評論，則先針對反對、贊成、折衷三派學者專家的論點，分別就兒童身心發展及神話的內容和功用，說明神話作品是兒童喜愛，有正面作用，並且符合兒童心智發展的讀物，進而探討出選擇此類讀物的標準，以及改寫撰述時不可或缺的基本認識。

第六章「傳記文學」。兒童有著强烈崇拜英雄偉人的心理，因而名人傳記成爲兒童不可或缺的精神食糧與成功的榜樣。此章先闡釋傳記文學的意義，再探述傳記文學的源流，內容部份則先就中國第一部兒童散文傳記文學「日記故事」一書，分析我國兒童偉人傳記的類別及其特色，並以今日坊間暢行的兒童傳記文學「四維八德的傳家故事」一書驗證內容，兼評得失，最後結論出傳記文學對兒童的效益及應具的選材標準。

第七章「寓言故事」。意內言外的寓言作品，不但能啟發兒童的智慧，更足以感悟兒童，激勵他們明智向善的心，而其中能令兒童刺激精神、興奮情緒並鼓舞勇氣的笑話作品，更是調劑美化兒童生活的優良讀物。此章依例先釋義、探源、述流，再就故事的題材風格分類作內容介紹，最後歸結出此類文學作品的特性、功用和展望。

此篇論文蒙　潘師重規悉心指導、　葉師詠琍殷切垂示，終能篳路籃縷地探究出我國兒童文學的粗略原貌及其取用不盡的豐富的資源，余秉性不敏，自知於此文學淵藪之中，當不免有罣一漏萬，闡述不周之處，故祈望海內外博雅君子不吝匡正賜教，俾補闕遺是幸！撰述期間對於外子竭力辛苦支持，兩兒同甘共苦的勉力合作，以及銘傳學生辛勤鼎力謄寫的盛情，在此一併表示由衷地感激。

中國兒童文學研究

目次

第一章　兒童歌謠

世界各民族文學的誕生，都依循著一個共同的公式，就是韻文發生得最早，而詩歌又是韻文中最先發達者。中國文學的發展自然也不在公式之外❶。

至於詩歌爲什麼能在文學中源起的最早呢？毛詩大序做了這樣的說明：

詩者，志之所之也。在心為志，發言為詩。情動於中而形於言，言之不足故嗟歎之，嗟歎之不足故詠歌之，詠歌之不足，不知手之舞之足之蹈之也❷。

由於「感情」是人類與生所具的天性，所以一旦有所感於中，便不得不發抒於外，而這種感情自然的表現，也有不同的方式，有的手舞足蹈，便是舞蹈；有的假借器具暗示出來，便是音樂；有的無所假借，只有發生嗟嘆的語詞，便是歌謠❸。朱熹在詩集傳序中，也就是這樣闡釋的，他說：

人生而靜，天之性也。感於物而動，性之欲也。夫既有欲矣，則不能無思；既有思矣，則不能無言；既有言矣，則言之所不能盡而發於咨嗟咏歎之餘者，必有自然之音響節奏而不能已焉❹。

由此可知，在史前原始人類有了語言的時代，人們知道如何地運用言語來表情達意，發而爲合乎自然音響節奏的咨嗟詠歎時，詩歌就跟著產生了。梁石先生於中國詩歌發展史中，說明了這個事實，他說：

未有文字，先有詩歌。

人類口頭歌訣是語言藝術之開端，世界上一切民族的文學都是從人類的「口頭文學」創作中而發凡的。詩歌文學之發生，遠在未有文字之前，當人類有了言語，便產生了詩歌❺。

可惜的是，這些以口語傳播的早期詩歌作品，由於沒有文字的記載，無法流傳後世。但是根據唐虞夏商以來的詩歌紀錄❻，以及能與歌唱配和的樂器的制作❼，足以證明中國詩歌的起源，遠在三代以前還沒有文字的時候就已經有了。

至於兒童文學裏的詩歌，誠如林守爲先生在兒童文學一書中所說：「就整個種族的生命說，最早發生關係的文學是詩歌；就整個人的生命說，最早發生關係的文學也是詩歌❽。」應當產生在一般兒童文學之前。我們根據兒童身心發展的情形來看，孩子應該優先考慮接觸的是聽覺教育，劉修吉先生在零歲教育的秘訣一書中指出：

嬰兒是先從聽覺開始發達，因此要優先考慮聽覺的教育。生後二、三個月卽用固定的曲子，反覆放給嬰兒欣賞，每天兩、三次，每次時間不要超過半小時。沒有在欣賞音樂時，則需多跟嬰兒說話❾。

嬰孩除了首具聽的本能，同時也擁有學習語言的能力，所以劉修吉先生他強調語言的教導，應該在生後馬上開始，他說：

> 嬰兒是從親密的人對他講話的行為中開始學習語言的。剛出生的嬰兒也有學習語言的能力，因此提早多對嬰兒說話，就能培養嬰兒的高度語言能力❿。

孩子由聽覺的官能，長期地吸收了由他最親密的家人，所傳達具有音韻、節奏感的詩歌，自然能夠受到潛移默化的功效，同時更能藉著語言能力的培養，及早地說唱出這屬於兒童的詩歌。陳鶴琴先生在記錄並研究他兒子的語言發展過程中，得到這樣的一個結論，他說：

> 歌唱比說話發生較早，並且來得容易些。四五個月的時候，就能獨自的歌唱，雖然不及成人，但也有上下高低的音調，到了八九個月，就很高興學人歌唱，到了兩歲二三個月，能唱五六句短短的童歌⓫。

由以上所述可以確知，兒童詩歌，不但是兒童文學中發生得比其他文學早，而且對於孩子有重大的影響，因為詩歌都是韻語，容易記憶，也合於兒童早期語言發展的原則。世界各國兒童文學的發展，都逃不出此種常例⑫。

「兒童詩歌」一詞，在內涵上包括有「兒歌」與「童詩」兩大類的文學作品⑬，今依兒童在成長過程中，接觸此種作品的先後次序，首論兒歌。

第一節 兒歌的源流

兒歌幾乎早在人類能用語言表達情意時，就同時產生了，因為它可以用嘴來傳誦，所以也有人稱它為「口頭文學」，不須依靠文學的記錄，只要合於背誦，就能夠存在，而且流傳越久越廣⑭。陳正治先生在中國兒歌研究一書中便是如此說的，他說：

兒歌產生的確切時間，雖然沒有肯定的答案，但是從舊社會中，母親哄孩子睡覺吟唱搖籃歌；兒童遊玩，隨口編造趁韻，不講求意義的歌詞；以及兒歌屬於最原始，最純樸的文學作品來看，它一定產生在詩經以前，也許人類剛能運用語言的時候就有了⑮。

至於兒歌在我國發展的情形如何？高敦先生曾在談我國童謠前途一文中，把中國與日本童謠作了一番比較後，將中國童謠分做如下三個時期：

列子仲尼篇所載帝堯時代的童謠開始，到漢、唐以後各代「五行志」中所載童謠為第一期。清末民初流傳民間的童謠是第二期。而第三期的改作、創作可以說還付諸闕如⑯。

今依此三階段，論述兒歌的源頭與流變於後。

一、帝堯至清初的兒歌

我國上古口傳兒歌，由於缺少文字的記載，今人已無法窺見它的原貌，但是有文字記載的兒童歌謠，卻是非常地豐富。例如明朝楊愼在古今謠諺一書中，便纂集了上起唐堯時代，下迄明世宗嘉靖初年的兒童歌謠，共計一百二十三首，其中標明「童謠」的有一百一十九首；標爲「童子謠」的有一首；標爲「小兒謠」的共兩首；還有一首則標明爲「豎子歌」。另外清朝史夢蘭在所輯的古今風謠拾遺一書中，針對古今謠諺一書做了拾遺的工作，他補收了由漢朝初年至清朝康熙年間產生的兒童歌謠，共計七十五首，其中標明是「童謠」的有七十一首，「童子歌」的兩首，「小兒歌」的一首，「童女謠」的一首⑰。

究竟那一首童謠，代表中國兒歌的源頭呢？楊愼纂集的古今風謠中，首先載錄的是載於列子仲尼篇的「堯時康衢童謠」：

立我烝民，莫匪爾極；不識不知，順帝之則。

這首童謠是在帝堯統治了天下五十年之後，不知天下是否安和樂利，百姓是否都擁戴他，而左右近臣也無人知曉，外朝以及在野諸人，也都推說不知的情況下，帝堯只好微服出游於「康衢」之上，希望有所發現，突然聽到有兒童在唱這首歌功頌德的歌，堯很高興地問他們：「是誰教你們唱的呢？」孩子們說：「是大夫教我們唱的」，去問大夫，大夫說：「這是古代的歌謠啊！」⑱如果這句話可靠，這首被稱爲首見民謠的童謠，應該產生在唐虞之前，身價豈不是又要提高許多了嗎？可惜事實眞象並不如此，郭紹虞先生在中國文學史綱要稿中說道：

此節文中（案：指列子仲尼編有關原文）很可以看出是因於孔子贊堯「蕩蕩乎民無能名焉」泰伯篇一語而後推衍出來的。所謂「左右不知」「不識不知」云云，都所以為「民無能名」的形容。而且此康衢謠的前二句見詩周頌思文篇，後二句見詩大雅皇矣篇，固然詩經中亦多襲用成句之處，……但是我們不能據於晚出的偽書以信思文、皇矣二篇之襲用康衢謠成語，我們只能謂後出的列子掇拾詩經的成語以託為上古的歌謠⑲。

除了郭先生的論證，洪澤南先生在論中國民謠之首見一文中，語氣肯定直接了當地說：

頭兩句「立我烝民，莫匪爾極」原見詩經周頌思文篇，「不識不知，順帝之則」則見大雅皇矣篇，又列子乃偽書，剽竊之證，鐵案如山，所記載的事又如何去徵信於人呢[20]？

堯時康衢的童謠雖不可信，但記載在國語鄭語中，周宣王時代以「檿弧箕服，實亡周國」一首爲發端的童謠，已被認定是中國最早見的童謠，洪澤南先生說：

> 康衢兒童謠既不可信，一般論童謠之首見者，多以周宣王時代「檿弧箕服，實亡周國」一首為發端（見國語鄭語）它的內容在影射褒姒將亡周朝，乃屬讖言性質之童謠[21]。

此期的童謠大多與讖緯之說有相當密切的關係，舊典不乏此類記載，例如左傳僖公五年記載了一首童謠：

> 八月甲午，晉侯圍上陽，問於卜偃曰：吾其濟乎？對曰：克之。公曰：何時？對曰：童謠云：「丙之晨，龍尾伏辰，均服振振，取虢國之旂，鶉之賁賁，天策焞焞，火中成軍，虢公其奔。」

杜預作注說道：

> ……已上皆童謠言也。童齔之子，未有念慮之感，會成嬉戲之言，似若有馮者，其言或中

或否，博覽之士，能懼思之人，兼而志之，以為鑒戒，以為將來之驗，有益於世教㉒。

杜預所說的「童齔之子，未有念慮之感，會成嬉戲之言，似若有馮者」，就是謠言發生及流行的最佳溫床，而有念慮的成人，借著這個溫床傳播成人意識，使它成爲不徑而走的「謠言」，往往可以造成預期的效果，雖然後來的應驗，全屬偶然，並無一定的因果關係，存於其間，但是文史學家以爲這些童謠言在政治興廢方面是有無比的意義可作註脚的，所以也在這裏面大作文章，歷代史書五行志就是採用這種占驗的解釋，直到近世還有很大的勢力呢？學者們將這種歌謠稱爲歷史的兒歌㉓。

當然，這種以讖緯之說解釋童謠的現象，不僅是我國所獨具的，譬如韓國的「薯童謠」一首，就是屬於讖言的童謠。韓國梁柱東博士在古歌研究中引言說道：

武王古本作武康，非也，百濟無武康。第三十武王名璋，母寡居，築室於京師南池邊，池龍交通而生，小名著童，器量難測，常掘著蕷，責為活業，國人因以為名。新羅真平王第三公主善化美艷無雙，剃髮來京師，以著預餉閭里群童，群童親附之，乃作謠，誘群童而唱之云：「善化公主隱，他密只嫁良置古，著童房乙，夜矣卯乙抱遣去如」（案：中文的意思是——善化公主秘密地約會之後，夜裏抱著著童走了），童謠滿京，達於官禁，百官極諫，竄流公主於遠方，將行，王后以純金一斗贈行，公主將至竄所，著童出拜途中，將欲侍衛而行，公主雖不識其從來，偶爾喜悅，因此隨行潛通馬，然後知著童名，乃信童謠之驗㉔。

在這段記載中，顯示出童謠必驗的心理，一如韓國李能雨博士引龍泉談寂記所說：

自古街巷童謠之興，初無意義，而出於無情，不容人為之雜，純乎虛靈之天，自能感通前定，讖應不爽㉕。

近人對於晉書天文志所載：

凡五星盈縮失位，其精降於地為人。……熒惑降為童兒，歌謠嬉戲。……吉凶之應，隨其象告。

這種用讖緯之說來解釋兒歌起源的說法，雖然有些微辭，但是並沒有抹殺它存在的意義與價值，李家瑞先生在北平俗曲略中說：

……用讖緯之說來解釋兒歌的起源本來極其荒謬，但是中國幾千年來的兒歌都是這樣解釋了！而古兒歌之能保存一點下來，卻還是靠了這種不經之談。

洪澤南先生也持相同的看法，他說：

以歌謠的發展理論而言，那是極為荒誕不經之事！但是用讖緯之說解釋既存的所謂「童謠」資料，我們却不能責備他們「牛頭不對馬嘴」或者是「風馬牛不相及」，因為既存的「童謠」資料本來就是讖緯之說的嫡生兒。

由於既存的古代童謠資料，率多爲政治性的諧隱，往往是文史學家作爲政治興廢的註脚，所以朱介凡先生在中國兒歌一書中，認爲童謠跟兒歌是不同的，他說：

或謂「兒歌」為「童謠」，這是我們首應辨別的。中國舊有熒惑星化為赤衣小兒，降世間，為孩子們造作童謠之說。這說法，自係往昔迷信，硬把人事委諸天命的一種藉口。童謠多是政治性的預測、諷刺，讓政治家取為治亂興衰的論斷。像那人們所熟知的，有關董卓的童謠，「續漢書、五行志」一：獻帝踐祚之初，京師童謠曰：「千里草，何青青？十日卜，不得生。」案：千里草為「董」，十日卜為「卓」。凡別字之體，皆從上起，左右離合，無有從下發端者也。今二字如此者，天意若曰：卓自下摩上，以臣凌君也。青青者，暴威之貌也。不得生者，亦旋破亡㉗。

朱先生指稱童謠很少關涉兒童生活，所以認定童謠不是兒歌。但是朱自清先生在中國歌謠一書中卻有不同的看法，他說：

> 自來書史紀錄童謠者，多望文生義的熒惑說，列之於五行妖異之中。故所錄幾全為占驗的及政治的童謠；童謠的範圍於是漸漸縮減，而與妖祥觀念，相聯不解。這個錯誤應該更正；我們須知占驗的及政治的童謠，只是童謠的一部分，而不是它的全部[28]。

馮輝岳先生不但支持朱自清先生的看法，並且更進一步地引證闡釋「童謠即兒歌，兒歌即童謠」的結論，他說：

> 就字面上而言，童謠與兒歌之不同處在於「謠」與「歌」。
>
> 爾雅上說：「徒歌謂之謠。」凡不合樂而唱的，均屬之，故民謠、童謠都沒有配樂曲，而以念誦、說講或吟哦表達，只注重聲音的長短、快慢，至於音調的高低則不定，我們常說「吟唱童謠」，不過是拖長聲音隨口唱一唱罷了，前人流傳下來的無數童謠，幾乎全是「徒歌」，此「徒歌」之歌與「兒歌」之歌，倘同一意義，那麼，童謠與兒歌便沒有分別了。
>
> 「歌」是總名，故楊蔭深先生說：「歌，可作歌曲解，也可作徒歌解。」現在我們所謂的「兒歌」，是廣義的兒歌，實質上已包涵了童謠和狹義的兒歌，前者指前人傳承下來的兒歌，是民俗家和兒童文學作家心目中的兒歌；後者則是音樂老師和作曲家心目中的兒

歌，是現代的人創作的歌謠。近年來，更有作曲家將傳統的童謠譜上曲子，也就是將徒歌合樂，如此，兒歌和童謠便混淆不清，無從分辨了。但發展到現在，我可以肯定的說：童謠卽兒歌，兒歌卽童謠㉙！

陳正治先生對於馮先生的論點表示贊同，並舉例爲證，他說：

> 語詞的意義會隨時間而改變的。例如古代的「臉」字，只指面上的一部分，但是，現在的意思，已經跟「面」的意思相同了。因此，我們不必把「童謠」限定在政治性的預測這一小範圍內，說童謠和兒歌不同。再說，現在大部份的人，都把童謠和兒歌當成同義詞。例如陳子實編，大中國圖書公司出版的「北平童謠選集」；朱天民編，商務出版的「各省童謠集」，內容都是兒歌。而朱介凡先生編的「中國兒歌」一書，也收了政治性的兒歌，如一三四頁的東北兒歌：「中國骨頭外國肉，八國聯軍把你揍，俄大鼻是你親娘舅。」一三五頁的浙江兒歌：「田要少，屋要小，子弟不要考，免得殺、免得絞，免得商鞅飽。」因此，我們可以下個結論：童謠就是兒歌；兒歌就是童謠㉚。

中國的童謠既然就是兒歌，而中國兒歌誠如林海音女士於在兒歌聲中長大一文中所說，是一部中國的兒童文學㉛，所以我們可以很肯定而且保守地說：中國有文字記載的兒童文學，在周宣王時代就已經有了。這個事實，相信足以令部分謂「中國沒有兒童文學」、「兒童文學源於西洋」

及「中國兒童文學成形的發展最多是近六、七十年的事」的專家學者們[32]，正視中國的兒童文學，同時能夠公允的評估他的價值，給予應有的地位。

二、清末民初的兒歌

民國三十八年以前，兒歌的發展，完全寄託在各省兒歌的收集與研究上，而非在創作本身，他的作用一如黃詔年在「孩子們的歌聲」一書中的題詞所說的：「願童心已逝的人們呀，在此獲得些許的乳香[33]。」而朱天民的各省童謠集，可以說是此時的代表著作[34]。

此外各省兒歌作品被收集散見於各大刋物中，如北京大學的「歌謠周刋[35]」，中山大學的「民俗周刋」（後改季刋）[36]，婁子匡主編的「孟姜女月刋」[37]，是當時俗文學研究的重鎭，楊堃在我國民俗學運動史綱裡說：

> 北大的歌謠，中大的民俗，與杭州的孟姜女，這不僅是三個發表機構，而且亦是三個有組織的研究機構。在我國民俗運動的陣營中，這是三大據點。歌謠周刊的勢力在華北，民俗周刊的勢力在於華南，孟姜女月刊的勢力在於華中。而且此三組織彼此亦有連繫。並各有分會或學術集團與叢書等等。其勢力可謂遍於全國。蓬蓬勃勃，頗極一時之盛，如無阻力，可以繼續下去，則三五年後，一定大有可觀。不幸七七事變突然爆發，全國學術界均受一致命的打擊。這個民俗學運動亦自不能例外。

此期的兒歌十分豐富，朱介凡先生曾利用此期的兒歌資料，寫成中國兒歌一書，根據統計此書所載錄的兒歌高達一千五百零一首，但是面對這個數目字朱介凡先生卻說：「大略說來，本書特選的這些兒歌，約是中國兒歌總數的百分之一㊳。」可見兒歌在中國各地是多麼地普遍通行。

三、戰後至今日的兒歌

政府遷臺之後，婁子匡在臺所影印的中山大學民俗叢書三十二種及中國期刊五十種的東方文叢，是遷臺後民俗學研究的據點，也就是研究前期兒歌的重要資料。除此之外，由於戰後台灣的生活日趨富足，兒歌也日益受到重視，專為兒童改作、創作的兒歌也就陸續出現了。但是高敦卻堅稱目前處於「第三期的改作、創作可以說還付諸闕如」的狀況，這恐怕是值得商榷的問題。林武憲先生便以愛好詩歌謠諺者的身分，很客氣地指正他的言論說：

> 我是詩歌謠諺的愛好者，搜集並看了一些資料，我覺得「付諸闕如」也許是「做得不多」的修辭㊴。

林先生所說的話是有根據的，因為就當時所搜的資料來看，兒歌的改寫和創作，的確有些成績。如中華書局出版的「小學歌曲選」㊵、王玉川先生的「大白貓」㊶、以及齊鐵恨先生散見各雜誌的童謠作品㊷、和林良先生的「看圖說話」㊸、錢慈善先生「中國兒童歌曲一百首」等㊹，不但有改寫的作品，更有好的創作。此後，改寫、創作的兒歌，更是豐富，譬如　林良先生的兒歌創作——「小動物兒歌集」，受到專家的推崇，對於有志於兒歌創作者，有很好的啟示㊺；另外許義宗文、楊文貴譜曲、吳仁芳揷圖的「兒歌創作集」，分「小花狗愛看花」、「媽媽，我愛您！」上下兩册，是當時結合文學、音樂、美術爲一體的最豪華幼兒讀物㊻；以及由馬景賢等人所共同創作的——「創作兒歌專輯」出版了。除了這種成册的專輯作品之外，在報紙、雜誌上，以及幼稚園的教材和國小教科書等處，兒歌的作品俯拾皆是。目前更由於兒童受到重視，因此關心孩子的各階層人士，莫不盡心爲兒童寫作，同時對於兒童自我表達的兒歌，也能靜心傾聽，讓孩童能夠在歌聲中流露眞我，並與他人溝通、進而融入整個自然宇宙中，愉悅不已。

第二節　兒歌的特質

兒歌一直是兒童所喜聞樂見的一種可吟可唱的簡短歌謠，不但具有兒童年齡的特徵，又兼具了民歌的藝術風格，在幼兒文學中，佔有重要的地位㊼。仔細探究兒歌所以能夠有進入幼兒心靈的力量，是因爲兒歌具有下列幾項特質的緣故：

一、主題明確具實用性

幼兒的生活經驗十分欠缺，知識淺薄，所以對於事物的分辨能力較弱，但模仿的天性卻很強烈，因此對於兒歌主題的要求是：鮮明、正確。由於兒歌具有主題明確的特點，所事大部分的兒歌都能夠透過具體的藝術形象，來體現明顯的教育意義，因此，兒歌的實用性極高，誠如梁容若先生所說：

兒歌不但是兒童的一種娛樂，在語言教育上，文學陶冶上，乃至於知識、道德教育上，都有很大的作用㊽。

由於兒歌具有這樣的特性，所以幼兒能夠很容易地了解並吸收它的精華，來豐富自己的生命。例如：

螞　蟻　（永康）

螞蟻，螞蟻，
你有義氣。
看見東西，
大家都來出力氣。
好像七籮糰，八籮米㊾。

螞蟻是我們日常生活中，隨處都可以見得到的小動物，孩子經常圍繞在牠們身邊靜靜地觀察著，這個時候如果教他唸這首兒歌，不但能夠讓孩子在快樂的歌聲中了解螞蟻具有團結義氣的特性，並且能夠激起孩子效仿的心，無形中培養出義氣的個性、團結的精神。

二、形象具體內容淺顯

幼兒的思維是直接的、具體的，他們對客觀事物的認識是從具體形象開始，通過客觀事物的形狀、色彩、聲音來思考，來理解周圍的世界，因此對兒歌的要求就如葉師詠琍所說：

要求兒歌寫得形象、具體，只有通過具體的事物或鮮明的形象，有聲有色的把事物最突出、最具體的特徵表現出來，說明一個單純、突出的主題，才容易被兒童接受，並感到興趣[50]。

例如：

小白兎

紅眼睛，白皮襖，
小兎子，相貌好。
後腿長又大，

前脚短又小；
走起路來，
一跳又一跳[51]。

小白兔的外貌形象，描述地十分具體，特徵也顯得突出，喜愛白兔的小朋友，自然會興緻勃勃地去驗證這首兒歌的。

兒歌除了要配合兒童的思想、程度之外，也需要顧及兒童的生活經驗和興趣，所以兒歌的內容大都淺白易懂。蔡尚志先生在兒童歌謠與兒童詩研究中說：

兒歌的內容都是兒童的喜怒哀樂或所知所見的生活情景，是兒童最直覺的生活經驗。童言兒語，平白鋪述，亦念亦唱，妙趣自成，沒有什麼深奧的道理，絕不咬文嚼字，更無需雕飾堆砌、矯揉造做，愈是簡單樸實，愈能表達兒童的心理，滿足他們的興趣，兒童自然會喜愛[52]。

例如下面這一首兒歌，不但流露出親情的關愛，讓孩子在實際生活經驗中，了解外婆對外孫的疼愛，更平實明白地說出孩子爲什麼始終喜歡到外婆家的理由：

搖搖船

搖啊搖，搖啊搖，
船兒搖到外婆橋。
外婆好，外婆好，
外婆對我嘻嘻笑。
搖啊搖，搖啊搖，
船兒搖到外婆橋。
外婆說，好寶寶，
外婆給你一塊糕[53]。

內容雖然平淺，但孩子對外婆喜愛的心理，卻完全直接地表露無遺。

三、想像豐富特重起興

想像作用，是感覺經驗與知覺經驗的再現，因此兒童的想像，繫乎感覺器官是否健全以及經驗的多寡而定。可知一個孩子的想像，有重演過去經驗的，也有綜合過去經驗而產生新情況、新事物的。一般說來，三歲以內兒童的想像，屬於模仿式的想像；三歲至七八歲間兒童的想像，多為自創式的想像，凡裨官野史所傳都信以為眞；十歲至十三歲兒童的想像，就漸漸趨向實際化，能以常理加以判斷，所以說一個孩子大部分的精神生活是「想像」。雖然這時期中所揣想的範圍特別大，但是所想像的多是具體的、實物的。但是兒童因為缺乏經驗，所以遇事喜歡誇大其詞，容易產生荒謬的言論㊹。相對的，孩子對於那些描述離譜、不符實情、充滿幻想的文學作品，也能夠融入其中，欣然接受並信以為眞呢！例如：江蘇有一首「青菜成精」的兒歌：

一個大嫂上正東，碰著一園青菜成了精，
青頭蘿蔔坐寶殿，紅頭蘿蔔掌正宮。
河南反了白蓮藕，一封戰表進京城。
豆芽菜跪倒奏一本，胡蘿蔔掛印去出征。
白菜打著黃羅傘，芥菜前部作先行，
小葱使的銀戰桿，韭菜使的兩刄鋒，
牛腿瓠子掌大炮，青豆角子掌火繩。
只聽得：古碌碌，三聲大炮聲隆隆，
打得茄子滿身青，打得黃瓜一包刺，
打得扁豆扯成篷，打得豆腐屎黃屎，
涼粉嚇得戰兢兢。藕王一見心害怕，
一頭鑽進稀泥坑㊺。

在兒童幻想的世界裡，總是喜歡把草木花卉、鳥獸蟲魚、日月星辰、風雨雷電等，想像成現實世界有情性的人物，並且從中產生各種奇異的假想，孩子就在這無邊的幻想世界裏，自由飛翔，任意安排，直到心靈滿足爲止。這首兒歌就是藉著各種蔬菜產生想像、配合活生生的世界，造就了一場空前的戰爭景況，不但滿足了孩子平日嬉鬧的習性，更在無形中建立了國家的意念，播下孩子勇於爲正義而戰的種子。

這首富有想像的兒歌，在知愚的童謠中的故事一文中，受到相當高的推崇，他說：

> 這是一首很富有想像的童謠，童話味也很濃厚，讀起來時就像一幅一幅有趣的畫面在眼前滑過。我們再回頭跟「青蛙先生的婚禮」比較一下，這首描述青菜的童謠，不論趣味性，或是知識性，絕不比那本差。它具備了兒童文學作品的特色，只要我們稍加處理，使它更富趣味，不難成為一本優良的兒童讀物。而且我們可以大膽的假設，如果這首童謠是在重視兒童文學的歐美國家流行的，早已變成了有名的兒童讀物了[56]。

兒童充滿了想像，而想像又寄託在具體的實物上，爲了配合兒童這種自然的過程，所以兒歌的起興就顯得特別重要，有的兒歌起興的頭一兩句，常跟後面的主題或內容無關，例如下列三首兒歌[57]，可以明顯看出是屬於無關的起興：

㈠ **鐵蠶豆**（北京）

鐵蠶豆，大把抓。
娶了媳婦不要媽，
要媽就要乂，
要乂就分家。

㈡ **豬肉**（蕪湖）

落雨丁丁，
豬肉三斤。
公來估估，
婆來稱稱。

㈢ **油菜花**（婺源）

油菜花，滿地黃。
一隻姑哪下溪洗衣裳，
撞著一隻稱船郎。
衣隻姑娜分之我！
分上分下也不分隻稱船郎。
上水船，拖牛軛；
下水船，飄長江。

一陣烏風浪浪起，
腳踏船板到天光。

娶了媳婦不要媽，與大把抓鐵蠶豆沒有直接的關係；豬肉三斤跟落雨丁丁的天候也不相關；撐船郎向姑娘求婚，並不是因爲油菜花滿地黃的原因，而姑娘拒絕撐船郎，也與起興的兩句無關。它們的結合是音韻的關係，誠如馮輝岳在童謠探討與賞析一書中所說：

我想，起興的句子最大的功用，仍在它的音韻，因為音韻和下文搭配得當，聽來十分悅耳，大家自然喜歡聽下去[58]。

兒歌的起興，除了具有上述從韻腳上引起下文的作用之外，顧頡剛先生認爲它還能從語勢上引起下文[59]。例如下列幾首兒歌[60]。頭一二句與全首兒歌的內容或主題有密切的相關性。

㈠ **小板櫈**（塞北）

小板凳，一尺長，
媽媽叫我搬進房；
坐下聽他說句話，
教我念書莫荒唐。

㈡ **月光光** （江西）

月光光，
裏光光，
婆婆出來燒夜香。
夜香暗，
點燈看，
看到一針管，
針有眼，
換把傘，
傘好遮，
換枝花，
花好戴，
換韮菜。
韮菜香，
換子薑。
子薑辣，
辣得婆婆尿潵潵。

㈢ **喜鵲叫得好** （湖南）

喜鵲叫得好，
爹爹得元寶，
媽媽生弟弟，
哥哥討嫂嫂，
姊姊嫁人家，
嫂子抱娃娃，
爺爺做百歲，
奶奶享榮華。

不論整首兒歌的主題、內容與起興是否相關，起頭一二句的起興在兒歌中扮演了相當重要的角色，一如朱介凡先生所說：

兒歌的頭兩句，少有不以起興來引發。從前有人忽略了這一點，還責備孩子們莫名其妙，為什麼老把不相干的詞句，拉扯到兒歌裏。殊不知兒歌若無起興，就難於唱出口來，也大大減低了嬉戲的意趣[61]。

四、篇幅短小句式自由

爲了顧及幼兒領會及接受的能力，所以整首兒歌的結構，必須配合著幼兒身心的發展，儘量地要求單純、明白、緊湊、完整、篇幅短小。例如江蘇省川沙縣有一首這樣的兒歌：

月太太，
下來吃夜飯！
嘸啥小菜，
蘿蔔乾咾臭鹼蛋[62]。

僅僅只有四個句子，但是充分地表現出中國好客並且客氣的民族性。即使是高掛天空的明月，也都要邀請下來，接受招待呢！雖然竭盡所能地陳列出精心準備的蘿蔔乾、鹼鴨蛋，也不免要客氣地表示沒準備什麼菜，有的只不過是曬乾的蘿蔔和發臭的鹼蛋。懷想古代詩人「舉杯邀明月」的豪情，以及「寬以待人」的胸懷，豈不都是孕育於此，表現於此。所以想要宏揚中國的道統、培育民族的幼苗，我們能不在此處紮根嗎？這首既短小又單純的兒歌，由於它完整地表達出中國人所獨具的特質，因而它具有引發孩子們認識自我的興趣，所以它不但不會給孩子帶來枯燥乏味的感覺，更能在了解民族習尚的同時，肯定文化，確識自我，並以繼承中國的統緒爲榮。

兒歌的句式十分地自由，一如孩子活潑蹦跳的本性，想到什麼說什麼，反正童言無忌，也不傷大雅，不像民間歌謠受到那麼多的限制63。例如：

老僧端湯上塔（北平）

老僧端湯上塔，
湯灑，碗砸，湯燙塔，
阿彌，阿彌陀佛，
好滑的一塊瓦呀64。

這首句式自由，十分活潑的兒歌，篇幅雖然短小，卻包含了二言三言四言六言七言五種句子，多數兒歌都採取這種混合的形式。儘管兒歌具有這種特色，但是它的句子也並非全無規律可言，根據統計，以三言五言七言爲最多。關於這一點，馮輝岳先生說明有下列三個主要原因：㈠、受中國語言特性的影響。㈡、爲求適合人類的發音、送氣。㈢、受中國古典詩詞的影響65。

五、言語簡白音韻和諧

孩子們的語言，是尋常的、簡單的、樸素的，所以淺顯、簡單、明白的兒歌，幼兒一聽就懂。例如下面這首童玩兒歌：

騎竹馬

一二三，
三二一，
一枝竹竿當馬騎。
馬兒奇，
最頑皮，
翻山過海彩雲低。
念爹地，
想媽咪，
踏上草原回家去66。

一竿在手，配合著簡單淺顯的兒歌，孩子就可享受到隨處神遊的無盡趣味呢！由於兒歌具有文辭簡白的特質，所以一首兒歌中出現重複的詞句文字，這也是很自然的現象，例如：

宋欽宗時童謠

城門開，
言路閉，
城門閉，
言路開[67]。

又如湖北這首「瞄瞄廟」的兒歌：

東瞄廟，西瞄廟，
左瞄廟，右瞄廟，
調轉頭來瞄瞄廟[68]。

不但文字多有相同，就連韻脚也都是一個「廟」字。

兒歌的生命，主要的是寄托在外形的韻律（音樂性）上面，因爲兒歌是歌詠吟哦的，必須音韻諧調；而且兒歌的情趣也要藉著聲音節奏來表現。所以一首兒歌必須符合日本北原白秋所要求的，才算是眞正的歌謠，他說：

童謠是用童語唱出童心的，但一定要稱得上是歌謠。因此韻律要講究，也要能配合兒童自然的手拍子、脚拍子[69]。

為了使兒歌韻律優美、音樂性强，必須要押韻。兒歌大都押韻，用韻的形式有好幾種，有每句押韻的，有隔句押韻的，有首句不韻的，有第二句不韻的，有第三句不韻的，……這和民間歌謠的用韻形式差不多。其中以逐句押韻與越句押韻的方式，最為普遍⑳。逐句押韻的例子，如：

安祿山未反時童謠

燕燕飛上天，
天上女兒鋪白氈。
氈上有千錢㉑。

這首兒歌句句押韻，押的是下平聲一先韻。另外像江蘇蘇州的這首兒歌，也是逐句押韻的：

三歲小干學走橋。
頭上珠花朵朵搖。
墮拉河裏嘸人撈，
鄉下阿哥搭吾撈一撈，
明朝請倷吃塊白糖豬油糕㉒。

「橋」「搖」是下平聲二蕭韻，其中「撈」與「糕」字則屬於下平聲四豪韻，而豪韻古通蕭韻，所以這首兒歌押的是下平聲二蕭韻。至於越句押韻，指的就是隔句押韻，隔句的方式又極爲自由，所以有隔一句押一次韻的；也有隔兩、三句才押韻的；有的則是前半段不押韻，後半段又句句押韻的，這些給人變化多端的感覺，由於這種押韻的方式，念起來，聲音高低長短間互穿插，顯得生動悅耳，因此兒歌採用這種方式的最多，今舉首句押韻而其間隔句押韻的兒歌爲例，如：

李延壽引梁末童謠

可憐巴馬子，
一日行千里。
不見馬上郎，
但見黃塵起。
黃塵汙人衣，
皁莢相料理㊼。

此首兒歌押的是上聲四紙韻（子、里、起、理），郎字爲下平聲七陽韻，而衣字屬上平聲五微韻。兒童擁有超强的吸收、適應能力，所以一首變換韻腳，甚至根本不押韻的兒歌，孩子都能接受與表達，所以兒歌有常換韻的現象，例如：

永元元年童謠

洋洋千里流，
流𦪌東城頭。
烏馬烏皮袴，
三更相告訴。
脚跛不得起，
誤殺老姥子⑭。

這首兒歌換了兩次韻，先是由詩韻下平聲十一尤韻（流、頭），換成去聲七遇韻（袴、訴），再押上聲四紙韻（起、子）。另外不押韻的兒歌如下列這首台灣遊戲兒歌：

一放雞，二放鴨，
三分開，四相疊，
五搭胸，六拍手，
七圓纏，八摸鼻，

九抱耳，十食起[75]。

十句兒歌，共有九個韻，除了耳、起同屬於上聲四紙韻外，其餘八句，一句一韻，雞是上平聲八齊韻，鴨是入聲十七洽韻，開是上平聲十灰韻，疊是入聲十六葉韻，胸是上平聲二冬韻，手是上聲二十五有韻，纏是去聲十七霰韻，鼻是去聲四寘韻。雖然不押韻，不過三言句式卻是十分整齊，但是嚴格地說起來，一首上好的兒歌，應該是韵律優美、音樂性强、順口而且好聽的歌兒。

六、情趣濃厚適合兒童心理

孩子們對於萬事萬物都擁有濃厚的興趣，除非生病了，孩子很少有索然寡味的時候。而兒歌最大的特色，就是富有濃厚的趣味性，有了趣味，才能夠使兒童集中注意力去學習[76]，收到口傳教育的效果，並且帶給兒童心靈嬉戲的歡愉。但是什麼樣的兒歌才能引起兒童的興趣呢？馮輝岳先生以爲童謠的趣味性主要受到連屬、顚倒、誇張、擬人、遊戲這五個因素的影響[77]。在馮先生所說的五個因素中，前四項都是兒歌表現的方式。連屬、顚倒分別是連瑣歌、顚倒歌這些逗趣兒歌的表現方式；誇張的手法，更是撰就滑稽歌的重要因素；而擬人的技巧，在傳授宇宙間萬事萬物的知識兒歌中，隨處可見。至於配合遊戲所唱的遊戲歌，在兒歌中算是具有趣味性的兒歌之一，其他像練音歌、生活歌、以及抒發情緒的部分心聲歌等，也都能夠向孩子散發出强勁的吸引力。由於馮先生所列出的五個因素，在下一節：兒歌的內容分類中，會一一詳細分析，爲了避免重複，所以不在此處論述。

第三節　兒歌的類別

我國歷史悠久，疆土遼闊，各地產生的兒歌，龐雜而繁盛，所以要將它們蒐集起來，作有系統的分類，並不是一件容易的事情。首先我們要考慮的是分類的標準。目前有依據西國學者的二分法，順著兒童自然發展的次序，將兒歌分爲兒戲母歌，和兒戲兒歌二大類的78。由於這種分法比較粗略，不夠詳盡，所以我國兒歌的研究者，一般都以兒歌的實質內容作分類。例如褚東郊先生將兒歌分爲：催眠止哭的、遊戲應用的、練習發音的、知識的、含教訓意義的、滑稽的、及其他等七類79。劉昌博先生在中國兒歌的研究一書中，則完全依據褚先生的分法分類80。另外蔡尙志先生將兒歌分爲：母子歌、遊戲歌、逗趣歌、語辭歌、知識歌、生活歌、勸勉歌等七類，其中除了多列出强調語辭詞性應用技巧的語辭歌之外，其餘的都與褚先生的分類相同。不過仔細觀察蔡先生所列擧的二首語辭歌，應該也涵蓋在褚先生所分類的兒歌中，並沒有獨立成一類之必要，第一首是「天上一天星」：

天上一天星，
屋上一隻鷹，
樓上一盞燈，

桌上一本經，
地上一根針。
撿起地上的針，
收起桌上的經，
吹滅樓上的燈，
趕走屋上的鷹，
數清了天上的星。

蔡先生指明這首兒歌是在刻意地教導兒童，什麼名詞用什麼單位詞來指稱，使用什麼動詞來敍述的正確用法，當然蔡先生說明了這首兒歌所具的功效是不錯的，但是此種兒歌創作的主要用意，莫不是讓兒童藉此練音而由音韻上得到趣味的兒歌，所以應該可以將它列入急口令一類。至於第二首兒歌是「一閃一閃亮晶晶」：

一閃一閃亮晶晶，
滿天都是小星星；
好像許多小眼睛，
掛在天空放光明；
一閃一閃亮晶晶，

滿天都是小星星。

蔡先生說明這首兒歌是在告訴兒童，用什麼形容詞或副詞來描述名詞[81]。其實這只不過是首讓幼兒透過歌聲，認識宇宙自然的星辰景觀，並且從中得到愉悅的兒歌，絕不是單純只為教導兒童如何修辭而編寫的，何況孩子也不會只為著詞性的運用練習而高聲歡唱的。

至於朱介凡先生所作的兒歌分類計有：抒情跟敍事的兒歌、童話世界的兒歌、兒童遊戲歌、逗趣的兒歌四大類[82]。朱先生合抒情跟敍事為一類的兒歌，褚先生則依據性質功用細分為：催眠止哭、含教訓意義、其它等類兒歌。在分類基點一致的觀點上看來，褚先生的分類是比較恰當的，至於褚先生列為知識的兒歌，朱先生標舉為「童話世界的兒歌」，站在兒童文學著重幻想的觀點來看，朱先生的標題是較能引人入勝的。今參研各家分法，依兒歌的實質內容做以下的分類：

一、母歌

周作人作了如下的詮釋：「母歌者，兒未能言，母與兒戲，歌以侑之[83]。」孩子無識無知時，母親主動地藉著兒歌傳送了她們對孩子有聲的愛意，並且同時達到口傳教育的目的，所以母歌是兒童歌謠之始。今細分母歌的種類有：

㈠催眠曲

催眠曲就是撫慰催促孩兒安睡的歌，是用母親的口吻唱給襁褓中嬰兒聽的，由於它是人一生當中最早接觸到的一種口傳文學藝術，所以朱介凡先生認為「母歌自催眠曲開始」。孩子在人生搖籃的階段，睡眠是最重要的，母親一首搖籃曲，不但令子女安然入睡，親密了彼此關係，更寄託了父母對子女的無窮希望。例如台灣這首家喻戶曉的嬰仔睏：

嬰仔　嬰仔睏　一暝大一寸
嬰仔　嬰仔惜　一暝大一尺
搖子日落山　抱子金金看
子是我心肝　驚你受風寒
同是一樣子　那有兩心情
查甫也著痛　查某也著晟
痛子像黃金　成人卸責任
飼到你娶嫁　我才會放心[84]

溫和柔美的詞句韻律，反覆歌唱著，孩子不僅接受了美的陶冶，更由中得到安全的感受，葛琳在兒童文學創作與欣賞一書中指出這一點說道：

在西洋各國，有許多文學藝術家，都認為催眠歌能給幼兒最大的安全感，因此詩人與音樂家合作的催眠曲，也成了最有價值的文藝作品[85]。

為孩童作搖籃曲的作家，不止一二，莫札特、舒伯特都為孩子譜過搖籃曲，例如由戈特爾作詞、莫札特作曲的這首搖籃曲，就十分著名：

快睡吧，我的寶貝，
小鳥兒早已回去，
花園裏多麼安靜，
小羊和蜜蜂已休息，
天上月亮在笑咪咪，
銀色光輝照耀大地，
你安睡在月光裏，
快睡吧，我的寶貝，
快睡，快睡！
…………
有誰比你更愉快，
有誰比你更幸福，
糖果玩具多齊備，

沒煩惱也沒憂愁，
一切幸福都能得到，
只要你不再啼哭，
願幸福能夠長久，
快睡吧，我的寶貝！
快睡，快睡[86]！

做母親的推著搖籃，聲音是哄孩子入眠的，而詞意卻寄託著自己對子女的期許，所以內容豐富，情境也高，例如陝西綏德縣這首搖籃曲，是農婦把熟悉的田間事物編成催子入眠的歌曲，而另一個期望是希望「吃得娃娃虎也似的」：

娃娃睡，上山摘個穗穗，
摘的穗穗餵雞雞，
餵的雞雞噙水水，
噙的水水磨鐮鐮，
磨的鐮鐮割穀穀，
割的穀穀餵老牛。
老牛餵得壯壯的，耕得地勻勻的，
打得麥和石榴顆也似的，蒸得饃和斗也似的，
吃得娃娃和虎也似的，

愛得牧羊娃娃和紅狗眼也似的[87]。

這首搖籃曲不但傳達了母親的愛意，更可讓孩子經由母親的引導，走入童話般的美夢中呢！

中國諺語有「搖籃裡定終身」一說，可見中國人對於搖籃裏的小嬰孩十分重視，張天麟在中國母親底書中說明其中的道理，他說：

據現代生理心理學家斷定：嬰兒腦海的生長，迅速驚人，他與成年人比較，成年人腦子生長的速度，僅為嬰兒小腦子發展速度的千分之一。由此可見嬰兒底精神生活，無形中是何等地吃力；因為他所以迅速地生長，是為了力求適應這個新生的環境。大人因此應當懂得：第一、要給嬰兒預備下安全清靜的環境，使他底發展，毫無阻礙。第二、要用妥善的方法，把他底發展納之於正規之內。總之，一個人一生底成就之型，可以說已定之於搖籃之內[88]。

(二) 止啼歌

止啼歌是用於誘導兒童停止哭泣的兒歌。例如浙江杭縣的這首兒歌：

又會哭，又會笑，
三隻黃狗來擡轎。
一擡擡到城隍廟，

城隍菩薩看見哈哈笑89。

這類兒歌由於母親的情性不一，所以內容上有恐嚇與討好的差別，下面這首安徽宿縣的童謠，就是用來嚇唬那愛哭的孩子的：

（白）別哭，別哭，看看，來啦——
紅眼睛，綠鼻子，
長著四個毛蹄子，
走路拍拍響，
專吃哭孩子90。

當然有些母親捨不得嚇孩子，而換以好吃的食品來誘止孩子哭泣，例如：

小孩小孩你別哭，
過了臘月就殺豬。
小孩小孩你別饞，
過了臘八就是年。（黑龍江）91

又以以禮物來誘止兒童哭泣的，如：

娃娃娃娃你勿哭，
我給你買個大葫蘆。（甘肅臨洮）

㈢弄兒歌

當孩子還不能自我嬉戲時，成天躺在小床上，是不快樂的，如果母親在這個時候能夠引用弄兒歌帶領孩子嬉樂，不但能加濃母子的親情，更能幫助幼兒認識自己並强健體魄，這類的兒歌有面戲歌、手戲歌及肢體運動歌：

甲、面戲歌：幼兒天眞的小臉旦，在母親的眼裏最是完美無瑕的，常常情不自禁地指點著孩子的眼睛、鼻子、耳朵、眉毛唱道：

大大的眼兒高挺的鼻，
美麗的耳朵彎彎的眉，
我的兒子多麼的美93！

又如：

排門兒，見人兒，
聞味兒，聽聲兒，
食飯兒，下巴殼兒，
胳肢窩兒。（北平）94

母親唱這首歌時，配合著內容以手點小兒前額、眼、鼻、耳、口、到末了二句，就可以哈小兒的頸子讓他呵呵笑。

又如下列的這首四川兒歌內容更是豐富：

大胖子，二瘦子，三長子，四矮子，五駝子；
巴掌心，鐵門坎；江家灣，疙瘩灣；
挑水擔，喉嚨管，衣飯碗；
聞香氣，兩條龍；聽四排，上樓臺；
前腦殼，後腦殼，頂命囟，三栗殼95。

這頭五句喻手指，門坎指脈門，江家灣指手肘，疙瘩灣指脅下，挑水擔是雙肩，衣飯碗指嘴，兩條龍是雙眼，上樓臺指額頭，頂命囟是小兒前頂跳動之處，唱到三栗殼時，大人可以彎曲手指做輕敲小兒三處額骨的動作，一方面傳達父母對兒童腦殼堅厚的期許，同時也能藉此取樂小兒。

乙、手戲歌：幼兒手小，但是敏感度卻很高，所以母親用手指輕抓孩子的手心，往往抓個一兩下，就忍不住笑了，如：

一抓金兒，
二抓銀兒，
三不笑，
是好人兒⑯。

母親將幼兒抱在懷裡，再從身後握住兩隻小手，讓他的兩根食指相接，唱道：

雞雞鬪，鬪蟲蟲，
蟲蟲咬了手手去，
啊嘭嚨一飛，
飛到高高山上吃米——米——⑰。

唱到「米——米——」時，將兩隻小手分開，這時孩子必然會開心似地笑了，林海音女士於在兒歌聲中長大一文中提及另一首類似的兒歌：

蟲蟲蟲蟲，

飛！

蟲子，蟲子，

一大堆[98]！

一邊唱一邊將少手食指互點著，當這首兒歌唱到「飛」字的時候，就儘量把兩隻小手手臂伸開，同時聲音也跟著高揚起來；隨後繼續互點食指，遇到「堆」字的時候，再一次地伸開雙手，高揚歌聲。說也奇怪，孩子在此歌聲中，自然能夠展露笑臉，甚至伏在母親的懷裡笑個不停。

丙、體能運動歌：孩子須要適度的運動幫助他成長，面對幼小不能自己起身活動的孩子，我們可以讓他在兒歌聲中享受活動的樂趣，例如下面這首台灣兒歌：

ㄏㄧ　ㄏㄨ　ㄝ

載米載穀飼閹雞，

閹雞飼大隻，

刣給阿舅吃。

阿舅吃沒了，

剩一隻雞脚爪。
阿媽捧去放，
憨孫在桌下，
ㄎㄜ ㄎㄜ 鑽。
鑽沒吃，
ㄎㄜ 頭額99。

推磨磨米成獠會發出ㄏㄧ ㄏㄨㄝ的聲音，這首兒歌的ㄏㄧ ㄏㄨㄝ，就是摹擬以前石磨磨米獠的聲音。從前台灣父老趁小孩子圍過來看磨米的這個機會，教小孩子朗誦這首兒歌。以後，演變成母親或長者跟小孩子一躺一起做運動吟誦的兒歌。吟誦這首兒歌以前，大人先將嬰兒抱坐在自己大腿上，然後兩手放在嬰兒的兩腋下。大人一邊吟唱這首兒歌，一邊讓嬰兒一躺一起地做運動。吟誦到「ㄎㄜ ㄎㄜ 鑽」時，小心地將嬰兒的上半身搖個圈狀。到「ㄎㄜ頭額」時，大人小心地將自己額頭輕碰一下嬰兒的額頭，孩子能夠感受到自己與父母長者的親密而快樂歡笑。此外湖北武昌也有一首這類兒歌，將小兒抱在膝上，握住雙手，邊做動作邊唱道：

一拍拍掌，二拍拍胸，

三絞絞，四拉弓，
五搓陀，六弸弸。
高拱手，低作揖，
戴金花，喝御酒，
相公腰裏有，有！有！有[100]。

㈣ 保育歌

保育歌是母親在養育過程中，安撫幼兒受創後的心靈並爲子女祈福的兒歌。由於母親對於幼兒照顧入微，所以此類的兒歌，往往發生運用在幼兒日常生活的每一個環節中：

甲、沐浴：出生至兩個月大的嬰兒，大部分的時間都是躺在床上的，爲了避免後頭部發生熱痱，及頸部、腋下、大腿積滯汙汗，所以每天都應該按時入浴，保持清潔，但是此期的孩子年齡太小，面對滿滿一澡盆的水，不免有些驚慌，做母親的爲了不讓孩子受驚，洗前，先用盆裡的水拍拍他的胸與背唱道：

拍拍胸，不傷風；
拍拍背，不傷肺；
前拍拍，後拍拍，

伢伢洗澡不受嚇⑩。（湖北）⑩

湖南武岡也有類似的兒歌：

一拍二拍，

莫敎水嚇，

捉到落水鬼打湯吃；

前拍拍，後拍拍，

寶寶洗澡不受嚇⑩。

江蘇蘇州的此類兒歌很簡短，但是有著母親慈愛的祝福，希望寶寶健康無病痛：

拍拍胸，

三年勿傷風；

拍拍背，

三年勿生痱⑩。

乙、進食：小孩天性活潑好玩，進食時也不兗心焦好動，連吃飯都會嗆到，此刻可替小孩撫摩並唱道：

　捐捐搇搇，
百病消磨，
飯咳消，
食咳消
吃得茶飯長脂膘⑩④。（浙江紹興）

小兒吃魚，常被魚刺卡住喉頭，如果愈緊張魚刺鯁得愈痛，爲了讓他咽喉鬆弛下來，先拿個飯團給他吃，並用手指在飯團上畫一井字，唱道：

橫畫，直畫，
卽食，卽下⑩⑤。（江浙）

多半魚刺可因此進入食道，但如果魚刺過大，刺得太深就必須求助醫師了。

丙、學步：要學走路，先要能站，北平有首大人教小孩貼壁直立學站的兒歌是：

貼碑兒，貼碑兒，
靠背兒，貼碑兒，

長大，成人兒[106]。

待孩兒能站立並可搖搖學步時，這類的兒歌就更顯得活潑了，如：

擺擺手，
家家走，
不殺雞，
就打酒[107]。（湖北武昌）[107]

走路沒有不跌跤的，不論跌的是否嚴重，都要表示對他的關懷，先爲他揉揉痛處，唱道：

揉揉揉，
不長瘤。（江浙）
揉揉疙瘩散，
別教老娘見，
老娘見了一大片。（河南南陽）
疙瘩疙瘩散散，

別教姥姥看見。（河北昌黎）

疤散，疤散，
莫等媽媽看不。（川東）108

這種作法雖不能醫治傷腫，但總可以先止住小孩啼哭，安穩大人焦慮的心情。

丁、受驚：孩子年紀小，經驗淺，時常會被突發的事情聲響嚇著，此刻抱住孩子唱道：

啐！啐！啐！
狗出驚，
貓出驚，
囡囡勿出驚。（浙江紹與）109

或者撫摩著他的頭唱道：

搰摟搰摟毛，
嚇不著，
提溜提溜耳，
嚇一會兒。（北平）110

二、遊戲歌

兒童熱愛遊戲，遊戲是他們小小生命的重心，他們在遊戲中，不但可以吸取豐富生活的養分，並且能夠表現出他們內心的世界。爲了高亢兒童遊戲時的情緒，所以有配合遊戲動作的兒歌——遊戲歌，遊戲可略分爲下列幾種：

㈠一人遊戲應用歌

愛玩是孩子的天性，即使在沒有玩伴與玩物的情況下，他依然能開心地玩，高興地唱，如：

我有小手拍拍拍，
我有小脚踏踏踏，
我有小眼看看看，
我有小嘴哈哈哈⑾。

爲了表現自己是個大力士，使出小拳頭便可唱道：

我的力氣大無窮，
兩手擧起紙燈籠，
門前有個蜘蛛網，
一拳打個大窟窿[112]。

隨手撿到一根雞毛，可學安徽地方的小兒用口將雞毛向天上吹去，並高聲唱到：

雞毛雞毛上天去，
你給老爺搬磚去，
搬來金磚蓋金殿，
坐過天子萬萬年[113]。

即使是赤手空拳，小兒也能夠合起手掌，伸出拇指和食指組合的槍隻，乒乒乓乓地對準目標一邊放槍一邊唱道：

竹籬笆，靠牆站。
大哥哥，來拜年。
二哥哥，把槍放，

乒乒乓乓乒乒乓⑭。

㈡ 兩人遊戲歌

兩個孩子一起玩的遊戲歌很多，最常見的是面對面的拍手歌、推拉歌和猜拳歌三種：

甲、拍手歌：兩小兒對面坐，兩人抵掌先自拍再交拍唱道：

一籮麥，
二籮麥，
三籮開手打大麥，
劈劈拍，
劈劈拍，
劈劈拍拍劈劈拍⑮。

乙、推拉歌：小孩在一起總是推推拉拉，頗爲熱絡的。只要兩人將手交叉握住，互相推來推去，就可以一面推一面高唱在安徽績溪流行的推車歌：

推車歌，磨車郎，

打發哥哥進學堂。
哥哥不曾念了三年書，
一考考著秀才郎。
前拜爺，後拜娘，
一拜拜進老婆房。
老婆不歡喜，
一睏睏到床壁裏[116]。

或是二人對面手拉手，一來，一去，模倣拉鋸的姿勢並唱著拉鋸歌：

拉鋸送鋸，
你來我去，
拉一把，送一把，
轟隆轟隆打雷啦！
轟隆轟隆打雷啦！
小小狗！小小狗！
快快走！快快走。
拉鋸送鋸，

你來我去，
拉一把，送一把，
嘩啦嘩啦下雨啦！
嘩啦嘩啦下雨啦！
小小貓！小小貓！
快快逃！快快逃！[117]

丙、猜拳歌：遊戲時不論是要做王或是要做鬼，似乎都必須藉著猜拳做決定，而猜拳的兒歌隨著動作的增加也由簡單、而趨於繁富，有好多首內容不同的兒歌呢！最簡單的如：

一，二，三，剪刀石頭布，
剪刀怕石頭，石頭要躲布，
一，二，三，剪刀石頭布，
布要躲剪刀，才能保得住[118]。

比較繁富的如：

胖子，（兩個兒童相對，雙手各伸出大拇指，一起朗誦兒歌和做動作。）

瘦子，（雙手各伸出小指。）
小猴子，（雙手各伸出食指。）
戴帽子，（左手掌放在右食指上。）
刮鬍子，（用右手食指往下巴刮一下。）
切鼻子，（用右手食指由鼻子的上頭向下切一下。）
撒隆巴斯。（兩手在胸前繞圈，然後猜拳。如猜成平手，重複朗誦「撒隆巴斯」，再猜，一直到分出勝負。）
炒雞蛋，炒雞蛋，（由猜贏的兒童朗誦，並拉住輸方兒童的手，在他的手上做炒雞蛋的動作二次。）
炒炒炒。（猜贏的兒童，順著輸方的手臂往上做炒雞蛋動作三次。）
切蘿蔔，切蘿蔔，（由猜贏的兒童朗誦，同時在輸方的手掌上，做切蘿蔔的動作二次）。
切切切。（猜贏的兒童，順著輸方手臂，往上輕切三次。）
包餃子，包餃子，（猜贏的兒童朗誦，並拉住輸方兒童的手，在他手上做包餃子的動作二次）。
捏捏捏。（猜贏的兒童，順著輸方的手臂，往上捏三次[19]。）

現今兒童常玩的遊戲歌「打電話」，則是結合了拍手遊戲和猜拳歌，頗能博得兒童的喜愛，歌辭是：

一角，二角，三角形，
四角，五角，六角半，
七角，八角，九扠腰，
十角，十一角打電話。
鈴——
喂喂喂，請問你姊姊在家嗎？
剛剛出去了。
幾點鐘出去？
兩點鐘。
嘰哩咕嚕打電話⑳。

兩人相對，配合著動作，朗誦這首兒歌。當朗誦「一」時，自己拍掌一次。朗誦「角」，互以右掌相拍。朗誦「二」，自己拍掌一次。朗誦「角」，互以左掌相拍。朗誦「三角」，自拍一次，再各以左右掌跟對方相拍。朗誦「形」，兩人各以手指做一個三角形。後面「四角、七角、十角」的動作跟「一角」的動作相同；「五角、八角、十一角」的動作跟「二角」的動作相同；「六角、九角」的動作跟「三角」的動作相同，朗誦「半」，兩人各橫出右肘，左手比一個切一半的動作。朗誦「腰」，兩人各做出手扠腰的動作。朗誦「打電話」，「打電」兩個字，各用手比出撥電話的動作（紡紗狀）；「話」，右手握拳放於右耳上，左手握拳放於嘴前。一起叫「鈴」後，開始通話。朗誦到「咕嚕咕嚕」，動作如「打電」二字；「打電話」，做猜拳遊戲。猜完，還可以做猜指頭的遊戲。

除了猜拳定輸贏之外，本地兒童有首流行的抉擇歌，邊唱邊點人，一字點一人，看兒歌唱到誰的身上停了，誰就當鬼或做官兵，這種方法既公平又愉快，大家都樂於採用，歌辭是：

點仔點水缸，
啥人放屁爛脚倉。
點仔點茶壺，
啥人今晚要娶某，
點仔點茶甌，
啥人今晚來阮兜[121]。

其實抉擇歌早在元代至正年間就有了，它流傳在燕京一帶，蘇錫、越中一帶也有此類兒歌，周作人在兒歌之研究中介紹越中抉擇歌說：

越中小兒列坐，一人獨立作歌，輪數至末字，中者卽起立代之，歌曰：「鐵脚斑斑，斑過南山。南山裏曲，裏曲彎彎。新官上任，舊官請出。」此本抉擇歌（counting-out rhyme）

但已失其意而為尋常游戲者。凡競爭遊戲，需一人為對手，即以歌抉擇，以末字所中者為定，其歌詞率隱晦難喻，大抵趁韻而成⑫。

㈢ 多人遊戲歌

孩子多，點子就多，所以多人遊戲的兒歌也就跟著豐富起來了，有躲迷藏、踢毽子、跳繩子及過城門等巨型的遊戲和充滿活力的兒歌。

甲、躲迷藏歌：小貓捉老鼠，小貓讓老鼠先找藏身處，於是當老鼠的小朋友，邊躲邊唱道：

我的朋友，我在這裏，
你來抓，我不逃。
你的眼睛須要包好，
才算本領高。
要仔細，別跌跤，
要仔細，別跌跤，
我是一隻機靈的小鼠，
不怕你這個瞎子貓。

扮瞎貓的小朋友，也邊摸邊抓地唱道：

這些老鼠哪裏去了？
一個也抓不到。
可笑他們這樣膽小，
東逃又西跑，
大老鼠吃得飽，
小老鼠滋味好，
且看我來吃掉他們，
不留一根毛[123]。

乙、踢毽歌：中國的踢毽子不知源起何時。在「事物紀原」中記載：「小兒以鉛錫爲錢，裝以雞羽，呼爲箭子，三、四成群走踢，有裏外簾、拖槍、聳膝、突肚、佛頂珠、剪刀、拐子諸名色，亦蹴鞠之遺意也。」由此可以知道踢毽子是由漢朝盛行的蹴鞠——踢毽演化而來的。清人翟灝在「通俗編」「踢毽」一條裏說：「（宋人）武林舊事載諸小經紀有毽子……今京市爲此戲最工，頂額口鼻肩背腹應皆可代足，一人能兼應數敵，自弄則毽子終日繞身不墜。」從這記載中知道，至少在宋朝，毽子已成爲正式的遊戲了[124]。孩子邊踢邊唱道：

小毽子，
踢呀踢，
五彩羽毛花花衣。
運動場，
比高低，
花樣多來真新奇。
一二一，
齊努力，
身體强健才神氣。[125]

孩子的創意也能表現在踢毽子的花樣中，所以配合著這些花招而流行的兒歌如：

一個毽兒，踢兩半兒。
山裏紅，果子餡兒。
裏踢，外拐，
八仙，過海。
九十九，一百[126]。

又如：

小雞毛，真美麗，
紮個毽子大家踢，
左脚踢，右脚踢，
踢個花樣比一比，
一忽兒高，一忽兒低。
像只小鳥飛呀飛。
你踢八十七，我踢一百一[127]。

民國二十二年戴季陶先生參加南京所舉辦的踢毽子比賽，曾經當場寫了首足以令後人傳唱的歌兒：

小孩子，老頭子，
柳陰樹下踢毽子，
毽子兒飛上天，
雷公老兒發了顛，

火閃娘子下凡間，
學得毽子上南天，
玉皇老爹哈哈笑，
從此不登金鑾殿⑫⑧！

可知踢毽子對人們的吸引力是多麼地强烈。

丙、跳繩歌：一根繩子在手，可以跳出無比的樂趣，如跳繩歌所唱：

一二三，三二一，
跳繩不要急。
三四五，五四三，
跳繩最好玩。
五六七，七六五，
跳繩如跳舞。
七八九，九八七，
跳繩要努力⑫⑨。

跳的人有歌兒可唱，擺繩的人也有歌可唱，如：

繩子掄得轉又轉，
妹妹進來跳跳看！
一二三四五六七，
跳得過的盡你跳，
一二三四五六七，
跳不過的就要換[130]。

更有配合動作的兒歌，如：

小皮球，
香蕉油，
滿地開花二十一，
二五六，二五七，
二八二九三十一；
三五六，三五七，
三八三九四十一，
四五六，四五七，

四八四九五十一；

九五六、九五七，

……

九八九九一百一⑬。

一條長長的繩子，由兩人拉成一直線，離地約十公分。朗誦「小皮球」時，兩人將繩子左右晃一次，跳繩子的兒童，就在原地跳過。「香蕉油」動作相同，「滿地開花二十一」動作相同但重覆一次。「二五六，二五七……一百一」，拉繩子的兒童，連續繞六圈做甩繩子的動作，讓跳繩子的兒童隨著歌詞不停的跳。跳完或半途踩到繩子，就改換他來拉繩子。這首兒歌也適用孩子在跳橡皮筋的歌唱。

丁、過城門：兩個當首領的兒童，手臂和手臂相接當做城門，其餘兒童圍成圓圈，一個接一個繞城墩，並且邊走邊唱道：

城門城門幾丈高？

三十六丈高。

騎白馬，

掛腰刀，

走進城門滑一跤⑬。

唱到滑一跤的「跤」字，城門落下罩住進城的人，然後要他選擇一物，爲分組的依據。（兩個首領先各約定一物，做自己一組的暗號，如香蕉或橘子。）選完後，又搭起城門，重新唱誦兒歌，再罩另一個進城的人。全部罩完後，根據選擇的物品分成兩組，做拔河比賽。在雲南昆明也有與此相似的兒歌，兒童分做兩隊，一隊兩手高擧做城門狀，另一隊兒童魚貫而前，互相答道：

城門城門有多高？
八十二丈高。
三千兵馬可過得去？
有錢儘管過，無錢耍大刀。
什麼刀？春秋刀。
什麼春？草兒春。
什麼草？鐵線草。
什麼鐵？鍋子鐵。
什麼鍋？尺把鍋。
什麼尺？官定尺。
什麼官？啄木官。

什麼啄？雞尿兩大撮。
什麼雞？紅冠大眼雞。
什麼紅？山楂紅。
什麼山？泰華山。
什麼泰？波羅泰。
什麼波？池飯波。
什麼池？北門望著蓮花池。
什麼連？衣裳褲子一把連。

問答完畢兩隊兒童合唱道：

打鼓打鼓進城門。

於是乙隊兒童便從甲隊兒童的手下鑽過去。這種且演且歌的兒歌朱自清先生以為當可說是戲劇的起源⑬。

三、逗趣歌

內容詼諧，辭句俏皮，形式特殊的兒歌，很能挑逗兒童發噱，這類的兒歌可略分爲下列幾種：

㈠ 滑稽歌

滑稽歌歌辭詼諧，例如吳江流行的兒歌「大頭」：

大頭大頭，
落雨不愁，
你家有傘，
我有大頭⑭。

雖然自個兒大頭不但不自卑，還能唱出大頭的好處，博人一笑，眞是首足以令兒童身心健康的兒歌。又如北平兒歌「一個小孩兒」：

一個小孩兒，
上廟台兒，
栽了個跟頭撿個小錢兒。
又打醋兒，
又買鹽兒，
又娶媳婦兒，

又過年兒[135]。

不想栽了一個跟頭卻有這番意外收獲，好不有趣。

二 連鎖歌

連瑣歌是將一些雙聲、疊韻或同音的詞彙連接起來，以音的「連響」爲線索，貫串一些有趣的事物，雖然詞意東拉西扯，毫不相關，卻能引起兒童的興趣，增進兒童的聯想力。例如山東鄒平的兒歌「月亮奶奶」：

月亮奶奶，好吃韭菜。
韭菜不爛，好吃雞蛋。
雞蛋不熟，好吃豬肉。
豬肉不香，好吃生薑。
生薑不辣，好吃小鴨。
小鴨一咕嚕，下水不起來[136]。

動物是孩子的好朋友，月亮奶奶吃不到小鴨鴨，孩子怎能不鼓掌叫好呢！又如客家兒歌「月光光」，也是連瑣的兒歌：

月光光，好種薑，
薑畢目（發芽），好種竹，
竹開花，好種瓜，
瓜會大，摘來賣，
賣到三顆錢，拿去學打棉，
棉線斷，學打磚，
磚斷截，學打鐵，
鐵生鹵（銹），學殺豬，
豬會走，學殺狗，
狗會咬，學殺鳥，
鳥會飛，飛到那裏？
飛到榕樹下，撿到一個爛冬瓜。
拿轉去，瀉到滿廳下。

這是客家「月光光」童謠裏最常聽到的一首，每兩句一個韻，歌辭中述及的事物很多，但不雜亂，可分三段：㈠、從「月光光」到「摘來賣」敍述的純粹是農家的工作，薑、竹、瓜都是農作物；㈡、從「賣到三顆錢」到「鐵生鹵」是工人和商人的工作，也介紹了三種行業；㈢、從「學殺豬」

到「鳥會飛的」則是獵人和屠夫的工作。兒童於唸唱中可認識不少動植物的名稱⑰。

㈢ 問答歌

問答歌也叫盤歌(盤究事理),或叫對口歌。它是針對兒童好問的心理而形成的兒歌,採用問一句答一句,或連問幾句再連答幾句的形式,這頗能滿足兒童「打破沙鍋問到底」的心理,且答問之間有著無盡的樂趣,如:

什麼尖尖尖上天?什麼尖尖在水邊?
什麼尖尖街上賣?什麼尖尖姑娘前?
寶塔尖尖尖上天,菱角尖尖在水邊,
粽子尖尖街上賣,縫針尖尖姑娘前。
什麼圓圓上天?什麼圓圓在水邊?
什麼圓圓街上賣?什麼圓圓姑娘前?
太陽圓圓上天,荷葉圓圓在水邊,
燒餅圓圓街上賣,鏡子圓圓姑娘前。
什麼方方上天?什麼方方在水邊?
什麼方方街上賣?什麼方方姑娘前?
風箏方方上天?魚網方方在水邊,

豆腐方方街上賣，手帕方方姑娘前。
什麼彎彎上天？什麼彎彎在水邊？
什麼彎彎街上賣？什麼彎彎姑娘前？
月亮彎彎上天，藕兒彎彎在水邊，
黃瓜彎彎街上賣，木梳彎彎姑娘前[11]。

這是一首最爲普遍的對口歌，讓孩子有「尖」、「圓」、「方」、「彎」的概念，並認識與此等形狀相關的日常事物。陝西長安另有生動富變化的對口歌：

師父師父你休走，請你給我寫張狀。
你這孩子真胡鬧，寫下狀子把誰告？
我告老鼠偷吃我的糖。
老鼠呢？花貓銜去了。
花貓呢？跳上大樹了。
大樹呢？大樹木匠鋸倒了。
木匠呢？木匠老虎銜去了。
老虎呢？老虎鑽進山洞了。
山洞呢？山洞被水冲沒了。

水呢？水被太陽晒乾了。
太陽呢？太陽被烏雲遮住了。
烏雲呢？烏雲被風吹散了。
風呢？風兒微小了⒆。

前三行是起興，由此引出一串問答，其中有動物、植物，以及山水太陽和風雲，好不熱鬧，最後由「風兒微小了」，將高潮的情緒淡化，一切又平靜了，在這一問一答中，兒童的思緒也隨之飛揚、擴散，而沉迷追尋答案的滿足感中。

㈣顛倒歌

顛倒歌是採用一組故意顛倒事物特徵或關係的詞句所組成的兒歌，如湖北武昌的倒唱歌內容十分詼諧：

倒唱歌，順唱歌，
河裏石頭滾上坡，
先養我，後生哥，
爹討媽，我打鑼，
家公抓週我捧盒，

我走舅爺門前過，
舅爺在搖我家婆[140]。

又如江蘇這首「反唱歌」：

反唱歌，倒起頭，
我家園裏菜吃牛，
蘆花公雞咬毛狗，
媽媽房中頭梳手，
老鼠刁著狸貓走，
李家廚子殺螃蟹，
鮮血淹死王三妞。[141]

陝西的顛倒兒歌更是生動有趣：

吃牛奶，喝麪包，
滴溜個火車上書包，
上了書包自個走，

看見後面人咬狗，
拿起狗來打磚頭，
唉喲喲，唉喲喲，
磚頭咬了我的手，
用手砍掉刀，
用刀當枕頭，
一個大翻身，
腦袋地下滾，
以為是西瓜，
拿起就吃它，
唉呀呀，我的媽，
我的腦袋沒有啦，
趕緊摘個葫蘆安上吧⑫！

㈤ 扯謊歌

扯謊歌者顛倒歌形式類似，但是內容較顛倒歌描述的更爲過火，離譜。例如湖南龍山的「扯謊歌」：

從來未唱扯謊歌，
風吹石頭滾上坡，
去時看見牛生蛋，
轉來看見馬生角
四兩棉花沉了水，
一副磨子游過河⑪。

河南的扯謊歌更是誇大：

哥呀哥，教你唱隻扯謊歌。
昨夜看見牛生蛋，
今天看見馬生角，
七條鯉魚街上走，
八隻兎子過黃河。
黃河有條燈草樹，
燈草樹上起鳥窩，
起鳥窩，挖田螺，
一個田螺三斤半，

挖出肉來九斤多，
切成片，煑下鍋，
少裝起來，九大籮；
隔籬有個大和尚，
拿起畚箕把湯喝⑭。

說唱了半天，沒有一句實在的話。此外安徽的「怪唱歌」也一如扯謊歌，內容也是奇怪得很呢：

奇唱歌，怪唱歌，
魚吹笛子蛋唱歌。
冬冬冬，冬瓜打大鼓，
王王王，王瓜打大鑼，
土牆嗡嗡的叫，
屋子蹦蹦的跳。⑮

蘇州的兒歌「稀奇稀奇眞稀奇」，則是極盡了誇張能事：

稀奇稀奇真稀奇，
螞蟻踏殺老婆雞，
豬玀玀養啦鳥籠裏，
八十歲公公坐拉坐車裏。[146]

河南兒歌「小槐樹」就是由一連串反常的奇情怪事組合成歌的，十分好笑：

小槐樹，結櫻桃，
楊柳樹上結辣椒，
吹著鼓，打著號，
抬著火車拉著轎，
蚊子踢死驢，
螞蟻踩塌橋。
木頭沉了底，
石頭水上漂。
小雞叨個餓老雕，
小老鼠拉個大狸貓。
你說好笑不好笑[147]。

顚倒與扯謊的兒歌，驟看起來好像十分荒謬，違悖情理，但是這些不尋常的情節，卻足以擴展兒童思維的領域，讓他們由錯誤的說法中培養出辨別事物的能力，劉正盛指稱此類兒歌存在的意義的價值說：

孩子們唸著唱著外，還可以訓練思考，發現錯誤加以指正，當他們能說出對的事實來，就可以獲得成功的滿足，這種小小成功的快樂，使幼小的心靈，對人生充滿信心，在艱難的人生旅程中，肯定了自己的價值，踏出愉快的第一步。[149]

四、練音歌

練音歌就是練習發音的兒歌。當幼兒牙牙學語時，往往發音不夠正確，這種情形會影響到以後的語言發展，爲了糾正幼兒的發音，必須讓他多加强語音的練習，練習的方法，最好是將聲音相類似的事物，聚在一處，使他經常接觸，仔細分辨，而許多兒歌，就是將聲音類似的事物聚在一起，然後編成富有文學趣味的兒歌，讓幼兒練習的，例如急口令就是此中精品。

急口令又叫繞口令或拗口令，是把許多音韻相近的字詞，組成有意義的語句，而成爲一種幫助兒童矯正口音的兒歌。並且要求朗誦的人以最快的速度唸它，如果唸的人吐字不夠清楚、準確，四聲不夠明晰，常常會唸錯或有唸不下去的情況，但是音韻的趣味是無窮的，所以小兒捧腹大笑之後，必然還有一試再試的決心及勇氣，這類歌兒很多，簡單的如：

天上一隻鵝，
地下一隻鵝；
鵝飛鵝跑鵝追鵝[149]。

就這一個「鵝」字，在這短短三句當中重複出現六次，讓兒童有充足的練音機會，並藉此瞭解鵝的動態。又如浙江杭縣的兒歌：

駝子挑了一擔螺螄，
鬍子騎了一匹騾子。
駝子的螺螄撞啦鬍子的騾子。
鬍子的騾子踏啦駝子的螺螄。
駝子要鬍子賠駝子的螺螄，
鬍子又要駝子賠鬍子的騾子[150]。

全歌不過六十八字，而聲音相似的「駝子」「螺螄」「鬍子」「騾子」四個名詞，竟互用達二十次之多。

除了以相同重覆的字來混淆兒童音讀之外，還有以音韻相近的字讓兒童繞口的兒歌，如：

山前住個袁眼圓，
山後住個嚴圓眼。
二人山前來比眼；
不知道袁眼圓的眼圓，
還是嚴圓眼的眼圓[51]？

整首兒歌的重點擺在「嚴」「袁」「眼」「圓」四個字上，這四個字的韻符都是「ㄢ」，而「袁」和「圓」又同音，「嚴」和「眼」只是聲調不同，所以唸起來還眞是拗口呢！此外浙江寧波的此類兒歌內容更富趣味性，如：

壁上掛面鼓，
鼓上畫隻虎。
老虎抓破了鼓，
買塊布來補。
不知是布補虎？

還是布補鼓⑫？

這首繞口令裏，鼓、虎、補等字，雖然韻母相同，但是聲母各爲ㄍ、ㄏ、ㄅ，唸起來口形不同，很容易產生拗口的現象；布、補，聲母韻母雖然相同，但是聲調一個是第四聲，一個是第三聲，念起來更容易混淆，頗合適孩童練習用。

近年來啟元文化公司出版的「我愛ㄅㄆㄇ」（林武憲著）和「大家來唱ㄅㄆㄇ」（謝武彰著）是兩本提供小朋友練習注音符號的兒歌，如林武憲寫的《鴿子》是首可以練習聲母「ㄍ」發音的兒歌。

哥哥養鴿子，
鴿子咕咕咕。
姑姑養鴨子，
鴨子嘎嘎嘎。
公公養火雞，
火雞咕嚕嚕⑬。

當孩子們急速朗誦此類兒歌時，相近的字音是很容易念混淆的，但孩子具有強烈的好奇心及好勝的性格，所以他們能夠一次又一次地反覆練習，直到辨清每個字的讀音，每個詞組的概念，以及彼此之間的關係，把這般詰诎聱牙的急口令唸得琅琅上口，又快又準爲止。這不但能讓孩子因此發音正確，更能藉著學習的過程培養克服困難的勇氣。

五、知識歌

知識歌是豐富兒童常識的兒歌，利用幼兒喜好兒歌的天性，將幼兒應具的知識藉著歌兒灌輸給他們，以增加幼兒熟悉生活環境的能力，和廣擴見聞的機會。這類兒歌範圍最是廣泛，主要的有：自然的、時令的、氣象的、動物的、植物的、器物的、數目的、色彩的兒歌。

㈠ 自然歌

自然界的一切都可以用兒歌一一介紹⑩，如「水」：

刀砍砍不斷，
箭射射不到，
稻子有他才能種，
船兒有他才能搖，
要是沒有他，
那兒找飲料！
那兒去洗澡！

這首兒歌將水所具有的特性及重要性都交待得很清楚。又如描述「空氣」的兒歌：

看也看不見，
摸也摸不著。
要是沒有它，
活也活不了。

在大雨後天邊出現的一座彩橋，這就是足以讓孩子歡躍的「彩虹」：

一條彩帶掛天空，
又像橋來又像弓，
紅、橙、黃、綠、藍、綻、紫，
原來天邊現彩虹。

(二) 時令歌

時令歌是有關歲時節令的兒歌。一年分四季，在這以農立國的中國，自然有結合四季的特色並且配合著耕作情形而產生如「田家四季歌」這般韵律優美的兒歌：

春季裏，春風吹，
花開草長蝴蝶飛。
麥苗兒秀了，
桑葉兒正肥。
夏季裏，農事忙，
才了蠶桑又插秧。
早起勤耕作，歸來帶月光。
秋季裏，稻上場，
谷象黃金黃。
身上雖辛苦，
心裏卻安康。
冬季裏，雪初晴。
新做棉衣軟又輕。
一年農事了，
飽暖笑盈盈(155)。

一年共有十二個月，這十二月份各產什麼花？什麼水果？什麼蔬菜呢？浙江兒歌「十二月令歌」唱出每月盛開的花是：

正月梅花香又香，
二月蘭花盆裏裝，
三月桃花紅千里，
四月薔薇靠短牆，
五月石榴紅似火，
六月荷花滿池塘，
七月梔子頭上戴，
八月桂花滿枝黃，
九月菊花初開放，
十月芙蓉正上粧，
十一月水仙供上案，
十二月臘梅雪裏香[156]。

又如浙江兒歌「十二月水果歌」，唱出每月當令的水果：

正月甘蔗節節高，
二月橄欖兩頭黃，
三月櫻桃粒粒紅，
四月枇杷如蜜糖，
五月楊梅紅似火，
六月蓮子滿池塘，
七月南棗樹頭白，
八月菱角如刀槍，
九月石榴露齒笑，
十月金桔滿園香，
十一月柚子金樣黃，
十二月龍眼荔枝湊成雙⑰。

再如河南兒歌「一年裏的蔬菜歌」，唱出每月份某種蔬菜成長的情形是：

一月菠菜才發青，
二月栽的羊角葱，
三月芹菜出了地，

四月竹笋出圪莛，
五月黃瓜大街賣，
六月葫蘆彎似弓，
七月茄子頭向下，
八月蓁椒滿樹紅，
九月柿子紅似火，
十月蘿卜上秤稱，
十一月白菜家家有，
十二月蒜苗人人稱[158]。

一年之中的節慶不少，但是以端午、中秋、過年這三節最受重視，所以各有描述節慶習俗的兒歌。端午兒歌如：

五月五扒龍舟，
亞婆抱孫出外遊；
媽媽在家裹粽子，
姊姊厨中煑蠻球；
煑好蠻球奉祖先，

三跪九叩來拜請；
豬肉滿盤雞滿碟，
求神賜福千萬年[159]。

這是典型中國家庭生活的寫照，唱出了端午節一家和樂的情景，也包括了這個節日的三個習俗——划龍船、包粽子、祭祖。而北方兒歌「端陽」，更深入地說明此節的習俗及意義：

五月單五是端陽，
紀念屈原投羅江，
鎮魔鐘馗貼門上
艾葉菖蒲掛門旁
驅除妖邪走遠方
江米小棗粽子香
桑植櫻桃端桌上
大人須飲雄黃酒
小娃額畫老虎王
嚇得五毒忙躲藏
快快樂樂過端陽[160]

中秋節是月圓人圓的日子，但是天眞的孩童不明瞭分別的苦楚，只知道品味月下的美食：

八月十五過中秋，
有人歡喜有人愁，
有人歡喜吃月餅，
有人歡喜吃芋頭[161]。

臘月二十三一到就開始過年了，家裏上上下下都歡喜地忙碌著，例如遼寧遼陽這首過新年的兒歌：

二十三，灶王上天；
二十四，寫大字；
二十五，做豆腐；
二十六，吃年豬肉；
二十七，殺年雞；
二十八，把麵發；
二十九，走油；
三十磕頭[162]。

磕頭辭歲之後就是新年了，新年的節氣一直到十五上元節吃了元宵看了花燈才告一個段落，在台灣新年這十五天是這麼過的：

初一場，
初二場，
初三老鼠娶新娘，
初四神落天，
初五隔開，
初六挹肥，
初七七元，
初八完全，
初九天公生，
初十有食食，
十一請子壻，
十二查某子返來拜，
十三食滑糜配芥菜，
十四結燈棚，

十五上元暝，
十六相公生[163]。

(三) 氣象歌

氣象歌是指關涉天氣變化現象，像颱風、下雨、寒冷、暑熱等知識的兒歌，如有教孩童以彩虹出現的時間來預測隔天的氣候：

明天是晴還是陰，
可看天邊掛的虹，
早上出虹雨將臨，
傍晚出虹明天晴[164]。

也可以日落及夜月景觀預測天氣，如：

明天是雨還是晴，
先看今晚日落景，
西方雲紫明天晴，

西方雲黃明天陰，
明天是晴還是雨，
先看晚上月亮景，
月光明淨天氣好，
雲繞四周要下雨⑯。

(四) 動物歌

在兒童的意識裏，物我關係常是混淆不清的，只要和溫馴善良的動物們相處一段時日，就很容易成爲好朋友、好伙伴，所以有關動物的本身及其一切活動，都是兒童所關心的。這類介紹動物的兒歌很多，例如「小麻雀」：

小麻雀，真奇妙，
不會走，只會跳，
不會唱歌只會叫⑯。

「小蝌蚪」：

一個蝌蚪一個頭，
兩個眼睛黑油油。
一條尾巴在後頭，
搖搖擺擺水裏游[167]

又如「蝸牛」：

蝸牛，蝸牛，
屋子背著走。
沒有什麼，
身子伸在外頭；
碰著什麼，
趕緊躲在裏頭[168]。

又有「長頸鹿」：

這是什麼怪物，
脖子像棵大樹，

樹梢只有兩根樹枝，
沒有葉子光禿禿。
不，不，不，
牠不是怪物，
牠是長頸鹿[169]。

這些兒歌可以讓兒童對於動物的形貌及生態有深刻的認識與了解，再如下列這首陝西郃陽的兒歌，不僅能讓孩子了解毛毛蟲與蝴蝶的關係，也讓他們知道爲人謙遜的重要：

小毛蟲，枝上留，
蝴蝶一見便回頭。
毛蟲罵道：
不識羞，
你的小時候，
容貌和我一樣醜[170]。

兒童對於熱鬧的婚禮十分有興趣，所以有關動物婚禮的兒歌，兒童都喜歡傳唱，而且愈唱愈有趣，如下列這首陝西長安的兒歌，可讓兒童認識許多昆蟲，並且粗識婚禮的儀式：

青草窩裏小螳螂，
一心要娶紡織娘，
先請蜜蜂去說媒，
再請蠶娘縫衣裳；
螢火蟲雙雙來高照，
金鈴兒奏樂娶新娘，
蚊子唱的蚊星曲，
蒼蠅吹簫引洞房，
多少蛇蟲螞蟻來吃酒，
都來恭賀小螳螂[17]。

人類要攝食裹腹，所以在成人世界裏家禽家畜都是供食待宰的動物。但是在兒童的世界裏，牠們都是朝夕廝守的好朋友，一旦面臨生離死別的境地，怎能不贊助牠們爭取生存的權利呢？下列這首山東兒歌不但表明了動物生存的期望，也將各種牲畜對人類的貢獻也都一一地說了出來：

湯家太太做生日，
家家為她拜壽忙。

車滿門，客滿堂，
廚子拿刀來殺羊。
羊說道：羊毛年年剪得多，為何不殺鵝？
鵝說道：鵝蛋好吃不可殺，為何不殺鴨？
鴨說道：白細鴨絨好做衣，為何不殺雞？
雞說道：五更天明報時候，為何不殺狗？
狗說道：我看家門他玩耍，為何不殺馬？
馬說道：我耕田地你收租，為何不殺豬？
豬說道：今天大家都快活，為何只殺我[112]？

小豬雖然可愛，但是成天待在豬舍裏，吃、喝、睡及排泄都在一處，既臭且髒，顯得十分慵懶，所以成為人們心目中懶惰和骯髒的象徵，因此說到殺豬也就可以停止了。在安徽渦陽傳唱道這類兒歌中，便透過小豬的口，表現出牠豁達、認命的英雄氣慨：

小針查，親家婆子你坐下，
我向南地逮雞殺。
那雞說：俺的脖子短，你怎不殺那隻鵝？
那鵝說：俺的脖子長，你怎不殺那個羊？

那羊說：俺的脖子粗，你怎不殺那個鱉？
那鱉說：俺從河裏才出來，你怎不殺那個豬？
那豬說：你殺俺不怪，俺是陽間一刀菜[173]。

生死雖是自然之事，但是在兒童善良的心靈中，對於分離是十分悲慼的，即使死的是隻小螞蚱也不免要聚集物類悲慟一番，如河南兒歌：

路上走，路上行，
路上死個螞蚱蟲。
黑頭螞蚱死的苦，
白頭螞蚱守屍靈，
促織哭著來弔孝，
蛐子吱吱把禮行。
蟒虎吐絲搭靈棚，
長蟲哭得如酒醉，
芝麻蟲哭的不能行，
華肚娘哭得眼圈紅[174]。

(五) 植物歌

兒童對於週遭的事物都十分關心，即使是不會活動的樹木花草和果桑也都十分有興趣，而植物歌就是介紹這些植物特性的兒歌。如：

樹呀！樹呀！
我把你種下，
別怕風吹雨大，
快點兒長大，
長出綠的葉，
開出紅的花，
鳥兒做窩，
猴子來爬，
我也可玩耍⑮。

不只介紹了樹的特性，也說出了它的功能。北平「百花歌」將各式各樣的花名，藉著兒歌一一介紹給孩子：

石榴花兒的姐，茉莉花兒的郎，
芙蓉花兒的帳子，晚香玉兒的床，
芝蘭花兒的枕頭，芍藥花兒的被，
繡球花兒的褥子鬧嚷嚷。
叫聲秋菊海棠來掃地，
虞美人兒姑娘走進了房。
兩對銀花鏡，
梳油頭，桂花兒香，
臉搽宮粉，玉簪花兒香，
嘴點朱唇，桃花瓣兒香。
身穿一件大紅襖，下地羅裙拖落地長。
叫了聲松花兒來掃地，
松花掃地百合花兒香。
茨菇葉兒尖，荷花葉兒圓，
靈芝開花兒抱牡丹，水仙開花兒香十里，
梔子開花兒嫂嫂望江南[176]。

除了花名的介紹，也有單獨深入介紹一種花的兒歌。如「牽牛花」：

藤上朶朶牽牛花，
花兒美麗像喇叭，
可惜喇叭不能吹，
不像我的喇叭嘀嘀答⑰。

喇叭花的確與喇叭外形相似，孩子津津樂道。又如「鬼針草」：

鬼針草，開白花。
野地裏，常見它。
白花謝了結小球，
小球就是種子的家。
每個小種子，
都有小叉叉⑱。

水果的模樣可愛，顏色鮮明，孩子可以唱著兒歌，研究水果，並且慢慢地品味，眞是快樂呢！
例如下列「西瓜」這首兒歌就能提供這樣的享受：

小小西瓜圓溜溜，
紅瓤黑子在裏頭。
瓜瓤吃，
瓜皮丟，
瓜子留著送朋友[179]。

在孩子的心裡，這些瓜果似乎都喜歡往他們小嘴裏鑽呢！如河南這首兒歌：

棗樹兒，彎枝兒，
底下坐個好女兒，
小白臉、紅嘴唇，
毛藍布衫粉紅裙。
棗兒愛她長得妙，
離了枝兒往下掉，
掉在她的小嘴裏？
呑了肉，吃了皮，
剩下骨頭在草裏[180]。

家裏常吃的絲瓜，它成長的情形如何？兒歌「夏夜裏的絲瓜」便做了以下的一番介紹：

夏夜裏的長絲瓜，
拖著尾巴到處爬，
爬上屋頂開黃花。
大的花，
小的花，
摘給媽媽炸麻花。
媽媽說我好娃娃[181]。

一顆顆的黃豆，如何搖身一變成爲細嫩好吃的菜餚豆腐呢？貴州貴陽的兒歌全由黃豆自述說道：

哥哥拿我去泡缸，
嫂嫂拿我磨成漿，
推成豆腐酸湯點，
帕子包紅四角方。
快刀切成十字塊，

放在鍋頭炸得二面黃，
人人說我豆子不值錢，
我在大佛面前充霸王⑩。

(六)　器物歌

器物歌是介紹各種器物的兒歌。包括各種器物名稱組合而成的兒歌，如江蘇海門這首兒歌：

堂屋、鍋屋、房，
板凳、桌子、床，
衲頭、毛巾、被，
鉢頭、面桶、缸⑬。

也有專門介紹一些器物的兒歌，讓兒童了解此種器物的特性及功能的，如林良先生介紹不用飛機場跑道滑行的「直升機」：

直升機，很輕巧，
直上直下不用跑道。

直升機，不平常，
直上直下不用飛機場[184]。

又如「輪船」：

一艘輪船嗚嗚嗚，
航行海上萬里路，
煙囪吐出濃煙霧，
乘風破浪真威武，
誰敢說它不辛苦[185]。

火車對人類的貢獻還眞不小呢！戴韻梅作的兒歌「火車」：

汽笛響了火車跑，
走向綠綠的原野，
渡過長長的鐵橋，
穿入黑黑的山洞，
一站一站快快跑，

載客運貨很辛勞，
貢獻人類真不少⑩⑥。

小男孩常玩的小皮球，以及小妹妹玩的可愛洋娃娃，也都是兒童喜歡歌詠的器物，例如「小皮球」：

小皮球，
的的圓，
受屈自還原，
一生碰硬不碰軟，
氣力强時跳上天⑩⑦。

又如「洋娃娃」：

洋娃娃，洋娃娃，
你是我的小娃娃。
大大的眼睛小嘴巴。
洋娃娃，洋娃娃，

我做你的爸爸和媽媽⑱。

鞭炮聲響連天，幼小的孩子十分懼怕，稍大的兒童又怕又想玩它，究竟它是什麼模樣？具有怎樣威力？兒歌「鞭炮」唱道：

穿紅袍，
配綠褂，
安靜不說話。
誰要惹火它，
脾氣可真大，
暴跳如雷，
震破屋瓦，
氣破了肚皮，
好像炸彈開了花⑲。

㈦ 數字歌

從一到十的十個數目字名稱和順序，在成人看來並不覺得困難，但是兒童初學的時候，卻不是一件很容易的事。爲了讓幼兒能夠認識和運用簡單的數字，因此創作兒歌的人，就將數目字嵌進歌詞裏，讓幼兒在朗誦兒歌聲中得到數字的觀念。例如浙江紹興的兒歌「十八個多瓜」：

冬瓜冬瓜，兩頭開花，
開花結子，結子開花。
一個冬瓜，兩個冬瓜，
三個冬瓜，四個冬瓜，
……
十八個冬瓜[190]。

用這種以實物爲主題的數目觀念，來代替抽象的數字符號，可讓兒童留下深刻的印象，並提高學習的興趣。又如淮安兒歌「十個兒子」，能讓兒童熟識一到十的數目次序：

大兒大，說實話，不扯謊，不亂罵。
二兒二，會扯鋸，鋸得光，作隻箱。
三兒三，不好玩，沒得事，好扯談。
四兒四，曉得事，不靠人，自照自。
五兒五，常習武，是好漢，打戰鼓。

六兒六，栽淡竹，淡竹多，筍子足。
七兒七，學作筆，賣了錢，買飯吃。
八兒八，餵雞鴨，糞肥田，肉好吃。
九兒九，善走路，走一天，還能夠。
十兒十，把布織，織一天，幾十尺⑪。

而江蘇無錫兒歌「十八顆浦棗」可讓兒童倒唸數字，並得到減法的概念：

張果老，李果老，
一個銅錢買十八顆蒲棗。
吃一顆，剩十七顆，
吃一顆，剩十六顆，
吃一顆，剩十五顆……
吃一顆，吃完哪⑫。

除了會唸，還要讓孩子牢記住這十個字的形狀，於是數字歌中有專門提供兒童認識數字字形的兒歌。如：

1什麼1？老師給我新鉛筆。
2什麼2？河裡有隻大白鵝。
3什麼3？我有兩個破鐵環。
4什麼4？一隻掃把和畚箕。
5什麼5？小孩會走彎彎路。
6什麼6？我用調羹來吃肉。
7什麼7？公公走路用拐杖。
8什麼8？我有兩個大西瓜。
9什麼9？小孩牽著小汽球。
10什麼10？一根棍子推輪子[193]。

有的數字歌可以用來訓練兒童對倍數的認識。例如下列這首湖南兒歌，對於訓練數學二倍數的反應能力，是很有幫助的：

一個蝦蟆一個嘴，
兩個眼睛四條腿，
卜通，下水；
兩個蝦蟆兩個嘴，

四個眼睛八條腿，
卜通，卜通，下水，下水；
三個蝦蟆三個嘴，
六個眼睛十二條腿，
卜通，卜通，卜通，下水，下水，下水……
那個能說到十個蝦蟆十個嘴，
二十個眼睛四十條腿，
卜通，卜通，卜通，卜通，卜通，卜通，卜通，卜通，卜通，卜通，
下水，下水，下水，下水，下水，下水，下水，下水，下水，下水⑲。

又如「九的倍數歌」：

一九得九，醫生不喝酒。
二九十八，兒子吹喇叭。
三九二十七，嫂嫂漆油漆。
四九三十六，蘇武上馬廐。
五九四十五，武松打老虎。
六九五十四，劉備練寫字。

七九六十三，乞丐吃西餐。
八九七十二，爸爸打嗝兒，
九九八十一，舅舅溜滑梯⑲。

這首數字歌，每一行有兩句，每句的開頭都用一樣的聲母，即「雙聲」；末尾都用同樣韻母，即「疊韻」。由於雙聲和疊韻唸起來很順口，所以容易記憶，並且可以帮助兒童輕鬆愉快地把九的倍數背誦下來。

(八) 色彩歌

兒童對於色彩的認識，興趣很強，有許多兒歌作者便利用這個心理，將紅、黃、藍、白……等字，用文學的技巧嵌在歌詞裏，帮助兒童認識各種顏色的名稱，和常見物品的顏色。像這些介紹兒童認識色彩的兒歌，就叫色彩歌。例如兒歌「甚麼是紅的」：

甚麼是紅的？
花園裏的玫瑰是紅的。
甚麼是藍的？
白雲住的天空是藍的。
甚麼是白的？

河裏游泳的天鵝是白的。
甚麼是黃的？
田裏搖擺著的麥子是黃的，
甚麼是綠的？
小花中間站著的小草是綠的。
甚麼是紫的？
架子上掛著的葡萄是紫的。
甚麼是橘黃的？
啊！瞧你手上的橘子不就是橘黃的嗎⑯？

用觸目可見的實物顏色來敎導兒童，是最容易收效的敎法。又如：

桃紅柳綠百草青，
油菜開花黃如金，
蘿蔔開花白如銀，
佛豆開花黑良心，
草子開花滿天星。
蠶豆開花紅噴噴⑰。

色彩之美除了本身的顏色之外，顏色的組合也是美的一環，例如廣東有一首以菜餚爲主題的色彩歌：

芽菜煮蝦公，
芽菜白，蝦公紅，
紅白相間在碗中；
還有幾條韭菜綠葱葱[198]。

單純的顏色經過調配之後，產生了變化，對兒童來說這是稀奇又有趣的事，一定會找個機會實驗的，如：

顏色變化真有趣，
藍黃混合會變綠，
紅黃相調會變橘，
你說希奇不希奇[199]？

六、教訓歌

中國是一個崇尚道德的國家，所以兒歌中含有教訓的成分極多，而這些含有教訓意義的兒歌，就是「教訓歌」，雖然這類兒歌的命意在教訓，但是遣詞婉轉，能使兒童在不知不覺中，受到潛移默化，培養出應具有的種種德行。如兒歌「慢慢耐」能培養兒童的耐心與毅力：

慢慢耐，
慢慢耐，
耐久會成功，
那有一鍬掘成井，
那有一筆畫成龍[200]。

兒歌「不怕風雨」可培養兒童自立的精神：

大風吹，大雨打，
泥又爛，路又滑，

好寶寶，上學早，
不小心，跌一下，
不用攙，不用拉，
自己跌倒自己爬[201]。

兒歌「排排坐」能培養兄弟姊妹友愛之情：

排排坐，吃果果，
爸爸買的好果果，
弟弟妹妹各一個[202]。

兒歌「星宿子」能讓兒童拋棄嫌貧愛富的觀念而博愛他人：

星宿子，密又稀；
莫笑窮人穿破衣。
十個指頭有長短，
山林樹木有高低。
蘇家嫂，朱家妻，

愛富嫌貧後悔遲(203)。

兒歌「一隻雞」能讓兒童知道合群的快樂：

一隻雞，苦嚌嚌，
二隻雞，喔喔啼，
三隻雞，一棚棲，
生出卵來孵小雞(204)。

「老烏鴉」這首兒歌，借著小烏鴉反哺的事蹟，來誘導兒童孝順父母：

老烏鴉，年紀老
飛不動，跳不高，
睡在窩裡呀呀叫，
小烏鴉，身體好，
捉到蟲，找到肉，
送給媽媽吃個飽(205)。

而綏遠一帶流行的「喜鵲鵲」則是警戒世人莫忘根木的兒歌：

喜鵲鵲，尾巴長，
娶過媳婦忘了娘，
老娘想吃胡蘿蔔，
那有銀錢與你買？
媳婦想吃香水梨，
趕回集，買上梨，
刮了把子去了皮[205]。

除此之外，在一般生活上也有些兒歌能讓兒童因此而知道分寸的，如戴韻梅所寫的「打電話」：

王媽媽，打電話，
聲音大，話又多，
嘰嘰喳喳嘰嘰喳。
談了半個鐘頭多，
大家都嫌她，

實在太嚕嗦207。

七、心聲歌

兒歌最能讓兒童吐露他們的心聲，渲洩他們的感情，足以代表兒童心聲的兒歌共有三大類：

(一)詠人倫親愛之情

兒童須由父母、兄姊、爺爺、奶奶、叔伯、姑舅、姑姨們的保育、提携、撫愛，才能逐漸長大；相對地兒童也以無限愛心投身在人倫關係之中。母親是家庭幸福的保障者，在兒童的心裡是沒有人可以替代的，而母親的辛苦，孩子也都非常地清楚與了解。例如兒歌「媽媽眞辛苦」：

媽媽在家真辛苦，
煮飯燒菜縫衣服，
東奔西跑真忙碌，
為了全家有幸福208。

又如：

月亮走，俺也走，
俺給月亮打燒酒。
燒酒辣，拌黃瓜；
黃瓜苦，拌豆腐；
豆腐餿，拌菱角；
菱角尖，入上天；
天又高，打把刀；
刀又快，好切菜；
菜又青，好點燈；
燈又亮，好算帳。
亮亮亮，俺娘呵[209]。

結尾是子女對母親的付出，發出崇高的讚嘆。

湖南長沙的「小板凳」是子女表達對父親孝思的兒歌：

小板凳，你莫歪，

讓我爹爹坐下來。
我替爹爹搥搥背，
爹爹叫我好乖乖，
我敬爹爹一杯茶，
爹爹賞個玉蝦蟆。

河北束鹿兒歌「小板床」，表達了祖孫間「老小、老小」的情趣：

小板床，四柱腿，
我跟奶奶説個嘴，
奶奶嫌我吵的嘴，
我跟奶奶做碗湯，
爹吃一碗，
娘吃一碗，
剩下一點，
給小三子吃了吧[210]！

二　詠人倫悲痛之情

在整個人倫關係中，兒童最不能接受的就是繼母與舅母了，所以凡是詠繼母或舅母的兒歌，都懷抱著一種悲痛的情緒，這種情緒不止於一縣、一省，而是全國各地兒童都有相同的心聲，這很可看出中國一般的繼母和舅母之爲人。

甲、詠繼母的兒歌

詠繼母的兒歌，是悲慘沉痛的，叫人看了，除爲之灑一掬同情淚外，繼母的可恨，更印入腦子一層了㉑。如湖南的兒歌：

老鴉子叫聒聒，
有錢莫討後來娘。
後來娘，沒心腸，
好衣沒有把我穿，
好菜沒有把我嘗。
一天打三到，
三日打九場；

眼淚還沒乾，
就要喊她作親娘。

又如山東兒歌「小白菜」：

小白菜，地裏黃，
七歲八歲沒了娘。
跟著爹爹還好過，
就怕爹爹娶後娘！
娶了後娘三年整，
有個弟弟比我强；
他吃肉，我喝湯，
拿起筷子淚汪汪。
親娘想我，我想親娘，
親娘想我一陣風，
我想親娘在心中。
河裏開花河裏落，
我想親娘誰知道？

河南詠繼母的兒歌，雖然在表達上比較含蓄婉轉，但是所描述的悲慘情境，更是摧人肺腑，如「小菠菜」：

小菠菜，就地黃，
三生四歲離了娘。
端起碗，淚汪汪，
拿起筷子想親娘。
爹爹問我哭嗄哩？
碗底燒的手心慌。

又如「小公雞」：

小公雞，上草垛，
沒娘孩，真難過。
跟爹睡，爹吆喝；
跟娘睡，娘打我；
自己睡，貓咬脚？

拿小棍，戳戳戳！

乙、詠舅母的兒歌

兒童在詠舅母的歌兒中，雖然有怨懟憤懣的情緒，但是內容並不沉痛，這是因爲兒童不見愛於舅母，但是還有外婆疼愛，回自己家還可以依偎自己的母親，享受溫暖的母愛，也就不在意舅母的態度了。如河北的「小棗樹」：

小棗樹，上芃芃，
在俺老娘家住幾冬。
老娘看見好喜歡，
妗子看見瞅兩眼。
妗子，妗子，你不要瞅，
蕎麥開花咱就走㉒！

又如河南的「小老鴰」：

小老鴰，黑頂頂，

俺去老娘家過一冬。
老娘看見怪喜歡，
舅母看見瞅兩眼。
舅母，舅母你休瞅，
扁豆開花我就走。
山上有石頭，
河裏有泥鰍，
娘的兄弟我的舅[213]！

兒童在外婆家，雖然受到舅母的白眼，但不氣不爭，反過來提醒舅母應該重視彼此的親情。

成都兒歌「舅舅家」，則將舅母酸苛的一面表露無遺：

蟬子叫，竹兒清，
我走舅舅門口過，
舅舅留我屋裏坐。
裝袋煙，灰塵塵；
倒杯茶，冷冰冰；
煑的飯，夾生生；

炒盤肉，光骨頭；
炒盤豆，光筋筋；
舅舅叫我多喫碗；
舅母在門角裏膨眼睛㉑④。

㈢私塾嘲謔歌

私塾兒童的嘲謔歌，是兒童對課業壓力，所表露的心聲，各地都有。謔浪笑敖，並無惡意，乃是嚴緊、呆板、乏味功課中，一種情緒的轉移和發洩，藉著兒歌的傳唱，使孩子們心神輕鬆解脫，滿有風趣。如兒歌「三字經」：

人之初，鼻涕拖，
拖得長，吃得多㉑⑤。

又如吳江兒歌「新三字經」：

人之書，墨墨烏，
無果子，懶讀書，

有筒餅，管得姑[216]。

此外兒歌「百家姓」如：

趙錢孫李，狗吃生米；
周吳鄭王，狗吃黃糖；
馮陳褚衛，狗爬神櫃[217]。

江蘇另外還有一首打趣的「百家姓」兒歌：

趙錢孫李，隔壁打米，
周吳鄭王，偷米換糖，
馮陳褚衛，大家一塊，
蔣沉韓楊，吃子勳響[218]。

此外，將經書改寫的兒歌很多[219]，如把論語學而篇改爲：

子曰，學而時習之，豆豆多炒些。

先生莫打我，我拿給你吃，
先生要打我，豆豆殼殼用脚踼。

又有改孟子見梁惠王一事爲如下兒歌的：

孟子見，揣碗麵；
梁惠王，挑點嘗；
王曰叟，揣起走；
不遠千里而來，揣起轉來。

大學經文被改爲兒歌：

大學之道，先生抬轎；
在明明德，先生抬得；
在親民，先生抬到青剛林；
在止於至善，先生抬得精叫喚。

私塾讀的經典，讀不熟要打板子，於是產生如下的兒歌：

大學，賴學；
中庸，屁股打得煊紅；
論語，屁股打得腫起。
離婁，離婁，打得屁流。
告子，告子，打得蹾桌子。

第四節 評論

人類在嬰兒時期就有欣賞音樂的能力，美妙的聲音，能使嬰兒入眠或寧靜；而噪音和突來的聲響，卻會使嬰兒驚醒或懼怕。因此確定人類對於藝術的領悟和欣賞，可以說開始得很早。兒童能夠接受文學的時期雖然很早，但是究竟兒童應該從什麼時候開始接受兒童文學的教育？又最先接觸的是不是兒歌呢？張孟三先生在兒童文學教育何時開始一文中做了如下的結論，他說：

> 我知道兒童接受文學的時期很早，但兒童文學教育應該從何時開始呢？我想不妨在兒童對文字有辨識和閱讀能力時實施。在這個時期，若有優美的兒童文學，再施以適當的指導，養成兒童閱讀和欣賞的習慣，慢慢的兒童自然對文學發生了興趣[220]。

這個結論並沒有得到完全的認同，巴楚先生在也談兒童教育何時開始一文中，即針對張孟三先生的說法，做了如下的反駁，他說：

我的看法略有不同，因為欣賞和閱讀是兩件事，而且這兩件事對於一個兒童來說，並非互為因果。兒童還未能辨識和了解文字之前，對於音樂、繪畫、兒歌和故事，就已經有了欣賞的能力㉑。

根據這個觀點，巴楚先生指出兒歌是兒童文學教育的關鍵問題，他說：

……兒歌，我認為這是一個非常重要的，關係兒童文學教育的關鍵問題。兒童最早所接受的文學、音樂和欣賞的教育，是從兒歌開始的。因此，兒歌負起了兒童文學教育最初的神聖使命。同時，兒歌也就成了兒童文學的無形教材，其影響所及，是不可忽視的㉒。

由於兒歌源起的早，所肩負的責任又重大，所以它的確是兒童文學中首先應該討論的重要體裁。基於兒歌能夠透過無意識的娛樂方式，達到潛移默化的教育效果，所以自然成為中國口傳教育的最佳工具與教材。一如繪圖童謠大觀於編輯概要中所說：

童謠又是古時家庭教育的一種，或寓道德，或啓智慧，或養性情，或含滑稽，皆足以引起興味，增益樂趣，兒童唱了，自然深印於腦筋，永遠不忘。古人云：「教婦初來，教子初胎。」謠諺也是這種用意㉓。

其實兒歌的教育功能極廣，不論是在語言教育上，文學陶冶上，乃至於知識、道德教育上，都有很大的作用，梁容若氏在兒童的歌謠一文中說：

黃遵憲過人的詩才，還不是跟曾祖母唱「月光光」的時候，就得到了培植嗎？「麻夜雀尾巴長」的歌謠，使著任何一位作新郎新婦的人，都要考慮一下對母親的關係。有些迷信荒唐的觀念，事實上在兒歌裏灌輸到腦海，永遠洗不去。從教育的觀點看，兒歌實在值得大文學家們動手，至少也應該和編國民小學教科書一樣的鄭重㉔。

巴楚先生更以自身受到兒歌「小老鼠」的影響爲例，道出兒童受兒歌影響的心路歷程是這樣的：

小老鼠的命運如何？當我期待答案而注視祖母時，她只是笑而不言，把是非與善惡，丢給了一個幼小的兒童，讓他去思考，讓他去做善惡的判決。鼠與貓的問題，一直困擾了我很久很久，直到我讀初中，仍然是件懸案而無法判決，甚至一看到那盞燈時，就會想到一隻受驚過度的小老鼠，可憐的趴在燈臺上，面對一頭兇猛的大花貓，彼此互相注視著僵持不下，多少年一直那樣的沒有結果，因為兒歌裏沒有結果。於是，我作了兩種判決，一種是小老鼠終於跑掉了，一種是小老鼠被大花貓捉住了。這種假設又使我猶豫了很久而無法決定，因為讓小老鼠跑掉了，牠的偷竊行為未能得到制裁，不合是非的要求，不行！讓牠被大花貓捉住嗎？那種結果是殘酷的。於是，這一問題又苦惱了我一段很久的時日，直到有一天，我作了折衷的合乎恕道的判決之後，才使我平靜下來。我的決定是：小老鼠在大花貓的追捕之下，終於帶傷脫逃。但從此卻使那隻小老鼠悔改，不再偷油喝了。這樣，老鼠與貓的問題，才在我的腦海裏逐漸的被淡忘[225]。

由此實例我們可以確信兒歌對於兒童的思想、觀念、道德、行爲，都會發生很大的影響，姑不論巴楚先生這種安排與判決是否正確，但是這首兒歌，因它不尋常的內容和生動的情節，啟發了兒童思考和分辨是非善惡的能力，所以傳唱的兒歌豈止關係到兒童文學教育，對於整體教育的價值和意義來講，實佔有重要的地位。

兒歌是中國民間世世代代沿襲不斷的傳家寶，兒童可藉著兒歌，把內心的喜、怒、哀、樂眞正地抒發出來，並且從中得到娛樂的效果，使幼兒的心靈充滿著歡愉的情緒，又由於兒童的心智，像是潛藏著無限生機的種子，給予適當的啟發，就能啟開他的生機，使他欣欣向榮的成長，而「兒歌」就是啟發兒童心智的最佳補劑，它能使兒童在明朗歌聲中，得到良好的啟發。此外家庭中的長者與稚子，也藉著兒歌彼此深情脈脈地牽繫著，所以經過了漫長的歷史歲月，整個民族不但沒有老化，反而煥發出濃郁芬芳的民族氣蘊，生生不息。

論者黃敬齊曾在漫談童謠一文中指稱兒歌所呈現出來的缺點是：

> 不容諱言，童謠（兒歌）很少能達到完美的境界，兒童多無文學修養，不會剪裁，不會潤色，……[226]。

其實黃先生這種說辭是有待商榷的，因爲兒歌的創作者是以成人爲主，所以兒童本身有無文學修養，會不會剪裁及潤色，這並不是兒歌難以臻於完美的主因。更何況兒歌的主要精神並不是寄託在文字的意義上，亞哲爾先生於英國的兒歌一文中說：

> ……這些話都沒有什麼深刻的意義，其實兒歌的含義並不重要，只要有柔和、親切、輕快的韻律，可以安慰孩子的心就夠了[227]。

可知兒歌的眞正生命在「韻律」，一旦「韻律」消失而成爲文字化的歌謠，恐怕兒歌就難以繼續在孩童心中存活，這才是最令人憂心的事呢！

而今面對我國因文字化而逐漸失去音樂性的各地方言兒童歌謠，如何挽回兒歌在聲韻方面的情趣[228]，以增長兒歌的生命力，並歸納出我國各省兒歌的獨特性及相互關連性及異同性[229]，使各地傳唱的兒歌活躍起來並且有彼此交換的日子，同時藉此豐富的兒歌資源爲基礎，做無限有根的兒歌創作。

註釋

❶ 詳見周億孚，中國文學概論，頁十六。
❷ 見藝文印書館所印十三經注疏本詩經，頁十三。
❸ 參見中華電視台教學部主編，師專兒童文學研究（上），頁六〇。
❹ 見朱熹、詩集傳。
❺ 詳見梁石著，中國詩歌歌展史，頁五。
❻ 唐堯時代，則有擊壤歌的記載：
「日出而作，日入而息。鑿井而飲，耕田而食。帝力於我何有哉！」（見帝王世紀）
虞舜時代，則有南風歌和卿雲歌：
「南風之薰兮，可以解吾民之慍兮！南風之時兮，可以阜民之財兮！」（見孔子家語）
「卿雲爛兮，糺縵縵兮！日月光華，旦復旦兮！」（見尚書大傳）
夏禹時代，則有夏后鑄鼎繇：
「逢逢白雲，一南一北；一西一東。九鼎既成，遷於三國。」（見困學紀聞）
商殷時代，則有伯夷的採薇歌：
「登彼西山兮，採其薇矣；以暴易暴兮，不知其非矣。神農虞夏，忽焉沒兮，我安適歸矣？于嗟徂兮，命之衰矣。」（見史記伯夷列傳）
❼ 梁石，中國詩歌發展史載：「世本中稱伏羲作瑟，女媧作笙簧，風俗通中說神農作瑟。樂器的制作，其作用在乎歌唱配和，那時還沒有文字，便已有樂器了，那麼中國詩歌起源之早，可想而知。」頁五。
❽ 見林守爲，兒童文學，頁一二五。
❾ 見劉修吉編著，零歲教育的秘訣，頁三七八。

⑩ 同註⑨，頁三七八～三七九。

⑪ 見張耀翔編著，兒童之語言與思想第五章，中華版。

⑫ 參閱吳鼎，兒童文學研究，頁三三六。

⑬ 林武憲在兒童詩和兒歌有什麼不同一文中說：「兒童詩和兒歌一般渾稱『兒童詩歌』，他們是兒童文學大家族中的一對同胞兄弟，有著相似的面貌，有時候也眞叫人難以分辨。雖然這樣，大家還是知道兒歌是老大，童詩是老二。這些年來，兒童詩不斷的成長、發展，看來已經長得比老大還高了，而且也到了他必須自立門戶的時候了。」（兒童文學周刊二七三期）。

⑭ 詳見林煥彰，童詩歌謠的結合（中央日報民國七十一年十月二十一日）。

⑮ 見陳正治，中國兒歌研究，頁一。

⑯ 高敦，談我國童謠前途（兒童文學周刊二十七期）。

⑰ 楊愼著，史夢蘭補註，古今謠諺。見於王雲五主編、人人文庫。

⑱ 見載於列子仲尼篇。

⑲ 詳見郭紹虞，中國文學史綱要稿。

⑳ 見洪澤南，論中國民謠之首見（中華學苑第二十三期）。

㉑ 同註⑳。

㉒ 見春秋左傳杜林合注，卷九，頁十五。

㉓ 詳見朱自清，中國歌謠，頁一二〇。

㉔ 韓、梁杜東，古歌研究引遺事卷二。

㉕ 韓、李能雨，古詩歌論考。

㉖ 見李家瑞，北平俗曲略，頁一七八。

㉗ 見朱介凡，中國兒歌，頁八～十。

㉘ 同註㉓，頁一三八。

㉙ 詳見馮輝岳，童謠探討與賞析，頁四二～四五。

㉚ 同註⑮，頁四～五。

㉛ 詳見林海音，在兒歌聲中長大——爲「中國兒歌」的出版而寫，載於朱介凡編著的中國兒歌，頁一。

㉜ 除序言中所引述的言論之外，李慕如先生兒童文學綜論中說：『有人曾武斷的說：「中國沒有兒童文學」。無可諱言的，我們不曾刻意爲兒童寫些什麽，但也不表示我們缺乏這方面的實質內涵。縱然文字技巧或不合於兒童需要，却也不能否認在浩瀚史籍中兒童文學生命的實存。當然我們也得承認「童話」一詞在清末由日本傳入，光緒末才有孫毓修譯「無貓國」林琴南譯「伊索寓言」。所以中國兒童文學成形的發展最多是近六、七十年的事，上距外國（一六九七年法國貝洛爾鵝媽媽故事集印行）起步約遲二百年左右。』頁二八～二九。

㉝ 林文實，兒童詩歌研究，頁三三八。

㉞ 朱天民廣收各省童謠，編著成各省童謠集一書，於民國十一年十一月，由商務印書館印行。

㉟ 歌謠週刊的創刊緣起是：北京大學研究所從民國七年二月起開始徵集歌謠，五月底起，劉半農先生的歌謠選陸續在北大日刊上發表，前後登出一百四十八首。民國九年冬天成立歌謠研究會，由沈兼士、周作人兩人主持，十一年十二月十七日，刊行第一期，歌謠週刊共出九十六期，至民國十四年六月二十八日停刊。民國二十五年四月復刊，而後由於蘆溝橋事變而永遠停刊。

㊱ 中山大學的民俗周刊，其前身原爲民間文藝周刊，由董作賓、鍾敬文主編，民國十六年十一月一日出創刊號，後來覺得民間文藝範圍狹小，而改爲民俗，民國十七年三月二十一日出版第一期，至民國十七年四月三日停刊，計出一百一十期，其間有關歌謠重要論著，成書有鍾敬文歌謠論集、胡懷琛中國民歌研究、朱自清中國歌謠。

㊲ 婁子匡主編的孟姜女月刊，刊行於民國二十六年，民國六十三年夏天在臺北東方文化書局復刊。

㊳ 同註㉗，頁四一四～四一七。

㊴ 林武憲，我國童謠的改寫（文學周刊第八十九期）。

㊵ 小學歌曲選，中華書局出版。創作的兒歌，如近人陳氏：「牽牛花兒眞笑話，不牽牛來牽喇叭。」改寫的兒歌，

如吳研因改寫的「花雞娘子」：「你來看，我來瞧，花雞娘子眞正俏，嫁給東家熊老老，狐先生做媒人，黃鼠狼抬花轎，狗奏音樂貓放炮，銅鼓喇叭多熱鬧，小白兎聽見了，躲在門口哈哈笑。」

㊶ 王玉川，大白貓，國語日報出版。創作的兒歌如：「小白兎兒，尾巴短，滿地跑，沒人管。小白兎耳朵長，怕狗咬，洞裏藏。小白兎，眼睛紅，不上眼藥也不疼」。改寫的兒歌如：「大白貓，喵喵喵！坐著倒比站著高」這是由謎語改寫成的。

㊷ 例如「小學生」新十一號載：「大指一伸考第一！二指鼻梁兒我自己！中指二指作寶劍！四指彈球發出去！小指尖尖心思細！大家合作好成績！」又如「廣播雜誌」五卷五期：「好妹妹，好弟弟，說國語，演話劇，大家合作眞有趣！好不好，沒關係！誰也不笑你！誰要笑你，請他教你！」

㊸ 林良，看圖說話中的創作兒歌如：「王老五，說夢話：拿個小蘿蔔，變成大白馬。摘個小菊花，變個懷錶掛一掛。騎著馬，掛著錶，派頭兒大不大？」改寫兒歌：「傑克種黃豆，黃豆長得快，一天又一夜，長到青天外。傑克爬藤蔓，一爬爬上天。天上有巨人，住在大宮殿。……」

㊹ 錢慈善、中廣兒童歌曲一百首，創作如：「小老鼠，到處跑，到處跑呀到處找，找著一個大雞蛋，喜得蹦蹦跳。急忙跑回洞，去把同伴找，找來大老鼠，大鼠把頭搖！小老鼠，想得妙，抱著雞蛋就睡倒，尾巴伸給大老鼠，叫牠拖著跑。」改寫如：「老萊子，古來稀，鬢髮如霜著綵衣，手搖撥浪鼓，庭前作兒戲，一會兒裝貓叫，一會兒學雞啼，引得堂上爸爸媽媽雙雙笑迷迷。」

㊺ 林良、小動物兒歌集，將軍出版社。林武憲先生在新時代的兒歌集一文中，對此兒歌集有詳細的介紹（兒童文學周刊二二九期）。

㊻ 兒童創作集，中華色研出版社印行，每首兒歌字數不多，配有譜曲和跨頁的大插圖，字大圖大，十六開菊版彩色印刷，用一百八十磅紙張，裝訂堅固，完全適合幼兒讀物的需要。內容十分地豐富。趙友培先生說：父母老師和幼兒看後，都會有「領略生命的風味」的感覺。

㊼ 參見葉師詠琍，兒童文學，頁二七。

㊽ 詳見林桐，談方言兒歌的國語化（兒童文學周刊第二十一期）。
林海音在爲中國兒歌而寫一文中，也有相同的看法，她說：『語言的學習，常識的增進，性情的陶冶，道性倫理的灌輸……可以說都是從這種「口傳教育」—兒歌中得到的。』

㊾ 錄自繪圖童謠大觀，頁一七七。
㊿ 同註㊼，頁二八。
51 錄自喻麗清編，兒歌百首，頁八七。
52 蔡尚志，兒童歌謠與兒童詩研究（嘉義師專學報第十二期）。
53 同註㉚，頁一三九。
54 參閱蕭恩承，兒童心理學，頁九〇～九一。
55 同註㉗，頁一六二。
56 見知愚，童謠中的故事（兒童文學周刊第一三六期）。
57 此四首兒歌，錄自繪圖童謠大觀，頁一二五、一四三、一八二。
58 同註㉙，頁二四。
59 同註58。
60 見歌謠周刊：二卷二十期，二卷二十九期，三卷十二期的歌謠選錄。
61 同註㉗，頁三六。
62 見江蘇、川沙縣志，卷十四。
63 同註㉙，頁二二。
64 同註㉗，頁三三五。
65 同註㉙，頁一九。
66 見黃才春文，林純純圖、中國童玩兒歌專輯——歡天喜地。
67 錄自楊愼著，史夢蘭補註，古今風謠，頁四三。
68 見黎錦暉，中國廿省兒歌集，第四集。
69 見林桐，看「月光光」談童謠（兒童文學周刊二八三期）。
70 見師專空中教學教材、兒童文學研究，頁六三。

(71) 錄自杜文瀾編、古謠諺，頁二二九。

(72) 見顧頡剛、吳歌甲集，卷上。朱介凡中國兒歌說：「小干即小孩，干爲個字之訛，由於叶韻與鄉土口語腔調關係，歌謠常有字眼兒唱走了音。」

(73) 同註(71)，頁一九八。

(74) 同註(71)，頁一五六。

(75) 見李獻璋，台灣民間文學集。

(76) 日人井深大在怎樣指導兒童學習一書中指出，興趣是啓發兒童學習的關鍵之一，他說：「教育兒童必須先承認他們具有自由及獨立的人格，方能引起他們的興趣，提高自動自發的學習精神。如此，兒童就能憑著本身的力量去發揮潛力。……兒童一旦對某些事物發生興趣時，往往會發揮大人所無法想像的潛力。」頁七～八。此書經盧欽銘教授校訂，爲趙成明翻譯。

(77) 同註(29)，頁三八～四一。

(78) 同註(23)，頁一三七～一三八。又鄭盡雄在談兒歌一文中，也是採此分類法，見載於兒童文學周刊一三三期，

(79) 見明倫版中國文學研究頁六四九，褚東郊的中國兒歌的研究。

(80) 見劉昌博，中國兒歌的研究，第三章：兒歌的實質和形式，第四章：兒歌在實質上的分類。

(81) 同註(52)，頁一八～一九。

(82) 見朱介凡，中國兒歌一書。

(83) 見周作人，兒童文學小論，兒歌研究，頁五十三。

(84) 見中國民俗兒歌，台灣篇，頁三十八。

(85) 葛琳、兒童文學創作與欣賞，頁四九。

(86) 同註(47)，頁三二。

(87) 同註(27)，頁七十。

(88) 張天麟，中國母親底書，頁七十。

89 見文致出版社，兒童文學，頁四八。
90 見朱介凡，中國歌謠論，頁三一九。
91 鄭盡雄，談兒歌（兒童文學周刊一三三期）。
92 同註90，頁三二〇。
93 鄭蕤，談兒童文學，頁一一六。
94 同註91。
95 同註90，頁三二一。
96 徐芳，兒歌的唱法（北大歌謠月刊二卷一期）。
97 同註96。
98 同註27，頁一。
99 同註15，頁三四～三五。
100 同註90，頁三二二。
101 同註27，頁七一。
102 同註101。
103 同註101。
104 同註27，頁七二。
105 同註104。
106 同註90，頁三二三。
107 同註90，頁三二二。
108 同註107。
109 同註27，頁七三。
110 馮長青，談童謠（國教月刊，二十二卷十一期，頁二七）。

111 許義宗，兒童文學論，頁九四。
112 同註111。
113 同註91。
114 同註15，頁三二。
115 同註89，頁四九。
116 同註23，頁一四三。
117 同註85，頁五一～五二。
118 同註85，頁五一。
119 同註15，頁三六～三七。
120 同註15，頁四一。
121 同註52，頁一三。
122 同註23，頁三六。
123 同註47，頁三八。
124 漢聲雜誌社出版，中國童玩，頁一五五。
125 同註66。
126 同註110。
127 同註47，頁三八。
128 同註127。
129 林守爲，兒童文學，頁一二九。
130 同註85，頁五一。
131 同註15，頁四五。
132 同註15，頁四四。

133 同註23，頁一四三
134 同註49，頁四三。
135 同註52，頁一七。
136 王世禎，中國兒歌，頁一八三。
137 同註29，頁一八三。
138 同註27，頁二四二。
139 同註27，頁二五五。
140 同註136，頁一二九。
141 同註27，頁二八九。
142 同註47，頁四二～四三。
143 同註136，頁五九。
144 同註136，頁一九二。
145 同註136，頁五九。
146 同註136，頁一八～一九。
147 同註47，頁四三。
148 劉正盛，顚倒歌的價値（兒童文學周刊二六二期）。
149 同註111，頁九六。
150 同註23，頁一四四。
151 同註111，頁九六。
152 同註27，頁三五五。
153 見林武憲，我愛ㄅㄇㄆ。
154 以下三首見李慕如，見兒童文學綜論，頁七二。

⑮⑤ 林守爲，兒童文學，頁一二九。
⑮⑥ 吳研因作，見呂伯攸等著，兒童讀物研究，頁一五八。
⑮⑦ 同註㊼，頁四五。
⑮⑧ 同註⑮⑦。
⑮⑨ 同註㉙，頁一三四。
⑯⓪ 中國民俗兒歌，北方篇，頁五六。
⑯① 中國民俗兒歌，南方篇，頁五六。
⑯② 同註㉗，頁二一二。
⑯③ 同註㉗，頁二一一。
⑯④ 同註⑪①，頁九一。
⑯⑤ 同註⑪①，頁九二
⑯⑥ 同註⑦⓪，頁六五。
⑯⑦ 同註㊿①，頁七八。
⑯⑧ 同註㉗，頁五四。
⑯⑨ 同註⑮，頁一八五。
⑰⓪ 同註㉓，頁一五九。
⑰① 同註㉗，頁一五七。
⑰② 同註㉙，頁一七九。
⑰③ 同註㉙，頁一七七～一七八。
⑰④ 同註㉗，頁一五九。
⑰⑤ 同註52，頁二三。
⑰⑥ 同註㉗，頁一六一。

⑰同註⑪，頁九三。
⑱錄自郭玉吉，看一看，猜一猜。
⑲同註⑯，頁一八。
⑱同註㉗，頁一五六。
⑱錄自海洋兒童文學雜誌第四期。
⑱同註㉗，頁一六二。
⑱同註㉗，頁二七二。
⑱同註⑮，頁六五。
⑱同註⑪，頁九四。
⑱同註⑭。
⑱同註㊾，頁一二。
⑱同註㊿，頁五四。
⑱同註⑮，頁六五。
⑲同註㉗，頁三七一。
⑲同註㊾，頁一二四。
⑲同註㉗，頁三七二。
⑲同註⑪，頁九二。
⑲同註㉗，頁三七三。
⑲同註⑮，頁五一。
⑲同註⑰，頁六五。
⑲同註⑳，頁八。
⑲明倫出版社，中國文學研究，頁六五二。

(199) 同註⑮，頁五三。
(200) 同註㉟，頁五四。
(201) 同註(111)，頁九五。
(202) 同註(89)，頁五一。
(203) 同註(49)，一〇六。
(204) 同註(85)，頁五四。
(205) 同註(51)，頁六六。
(206) 同註㉗，頁一一六。
(207) 同註(111)，頁九五。
(208) 同註(207)。
(209) 黃敬齊，漫談童謠（兒童文學周刊一五〇期）。
(210) 同註(90)，頁三三三。
(211) 此類兒歌見劉經菴、徐傅霖等著，中國俗文學論文彙編，頁七三～七四。
(212) 同註(211)。
(213) 同註(211)。
(214) 同註(49)，頁一六三。
(215) 婁子匡、朱介凡編著，五十年來的中國俗文學，頁一二八。
(216) 同註(49)，頁四四。
(217) 同註(215)。
(218) 同註㉗，頁一四五。
(219) 同註(215)。
(220) 詳見張孟三，兒童文學教育何時開始（兒童文學周刊一七九期）。

221 見巴楚，也談兒童文學教育何時開始（兒童文學周刊一八七期）。

222 同註221。

223 同註49，頁二。

224 梁容若，兒童的歌謠（民國四十一年十月廿九日中央日報）。

225 同註221。

226 黃敬齊，漫談童謠（兒童文學周刊一五〇期）。

227 亞哲爾作、林桐譯，英國的兒歌（兒童文學周刊三七八期）。

228 同註[illegible]，頁五四。

229 同註49，頁二～三。

第二章　兒童詩篇

第一節　童詩與兒歌

兒童詩和兒歌一般渾稱爲「兒童詩歌」，他們是兒童文學大家族中的一對同胞兄弟，有著相似的面貌，有時候也眞叫人難以分辨，爲了一窺童詩的眞面貌及其與兒歌之間的差異點，首先就童詩涵義、童詩的特質及童詩與兒歌的差異性三項，綜合論述之。

一、童詩的涵義

童詩是什麼？如果我們要探究清楚它的涵義，必須從以下兩方面著手：

(一)　文學性

童詩是詩的一個門類，所以在基本上應具備著「詩」的一般性質。至於詩的性質則如高師仲華所說：

一、在形式上，特別重視節奏的表現，必須具有音樂性。二、在內容上，特別重視境界的形成，要直覺地見到所見的意象，而所見意象又必恰能表現一種情趣❶。

根據高老師的言論，我們可以確知童詩也同樣必須具備下列幾項詩的性質：

甲、形式具音樂性：詩可視爲近似音樂化的語文，因爲它是最重視聲音節奏的。所謂節奏，是指一定時間內，有規則化地重覆某種感覺的印象，而詩的節奏，是由聲音所形成的，因此被稱爲聲律。詩所具備的這種聲律由於它在詩中能產生很大的作用，所以幾乎就等於是詩的生命呢！至於聲律在詩境中所產生的效果就如禮記樂記中所說的：

樂者，音之所生也，其本在人心之感物也，是故其哀心感者，其聲噍以殺；其樂心感者，其聲嘽以緩；其喜心感者，其聲發以散；其怒心感者，其聲粗以厲；其敬心感者，其聲直以廉；其愛心感者，其聲和以柔。六者非性也，感於物而後動❷。

禮記樂記中這一段話，是依據獨立的音調，說明聲音與情緒知解的關係及其所產生的特殊作用，如果能把這六種音調善加配合、對比、遞變，連續而成節奏，就能產生優美的聲律，而呈現出詩的音樂生命。

我國文字具有一字一音、音義同源的優越性，所以在詩歌的創作中，很容易把語言中的節奏移用到詩的格律中，使作品不僅具有音樂性的美，更能適切地表意，可說是佔盡了聲律美的先機。從形式上著重於句尾諧韻，方法上也只限於自然口吻調和的詩經、古詩與樂府詩，到講究嚴密精巧人爲聲律諸美的近體詩，都呈現出諧和的聲律美，沈德潛說詩晬語有言：

詩以聲為用者也，其微妙在抑揚抗墜之間，讀者靜心按節，密詠恬吟，覺前人聲中難寫，響外別傳之妙，一齊俱出❸。

這響外別傳之妙，便是聲律美的最高境界。

由於童詩也是中國詩中的一環，所以童詩必須和流傳至今的詩人創作主體——近體詩一樣，注重足以影響聲律的下列四項主要內容：㈠、句型的節奏，㈡、對仗的齊整，㈢、韻角的諧和，㈣、平仄的音響等格式，表現應有的音樂性❹。

目前現代詩已經突破了聲律的束縛，不再特別講究聲律了；但這並不表示現代詩或現代童詩就可以完全否定聲律在現代詩中的意義和價值。因爲詩是具有音樂性的美感文字，必須訴諸聽覺的文學，所以即使是想要逃脫聲律的束縛，也是不可能的，反而應該積極地創造新的、有個性的聲律，合乎我國現代語言的特性和活力，而表現出自然生動、活潑優美的語調。

乙、重視意象的浮現：詩中的境界，是必須靠「意象」來呈現的。何謂意象？何謂意象的浮現，黃永武先生說：

「意象」是作者的意識與外界的物象相交會，經過觀察、審思與美的釀造，成為有意境的景象。然後透過文字，利用視覺意象或其他感官意象的傳達，將完美的意境與物象清晰地重現出來，讓讀者如同親見親受一般，這種寫作的技巧，稱之為意象的浮現❺。

由於詩中的「意象」，包涵著「形象」和「意境」兩層含義，所以詩的高度表現要求的目的是必須要有外在「鮮活」的「形象」與內在「渾然」的「意境」，如何做才能使詩篇符合要求呢？楊昌年先生說：

詩的形象，是要求詩人能更具體的把握事物的外形與本質，通過形象去解說世界，詩人理解世界的深度愈深，其所創造的形象愈為明確；詩人表現的形象愈明確，其理解世界的深度也愈深。所以詩的寫作，應儘量避免抽象化、概念化、而力求其具體化、形象化❻。

又說：

詩作之能具備意境，在讀其詩，如見其人，如臨其境，並可感覺出作者的性格、特徵、理想，及在事物的敍述後所含蘊的嚴肅深刻的意義。不僅能感染讀者，更進一步能影響讀者，具備一種與我同行召喚的力量，使讀者能生敬慕嚮往之情❼。

詩是注重傳神的表現與生氣的躍動，所描寫的文字愈具體愈眞切，形象便愈凸出；所描繪的意象愈具活動力，在讀者潛在經驗世界中喚起的共鳴也便愈强烈。因此一首童詩要令意象逼眞、栩栩欲動、玲瓏透徹、一層不隔，成爲一首有神韻的好詩，就必須注意到黃永武先生所敍及的下列幾種方法，使得描寫的文字具體而眞切、意象具有浮現出來的活動力，黃先生說：

化抽象為具體、變理論成圖畫；或將静態的平面圖象，表現成動態的動作演示；或儘量加强色、聲、香、味、觸覺等的輔助描寫，使圖畫形象變為立體生動，能引人去親身經歷詩中所寫聲光色澤逼真的世界；又或以修辭上「移就」的技巧，使感官與印象錯綜移屬；又或仗聯想的接引，於瞬間完成「過脈」，使不同的意象意外地綰合或奇妙地換位；或將無限的心意，全神貫注於細小的景物，給予最大的特寫，使物象以嶄新的姿態現形；或則特別誇張物象的特徵，使其窮形盡相；或則以懸殊的比例襯映物象，使其顯豁呈露❽。

丙、有引人入勝的詩趣：詩中的情趣，往往可以借助於神奇的想像與巧妙的比喻，深刻貼切的表現出來。因爲想像，可以使情感昇華，可以美化事實，詩中如果沒有想像，就顯得平乏而不深刻，質拙而沒有美感了，它可以突破時間、空間的限制，使平凡的事物變得更神奇；但是這些想像必須從眞實的生活入手，才能合情入理，令人感到自然貼切，並深深領會出事物的情趣；而巧妙的比喻往往能夠爲讀者組成一幅有生命、有個性、饒富情趣的畫面，所以它能爲讀者帶來「詩中賞畫，畫中吟詩」的至高情趣。

相同地，一首富有生命力的童詩，也必須擁有和情境相契合的眞正的趣味，這樣，詩中蘊含著的情趣才能雋永而傳神，引人遐思，耐人尋味，而留香口齒。但是童詩如何才能達到此種境界呢？當然也和一般詩相同，必須借助於神奇的想像和巧妙的譬喻。不過詩有創新想像創新語言的任務，爲了新闢詩境造就無盡的詩趣，我們可以依循蘇東坡所說：「詩以奇趣爲宗，反常合道爲趣」的原則，從「反常合道」的技巧中讓童詩興起無比的奇趣，這種出人意外「反常合道」的創作手法，黃永武先生條列出可以依循的手法，其言詳贍，綱目有七⑨：

(一)不用日常語言習慣的聯接法。
(二)特別在詩句的關鍵緊要處，改變這個關鍵字的詞性，達到詞性被活用的目的。
(三)運用出奇的聯想。這種聯想愈與常理不合，愈覺新闢。
(四)常字新用。
(五)故意作不合理的誇張。
(六)將客觀的事物現象，經過主觀想像的改造，重現出來。
(七)自定一套主觀的推理方式，對宇宙間的任何事物，別爲假定，別爲痴想。

(二) 兒童性

童詩是適合「兒童」欣賞的詩，林良先生在兒童詩的欣賞和教學中說：

凡是適合兒童欣賞的成人詩，成人特地寫給兒童欣賞的詩、兒童寫的詩，都是「兒童詩」⑩。

依林良先生的說辭來看，童詩的範圍，是非常廣闊的，只要是爲「兒童」寫作的，適合「兒童」誦讀的，以及「兒童」自己創作的詩，都是童詩。換言之，童詩可依創作者的不同分爲「成人寫的」與「兒童寫的」兩大類。

甲、成人寫的童詩：此類童詩，數量最多，水準較高，堪稱爲童詩的主流，而且此類詩大多具備有示範及引導的作用，能增進兒童欣賞、領悟的能力。

乙、兒童寫的童詩：此類童詩由於創作者——兒童他們的能力還未臻成熟，所以在內容或詩質上顯得比較弱，但是仍然能注意到詩的形式安排、鋪述的技巧、聲韻、佈局、結構等基本架構。

成人寫兒童詩，有時因爲作者太注重詩質的凝鍊或意境的美化，而流於抽象、脫俗、籠統、造作，超乎了兒童的生活經驗、意識觀點和理解能力，往往形成兒童閱讀及欣賞的障礙；但是作者如果能注意筆觸的深入淺出，詩意的明朗、意味雋永不盡，符合兒童的生活情境，能避免平淡膚淺的毛病，不但可以增進兒童閱讀欣賞的興趣，並能提高他們欣賞及創作的能力。要注意的是成人作容不可一味地祇顧著遷就兒童的經驗和趣味，而降低了一定水準，而是要進一步地藉著童詩提昇兒童的思想、情趣，加深兒童的感悟能力，擴大兒童的生活經驗，鍛鍊兒童的表現技巧，增强兒童的文字表達工夫，使兒童能從童詩閱讀欣賞中，得到語文能力上實質的成長。

兒童寫童詩，由於兒童的語文程度有限，文字表達的能力不夠，文學表現的技巧也不純熟，加上生活的體驗又少，所以不可能一開始就寫出夠水準的童詩，但這並不意味兒童創作童詩是沒有意義的，畢竟兒童寫詩是語文教學的一項活動，如果兒童時期沒有經過寫詩的基礎訓練，長大後又如何品鑑並創作出美善的詩篇呢？

綜言之，童詩是適合「兒童」閱讀並具備「詩」本質的兒童文學作品，一如許義宗先生所說的：

兒童詩是用最精鍊而富有情感及節奏的語文，採分行的形式，將兒童世界的一切事物，以主觀意念，予以形象化，並創造特殊的意境，而能適合兒童欣賞的詩⑪。

二、童詩的特質

一首適合兒童閱讀欣賞的童詩，必然是首好的童詩，而這首童詩所以被稱好的原因，必定是具備了下列幾項特質：

㈠以兒童的眼光去揭示符合兒童生活經驗且富有詩意的事物

在平凡的生活中，蘊藏著無數富有詩意的事物，詩人憑著敏銳的感受力和對現實深刻的認識去發掘出那些不平凡、富有詩意且美妙的事物。例如謝武彰的童詩「風」：

媽媽把洗好的衣服

晾在繩子上
蜻蜓來看看就走了
蝴蝶來看看就走了
白雲來看看也走了

只有風最好奇了
悄悄的試穿著——
爸爸的上衣跟褲子
媽媽的洋裝跟裙子
弟弟的制服跟鞋子
他們互相看著彼此的怪模樣
呼呼的笑得喘不過氣來
哎呀——風好壞喔
還拿了我的毛巾跟手帕
擦過了汗
都扔在地上了
又拿了妹妹的圓帽子
當作鐵環滾走了

害我跑了好遠好遠才追回來⑫

兒童平日經常尾隨母親來到平淡的曬衣場，不想透過作者主觀的推理，配合兒童生活的經驗加以巧妙詩意的安排之後，由風兒引領著兒童所走入的曬衣世界，是如此地鮮活有趣呢！

詩人在這一方面的貢獻，誠如葉師詠琍所說：

詩人在用兒童的眼光去觀察生活、反映生活的同時，又不能忘掉自己是個大人，是個塑造兒童心靈的工程師，當他用兒童的眼光去捕捉那些富有詩意的事物時，要對生活作深刻的分析。經過嚴肅的思考，生動有趣地反映兒童心目中那個五光十色的世界，把那些孩子們感到有趣的事物，再抹上一層新奇的色彩，然後孩子讀了，才似曾相識，恍惚若有所悟呵⑬！

所以說，詩人為兒童所寫的詩，如果超乎了兒童的經驗與欣賞的能力，恐怕也不能算是好的兒童詩了⑭。

㈡流露兒童心靈深處豐富且率直的真情

情感是詩的本質，一首好詩，必然是感情相當豐富，能夠引起讀者共鳴、感動讀者的詩，否則缺少真實的情感，縱使具備了詩的形式，也不算是詩。由於兒童的個性最單純，而且反應也是最直接，他們的喜、怒、哀、樂、愛、惡、欲，經常激昂且直率地流露出來，表達了他們對人生的期望、憧憬和關懷，因此一首好的童詩應該眞切地抒發兒童心靈深處的情思，以激起兒童的共鳴，葉師詠琍分析童詩此一特性時說：

> 兒童詩也需要激情，那是從兒童心靈深處抒發出來的神思激蕩的情思，它緊緊地和兒童純真活潑的心靈結合在一起，逼真地傳達出孩子們那種美的感情、善良的願望、有趣的情致，能激起小讀者感情上的共鳴⑮。

例如謝武彰的「手套」，充分流露出兒童心底眞摯的同學愛：

寒冷的冬天來了
媽媽織了一雙手套
給我上學的時候戴
這雙毛線手套就是
媽媽的手握著我的手
我的手就不會凍壞了
我的手很溫暖
我的心裏也很溫暖

小明沒有媽媽
小明也沒有手套
我要請媽媽織一雙送給他
好讓他的手也有
媽媽的手緊緊的握著
他的手就不會凍壞了
他的手會很溫暖
他的心裏也會很溫暖⑯

㈢充滿童趣的想像

詩中有了「想像」的羽翼，讀者就可以不受時間及空間的限制，隨者詩篇往來古今，置身南北，眞如劉勰所言：「寂然凝慮，思接千載；悄焉動容，視通萬里；吟咏之間，吐納珠玉之聲；眉睫之前，卷舒風雲之色；……。」（文心雕龍神思篇），所以一首好的童詩，應該是透過兒童式的想像，創造出符合兒童心理具有童趣的想像，關於這一點，葉師詠琍有獨到的見解，她說：

何況孩子們又是富於想像的。他們總是用自己創造的想像來認識並解釋世界上的一切事物，因此，給孩子們寫詩，常得體現這種兒童心理特徵，為兒童揭示出他們世界的情趣來。事實呢，兒童詩需要比成人詩更大膽、更豐富的想像，但不能用成人的想像去替代兒童的想像，否則，那種不符兒童心理狀態的想像，孩子是難以接受的⑰。

的確，兒童的想像力是十分豐富的，如果沒有大膽的想像是很難吸引住他們的，例如林煥彰的「花和蝴蝶」：

花是不會飛的
蝴蝶，蝴蝶是
會飛的花。
蝴蝶是會飛的
花，花是
不會飛的蝴蝶
花是蝴蝶，
蝴蝶也是花

花與蝴蝶原是兩種完全不同的物體，但是經由詩人的引領，兒童能夠在他們的幻想王國中，將花與蝴蝶結合成一體。又如楊喚的「水果們的晚會」，是詩人在靜悄悄的月夜裡，展開想像羽翼而寫出具有奇趣的詩篇，至今仍受到相當地推崇：

窗外流動著寶石藍色的夜，
屋子裡流進來牛乳一樣白色月光，
水果店裏的鐘聲噹噹的敲響過了十二下，
美麗的水果們都一齊醒過來，
請夜風指揮蟲兒們的樂隊來伴奏，
這奇異的晚會就開了場。

第一個是香蕉姑娘和鳳梨小姐的高山舞，
跳起來裙子就飄呀飄的那麼長；
緊接著，龍眼先生們來翻觔斗，
一起一落的劈拍響，
西瓜和甘蔗可真滑稽，
一隊胖來一隊瘦，怪模怪樣的演雙簧；
芒菓和楊桃只會笑，

不停的喊好，不停的鼓掌。
鬧呀笑呀的真高興。
最後是全體水果們的大合唱。
他們唱醒了沉睡著的夜，
他們唱醒了沈睡著的雲彩，
也唱來了美麗的早晨。
唱出來了美麗的早晨的太陽⑲。

這樣的詩篇，正符合兒童浪漫天眞，好發奇想的個性呢！

㈣用兒童天眞活潑而自然的口吻表達

詩是語言的藝術，如果不是千錘百煉足以扣動人心的語言，就不能算是眞正的詩。所以詩是必須用凝煉、精確、生動和富於表現力的藝術語言才能表現出深刻思想和鮮明形象的。同理童詩的用語也必須在詩人錘煉後，以兒童天眞活潑並且自然的口吻來表達，葉師詠琍說明童詩語言的重要時說：

兒童詩同樣要求運用凝煉的語言高度概括地反映生活，所不同的在於它運用的凝煉語言中要洋溢著天真和稚氣，這種蘊藏天真和稚氣的語言，並不是兒童口語的原始記錄，而是經過詩人的提煉加工、富有詩意的語言。翻開詩集，你就會發現，任何成功的作品，都具備了這個條件的，不然，再好的題材，也吸引不了小讀者呢。好的兒童詩，應該用語言去把孩子的心點亮。這就要求詩句不僅凝煉，優美，而且要讓小讀者感到親切，讀來娓娓動聽，能夠啓發和引導小讀者去思想⑳。

例如曾妙容的這首「老祖母的牙齒」：

時間真是惡作劇，
愛在老祖母的牙齒開山洞；
風兒更頑皮，
在那山洞裏鑽來鑽去。
噓！噓！噓！
老祖母的話兒半天才說一句：
去！去！去！
逗得我們笑嘻嘻㉑。

「噓！噓！噓！」「去！去！去！」，自然活潑的用語很快地點亮了孩子的心，散發出具有愛意的嘻笑。又如楊喚的這首「小蟋蟀」，全篇充溢著由蟋蟀演唱的熱鬧樂章「克利利」：

克利利！克利利！
媽媽的故事真好聽，
克利利！克利利！
洋娃娃的眼睛真好看，
克利利！克利利！
誰讓你的小臉和小手又黑又髒？
克利利！克利利！
不哭不鬧睡一覺，
我的歌兒唱到大天亮㉒。

眞是生動自然，百聽不厭呢！

(五) 擁有具體明確具教育意義的主題

任何一首好的童詩，都應該有一個對兒童有助益的主題，不論詩人以何種手法表達，都絕對不可以讓兒童產生是非不明、模稜兩可的感覺，因爲混淆的世界是不被純眞的兒童所嚮往的，同時模稜兩可的態度，只會加深兒童茫然的情緒，得不到心靈的憑恃與慰藉。例如下面這首童詩「三個聲音」：

「不要看電視了，
去做功課！」
——心的聲音。
「沒關係，我
只看半個小時嘛！」
——我的聲音。
他們在我心裏
——打架——
「該去做功課了！」
——媽媽的聲音。
「二比一！」
「我輸了！」
——慢慢站起來
走到書房㉓

三種不同來源的聲音，表現出兒童內心的掙扎過程，但最後的結果，肯定了孩子是須要成人引導他們踏出正確必要的步伐。

至於展現童詩具體明確主題的方式，蔡尚志先生指出有兩種途徑[24]；一種是「暗示」，例如「小河」這首詩：

我是一條小河。
有一天，
一個傷心的孩子來到我身邊，
告訴我她的成績退步了。
我便唱「勇往直前」的歌給她聽，
還請她看逆水中的游魚。
她笑了，
向我道一聲謝謝就回家去[25]。

對於一個遭受挫折的兒童，「唱『勇往直前』的歌給她聽」，「請她看逆水中的游魚」，都是暗示性的鼓舞方式，但是「奮發上進」的啟示卻非常具體明確，兒童一看便懂了。其次是運用易懂的比喻，例如「尺」：

尺是忠厚的小孩，
總是走直路，

不走歪路㉖。

尺可以畫直線，是兒童都很熟悉的，而人也要像尺一樣，那麼正直不走歪路，不生邪念，永遠忠厚老實。詩人拿尺所劃出的直線，比喻做人應當走正路，這就是兒童可以領會的啟示。

三、童詩與兒歌

童詩和兒歌有什麼分別？林武憲先生在兒童詩和兒歌有什麼不同一文中探究過這個問題，他從性質、作用、層次及內容四方面加以分析說㉗：

㈠從性質方面說

兒歌以聲音的表現爲主，是訴諸聽覺的，重視的是外形的韻律，意義、文彩的表現是次要的，有時候甚至沒有什麼意義，只是隨口趁韻唸著好玩而已。它的個性是顯露的，它的世界是有限的「音樂世界」，它的優點是率直、自然；在於聲音，而不在於文字。如果有缺點的話，可能是淺薄、粗糙、平淡，言盡意也盡。兒童詩以情趣（意味）、意境的表現爲主，是訴諸視覺的、情緒的。注重的是含蓄、暗示和文字的美，希望能「言已盡而意無窮」，它的世界是廣闊的、無限的「圖畫世界」，它的優點是細膩、深刻、豐富，它的缺點可能是矯揉造作，不像一首詩，一首好詩。

(二) 從作用上說

從作用上來說，兒歌是知識的、實用的工具，是幼兒教育的橋梁。它的目的在於實用方面，文學的欣賞是在其次。它有催眠止哭、練習發音、學習語言、增進知識、配合遊戲等功用。而兒童詩是一種想像的，表現的藝術，一首好的兒童詩並不一定能給兒童智慧、知識或教訓，它像蝴蝶，看似無用，卻能使這個世界更美麗、更可愛。

(三) 從層次上說

從層次上說，兒歌集是初級，入門的「兒童讀物」，兒歌的園地是兒童的第一個「文學樂園」，小孩子聽兒歌、唸兒歌就是接觸文學的開始，所以它的服務對象大多是幼兒。當兒歌不再能滿足小孩子的「文學胃口」的時候，那就要以「兒童詩」或其他讀物來引導兒童，進入更深、更高的文學領域了。

(四) 從內容上說

從內容上說，兒歌偏於敍事或外在的描繪，內容比較通俗；兒童詩偏於抒情，有濃厚的個人主義色彩，雖然文字通俗，內容並不通俗。

雖然林武憲先生指出童詩與兒歌是無法以一條分界線，明顯地劃分，而上述的區分法也不是絕對的，但是他的確具體地說明了童詩與兒歌的差異性。

第二節 童詩的源流

一、童詩探源

詩經是我國第一部詩歌的總集，而詩經一書中也的確有許多適合兒童歌詠的詩篇，由於詩經篇目繁多，這些詩篇無法全面論述，並且基於人倫親情是世間至尚眞情的理由，今僅就詩經中描述倫理親情的篇章加以申述，如小雅蓼莪篇：

蓼蓼者莪，匪莪伊蒿，哀哀父母，生我劬勞！
蓼蓼者莪，匪莪伊蔚，哀哀父母，生我勞瘁！
缾之罄矣，維罍之恥。鮮民之生，不如死之久矣！無父何怙？無母何恃？出則銜恤，入則靡至。
父兮生我，母兮鞠我，拊我畜我，長我育我。顧我復我，出入腹我。欲報之德，昊天罔極！
南山烈烈，飄風發發。民莫不穀，我獨何害！
南山律律，飄風弗弗。民莫不穀，我獨不卒！

這首詩是孝子哀痛父母早逝，無法奉侍雙親報答親恩的詩篇。由於其中對於父母鞠育的昊天恩情做了最眞切地描述，所以兒童詠讀詩篇之後，自然能夠深刻地體會出父母辛勤地付出，感動之情油然而生，並且深植在這稚幼的心田中，無形中敦睦了彼此之間的濃郁親子情。又如邶風凱風篇：

凱風自南，吹彼棘心，棘心夭夭，母氏劬勞。
凱風自南，吹彼棘薪。母氏聖善，我無令人。
爰有寒泉，在浚之下。有子七人，母氏勞苦。
睍睆黃鳥，載好其音。有子七人，莫慰母心。

此詩以凱風爲慈母，棘心是子女，表露出世間母親的神聖與慈愛，並不因子女是不成材的棘薪，而推卸怠忽了養育小小棘心的責任，相對地做子女的也知道以「不如物」自警，而盡力奉侍母親，並使他們得到心靈的慰藉。兒童吟詠此詩必然有一股沐浴於親情之海的溫馨，並且能夠由衷悟澈出親子之間至情。此外小雅常棣也是一首適合兒童吟誦的詩篇：

常棣之華，鄂不韡韡。凡今之人，莫如兄弟。
死喪之威，兄弟孔懷。原濕裒矣，兄弟求矣。
脊令在原，兄弟急難。每有良朋，況也永歎。
兄弟鬩於牆，外禦其務。每有良朋，烝也無戎。
喪亂旣平，旣安且寧。雖有兄弟，不如友生。

儐爾籩豆，飲酒之飫。兄弟既具，和樂且孺。
妻子好合，如鼓瑟琴。兄弟既翕，和樂且湛。
宜爾室家，樂爾妻帑。是究是圖，亶其然乎！

全詩共分八章。首章以常棣花開與花鄂相承之美來比喻兄弟和睦且相親相愛的情感，並且强調此種情感是無以倫比的。二三兩章進一步說明兄弟間的手足之情，往往在不測的意外中，都能發揮患難相助的精神，這般情意在良朋好友間是尋覓不得的。四五兩章則指出即使是平日爭執不合的兄弟，在緊要關頭仍然能夠與我們同仇敵愾，這種豪情在朋友間是見不到的。最後三章是總結前面的論點，明示兄弟和樂的重要，唯有兄弟和樂相處，家庭中才有永恒的快樂。倘若能讓兒童朝夕諷詠此詩，不僅兄弟之情彌篤，全家上下更見和樂興茂的景象。

僅就上述三篇詩經作品爲例，我們可以確定詩經中有著成功的童詩作品，因爲生養在家庭中的兒童，父母兄長是他們最先接觸的對象。也是世間最早爲他們付出眞情與關愛的人，所以一篇歌詠倫理親情的詩篇是兒童所熟悉，並且樂意接受的文學作品，除了具有兒童性之外，由於詩經本身就是文學作品，這些適合兒童閱讀的詩篇，必定也同時具備了文學性，再加上詩經賦比興的寫作技巧，使詩篇的內容明確，譬喻貼切，形象鮮活，所以說詩經中眞不乏適合兒童閱讀的上好童詩呢！

基於上述論述的確認，我們可以將童詩的源頭歸於詩經一書。更何況以詩經教童子，至慢在宋朝程頤先生以前就已經十分通行了呢㉘！

詩經之後的詩作中，實不乏此類的作品㉙，例如晉左思的嬌女詩：

吾家有嬌女，皎皎頗白皙。小字為紈素，口齒自清歷。
鬢髮覆廣額，雙耳似連璧。明朝弄梳臺，黛眉類掃跡。
濃朱衍丹唇，黃吻瀾漫赤。嬌女若連瑣，忿速乃明㦝。
握筆利彤管，篆刻未期益。執書愛綈素，誦習矜所獲。
其姊字惠芳，面目燦如畫。輕妝喜樓邊，臨鏡忘紡績。
舉觶擬京兆，立的成復易。玩弄眉頰間，劇兼機杼役。
從容好趙舞，延袖像飛翮，上下絃柱際，文史輒卷襞。
……
任其孺子意，羞受長者責。瞥聞當與杖，掩淚俱向壁。

左思在這首詩裡，對惠芳和紈素兩姐妹做了多方面的描繪，除了敍述他們外在的面貌和日常生活的細節外，對於稚女成長過程中的好奇心態以及模仿動作所謂「明朝弄梳臺，黛眉類掃跡。濃朱衍丹脣，黃吻瀾漫赤」，描述得特別傳神，至於長女惠芳荒惰紡績，而刻意講妝扮的情懷「輕妝喜樓邊，臨鏡忘紡績」，左思也描述地絲絲入扣，同時「從容好趙舞，延袖像飛翮」點出了年少女子活潑好舞的個性，凡此描述若不是做父親的懷抱著無比親愛之情，朝夕觀察，如何能夠如此深刻、傳神地描繪出嬌女心靈生活的全貌呢！尤其末句「瞥聞當與杖，掩淚俱向壁」最是眞切動人，葉慶炳先生肯定這是父親懷有愛女之情的最佳證據，他說：

最後四句寫到女孩們遭受長者責罰時「掩淚俱向壁」，所流露的父愛最令人感動。可能這位長者就是左思本人，而左思在要責打女兒時如此注意她們的反應，正意味著一位父親深藏在內心的愛女之情㉚。

類此透過父親手下的筆，以詩的形式寫成了這種兒時生活寫實的作品，必然是合適天下父母、子女共同欣賞的溫馨童詩佳作呢！

在中國重視倫常的社會中，自古歌詠倫理親情的篇什就顯得特別多，想來這就是爲什麼每一個中國稚子能夠享受到父母三年之愛，而歲暮長者會被視若家中至寶的主要原因啊！

二、唐宋至清末

古代詩家作品中有許多適合兒童欣賞的詩作，而唐代又是詩的鼎盛時期，因此唐宋以後學堂教師爲了消彌兒童求學期間偶而低靡的情緒，就結集了這些童詩令兒童在倦怠懶散之時吟詠背誦這無異是爲兒童注下一劑令人精神振奮，心靈寧謐的清涼劑呢！明人呂坤在社學要略中說明了這個唐宋以後逐漸形成的固定童蒙學教學內容，他說：

每初遇童子倦怠懶散之時，歌詩一章。擇古今極淺極切，極痛快，極感發，極關係者，集

> 為一書，令之歌咏，與之講說，責之體認[31]。

至於背誦的情形，則如清代沈龍江義學中所說的是：

> 放晚學講賢孝勤學故事一條，吟詩一首。詩要有關係的，如「二月賣新絲」「鋤禾日當午」「青青園中葵」「木之就規矩」等。……次日放晚學時背講[32]。

由於此類童詩爲數不少，重以有專爲兒童創作的童詩集，因而此期學童諷詠的詩作頗爲可觀，今依此期教育目的的不同，略分童詩爲下列幾類：

㈠歷史詩作——胡曾詠史詩

兒童蒙學所採用的詩歌讀本，以唐朝末年胡曾所寫的詠史詩爲最早了[33]。作者胡曾，根據全唐詩的簡介是：

> 胡曾，邵陽人，咸通中舉進士，不第，嘗為漢南從事，安定集十卷，詠史詩三卷。

由此可知胡曾是唐懿宗咸通年間的湖南人士，官職不是很高，清紀昀在四庫全書詠史詩提要中推論他的官位說道：

何光遠鑑戒錄判木夾一條載：高駢鎮蜀，曾為記室，有草檄論西山八國事，蓋終於幕府也。

胡曾所撰寫的詠史詩，根據四部叢刊影印的宋鈔本，總共有一百五十首。而這一百五十首詩的內容，包括上自共工怒觸的「不周山」，一直到隋煬帝亡國的「汴水」，期間歷朝歷代一切重要的歷史事蹟都成了詠史詩歌詠的題材。

作者創作詠史詩的目的何在？胡曾並沒有加以說明，紀昀則依詩作內容，於四庫全書提要中加以推敲說：

其詩興寄頗淺，格調亦卑，何光遠稱其中陳後主、吳夫差、隋煬帝三首，然在唐人之中，未為傑出，惟其追述興亡，意存勸戒為大旨，不悖于風人耳。

所謂「追述興亡，意存勸戒」，這的確應該就是詠史詩寫作的目的。

至於詠史詩勸戒的對象是誰？是不是兒童呢？作者雖然沒有表明，但是根據張公志先生所做的推斷看來，是十分有可能的，他列舉的理由有三：

一、全唐詩收有胡曾的另外十首詩，雖然也還通俗，但是跟「詠史詩」的格調不盡相同，總不至於通俗到叫歷代文人譏為「卑俚」的程度。二、跟胡曾同時的[illegible]蓋，曾為「詠史詩」

作注，注語也很通俗，有的簡直是白話。那麼通俗淺易的「詠史詩」，除非用于蒙學，實在沒有注釋的必要。而且，當時人為當時作品作注，這在唐代是少見的，後來也不多，有之，往往那本書就是為初學而寫的。三、唐代詩風特盛，朝廷又以詩賦取士，蒙學教兒童學詩，因而需要比較淺易的作品，這種情形是可以設想的[34]。

張先生多面的探討與分析是精當的，雖然這還是不能直接證明這是特為兒童創作的文學作品，但是我們卻可以由詠史詩所具備的兒童文學性及其在蒙學中的地位，證明它確實是一部童詩專著，今分別論述於後：

甲、兒童文學的特性：詠史詩所具備的兒童文學特性可分就下列三項說明：

子、兒童性：詠史詩的語言十分通俗，所以對於年齡稚幼語言能力較差的兒童來說，它是適合兒童並且也是兒童所需要的一部兒童初學讀物。

丑、文學性：詠史詩是採七言絕句的形式寫成，由於它是七絕作品，必然具有一定的文學水準，同時平仄調叶、韻味十足，能誘發兒童大聲朗誦的慾望，加上它一句七字，全首只二十八字，短小的篇幅，很容易在琅琅悅耳聲中記誦下來。

寅、教育性：自來觀閱歷史，都有「鑑古知今」的教育意味，而詠史詩的詩旨誠如紀昀所言是「追述興亡，意存勸戒」的，這種富教訓勸戒於溫柔敦厚的詩作中，來達到教育目的作法，正是現代兒童文學專家暨教育學家公認的「寓教於樂」的高妙手法呢！

乙、蒙學中的地位：詠史詩在古代社會中快速地流傳開來，不僅為朝廷上的君臣們所熟悉[35]，民間著作中也經常加以引述㊱，同時在蒙學中也佔有相當的地位，關於這一點，我們可以從明人黃虞稷所撰寫的千頃堂書目中，著錄元代蒙書——「釋文三種」加以證明，此書一共十卷，作者於書名下以小注註明這是由三部蒙書結合而成的書，而這三部蒙書是：蒙求、胡曾詠史詩和千字文。由這樣的組合我們可以知道，詠史詩在唐代以後一直到明朝，始終與蒙求和千字文在童蒙教材中佔著同樣重要的地位。

詠史詩既然是以兒童為對象，且又適合兒童閱讀，並且具備了眞（記載歷史事蹟）、善（寓教於樂之中）、美（具詩的形式）的文學特質，自然能夠視為中國兒童文學中的童詩專著了。此後雖不乏此類詩作，但皆不若胡曾詠史詩合適兒童㊲。

(二) 名家詩選——千家詩、唐詩三百首

在中國古代童蒙讀物中，「三、百、千」一直是重要的兒童識字書，而與「三、百、千」同樣受矚目的「三、百、千、千」中的最末一個千字，指的就是「千家詩」，根據清末劉鶚老殘遊記第七回的記載：

> 掌櫃的（東昌府書店的掌櫃）道：「……若要說黃河以北，就要算我們小號是第一家大書店了。……所有方圓二三百里，學堂裏用的三、百、千、千，都是在小號裏販得去的，一年要銷上萬本呢。」老殘道：「貴處行銷這「三百千千」，我到沒有見過。是部什麼書？怎麼銷得這們多呢？」掌櫃的道：「噯！別哄我罷！我看你老很文雅，不能連這個也不知

道。這不是一部書，『三』是三字經，『百』是百家姓，『千』是千字文；那一個『千』字呢，是千家詩。這千家詩還算一半是冷貨，一年不過銷百把部；其餘三、百、千，就銷的廣了。」

可知千家詩雖不若三、百、千暢銷，但是千家詩它在蒙學中的地位，卻是不容置疑的。「千家詩」不是一人一時選材編輯而成的。根據清人曹寅于康熙四十五年（西元一七〇六）刋行的楝亭十二種我們可以看到題名后村先生編集的「分門纂類唐宋時賢千家詩選」，此書共二十二卷，內容包括時令、節候、氣候、晝夜、百花、竹木、天文、地理、宮室、器用、音樂、禽獸、昆蟲、人品等十四類，這部詩選的編撰者雖然有人懷疑並不是劉克莊㊳，但是這並不會降低它的重要性，因爲「千家詩」就是從上書選錄編定而成的。清翟灝通俗編載：

宋劉後村克莊，有分門纂類唐宋千家詩選，所錄惟近體，而趣尚簡易，本為初學設也。今村塾所謂千家詩者，上集七言絕八十餘首，下集七言律四十餘首，大半在後村選中，蓋據其本增删之耳。故詩僅數十家，而仍以千家為名。下集綴明祖送楊文廣征南之作，可知增删之者，乃是明人。

今日坊間可見的「千家詩」，以漢牛出版社印行的韻對千家詩爲例，全書分「新鐫五言千家詩箋註」及「增補重訂千家詩註解」兩大部分。五言詩部分標明是清代選註本「瑯琊王湘晉升選註、莆陽鄭漢濯之校梓」，上卷五言絕句以孟浩然「春眠」起頭，至太上隱者「答人」止，共三十九首，下卷五言律詩起至玄宗皇帝的「幸蜀回至劍門」，至張說的「幽州夜飲」爲止，共四十五首；七言詩部分則標明是宋代選集，淸人註本「信州謝枋得叠山選、瑯琊王湘晉升註、莆陽鄭漢濯之梓」，上卷七言絕句以程灝的「春日偶成」起頭，至無名氏的「題壁」爲止，共九十四首，下券七言律詩起自賈玉的「早朝大明宮」至明世宗的「送毛伯溫」爲止，共四十八首，總計兩百二十六首詩。

此本千家詩，集後不見明祖送楊文廣征南之作，而殿之以明寧獻王朱權的「送天師」和明世宗朱厚熜的「送毛伯溫」二詩，這是今本千家詩與翟灝通俗篇所敍述的千家詩不相同的地方，但是由作品的內容來看，二者同是以明代史事爲題的詩作，因此我們可以肯定，這兩本千家詩先後都經過明代人增刪過，只是並非出於一人之手罷了。

至於今本七言詩部分題作「信州謝枋得叠山選」，是不是謝枋得曾經從劉後村詩選中選輯過或是坊賈狡獪，以明人增刪本嫁名謝叠山？還是如蘇樺所說，是作注的「瑯琊王湘晉升」據「謝叠山選輯」本而添附的呢㊴？雖然這個問題至今仍然懸疑無解，但是並不因此淹沒他在兒童文學上的價值。

「千家詩」是採集唐宋名家名作，做爲兒童吟詠背誦的教材。它一方面能讓兒童從唐宋各家淺顯的近體詩入手，培養出兒童韻文誦讀、欣賞的能力，爲他們打下深厚的文學基礎，並且在承繼這項偉大文化資產的同時，可以讓兒童藉著這和諧的音韻及優美的詞句，達到陶冶性情、撫慰心靈、啟廸心智的目的，無怪乎「千家詩」在完全沒有官家與學者支持的情況下，能夠在蒙學中生根、流行，並且佔有一席不滅的地位。蘇樺先生在今天也不免要說：

對於從事兒童文學研習的人來說，這是一種最值得留意的古典兒童讀物。卽使在現代，大家對舊詩都相當的陌生，也沒有必要作近體詩，但是由於這些選詩音韻和諧、內容顯易、詞句優美，所詠的風俗物情，又都足以使兒童增進對固有文化和文物的認識和了解。如果能夠指導他們從小逐日利用極短極少的時間來熟讀默誦、吟味涵詠，以後長大，知識發達了，體味越深，得益越多，費力小而功效着，實在值得推行㊵。

此外「唐詩三百首」也是此類童詩名作，「唐詩三百首」是清乾隆間別號「蘅塘退士」的孫洙編選的，根據卷頭題辭末尾所記的「時乾隆癸未年春日，蘅塘退士題」，乾隆癸未是公元一七六三年，可知這書到現在已經有兩百多年了，他早已與千家詩，並轡結馳，成爲家喻戶曉的童蒙讀物了，孫洙在卷頭題辭闡述編選的旨趣說道：

世俗兒童就學，卽授「千家詩」，取其易於成誦，故流傳不廢。但其詩隨手掇拾，工拙莫辨。且止七言律絕二體，而唐宋人又雜出其間。殊乖體製。因專就唐詩中膾炙人口之作擇其尤要者，每體得數十首，共三百餘首，錄成一篇，為家塾課本。俾童而習之，白首亦莫能廢。較千家詩不遠勝耶？諺云，「熟讀唐詩三百首，不會作詩也會吟」，請以是編驗之。

「唐詩三百首」能夠脫穎而出，受到士子喜愛，不是沒有原因的，根據黃永武先生的分析是：

它主要的成功因素是所選的詩篇愜於人心，確實是五萬首唐詩中的代表作。當然，成功的選本，往往不是一蹴可幾的，唐代以還，唐詩的選本有百餘種，提供了千百年來的智慧與眼光，其中尤以明人李攀龍的「唐詩選」、清人王士禎的「唐賢三昧集」、以及與孫洙年代相近的沈德潛「唐詩別裁」，對孫洙編選「唐詩三百首」時影響最大，再加上孫洙與其夫人徐蘭英女士朝夕吟哦的那分癡迷執著的耐力，終於使「唐詩三百首」一書很快去具備了「通行海內」的生命力。據「名儒行錄」的記載，孫洙在嚴寒的天候中讀書，由於家貧，沒有炭火，只有手中握住木棍，憑著這「木生火」的五行概念去禦冬，實在迂得可笑，癡得可愛，也許就是這分迂與癡，讓他在信而好古的虔敬理念下，完成了這本不朽著作的編選工作㊶。

「唐詩三百首」中各體詩的編配是這樣的：五言古詩三十三首，樂府七首，七言古詩二十八首，樂府十四首，五言律詩八十首，七言律詩五十首，樂府一首，五言絕句二十九首，樂府八首，七言絕句五十一首，樂府九首，共三百一十首。朱自清先生以此推測編者選詩的原則說：

五言古詩和樂府，七言古詩和樂府，兩項總數差不多。五言律詩的數目超出七言律詩和樂府很多；七言絕句和樂府卻又超出五言絕句和樂府很多。這不是編者的偏好，是交映著唐代各體詩發展的情形。五言律詩和七言絕句作的多，可選的也就多㊷。至於選詩達三百一十首，這與詩經三百十一篇篇數相近，且統稱「三百」，不難由此窺得作者的用心。

本書流傳既廣，版本極多。「唐詩三百首」原有註釋和評點，雖然謹愼的評點能夠帮助蒙童了解詩中各句的意旨，但是，由於註釋只是簡單註事，並沒有詳盡的釋義，對於蒙童的學習並沒有實質助益。針對兒童實質的需求，道光間浙江省建德縣人章燮，詳細地加以註釋，完成「唐詩三百首註疏」一書。根據他的跋文，知道此一註本作於道光甲午，就是西元一八三四年，離蘅塘退士題辭的那年有六十九年。朱自清分析這個註本說：

這註本也是「為家塾子弟起見」，很詳細。有詩人小傳，有事註，有義疏，並明作法，引評語；其中李白詩用王琦「李太白集註」，杜甫詩用仇兆鰲「杜詩詳註」。原書的詳評也留著，但連圈沒有——原刻本並句圈也沒有。書中還增補了一些詩，卻沒有增選詩家。以註書的體例而論，這部書可以說是駁雜不純，而且不免繁瑣疏漏傅會等毛病。書中有「子墨客卿」（名翰，姓不詳）的校正語十來條，都確切可信。但在初學，這卻是一部有益的書㊸。

此後尚有于慶元的「續選唐詩三百首」，李盤根的「註釋唐詩三百首」、世界書局的「新體廣註唐詩三百首讀本」等多種註本。民國七十五年黃永武、張高評先生合著的「唐詩三百首鑑賞」，一反前人用力於作者生平及箋註的態度，而將重點全放在分析鑑賞上，對於提升兒童欣賞詩作的能力是有相當帮助的。

(三)訓蒙詩作——小學弦歌

童詩教學是小學課程中必要的一環，但是部分學者强調並要求這些童詩的內容，應該具有特殊訓誡的教育意義，如宋人程頤所說：

> 教人未見意趣，必不樂學。且教之歌舞，如古詩三百篇，皆古人作之，如關雎之類，正家之始，故用之鄉人，用之邦國，日使人聞之。此等詩，其言簡奧。今人未易曉。別欲作詩，略言教童子洒掃、應對、事長之節，令朝夕歌之，似當有助㊹。

朱熹同意程說，所以載錄此言於小學書中㊺。明末王守仁，更進一步指出以詩教學的意義與價值說：

> 古之教者，教以人倫，後世記誦詞章之習起，而先王之教亡，今教童子，惟當以孝弟忠信禮義廉恥為專務，其栽培涵養之方，則宜誘之歌詩，以發其志意，導之習禮，以肅其威儀，諷之讀書，以開其知覺。今人往往以歌詩習禮為不切時務，此皆末俗庸鄙之見，烏足以知

古人立敎之意哉！大抵童子之情，樂嬉游而憚拘檢，如草木之始萌芽，舒暢之則條達，摧撓之則衰痿。今敎童子，必使其趨向鼓舞，中心喜悅，則其進自不能已。譬之時雨春風，霑被卉木，莫不萌動發越，自然日長月化；若冰霜剝落，則生意蕭索，日就枯槁矣。故凡誘之歌詩者，非但發其志意而已，亦所以洩其跳號呼嘯於詠歌，宣其幽抑結滯于音節也。…諷之讀書者，非但開其知覺而已，亦所以沈潛反復而存其心，抑揚諷誦以宣其志也，凡此皆所以順導其志意，調理其性情，潛消其鄙吝，默化其麤頑，日使之漸於禮義而不苦其難，入於中和而不知其故，是蓋先王立敎之微意也[46]。

詩敎是如此地重要，爲了效果彰明王守仁具體地指出詩歌敎學的方法是：

凡歌詩，須要整容定氣，清朗其聲音，均審其節調，毋躁而急，毋蕩而囂，毋餒而懾，入則精神宣暢，心氣和平矣。每學量童生多寡，分為四班，每日輪一班歌詩，其餘皆就席斂容肅聽。每五日則總四班遞歌于本學，每朔望集各學會歌于書院。……凡習禮歌詩之類，皆所以常存童子之心，使其樂習不倦，而無暇及於邪僻[47]……。

在訓蒙詩作中，「神童詩」是很引人注意的一部童詩作品。因爲這是中國流傳下來的第一部兒童童詩創作，明朱國楨介紹這位小作家及作品說：

汪洙，字德溫，鄞縣人，九歲善詩賦，牧鵝黌宮，見殿宇頹圮，心竊嘆之，題曰：「顏回夜夜觀星象，夫子朝朝雨打頭，萬代公卿从此出，何人肯把俸錢修？」上官奇而召見。……世以其詩銓補成集，以訓蒙學，為「汪神童詩」㊽。

這部學館通用的童詩讀本，可惜的是根據清人翟灝的考證，出於汪洙之手的詩作不多，他說：

其前二三叶，相傳皆汪詩，其後則雜采他詩詮補。

至今已無法考證「神童詩」的作者，除了汪洙之外，還有誰執筆撰寫過，但是這應該不會影響「神童詩」在童詩中的地位，因爲詮補的部分縱使不是出於神童汪洙之手，也必定是他人用心創作的童詩作品，只是敎訓的意味不免濃厚罷了。

此外清人李元度所編的小學弦歌㊾，就是本著程頤的意旨編選成書的童詩讀本，全書分爲「敎」、「戒」兩大類，而所敎的項目有：孝、忠、夫婦之儀、兄弟之儀等十六項。又所戒的項目是：貪、淫、殺、爭競等十二門。全書總共選詩九百三十多首，這對蒙童來說，分量顯然過重，但是這種以詩旨歸類排比的詩歌讀本，能讓兒童具體深刻地了解忠孝節義的精神，及貪淫殺爭的可憎，在人文教育上是有相當崇高價值的。

三、民國以後

自民國元年到今天，中國童詩跟隨著文學發展的脚部，走上空前革新的時期，它逃脫了傳統的束縛，創立出新穎的形式，尋得嶄新的內容。四而開創出目前這一片生氣盎然的新童詩園地。推究促成此期兒童詩大放異彩的重要原因，計下列幾項：

㈠　五四運動白話文學的影響

民國八年，五四運動在胡適之的推動下，白話文學從傳統中脫穎而出，佔有一支獨秀的文學地位。胡適在談新詩一文中以歷史進化的眼光，將整個中國古代詩體的變遷做了如下的說明：

我們若用歷史進化的眼光來看中國詩的變遷，方可看出三百篇到現在，詩的進化沒有一回不是跟著詩體的進化來的。三百篇中雖然也有幾篇組織很好的詩，如「氓之蚩蚩」「七月流火」之類，又有幾篇很好的長短句，如「坎坎發檀兮」「園有桃」之類，但是三百篇究竟還不曾完全脫去「風謠體」（Ballab）的簡單組織。直到南方的騷賦文學發生，方才有偉大的長篇韻文。這是一次解放，但是騷賦體用兮、些等字煞尾，停頓太多又太長，太不自然了。故漢以後的五七言古詩刪除沒有意思的煞尾字，變成賞串篇章，便更自然了。若不經過這一變，決不能產生焦仲卿妻、木蘭詩一類的詩。這是二次解放。五七言成為正宗詩體以後，最大的解放莫如從詩變為詞。五七言詩是不合語言之自然的，因為我們說話決不能句句是五字或七字。詩變為詞，只是從整齊句法變為比較自然的參差句法。唐、五代的小詞雖然格調很嚴格，已比五七言詩自然得多了。如李後主的「剪不斷，理還亂，是離愁！別有一般滋味在心頭。」這已不是詩體所能做得到的了。試看晁補之驀山溪：「……愁來不醉，不醉奈愁何？汝南周，東陽沈，勸我如何醉？」這種曲折的神氣，決不是五七言詩能寫得出的。又如辛稼軒的水龍吟：「……落日樓頭，斷鴻聲裏，江南遊子，把吳鈎看了，闌干拍遍，無人會，登臨意。」這種語氣也決不是五七言的詩體能做得出的。這是三次解放。宋以後，詞變為曲，曲又經過許多變化，根本上看來，只是逐漸刪除詞體裏所剩下的許多束縛自由的限制，又加上詞體所缺少的一些東西如襯字套數之類。但是詞曲無論如何解放，終究有一個根本的大拘束；詞曲的發生是和音樂合併的，後來雖有不可歌的詞，不必歌的曲，但是始終不能脫離「調子」而獨立，始終不能完全打破詞調曲譜的限制[50]。

新詩的出現，打破一切舊有的格律，也擺脫了詞調曲譜的限制，胡氏稱這是第四次的詩體大解放，他說：

直到近來的新詩發生，不但打破五言七言的詩體，並且推翻詞調曲譜的種種束縛，不拘格律，不拘平仄，不拘長短；有什麼題目，做什麼詩；詩該怎麼做，就怎麼做。這是第四次的詩體大解放。這種解放，初看去似乎很激烈，其實只是三百篇以來的自然趨勢。自然趨勢逐漸實現，不用有意的鼓吹去促進他，那便是自然進化。自然趨勢有時被人類的習慣性守舊性所阻礙，到了該實現的時候卻不實現，必須用有意的鼓吹去促進他的實現，那便是革命了。一切文物制度的變化，都是如此的㊿。

梁實秋先生根據胡氏的八不主義，即㈠不用典，㈡不用陳套語，㈢不講對仗，㈣不避俗字俗語，㈤須講求文法，㈥不作無病呻吟，㈦不摹仿古人，㈧須言之有物，以及胡氏對詩的文字看法，即「詩之文字原不異文之文字，正如詩之文法原不異文之文法」，在論文學一書中歸納闡述胡氏的新詩論點是：

㈠詩律當廢，即不能廢，亦當視爲文學末技。

㈡要充分採用白話的字，白話的文法，和白話的自然音節，非做長短不一的白話詩不可：有什麼話，說什麼話；話怎麼說，就怎麼說。

㈢五七言八句的律詩決不能容豐富的材料，二十八字的絕句決不能寫精密的觀察，長短一定的七言五言決不能委婉達出高深的理想與複雜的情感。

㈣文學的美，其成分有二，第一是明白清楚，第二是明白清楚之至，故有逼人而來的影像㊾。

今日童詩創作家在胡氏當年高唱的新詩主張聲潮中，依循著「做新詩的方法根本上就是做一切詩的方法；新詩除了詩體的解放一項之外，別無他種特別的做法。」的論點，走向白話文淺顯通俗的路線上，打破了傳統格律，創作出大量風格自由的童詩作品。

(二) 童詩園地的開拓與作家熱烈的投入

童詩的園地隨著時代的腳步及人們的需要，逐步地開拓著，今首先將與童詩有關的部分刊物，依創刊的先後次第排比於後，以此窺探近代童詩發展的脈絡，及所開闢的童詩園地：

新詩周刊：民國四十年「新詩周刊」借自立晚報創刊，其中刊登了不少翻譯的兒童詩作，以民國四十一年二至六月間，蔡希賢翻譯的童話詩——「赫利本詩抄」，最受矚目。

現代詩：民國四十二年二月紀弦創刊「現代詩」詩刊。

藍星周刊：民國四十三年覃子豪等創刊「藍星周刊」。

創世紀：民國四十三年十月張默、洛夫、瘂弦創刊「創世紀」。

笠詩刊：民國五十三年六月「笠」詩刊創刊。在民國六十年十月「笠」詩刊第四十五期開闢「兒童詩園」之後，童詩不再僅以客串的角色出現在現代詩的刊物上了。

兒童月刊：民國六十一年二月「兒童月刊」第〇期試刊號發行。

小讀者：民國六十一年五月「小讀者」也創刊了。

書評書目：民國六十一年九月洪建全教育文化基金會的「書評書目」月刊創刊，其中不少有關童詩的評論。

百代美育：民國六十二年九月「百代美育」月刊創刊，是刻意將童詩與圖畫結合的刊物。

兒童天地：「兒童天地」從民國六十三年開闢了「兒童詩園」。

月光光：民國六十六年四月林鍾隆等創刊「月光光」，這是臺灣光復以來第一本純兒童詩刊，他的內容包括兒童詩的創作，評論及翻譯等。

大雨：「大雨」詩刊於民國六十九年一月創刊，該刊謝絕成人作品及非童詩作品只接納兒童自己的創作，只出了四期就停刊了。

風箏：「風箏」詩刊於民國六十九年一月創刊，林加春主編該刊，重視兒童詩的教學、理論、批評，並將童詩與圖畫、攝影作一結合。

布穀鳥：「布穀鳥」兒童詩學季刊於民國六十九年四月四日創刊，主編林煥彰他們重視童詩的創作、理論與教學的探討，並且將它與童謠、童話、美術、音樂加以結合。

兒童文學雜誌：民國六十九年四月「兒童文學雜誌創刊」，由王天福主編。

鈴噹：民國七十一年一月高雄市前鎮國小，創刊「鈴噹」童詩半月刊，林仙龍主編，是國民小學第一份兒童詩刊。

除了上述各類期刊刊載著童詩作品，今日童詩產量更是驚人，爲了替兒童傳達這種誘人的童詩訊息，各報章雜誌都先後開闢兒童詩的園地，並且紛紛推出兒童詩的專輯[53]，不勝枚舉。

此一時期投入童詩行列的有心人士特別地多，他們用心不外下列三方面[54]：

甲、從事童詩創作工作：僅以兒童周刊爲例，所見的童詩作家，就有：丁貞、王鳳銘、王斌、緋緋、黃用、木子、海如、李佩雪、中寧、漢愚、家慶、席滋、冷晏、蘇樺、方黍、斯克、金牛、楊俊、金柱、秦松、憶、湘、春暉、朗朗、袁聖梧、蛟、松汀、羅悒、若蘭、季予、郭文圻等數十人，其中投入最力，成果最是可觀的，就是目前被譽爲中國童詩先驅的楊喚，他的童話詩受到無比的推崇，覃子豪先生贊譽說：

有新鮮的內容，獨創的格調，不是陳腔濫調的兒歌，是培育兒童心靈的新鮮的讀物。

楊喚的詩作計有：童話裏的王國、水果們的晚會、家、美麗島七彩的虹、夏夜、小紙船、森林的詩、下雨了、春天在哪兒呀、毛毛是個好孩子、肥皂的歌、眼睛、小螞蟻、給你寫一封信、小蜘蛛、小蝸牛、小蟋蟀等十八篇，都深深地吸引著孩子。只可惜他的生命太過短促，只二十五歲就遠離人世了，但是由於楊喚的投入，童話詩在中國三十、四十年代的詩壇上大放異彩。布穀鳥詩刊為了讓今人緬懷楊喚在童詩這方面的貢獻，還特別增設了「紀念楊喚兒童詩獎」呢！

民國五十六年女詩人王蓉子於中華兒童叢書，出版了她為小朋友寫的童詩——「童話城」，全書共分三輯，第一輯是一般常見事物的詩，第二輯是自然現象的詩，第三輯是兩首故事詩。由於王蓉子兒童詩，一方面繼承了楊喚以來的童話詩的敍事傳統，有童話的故事意味和情趣，再則也發揮了想像的抒情傳統，充滿了天眞童趣的風味。許義宗推崇他的童話城，認為是「自由中國第一本兒童詩集」，雖然中國童詩集早在唐末就已經有了，但稱他的作品是中國新文學時代的第一本兒童詩集，則是不容置疑的。女作家鍾梅音也為兒童作詩，她的「不知名的鳥兒」，也是列入中華兒童叢書出版，在這一部詩集中，收錄了四首故事詩，有童謠般的節奏和韻律，也有童話般的想像和情趣，很吸引兒童的。此後個人創作的兒童詩集，絡繹不絕，如林武憲的「怪東西」（六十一年，中華兒童叢書）、「井裏的小青蛙」（六十八年，漢京書店）、張彥勳的「獅子公子的婚禮」（六十二年，國語日報）、曾妙容的「露珠」（六十三年，臺灣文教出版社）、「紙船」（六十五年，臺灣文教出版社）、林良的「小時候」（六十四年，中華兒童叢書）「動物和我」（六十七年，中華兒童叢書）、林煥彰的「童年的夢」（六十五年、光啓出版社）、「妹妹的紅雨鞋」（六十五年，純文學出版社）、「小河有一首歌」（六十八年，漢京書店）、「壞松鼠」（七十一年，中華兒童叢書）、謝武彰的「天空的衣服」（六十五年、中華兒童叢書）、「越搬越多」（六十八年，漢京書店）、「我們去看湖」（六九八年，漢京書店）。黃基博的「看不見的樹」（六十五年，太陽出版社）、羅悅玲「夏日的回憶」（六十六年，領導出版社）、謝新福「媽媽有兩張臉」（六十七年，同崢出版社）、林鍾隆「星星的母親」（六十八年，成文出版社）、褚乃瑛「四季的風」（六十八年，成文出版社）、林建助「媽媽的眼睛」（六十九年，德華出版社）、戴惠華「我的王國」（六十九年）、嚴友梅「葉兒船」（六十九年，大作出版社）、杜榮琛「稻草人」（七十年，長流出版社）、林仙龍「趕路的月亮」（七十年，華淋出版社）、馮輝岳「大海的幻想」（七十年，成文出版社）、詹水「太陽、蝴蝶、花」（七十年，成文出版社）、沈玲棠「鈴鐺之歌」（七十一年，布穀出版社）……等，都是作家有心的童詩創作。目前由於童詩園地的增闢，更誘發了人們童詩的創作慾望，隨手翻閱報章或雜誌，我們都能見到一兩首的童詩作品。

乙、從事翻譯選輯工作：在強調兒童文學無國限的今天，從事翻譯童詩以擴大兒童見聞觸角的工作，也是很受重視的。在民國四十一年二月到六月之間，新詩周刊首先刊出了蔡希賢翻譯的

「赫利本詩抄」，這是當時很受矚目的翻譯兒童詩，蔡希賢在前言中說：

> 赫利本（Harry Behn）詩抄是從赫利本所著的「小山」詩集中翻譯出來的，此詩是屬於童話詩，但不僅是屬於兒童的讀物，詩中生動的比喩和幽默的語調，極富情趣……

在翻譯詩作中，專爲兒童創作或適合兒童欣賞的詩集，比較顯著的有：徐斌譯希默納斯的「小白驢與我」（四十八年、正中書局）、糜文開譯泰戈爾的「泰戈爾詩集」（五十二年、三民書局）、王安博譯希梅涅斯的「灰毛驢和我」（五十七年、敦煌書局）。「愛與夢」（五十九年、華明出版社）、何瑞雄譯阿保利奈爾的「動物詩集」、郭文圻譯史蒂文生的「兒童詩園」（六十年、華明出版社）以及「快樂童年」（六十一年、大行出版社）、林鍾隆譯「北海道兒童詩選」（六十六年、笠詩社）、藍祥雲譯「兒童詩的欣賞——日本兒童詩選」（六十六年，國語書店）、舒蘭譯「跟影子遊戲」（七十一年，布穀出版社）、李南衡譯「寫給戰爭叔叔（包括越南兒童詩選）」（迅雷出版社）。爲了擴大兒童詩的視野，出現不少童詩選集，比較顯著的有：蘇振明主選「兒童詩畫選」上册及黃基博主選的「兒童詩畫選」下册（六十四年，將軍出版社）、林武憲編選的「小河唱歌」（六十四年，中華兒童叢書）、「秋天的信」（六十七年，洪健全文化基金會）、陳玉珠等的「自己編的兒歌」（六十六年洪健全文化基金會）、趙天儀、藍祥雲編的「小毛蟲」（六十六年，笠詩社）、蘇宗健編選的「俊蝴蝶討新娘」（六十六年，新兒童出版社）、「蓬萊米」（六十六年，新兒童出版社）林仙龍編的「小詩人」第一集（六十七年，前鎮國小）、「小詩人」第二集（六十八年，前鎮國小）、「小詩人」第三集（六十九年，第三集）、何光明等的「升旗」（六十八年，洪健全文化基金會）、陳千武編的「小學生詩集」（六十八年臺中市文化基金會）、趙天儀編的「時鐘之歌」（六十八年，牧童出版社）、北女師專學生作品集「兒童詩創作」（六十八年）、桃園縣國小師生作品集「詩蕊」（六十八年，文復會桃園縣總支會）、方素珍等「明天要遠足」（六十九年，洪健全文化基金會）、林煥彰編的「童詩百首」（六十九年，爾雅出版社）、「海寶的秘密」（七十年，布穀出版社）、布穀鳥兒童詩獎評審會編的「海浪的聲音」（七十年，布穀出版社）、陳佳珍編的「仙人掌兒童詩集」（六十九年，作文出版社林加春編「我們就是春天」（七十年，東益出版社）、郁化清等的「我的小詩」（七十年，中央日報社）、洪中周指導編選「母鴨帶小鴨」（七十一年，布穀出版社）、陳千武編的「小學生詩集」㈡（七十一年，台中市立文化中心）、花蓮縣平和國小兒童詩畫選集「小雲雀」（七十一年）、王萬清指導洪嘉徽、洪嘉穗、洪惠群詩集「烟火」（七十二年、美和出版社）……等。

丙、從事理論教學工作：民國六十年十月「笠」詩刊開闢了「兒童詩園」以後，臺灣兒童詩壇有四股力量投入兒童詩的創作；一是許多小學教師，本來對兒童文學就有一種濃厚的關懷和興趣；一方面開始指導小學生學寫詩，另一方面也開始爲兒童寫詩。例如：最早指導兒童寫詩的黃基博，便是一位國小教師。許多小學教師紛紛投入兒童詩教學與創作的行列，有的還撰寫教學心得及評論。二是許多小學生因爲老師熱心指導的結果，也開始寫詩，而且逐漸地形成一種熱潮，有些小朋友還出版了個人的詩集！三是有些詩人和作家本來就關心兒童文學的一群，也紛紛開始創作兒童詩，評論兒童詩，並且有意走向創辦兒童詩刊方向。四是許多戰後成長的新生代詩人崛起於台灣現代詩壇，有些也開始向兒童詩壇進軍，由於這四種力量的注入，於是更壯大了兒童詩園的陣容。爲了兒童及有心創作者的需求，童詩理論的建立及兒童創作的指導工作，都因應而生了，在這一方面的專著有：林鍾隆著「兒童詩研究」（六十六年，益智書局）、「兒童詩觀察」（七十一年，益智書店）、黃基博的「怎樣指導兒童寫詩」（六十六年，太陽城出版社）、徐守濤著「兒童詩論」（六十八年，東益出版社）、許義宗著「兒童詩的理論友其發展」（六十八年）、陳清枝著「兒童詩教學研究」（六十九年，南投縣水里鄉民和國民小學）、陳傳銘編「童詩欣賞」（七十年，華仁出版社）、「我也寫一首詩①②」（七十一年，高市十全國校及華仁出版社）、傅林統著「童詩教室」（七十年，作文出版社）、呂金清編著「兒童詩歌欣賞習作」（七十一年，文文印刷公司）。林煥彰編著「季節的詩：兒童詩入門㈠」（七十一年、布穀出版社）、洪中周著「兒童詩欣賞與創作」（七十一年，益智書店）、蔡清波編著「我愛兒童詩」（七十一年，愛智圖書公司）、林樹嶺編著「國小兒童讀童詩」（七十二年，金橋出版社）……等。對於林鍾隆、黃基博和和徐守濤的著作，許義宗先生推崇說：「這三本書，對兒童詩的寫作，都有具體的見解及方法，是兒童詩指導的著作」。此外還有關於兒童詩的兒童文學評論集及其他選集，例如：曾信雄著「兒童文學創作選評」（六十二年，國語日報出版部）、林良著「淺語的藝術」（六十五年，國語日報出版部）、王萬清著「兒童的文學教育」（六十六年，東益出版社）、許義宗著「兒童文學論」（六十六年）、傅林統編著「兒童文學的認識與鑑賞」（六十八年，作文出版社）邱阿塗著「兒童文學的新境界」（七十年，作文出版社）。葉師詠琍著「兒童文學」（七十五年，東大圖書公司）……等。

㈢官方的鼓勵及民間機構的推波助瀾

「上行下效」是一切事物蔚爲風氣的主因，官方在民國四十六年兒童節，由教育部舉辦了「優良兒童讀物獎的徵選」，藉以鼓勵兒童議物的創作和譯述。又於民國六十四年十二月將教育部的文藝創作獎，增加了兩項兒童文學獎，即小說與詩歌散文，這些對童詩的創作，有著無比鼓舞的力量。更爲了能有效地推動兒童讀物寫作的風氣，台灣省從民國六十年至六十八年，在板橋教師研習會一共舉辦了六期兒童文學研習會，前後約有三百名學員參加；而台北市教育局從民國六十四年至六十六年，每年舉辦五期兒童文學研習會，由國小教師參加，每期六十人，共有九百名學員參與，這些研習會的開辦，對兒童文學教育、創作有興趣的人來說，影響可謂深遠，加上研習會上優秀的作品都能分期依次刋登在中國語文月刋上，無形中激增了人們獻身兒童文學創作的意識；此外民國六十七年十二月十三日桃園縣政府教育局爲了使兒童詩教育有健全的發展，並且有效地鼓勵教師們指導兒童創作兒童詩，特地開辦了「兒童詩研習會」，研習會由桃園縣教育局江文雄局長主持，會中並邀請許義宗、林鍾降、趙天儀、林煥彰等人專題演講把兒童詩有關的問題，做有系統、有層次、有條理地介紹，使得全縣一百餘位國小教師，會後不僅自己能創作兒童詩，而且可以有效地指導兒童寫詩，他們創作的成績頗爲可觀，我們可以從他們集結出版的兒童詩創作專集「詩蕊」一書中，得到確切的明證。在教育單位大力倡行之下，童詩的創作，最爲普遍，效果也最好，民國六十六年五月林武憲以「怪東西」、「你來說我來猜」等詩集榮獲中國文藝協會的「文藝獎章——兒童文學創作獎」，六十七年十一月，林煥彰以「童年的夢」、「妹妹的紅雨鞋」兩書榮獲中山學術文化基金會的「中山文藝創作——兒童文學獎」，另外許義宗的兒童詩的理論與發展」，亦獲中山學術文化基金會獎助出版。這種得獎，可以說明童詩已經在文學領域裏不但被肯定，而且還有地位逐漸提高的趨勢呢！

除了官方的宣導之外，民間力量的投入，也爲現今童詩的發展帶來推波助瀾的功效，其中除了國語日報，在林良先生的領導下，使兒童文學周刋成爲所有報刋雜誌中，首屈一指的童詩溫床之外，洪建全基金會從民國六十三年起，每年舉辦的私人「兒童文學創作獎」，可稱得上是提高國內兒童讀物水準，以及鼓勵有心者從事兒童文學創作，功績最是彰顯的民間機構，由於此項創作獎的童詩得獎作品，由洪建全基金會逐年選定發行，很可以讓我們瞭解我國近年來童詩作品的面貌及趨向，是值得我們關心的。

第三節　童詩的內容

兒童詩的種類很多，今綜合古今兒童詩作舉其要者，分作以下數類，介紹於後：

一、敍事詩

兒童滿懷好奇的童心，關心古往今來的歷史事件，也注意發生在自己周遭的事情，因而以記述事件爲主的敍事詩，是很吸引兒童的。兒童經由此類詩作的吟哦，不但能享受詩體音律之美，體驗詩教之善，更能透過寫實的內容，明瞭整個國家社會以及個人生活的軌跡，在借鏡他人豐富人生經歷的同時，兒童可以提煉出自己的生活觀點，並且進一步地提升自己的人生境界。

唐朝胡曾的詠史詩，就是此類傑出童詩作品，它以記述歷史事迹爲主，例如「不周山」：

共工爭帝力窮秋，因此捐生觸不周。
遂使世間多感客，至今哀怨水東流。

這首詩所記述的便是共工氏與顓頊爭帝位，怒觸不周之山的歷史事件。除了歷史性的敍述之外，作者每每在詩作中也抒發一己之感嘆，例如「章華臺」：

茫茫春草沒章華，因笑靈王昔好奢。
臺土未乾簫管絶，可憐身死野人家。

一個以土木之崇高彫鏤爲美，而不知安民以爲樂的君主，所得到的下場，豈不就是如此令人可憐嗎？其實君主的貪欲奢華，不僅埋下亡國的種子，更散發出戕賊生靈的火苗，如「阿房宮」：

新建阿房壁未乾，沛公兵已入長安。

帝王苦竭生靈力，大業沙崩固不難。

面對強悍的外族，不命將軍赴沙場，却令紅粉爲和戎的作法，不免受到胡曾的批評和諷刺，如「漢宮」：

明妃遠嫁泣西風，玉筋雙垂出漢宮。
何事將軍封萬戶，卻令紅粉為和戎。

對於歷史上高風亮節的人物，胡曾也發出讚嘆之聲，例如「首陽山」：

孤竹夷齊恥戰爭，望塵遮道請休兵。
首陽山倒為平地，應始無人說姓名。

伯夷叔齊欲仁而得仁，是値得傳頌千古的。又如「五湖」：

東上高山望五湖，雲濤煙浪起天隅。
不知范蠡乘舟後，更有功臣繼踵無？

功成身退實明智之舉，但是江山亦要偉人持呀！怎能無繼踵功臣呢？

詠史詩中，除了有忠於史事的敍述之外，作者也結合了想像的美，鋪述動人心弦的藝文往事

例如「成都」：

杜宇曾為蜀帝王，化禽飛去舊城荒。

年年來叫桃花月，似向春風訴國亡。

又如「望夫山」：

一上青山便化身，不知何代怨離人。

古來節婦皆銷朽，獨爾不為泉下塵。

掃墓祭祖是中國人孝思的表達，從廖明進的「掃墓」中，我們可以看到文化精神的傳遞，及

童子的赤心：

割墓草的時候，

想起了爸爸的話：

「和人說話，

要看著對方。」

一面燒香，
一面注視著墓碑，
喃喃的說了一些話。
沒有看到爸爸的表情，
爸爸到底聽到了我的話沒有？
實在不放心55。

遊戲是孩子童年生命中，不可或缺的精神食糧，他們可借著遊戲角色的揣模，體驗不同的人生，並且增益彼此間的情感呢！例如詹冰的「遊戲」：

「小弟弟，我們來遊戲。
姊姊當老師，
你當學生。」
「姊姊，那麼，小妹妹呢？」
「小妹妹太小了，
她什麼也不會做。

我看——
讓她當校長算了56。」

如此安排，豈不是各得其位，皆大歡喜，達到眞正遊戲的目的了嗎！

兒童年紀稚幼，但是體力旺盛，喜歡和同伴比長較短地嬉戲，渡也的「南山大俠」，不但生動地描繪出兒童正視此種活動的態度，更流露出兒童至善純眞的萬丈豪情，讓人敬佩小小英雄的心，不得不油然升起：

今天下午小强來找我出去打仗
他左腰插著一根破竹棒
媽媽站在門口告訴他：
「我們家的阿明生病了，
改天再來玩好不好？」
小强說吃了他的仙丹
病馬上就會好的
還從口袋裏摸出兩粒
髒兮兮的健素糖
很正經地說：

「是要給貴府的南山大俠吃的。」
媽媽聽了
捧腹大笑起來
小强就很生氣
頭也不回地走了[57]

綠草地上的螳螂，一蹦一跳，怎不惹孩子喜愛呢？詹冰的「螳螂」不但敍述了孩子補捉螳螂的樂趣，更深入孩子心靈表現出孩童善良不忍的天性：

芒花上的螳螂
那雙綠色有鈎的手
一直在打拳擊
我把他抓在玻璃瓶裡
他還在不停的打拳擊
真好笑！
不久他就停下來了
他不動地在想什麼呢？

我看那快要哭出來的樣子
心裡好難過
我馬上把他放回草叢裡
這樣在大自然中
欣賞他就好了[58]

二、描繪詩

描繪詩，是指利用感官去捕捉最突出、精彩並且令人難忘的印象，而加以描繪的詩作。由於描繪的對象有：人、物、景三種，所以描繪詩可區分爲下列三類：

㈠ 描人詩

在浩瀚的時空裏，孩子最關心的就是朝夕與他們共處的親人，因而描人的詩作中，不少以父親、母親、奶奶、阿姨爲題材的作品，例如林靜萍的「爸爸也不是乖孩子」：

爸爸叫人家不能玩泥巴
自己卻一整天都在田裏玩

爸爸也不是乖孩子

爸爸叫人家晚上不要出門
自己卻還在田裏
爸爸也不是乖孩子

爸爸叫人家吃飯不能吃得太快
自己卻拼命吞
吃飽了又衝到田裏去
爸爸也不是乖孩子[59]

透過實話實說的小口，我們可以體會到天下父親的辛勤勞苦。又如潘秀菊的「爸爸」，將父親的脾氣做了傳神的描繪，眞是令人驚心動魄呢！

爸爸的脾氣怕怕，
生起氣來就打人，
不像天上的雷公，
先有閃電

作為警告標誌⑥⓪。

母親永不停止地爲家庭幸福奉獻犧牲，在孩子的眼裡媽媽可是不眠不休擁有驚人毅力的超人呢！例如林良的童詩「媽媽」：

晚上我上床
最後一眼
看到你正在忙
天亮我醒來，
睜開眼睛
看到你還在忙。
微笑的媽媽，
你天天不睡覺嗎⑥①？

母親的溫情，最是令在外的遊子感念，唐孟郊的「遊子吟」描繪出慈母的愛意及遊子慕念的情懷：

慈母手中線，
遊子身上衣；

臨行密密縫，
意恐遲遲歸。
誰言寸草心，
報得三寸暉。

銀絲閃閃，煥發著無限慈愛的老祖母，往往是兒童喜歡依偎的對象，曾妙容在「老祖母的牙齒」中，表現出老小相處的情趣：

時間真是惡作劇，
愛在老祖母的牙齒開山洞；
風兒更頑皮，
在那山洞裏鑽來鑽去。
噓！噓！噓！
老祖母的話兒半天才說一句：
去！去！去！
逗得我們笑嘻嘻[62]。

兒童雖然不明生死之事，但是面對親人分離時的苦痛，却也不減於成人呢！林靜萍在「死去的阿姨」中，探究出自己不能忘記已死阿姨的原因是那沈重的愛呀！

阿姨的病況漸漸嚴重，
阿姨對我的愛也很沈重。
三月十二日，
我和媽媽到臺南去看阿姨，
可是太晚了，阿姨已經死了。
她的影子在我的眼中，
我為甚麼不能忘記她呢？
她為甚麼這樣的去了呢？
阿姨，
您常拿大蘋果給我吃。
現在，
我已經不能再吃到阿姨的大蘋果了！
再也不能了[63]！

阿姨拿大蘋果給我吃，是代表著愛我，而今沒有大蘋果吃了，阿姨的影子仍然在我的眼中不能忘記，試想這不就是自古不變的親情至愛嗎？

孩子自個兒活潑可愛的童年形象，是可以借著成人的描繪，更加清晰的，例如：唐朝鬼才詩人李賀的「唐兒歌」：

頭玉磽磽眉刷翠，杜郎生得真男子。
骨重神寒天廟器，一雙瞳人剪秋水。
竹馬梢梢搖綠尾，銀鸞睒光踏半臂。
東家嬌娘求對值，濃笑書空作唐字。
眼大心雄知所以，莫忘作歌人姓李。

李賀以洗煉生動的筆法，描繪出好一個俊秀、聰敏、活潑、可愛男孩的形象啊！

㈡ 狀物詩

兒童的世界裡，物我是一體的，透過詩的描繪，萬物都展現出生命的活力，例如駱賓王的「詠鵝」：

鵝！鵝！鵝！
曲項向天歌。
白毛浮綠水。

紅掌撥青波。

小青蛙的無知，在林武憲的「井裏的小青蛙」中，有著令人捧腹的描繪：

一口古井裏，
　住著一隻小青蛙，
除了睡覺吃東西，
只會呱呱呱。

小青蛙吃飽了，
就拍著肚子說大話：
「哎呀！我的媽！
這個小地方就是我的家。
天只有井口大，
地只有水一窪。
　再不久，我長大，
這世界會連我肚子都裝不下[64]。」

多刺舉手的仙人掌，究竟需要什麼！是不是沙漠乾旱缺水喝呢？張春德的「仙人掌」寫出了孩子體貼萬物的情感：

仙人掌
住在沙漠裡
沙漠水不多
祇好伸出很多手
向四面八方說
給我水喝㊺

家中圓肚小口，水沸就冒氣鳴叫的茶壺，透過吳淑蕊繪聲繪影的描繪，居然成了罵街的潑婦呢！

我家的茶壺
像鄰居那個婦人
一隻手插著腰
一隻手指著我
好像在罵我㊻

河裡浮擺的小船，在林良先生的描繪下，成了一個徜徉在搖藍裡的孩子，童詩「小船」：

河邊的小船
像一個睡午覺的
孩子。
河水輕輕搖著小船，
像一個柔軟的搖籃67。

蘇軾的「花影」，將花兒的影子做了如下活潑、別緻且又引人遐爾的描繪：

重重疊疊上瑤台，
幾度呼童掃不開；
剛被太陽收拾去，
欲教明月送將來。

(三) 繪景詩

自然界的一切景觀，都是此類詩作的題材，透過作者的筆跡，融合了兒童生活的體驗，自然界的現象都顯得具體而有趣，例如王天呈眼中的四季，就是四個永不停止脚步的接力賽選手呢，他所描繪的「四季」是這樣的：

四季是接力賽跑的選手，
一棒接一棒。
春大姊一路笑咪咪的跑，
夏大哥跑得滿頭大汗，
秋小妹有氣無力的慢慢走，
冬小弟卻跑得氣都喘不過來，
他們永遠沒有終點[68]。

孟浩然的「春曉」，將春晨的景觀，作了如下色彩繽紛，音聲熱鬧的描繪：

春眠不覺曉，
處處聞啼鳥，
夜來風雨聲，
花落知多少？

漫漫的夏夜，在詩人的筆下，蒼穹散發出銀亮的星光，正爲孩子帶來綺麗的月夜景觀及甜美夢境呢！試看楊喚動人的「夏夜」：

蝴蝶和蜜蜂們帶著花朵的蜜糖回來了，
羊隊和牛群告別了田野回家了，
火紅的太陽也滾著火輪子回家了，
當街燈亮起來向村莊道過晚安，
夏天的夜就輕輕的來了。
來了！來了！
從山坡上輕輕的爬下來了。
來了！來了！
從椰子樹梢上輕輕的爬下來了。
撒了滿天的珍珠和一枚又大又亮的銀幣。
美麗的夏夜呀！
涼爽的夏夜呀！
小雞們和小鴨們關在欄裡睡了。

小弟弟和小妹妹也闔上眼睛走向夢鄉了。
（小妹妹夢見她變做蝴蝶在大花園裡忽東忽西的飛，
小弟弟夢見他變做一條魚在藍色的大海裡游水。）
睡了，都睡了！
朦朧的山巒靜靜的睡了！
朦朧的，田野靜靜的睡了！
只有窗外瓜架上的南瓜還醒著，
伸長了籐蔓輕輕的往屋頂上爬。
只有綠色的小河還醒著，
低聲的歌唱著溜過彎彎的小橋。
只有夜風還醒著，
從竹林裡跑出來，
跟著提燈的螢火蟲，
在美麗的夏夜裡愉快的旅行⑥⑨。

秋臨大地，落葉片片，究竟是怎麼壹回事呢？林武憲在「秋天的信」裡，作了這樣的詮釋：

秋天，要給大家寫信
用葉子做信紙
請風當郵差

偷懶的郵差
每到一個地方
就把信一拋

有的信，落在松鼠頭上
有的信，掉在青蛙身旁
趕路的雁，也銜了一頁回家

池塘裏，草叢中
到處都有秋天的信
動物們急忙準備過冬[70]

酷寒的冬天，北風呼呼吹起，它還眞像謝武彰「冬天的風」中，所描繪的頑皮阿丹，爲世上帶來人人鼻紅的景觀呢！

冬天的風最頑皮了
像淘氣的阿丹
喜歡作弄別人

哎呀　你看
他拿著水彩偷偷的
把大家的鼻頭塗紅了
卻在旁邊呼呼的笑著[71]

三、童話詩

童話詩是指以詩的形式所寫的童話，簡單地說，就是詩體的童話，透過音樂性極強的詩體語言，表達出頗富幻想的童話，這眞是對孩子具有無窮魅力的藝術作品呢！例如阮章競的「金色的海螺」就是很吸引人的童話詩作：

我記得是在芭蕉林裏，
跟鄰家婆婆唱兒歌。
我學會一個又學一個，
天天都灌滿兩隻耳朵。

這個金色海螺的童話，
現在還唱得一點不差。
如果問我那時候幾歲，
反正很小還沒有換牙。

一、

在大海的那邊，
有過一個少年，
他沒有父母，
也沒有遠親。

一年三百六十個早晨，
他從來不肯貪睡懶覺。
不管大海漲潮和退潮，

天天比太陽起得都早。

他帶著魚網，
來到海灘上，
他撒下了魚網，
朝著大海歌唱：

「大海睡醒了，
綠綢被子似的海水蹬動了。
東方要亮了，
魚肚白般的青光泛起來了。
看那一堆一堆的白泡沫，
多像一簇一簇的素馨花，
太陽娘娘在海底洗臉了，
一會就撒出金紅的彩霞。」

年年都有十二個月，

不管天冷還是天熱，
他天天用好聽的歌，
把太陽娘娘來迎接。

有一天，中午了，
海潮剛退了，
海風不吹了，
海不呼嘯了。

大海平，平得像綠野，
平得像鋪著一張芭蕉葉。
那些調皮搗蛋的小金星，
少年收起了魚網，
吹著清清的哨聲。
他走過閃光的沙灘，
沙灘流下了很多的脚印。

少年忽然看見，

一片金光閃亮，
有一條紅色金魚，
擱淺在白沙灘上。

小銀嘴，一張一合，
紅金腮，一鼓一收。
那個閃著銀光的肚子，
沒有氣力地一動一抽。

天上的日頭晒呀！
海邊的沙子煎呀！
一隻貪嘴的老烏鴉，
拍著翅膀飛過來啦！

小生命，永不能，
再回到藍海裏穿波浪，
小生命，永不能，
再回到藍色的水家鄉！

眼看讓老鴉啄成碎片！
少年捧起了小金魚，
飛身跑向海水邊。
輕輕地把金魚放進水裏，
輕輕地幫助金魚游動。
他長久地等著等著，
他長久地沒有笑容。

時間很慢很慢地走著，
小魚尾慢慢地會擺了。
時間很慢很慢地過去，
小金翅慢慢地會動了。

小銀嘴會吐出小泡泡，
小金魚被救活過來，
她再三地望了望少年，
才慢慢地游進大海。

二、

頭一天那樣過去了，
第二天又這樣來了。
這個少年人的歌聲，
像樹葉兒一樣在海水上漂；

「出來吧，出來吧！
撥開藍色的海浪，
放出金紅的朝霞……。」

他撒下了補結的魚網，
從海水裏往沙岸上拖。
沒有大魚也不見小蝦，
只有一個金色的海螺。

唉唉，他長嘆了一口氣，
又把魚網撒到大海裏去。

沒有心思看看金色的海螺，
遠遠地扔進藍色的海裏。

他又拽起魚網的網繩，
從海水裏往沙岸上拖，
沒有大魚也不見小蝦，
還是那個金色的海螺。

唉唉！他長嘆了一口氣，
又把魚網撒到大海裏去。
沒有心思看看金色的海螺，
更遠地扔進藍色的海裏。

他又拽起魚網的網繩，
沒有大魚也不見小蝦，
又是那個稀奇的海螺。

唉唉！他洩氣地躺在海灘上

忍受著飢渴的折磨。
海螺悄悄地爬到他手上，
一陣一陣的金光閃爍。

少年無意中托起海螺，
驚奇地發現它的美麗；
像雨後晴天的彩虹，
在他的手裏閃來閃去。

少年把海螺帶回家去，
養在一個清水缸裏。
他拿了網針和麻繩，
在柳蔭下補結網子。

太陽落山了，
肚子餓扁了，
拿什麼來填肚子？
唉唉！少年愁死了！

少年走進了大門，
聞到一陣一陣的香味，
惹得他直嚥口水。

誰家請客弄錯了地方？
還是自己走錯了家門？
難道是餓得做起夢來？
還是餓得兩眼看不清？

看屋裏，只有他自己，
跑門外，沒有第二個影子，
他只好坐在門坎上看守著，
等弄錯了地方的人來搬去。

一更，二更都看守過去，
少年遇到的是件苦差事；
好飯越放越冒氣越發香，

肚腸像打轉轉的車輪子。
肚飢不容人再講客氣，
吃飽了好飯再講道理，
香香甜甜地睡個好覺，
明天早起來，好好去打魚，

第二天，少年又去打魚，
回來坐在柳蔭補結網子。
補好了網子回到家裏，
又有一桌好吃的飯食。

肚飢不容人再講客氣，
吃了也就是這麼回事。
香香甜甜地睡個好覺，
明天早起來，好好去打魚。

第三天，少年照樣去打魚，
回來坐在柳蔭補結網子。

補好了網子回到家裏，
又有一桌好吃的飯食。

少年塡飽了肚腸，
想想是怎麼回事？
要是請客該有主人，
送錯也不會好幾次？

少年想了一個整夜，
沒有想出一個頭緒。
白白地吃了三天好飯，
實在叫少年過意不去。

這一天，少年又去打魚！
但是他很早就收了魚網，
他爬上了屋背後的老榆樹，
從老榆樹爬上屋頂的天窗。

罩著一個美麗的姑娘，
她穿著月光似的衣衫，
她的頭髮好像早上的陽光。

她在替少年打掃屋子，
她在替少年整疊衣裳，
她在替少年洗刷杯盤，
她在替少年做菜煮飯。

少年高興得像長了雙翅膀，
輕輕鬆鬆地在天空裏飛翔。
他推開了天窗跳下房去，
很有禮貌地問那個姑娘

「你是誰家的女兒？
你是哪裏來的姑娘？
你要是錯進了人家，
我願送你到要去的地方！」

美麗的姑娘輕輕地微笑，
柔和地閃動那明亮的眼光，
慢慢地理著那陽光似的頭髮，
說話像淙淙的泉水流淌：

「我家住在大海的那邊，
父親姓海我叫海螺，
我願意跟你做個朋友，
能天天跟你學唱好歌。」

「我願意跟你做成朋友，
我願意天天和你唱歌。
可是我家這樣的窮苦，
又是個沒爹沒娘的孤兒！」

「我不求著綠穿紅，
也不求有朱門大院，
只要有個好心的朋友，

比沙糖拌飯還要清甜。

我不求金銀珠寶，
只求有個勤勞的朋友。
留下我，留下我吧，
請你不要把我趕走！」

海螺手蒙住了眼睛，
好像月亮遇到了烏雲。
少年怎能夠忍心聽著，
海螺嗚嗚咽咽的聲音。

「我從來沒有流過眼淚，
只有今天卻紅了眼睛，
你就是我家的一個人。」
少年跑出門去，
採野花、割草蘭，
野花鋪成百花床，

草蘭織成青紗帳。

月亮光，穿過了天窗，
屋子裏像銀粉洒滿地上。
少年甜甜地睡在木床上，
海螺香香地躺在花床上。

三、

頭一個月那樣過去了。
第二個月又這樣來了。
第二年那樣過去了。
第三年又這樣來了。

月亮光，穿過了天窗，
屋子裏像銀粉洒滿地上。
少年甜甜地睡在木床上，
海螺悄悄地哭得好心傷！

一針針，替少年縫補衣衫，
一件件，替少年疊好衣裳。
她一次再一次走到少年身邊，
摸著少年的頭髮輕輕地歌唱：

「這是最末了的一宵！
央央雄雞你慢些叫！
求求天公你慢些亮！
讓我好好的把他再瞧一瞧！

這是最末了的一宵！
我不能不和你告別了！
我要是今天不同大海！
明天的高山要變成海礁！

這是最末了的一宵！
你睡醒覺來不要驚叫！
不要上山尋找下水撈！

我和你是永遠分離了！」

海螺的歌聲，
像山谷裏的流水聲音，
少年驚醒了，
急問姑娘為什麼傷心。
「不要問，請不要問！
這裏有你換的衣衫，
這裏有你吃的米糧，
別想我，當作沒有過這個人。」

「我向天賭咒，向地許願，
我的心兒對你永不變！」
海螺連連點點頭，
兩眶眼淚像湧泉。

「我有什麼瞞了你？
我有什麼騙了你？」

海螺連連搖搖頭，
兩肩洒滿淚珠子。

「那你為什麼要這樣說；
你我永遠不能再相見？
你是天上多變的雲彩？
還是地面上的炊烟？」

「我不是天上的雲彩，
也不是地面上的炊烟，
我是三年前的小金魚，
我是藍海裏的女仙。

為了報答你的一片好心，
我偷跑到人間整整三年。
水晶宮裏，尋找我三整天，
要再不回去，人間遭水淹！」

少年緊緊抓住海螺的胳膊，
生怕她從自己的手裏逃脫。
苦苦地哀求有個什麼法子，
能夠擺脫這場天大的災禍。

「只有一條風險的路兒可走，
但是可怕得不是人能忍受。
可怕的風險你都忍受了，
你也再不會認我做朋友！」

「什麼風險我都不怕，
什麼苦頭我都能忍受，
不管你跑到哪塊天邊，
我也要陪伴在你的左右。」

從心裏掏出來的言語，
使海螺不能忍心離去。

把金螺殼交給了少年，
叫他藏在深深的山裏：

「我的螺殼不在這裏，
大海水就衝不上來。
你到珊瑚島見我的母親，
求求她不要把我們分開。」

少年照著海螺的吩咐，
連夜把螺殼藏在山上。
坐著魚船划進黑黑的大海，
大海忽然掀起可怕的風浪。

少年拼命地划船，
海浪拼命地阻擋，
前頭的大浪迎頭撥過來，
後頭的大浪衝進了船艙。

「黑暗」說話：你不回頭，
我要把你連船埋在大海！
「風暴」說話：你不回頭，
我要把你的身體撕開！
「大浪」說話：你不回頭，
我要把你的小船撞碎！
少年回答：你要奪走我的海螺，
我要把大海倒吊起來！

少年照著海螺指定的方向，
撞破了暴風，
壓碎了大浪，
向大海猛衝。

少年在黑黑的大海裏，
遠遠地看見一團紅光在昇高。
從大山似的浪峯頂上，

遠遠地出現了珊瑚仙島。

海神娘娘立在岩石上，
眼睛射著惱怒的光芒。
兩條凶惡的鱷魚護兵，
立刻捉住少年的臂膀。

「你拐騙走我的海螺，
又敢闖來到我的海島。
你的牛性脾氣和大膽，
風浪早已經向我報告。」

「我們是好得不能分離，
海螺絕不是拐騙得來。
我大膽地來求求娘娘，
不要把我們活活地拆開！」

「你想要什麼我給什麼，

只是不能妄想我的海螺。
你回去三天以後，
不心足再來見我。」

鱷魚放開了少年，
連船帶人拋進海去，
等少年回頭一望，
不知仙島搬去哪裏。

少年穿過了風浪，
少年爬上了海岸，
少年向家門飛奔，
屋子已經變了樣；

茅草屋，變成一座華麗的房子，
家裏什麼都是金的銀的。
海螺沒有一點點笑容，
但很有禮貌地接他進去。

「我祝賀你的勝利，
今後可以萬事如意，
可以拿很多的金銀，
娶個更好看的妻子。」

「請把螺殼還給我吧！
我後天要回到海裏。
求你別再向大海唱歌，
我就不會大聲地哭啼！」

少年生怕海螺走了，
守著海螺寸步不離。
少年守一天好像守一年，
三個整天就這樣守過去。
三個整天就那樣守過去，
第三個黑夜就這樣來了。

少年又坐著小船划進大海，
在更可怕的風浪裏漂流。

「黑暗」惱叫：你還不回頭，
我要把你困死在大海！
「暴風」大喊：你還不回頭！
我要把你的嘴巴吹歪！

「大浪」亂衝：你還不回頭，
我要把你的鼻子撞下來！
少年回答：你要奪走我的海螺，
我要把大海撕成碎塊！

少年突過了黑暗，
少年衝過了風浪，
找到那團遠遠的紅光，
靠近珊瑚島的岩岸。

海神娘娘立在岩石上，
閃著生氣的目光。
那兩條鱷魚護兵，
立刻捉住了少年的臂膀。

「你不還給我的海螺，
還敢再闖來我的仙島，
你要是嫌我給你的太少，
你要多少我就給你多少。」

「我們是好得不能分開，
我不是來這裏做買賣。
我只喜歡我的海螺，
金山銀樹我也不愛。」

「好看的姑娘可以給你，
只是不給你留下海螺。

你回去三天之後，
不心足再來見我！」

海神娘娘十分生氣，
叫鯊魚把他推下海去。
少年掙扎著回頭一看，
珊瑚島早就沒有影子。

少年穿過了海浪，
少年爬上了海岸，
少年向家裏飛奔，
海螺已經變了模樣；
臉蛋像疊成的布條，
眼角像長出了草根，
頭髮已經變成灰色，
嘴巴都爬滿了皺紋。

「放我走吧，放我走吧！
我受不了魔法的折磨！
如果我再不回到大海，
三天後，就是乾死的老太婆！」

第二天，海螺更老了，
烏黑的頭髮全白了，
齊整的白牙全掉了；
第三天，躺在床上不動了。

第三夜，狂風大浪，
捲上海岸，漫上山崗。
少年痛苦地猛划著小船，
更可怕的風浪層層攔擋。

「黑暗」發怒：你還不死心，
我要把你埋葬在大海！
「暴風」狂喊：你還不死心，

我要把你的眼睛吹瞎！

「大浪」猛掀：你還不死心，
我要把你的骨頭打碎！
少年大聲回答：不還我活海螺，
我要把水晶宮砸成小塊塊！

少年突破了黑暗，
少年衝破了風浪，
找見那團遠遠的紅光，
找見威嚴的海神娘娘。

少年走上了珊瑚仙島，
惱怒地雙手叉住兩腰，
海神娘娘倒是十分客氣，
臉上堆滿了勝利的微笑。

「海螺已經老死了。

留著不怕別人取笑？
我有成千個美麗仙女，
由你來選，由你來挑。」

海神娘娘揚起了衣袖，
一群仙女往仙島飛飄，
每副臉兒都像出海的朝霞，
每雙眼睛都像會說會笑。

少年看見了這群仙女，
的確和海螺難分高低。
可是他一想起自己的海螺，
就沒有一個叫他稱心如意。

「哪一個比海螺低些？
哪一個比海螺差些？
為什麼把老死的海螺，
當作春天花，夜明月？」

「我不愛金銀也不愛珠寶，
什麼也比不上海螺好。
只要你還我的活海螺，
我不管她年輕和年老！」

「你這個後生實在固執，
年輕的不要要老太婆！
別以為我會向你低下頭，
大海水，能善也能惡！」

海神娘娘把衣袖一擺，
黑浪向少年捲過來，
那兩條兇惡的鱷魚，
立刻把少年抓起來。

「你不換回海螺，
你就別想逃脫！

只要你答應一聲，
就把你輕輕地放過！

黑浪像鐵鏈條一樣，
在少年的身上抽打。
狂風像尖刀子一樣，
在少年的臉上狠拉。

「你就是亂鞭抽！
你就是亂刀割！
你就是端上水晶宮，
我也不換我的海螺。」

少年像個鐵人，
立著動也不動。
他不理會黑浪，
也不理會狂風。

海神娘娘笑容滿面，
把鱷魚喝退在兩邊，
把滔天的風浪揮退，
讚揚這個真心的少年：

「你贏了，你贏了！
讚美你的大膽和堅定，
讚美你對海螺的真誠，
你贏得了我女兒的愛情。

海神娘娘贈給少年一顆明珠，
還帶給海螺一頂美麗的珠冠；
叫少年合上雙眼，
叫清風送回海岸。

少年隨風飄飄蕩蕩，
風平才敢睜開眼望；
自己甜甜地睡在木床上，

海螺微笑地躺在花床上。

海螺跟從前仍是一模一樣，
美麗的頭上戴著美麗的珠冠；
少年看見自己的手心，
一顆明珠在閃閃放光。

藍藍的大海水，
藍藍的水上天，
素馨花似的浪珠，
永遠不斷地湧在海邊。

一年這樣過去了，
少年成了兩個孩子的父親；
三年這樣過去了，
海螺成了四個孩子的母親。

鄰家婆婆教我唱這支兒歌，

我一字沒掉唱過了好幾百回。

到底以後他們有多少孩子？

唉，就這最後一句沒有學會[72]。

這流傳於浙江永嘉一帶的田螺異聞[73]，以童詩的形式寫成這般結構單純、想像豐富，在現實生活中似有實無，全屬虛構的童話詩，眞能讓孩子完全投入其中，享受這人間至情詩篇之美呢！

四、故事詩

故事詩是指詩人站在客觀的立場，用比較自由的詩律，描寫一些民間傳誦的故事，古代流傳下來的神話，或是一些傳奇的事實，這種以鋪述爲主的詩歌[74]。根據邱燮友教授的考證，雖然秦以前的故事詩沒有被紀錄下來，但是已經有不少的本事詩產生了，因而僅上自兩漢下迄於有清的故事詩，經過邱教授的收集整理，就頗爲可觀的呢[75]！

有這些故事詩中，不乏合適兒童欣賞的作品，今但舉以兒童所發生的事件情節爲中心的故事詩——孤兒行、及婦病行二例。

「孤兒行」是東漢時流行河南一帶，反映社會兄嫂虐待孤兒現象的故事詩：

孤兒生，孤子遇生，命獨當苦！父母在時，乘堅車，駕駟馬，父母已去，兄嫂令我行賈。

南到九江，東到齊與魯，臘月來歸，不敢自言苦。頭多蟣蝨，面目多塵（土）（據潘師重規樂府詩粹箋認為塵下脫「土」字。）大兄言辦飯，大嫂言視馬。上高堂，行取殿下堂，孤兒淚下如雨，使我朝行汲，暮得水來歸，手為錯，足下無菲，愴愴履霜，中多蒺藜。拔斷蒺藜腸肉中，愴欲悲。淚下渫渫，清涕纍纍。冬無複襦，夏無單衣。居生不樂，不如早去，下從地下黃泉。

春氣動，草萌芽。三月蠶桑，六月收瓜。將是瓜車，來到還家。瓜車反覆，助我者少，啗瓜者多，「願還我蒂，兄與嫂嚴，獨且急歸，當興校計。」

亂曰：里中一何譊譊，願欲寄尺書，將與地下父母：「兄嫂難與久居[76]！」

詩中將孤兒爲兄嫂所苦，難與久居的辛酸寫得眞實令人感動。但是這千古的悲痛到了清代依舊不滅，鄭燮的「孤兒行」，更深入地寫出世間孤兒遭人虐待的哀苦悲情：

孤兒躑行，低頭屏息，不敢揚聲。阿叔坐堂上，叔母臉厲秋錚錚。

阿叔不念兄，叔母不念嫂。不記嫂嫂病危篤，枕上叩頭：「孤兒幼小。」立喚孤兒跪，床前拜倒，拭淚「諾諾，孤兒是保。」

嬌兒坐堂上，孤兒走堂下。嬌兒食粱肉，孤兒兢兢捧盤盂，恐傾倒，受笞罵。朝出汲水，暮剉芻養馬。剉芻傷指，血流瀉瀉。

孤兒不敢言痛，阿叔不顧視，但詈死去兄嫂：「生此無能者！」

嬌兒著紫裘，孤兒著破衣。嬌兒騎馬出，孤兒倚門扉。舉頭望之，掩淚來歸。書食厨下，夜臥薪草房。豪奴麗僕，食餘棄骨；孤兒拾罋，並遺膳湯羹。食罷濯盤浴釜，諸奴樹下臥涼。

老僕不分，涕泣罵諸奴：「骨輕肉重，乃取凌幼主，高賤軀！」阿叔阿姆聞知，閉房悄坐，氣不得蘇，然終不念煢煢孤。

老僕攜紙錢，出哭孤兒父母。頭觸墳樹，淚滴墳土：「當初一塊肉，羅綺包裹，今日受煎苦！」墓樹蕭蕭，夕陽黃瘦，西風夜雨[77]。

盡責的父親是家庭生命安全的保障，能犧牲奉獻的母親是家庭幸福的來源，對一個在痛失母愛又不得父親照料，且須爲弟妹謀衣食的孩子來說，這怎不是個令人心寒鼻酸的世界呢？東漢的「婦病行」撥動了人心深處的哀弦：

婦病連年累歲，傳呼丈人前一言。當言未及得言，不知淚下一何翩翩。「屬累君兩三孤子，莫我兒飢且寒。有過慎莫笪笞！行當折搖，思復念之！」

亂曰：抱時無衣，襦復無裏。閉門塞牖，舍孤兒到市。道逢親交，泣坐不能起，從乞求與孤買餌，對交啼泣，淚不可止。——我欲不傷，悲不能已。探懷中錢持授。交入門，見孤兒啼，索其母抱。徘徊空舍中，行復爾耳，棄置勿復道[78]！

五、寓言詩

一首內容含有寓言性質的詩，它寄寓著某種事實而說明更深一層的道理，使人讀罷得到教訓而有所警惕。古人陶潛的桃花源詩及唐朝王維的桃源行，都是寓意人們應當避亂世而走向世外桃源的詩作，這也是值得兒童欣賞的寓言詩，試觀王維的「桃園行」：

漁舟逐水愛山春，兩岸桃花夾去津。坐看紅樹不知遠，行盡青溪不見人。山口潛行始隈隩，山開曠望旋平陸。遙看一處攢雲樹，近入千家散花竹。樵客初傳漢姓名，居人未改秦衣服，居人共住武陵源，還從物外起田園。月明松下房櫳靜，日出雲中雞犬喧。驚聞俗客爭來集，競引還家問都邑。平明閭巷掃花開，薄暮漁樵乘水入。初因避地去人間，及至成仙遂不還。峽裏誰知有人事，世上遙望空雲山。不疑靈境難聞見，塵心未盡思鄉縣。出洞無論隔山水，辭家終擬長游衍。自謂經過舊不迷，安知峯壑今來變。當時只記入山深，青溪幾曲到雲林。春來遍是桃花水，不辨仙源何處尋。

王維一變「桃花源」成了「仙源」，怎不令人神往，且知省思居處之環境呢？

目前不乏改寫古代寓言及伊索寓言的童詩作品[79]，而有心爲兒童創作的寓言詩也陸續出現，例如藍海文的「獅子和野豬」：

獅子和野豬，終於在森林裡。
同時發現了一個小小的水池，
彼此爭先恐後，互不相讓，
都說這些水屬於他自己。

獅子吼叫著：「別動！我是國王，
讓我喝完了，才能輪到你！」
野豬不服氣：「國王是你自己封的，
讓你喝完了，我吃甚麼？」

獅子的爪像刀一樣鋒利，
向野豬撲過去，
野豬一閃，跌在地上，
又跳起來，撕破獅子一塊皮。

他們打得遍體鱗傷，血流滿地，
坐在地上無力的喘息；
一群禿鷹正啄食一隻死去的野牛，

越來越多的禿鷹在頭頂飛來飛去。

「不要再打了！」獅子忽然醒悟：

「他們都在等吃我們的屍體，

讓我們共同分享這些水；

生命才是最寶的東西⑳！」

欣賞這種筆觸簡潔明白，取材通俗，而以隱語，反諷、嘲弄、倒寫、警語等手段，暗中表現教訓和啓示，使讀者能夠得到道德上的薰陶和思想上指點的寓言詩，對孩子是有幫助的。目前小詩人提筆也能創作足以發人深省、引人向善的寓言詩呢！例如沈玲裳的「歌王」：

百鳥林裏，

選出了歌王。

一隻小小的鳥兒，

嗓門和脾氣卻不小。

她嚷著：

注意！

我是歌王！

沒有我的批准，
不准有人唱歌。
從此，
她不准別的鳥兒唱歌，
自己卻開口高唱。
有一天，
獵人來了，
一下就看到她，
把她抓走了[81]。

又如宋榮坤的「電燈和月亮」：

有天晚上，
電燈驕傲的對月亮說：
「你的光這麼微弱，不如我！」
月亮祇是默默的微笑著。
電燈正想再說話，
忽然「碰」的一聲，被打破了，

但月亮還是放出它的光㉜。

六、謎語詩

謎語濫觴於三千年前夏朝流傳的「廋詞」，所謂廋詞就是隱語，而隱語也就是謎語，劉勰闡釋其義說道：「自魏代來，頗非俳優，而君子嘲隱，化爲謎語。謎語也者；廻互其詞，使人皆迷也」。雖然「隱書十八篇」爲我國最早的謎語書，內容早已亡佚，但是魏晉以前，就充滿謎語意味的詩文，綿延不絕於今日㉝。一篇由謎語發展而來，與詩體結合的謎語詩，不但可以啓迪兒童的智慧，培養兒童判斷的能力，更能讓孩子享受到語言精緻，音韵鏗鏘的詞章之美，無怪乎兒童都樂此不疲呢。

謎語詩可略分爲物謎、事謎及字謎三類：

(一) 物謎

此類詩作，有以動、植物爲謎底的，動物如「蜘蛛」：

小小諸葛亮，
站在簷角上，
安排八卦陣，

全收飛來將[86]。

植物如「蓮藕」

泥裏一條龍，
頭頂一個蓬，
渾身分幾節，
滿肚小窟窿[85]。

）

有以生活器物爲謎底的，如「筷子」：

身體細長，
兄弟成雙；
只會吃菜，
不會喝湯[86]。

有以自然現象爲謎底的，如「風」：

搖蕩海中水，
揚起路上沙，
折斷垂楊柳
輕落園中花，
走遍普天下，
不能看見它87。

又如「水」：

風吹不破，
刀切無痕，
米靠伊煮，
肉用伊煮88。

㈡ 事謎

這類謎語，有的是用影射的手法，說明一種動作的，例如「織布」：

高高山，

低低山，
鯽魚游過白沙灘89。

又如打「算盤」：

一宅分為兩院，
五男二女成家，
一時打得亂如蘇，
打到清明方停罷90。

此外還有借比喻的手法，說明某一種現象的，例如「燈光」：

一個小紅棗，
房子盛不了，
一開門，
往外跑91。

(三) 字謎

以字爲謎底的謎語詩，可以使兒童從象形、會意、諧聲各方面去推究思索，增加孩子對字形、字音和字義的深刻體認，例如鮑照「井字詩」：

二形一體，
四支八頭，
四八一八，
飛泉仰流92。

此外「亞」字：

啞子沒有口，
惡人沒有心，
中有十字路，
四面不能行93。

又如「門」字：

倚闌干東君去也，
眺桃間紅日西沈，
閃多嬌情人不見，
悶淹淹笑語無心[94]。

又「火」字：

我有一家奴，
身掛兩葫蘆；
喜的楊柳木，
怕的洞庭湖[95]。

七、圖象詩

詩人在詩句型式上，加以刻意的安排，構成一幅與詩題物件相脗合的圖畫景象，或專以文字爲主題，以文字描繪出字形的圖象，這就是目前流行的圖象詩。

㈠物件的圖象詩

利用文字排列組合成某一物件的圖象詩，由於型式的特殊，是很吸引人的，例如「傘」：

雨！
下著，
低著頭，
趕快回家。
書包淋濕了，
衣服也不暖和。
突然一把傘在面前閃亮著光輝。
那是媽媽的傘，
我抬起頭來，
雨已停了，
感激地，
喊著，
媽！[96]

尤增輝的「山・靜靜的坐著」，呈現山巒起伏綿延不輟的圖象：

山
靜靜的
坐著
雲來了，雲又去
花開了，花又謝
月圓了，月又缺
日出了，日又落
山
全都看到了
沒有說些甚麼
連那野孩子偷摘他種的水果
也不動身追回來
春夏秋冬
白天晚上
山
總是

靜靜的
坐著
是不是
山
這麼想
雲去了，雲又來
花謝了，花又開
月缺了，月又圓
日落了，日又出
被摘走的水果
不久又要長出來[97]

又如張志銘的「火車」：

嘟嘟嘟
火車像怪物。
嘟
上面載滿人
嘟

嘟
嘟
嘟
嘟

和貨物。
嘟嘟嘟
嘟
火車象
隻蜈松。
不會爬
衹會衝。
嘟嘟嘟
嘟
火車像
條長龍。
不會飛
氣冲冲。
嘟嘟嘟
嘟
火車像
一條鞭。
揮不起

來打人。
嘟嘟嘟
嘟
火車像
條蟒蛇。
可是不
會冬眠[98]。

作者將全詩排列組合成一列擁有一個車頭四節車廂的火車，加上繪聲地描述，產生了視聽兼得的圖象詩。

(二)文字的圖象詩

利用文字的敘述來描繪、說明文字本身的輪廓、特徵或意義的詩，對兒童識字及想像能力都有相當地幫助和啓發，例如馮輝岳的「三位先生」：

「部」先生不喜歡耳朵長在右邊
「陪」先生不喜歡耳朵長在左邊
他們祇好互相交換耳朵

於是
「部」先生就變成「陪」先生啦
「陪」先生就變成「部」先生啦
「鄰」先生是個隨和的人
他說：我的耳朵
長在那邊都可以[99]

「部」「陪」二字文意各異，而「隣」即「鄰」字，這區別能藉著這首童詩深烙孩子腦海裡。

八、訓兒詩

子女是父母血統的繼承者，雖然父母所能不一定就能以移子女，但是對兒女深切期待的感情是普天下父母都有的，詩人陶淵明曠放自達，但是初爲人父亦不免爲賦命子詩十首，追述家傳借以訓勉其子，命子詩中第九首尤其可以看出淵明對子女的期盼是多麼眞切深刻：

厲夜生子，遽而求火；
凡百有心，奚特於我！
既見其生，實欲其可。

人亦有言，斯情無假。

李義山對自己會講故事、扮鬼臉、騎竹馬、撲柳絮、做戲、拜佛，還學會撒潑要賴的兒子，仍不免以無限的慈愛，在「驕兒詩」中道出了對他未來的期許：

袞師我驕兒，美秀乃無匹。
文葆未周晬，固已知六七。
四歲知姓名，眼不視梨栗。
交朋頗窺覦，謂是丹穴物。
前朝尚氣貌，流品方第一。
不然神仙姿，不爾燕鶴骨。
安得此相謂，欲慰衰朽質。
青春妍和月，朋戲渾甥侄。
繞堂復穿林，沸若金鼎溢。
門有長者來，造次請先出。
客前問所須，含意不吐實。
歸來學客面，闈敗秉爺笏。
或謔張飛胡，或笑鄧艾吃。

豪鷹毛崱屴，猛馬氣佶傈。
截得青篔簹，騎走恣唐突。
忽復學參軍，按聲喚蒼鶻。
又復紗燈旁，稽首禮夜佛。
仰鞭罥蛛網，俯首飲花蜜。
欲爭蛺蝶輕，未謝柳絮疾。
階前逢阿姐，六甲頗輸失。
凝走弄香匳，拔脫金屈戌。
抱持多反側，威怒不可律。
曲躬牽窗網，衉唾拭琴漆。
有時看臨書，挺立不動膝。
古錦請裁衣，玉軸亦屢乞。
請爺書春勝，春勝宜春日。
芭蕉斜卷箋，辛夷低過筆。
爺昔好讀書，懇苦自著述。
憔悴欲四十，無肉畏蚤虱。
兒慎勿學爺，讀書求甲乙。

穰苴司馬法，張良黃石術。
便為帝王師，不假更纖悉。
況今西與北，羌戎正狂悖。
誅赦兩未成，將養如痼疾。
兒當速成大，探雛入虎窟。
當為萬戶侯，勿守一經帙。

當頭髮斑白，而殷盼的子女不成材時，詩人怎能不痛心疾首地像淵明一般地責子呢？陶淵明「責子詩」：

白髮被兩鬢，肌膚不復實。
雖有五男兒，總不好紙筆。
阿舒已二八，懶惰故無匹。
阿宣行志學，而不愛文術。
雍端年十三，不識六與七。
通子垂九齡，但覓梨與栗。
天運苟如此，且進杯中物。

父母勞心勞力地教養子女，子女也當敬養年邁的高堂，對於不能知恩圖報的天下子女，白居易借詩作「燕」來警惕教訓他們：

梁上有雙燕，翩翩雄與雌；銜泥兩椽間，一巢生四兒。
四兒日夜長，索食聲孜孜。青蟲不易捕，黃口無飽期。
嘴爪雖欲弊，心力不知疲；須臾十來往，猶恐巢中飢。
辛勤三十日，母瘦雛漸肥，喃喃教言語，一一刷毛衣。
一旦羽翼成，引上庭樹枝；舉翅不回顧，隨風四散飛。
雌雄空中鳴，音盡呼不歸；欲入空巢裏，啁啾終夜悲。
燕燕爾勿悲，爾當反自思；思爾為雛日，高飛背母時；
當時父母念，今日爾應知。

九、抒情詩

稚幼的兒童一樣擁有天賦的情慾，而抒發兒童內心情感的詩就是抒情詩。李彩蓮的「春天到了」，將兒童因春生而產生的「喜」感，表露之極：

七歲的小弟弟門牙掉了，
最近才長出來。
他很高興的說：
媽！春天到了，
花呀！蟲呀！
小草們都出來了！
連我的牙齒也長出來了[133]！

擇友選伴，眞情爲貴，只以面貌醜美論交，怎能不令稚子忿怒悲痛呢？盧繼寶的「醜」詩寫「怒」寫得深刻：

醜有甚麼不好！
癩蛤蟆長得醜才長命！
漂亮的青蛙處處危險哪！

醜有甚麼不好？
漂亮的孩子不找我玩，
我才有更多的時間讀書哪！

醜有很多好處，
為什麼我自己一個人的時候，
眼淚就想跑出來呢⑩。

和睦的家庭是孩子人格建全成長的搖藍，父母之間的敬愛禮讓更是孩子心靈安全的憑恃，杜榮琛的「受傷的心」將孩子因父母爭執而產生的至「哀」情懷，做了一針見血的表達：

爸爸和媽媽吵架時，
爸爸的話，
變成一一根根的刺，
傷著媽媽的心；
媽媽的話，
也變成了一根根的針，
傷著爸爸的心。

沒有人知道：
爸爸的刺和媽媽的針，

一同傷著我們的心⑩。

世上没有不怕挨打的孩子，在父母責善之心的趨使下，不能中規中矩的孩子，都不免要受到懲罰，杜榮琛的「怕打的小孩」藉著小鼓的聲響，傳達出孩子「懼」於挨打的心聲：

鼓是一個最怕打的小孩，
當你輕輕的打他，
他就小聲的叫：
疼！疼！疼！
當你重重的打他，
他就高聲的喊：
痛！痛！痛！

徜徉在溫暖窩巢盡享父母之愛的孩子，自然能深刻體會出家庭的溫情，並且因此擁有一顆想要推己及人，向人間散發溫情的博愛心呢？林武憲的「我要做個小仙人」將孩子對世人的「愛」渲洩出來：

我要做個小仙人

好把灰塵
變成蝴蝶

我要做個小仙人
好讓汽車的喇叭
放出優美的音樂

我要做個小仙人
她為到處跑的北風
找個溫暖舒適的家

我要做個小仙人
好把孤兒的爸媽
從天堂找回來
讓那些可愛的孩子們
不再流淚⑩

上學原是興奮的事，但是筆畫繁多的名字，往往是孩子入學後，在寫字課上所遭到的第一個嚴重的挫折，而這種打擊很容易成爲孩子日後厭「惡」塡寫自己姓名的原因，江洽榮的「印章」說明了這個事實：

我叫藍寶權
我才一年級
還不會寫名字呢
真希望像爸爸一樣
刻個圖章
到處亂蓋[104]

孩子對未來懷有憧憬，表現出他們心靈深處的「慾」望，王良行的「希望」道出小男孩的權力慾：

有一天，我長大
我要做爸爸
家裡的人　都要
聽我的話[105]

而戴秀玫的「我的家」，說出了小女孩心中所希冀的音樂家庭：

我希望我的家
是用樂器搭成的
我一撥
它們都響了
屋裏充滿音樂
那我就不寂寞了[106]

場場考試，最好通通滿分，但是這種慾望似乎是很難達成的，江洽榮的「一百分」將孩子內心追求滿分的這種慾望描述得十分生動：

脚踏車有兩個輪子
我追不上它
一百分也有兩個輪子
我也追不上它[107]

第四節 評 論

詩是精緻的語言，古往今來始終受到各地人士的鍾愛，優美的吟誦聲，聲聲扣人心弦，一首短短的詩篇，往往勝過那千言萬語，在兒童備受重視的今日，隸屬於詩下的「童詩」，更廣泛地受到肯定與矚目，推究原因不外以下兩點：

㈠ 童詩是屬於兒童文學作品

兒童被譽爲「天生的詩人」，日本詩人北狄白秋推崇兒童所擁有的詩性說道：

本來，兒童是天生的詩人，因此，讓孩子們作詩，大人不可以去考慮對大人所必要的任何功利性的事物。對兒童自身來說，他們作詩外人若懷疑其必要性，那是對兒童的侮蔑。孩子們詠詩，那是孩子們的本來面目，是比必要更高的事情。孩子們本來就是詩人。是清純的、無邪的、天真的、銳敏的。訝異就是訝異，驚奇就是驚奇，悲、喜就是悲、喜，怒就是怒，愛憐就是愛憐，是真實的，是不做僞的。……當他們在盡情遊戲的時候，無心流露的二三幼兒的一言半語，如果一個也不聽漏，就會禁不住驚異，那都是一個一個吐著詩的玉珠(103)。

關於這一點，我們可以從「兒童認知發展」和「兒童的語言」兩方面加以論證。

首先我想從兒童認知發展的特徵來證明兒童是擁有「詩心」。根據皮亞傑（Fem Piaget 1896～1980）的認知發展來範圍兒童文學中的「兒童」，應當包括了「運思前」（二歲至七歲）「具體運思」（七歲至十三歲）兩階段[109]，一般說來，運思前階段的認知特徵是：

甲、自我中心主義：這一階段的兒童，無法伸入（empathy）他人的地位，也不能接納別人的意見。他深信一切人的想法均跟他的想法相同，因此也就不能把自己的意見，作爲許多意見中的一種，加以處理和協調，這點可以從他經常表現在他人面前自言自語的特別行爲中窺見一斑。

同時，這時期的兒童也無法超越自己看東西的角度，描述或表象同一物件的另一角度的面貌。要是他對某一事物的印象是從甲角度觀察所得的結果，而你命他描述這同一事物的從乙角度看到的面貌，他是無能爲力的。

又這一階段的兒童，從不懷疑自己思想的眞實性，也不會要從別人的思想，或事物的客觀性中去印證自己思想的是非。即使當他遇到事實與自己思想矛盾的情景，自我中心的兒童也會毫不躊躇地宣佈事實的錯誤，因爲他覺得自己的思想是永遠對的。

這種自我中心思想傾向，是這一發展階段的特徵，它是過渡性的，並不是兒童蓄意要唯我獨尊，或是帶著什麼高傲妄大的價值意識。他這種特別的行爲祇是不自覺的，正如兒童時常自我言語，並不表示看不起周圍的人，而是這階段的一種自然的行爲。

乙、中心點片面性：這一階段的兒童，在觀察一件事物時，注意力往往集中在該物最突出（他最感興趣）的一面，對於它的其他面貌，則一概忽視。這樣，他的辨別和推理，便是片面、不完全的、也是不全面正確的。以成人的眼光來看，這一階段中的兒童，對事物的判斷均是片面的、皮毛的、過於簡化的，甚至是魯莽的，原因是他未能考慮週全、觀察入微，和三思而定。也因此，兒童有時常有創見，或入木三分的看法出現。

丙、變換性：本階段的兒童思想是未能了解事物的變換性。當他們觀察一件事物的連續變換時，會把注意力集中在事物變換中的某些狀態上，祇看到變換中的許多暫時出現的狀態，或是事物變換的最後結果，而忽視了事物從始至終整體的變換。也就是說，他祇本著知覺去跟隨變換中的，按次序的新狀態，而未能把這些由變換產生的許多新狀態組合成一個始與終的關係，可見此期兒童的思想是屬於變繹的。

此外，由於本階段的兒童思想是屬於變繹的，所以造成兒童對於同屬一個推理連環中的聯繫因素，往往祇能看到它們的相聯關係，而未能領悟其間所含的因果關係。換言之，他祇能把一些相關的因素並置，而不能拿它們來作邏輯的結合，表示這一知識發展期的兒童，還未能作系統的界定和關聯。

又由於此期兒童眼光中的一切事物均有著相聯關係，由並置聯繫著，而成為一個混合的整體，因此，他們認為一切的事情都是合理的，因為並置的事物之間不可能出現矛盾，也就沒有什麼不合理的可能，基於這個信念，這一階段中的兒童便不能領悟到機會和機率的概念。

丁、非可逆性：可逆性是皮亞傑學說中很重要的一個概念，簡單的解釋，可逆性的思想是可以沿著一定的思路進行推理，例如跟隨著一連系的邏輯步驟，或一件事物的連串改變等，直到達到一定的結論，然後，倒轉方向，倒置本來的思路，把原來的思想綫索，和引導它的一切意象物態，相反地重新建立起來，直至歸返原意。但是處於此一時期的兒童思想不是如此靈活流動且平衡的，而是非可逆性的。此外，具體運思階段認知的特徵是：

甲、守恒：守恒這一概念，即是物量不因形狀和位量的變化而改變的概念。換言之，兒童如果可以認識到物體不會因爲它的形狀或位置的變化而改變其本質大小的道理，便是有了守恒的概念。

乙、序列：序列是指內心安排事物大小次序的能力。

丙、分類：把物體分門別類是日常生活中最頻出現的活動。

在此時期兒童的具體運思是由內心的機略所策動的，不受知覺支配，在生活中經常應用到邏輯思考，但他祇能思考眼前所見的事物，此階段可視爲介於前邏輯思考與完全邏輯思考間之過渡。具體是爲關鍵，兒童因能採用邏輯運思方法，惟限於解決與具體的（指眞正可觀察）物體事件有關之問題，方能有限，對於假設純語言、抽象則無能爲力。簡言之，此期兒童是必須依賴具體實例，做經由特殊而至一般的演繹式思考。

由上述特徵，我們可以確知兒童具有保留概念的能力，但是思維却介於理解和尙未理解這個概念的過渡時期，因此兒童在思考的過程中，往往源於已知事實的不足，時常不能做正確的判斷，進而誤認那錯失的判斷就是事實的眞象，像這種主觀、直覺、片斷及圖象式的觀想，林文寶先生認爲這就是兒童的素心，而表達出兒童素心的語言，就是詩語言，他在試論兒童詩教育㈢中闡釋二者之間的關係說道：

總之，詩語言的處理方式有異於一般的語意表達。一般來來，語言的思考以事實思考為主，而詩語言是以主觀為主，又企圖以有限的經驗做無限的表達，因此其語言思考常反其道而行，也就是說詩語言的思考方式，時常是一種謬誤的思考方式⑪。

綜合上述論點，我們可以說：兒童的素心就是天生的詩心。

接著我想從兒童的語言是符合詩語言特徵這一點，說明童詩是屬於兒童的文學。洛夫在詩與散文中曾經指出詩語言具有下列特性⑪：

甲、抒情性：詩的主要功能在表達情感，要求可感，側重意象與韻律之美。它的情較爲內斂，平靜而深刻，實際上它是一種審美的抒情狀態，一種純粹的心靈感應，有時甚至提升爲相當於音樂中那種形而上的或神秘經驗的感應。但是這種情緒並不產生利害關係，而此時的「我」已不存在，心中沒有知感，只留下一片空明，讓這個人的情感和我們欣賞的孤立形象自然融會冥合。

乙、想像性：詩不是自然的模仿，而是心靈的創造品，詩之能稱爲創造品，因爲它主要是想像的。但是詩中的想像必須依賴於具體的意象，才能使詩的容貌鮮活地在我們心中呈現。

丙、多義性：在各種文學類型上，也許詩是唯一享有多義性特權的作品。詩語言的多義性可使詩意更爲豐富，詩的價值大部分建立在「以有限暗示無限」上，所謂含蓄，所謂「意在言外」或者「見不盡之意於言外」，所謂「味外之旨」，無非都在說明：詩情詩意不僅表現於可知解的語言層面，更隱藏於語言的背後。

將上述特性以下列左右腦功能差異的圖表來考量[12]：

左腦
說
讀
寫
分析
思想的聯貫
摘要
分類
推論
說理
判斷
計算的數學能力
字句的記憶
使用符號

右腦
不經描述，卽能知曉
立卽看出整個事物
看出相同之處
了解類推和隱喻
直覺
洞察力
感覺劇情內容
綜合
想像
空間的認知
視覺的記憶
分辨各種類型
以自已的方式感覺

管理時間

使所有的事物與目前相結合

我們可以將詩語言，歸爲右腦思維下的語言表達。

至於兒童在其純眞、没有時空觀念、物我關係混亂和想像自由的意識狀態下[113]，以其有限的語彙、錯誤的語法和專用的語彙[114]，所做的言語表達，參核上圖，也與詩語言同屬右腦思維下的語言表達，由此可知童言童語也就是詩的言語。日詩人北源白秋也曾先後多次由各種角度闡釋幼兒言語中有詩的原因，可歸納爲下列幾點[115]：

甲、幼兒，因爲所見、所聞、所體驗的，都是新鮮的。因此，當時的言語中，就有感動在，由於言語具有鮮活的生命力，所以有詩。

乙、幼兒的認識，不是概念的，而是即物的；不是觀念的，而是具體的。因此，是蘊含著實感的詩性的東西。

丙、幼兒的言語，是自然發生的，是無意識的，不是思考的言語，而是情緒的言語。因此，不是散文的，而是詩的。

丁、幼兒的言語，不是句子很長的，不是有論理構造的；由於是感覺的，直感的短短的句子，所以不是散文性的，而是詩性的。

戊、幼兒身上並没有儲備豐富的詞語，想要表現某種事物的現象詩，不是一般平俗的表現，而會把語詞做新鮮的結合，才會變成詩的言語。

己、幼兒的話，有和他的呼吸完全相配合的韻律，具有非散文的韻律性，所以是詩。

庚、幼兒也有美的意識、疑問、自我主張、喜怒哀樂。他們的感情、情緒的表現，就成了詩的言語。

(二) 童詩具有教育兒童的多面價值

童詩是文學的作品，但是童詩却必須具有教育的價值，誠如林良先生所說的：

> 我們為兒童寫作，不能單講文學藝術而不顧到它所產生的影響。這是兒童文學跟其他文學在性質上的基本差異。不過這種差異，並不影響到它文學的本質[116]。

洪中洲於釐清兒童詩混淆的觀念一文中，強調童詩對兒童教育的重要性，他說：

> 兒童是兒童，並非成人的縮小，他們身心尚未成熟，可塑性非常大，而這「可塑性」可使他變赤，也可使他變黑，因此教材和讀物的選擇對兒童的成長關係甚大，拿兒童詩來引導兒童，那是「為教育而文學」，不是「為文學而教育」，文學只是手段，教育才是目的，如果硬要拿把『為文學而文學』的大旗吶喊，却並不代表對文學的執著，而只是顯現對兒童的不了解，因此，林鍾隆老師沒有把「文學」與「兒童文學」的疆域釐清，沒有把「詩」與「童詩」的範疇畫分，觀念偏差事小，忽視孩童的教育才是大呢[117]！

為了兒童能獲得上好童詩的滋養，因此我個人認為曾信雄所擁有的中正態度是可取的，他在創作的態度一文中說：

就理論上來說：「感性」是注重作品的「文學價值」，「知性」是側重作品的「教育意義」。「文學價值」和「教育意義」是一篇作品的正反兩面，兩面都不宜偏廢。現在的問題是：到底我們從事兒童文學創作的時候，應該注重作品的「文學價值」？還是「教育意義」？……我個人的看法是：只有兼顧「文學價值」和「教育意義」的兒童文學作品，才是真正有「成就」的作品。但是，不要把「教育意義」當做「教訓」，而在作品中拚命「說教」。……一篇只是「說教」的兒童文學作品，諒也難以引起兒童閱讀的興趣。事實上，在從事創作的時候，我們沒有必要把「文學價值」和「教育意義」當做截然無關的兩件事來看。把文學和教育融為一體，應該是寫作的人所熱衷追求的崇高「理想」[118]。

一篇只是說教的作品的確很難吸引人，但是童詩所具備的教育價值並不等於說教而已，個人以為童詩的教育功能是多面的：

甲、眞善美的涵養：孔子重視兒童詩的教育，他說：

小子何莫學夫詩。詩可以興，可以觀，可以群，可以怨。邇之事父，遠之事君。多識於鳥獸草木之名。（論語陽貨）

「多識於鳥獸草木之名」能夠讓兒童熟悉物類，而「觀」風俗盛衰，能讓兒童考見得失，這都有助於「眞」的涵養；感發志意，「興」起善心，乃「善」的涵養；知人倫事父、事君之大道，於人和而不流（群），「怨」而不怒，可謂具君子之「美」德矣！倘若今人能讓兒童沈潛在無數上好的童詩作品中，自然也能合此眞善美於一身，而達到孔子所謂詩教的極點——溫柔敦厚了。

乙、表達力的培養：孔子對子鯉強調讀詩的重要性說：「不學詩，無以言」（論語季氏）。詩是言語的最高度表現，所以一個沒能熟誦詩篇的孩子，由於缺乏詩語言的訓練，是很難傳達出美麗、正確且感人的內心思維；但相反地，一位熟誦詩篇的兒童，往往能夠借著前人已有或自己推陳出新的詩語言，將自己經由敏銳感覺、確實觀察、豐富想像所凝結而成的感動，做充分地傳達。這種借詩以培養表達力的教育方策，自來受到相當地重視，早在春秋時代所有外交人才都必須讀詩，而孔子也曾對那無法學詩以致用的人表示不滿地說：「誦詩三百，授之以政，不達；使於四方，不能專對；雖多，亦奚以爲？」（論語子路）。今人陳清枝也強調童詩具有培養語文能力的價值說：

我們不能要求幼兒一生下來就會又跑又跳的，正如我們不能要求兒童寫出長篇大論一樣。今天我們的語文教育，多半停留在生字的認識，課文、生詞解釋的背誦，而沒有系統的訓練小孩子，正確運用文字來表達其個人的思想意識。兒童詩雖然簡短，却是「麻雀雖小」，五臟俱全」。這正是兒童練習寫作最好的體式，老師可藉兒童詩的寫作，指導其運用正確的文字，語法和寫作技巧⑲。

丙、心靈上的溝通：詩大序有言：「詩者，志之所之也。在心爲志，發言爲詩」，可知童詩中必然不乏兒童深藏內心的思維、情緒及希冀，林文寶在試論兒童「詩教育」㈤說道：

兒童寫詩，是有異於成人的，兒童寫詩大皆源於由外而內的，受外事、外物影響而產生於心中的，這就是所謂的直覺的感受。也就是童心的呈現。童心的呈現，使兒童有機會凝視自己的心，了解自己的心，如此情有所洩，情有所鍾，他們的愛惡喜怒之情緒才能流露出來。也就是說在詩裡面能夠看到兒童的心和事。舉凡兒童的天性、思想、生活、成長、心理、希望和憂愁等情緒，皆可自詩中看到，如此才使詩顯得更親切，更可愛⑳。

面對眞率表現童心的詩篇，成人可因此與兒童做心靈上的交流，並適當地引導啓發他的心志進而邁向今日所強調的民主教育，日人江口季好在現代兒童詩的意義和性格中指出童詩對父母、師長的教育方針具有十足的影響力，他說：

教育並不是只有在學校這個特定的場所進行的。在家庭裏，在地方上，孩子們也在成長。因此，教師和父母對於孩子的意見的交流是該重視的。這種交流應該是民主主義教育理念下的共同理解才行。在教師和父母的交談中，兒童詩是很有用處的。這種談話的深刻化；能夠培養班級中孩子們的連帶感。人的生活方式是多種多樣的。但是，如果要使孩子們能夠過民主的和平的幸福的生活，大家是可以一致的[121]。

童詩存在的價值是不容置疑的，但是今日數量龐大的童詩卻不免有質地上的缺失，誠如葉師詠琍於兒童文學與國小語文教育一文中所說：

淺而有味道，有意思，百讀不厭，這其實也是所有文學的通則。試想想看，那一篇好的作品，會是艱澀難懂、詰詘聱牙？它們無不是淡如清水，才冽如甘泉哩。彷彿不假粉黛、麗質天生的村姑，那種樸素的美，健康的美，有著無比的魅力，令人一接近了她，就深深被吸引，被陶醉。「千里鶯啼綠映紅，水村山郭酒旗風，南朝四百八十寺，多少樓台煙雨中。」淡雅、樸實、如清風拂面，吹人欲醉，「重重疊疊上瑤台，幾度呼童掃不開；剛被太陽收拾去，欲教明月送將來。」真實、別緻，又似月兒投懷，引人遐思。讀著這些詩篇，只覺甘芳無比，齒頰留香，其意到筆隨，天衣無縫處，又豈是無病呻吟，尋詞覓句者可比？也正因為如此，兒童文學中童詩部分，老覺得唐、宋詩人中一些描摹自然風光的作品才是一流的，是兒童最該接觸的，現代人的東西，火候總嫌不夠呢[122]？

林建助先生也曾指出當前童詩有如下五大缺失[123]：

㈠幾乎只是物象的表面性比喻或聯想而已。
㈡只是一種表面化的描寫，沒有感情在文字裏流動。
㈢只用一些有趣的文字描寫某種物象，沒有深刻的主題表現。
㈣結構鬆散，用字平凡。
㈤意象平凡，缺乏獨特的個性。

針對林先生的看法，趙天儀在兒童詩新境界的創造一文中指出日後努力的方向說：

讓我們來跨過這些缺失，這些流弊，共同來創造我們中國兒童詩的健康的途徑與遠景。在詩的造型、造聲、造義三方面，努力表現出有創意的作品，而走出不止是「好玩」的境界。換句話說，讓我們從缺乏詩質的泥沼中爬出來，來創造有新境界的兒童詩，讓我們朝向活潑健康的兒童詩的新世界，努力邁進[124]。

古謂「熟讀唐詩三百首，不會作詩也會吟」，因此個人以爲除了就型式技巧提升童詩的詩質之外，中國古典詩作的吟誦更是往下紮根，繁盛中國童詩枝葉的最佳方法，洪中同先生在古典詩與兒童詩的融合中強調二者結合的重要性說：

中國的童詩和中國的古典詩必須有相同的聯結使它互相溝通，它才能上窺古代博大精深的文化，下開綿延光大的先河，能夠這樣，童詩才是中國的童詩，它的地位和價值才會愈高[125]。

的確，古典詩可以移植到兒童詩的理論和技巧並不少[126]，而且兒童詩也需要反應古典詩的趣味和精神，有鑑於此，我們應該本著我國民族性、敎育性與兒童性的立場，融合古詩開創童詩的新境界，好讓我們的民族幼苗能夠根植在自己的童詩樂土中，進而激發出無限的創造活力，結出光燦的文化果實。

註釋

❶ 高師仲華，中國文學，頁十四。
❷ 禮記、樂記（十三經注疏第三十七卷，頁六六二）。
❸ 沈德潛，說詩晬語（藝文清詩話本卷上，頁一後）。
❹ 鄭靖時，近體詩聲律論淺說（中國詩歌研究，頁一三一—一六六）。
❺ 黃永武，中國詩學設計篇，頁三。
❻ 楊昌年，新詩品賞，頁三五。
❼ 同❻，頁三九。
❽ 同❺，頁四—四二。
❾ 同❺，頁二四九—二七五。
❿ 林良，兒童詩的欣賞和教學（苗栗縣政府國教輔導團主編「兒童詩歌欣賞與指導」，頁二十一）。
⓫ 許義宗，兒童詩的理論與發展，頁十三。
⓬ 林良等著，童詩五家，頁一三二—一三三。
⓭ 葉師詠琍，兒童文學，頁五六。
⓮ 林清泉於爲兒童詩正名一文中說：「回憶童年情景的題材，必須是現代兒童能體驗和瞭解的，不能一味地自說自話，讓兒童領略不出時間空間的眞實感或親切感，而成了『童年詩』。」（兒童文學周刊第四五七期）。
⓯ 同⓭，頁五四。
⓰ 同⓬，頁一二六—一二七。
⓱ 同⓭，頁五七。
⓲ 林煥彰，妹妹的紅雨鞋，頁三一。

⑲楊喚，水果們的晚會，頁六一七。
⑳同⑬，頁五九。
㉑曾妙容的兒童詩集露珠。
㉒同⑲，頁四四一四五。
㉓林川夫主編，可愛的童詩，頁七八一七九。
㉔蔡尚志，兒童歌謠與兒童詩研究（嘉師專學報第十二期，頁七五一七六。）
㉕李艾苓作（兒童詩選讀，頁三三）。
㉖陳錦作（兒童詩選讀，頁一四三）。
㉗林武憲，兒童詩和兒歌有什麼不同？（兒童文學周刊二七三期）。
㉘由程頤所言：「教之歌舞，如古詩三百篇，皆古人作之……」可知。
㉙參閱葉慶炳，推廣古典詩歌，滋潤倫理親情（中華文化復興月刊第十五卷第十二期）。
㉚同㉙，頁六七。
㉛張公志，傳統語文教育初探，頁九二。
㉜張伯行輯，養正類編。
㉝同㉛，頁九三。
㉞同㉛，頁六八一六九。
㉟例如尤袤全唐詩話卷五中載：「王衍（按：即五代時的蜀後主，歷史上說他沈緬酒色，好好靡靡之音，在位七年，爲後唐所滅）五年，宴飲無度，衍自唱韓琮柳枝詞曰：『梁苑隋堤事已空，萬條猶舞舊春風。何須思想千年事？惟見楊花入漢宮。』內侍宋光溥詠曾詩曰：『吳王恃霸棄雄才，貪向姑蘇醉綠醅，不覺錢塘江上月，一宵西送越兵來。』（按：這是胡曾詠史詩裏的一首，題爲姑蘇台）衍怒，罷宴。曾有詠史詩百篇行于世。」
㊱例如三國演義第八十八回，寫到諸葛亮南征，五月渡瀘水的時候，引用胡曾詠史詩瀘水一詩說：後人有詩贊

曰：五月驅兵入不毛，月明瀘水瘴煙高，誓將雄略酬三顧，豈憚征蠻七縱勞？

㊲ 例如張公志於傳統語文教育初探中介紹特爲蒙童寫作的詠史詩——鑒綱咏略說道：「《鑒綱咏略》。清張應鼎著，柯龍章注，有同治癸酉（一八七三）刊本。這是特爲蒙童寫的咏史詩。全書按歷史順序，（胡曾的咏史詩不按順序，）從上古到明末，以帝王爲線索，重要些的每人一首，有些就把幾個人合爲一首。每一首所寫的不限于帝王本人的事，而是那一個時期的好些事，例如，秦漢之際，陳涉起義、楚漢相爭等等史實就都在「秦二世」那首詩裏講。因此，每首都相當長，儘管以詩篇計算，總共才一百三十三首，並且都用五言，可是全書分量還是很大。這部書拘泥于全面在講歷史，忽視了兒童的特點，搞得分量過重，歷史見解平常，語言也有不少牽強難通的地方，所以過去流通不廣，現在看來也沒什麽可取之處。只是由于它是有意識地爲蒙學而寫的咏史詩，所以作爲一個例子介紹一下。」，頁七一。

㊳ 宗延輔於重編千家詩讀本跋中，指出集中有許多錯誤，並說：「后村先生在南宋季年雖爲江湖宗主，然其集實足成家，所爲詩話頗具別裁，何至紕陋如此！殆陳起江湖小集盛行之後，游士闒冗相望，臨安、建陽無知書賈假其盛名，緣以射利，故至是歟？觀卷首標題，其不出先生手了然矣。」

㊴ 蘇樺，漫談「千家詩」（兒童文學周刊第二八五期）。

㊵ 同㊴。

㊶ 黃永武，唐詩三百首鑑賞序文。

㊷ 朱自清，唐詩三百首指導大概，頁三—四。

㊸ 同㊷，頁三。

㊹ 張伯行，小學集解卷五，頁九五。

㊺ 朱熹，小學外編，嘉言第五。

㊻ 王守仁，王陽明全書，頁七一—七二。

㊼ 同註㊻，頁七二—七三。

㊽ 朱國楨，涌幢小品，卷二十四。

49 參閱31，頁九七。

50 胡適，談新詩（胡適文存第一冊，頁一六九—一七一）。

51 同前註。

52 梁實秋，論文學，頁六七三—六七四。

53 如國語日報的「兒童」、中央日報的「兒童周刊」、新生報的「新生兒童」、中華日報的「中華兒童」、臺灣日報的「兒童天地」及「兒童文學街」、聯合報聯合副刊及「萬象」、中國時報人間副刊、臺灣時報副刊、民眾日報副刊、民生報「兒童版」、自由日報「快樂青少年版」、臺灣新聞報「兒童之頁」、「快樂兒童漫畫周刊」、「王子半月刊」、「黎明兒童」、「中國語文」月刊「幼獅少年」、「幼獅文藝」、「作文月刊」、「小作家」等。

54 參閱趙天儀，兒童詩的回顧與展望（國立編譯館刊第十二卷第二期）。

55 見月光第二集，六十六年六月。

56 見詹冰兒童詩集「太陽、蝴蝶、花」。

57 見青年戰士報「詩隊伍」、六十七年八月二十八日。

58 見商工日報「北回歸線」，七十三年八月三十一日。

59 見林煥彰，兒童詩選讀，頁一〇七。

60 見嘉師專青年，第二十五期，頁三十二。

61 林良等著，童詩五家，頁二四。

62 見曾妙容，露珠詩集。

63 參見蔡榮勇，我喜愛的詩（兒童文學周刊，第四八七期）。

64 同61，頁九七。

65 同59，頁三十。

66 同59，頁一三七。

(67) 同(61)，頁十三。

(68) 蘇振明編選，兒童詩畫選上册。

(69) 同(19)，頁十四—十五。

(70) 同(61)，頁八四—八五。

(71) 同(61)，頁一二一。

(72) 同(13)頁八九—一二一。

(73) 中國文學論叢載西眞先生考證有關「金色的田螺」說道：

偶閱搜神後記，敍侯官人謝端事，（卷五）與此絕相類。不過結果略異。言端於發見女後，女便說明自己是天漢中白水素女。天帝哀端少孤恭愼自守，故使她權爲守舍，十年之中，使端居富得婦。今她形已見，不宜復留。端請留，終不肯。時天忽風雨，翕然而去。後端果稍富，且仕至令長。述異記（卷上）亦記此事，主人翁亦名謝端，惟其事頗不同。「晉安郡有一書生謝端，爲性介潔，不染聲色。嘗於海岸觀濤，得一大螺，大如一石米斛。割之，中有美女，曰：『予天漢中白水素女，天帝矜卿純正，令爲君作婦。』端以爲妖，呵責遣之。女嘆息升雲而去。」

由童話詩的內容鋪述，我們可以知道它是經過後人踵事增華、添枝加葉的美麗作品。

(74) 詳見邱燮友，中國歷代故事詩，頁四。

(75) 同(74)，頁八—十四。

(76) 同(74)，頁三四—四。

(77) 同(74)，頁四三八—四四二。

(78) 同(74)，頁四〇—四三。

(79) 例如林武憲「井裡的小青蛙」、芮家智「兒童寓言詩」、楊眞砂「機智的蟬」都是改寫中國古代寓言的童詩著作，而王玉川「兒童故事詩」則是改寫伊索寓言而成的詩作。

(80) 見布穀鳥第七期，頁三十五。

81 沈玲裳，鈴鐺之歌，布穀鳥兒童詩學叢書五。
82 布穀鳥第十二期，頁五。
83 參閱陳香，謎語古今談，頁二—五。
84 同83，頁一〇三。
85 劉兆源，猜謎語(二)，頁十二。
86 同85，頁二十三。
87 同13，頁一一二。
88 同83，頁一九〇。
89 葛承訓，新兒童文學，頁四六。
90 同89，頁四三。
91 同13，頁五三。
92 同83，頁五。
93 同89，頁四六。
94 同前註。
95 譚達先，中國民間謎語研究，頁一一七。
96 李慕如，兒童文學綜論，頁一四五。
97 兒童詩2，頁五十。
98 海寶的秘密，頁五〇—五一。
99 兒童詩1，頁一九〇。
100 同59，頁三。
101 同55。
102 同61，頁一七六。

⑩ 同61，頁八八—八九。
⑩ 江洽榮，童言。
⑩ 秋天的信，頁四一。
⑩ 同[illegible]，頁一二一。
⑩ 同⑩。
⑩ 林鍾隆，兒童詩觀察，頁三十一。
⑩ 參見江紹倫，認知心理學一書。
⑩ 林文寶，試論兒童詩教育㈢（國教之聲第十八卷第四期—頁五）。
⑪ 洛夫，孤寂的迴響，詩與散文一文，頁五七—六三。
⑪ 如何開創你的創造力，哈佛管理叢書，頁十一—十一。
⑪ 林良，國語及兒童文學研究（研習叢刊第三集，頁一二四）。
⑪ 林良，兒童文學創作裡的語言世界（兒童文學周刊第三五九期）。
⑪ 同⑩，頁六五—六六。
⑪ 林良，淺語的藝術，頁六十。
⑪ 洪中洲，釐清兒童詩混淆的觀念（兒童文學周刊第三四四期）。
⑪ 曾信雄，創作的態度（兒童文學周刊第一六九期）。
⑪ 陳清枝，童詩的教育價值（兒童文學周刊第四三一期）。
⑫ 林文寶，試論兒童「詩教育」㈤（國教之聲第十九卷第一期，頁十二—十三）。
⑫ 江口季好作，林鍾隆譯，現代兒童詩的意義和性格（兒童文學周刊第一八一期）。
⑫ 葉師詠琍，兒童文學與語文教學的關係（我國人文社會教育科際整合的現況與展望會前論文集Ⅰ，頁三〇二）。
⑫ 林建助，跳出「好玩」的窠臼（陽光小輯第五輯）。
⑫ 趙天儀，兒童詩新境界的創造（兒童文學周刊四八一期）。

⑫⑤ 洪中同，古典詩與兒童詩的融合（兒童文學周刊四三九期）。

⑫⑥ 例如洪中同曾於古典詩與兒童詩的融合一文中做了如下的說明：「雖然古典詩的格律較嚴，用詞精簡，現代童詩沒有格律限制，用詞也很淺白，但是兩者的詩質仍無二致，只要努力去尋找，不難找到可以移植或互相融通的地方。劉勰在文心雕龍曾說：『夫才量學文，宜正體制，必以情志爲神明，事義爲骨髓，辭采爲肌膚，宮商爲聲氣。』這種文體上的有機組織同樣是現代兒童詩的要求。徵諸現代童詩，兒童詩裏所應具備的「兒童性」（臺北女師專許義宗老師語，以下兩項不同）即劉勰所說的「情志」，「啓發性」即劉勰所說的「事義」，「文學性」即劉勰所說的「辭采」和「宮商」。如果把這兩者融合起來，不但可以增強現代童詩的理論依據，而且可使古典詩的學習發生遷移作用，不但兩蒙其利，而且可以互相發明。」。

第三章　兒童字書

文化是人類生活的綜合表現與累積的成果，而它的精華則是落實在文學上，又由於，文學作品的構成，是必須依恃著文字，所以文字成爲文學的細胞、文化的命脈；沒有文字，也就無從產生文學作品，同時人類文化更無法根植、茁壯❶。所以說：文學的基礎在文字，必須先對文字有了深刻的認識與了解，然後才能對文學作品，具有欣賞的能力。甚而可推陳出新創作出更好的傑作。

如果將世界各國文學發展途徑作一比較，我們可以發現——兒童文學在開始萌芽的初期，大都以兒童識字一類的圖書爲主❷。中國文字歷史悠久，具有任何文字所沒有的特性，本身內涵更是中華民族智慧經歷無數代的累積！因此專爲兒童識字而設計的圖書以及傳統教授的方法，都有獨到之處，值得探索。

第一節　語言文字的起源

就歷史的演進來說，人類先有語言，後有文字，文字是從語言演化出來的❸，但是語言的形成，並不是一朝一夕的工夫，它有它悠久的歷程。

在原始的人類裏，除了聲音的表達之外，凡是能夠表情達意目的的動作，也都屬於廣義的語言，語言學家稱之爲「身勢語」。雖然身勢語，可以說是通行的世界語，但是構成語言的要素，卻是聲音。原始的聲音，它可以藉著高低、長短、強弱的變化，來表達個人的情感、主觀的情緒，但是這只不過是一種強烈、單純、籠統的情境，顯示一種願望或一種傾向，還不足以構成清晰的語言，表達明確的思想❹。

人的聲音，只是生理和物理所共同構成的現象，如果僅有外發的聲音而不含內在的經驗，也就沒有語言的價值可言❺。所以一定要等到聲音與事物自身結合時，逐漸具有了客觀性：某音或某組音代表某一事物，獲得了同伴和同居一地其他人的共同認可、使用，更可增進相互對外界的了解，及內心的溝通。進入這一個階段，人與人之間在事物上，不僅認同，而且可以互換；在思想上不僅默契，而且可以互訴。這時候聲音的語言功能逐漸明顯，語言的形式也逐漸構成❻。王夢鷗先生對於聲音成爲語言的過程曾經精要地做過說明，他說：

> 它（聲音）之成為語言，而心理的因素則佔有重要的地位。這因素雖以天賦的感覺與記憶能力為其基礎，但生活環境所提供的經驗材料却是必不可少的成份。這就使得情動於中而形於言的「語言」，完全屬於生活經驗部門，與生活團體有著不可分的關係❼。

可知人類的語言，乃由最初生理上自然所發的聲音，進而產生有意義的語言，更由於不斷地模仿外界的聲音、形狀、功用、情態等，使得人類的語言一天一天地孳乳，一天一天地充實，達到任何的情意及複雜的思想，都可以用語言來表達，由於語言的溝通，人類的思想一日千里，整個思維的領域也就跟著擴大了。

語言雖然有獨特的效用，但是它卻受著時空的限制，時間隔久了，就無法保留，距離遠了也傳達不到。於是人類就想到結繩和繪畫，結繩和繪畫固然可以突破了人類表情達意的時空限制，但是對於人類複雜細密的情意和思想，仍然難以完全表達，並且長久保存。於是人類就創造出文字，用它來表情達意，記錄語言，增加語言在空間和時間上的傳播力。

文字的發出和進化，蘇尙耀先生在文字是怎樣來的一文中，根據語文學家的意見，概略分爲四個時期❽：

㈠　**表記憶時期**　這個時期文字還沒有產生，人們用種種實物如結繩來輔助記憶的不足；相當於我們「結繩記事」的伏羲氏時代。

㈡　**表形時期**　這個時期把事物用圖畫表示出來（前人或又分之爲文字畫和圖畫文字兩種，前者用整幅的畫記述一件事迹，後者以個別的圖形代表一種事物）；相當於我們傳說中沮誦作圖的軒轅氏時代。

㈢　**表意時期**　這個時期把圖畫的形象簡化，僅留匡廓，線條逐漸勻整，圖畫變做了符號，產生了原始象形文字。「倉頡作書」的傳說，代表了這一個時期的開始，後來逐漸又發展出指事字和會意字。

㈣ **表音時期** 這個時期文字由表意的符號，變做代表聲音的符號，六書裏的「形聲」和「假借」，開始展露了這個傾向，民初注意符號的公布施行，也是這個時期的產物，研究古文字的學者，在殷墟出土的甲骨文字裏發現殷商時代已經具備「六書」；那麼可以說，自商朝到現在的三千多年，我們的文字，已經進入了表音時期。

蘇先生將我國的文字也列於上述世界文字進化的公例之中，因爲他認爲我國的文字，並不是上古帝王或黃帝史官一位世稱倉頡的人單獨創造出來的，而是隨著社會的進展而產生的。根據蘇先生的看法，在許愼說文解字序裏所說的：「倉頡之初作書，蓋依類象形，故謂之文；其後形聲相益，卽謂之字。」的倉頡，應該如荀子解蔽篇所說：「好書者衆矣，而倉頡獨傳者壹也。」倉頡只是那個時代許多造字者的代表而已，甚至可以說他是中國第一位專力從事於文字整理工作的人，比較恰當，誠如章太炎先生所說：「倉頡者，蓋始整齊劃一，下筆不容增損，由是率爾著形之符號，始爲約定俗成之文字」。

語言和文字結合之後，在文字方面，因爲脫離了圖繪的拘束，又隨著語言的發展而無限地擴張它所表現的效用。在語言方面，因爲有了書寫的記錄，可以持久保存而推廣它傳播的力量；同時使人類文化愈加增進其速度。因此，亦逐漸增長了它對國家民族創造歷史文化的功能，以及人類的福祉。

第二節 我國語文的特性

語言是思想的化身，是一種直接的表現，同時還可以用許多音響動作效果，助長他的神態意味，深入聽者的內心，永不消失。但是語言的缺點，誠如清陳澧所說：「聲不能傳於異地，留於異時，於是書之爲文字。」所以語言所表達的思想，必須依靠著符號的文字，在異地異時發揮作用，擴張效果。由於語言是用聲音代替沒有音響的思想，而文字則是用符號代替沒有形狀的語言，所以二者不但血脈相連，同時各具特性，因此在教學過程中，必須二者相互發揮特性，相輔相成，才能達到效果。究竟我國語文具有那些特性呢？茲述之如下：

一、結構組織具完備性

中國文字是衍形的文字，所謂「衍形」，就是從圖形演變孳乳的意思。也就是說，我們的文字有的本來便是圖形，其它的也都是由圖形文字變化或組合而成。圖形文字固然可以一望而知，由圖形變化或組合而成的文字，其意義仍然可以或多或少的憑目以推知❿。雖然音讀在字形上表現的不夠清楚，最受忽略，但是就「聖人之制字」及「學者之考字」⓫來看，中國文字構造的三個要素就是形、音、義，三者是缺一不可的，而且彼此有著嚴密地關聯性⓬。段玉裁在注解「元」

字時說明此一體例，他說：

凡篆一字，先訓其義，若「始也」、「(天)、顛也」是；次釋其形，若从某某聲是；次釋其音，若某聲及讀若某是。合三者以完一篆，故曰形書也。

所以成文的篆字，都應該包含了形、音、義三者。但是說文一書何以「先訓其義」、「次釋其形」、「次釋其音」呢？段玉裁在說文敍注中說明道：

必先說義者，有義而後有形也。音後於形音，審形乃可知音，即形即音也。合三者以完一篆⑬。

這便是先有「聖人制字」，然後方有「學者考字」，順序不可顛倒的關係。同時段氏更進一步指出形、音、義相求之後，象形、指事、會意、形聲、轉注、假借六書將更形清楚。他說：

說其義，而轉注、假借明矣；說其形，而指事、象形、形聲、會意明矣；說其音，而形聲、假借愈明矣。一字必兼三者，三者必互相求。萬字皆兼三者，萬字必以三者彼此交錯互求。說其義而轉注、假借明矣；就一字為注，合數字則為轉注。異字同義為轉注，異義同字則為假借。故就本形以說義，而本義定，本義既定，而他義之為借形可知也，故曰說其義而轉注、假借明也。說其形而指事、象形、形聲、會意明者；說其形，則某為指事、某為象形、某為獨體之象形、某為合體、某為合二字之會意、某為合二字之形聲、某為會意兼有形聲，皆可知也。說其聲而形聲、假借愈明者；形聲必用此聲為形，假借必用此聲為義[14]。

由上可知，構成中國文字的因素——形、音、義三者，才是中國文字結構的根本，三者任缺其一，都可能造成對中國文字的偏見。

二、相互調適具穩定性

中國文字雖然是依據中國語言而構成的，但是並不是語言的附屬品。文字構成之後，字形是不變的[15]，而字音可隨著時間空間改變，同音的字還可由不同的聲調而區別意義，字義更可隨著實際需要而引申借用，或由形出義，或由聲出義，或由形與形相配合，形與聲相配合，或形聲義相互溝通，不管如何變化，但萬變不離其宗，所以中國文字是以形爲宗而以聲爲源，使文字與語言相互適應而永生不滅的[16]。龍宇純先生對於中國文字的形體可以不必隨著語言的改變而改變的事實，讚嘆不已，並歸功於中國「衍形文字」的完美。同時針對這一點，他分別從時間、空間兩方面做了具體地說明⑰。他先就時間方面說道：

上古音的研究，從清初至今，有了極大的成就。今天如果有人問某字周代的確切讀音如何，而有人敢作肯定的回答，這還不免狂妄。但至少現在已經進行到可以對周代文字的讀音進行擬測的階段。擬測的音未必就正確，而且學者間見仁見智，也沒有完全相同的意見，但大家都是根據客觀的現象和材料，作合理的推測。有人說，周代有一個字讀音為 skhrjəkw，另一個字讀音為 djiagx。假如這是事實，又假定周代文字採用的就是這種拼音方式，相信我們很難揭開這個底謎。可是把它們換成衍形的「畜」和「社」，便極容易的認識是「[illegible]」、「社」二字。孫詒讓、羅振玉等人稍加研究，便識得其中許多文字，於今可以確識的已是千數百有餘，又居然可以利用來證經述史，成為顯學。假如所發掘的是一批拼音文字，相信這短短數十年工夫，絕不會有如此豐碩的收穫。其他如周代流傳下來的經史典籍，可以做為中學以上程度學生的讀物，更是不消饒舌。這無疑都是衍形文字的好處。

至於空間方面，他說：

我國幅員遼濶，方言分歧，南北異音，宛同異族。隨便舉例而言，國語的 tɕiau，溫州人說 tɕiɛ，廣州人說 kiu，潮州人說 kie；國語的 mo，溫州人說 mai，梅縣人說 mɛt，廣東人說 mak，潮州人說 bak（為了避免排印的困難，以上諸字都未將聲調標出）。假如我們採用的是拼音文字，則將地各一音，而不勝其紛擾窒碍。因為我們是衍形文字，儘管彼此間語音不同，文字却可以涵蓋一切差異。所以一寫出「叫」和「墨」字，卽便聲氣互通，而隔閡全泯。推而廣之，凡我民族之團結相親，文化之綿延發皇，論功勞，衍形文字都是應該首屈一指的。

所以中國文字雖然不隨語言浮流，但能隨著時間空間不斷地與語言調節溝通，是「不主故常而又條貫如一，富於日新而能傳遞不失」，因此中國語文有穩定永恆的特性，一如章太炎先生所說：「卽形而存義者，雖地隔胡越，時異古今，其文誦可也」⑱。穛穠先生對於中國因文字的勢力而能保持統一的優越性，在中國文字之優越性一文中引述瑞典高本漢的話說道：

> 中國有此精良的交通工具，所以北平的報紙，在廣州一樣可以通達，而無礙於方言上之紛歧，且千年不變，可是藉此與以古人親密交接，這在西方是辦不到的。英國人不可能看懂他們三百年前的書籍。

三、分類明確具科學性

如用科學方法，對中國文字作有系統的研究，必將發現：中國文字的結構，原是極有條理系統的，誠如彭震球先生所說：「綜觀中國文字，以象形爲骨幹，以指事爲肌肉，以形聲會意爲血氣，以轉注假借爲脈絡，而形成一種整體的有機結構。」所以，今天我們看到的中國文字，絕不是初民以淺陋方法傳遞下來的，而是經過一番徹底整理而合理分類的。

綜觀我國文字演進的過程是，先有「依類象形」的「文」，這包括具體的象形及抽象的指事，起初這象形文與指事文的形體，是很簡單的，可由其形，認識其義。後來人事逐漸複雜，原來的文字不敷應用，於是加上義符、聲符，或加義符聲符，或增體、減體、省體、變體、複體，於是這些象形、指事的初文，便成爲義化、聲化、聲義化的文字。由主體的形，加上輔翼之符號，而成許多孳乳字，形成由簡而繁，增加了新字、新詞。然後有兩個「文」，形與形相配合而生新的定義，成爲會意字。象形、指事、會意這三種以「形」表「義」的字，約佔中國文字百分之十左右⑲。

至於形聲字，是半由形符，半由聲符組合而成的。也就是一個字是用兩個字根所構成的，其中一個字根，表示這一類字的類屬。例如水旁、木旁、土旁、石旁等等；另一個字根，則顯示其發音，例如河字，是屬於水類，因爲河水的水流很急，發出「可可」的聲音，所以用可字爲字根，代表聲音，於是水與可結合成「河」字[20]。這種用「形」與「聲」同時來表達的形聲字，幾乎佔全部中國文字百分之九十左右，原因則如鄭樵所說：「六書也者，象形爲本，形不可象，則屬諸事；事不可指，則屬諸意。」在意思無法以具體的符號表達出來時，就只好「意不可會，則屬諸聲，聲則無不諧矣」。

所以，中國文字是以形體作爲堅實的基礎，結構非常地合理，只要形象確立以後，就不難了解其意義，卽使是一個不會音讀的外國人士，他也能夠了解中國文字的意思，日人山木憲先生卽針對這一點提出看法，他首先說明中國文字語言的關係不同於其他國家，他說：

> 英文非解英語不能讀。德文非解德語不能讀。歐美文字無不然者。漢字則須辨其形，以英、德、俄、法音讀之，無不可也。

由於中國文字有審形便可知義的特性，所以山木憲先生接著說明可以獨立於語言之外的中國文字是手寫的世界語：

> 見漢文之形，讀本國之音，亦可明其義；增交通之便，助文明之運，利莫大焉。今中國南北發音不同，各據鄉談，將如瘖聾之相對。滿洲、朝鮮，則語言本異，然無不可以漢文通意者[21]。

而且如果要加新字，也非常方便，例如有一新金屬發現了叫 Uranium ，只要在金字右邊加一個由字，卽可得到一個新字「鈾」，其他的字也可以依此類推，十分地科學㉒。

四、單音有調具經濟性

我國文字多是單音節，所謂單音節是指中國話的語位而言的。至於語位就是語言中最小的有意義的單位，中國話的語位多只具有一個音節，例如：「中國話」三字，是由「中國」和「話」組織而成的，而「中國」是由「中」和「國」兩個語位組成的，這些語位都只具有一個音節。中國語中大約百分之九十以上都是單音節的，剩下來不到百分之十的語位是多音節的，又稱爲複音詞，例如：「蝴蝶」就是複音詞，如果勉強將「蝴蝶」分成兩個部份，「蝴」這一成分又毫無意義可言㉓。

單音節的來源，根據漢民先生的推論是這樣的，他說：

古人類的語音却留不下絲毫痕跡，功力再深的古音韻學家恐怕也無可如何。雖然語言留不下絲毫痕跡，我們却可以摹擬推測，人類發音的本能是單音，所以上古時代人類開始用語言表達意念的時候，都給予他們週遭之物及基本意念以一個單音表示，……假設上古時代每一系原始民族初具的意念有五十個，並且用了五十個容易發覺的單音去表示，同時各民族都逐漸發展，於是所面臨的事務多了，所遭逢的意念也廣了，意念由五十而七十而一百，單音也創造的越來越多㉔。

但是人類的語音是有限的，而事務及意念的發展是無限的，所以意念的成長速度超過單音的成長速，於是只有以相同的音代表一個以上的意念，這就產生了同音問題，在有同音問題之初，人類生活還不會產生困擾，然而社會越進步，意念比單音成長的更嚴重，人類不得不解決這項問題，在古代孤立的社會群體裡，於是產生了不同的解決方法，據專家的推測有下列三種方法：甲、單音分化法。乙、弱式附音法。丙、複音節法。而中國語是以單音分化法為主，所謂的單音分化法漢民先生是這樣說明的，他說：

這就是今天我們所稱的「四聲」，這個方法在漢族應用非常普遍，我們所真正分化的程度尚不止於四聲，例如閩南語保留有七聲，粵語保留有九聲。單音在分化以後使得我們所用的可鑑別單音得以大量擴充。這個方法在創造之初是把我們已有的單音以「二聲」的方法予以倍增，然後進展到「三聲」乃至於今天的「四聲」。發明「二聲法」的人在當時人類的眼光裡其偉大決不亞於今日的愛因斯坦，因為他的思想是一項重大的、有意義的突破，別人都在想如何增加幾個新單字，然後他所發明的「二聲法」不止於增加一個或十個單音，而是整整地增加一倍㉕。

中國人依循著人類原始使用單音的本能發展，在中古、近古時期，各種獨立的新意念都可以有足夠的單音表示，後來即或有同音問題也不如上古時期那麼嚴重，一則是因爲豐富的單音使得異義同音問題不致影響到生活，二則是有象形文字可資區別。這種單音分化法是我們中國人所獨有的。

中國話除了單音分化法外，就是較少使用的複音節法，複音節法就是把一個意念以兩個或多個音節表達出來，而各音節皆無意義，或若有含義，其「意念和」不等於原有意念，複音節法又可分成兩種細類：

(一) 引申型

每一個音節都具有獨立的意念，複音節詞的意念由這數種單音意念引申而得，例如「領袖」的意念是領導者，雖然與領子和袖子的意念不同，但卻是從領子和袖子引申而得。引申型複音節法需要有高度的文化背景。

(二) 湊合型

每一個音節都無意念，或若有意念，此總體意念不能由局部意念合成，例如「沙發」便是，……。單音分化法及弱式附音法需要有創意，而湊合型複音節法則否[26]。

中國語文具單音性，所以一字一音節，適於聲律的講求，在韻語中有顯著的音節美，糯穳先生在中國文字之優越性中說到中國語文音韻的美妙，他說：

就中國文字之聲韻析論，向來皆分為「聲」與「韻」兩要素，聲為音之所從發，韻則收聲之謂。聲若論其發音部位，則有喉牙舌齒之異；而發音之輕重，復有清濁之別，其發音相同者謂之「雙聲」。至於韻，收音之音調有平上去入之分，收音之呼法有開齊合撮之異，收音之洪細有一二三四等之別；收音之帶否鼻音，又有陰陽之殊，其收音相同者，謂之「疊韻」，以其重疊變化，錯綜複雜呼應，則誦時金聲玉振，聲韻鏗鏘。故自沈約論文，便已有「前有浮聲，後須切響，一篇之內，音韻盡殊；兩句之中，輕重悉異。」而彥和更進而言：「聲畫研蚩，寄在吟咏，吟咏滋味，流於字句，字句氣力，窮於『和』『韻』，異音相從謂之『和』，同聲相應，謂之『韻』」，明夫文學作品之聲律優美，不外同音相成的「重疊」，異音相繼的「錯綜」，同韻相協的「呼應」。重疊郎雙聲疊韻之均之巧，錯綜郎平仄參伍，重疊乃整齊美，錯綜則參差美；更濟以「韻類」聲情之轉沓，疏密，交織成節奏分明，旋律優美之美文。蓋夫先哲創造之原。音先義後，並足顯聲隨情轉，情由音現之妙㉗。

此外，單音的中國語文，是具有高度的經濟性的，劉凱申先生在談論中文讀音與思考的連貫性時，提出了這個特性，歸納他的論敘重點計有下列五點㉘。

㈠　數數速度方面

我在德國找了二十位大學生，要他們用德文從零默唸到一百，測量他們的時間加以平均，所得到的結果是四十多秒。然後我在中國也找了二十位大學生，也要他們從零默唸到一百。所得到的平均時間是二十多秒。換而言之，用中文從零到一百要比用德文從零數到一百，大約可以節省一半的時間。而這種差異之所以造成的原因，主要也就是因爲中文是單音語文，和德文是由許多音節拼起來的不同。

㈡　心算速度方面

在加減乘除的心算方面，中文就要比德文既經濟又科學。所謂經濟，是中文的音節少，所以運算時間也短，所謂科學，是指中文的排列合理，有利於運算。就二十三而言，中文是二在前，三在後，而德文（三和二十）Drei-und-Zwanzig直譯是三和二十，是三在前二在後。所以，用心算做加減乘除的運算時，若是德文，就必須先在大腦中將三與二的位置對調，然後再進行運算。……在美國有一些研究，的確顯示出中國人的數學能力，一般較美國人爲強。

㈢　文章長短方面

中文是單音語文，言簡意多，所以中文可以用較少的篇幅，表達較多的意思。只要比較中文報紙和外文報紙便不難發現，中文報紙多半只有二、三張，而外文報紙動輒十幾張，甚至幾十張。

㈣　思考速度方面

大腦的運作在某些方面與電腦的運作有類似之處。電腦資料的輸入，一般是以卡片爲單元，電腦運作時，卡片少，運作時間就短；卡片多，運作時間就長。大腦對於語文的接受，則是以音節爲單元，大腦利用語文思考時，音節少，花得時間就少；音節多，花得時間就多。在表達同一意念時，由於英文、德文等拼音語文的音節都遠比中文爲多，所以自然利用中文做思考時，速度要來得快。

㈤　記憶難易方面

假如說一件事或一項資料，用中文來表達的話，只有十五個字，十五個音，若是用英文來表達的話，也許就要二十個字，四十個音。在這種情形下，用中文來記當然要比用英文或德文記來得省力。

五、形義孤立具成熟性

就全世界所有的語言來看，可以概括的分爲兩大類：一爲分析語，一爲綜合語。章太炎、胡以魯先生都說：

語言之成，無過於綜合，分析二端；以綜合成名者，希臘、印度為尚；以分析成名者，惟中國為完備。西方英語亦近焉……上世國語亦有次序顛倒者。漢、魏以來，已滌除殆盡。而他國皆不能比其長㉙。

中國語屬於分析語的一種，而分析語亦稱孤立語。所謂孤立語，包括了語形、語音、語義三方面的孤立㉚。語音的孤立，是指每一語詞，爲一單音綴，說到單音的特性功效，已詳言於上，不再論述。以下僅就語形和語義兩方面說明：

㈠ 語形的孤立

所謂「語形的孤立」，又稱爲「無形態語」，即語詞本身沒有形態的變化，不受他詞語法關係的影響，中國語言絕大多數就是屬於這類型㉛，由於中國語文具有此種特性，所以中華文化始終未曾受到不現則詞類的困擾。以下依詞性分類說明中國主要不同於西方的語法㉜：

甲、動詞：中國話動詞是不因時間而有所區別的，所以不論指稱現在、過去及將來，都只有一個形式而已。中國人現在式可用一個「是」字表示；說到過去式時，卻不借「是」字來說明時間，而是靠「以前」這類詞來表示過去性，所以「是」字就不會產生不規則了；至於未來式就以「將」

這類字表示未來型態；進行式也就用「正在」這類詞便可以完全表示進行式了；此外完成式能以一個詞「已經」表達了完整的意念。這種時態變化的方法，是十分簡單的，只不過多用了一個或兩個音節，就達成了時態的任務。

至於語態方面：也一併在此分類陳述：

子、主動式：主動式在各種語言裡都是基本型態，所以沒有太大差別。

丑、被動式：中國人的規則是以一個字素「被」，並且調整主語以完成被動式的。

寅、命令式：命令語必須簡短有力，所以用中國單音節語來表達很合適，只要用最簡單的敍述語就能表示命令，例如：「停！」「立正！」「向右轉！」。

卯、問句式：在中國只須要照規則在語尾加一個「嗎」字，或者「呢」字，就完成疑問句式了。

辰、否定式：中國人只要在句中加一個「不」字，或者說「沒有」就完成否定型態了。

乙、名詞：中國話關於天象、地理、人文、以及一切人物名詞，具有下列三特點：

子、不分單數與複數：中國話沒有「數」的語尾變化，一般只用一個字素「們」區分單複數，而且十分規則。另外「些」字也能表明複數性。由於「們」「些」二字的發音，在中國單音分化法下，不容易產生輕音，能夠讓聽者聽的很清楚，所以這是十分簡明的單複數鑑別法。

丑、無陰陽性的差別：中國語法裡鮮有性別的區分，陰陽性之別，均納於陰陽、男女、雌雄、牝牡相對觀念範圍之內，不分陰陽者，一律以普通性視之，並沒有中性名詞。這種情形似乎會嚴重地影響生活，但是中國人在性別上做了人倫稱謂上的區分，也就足以解決生活問題了，所以中國人在性別上只做了人倫稱謂的區分，不過分得比其他民族要細。

寅、不因格位而變化：中國語文中，名詞是不因格位不同而有變化的，如「夫語妻」、「妻語夫」，上句「夫」爲主格，而下句的賓格也是「夫」字。

丙、代名詞：中國人在人稱上所用的代名詞，只簡單地做了「我」、「你」、「他」的區別，這些詞不會受到「數」、「性」、「格」的不同而變化，如爲多數，就加「們」字，如爲所有格，就加「的」字。所以使用時非常地便利。

丁、形容詞與副詞：中國語文中的形容詞很多，如「高」、「矮」、「強」、「弱」、「大」、「小」、「智」、「愚」、「優」、「劣」、「賢」、「不肖」、「青」、「赤」、「黃」、「黑」、「白」等。這些詞只要加上「較」、「更」、「甚」、「極」等副詞，就造成比較了，不必有語形上的變化。

戊、其他：中國話在語法上，另一項最容易受人注意的是中國話有單位詞，例如：一「張」桌子，一「把」椅子，一「本」書，一「支」筆，一「個」人等等。這是現代中國語文中一個重大的特性，但是根據丁邦新先生的看法，在古代漢語中應該沒有這樣豐富的單位詞，可能是後代的演變。

(二) 語義的孤立

杜學知先生說：「語詞所表示的意義，爲意義的最小單位，是語義的孤立㉝。」

由上述語形的孤立性可知，在中國語法上不但不把時間觀念包括在動詞裏，而分析成獨立的語詞，其他如人稱、性別、數目等，也都被分析出來，所以在表意上，中國話是不取形式的接添和變化的，張世祿先生在語言學概論中便是這樣說的，他說：

> 中國語名孤立語而實際上語詞在語句中，正是有機的結合，決非各自孤立的。語詞的品性和意義，在全句的總意義上自然顯現，沒有時間、數目、性別、位格、人稱等等的差別，決不致於含糊相混。……種種變形作用，在中國語上看來，正是畫蛇添足，無存在的必要。如春風風人，夏雨雨人，推食食我，解衣衣我；兩個相同的語詞疊用，詞性上的區別，自然在序次上看出來㉞。

中國這種單純又簡潔的表意法，在西方學者眼中，認爲是一種沒有文法的語言，美國語言學家弗來斯齊博士（Dr. Rudolf Flesch）便說：

> 中文是被稱為「沒有文法」的語言，若把其所沒有的東西，列舉出來，真令人吃驚！它沒有詞形變化，沒有格，沒有人稱，沒有性別，沒有數，沒有時代，沒有語態，沒有語氣（moods），沒有不定詞，沒有分詞，沒有動名詞，沒有不規則動詞，也沒有冠詞。每一個字，只有一個音節，祇有一種形式㉟。

歸於分析語的中國語文，意義的表達，根據張世祿先生的看法，是常屬於措詞學上的現象㊱。所謂措詞學，就是指語詞組織的前後次序。這種現象弗來斯齊博士特別譬喻爲「裝配線」語文，他說：

現代中文的主要原理，正好與現代機械的原理相同。它是由標準化的、預先製就的，依功用而設計的各種零件所合成的。換句話說，中文是一種裝配線語文。所有的字，都只表示最重要的意義與目的，並按一定次序彼此接合。字的次序極為重要，正像裝配線上各種作業的次序一樣，如果你把它們按別種次序排列出來，那就不能工作了；例如著名的句子「犬噬人」，並非新聞，但若改為「人噬犬」，則變成新聞了㊲。

中國語文可由單音性及語法和文法證明，它是全世界最進步的語言文字。但是在十九世紀以前的西方語言學家，見中國語文很簡單又沒有文法，於是便指中國語文爲「孩童講話」（Baby talh of mankind），一直到第十九世紀末期，他們進一步研究中國語文之後，才知道中國語文不是落後的語文，而是最成熟的語文，像弗來斯齊博士（Dr. Rudolf Flesch）在說話的藝術」（The Art of Plain Talk）一書中說：「他們都錯了，中國語文是世界上最成熟的語文㊳。」由於語文的演進是愈進步愈簡單，所以中國語文的確是最成熟最進步的語文。

第三節　傳統的語文教學

文學的基礎在文字，所以凡是習文的人，先決條件就是「認字知義」，宋羅大經鶴林玉露卷十一有言：

> 西漢諸儒，揚子雲獨稱識字。韓文公云：「凡為文者，宜略識字。」則識字豈易乎哉！晁景迂晚年日課，識十五字。楊誠齋云，無事好看韻書。

由這段話可知識字並不是件容易的事。但是如果連字都不認識，又如何去洞明文義，欣賞文趣，進入文學的領域呢[39]？顏師古急就篇注，羅願在跋文中說道：

> 古者學童六歲至十歲，教之數與方名，及朔望、六甲、書計之事。蓋自末以窮本，由藝以達道。濫觴乎小學之原，而涵泳乎大學之海，終其身不厭。

所以古代童蒙入學，最先接受的就是識字教育[40]。

一、教學方式

由於中國文字具有特殊的個別性，所以學習的方式不同於西方。歐美兒童只要學會了二、三十個字母以後，便可以一邊識字，一邊很快就能成句地乃至成段地閱讀，但是學中國文字，就必須一個一個地認，一個一個地記，一直到認識記住了足夠運用的字數，才能夠整句整段乃至整篇地閱讀。否則兒童認得的字太少，就讓他學習成句的話，成段成篇的文章，一方面，內容勢必受到文字的限制，貧乏單調，落後於兒童的智力發展，不能夠滿足兒童的學習欲望；另一方面，文字的出現又必是會受到內容的限制，不能顧及文字本身的規律性，這樣就無法發揮比較類推的作用，兒童不容易領會到文字的規律，學的字就比較模糊，既不容易記住，又會產生錯字別字的毛病。並且字既學得不牢固，不夠快，還會影響到閱讀能力的發展。為了防止這些弊端的產生，所以歷來傳統語文教育，都是採用集中識字的方式。

中國字的數目，各代不同，這是因為每代都有新字增加，民國以後，西風東漸，更增加了不少新字，據民國五十一年文化學院出版中文大辭典的收字，總共計有四萬九千九百零五字㊶。面對這麼多的字，學習上應該是很困難的，但是中國文字由於具有上述各種特性，因此專家認為中國文字能夠以簡馭繁，只要認識兩、三千字就可應付了。張清鐘先生談論國字的特性時便提出這樣的看法，他說：

國字既好認又易學，方塊的國字雖以字形標義，但其中大部分標義之外也兼標音，而有些標音的音又兼標義。像以「青」標音的字都兼有美好的意義如清、晴、睛、倩……。現行國字中標音的形聲字占十之八九，現在還在繼續增加中如化學上的新元素等。這種一看形符就能知其義，一看音符就能讀其音的造字是世界上沒有任何一種文字能夠趕得上的。又現在國字往往以結合單字為複詞造新義以替代造新字，如「車」字有牛車、馬車、汽車、火車、貨車、水車、電車、遊覽車、救火車……等，依其屬性造出各種各類的車名使人一看就知其意。這種以簡馭繁，標義明確的新用字法，使國字字數雖然有四萬多字，但只要認識兩、三千字就可應付。國字這種統覺、類化、科學的特性，只要稍通字體，粗知源流就學得快又好記憶[42]。

廖維藩先生也有相似的看法，他說：

中國字常用的不過七千多字，康熙字典有四萬餘字，實際上中小學應用的字頂多祇有三千字。外國文字遠比中國字多，韋氏字典有六十萬字。近來因科學上的發明，增加新字不少，據美國計算，英文舊字已超過八十萬字，字數愈多，運用便愈困難。

中國字有百分之九十為形聲字，有左形右聲，右形左聲，上形下聲，下形上聲，外形內聲，內形外聲，而偏旁部首僅兩百餘個，其聲韻以廣韻為準，也祇二百零六部。明白了部首聲韻便可以懂得更多中國字㊸。

在讀中國書必先集中識字的前提下，中國傳統的語文教學誠如清人王筠所說：

> 蒙養之時，識字為先，不必遽讀書。先取象形、指事之純體教之。識「日」「月」字，即以天上日、月告之；識「上」「下」字，即以在上在下之物告之，乃為切實。純體既識，乃教以合體字。又須先易講者，而后及難講者。……能識二千字，乃可讀書㊹。

王筠提出先教純體，再教合體，這是合乎中國文字構造規律的，不過這種方法雖然有人採用，但是並不廣泛。至於他說必須先集中教兒童認識兩千字，然後讀書，這倒是傳統語文教學的一項經驗總合。因為自古以來經得起時代考驗，而一直流傳至今的傳統語文教材——三字經、百家姓、千字文，這三本童蒙讀物結合在一起，成為家傳戶誦的「三」「百」「千」，而這三種小書合起來，總字數是二千七百零八，除去重複不算，單字恰好是兩千左右，很符合初步識字階段的要求。前人教這些書，主要是要求兒童認得一個一個的字的模樣，能唸能背，並不要求句句會講，教的時候，大致是略微講解一下，孩子們懂多少算多少，所以考查的時候只要背誦，並不要求會講。甚至有些先生就乾脆完全不講，只管叫孩子硬唸、硬記、硬背。

二、兒童字書

中國古代兒童識字的蒙書，在時代上根據林明波先生唐以前小學書之分類與考證一書的研究，可以確知在唐朝以前，只有西漢史游急就篇及梁朝周興嗣千字文兩本識字書存於今日，其它都已亡佚[45]。不過近來在敦煌遺書中發現，六朝馬氏所撰的開蒙要訓，是一部「童蒙初學，以（易）解難忘[46]」與急就篇、千字文性質相同，而編注又與千字文相近的童蒙誦習讀本，它與千字文一樣流傳的很廣[47]。隋唐以後就有了百家姓和三字經，這兩本讀物廣泛地流傳，到了清朝就與千字文結合成一套完整的童蒙識字教材——「三、百、千」，直到今天仍然具有重大的意義，深遠的影響。可知中國主要的童蒙識字書，不外上述幾種。其中千字文、開蒙要訓及百家姓三書已詳論於拙著敦煌兒童文學，今僅簡介於後，至於急就篇與三字經則於次節再詳細論述。

㈠ 千文字

急就篇廢而千字文興矣[48]，千字文大約是在南北朝時代開始流行的，種類雖然不少，但是大都已亡佚，現在僅見周興嗣撰集的千字文[49]。千字文是由一千個零散的單字組合而成的，並以四字一句，兩字一對的方式，編排成有音韻的篇章，據黃師錦鋐的推測，這就是千字文取代急就篇的原因，他說：

千字文……它替代了漢代的「急就篇」。其原因如何？不大清楚，但就其內容來看，急就篇有三言、七言、四言、沒有像「千字文」字句那麼整齊，背誦起來可以琅琅上口，適合為童蒙識字的教材。所以自從「千字文」出來之後，不久就取代了「急就篇」的地位。而「千字文」一直到現在還在流傳著㊿。

千字文除了具有形式上的特性外，內容方面則是由全無系統的單字，組合意義完整的文句，它從天文、地理、人事的認識以及倫理道德的教育，甚至對景物風土的欣賞，都表達地極有系統程序，是一篇文辭優美的佳作㊿①。一千個字組合而成的千字文，在識字基礎的建立上是不夠用的，所以後來陸續出現改編的千字文，但是這些後起的千字文，由於不適合用為語文識字教材，所以流傳地並不普遍。

(二) 開蒙要訓

開蒙要訓不僅形式與千字文是一樣的，都是用四字一句，兩句一韻的形式寫成，同時在內容上也與千字文相似。它比較特殊的就是將各種物品、用具、植物、動物作分類的編排，讓同一偏旁的字盡量出現在一起，像這樣的排列，可以讓孩童對各類事物的字體同時了解吸收，不過把同類的事物呆板的排列在一起，如果沒有區別的說明與插圖，或者師長在旁明確地解說，是很容易讓孩子感到枯燥、混淆、困惑的。或許是這樣的原因，開蒙要訓只見存於敦煌遺書中，並不如千字文那樣風行普及。

㈢ 百家姓

百家姓是繼千字文之後，在宋朝初年出現的兒童讀物[52]，作者僅知爲一市井小民而已，宋王明清玉照新志說：「市井所印百家姓，似是兩浙錢氏有國時，小民所著。」百家姓是以姓氏編爲韻文以便誦讀的讀物，但「百家」並非單指一百家，而是多數人家的概稱。計有五百六十八個字，爲五〇九個姓，每四字一句，隔句押韻。這種集姓氏編寫而成的百家姓，並無文義可言，除了可以讓兒童認識姓氏之外，對兒童來說是缺少吸引力的。黃師錦鋐說：

> 百家姓，簡直是把毫無意義的四百多字堆積起來。但也能與三字經、千字文並駕齊驅，這可以看出那四百多字在童蒙識字是必要的。日本的中國語教材，偶而也把許多沒有意義的姓氏附在教材後面，都可以說明認識姓氏是識字教學基本的條件[53]。

雖然由百家姓氏組合的字義不彰，但是教兒童認識百家姓氏卻有極深刻的意義，它對中國人宗族觀念的鞏固、同宗關係的建立，具有重大的影響。

第四節 急就篇

急就篇，最早著錄於漢書藝文志，六藝略小學家云：「急就一篇，元帝時黃門令史游作」。漢志所載小學包括急就篇在內，一共有十家四十五篇：史籀十五篇（周宣王大史籀）、八體六技（按惟此編不著撰人與篇數，四十五篇減去其他各篇之數，當爲八篇）倉頡一篇（李斯、趙高、胡毋敬）、凡將一篇（司馬相如）、急就一篇（史游）、元尙一篇（李長）、訓纂一篇（揚雄）、別字十三篇（不著撰人）、蒼頡傳一篇（亦不著撰人，蓋與「別字」各爲一家。）、揚雄蒼頡訓纂一篇、杜林蒼頡訓纂一篇、杜林蒼頡故一篇。

這十家四十五篇，就是從周、秦到漢代，陸續出現的各種識字課本。漢書藝文志曰：

> 漢興閭里書師合蒼頡爰歷博學三篇，斷六十字以為一章，凡五十五章，並為蒼頡篇。武帝時司馬相如作凡將篇，無復字，元帝時黃門令史游作急就篇。所謂閭里書師，卽漢時之村夫子也。

倉頡、凡將和急就三篇，都是漢代村塾教學童識字用的課本。但是其中流傳的時間最久，並且一直保存下來的，就只有史游的急就篇。其餘各篇亡佚已久，零星字句，尙可從古籍引文中窺見，例如：倉頡篇見考工記注的，唯有「鞄瓷柯屬」四字。凡將見文選注、藝文類聚的，僅有「黃潤纖美宜制禪」、「鐘磬竽笙筑坎侯」二句。訓纂見史記正義的，也只有「戶扈鄠」三字54。

急就篇既是漢代僅存的兒童字書，必定有它的特色及重要性，值得我們深入探討。

一、名義探源

漢書藝文志曰：「元帝時，黃門令史游作急就篇。」漢代史游編撰這本識字蒙書，書名為何採用「急就」二字？有什麼特別的意義？又部份人稱「急就篇」為「急就章」，這是什麼道理？究竟那一種名義較為正確？這些都是研究急就篇首先要探討的。

「急就」的本義，歷來學者說辭不一，共有三種解釋：

㈠能夠令書寫速度增快，急就寫成

唐張懷瓘在十體書斷，首先提及「急就」的意義，與書寫字形的簡省，速度的增快有關，認為它是後世草書的起源，他說：

王愔云：「漢元帝時，史游作急就章解散隸體麤書之俗，簡惰漸以行之」是也。此乃存字之梗概，損隸之規矩，縱任奔逸，赴速急就55。

後來學者受他的影響頗多，例如清孫星衍就是以張懷瓘的說法爲本的，他在急就篇考異序中曾說：

急就章，漢史游所作，蓋草書之權輿，謂之章草。其文比篆隸為流速，故名急就56。

(二)能在爲文用字困難的緊急情況下就臨求助，而得到解決

宋晁公武在讀書後志中，曾做這樣的解釋，他說：

漢史游撰，唐顏師古注。游，元帝時為黃門令。凡書三十二章，雜記姓名、諸物、五官等，以教童蒙。急就者，謂字之難知，緩急可就而求焉57。

今人張麗生先生則就晁公武之說加以闡述，他在急就篇研究一書中說：

史游取蒼頡篇中正字，編撰認姓字識物名的書，書名採用急就二字，是把李斯所講的「就」，稍作引申的解釋為「就臨」「接近」的意思。……這急就二字，是專對當時從學認字的小黃門而言，如果對某姓某物，發生疑問，不會寫，便可趕快去找它。因為抄寫姓字登記物名，是小黃門的日常工作，而急就這部書的內容，是搜羅敍列諸物名和諸姓字的書，正可

以幫助了解姓的字，和解決對物名的疑難。宋晁公武讀書後志云：「急就者，謂字之難知，緩急可就而求焉」，便是說明了史游編撰急就的本意。這部急就一書的性質，既是如此，因而也就被代表為書名，譬如：有人問你：「看的是什麼書」？答說：「急就」，這就是書名叫做急就的意思[58]。

(三) 學童認字易學易起，能夠迅速學成

于師大成在張麗生急就篇研究序中，曾根據急就篇的內容提出他的看法說：

> 漢人的小學書，多寫以觚，史游作急就篇，大約自己就是寫在觚上的，故而自謂「急就奇觚」也。「奇」者，「與衆異」也；與衆異者，以其「羅列諸物名姓字」，而又「分別部居不雜廁」也。前此的一切小學書，內容大概都與後來的三字經、千字文相近似，而急就篇獨以科學方法，部類一切諸物名姓之字，使以類相從，易學易記，故而能夠「用日約少誠快意」也。用日約少，猶今言速成之意，此書之取名急就者以此[59]。

以上三種解釋的關鍵都是作者從急就「就」字的解說出發，而有書寫速成，臨文便檢及學習易成這三種不同的角度。但是這些說法，在文字的源流與名義的詮釋上，多有不能圓融的地方，

所以以下嘗試就個人的一些看法，分項論述：

㈠急就篇是以教童蒙識字爲目的的兒童字書，不是以撰著速寫範本字帖爲目的的章草。

在東漢以前，我國對於童蒙識字的教學，十分重視，如在漢書藝文志六藝略的小學家裏有史籒篇，漢志說：

史籒篇者，周時史官教學童書也。

可知周朝的史籒篇是爲學童識字編纂的字書，這種重視童蒙識字的觀念至漢初蕭何，甚至明訂於法律之中，以課考方式來選舉識字多的，來擔任史官，漢志引蕭何律令說：

太史試學童，能諷書九千字以上，乃得為史，又以六體試之（案：潘師重規中國文字學指出「六」是「八」的訛誤。），課最者以為尚書御史、史書令史。

另外許愼的說文解字序也說：

尉律，學童十七以上始試，諷籒書九千字乃得為史。

由以上官家對於學童識字的重視情形來看，身處在西漢中葉時的史游急就篇，它編纂的目的，我們不能說不是爲了童蒙識字。而該篇的書寫，也應是當時通行的隸書才是，恐怕不是章草，更遑論它是草書的範本字帖了，爲什麼急就篇是隸書而不是草書呢？首先漢志說：

> 史籀篇者，周時史官教學童書也，與孔氏壁中古文異體。蒼頡七章者，秦丞相李斯所作也，爰歷六章者，車府令趙高所作也，博學七章者，太史令胡毋敬所作也，文字多取史籀篇，而篆體復頗異，所謂秦篆者也。是時始造隸書矣。漢興，閭里書師合蒼頡、爰歷、博學三篇，斷六十字以為一章，凡五十五章，幷為蒼頡篇。武帝時，司馬相如作凡將篇，無復字。元帝時，黃門令史游作急就篇，武帝時，將作大匠李長作元尚篇，皆蒼頡中正字也。凡將則頗有出矣。

史籀據說文敍說是周宣王時的人，他的書自然是用當時通行的籀文；蒼頡是秦朝的書，所以儘管多取史籀篇中的字，卻是用秦篆來書寫的，凡將、急就等書敍述在「始造隸書」之後，可知這些書都是用隸書來寫的。其次，在今天可以看到的漢人急就篇墨迹，也都是用隸書抄寫的，這種鈔本有羅振玉流沙墜簡有六簡，張鳳漢晉西陲木簡彙編二編有二簡，又鄒氏適廬舊藏一殘塼，書篇首至「誠」字共三行，都是隸書[60]。所以說史游的急就篇是草書的範本字帖，不知所根據的是什麼理由。如果我們從草書的起源來看，草書其實早在史游之前就已經產生了，唐張懷瓘書斷說：

梁武帝章草狀曰：「蔡邕云：昔秦之時，諸侯爭長。簡檄相傳，望烽走驛。以篆隸之難，不能救速。遂作赴急之書，蓋今之草書也。」又董仲舒欲言災異，草稾未上。姚蔡曰：「草猶麄也，麄書為本曰草稾。」據此知秦時及漢初，已有草書。則裨諶草創，及屈原屬草稾，疑卽草書，又不始於史游矣㉛。

另外說文段注也曾引到東漢趙壹非草書說草書「起秦之末，殆不始史游」，所以說急就章是草書的起源，恐怕是不容易成立的。

㈡**緊急之時才找書解決問題的學習態度並不正確，同時也不符合急就篇編纂的目的。**

我們知道由周至漢的時期，前人對學童識字的工作，十分重視，它甚至成爲一種選拔職官的制度，明訂於法律之中，認字多的則可擔任令史，而字體書寫不正的，則遭受舉劾，所以在這種獎懲兼備的體制下，學童對於習字認字的態度，就不能不愼重而痛下苦功了。而史游在他的急就篇裏，便曾經說過該書可以「用日約少誠快意」，所以他編纂的目的，顯然是爲學童能有系統，迅速地學習認識文字，而後宋晁公武郡齊讀書後志，便因而有「急就者，謂字之難知，緩急可就而求焉」的解說，但張麗生先生引用出「發生疑問，不會寫，便可趕快去找它」這樣的話，似乎是有些穿鑿附會，不僅是學習態度不正確，也非急就篇編纂之目的，果如張先生之說，那史游的「急就」篇，豈不成了「急救」篇了嗎？此外張先生強調：「急就二字，是專對當時從學識字的小黃門而言」的，這種以作者的職位，妄臆教學的對象，而將學童侷限於小黃門的說法，是很須要商榷的。

(三)「羅列諸物名姓字，分別部居不雜厠」並非急就篇所獨具的特色，但是急就篇前有所承頗具優點，學習起來自能「用日約少誠快意」。

急就篇的產生據顏師古急就章自序所敘，是前有所承的，他說：

> 逮至炎漢，司馬相如作凡將篇，俾效書寫。多所載述，務適時要。史游景慕，擬而廣之。元成之間，列於秘府。雖復文非清靡，義闕經綸。至於包括品類，錯綜古今，詳其意趣，實有可觀者焉[62]。

凡將篇一書雖已亡佚，但是由以嚴可均輯佚的四條遺文來看，可以確知急就篇誠如顏師古所言，是承凡將篇而來的七言韻文讀物：

甲、說文嗙字條引：「淮南宋察舞嗙喻」。

乙、藝文類聚卷四十四引：「鐘磬竽笙筑坎矦」。

丙、文選蜀都賦引：「黃潤鮮美宜制禪」。

丁、陸羽茶經引：「烏喙桔梗□芫華、款冬貝母木蘗蔞、芩草芍藥桂漏盧、蜚廉雚菌□荈詫、白斂白芷□菖蒲、芒消□莞椒茱萸」。

至於于師大成更讚佩急就篇是：「獨以科學方法，部類一切諸物名姓之字，使以類相從」的小學字書，這是值得注意的，因爲除了凡將篇之外，根據流沙墜簡的資料來看，另外一本漢代的小學書——倉頡篇，也具有同類詞彙滙集的傾向，其竹簡載有：

游敖周章、黚黶黯黮、黦黝黭䵘、䵣黤赫赧、儵赤白黃。

由此可知「羅列諸物名姓字，分別部居不雜厠」，恐怕是漢代小學識字教材所共有的現象。當然凡事都是由粗略而臻於精密，急就篇應該也是前有所承，後出轉精的作品。

由於急就篇具備了上述特性，所以學童自然很容易在短時間內迅速學成，如北齊書所載：「李繪六歲，未入學，伺伯姊筆讀之間，輒竊用，未幾遂通急就章。」及：「李鉉九歲入學，書急就篇，月餘便通。」這都是很好的證明。

其實「急就篇」一書，取名「急就」，只不過是先秦兩漢時代經常以篇首二字爲名的一個例子罷了，事實上，其他各種兒童字書的名稱由來，也都不例外，例如倉頡篇篇首的頭兩句就是「倉頡作書，以教後詣」。

此外，「急就篇」也有稱作「急就章」，究竟「篇」和「章」有什麼關係呢？漢志說：「漢興，閭里書師合蒼頡、爰歷、博學三篇，斷六十字以爲一章，凡五十五章，並爲蒼頡篇」，小學書以六十字爲一章，是漢代的通例，合若干章而爲一篇，故稱篇章。然合三蒼而斷以六十字爲一章，乃是漢代閭里書師所授，三蒼原本並不是這樣的。它所以必以六十字爲一章是本緣於六甲篇的。六甲篇在羅振玉流沙墜簡卷一小學術數方技書中，收有三簡，以十天干、十二地支組爲干支表，凡一百二十字，分爲六十組，代表六十日。此六十組分作六行，六行之首分別爲甲子、甲戌、甲申、甲午、甲辰、甲寅，故名六甲。每行十組，二十字，代表十日，寫於一簡之上，一簡稱爲一篇，故周禮占夢疏引鄭志說：「庚午在甲子篇，辛亥在甲辰篇也」。簡的正反兩面都有字，每面二十字，則甲子篇全文共用三簡。小學書多以觚寫作，一面二十字，一觚三面，共六十字，故斷以六十字爲一章，恰是以一觚容納下。急就每章六十三字，即每面二十一字，比二十字者多一字，也是以一觚爲一章也。急就的書名，漢志著錄作「急就一篇」，又小學家小敍曰：「元帝時，黃門令史游作急就篇」，可知其書本名急就篇。可能因爲最早的小學書叫史籀篇（說文皕部奭字下引之，稱爲「史篇」），後來漢人仿作的，都一律取名某某篇。但因每篇可容若干章，每章獨自可爲一單位，故後人又或稱爲急就章了[03]。

二、作者及其成書背景

編撰急就篇的作者，漢書藝文志指名是：漢元帝時黃門令史游。「黃門」是指禁中的給事者，「黃門令」是禁中諸給事者的主管，史游任黃門令一職，他的工作待遇及職責，根據後漢書百官志說是：「黃門令一人，六百石。本注曰：宦者，主省中諸宦者」。

史游的籍貫未載於史册，但是，根據唐朝日本和尚空海的急就篇抄本，我們可以發現在急就篇卷首有撰著者：「河東史游」的記載。雖然不知空海是根據什麼說的，但是從空海撰「萬象名義」全錄「玉篇」詳本，未嘗任意刪改的治學精神來看，空海所載並非虛言。

史游爲臣頗忠心，後漢書宦者傳稱他：「勤心納忠，有所補益」，但是正史資料僅限於此而已。所以史游忠勤的事蹟不爲人知，不過張麗生先生則推論這兩句話的來由與急就篇，「師猛虎，石敢當，所不侵，龍未央」有密切地關係，他說：

> 史游的原意，除了是說「姓的字」之外，這四句可作隱含深意的解釋為：「老師（指蕭太傅）像猛虎一般，石（指石顯）敢擔承抵擋（意為不怕），所以不見侵害，那是因為龍（指元帝）還未央」。（央通殃，見漢初蕭何築未央宮之取義，未央，即未曾遭殃也；換句話作正面的說：龍未央即是指龍吉祥健在的意思，而未央宮即吉祥之宮也，前漢很多人名叫「未央」，也是取吉祥吉利之意）。這種解釋，或可信為近是吧！……這四句如果是史游有意對元帝說諷諭的話，那的確是勤心朝廷，納忠元帝，史游在幾微隱約間，提醒元帝，蕭老師與石顯不和；但如果看作是史游接近石顯，站在石的那邊講這四句話，那就是不把蕭太傅看在眼中了，筆者認為二者兼而有之[64]。

其實早在清嘉慶十七年，陳本禮所撰急就探奇一卷，其中箋的部分就是從史游「勤心納忠，有所補益」著眼的，他將歷史事實附會於急就篇中，認爲字字皆有所指陳，但是沈元對這種說辭提出了嚴厲的批評，他在急就篇研究中說：

他把此篇視為史游諷諫元帝的一篇政論，其中字字微言大義；而且又把陰陽五行和程朱理學牽扯在一起來注釋史游的思想。結果不但不能真正探明急就的大旨所在，反而製造了混亂，在學術上是沒有價值的[65]。

急就篇編成於漢元帝初年[66]。漢代是一個非常重視文字教育的時代，一切文字教育必須在「小學」期間完成，後漢崔寔在四民月令中說：

(正月)農事未起，命成童入大學，學五經。注「謂十五以上至二十也。」

(正月)硯冰釋，命幼童入小學，學篇章。注「謂九歲以上十四以下也。篇章謂六甲、九九、急就、三倉之屬。」

八月暑退，命幼童入小學，如正月焉。

(十月)農事畢，命成童入大學，如正月焉。

(冬十一月)硯冰凍，命幼童入小學，讀孝經、論語、篇章[67]。

可知，識字教育是小學學童的基礎教育。這種基礎教育在民間十分普及，但是要求却十分嚴格，例如王充曾經自述他幼時學習的歷程說：

建武三年，充生。為小兒，與儕倫遨戲，不好狎侮。儕倫好掩雀捕蟬，戲錢林熙，充獨不肯。誦（充之父）奇之，六歲教書，恭愿仁順，禮敬具備。八歲出於書館。書館小僮百人以上，皆以過失袒謫，或以書醜得鞭。充書日進，又無過失。手書既成，辭師受論語、尚書，日諷千字，經明德就，謝師而專門……[68]。

嚴格的訓練，就是教者重視的表徵。又漢平帝元始五年，由王莽策劃的全國學術討論會中，也將小學史篇列爲討論的主題之一，許愼說文敍中載道：

孝平皇帝時，徵禮等百餘人，今説文字未央廷中，以禮為小學元士……。

至劉歆著七略時，又將漢代所有學童識字課本歸爲一類，統稱作「小學」，付予了獨立的生命。凡此種種，都足以證實急就篇是處在一個極重視學童文字教育的時代，同時也說明了急就篇在當時的地位。

三、形式與內容

急就篇依據最通行的顏師古注本來看[69]，全文共三十二章（包括增補之第七章），有二千零一十六字，其中以七字句爲主，共有二百二十一句，每句押韻；間有三字句——一百三十四句，及四句字——十五句，都是隔句押韻。押韻的情形如下[70]：

㈠、從「急就奇觚與衆異」至「勉力務之必有熹」

押的是陰聲韻之韻（異、字、廁、意、熹）。

㈡、從「請道其章」到「滅罷軍，橋竇陽」

押的是陽聲韻陽韻（章、方、昌、卿、兵、房、強、明、良、郎、常、橫、傷、當、央、慶、兄、湯、光、陽、章、張、王、皇、倉、唐、揚、桑、談、襄、莊、將、長、妨、粱、羌、忘、臧、黃、衡、箱、芳、羊、剛、鴦、卿、昌、房、陽），唯談字押的是陽聲韻談韻。

㈢，從「厚輔輻，宣弃奴」至「續曾配，遺失餘」

押的是陰聲韻魚韻（奴、屠、都、胡、渠、餘、徐、蘇、胡、奢、期、于、於、如、疏、吾、朝、餘），其中期字押的是陰聲韻之韻，朝字押的是陰聲韻宵韻。

㈣、「姓名迄，請言物」

押的是入聲韻質韻。

㈤、從「錦繡縵紕離雲爵」至「鬱金半見緗白約」

押的是入聲韻藥韻（爵、樂、鶴、濯、約）

㈥、從「縹綟綠紈皁紫硟」至「所受付予相因緣」

押的是陽聲韻元韻（硟、繎、鮮、蟬、綿、錢、連、便、全、纏、遷、銓、緣）。

㈦、從「稻黍秫稷粟麻秔」至「園菜果蓏助米糧」

押的是陽聲韻陽韻（杭、羹、薑、醬、香、藏、霜、餳、糧）。

㈧、從「甘麩殊美奏諸君」至「廩食縣官帶金銀」押的是陽聲韻眞韻（君、帬、褌、縛、緣、紃、巾、人、倫、貧、民、親、臣、鄰、銀），其中緣字押的是元韻。

㈨、從「鐵鈇鑽錐釜鍑鍪」至「釭鐧鍵鉆冶錮鐈」押的是陰聲韻宵韻（鍪、鐎、鉏、銚、鐈），其中鍪、鉏是魚韻字。

㈩、從「竹器簦笠簟籧篨」至「簁箄箕帚筐篋簍」押的是陰聲韻魚韻（篨、篝、簍）。

⑪、從「橢杅盤案桮閜盌」至「槫榼椑榹七箸篔」押的是陰聲韻魚鼓（盌、觛、篔）

⑫、從「甀缶盆盎甕罃壺」至「紊繘繩索絞紡纑」押的是陰聲韻魚韻（壺、盧、纑）

⑬、從「簡札檢署槧牘家」至「鯉鮒蟹鱓鮐鮑鰕」押的是陰聲韻魚韻（家、斜、墓、鰕）。

⑭、從「妻婦娉嫁齎媵僮」至「射魃辟邪除羣凶」押的是陽聲韻東韻（僮、杠、幢、總、工、筩、同、雙、龍、壅、容、凶）。

⑮、從「竽瑟空侯琴筑箏」至「棊局博戲相易輕」押的是陽聲韻耕韻（箏、鳴、聲、庭、酲、令、生、形、清、腥、程、輕）。

(十六)、從「冠幘簪簧結髮紐」至「胂腴胷脇喉咽髃」押的是陰聲韻幽韻（紐、耳、齒、肘、手、髃），其中耳、齒二字是之韻字，而髃是魚韻字。

(十七)、從「腸胃腹肝肺心主」至「跨踝跟踵相近聚」押的是陰聲韻魚韻（主、乳、呂、柱、聚）。

(十八)、從「矛鋋鑲盾刃刀鉤」至「鐵錘檛杖梲柲杸」押的是陰聲韻魚韻（鉤、鍭、鉾、杸），其中鉾爲幽韻子。

(十九)、從「輜軺轅軸輿輪𨍭」至「頃町界畝畦埒封」押的是陽聲韻陽韻（𨍭、輮、衡、棠、韁、鍚、煌、蒼、堂、京、粱、墻、方、箱、壤、揚、封），其中封是東韻字。

(二十)、從「疆畔畷伯耒犁鋤」至「糟糠汁滓稾莝蒭」。押的是陰聲韻魚韻（鋤、租、杷、樗、扶、驢、超、揄、豬、雛、駒、趨、蒭），其中超是宵韻字。

(二十一)、從「鳳爵鴻鵠鴈鶩雉」到「麋麈麖鹿皮給履」押的是陰聲韻脂韻（雉、尾、死、視、兕、詣、履），其中尾是微韻字。

(二十二)、從「寒氣泄注腹臚脹」至「篤癃瘊癈迎醫匠」押的是陽聲韻陽韻（脹、盲、㾗、響、病、讓、眼、匠）。

(二十三)、從「灸刺和藥逐去邪」至「雷矢雚菌藎兎盧」

押的是陰聲韻魚韻（邪、胡、蘆、華、吾、樓、牙、瓜、枯、盧）。

(十四)、從「卜問譴祟父母恐」至「哭泣祭醊墳墓冢」

押的是陽聲韻東韻（恐、奉、寵、踊、腫、冢）

(十五)、「諸物盡訖，五官出」

押的是入聲韻質韻。

(十六)、從「宦學諷詩孝經論」至「斬伐材木斫株根」

押的是陽聲韻眞韻（論、文、身、聞、倫、分、人、君、勳、軍、臣、神、民、親、馴、新、因、淵、均、存、人、先、文、鄰、診、醫、牽、眞、憐、堅、年、論、髡、然、山、先、根），其中然、山爲元韻字。

(十七)、從「犯禍事危置對曹」到「受財枉法忿怒仇」

押的是陰聲韻幽韻（曹、聊、流、膠、牢、號、求、留、仇），其中號是宵韻字。

(十八)、從「讒諛爭語相觝觸」到「依溷汙染貪者辱」

押的是入聲韻尾韻（觸、獨、讀、曲、燭、祿、蜀、錄、辱）。

(十九)、從「漢地廣大，無不容盛」至「長樂無極老復丁」

押的是陽聲韻耕韻（盛、令、寧、平、榮、成、生、丁）。

急就篇全部韻腳包括：陰聲韻之、幽、宵、魚、脂五部，陽聲韻東、陽、耕、眞、元五部，入聲韻質、藥、屋三部。雖然這些韻腳爲數不多，但是它們反映出來的音韻特徵，與羅常培、周祖謨根據其他漢代韻文押韻材料所歸納出來的西漢音韻特徵相同，因此從押韻的現象可知急就篇所反映的是西漢時期的語音[71]。

急就篇全文除第一章前五句是全文的總領，可以視同「楔子」，此外大致可分三個部份：

㈠從「請道其章」之後到增補第七章「姓名訖，請言物」止。

急就篇前七章全是羅列姓氏名字，而以三言韻語的形式寫出，大部份是先姓後名字，如「宋延年，鄭子方」等；也有一部份是三字都是姓的，如「韓魏唐」「柏杜楊」「尹李桑」「馬牛羊」等。這些姓氏與名字並非實有其人，姓與名間亦沒有必然的聯繫，不過這些姓與名都是漢代人常用的[72]。而它的主要作用則如顏師古所說：「篇首廣陳諸姓及名字者，以示學徒，令其識習擬施用也。[73]」一則教導人們識得自己的姓，也認得別人的姓，利於往來溝通；二則便於人們為小兒命名時模擬使用。此外王力更強調此一部分識字的效用是：「讓兒童們多認識一些字，特別是一些抽象名詞、形容詞、動詞等（都表現在人的名字上）」[74]。

㈡從第七章開始到第二十四章「請物盡訖五官出」止。

此部分記載日用品物詞彙。由於史游眼見豐富的物質為大衆日常所必需，而學童習字容易入手，了解及運用，所以對現實生活中各行各業的人們、各式各樣的物品，都作了客觀的陳述。其中「諸物」的詞彙最多，佔全篇幅的二分之一強，它包含了采帛、食物、蔬菜、瓜果、衣服、器用、家具、首飾、伎樂、肢體、兵革、車輛、宮室、農事、草木、蟲魚、鳥獸、疾病、醫藥、卜祀、喪紀等。不外是衣食住行，士農工商，生養死葬等項目，眞如戴表元所言：「四民之業，百用之宜，靡不周究」⑦⑤。像這樣包容廣泛的題材，必然是受到社會大衆各階層普遍的歡迎，而以它作爲小孩認字教育的課本。

㈢從「官學諷誦孝經論」開始到「漢土興隆中國康」止。

此部份的主要內容是官制和刑法，約占全文的五分之一。史游認爲：一個當時的社會公民，必須知道這些基本的詞彙與意義，所以他不但告訴操觚學童各種官員名稱、職務內容，並勉勵他們「積學所致非鬼神」；甚而告訴兒童犯罪與刑法，並警惕他們「不肯謹慎自令然」。這是一種帶有勸善懲惡的教育意義。到最後以幾句歌頌太平的句子作爲結束。

四、結語

與急就篇同時出現的兒童識字教材並不少，但是先後都沒落了，唯獨急就篇最受歡迎，長久以來一直都是學校教師採用的童蒙識字書，探究其原因可以發現，急就篇確實具有幾項合適兒童識字的優點：

㈠內容注重實用而與生活結合，不但可以升高兒童學習的興趣，且能觸物誦字，有時刻溫習的機會。

任何一種成功的兒童識字教材，都會考慮到學習者的生活背景及環境需要，所選用的詞彙也必定是適合當時社會狀況的基本實用詞彙，而急就篇就是採用當時實用的生活詞彙寫成的，誠如顏師古急就篇注敍所言：「多所載述，務適時要。」由於急就篇所記敍的都是兒童日常生活所能接觸到的事物，因此學童有隨時運用急就篇詞彙的機會，有助於兒童急就篇的學習與記憶，王克先於學習心理學中指出次數或頻率（Frequency or Repetition）是影響或促進學習記憶的第一個因素，他說：

> 如其他條件完全相等，記憶之强弱與練習的次數成正比。練習的愈多，愈能加强其印象。吾人日常的經驗，大部因為缺乏反覆的機會而導致遺忘。許多心象或印象，每因經常的重述，而更加明瞭與確實。……一般都相信，作多次的練習必有利於行動習慣或反應的養成。桑代克、華森（Watson）與巴佛洛夫（Parlov）均認為學習的基本條件，賴多次的練習[76]。

㈡詞彙採分類排比，方便兒童識字。

「分類」是急就篇很重要的特點。史游在全文的開首，特意標明其「羅列諸物名姓字，分別部居不雜厠」的編輯方法。所以急就全文，除了姓氏之外，可以看出二十六個比較明確的類別：布帛、采色、食品（五穀、食餌、菜蔬、瓜果）、衣服（鞋襪）、器用（鐵器、銅器、竹器、木器、瓦器）、書契、蟲魚、家具、粧飾（化粧、首飾）、伎樂（音樂、游戲）、飲食（炊煮、切割、五味、酒肉）、形體、兵革、車輛、宮室、農事（田地、農具）、樹木、六畜、禽獸、疾病、醫藥、卜祀、喪葬、官制、刑法、贊頌。

但是急就並非每一個句子都由名物實詞組成，往往在幾個名物實詞之間加入修飾或說明；此外，一些聯想到的事物往往被夾在某一大類中，但是性質却不相同，又由於分類的角度或從功用或從質料來看，在歸類上也造成困擾，所以嚴格的說起來，急就篇全文的分類並不是絕對的。雖然急就篇因爲有這種情況，而無法按類索驥，但是它已經踏上以形符偏旁分類的途徑，如「鯉鮒蟹鱓鮐鮑蝦」「桐梓樅松榆椿樗」「癰疽瘛瘲痿痹痕」等，就是很好的例子。

如此同類詞彙結合在一起，學童識字就有比較與聯想的機會，這不僅能夠使學童同時認得某一類的文字，更能藉此誘發兒童比較其中差異的好奇心，提升兒童識字的效益，得到「學一反三」的類化經驗與遷移效果⑰。

㈢ **採韻文形式，方便兒童口誦記憶，並有助於急就篇的流傳。**

急就篇是由大量的七言韻句陳述的，史游最基本的作法就是讓句中的七個音節全由名詞語組成，但是這些句子，只是介紹了一組一組的生活詞彙，作者並不曾設景造境，傳達任何詩意或美感經驗。所以羅根澤認爲急就篇雖然具備了七言的外表，但却夠不上「詩」的條件，他說：「外型雖完備，內容則毫無詩意，頗似三家村流行」。

不過，急就篇全文二百二十二句七言韻語，所表現的特色，與漢代其他七言作品一致，它一方面羅列了日常生活語彙，一方面又對這些語彙加以靈活的說明或修飾。這顯示了作者並不只是漠然的羅列名物之詞，而是以有情的眼光來看品物衆庶，各種事物也因而成了有生命的個體。同時在全篇的七言句中，雙音節語始終不曾佔據第二、三字或第四、五的位子，這顯示作者也注意到節奏的問題。在急就全篇中，我們找不到這種拗口的句子，顯示史游在編寫急就時，已經注意到使節奏流暢的問題。一篇流暢有韻的文學作品，兒童讀它自然可以琅琅上口，多次背誦之後也就容易記住了。

由於急就篇是取通行而實用的口語詞彙，加以分類排比，又用當時最自然的音韻及流行的口訣形式，編為流暢的韻文，所以很快地就成為當時最受歡迎的識字教材。它出現在西元前四八—三三年之間，且在很短的時間內風行全國，甚至普及於邊疆[78]。學習的除了一般學童之外，更包括士卒和工匠[79]。到了魏晉南北朝時代，急就篇在章草的推波助瀾下，成為當代書館中的寵兒，所謂「鄉曲之徒，一介之士，莫不諷誦急就[80]」。

急就篇文字是史游時代的常用詞彙，所以一旦經過了時代的變遷與改革，自然與後代的生活和語言產生相當大的距離，學習時不但不能「用日約少」，反而有許多困難和障礙。所以當千字文開始受到上層社會的寵愛，急就篇就只能退居配角的地位。至唐代中期以後，千字文等教材佔了絕對的優勢，急就全面敗退，雖有顏師古及宋代王應麟（西元一二二三—一二九六）為它作了詳細的注解，但也未能挽回頹勢。直到清代，考證之學大盛，急就篇才又成了許多學者研究的對象[81]。雖然急就篇在第七世紀以後没落了，但後來許多識字教材却承襲了它優良的傳統：在形式上，採用整齊韻語，將口語詞彙分類排比；在內容上，傳達實際生活的知識。這都是前人在實際教學中凝鍊出來的經驗，值得設計兒童語文教材者加以參考。[82]

第五節　三字經

以「人之初，性本善，性相近，習相遠」起頭的三字經，是我們所熟悉且重視的兒童識字書，國學大師章太炎先生每次回答人們應讀何書的詢問時，他總是這麼說的：三字經，佳書也，文史哲罔不具備，是可讀。千字文亦可讀，所蘊至理綦深，讀之必有是處，人苟于此千字細細玩索，畢生受用不盡。章先生不但是口頭上提升了三字經的地位，並且實際地從事三字經重訂的工作，肯定了三字經的價值，直到今天三字經仍廣爲流傳受人重視，章先生其功至偉。現在我們更針對三字經的作者、成書年代、形式與內容等項目，分別論述於下：

一、作者及成書時代

三字經成書的時代和作者，說法不一：

(一)南宋王應麟編著

清翟灝通俗編卷二蕭良有龍文鞭影條，講三字經是南宋王應麟所作，明蜀人梁應升爲之作圖，聊城傅光宅作序，趙南星有三字經註，明神宗居東宮時，還曾讀此書[83]。又清人夏之瀚於小學紺珠序言中也明示三字經作者爲王應麟，他說：

迨年十七，始知其作自先生（按：指王應麟），因取文熟復焉，而嘆其要而賅也㉞。

夏之瀚雖然指出三字經作者是王應麟，但是却沒有將他如何由不知作者之名而後知的本末交代清楚。

㈡ 宋末區適子編撰

明末屈大均在廣東新語中指出三字經作者乃區適子，他說：

童蒙所誦三字經，乃宋末區適子所撰。適子，順德登州人，字正叔，入元抗節不仕㉟。

由於夏之瀚在小學紺珠序言中，對於三字經作者問題語焉不詳，而又有三字經作者乃區適子一說，是以後人對三字經作者是王應麟的說法產生懷疑，如胡鳴玉在訂僞類編中指稱三字經原文「魏蜀吳，爭漢鼎」，與王應麟尊蜀抑魏的觀點不符。另外，褚人穫在堅瓠集中也指出，三字經中敍述史實有幾處錯誤，部分地方說話不夠嚴密，與王應麟博學而嚴謹的情形不合㊱。

三字經究竟爲何人所著，至今仍然沒有確切的結論，但因章太炎先生的題辭說：

三字經者，世傳王伯厚所作。其敘歷代廢興，本迄於宋，自遼金以下，則明清人所續也。

所以至今論三字經的作者，莫不說是宋朝慶元人王應麟。

二、形式及內容

原著三字經共有一千一百四十個字，每三個字組成一句，計凡三百八十個句子，原則上是每兩句一韻，以方便兒童能朗朗上口地背誦吟咏。但是由於受到內容行文的限制，並顧及文字儘量避免重覆出現的集中識字原則，並不嚴格地要求本韻押韻，有時也可以作同用韻押韻，或附近韻押韻，甚至也有連續幾句都不押韻的情形，現在便以宋修廣韻爲基礎，舉例分析三字經各種押韻的情形：

㈠本韻押韻

三字經的押韻現象中，以廣韻二百零六韻本韻押韻爲基本形式，所以此類押韻數量最多，例如：

苟不教，性乃遷；教之道，貴以專（仙韻）

昔孟母，擇鄰處；子不學，斷機杼（語韻）

竇燕山，有義方；教五子，名俱揚（陽韻）

養不教，父之過；教不嚴，師之惰（過韻）

子不學，非所宜；幼不學，老何為（支韻）

(二) 同用韻押韻

在廣韻韻目下，有注明「同用」的情形，以表明宋朝時，不同韻部仍然是可以押韻的，三字經中同用韻通押的例子也很多，例如：

玉不琢，不成器（至韻）；人不學，不知義（寘韻）

為人子，方少時（之韻）；親師友，習禮儀（支韻）

融四歲，能讓梨（脂韻）　弟於長，宜先知（支韻）

大小戴，註禮記（志韻）；述聖言，禮樂備（至韻）

迨成祖，遷燕京（庚韻）；十六世，至崇禎（清韻）

(三) 附近韻押韻

所謂「附近韻」，是指韻部不同，但是兩韻的性質相近，或是韻尾相同的韻部相押，或是韻尾相同，只是聲調的差異相押，或是聲調相同，韻尾同是陰聲、陽聲或入聲韻。在三字經押韻要求不嚴苛的情形下，也有「附近韻」押韻的情形，就以韻尾相同的韻部相押情形舉例，如：

人之初，性本善（獮韻）；性相近，習相遠（阮韻）

獮韻與阮韻，在廣韻中都是上聲韻，韻尾收-n的陽聲韻部。再如：

高曾祖，父而身（眞韻）；身而子，子而孫（元韻）

眞韻與元韻，在廣韻中都是平聲韻部中，韻尾收-n的陽聲韻部。再如：

蠶吐絲，蜂釀蜜（質韻）；人不學，不如物（物韻）

質韻與物韻，在廣韻中都是韻尾收-t的入聲韻。又如：

勤有功，戲無益（昔韻）；戒之哉，宜勉力（職韻）

昔韻與職韻，於廣韻中都是韻尾收-k的入聲韻部。

今再以韻尾相同，但聲調有異而押韻的情形來說，例如：

馬牛羊，雞犬豕（上聲紙韻）；此六畜，人所飼（去聲志韻）

孟子者，七篇止（上聲紙韻）；講道德，說仁義（去聲寘韻）

若梁灝，八十二（去聲至韻）；對大廷，魁多士（上聲止韻）

此外，再以聲調相同，韻尾同屬陰聲、陽聲、或入聲韻部的情形來說，例如：

自子孫，至玄曾（蒸韻）；乃九族，人之倫（諄韻）

蒸、諄兩韻都是平聲的陽聲韻部，不過蒸韻的韻尾爲-ŋ，諄韻的韻尾爲-n。再如：

始春秋，終戰國（德韻）；五霸強，七雄出（術韻）

德、術兩韻都是入聲韻，但是德韻韻尾收-k，術韻韻尾收-t，再如：

蘇老泉，二十七（質韻）；始發憤，讀書籍（昔韻）

質、昔兩韻都是入聲韻，但質韻韻尾收-t，而昔韻韻尾收-k。

另外如：

一而十，十而百（入聲陌韻）；百而千，千而萬（去聲願韻）

三綱者，君臣義（陰聲寘韻）；父子親，夫婦順（陽聲移韻）

這樣的情形，顯然是受了文意內容需要的影響，而無法押韻的，所以在我國古代韻文押韻的形式上，三字經是比較活潑的。

至於三字經的內容，可以說是應有盡有，無所不包，依其文意可略分爲下列五項，今分別陳述於后：

㈠人性教育：

從「人之初，性本善」到「弟於長，宜先知」。

此段首先說明人性本善，但是善良的本性要持續下去不被泯滅，就必須依賴長者的教導及自我不斷的學習，所以接著強調「教」與「學」的重要性，由於義正辭順，部分文句已經成爲世人傳誦自警的格言了，如：「養不教，父之過；教不嚴，師之惰」、「子不學，非所宜；幼不學，老何為」及「玉不琢不成器；人不學，不知義」。

(二) 基本常識

從「為人子，方少時」到「君則敬，臣則忠」。

此段說明教學的內容包括兩大類，一是倫常禮教，一是見聞知識。由於中國文化首重倫常禮教，所以作者詳細介紹人倫九族、五常十義，並舉黃香、孔融二人為孝、弟的典範，同時要求幼兒必須熟習禮儀。至於見聞知識，則是指「數」與「文」而言，「數」：一、十、百、千、萬。「文」：三才、三光、四時、四方、五行、六穀、六畜、八音等基本名物。

(三) 國學常識

從「凡訓蒙，須講究」到「文中子，及老莊」

此段講述教育蒙昧童子的途徑，當先從小學入手，而後熟讀四書，待四書，孝經皆讀通之後，始可改讀六經，又明悉六經之後，就可從諸子百家中選擇荀、楊、文中子、老、莊等五子之言鑽研之。此一途徑是十分正確的，林師景伊在自述其如何踏入國學之門一文中即明確指出，讀書當以小學為先的道理，他說：

就我個人求學的經驗來說，我認為讀書必須要先懂得小學，這就是季剛先生要我由小學入手的緣故。……文字、聲韻、訓詁是開啓知識寶庫的工具，進一步便可以深心體會其中的義理，……沒有小學的基礎，就無從接受前人的知識，……在求學過程中，能突破文字的障礙，便可以收前人的精華，醞釀自己的思維，發展而成義理。如果自己有了高深的見解，又有詞章的基礎，才能下筆表達而成為文學作品[88]。

(四) 歷代興廢

從「經子通，讀諸史」至「考世系，知終始」。

中華民族歷史悠久，所以此段歷史講述，所佔篇幅爲最巨，上起自羲農下迄於民國，載明各代治亂興衰，使童蒙在識字之餘，亦能貫通古今歷史，具有完整的歷史體系概念。由於作者爲宋人，是以遼金以至民國的歷史敘述，當爲後人所增述者。

(五) 勸學箴言

從「口而誦，心而惟」至「戒之哉，宜勉力」。

此段勸勉學童當力戒嬉戲而勤苦學習，作一個學以致用能「上致君，下澤民；揚名聲，顯父母；光於前，裕於後」的讀書人，所以他講述了十七個歷史上憤發勤學而有所成的人物故事（孔丘、趙普、路溫舒、公孫弘、孫敬、蘇秦、車胤、孫康、朱買臣、李密、蘇洵、梁灝、祖瑩、李泌、蔡文姬、謝道韞、劉晏），啓發鼓勵兒童上進有為。除了正面的鼓舞之外，他更嚴厲地批評這些不知勤勉向學的說：「犬守夜，雞司晨；苟不學，曷為人。蠶吐絲，蜂釀蜜；人不學，不如物」。

三、結語

三字經全文皆用三言，句式極短，却便於兒童朗讀背誦，又由於這些短句，包括了各種基本的句式89，所以句法顯得靈活豐富，不會讓兒童產生枯燥感；此外三字經押韻整齊自然，沒有勉強硬湊的情況；所以三字經對於兒童語言能力的訓練，是很有作用的。後世有承襲三字經形式或專講某一方面知識的，如清余懋勛所著三字鑒一書，用二千七百餘字講述上古至明代的歷史；又有以此傳播思想的，如江翰所編的時務三字經，向世人傳遞了當時的現況及新思想；甚至其他通俗讀物也都採用三言韻語的形式，如醫學三字經等90。凡此可以證明三字經的形式是受到歡迎的，而三字經編寫的成功是得到肯定的。

三字經的內容涵蓋很廣，「三光者，日月星」屬於天文方面，「曰南北，曰西東」屬於地理方面，「匏土革，木石金，絲與竹，乃八音」則在介紹傳統樂器，此外，求學順序，為人處事的道理和歷史興衰等等，無一不包括在內，是以後人將此內容包羅萬象，把天文、地理、歷史、道德……全部涵蓋在內而加以濃縮的三字經，視為一部袖珍的百科全書，黃紹祖先生在縮寫本「百科全書」——三字經一文中再次強調說：

> 三字經，是我國百科全書的節錄本。從人生哲學到宇宙哲學，從行為哲學到認識哲學，從教育哲學到歷史哲學，舉凡天文、地理、人事、動物、植物、礦物、醫、卜、星、相，應有盡有，無所不包，不但文句短、文字淺，且有聲韻，易背易記，可歌可舞，誠為啓蒙兒童最佳讀物。中國百科全書，在兒童時期，有三字經；及其壯也，有藝文類聚、太平御覽、册府元龜等類書；及其成也，明有「永樂大典」，清有古今圖書集成、四庫提要、四庫備要、四庫全書，非今日世界任何一國所可企及，何得謂我無百科全書？謂應整理補充修訂可，謂無百科全書則不可[91]。

三字經是一部流傳極廣的優良讀物，雖然元明以下有人指出三字經須要增補及修改，而陸續出現了好幾種增改新編的三字經，但是三字經對於兒童及教育的價值始終是受到肯定的，陳立夫先生曾說：

> 三字經一書，為使初學者知求學之重要，意簡而明，反復申說，舉例為證；並使為師者知教必嚴，為父者知不教之過，庶幾人人好學，則身修而家亦齊矣。

雖然三字經是最好的一本小學教科書，熟讀它，就可以對人性的教化、人生日用的常識、經史子集四部的要義、五千年的歷史沿革，以及許多努力成功的典範，瞭如指掌，因而體驗出古聖先賢的智慧、造境。不幸在新式學制、新課程標準施行以後，就逐漸被淡忘了，章太炎先生增修三字經時，曾經感慨地說：

余觀今學校諸生。幾並五經題名。歷朝次第而不能舉。而大學生有不知周公者，乃欲其通經義。知史法。其猶使眇者視。跛者履也歟。今故重理舊學。使人人誦詩書。窺紀傳。吾之力有弗能已。若所以詔小子者。則今之教科書。固弗如三字經遠甚也。

章先生進一步指出三字經所以勝於當世童蒙之教科書的原因是：

其書先舉方名事類。次及經史諸子。所以啓導蒙穉者略備。觀其分別部居。不相雜廁。以校梁人所集千字文。雖字有重複。辭無藻采。其啓人知識過之。卽急就章與凡將篇之比矣。

林政華先生更於今日重申三字經的重要性說：

有識之士莫不了解它的重要性，先總統　蔣公就曾在民國五十年九月的中央常會上，指示教育部說：「今後編纂小學教科書，應參考我國原有之三字經……，三字經之內涵簡明扼要，於史地常識及生活規範，無所不包，其價值實遠勝於目前之小學教科書。教育部……

不可再輕忽視之。」今天，小學教本的編訂，完全用口語，這些口語在日常生活中學得太多了，而且也沒有深意，實在沒有必要浪費學童的記憶力。積重雖然難返，但是也不可以長此下去，因此選擇「三字經」作課外讀物或補充教材，相信可以稍微彌補此憾[92]。

第六節　評論

我國古代書院的教學方法，是先期於背誦的，所以學童開蒙總是先熟讀三字經、百家姓、千字文。傳統這樣的教學內容及方式雖然流傳甚久，但是也遭受到相當多的抨擊，例如齊鐵恨先生在清末民初的兒童讀物一文中，將中國本有的兒童讀物，與現代的兒童讀物做了一番比較，並指責「三、百、千」的內容說：

卽以「三本小書兒」的內容來講：三字經的起頭兩行：「人之初，性本善。性相近，習相遠。」「宋人編書以教「童蒙」，開口便道「性善」，其迂實不可及；以中國的人才物力，不足抵禦文化落後的遼、金，而終亡於元，豈不甚慘？百家姓的「趙錢孫李，周吳鄭王。」只記姓氏，又多罣漏，全無文義可尋！千字文的「天地玄黃，宇宙洪荒。」乃把字帖上的單字勉強集成韻語罷了；只可作識字課本，難以用之教學。以上三本小書兒，賴有「養蒙針度」一書，逐字逐句地為之註解，才可略明文義；否則一般塾師，尚難完全瞭解，而況年當四五歲，至六七歲的兒童呢？我國數百年來，以這樣的讀物教育兒童，不知毀滅了多少民族天才呢93！

「三、百、千」的內容，是在識字爲目的的前提下，編纂出來的，齊先生忽略了這一點，而強調內容是無趣的，或是勉強地湊合，並且大膽假設宋朝的滅亡是受三字經之害，這實在是值得愼重思慮的事情呀！

事實上，「三、百、千」的結合，是經過千百年來整個民族的考驗，符合實際需要而產生的智慧結晶，自然有它存在的特殊價值，今析論於后：

一、符合集中識字的需求

「三、百、千」這三本字書的結合，是在中國字必須集中識字的特殊情況下所造成的，三字經有一千一百四十字，百家姓有五百六十八字，千字文是一千個字，總共是二千七百零八個字，除去重複不算，單字恰好是兩千左右，這個數字是在中國文字特性要求下，必須最先認識的基本文字，能夠符合初步識字階段的要求。關於這一點已詳述於前，不再贅論。

二、符合兒童學習的心理

兒童本身對於興趣的保持，是隨著年齡而逐漸增長的[94]，所以年紀愈小，能夠專心學習的時間及耐力愈是有限，因此，凡是篇幅冗長的圖書，都難以對孩子發出強大的吸引力。而「三、百、千」這三本字書，每本字數都不多，最多的不過一千一百多個字，少的只有五百多字，因此兒童可以很快地學習完一本又換一本。在這過程中不但容易讓孩子有新奇可喜的趣味，並且擁有特殊成就的滿足，無形中也就提高了兒童學習的興趣及效果。

三、足夠日常生活的運用

「三、百、千」三書是以識字爲目的的字書，所收的字及涉及的內容都比較合於日用，例如百家姓是記載姓氏的，不但能讓孩童在百家姓中找到自己的姓，也能找到自己友朋親戚的姓氏，增進彼此認識時的喜悅，及交往上的親切感。千字文由「具膳餐飯，適口充腸」起，言及飲食、物品、寢具、以及酒宴、祭祀的情形，隨後說明信件的書寫要「牋牒簡要，顧答審詳」，這些都與日常生活關係密切。此外天文、地理方面的常識也都能夠增長兒童的見聞。三字經所介紹的數目「一而十，十而百，百而千，千而萬」，四時「曰春夏，曰秋冬，此四時，運不窮」，五行「曰水火，木金土，此五行，本乎數」，六穀「稻粱菽，麥黍稷，此六穀，人所食」，六畜「馬牛羊、雞犬豕，此六畜，人所食」，像這些基本名物的介紹，都有助於我們認識周遭的環境。

四、奠立人倫道德的基礎

中國文化向來以儒家思想爲中心，所以教育思想也是以儒家思想爲其正統。任時先先生在中國教育思想史上說明了儒家思想在歷史上所處的地位，他說：

中國教育思想應以儒家思想為其正統，二千多年來無論在理論上事實上都是如此的。儒家思想之所以能統治我國社會二千多年，正因他的思想是合於中國社會發展的軌轍與需要的，其思想本身亦具有存在的歷史價值。我們如果忽視這點，於認識我國文化上將有個不可挽救的錯誤。

由於中國儒家教育思想是人文主義，所以歷來的教學方針都是以人格的修養、德行的陶冶爲主，任時先先生又進一步地說明人類精神道德建設的目標與程序，他說：

儒家思想最要緊的部分，便是人類精神道德的建設。建設之具體目標就是「忠孝」二字，其程序為從修身齊家一直做到治國平天下，以實現天下為公的大同世界為目的。國家的首要是君，凡是做人臣者都應盡忠的擁戴，這個國家才有治平的希望。家庭的首要是父，凡為人子者都應孝順，這個家才能齊。由忠孝再推而及於「父慈、兄良、弟悌、夫義、婦聽、長惠、幼順、君仁。」那是很容易的。從此，我們知道儒家的舊道德正是求中的折衷原理。

千字文和三字經都是很重視傳統倫理道德教育的，例如千字文中的第三段，由「蓋此身髮，四大五常」起，至「堅持雅操，好爵自縻」爲止，這一段是以人道爲主的敘述，首先強調的是有關個人修養的一些信條，所謂「身體髮膚受之父母，不敢毀傷」，以及「女慕貞潔，男效才良」「知過必改，得能莫忘」、「罔談彼短，靡恃己長」、「信使可復，器欲難量」、「墨悲絲染，詩讚羔羊」……「禍因惡積，福緣善慶」、「尺璧非寶，寸陰是競」，像這些都是用來鼓勵動童向上、向善的，屬於修己方面。接著說明事父事君的要點，而後再由爲學說到從政，這與中國修身、齊家、治國的思想是一貫的。三字經也特別強調孝弟思想，所以它說：「爲人子，方少時，親師友，習禮儀。香九齡，能溫席，孝於親，所當執。融四歲，能讓梨，弟於長，宜先知。首孝弟，次見聞，知某數，識某文」。將品列於學上，首先講求，這是中國道統的要求，由學而至於報國，則是自古讀書人報效國家的正道。

雖然「三、百、千」是以識字爲主要目的的字書，但在達成識字目的的同時，又能滿足兒童求知的心了解週遭目睹的一切，並且培養出傳統的中國人格，實在可貴。

教者在「三、百、千」的教學上，爲了要學童能夠「目識」兩千個左右的單字，達到集中識字的目的，所採用的教學方式是：要求學童不斷地反覆高聲「口誦」，以臻開口即能朗朗不滯、永銘心田的境地，而對於字義和文義則不刻意講求，也不追究學童認知的程度。這種教學的方式在教導全是姓氏的「百家姓」時，異議者少，但是「三字經」和「千字文」的內容豐富，不講字句的意義，就很容易遭到世人的詬病，例如王筠在教童子法中很尖銳地批評過這種作法，他說：

學生是人，不是豬狗，讀書而不講，是念藏經也，嚼木札也，鈍者或俯首受驅使，敏者必不甘心，人皆尋樂，誰肯尋苦，讀書雖不如嬉戲樂，然書中得有樂趣亦相從矣[95]。

中國傳統童蒙識字教學的方式，雖然遭到不少學者的抨擊，但這種童蒙教學方式既然能夠長期為國人所採用，必然有它的道理和重要性，今試由下列幾方面加以探究：

一、就「三、百、千」結合的目的來看

「三、百、千」結合最突出的目的，就是成為一套中國人初學識字的完整教材[96]。雖然是套識字的讀物，由於「文自言出」，有其文，必有其言，所以我國傳統的教育，決不忽視語言，如孔子於門下分設四科，其中「言語」一科在順序上列為第二，與「德行」「政事」「文學」並重。而論語一書，是孔子及其弟子之間的談話記錄，其中對話的親切生動，意味深長，尤可證明孔子在語言方面高度的素養。同樣的，「三、百、千」雖然是識字的教材，但是教師却藉著「口誦」的方式，讓「三、百、千」同時完成學童語言的訓練。

這種教學方式是合乎傳統的教學方式，並且它是很合理很科學的，蕭瑜先生在中國文字容易

教學的「怪論」中，做了這樣的說明，他說：

我們的教授法也要因材施教，要適應學習人的類型。一個類型是長於用耳的，聽覺較為發達的。又一個類型是長於用目的，視覺較為發達的。（也有聽覺視覺平等發達的如伯希和。）換句話說，就是中國人所說的「聰明」兩字。我們祖先早已知道攝取外界知識來於耳聽目明，是很科學的。（在幾千年前已知道「思」字一半用腦，一半用心，也是很合近代科學原理的。這些就是中國文字之高等和可貴。）有聰强於明的，有明强於聰的，有又聰又明的。自然，教授這兩大類型的人，重在兼提並顧，補偏救弊。利用其所長，以補救其所短。有喜字形的，不能偏廢字音。有喜字音的，不能偏廢字形[97]。

蕭先生將運用這個原理來教授學生學習中國文字的方法，命名爲「『聰明』教授法」，並且指出明確的作法說：

有偏於聽的，可引導他學唱中國詩歌。有偏於明的，可引導他學練中國書法，甚至繪畫[98]。

二、從「三、百、千」的形式結構來看

「三、百、千」分別是三字一句、四字一句的韻語讀物。像這樣長度的句子，對一個三、四歲大的孩子來說，並不構成負擔的。這可由心理學家奈斯（Nice）所做的兒童語言發展過程的分期中，便可以得到證實，他共分四期99：

㈠ 單字階段

在一歲左右，繼續四至十二個月。

㈡ 雙字階段

在一歲半左右至兩歲半之間，所說的大多爲名詞。極少動詞、冠詞、介系詞。

㈢ 短句階段

在兩歲半至四歲之間。每句有三至四字，此時無動詞變化。介系詞、助動詞等常被省略。

㈣ 整句階段

從四歲以後，包括六字或八字的句子。有完整的文法形式，並應用代名詞、冠詞、介系詞等。

奈斯（Nice）雖然是以外國兒童的語文能力來分期，但它說明了世界兒童語文能力的發展狀況。所以孩童口誦三字句、或四字句的「三、百、千」是游双有餘的事。「三、百、千」除了具有字句整齊的形式外，並且兩句一韻，像這種押韻的作品，是能夠讓兒童口誦時，有順口親切的感覺，不但因而提高兒童朗誦的興緻，並且有增加兒童記憶的效果，因爲兒童聽覺的記憶是很發達的，蕭恩承先生論及兒童的記憶問題時，他說：

兒童之記憶能持久，因兒童之保持力較强於成人。……兒童聽覺的記憶，在十四歲前發達頗速，十四歲后則較慢，……九歲以內之聽覺記憶，較强於視覺記憶⓴。

又中國文字的「語音」包含「聲」、「韻」、「調」三項元素，而中國文字的優美，自古就以「音」爲重要構成條件。至於「音」在文學上構成條件的重要，則落實在三方面，㈠連綿字音，㈡句的叶韻。㈢調的平仄⓵。除了「連綿字音」在「三、百、千」以集中識字爲目的的前題下，不被採用外，其他兩項都能在口誦「三、百、千」時，由自然獨特的聽覺美感中走入文學的世界。

三、就兒童身心的發展來看

兒童期被認爲是學習的黃金時代，因爲這個時期的記憶力最强、吸收力最大、感受力最强、想像力最豐富的時候，所以古人說：「少年之學如日出之光。⓶」可知一般正常學童在此一時期，要他口誦心惟「三、百、千」，應該是沒有問題的，因爲一方面字數、句式都在學童所能接受的範圍之內，並且，學童又可經由耳際加強聽覺的記憶力，使識字教學與學童身心發展完全契合，達到最高的教學功效。王師更生在講唱教學法中也指出口誦是有助記憶的，他說：

記憶力的强弱，和每個人的感應結有關，這個道理，我們可以從學習中的練習律得到證明。講唱教學法是「講」與「唱」平行發展的教學方式，利用和諧有節奏性的音符，取代孤立而富個別性的形符。這樣一旦脫口成誦，定能使感應結牢固，有助記憶(103)。

由於口誦有助於兒童的記憶能力，無怪乎凌冰先生在兒童學概論一書中，引證了專家研究，强調中國童蒙記憶教學法是配合著兒童心智成長的正確教學方式，他說：

莫伊門氏 Meumann 謂記憶力在十幾歲時發達最快，並繼續發達至廿二歲為止。赫爾氏 G. Stanley Hall 謂記憶發達最快時在十歲與十三歲之間。所以他主張在這個時期的教育當注重記憶。若錯過這個時期，則將來再想記憶力發達甚不容易。照這個學說看來，則我們中國私塾的教授法當然是不錯的。因為他們教授蒙童就是强迫他們記憶(104)。

四、就學童諷詠在語文教育上的意義來看

學童諷詠「三、百、千」的目的，是要自己牢牢記住這兩千個字，所以不斷反覆地目識口誦，將它們深記腦海之中。然而在諷誦的過程之中，學童却可以收到特殊的教育功效，亦耕先生在諷誦涵詠與語文教育一文中說：

> 古代童蒙教育說穿了只是背誦而已；諷之誦之，隨著心智的不斷發展，蔚成一片知識與義理交融的大海；於是涵之泳之，人格就在此中成長，古人的背誦，實不只是背誦而已。

諷誦誠如亦耕先生所言，並不只是單純地背誦而已，它具有特殊的意義，他接著說：

> 諷誦的本身卽是一種涵泳；於是乎，語文訓練、藝術修養、人格陶冶三者合而為一，這是我國傳統語文教育的最大特色。

「三、百、千」的教學方式，一如亦耕先生所言，具有結合了語文訓練、藝術修養、人格陶冶三者爲一的特殊意義及教育功能。

中國這種特殊的語文教學，誠如熊公哲敎授的詮釋，並非一般人妄稱的「塡鴨式」教育，而

是「反芻式」的教學，雖然兒童一時之間無法完全明瞭字句的意義，但是在反覆地口誦心惟記憶下來之後，可從日後豐富的生活經驗中時時運用，深刻體會，處處驗證，終有同時完成語文訓練、藝術修養、人格陶冶三者的一日。

註釋

❶ 江學謙，中國文字與中國文學（東海文藝季刊第八期）。

❷ 西方國家歷來教授兒童廿六字母的重要字書，有下列幾種：

甲、角帖書（Horn Book）：又稱「一頁書」，是十六世紀中葉流行給孩子讀的字書，它將一張寫上廿六個字母大小寫法、母音讀法和祈禱文的紙，貼在寬二又四分之三英寸，長五英寸的木板上。木板的下端有柄，便於執握。

乙、球拍書（Battledore）：這本書和角帖書大同小異，只是將木板改成硬質紙張，可以一折爲三，有如屏風，收展自如，內容上保留了英文廿六字母的大小寫法，其他換成簡單的課文、阿拉伯數字、木刻動物圖畫等。它自十八世紀中葉開始流行，直到十九世紀還廣爲孩子們所用。

丙、忠實之始（Royal Primer）：一六九〇年左右，哈里斯（Benjenin Harris）將廿六個字母編成宗教意識的韻語，在美國波士頓出版，成爲當時銷售量最大的讀物。

直到今天，西方國家以插圖取勝用來教育兒童廿六字母的ABC圖畫書，就是承繼這種精神，不斷創作出版的。參閱葉師詠琍，西洋兒童文學史。

❸ 見朱文長，談脫離了語言的中國文字（東方雜誌第一卷第六期，頁七〇）。

❹ 詳見趙友培，語言的力量一文（中國語文二四七期，頁二六─二七）。

❺ 見蘇秀爾，語言學原理第四章。謂語言的價值發生在能指（記號）與所指（經驗）的結合。

❻ 同註❹。

❼ 見王夢鷗，古人詩文評對「語言」之基本態度（東方雜誌第十五卷第十期）。

❽ 詳見蘇尙耀，文字是怎樣來的？（教與學第二卷，頁十五）。

❾ 參閱王逢吉，中國語文的特性和趣味（見國教輔導十四卷第二期，頁二）。

❿ 詳見龍宇純，中國文字的特性一文，（中央月刊第九卷第四期，頁四八）。

⓫ 段玉裁廣雅疏證序云：「小學有形、有音、有義，三者互相求，舉一可得其二。有古形、有今形；有古音、有今音；有古義、有今義。六者互相求，舉一可得其五。……聖人之制字，有義而後有音，有音而後有形。學者之考字，因形以得其音，因音以得其義。周官六書，指事、象形、形聲、會意四者形也；轉注、叚借二者馭形者也，音與義也。治經莫重乎得義，得義莫切於得音。」詳見經韵樓集卷八。

⓬ 林師慶勳，在中國文字的構造特性一文中有詳細的說明。（見孔孟月刊第二十二卷第九期，頁二三—二七。）

⓭ 見說文解字注十五卷上。

⓮ 同註⓭。

⓯ 龍宇純先生在中國文字的特性一文中說：「任誰都知道，文字是根據語言而造的。語言的音和義，無論那一方面却都非一成不變。語音變了，如果採用的是拼音文字，便得改變其音標。我們因爲使用的衍形文字；即使是其中有聲符的「江」、「河」之類形聲字，聲符部分又因爲取的只是音類的表示，不是音值的，所以我們不需要隨著語音的改變而改變文字的形體。」同註❿。

⓰ 詳見彭震球，中國文字之優美特性（華文世界第十五期，頁十一—十八）。

⓱ 同註❿。

⓲ 同註⓰。

⓳ 同註⓰。

⓴ 參見陳克誠，中國文字的優美性（華文世界第八期，頁十八—十九）。

㉑ 此據呂思勉字例略說所引，頁九八—九九。

㉒ 參閱陳立夫先生，中國文字之優趣性（訓育研究第十九卷第二期，頁四）。

㉓ 見丁邦新，中國話的特性（華文世界第八期，頁二四）。

㉔ 見漢民，我是中國人—從實用比較觀點談中國語文（中華文化復興月刊第十一卷第四期，頁十九）。

㉕ 同前註。丁邦新先生在中國話的特性一文中說到聲調實在是中國話語音的一大特色，他說：「中國話現存的

方言都是有聲調的，最少的如山東膠縣、河北臨城都只有平、上、去三個調；最多的如廣州語有九個調—陰平、陽平、陰上、陽上、陰去、陽去、陰入、中入、陽入。最古漢語有沒有聲調，現在尙無定論，有人以爲在周代沒有聲調，都是從韻尾輔音變來的，但是根據作者個人的研究，至少在詩經時代是一定有聲調的。」頁二十三。

㉖ 同註㉔。

㉗ 穤穠，中國文字之優越性，（見新動力三十三卷第五期，頁二三）。李國良於談我國文字及其特質一文時也說：「我國文字注重聲調，所以我們的韻文特別豐富。因爲韻文要辨平仄的，所謂平聲是指陰平、陽平而言，仄聲則是上、去、入三聲。我國韻文體例繁多，有詩詞、歌、賦、曲等。單就詩一項而論，就分四言、五言、七言等多種。而五七言又有古詩、律詩、絕句之不同。我國韻文的浩瀚瑰麗，實在是世界其他國家所望塵莫及。」（見中國語文第三十二卷第二期，頁二九）。

㉘ 劉凱申，中文科學化聲中談中國文字的優劣點，（見仙人掌雜誌第十號，頁一四九—一五一）。

㉙ 見章炳麟，國語學草創序。

㉚ 杜學知，漢字可用爲世界語（自由青年第五十八卷第一期，頁二三）。

㉛ 參見北京大學語言學教研室編「語言學名詞解釋」，頁十二。

㉜ 參閱丁邦新，中國話的特性；漢民，我是中國人—從實用比較觀點談中國語文；以及劉國光，淺談我國語文之特質等文。（華文世界第十六期，頁五八）。

㉝ 同註㉚。

㉞ 見張世祿編，語言學概論，頁一六〇。

㉟ 師文驥翻譯，一位美國學者對中文的看法（中央日報副刊，民國五十四年五月二十日）。

㊱ 張世祿先生在語言學概論、頁一四九中指出：「同樣的意義，在綜合語裏表明出來，常屬於形態學上的現象；在分析語裏表明出來，常屬於措詞學上的現象。」

㊲ 同註㉟。

㊳ 參閱穆超，中國語文的成熟與優美（新動力第三十卷第九期）。

㊴ 詳見魏子雲、認字知義是習文的先決條件，頁三二。

㊵ 禮記內則云：「六年，教之數與方名。……九年教之數目。十年，出就外傅，居宿於外，學書計。……十有三年，學樂、誦詩、舞勺。成童、舞象、學射御，二十而冠，始學禮。」潘師重規在中國文字學中解釋說：「書與方名都是文字，即數計也還離不了文字。學習認字記數，幼童可以辦到的，至於射御舞蹈，就非年齡稍長，體力稍強，不能勝任。因此學童初學的科目便是文字。」

㊶ 參閱王逢吉、中國語文的特性和趣味一文，見國教輔導十四卷第二期，頁二。其列出各代字數如下：

漢：九三五三　許愼說文解字

魏：一一五二〇　李登聲類

魏：一八一五〇　張揖廣雅

梁：二二七二六　顧野王玉篇

唐：二六一九四　孫愐唐韻

宋：三一九一三　王洙胡宿類篇

明：三三一七九　梅膺祚字彙

清：四二一七四　張玉書康熙字典

民國：四四九〇八　歐陽溥存中華大字典

㊷ 見張清鐘，從國字的演化與特性談國字的教學（載於教師之友第二十三卷第三期，頁十二）。

㊸ 見聯合國中國同志會第二二三次座談會紀要—中國文字在世界文化的地位。載於大陸雜誌第十九卷第十期，頁三二。

㊹ 清、王筠，教童子法，在雲自在龕叢書中。見瞿宣穎纂輯之中國社會史科叢鈔甲集，頁八一七。

㊺ 詳見林明波，唐以前小學書之分類與考證，第二類文字部分，頁二六二，四五二。

㊻ 此伯二五七八號卷子所記，見於劉復敦煌掇瑣七六〇。

47 見拙著敦煌兒童文學，頁四四－五〇。

48 瞿宣穎、中國社會史料叢鈔，在唐宋以來之小學教育一節中便是如此說的，頁八一五。

49 見拙著、敦煌兒童文學，千字文一節，頁三二－四四。

50 見黃師錦鋐、傳統的語文教學一文（華文世界三十八期，頁八－九）。

51 同註49。

52 見拙著、敦煌兒童文學百家姓一節，頁五〇－五五。

53 同註50。

54 見王應麟，急就章注序。林明波，唐以前小學書之分類與考證引。

55 張懷瓘，十體書斷。

56 孫星衍，急就篇考異序。

57 晁公武，讀書後志。

58 張麗生，急就篇研究，頁二。

59 于師大成，張麗生急就篇研究序文。

60 同前註，頁四。

61 同註55。

62 顏師古，急就章自序。

63 同註59。

64 同註58，頁六。

65 沈元，急就篇研究。

66 同註58，頁五。

67 四民月令今已亡佚，嚴可均有輯佚之作，見全後漢文卷四七。

68 王充，論衡自紀篇。

㊴ 顏師古是最早校定急就篇諸本文字異同的人，校定時間約在公元六四三—六四五之間，這時距史游作急就約七百年；離皇象、王羲之等寫就約三百年，急就文字的舛互訛亂已甚嚴重。顏師古取皇象、鍾繇、衞夫人、王羲之等所書篇本，備加詳覈，是以審定，凡三十二章，這就是我們今日看到的急就篇顏師古注本的內容。可惜的是第七世紀時皇象、鍾繇、衞夫人、王羲之各本的面貌，我們已無法得知。

⑩ 此處根據顏師古注本將急就篇的韻腳摘出，並根據羅常培、周祖謨的兩漢韻部，注明該字的韻部，以明瞭急就篇押韻的情形。見羅常培、周祖謨之漢魏晉南北朝韻部演變研究第一分册，頁一一—一四。

⑪ 詳見羅常培、周祖謨，漢魏晉南北朝韻部演變研究，頁八五。

⑫ 如「延年」「千秋」「君明」「廣國」「嬰齊」「稚季」等名字，在漢書上都可找到許多例證，顏注已稍微提及，王應麟在補注中亦多所引證，只要看補注就可明白這些名字受歡迎的程度。至於諸姓，應當也是漢代常見的，雖然這些姓氏見於漢書列傳的僅有四十四姓，但是能在漢書中列傳者已是特殊身份，一般大衆未必有這種際遇。沈元，急就篇研究，認爲「急就篇是中國中世紀史上譜牒之學的第一次簡要而全面的記錄」，這句話雖嫌誇大，卻有幾分眞實性，値得研究宗族譜牒者注意。

⑬ 見顏師古註「宋延年」條。

⑭ 見王力，中國語言學史，頁一四。

⑮ 見戴表元，急就篇註釋補遺自序。

⑯ 見王克先，學習心理學，頁一三四。

⑰ 遷移現象：遷移現象並非基於精神機能不能分析的特性，乃因其有共同的原素存在。而遷移現象之所以發生，實基於相互間有密切的共同原素。所謂「共同原素」以賀林午思（Hollingworth）的看法：「是指情境中相同的刺激，或者指對於兩個情境的相同的反應。因爲反應的引起，是依靠刺激的效果，所以把原來情境簡約，使與遇到的情境中的刺激一樣」。

類化說：學習者能徹底了解學習材料的內容組織，把握住普遍原理、原則，卽可使經驗發揮類化作用，所謂「擧一反三」便是類化的結果。

參閱王克先，學習心理學，頁一九九—二〇一。

78 居延漢簡中有寫了急就文字的殘簡，同時出土的皆爲西漢末期的文物，可知急就在三、四十年間已流傳至邊區。

79 邊陲簡牘皆爲士卒所遺，又近代河北挖掘出土的漢墓中，發現一些劃有急就文字的磚塊，那是工匠用來給磚塊編號的。

80 見顏師古急就篇注敍。

81 如孫星衍、鈕樹玉、莊世驥等人都作了考異的工作，而一九一九年王國維「校松江本急就篇」更爲集大成之作。

82 此外，如賴慶雄先生所著趣味語文廣場等書也頗有參考價值。

83 見郭立誠，小四書中三字經編註序言引，頁十五。

84 張志公，傳統語文教育初探，頁十七。

85 屈大均，廣東新語，卷十一。

86 同註84。

87 此處以王應麟原著三字經分析其內容及形式。

88 林師景伊，我如何踏入國學之門，（中國時報六十七年五月十六日）。

89 舉例來說，有些是三個字成句的，如：

蠶吐絲，蜂釀蜜（主語加動詞加賓語）。

有些是六個字成句的，這又有好幾種情形，如：

人不學，不知義（第一字是主語，以下五字有假設關係）。

融四歲，能讓梨（第一字是主語，次兩字表時間，後三字是謂語部分）。

昔仲尼，師項橐（第一字表時間，次兩字是主語，後三字乃謂語部分）。

也有些是十二字成句的，這也有幾種情形，如：

匏土革，木石金，絲與竹，乃八音（前九字是聯合詞組，爲主語部分，後三字是謂語）。

詩書易，禮春秋，號六經，當講求（前六字爲聯合主語，後六字是聯合謂語）。

蘇老泉，二十七，始發憤，讀書籍（前三字是主語，後九字是謂語部分）。

從詞語的組織來看，幾種基本的結構，如動賓、偏正、聯合，都多次用到；基本的虛詞。如「之」「乎」「者」「以」「而」「則」「于」「且」「雖」「既」「苟」「所」都反復出現。參閱註84，頁十九。

90 同註84，頁二一。

91 黃紹祖，縮寫本「百科全書」—三字經—兼論文化的意義，並建議教育部列爲國小一年級國語教科書（孔孟月刊第二十卷第九期，頁四三）。

92 林政華，三字經詳註易讀上（國民教育，第廿三卷第一期，頁二）。

93 詳見齊鐵恨、清末民初的兒童讀物一文（於兒童讀物研究，頁一九二）。

94 詳見司琦、三歲至十二歲兒童的特性一文（兒童研究第廿四期，頁二八）。

95 王筠，教童子法一書，在雲自在龕叢書中，參見瞿宣穎纂輯之中國社會史料叢鈔甲集，頁八一七。

96 見黃師錦鋐、傳統的語文教學（華文世界第三十八期，頁九）。

97 蕭瑜、中國文字容易教學的「怪論」，（學粹第七卷第三期，頁四三—四四）。

98 同註97。

99 賈馥茗著、兒童發展與輔導，第一章第二節，頁二〇。

100 蕭承恩、兒童心理學，頁八八。

101 同註1。

102 葛琳、兒童文學——創作與欣賞，頁五。

103 王師更生、我國傳統國文教學法系列——講唱教學法（華文世界三十八期，頁三九）。

104 凌冰、兒童學概論，頁一三三。

第四章　家訓文學

「家庭」在人類社會裡，是一個最基本、最重要的社會組織，舉凡個人的生存、種族的綿延、人格的發展、文化的傳遞，以及社會的秩序、國家的建立，莫不以家庭爲根基❶。由於這種組織的功能衆多❷，所以即使在不同的文化領域裏，或者是社會經過變遷之後，家庭仍是社會裏最基本的團體與最顯著的社會組織。

由於家庭是個人接觸最早、最久，而彼此關係又最密切的環境，因此子女基本人格的發展也就奠立於家庭教育上，父母由直接互動影響子女，作爲子女觀察和認同的模範；反過來，子女也影響父母和手足，形成整個家庭的互動❸。所以，一個家庭中父母的教養方式與內容，往往可以直接影響到子女的自我觀念，進而產生不同的道德判斷❹，與人格特質❺，形成自家獨特的風格。又由於家庭是社會文化的傳播者，所以由家庭所孕育的個人人格、態度、思想、價值與行爲，也必定會影響整個社會的型態、發展及變遷，進而造成不同的國情風貌❻。

中國的家庭，自古以來所以能夠成爲文化的堡壘，道德生活的核心，與安身立命的憑依，完全得力於中國深入人心的家訓文學❼。

第一節　中國的家庭制度

中國是以「家」爲本位的社會，孟子即謂：「國之本在家」。而一個家庭建立的過程，誠如顏氏家訓兄弟篇所述：「有夫婦而後有父子，有父子而後有兄弟，一家之親此三而已矣。自茲以後，至于九族，皆本于三親焉。」是必須在婚姻之禮全備之後才能建立的。

我國以往傳統的家庭，是所謂的「複式家庭」❽，家庭是由夫妻及其有血緣關係的一大群親族所構成的，所以又稱聯合家庭或擴展家庭。中國爲何長久以來都採行這種家庭形式呢？楊懋春先生在中國家庭與倫理一書中，指出最主要的四個原因❾：

一、農業的經營

中國自周朝就發展成歷代經營的那種傳統式農業，那種傳統式農業的經營主要是以人力、家畜力及自然力，人力中最好是男女老幼都有。家中的成年男人可從事主要的生產，婦女可料理家務，老人幫忙照顧幼童，而幼童則是家中的新血輪與繼承者。因此，一個複式家庭可以常保人力充足，且常有男女老幼的不同種類。

二、有個「耕讀之家」是很多傳統中國人的理想

此「耕讀」二字含義頗廣，自狹義言之，是說一個家中有人種田，也有人讀書。種田所以保

持一家人的基本生活，也守住一家的土地財產，這是治家最安全的途徑。讀書則是一方面使家人有文化，有社會地位。另一方面若讀書有成，獲得功名，也可以做官，光宗耀祖。

三、維持複式家庭的原因或力量是老年人的心理或感情

中國人的一種家庭傳統是人到了老年時願見兒孫滿堂，人丁旺盛。所謂「含飴弄孫」更是家喻戶曉的事。

四、社會價値的力量

傳統時代的中國社會以能建立並維持一個人丁旺盛，六畜成群（富有財產或經濟力強的象徵）的複式家庭爲一件可喜可賀事。

中國在這種傳統家庭形式下，所蘊育出來的價值與內涵，⑩歸納起來有如下幾點：

㈠複式家庭

中國人很注意人的生死問題，但人難免一死，父母便藉幼子的出世來延續自己的生命，因此人十分重視後嗣的有無，所謂「不孝有三，無後爲大」，傳宗接代成了立家根本。且農業生產與土地結緣，不尙遷徙，親戚間頻繁往來；勞動力的需求，使「多子多孫，數代同堂」成爲人們的理想。因此立嗣祭祖愼終追遠⑪，期望風調雨順，沒有人禍。複式家庭是以「親子中心」行倫理本位的家庭，其下包含數個行個人本位之「大婦子女家庭」。如唐朝張氏家族「壽張人張公藝九

世同居，齊隋唐皆旌其門」；宋朝陳氏家族「初，江州陳崇數世未嘗分異，崇子袞，袞子旺，十三世同居，長幼凡七百口」。雖然中國社會曾以「五代同堂」視爲榮耀，但究其實，眞正五代同堂之家庭並不多。

(二) 男系父權制度

舊日家庭建立在父傳子的制度上，以男子爲本位，父子關係爲主幹，附以若干叔姪、兄弟、母子等關係。大家長掌握一家全權⑫，但也要對家族中每個人的休戚禍福擔負責任，家人亦須絕對服從。重視孝道，老年人雖不能持續勞作，也爲晚輩所尊敬，無虞生活。

(三) 重男輕女的習俗

男系家庭勢必重男輕女，女孩長大必須出嫁，不出嫁者也不可參與家中主權，俗云：女未出閣從父，婚後從夫，夫死後從子。但實際上傳統中國婦女的地位高低是相對性的，有被視爲掌上明珠疼愛有加者，又婦女生育子女後，地位漸高，尤其是翁姑去逝，小家庭各自獨立後，婦女的地位更高。

(四) 絕對服從的教養態度

父母養育訓敎子女、子女要接受，若不聽從或有不合規範之行爲時，父母就加訓誡體罰，孔子曾說：「昔瞽叟有子曰舜。舜之事瞽叟，欲使之未嘗不在側、索而殺之，未嘗可得。小棰則待過，大杖則逃走。故瞽叟不犯不父之罪，而舜不失蒸蒸之孝」（孔子家語）。可見古代父親對于子女，不僅有懲罰權，甚至有生殺權。除了父親可以嚴肅管教、強制督促子女以外，母親對子女也有很大的影響。

(五) 婚姻不自主

婚姻甚少自主選擇，多奉「父母之命，媒妁之言」，由環境被動安排，由於婚姻多少隱含著社會經濟地位上的關係，因此，以門當戶對為主，其目的在確保家庭之擴大延續，在此婚姻方式下，夫為主，妻為助。夫以為妻兒謀生活為職務，妻以相夫教子為職務。

(六) 財產共有

家人生產所得與報酬都交給大家長，如司馬溫公在潄水家儀中說：「凡為人子者，毋得畜私財。俸祿及田宅所入，盡歸之于父母。當用則用之，不敢私假，不敢私用。」但家庭每份子對家中各項財產具所有權與享用權，同時也有責任保護與扶持遭遇事故的家人。「共財」優點是使家庭成為共同生產、共同生活、養育幼小、照顧老弱、恤病送終的機構；缺點是長輩在家庭中所負經濟任務極大，後輩產生依賴心理，往往自暴自棄，不求進取，甚至孫輩爭財奪產，婆媳勃谿，妯娌不睦，尤其是家庭份子只知享權利，不肯盡義務，更缺乏合作心，使有為分子受自私怠惰親屬之牽累，導致於家道衰敗。

(七) 具綜合性功能

傳統社會依賴家庭滿足人類的基本需求，舉凡經濟的、政治的、宗教的、教育的、法律的以及休閒娛樂種種活動都在家族內進行。家庭所含之綜合性功能分二類；第一類是基本普遍的功能，包括夫妻倆生活的滿足與保障，生養子女、同居共財之經濟生產、分配、消費、儲蓄、照顧奉養老年父母，保護家族人利益與安全；第二類是特殊功能，包括生活理想、宗教理想、倫理道德，如延續祖宗生命，多子多孫多壽考，老年人爲子女奉養並享含飴弄孫之樂，供給子孫讀書求學，爭取功名富貴，爲亡故家人供奉香火祭物。

第二節　家訓文學的源流

中國自古就是世界上少數極重視教育的民族之一，無論政治制度、社會、家庭都離不開教育。所以從歷史上來看，整個文化的重點，是可以用「教育」這兩個字來概括的。由於，傳統的中國教育是以「爲人」爲中心的教育，因此如何讓天下所有人，都具有倫理的思想，並且嚴守倫理道德的規範，盡個人本分以敦睦彼此的關係，這一直都是中國傳統教育的重點。而這些道德基礎的奠定，主要來自父母在家庭中對於子女的訓示——家訓文學。所以家訓文學不但是世界上很獨特的文學，也是中國備受重視的文學之一。

縱觀我國書册典籍，家訓文學的作品十分豐富，今分三期介紹我國家訓文學的源流。

一、顏氏家訓以前的家訓文學

在顏之推家訓產生之前，我國的家訓文學作品就相當的豐富了。根據周法高先生在家訓文學的源流中所做的研究，[13]我們可以在下列三類文章中，尋到顏氏家訓以前的家訓文學作品。

㈠誡子書、家誡一類的作品

在全上古三代文卷二，載有周文王詔太子發（據逸周書文儆篇），卷三載有季孫行父戒子（說苑至公篇），卷十一載有趙鞅自爲二書牘與二子（韓詩外傳），都是在漢以前的，不過未見得可靠。

在漢代的，全漢文卷一有漢高帝手敕太子，卷二十五有東方朔戒子，卷三十六有劉向誡子歆書，卷五十五有陳咸戒子孫。全後漢文卷十七有馬嚴誡兄子嚴敦書，二十七有樊宏戒子，卷四十五有崔瑗敕妻子，卷六十四有張奐誡兄子書，卷八十四有鄭玄戒子益恩書、張逸遺令，卷八十六有司馬徽誡子書，卷九十四王脩誡子書，卷九十有杜泰姬教子、戒諸女及婦，楊禮珪敕二婦，陳惠謙戒兄子伯思，卷九十六班昭女誡。

全三國文卷二有魏武帝諸兒令，卷三有內誡令，卷二十三有王肅家誡，卷二十七有王昶家誡，卷三十四有劉廙誡弟偉，卷四十一有杜恕家事戒，卷五十一有嵇康家誡；卷五十七有蜀先主昭烈帝敕後主詔，卷五十九有諸葛亮誡外生、誡子，卷六十一有程畿敕子郁，卷七十一有姚信誡子。

全晉文卷四十一有羊祜誡子書，卷五十三有李秉家誡，卷一百十一有陶潛與子儼等書，卷一百五十五有西涼李暠手令誡諸子，寫諸葛亮訓誡應璩奉諫以勖諸子。

全宋文卷二十九有雷次宗與子姪書，卷三十六有顏延之庭誥；全齊文卷一有齊高帝敕廬陵王子卿，卷六有豫章王嶷戒諸子，卷八有王僧虔誡子書；全梁文卷十一有梁簡文帝誡當陽公大心書，卷四十有孫謙誡外孫荀匠，卷五十有徐勉爲書誡子崧；全陳文卷十六有陳暄與兄子秀書。

全後魏文卷四十一有楊椿誡子孫，卷五十五有張氏誡諸子；全後周文卷七有王褒幼訓。

(二) 古人的遺令或遺戒

古人的遺令或遺戒，也就是現代所謂遺囑，由於內容大多是臨死時的言詞，與平時所作的家誡不同，所以書經的顧命算是此類最早的作品，周先生也因此將部分題作「誡子孫」、「誡諸子」的文字歸入這一類。至於歷代帝王臨終時的遺詔，常由文臣代作，虛應故事的多，所以除了魏武帝的終令和遺令，魏文帝的終制，蜀先生昭烈帝的遺詔敕後主而外，對漢代到隋代帝王的遺詔都從略了。

全上古三代文卷二有周文王遺戒（尚書中候），卷八有田常遺令（呂氏春秋順民篇），卷九有蔿敖將死戒其子（呂氏春秋異寶）、沈諸梁顧命（禮記緇衣），卷十一有秦宣太后將死出令（戰國策四），卷十一有韓憑妻何氏遺書於帶（搜神記十一），不過不見得都可靠。

全漢文卷十三孔鮒將沒戒弟子，卷三十三有歐陽地餘戒子；全後漢文卷十一有楊春卿臨命戒子統，卷十八有馬融遺令，卷二十二有梁商病篤敕子冀等，卷二十七樊宏遺敕薄葬，卷二十七祭彤臨終，卷二十九有任末敕兄子造，卷二十九有謝夷吾敕子，卷三十有袁安臨終遺令、袁閎臨卒敕其子，卷四十三有張霸遺敕諸子，卷四十五有崔瑗遺令子實，卷四十八有李固臨終敕子孫，卷四十八有周磐令二子，卷五十六有朱寵遺令，卷六十二有趙岐遺令敕兄子、臨終敕其子，卷六十四有張奐遺命諸子，卷六十六有趙咨遺書敕子胤，卷六十八有范冉遺令敕子，卷八十二有酈炎書四首。

全三國文卷一有魏武帝終令，卷三有遺令，卷八有魏文帝終制，卷二十六有韓暨臨終遺言，卷三十五有沐並預作終制戒子儉葬、又戒、又敕，卷三十六有王觀遺令；卷五十七有蜀先主昭烈帝遺詔敕後主，卷六十一有向朗遺言戒子，卷七十三有李衡臨死敕其子。

全晉文卷十八有王祥訓子孫遺令，卷三十三有石苞終制，卷三十六有庾峻遺敕子珉，卷四十三有杜預遺令。

全齊文卷六有豫章王嶷遺令，卷八有蕭景先遺言，卷十五有張融遺令、戒子；全梁文卷四十有孫謙臨終遺命，卷四十八有袁昂臨終敕諸子；全陳文卷五有周弘直遺疏敕其家，卷十六有謝貞遺疏告族子凱。

全後魏文卷二十三有崔光韶誡子孫，崔休誡諸子，卷二十四有崔光疾甚敕子姪等，卷二十七有源賀遺令敕諸子，卷三十二有程駿遺令，卷四十有崔孝直顧命諸子，卷四十九有魏子建疾篤敕子收祚，卷五十三有李彥臨終遺誡其子昇明等，卷五十四有雷紹遺敕其子。

全隋文卷九有李穆遺令，卷十三有姚察遺命，卷十九有薛濬臨終遺弟謨書；卷三十五有釋曇延臨終遺啓。

先唐文有宋韶遺敎。

㈢　古人自敍生平的「自敍」

全後漢文卷十八有馬融自敍，卷八十四有鄭玄自序。

全三國文卷八有魏文帝自敍。

全晉文卷四十二有杜預自述，卷五十二有傅暘自敍，卷六十七有趙至自敍，卷七十一有皇甫謐自序，卷八十一有陸喜自敍；此外還有晉葛洪抱朴子書的自敍篇（全晉文卷一百十七限於體例，未收此篇）。

全梁文卷二十三有蕭子顯自序，卷三十九有江淹自序傳，卷五十七有劉峻自序，卷六十五有王筠自序。

全隋文卷十有江總自敍，卷二十七有劉炫自狀、自贊。

二、顏氏家訓

魏晉以降，家訓文學者作逐漸盛行，北齊黃門侍郎顏之推所著家訓，就是一部極普及且具有深遠影響力的作品，王鉞於讀書叢殘即稱：「北齊黃門顏之推家訓二十篇，篇篇藥石，言言龜鑑，凡爲人子弟者，可家置一册，奉爲明訓，不獨顏氏」。

顏之推是歷來集合各篇家訓文章以成一書，並且正式以「家訓」二字命名的第一人，所以宋陳振孫特別推崇他的顏氏家訓說：「古今家訓，以此爲祖」。⑭今分別就其作者寫作目的，成書時代和內容等，一一陳述於后：

㈠ 作者及其寫作目的

顏之推，名介，琅琊人，生於梁武帝大通三年。之推自幼即受父母悉心教導，勵短引長，因此「規行矩步」，言行合於節度，又因承襲家學，得以博覽群書，詞情典贍。但九歲時慘遭父喪，家庭離散，由兩位兄長扶養長大，生活十分艱辛。

之推於十九歲（梁武帝太清三年）仕梁爲湘東王右常侍，加鎮西墨曹參軍，這是之推仕宦之途的起點，雖然他接著歷仕了梁、北齊、北周、隋等朝代，做過郢州刺史、散騎侍郎奏舍人事、黃門侍郎、平原太守等官職，但是三歷亡國之痛，備嘗更替俘虜之苦，因此之推入隋之後雖然甚受太子禮遇，召爲學士，不久竟以疾卒，卒年不詳，但依終制篇「吾已六十餘」及「今雖混一」之語，可以推想大約是開皇十年，之推六十歲，天下統一之後。

南北朝是歷史上極爲混亂的時期，世風專務綺麗、人人追逐聲色，於先王聖賢之道，塞耳掩口，憎惡不屑，之推處於此時，能苟全性命已屬不易，但又有不得不仕於亂世的苦衷，他在家訓終制篇說：

> 計吾兄弟，不當仕進，但以門衰，骨肉單薄，播越他鄉，無復資蔭，故靦冒人間，兼以北方政教嚴切，全無隱退者故也。

之推目覩朝代興替，身陷亂世之中，猶能不陷於世俗，秉禮樹風，謹守儒家之道，操守持絕，風範足懷，是以顧炎武日知錄推崇他：「不得已而仕於亂世，尚有小弁詩人之意。」當然這也是之推寫作家訓的原因與目的，孟繁舉先生在顏之推與顏氏家訓中，闡釋顏氏寫作的原因與目的便是這樣說的：

之推身歷南北朝末期的混亂之局，目覩隋代的統一。他又歷仕南北各朝，屢遭亡國之痛，流離之苦，體認到生於斯世，要想有所作為是不可能的。但是，之推畢竟以儒者自居，負有時代所賦與他的使命，所以，在他的生命行將終了之時，將他畢生積貯的智慧精華，傳給後代子孫，作為取法仿行的楷模。這本家訓，除了發表他的見聞和感想，也對當時的社會，提出了嚴正的批評。之推只是用本書來「提撕子孫」，不敢用以「規物範世」，行文因而更為親切。一些卑之無甚高論的文字，却使人體會到誠摯的感情。樸素中見其深入，平淡中見其豐富的內容。之推諄諄告誡子孫，勿忘儒家傳統，同時也提醒他們，處亂世的明哲保身之道。「邦無道，危行言遜。」之推大抵仍保有儒家的傳統。總之，此書指示吾人如何立身、處世、為學，辭意懇摯，所以能成為永恒價值的寶典，為全中國人所接受。

㈡成書時代及其內容

顏氏家訓成篇的年代，四庫題要認爲作於之推仕齊之時，書中載：

舊題北齊黃門侍郎顏之推撰。考陸法言切韻序，作於隋仁壽中，所列同定八人，之推與焉，則實終於隋。舊本所題，蓋據作書之時也。

但是根據余家錫四庫提要辨證的考證，指出家訓中屢次提及齊亡之事，如終制篇說：

吾年已六十，……先君、先夫人，皆未還建鄴舊山，今雖混一，家道罄窮，何由辦此奉營經費？

而以此證明家訓應當事作於齊亡之後。余氏的辨證是對的，其實家訓一書還經過他的兒子思魯整理才問世的，因而家訓一書，應是作成於隋代，開皇九年平陳之後，是他晚年的作品。至於書上所題「北齊」二字，其實與他著書年代毫無關係，我們可以由史傳及顏氏家廟碑文知道，稱呼他爲「北齊黃門侍郎」，是因爲之推仕齊最久，官爵最爲榮顯的緣故。

顏之家訓共七卷二十篇，其中討論的範圍很廣，內容宏富可觀。這不但是顏之推竭一生精力而成的思想著述，更是一位生於亂世的知識分子，爲了傳給子孫，而寫下的人生指南及處世哲學。全書篇目如下：㈠序致、㈡教子、㈢兄弟、㈣後娶、㈤治家、㈥風操、㈦慕賢、㈧勉學、㈨文章、㈩名實、⑾涉務、⑿省事、⒀止足、⒁誡兵、⒂養生、⒃歸心、⒄書證、⒅音辭、⒆雜藝、⒇終制。篇目雖多，但歸納其內容，不外修身、爲學、治家、處世四方面而已，今簡論於下⑮：

甲、修身：論修身，之推主張人應坦然悔過，以爲後車之鑑，其於序致第一篇中說：

頗為凡人之所陶染。肆欲輕言，不修邊幅。年十八九，少知砥礪，習若自然，卒難洗盪。二十以後，大過稀焉。每常心共口敵，性與情競，夜覺曉非，今悔昨失。自憐無教，以至於斯，追思平昔之指，銘肌鏤骨；非徒古書之誡，經目過耳也。

眞所謂知過能改，善莫大焉。

乙、爲學：論爲學，之推認爲勤學爲貴，而廢學爲愚，他在勉學第八篇中說：

自古明王聖帝，猶須勤學，況凡庶乎？……士大夫子弟，數歲以上，莫不被教；多者或至禮、傳，少者不失詩、論。……有志尚者，遂能磨礪，以就素業；無履立者，自茲墮慢，便為凡人。

所以子孫雖愚，而經書卻不可不讀。

丙、治家：論治家，之推主張正己化人，賞善罰惡。於治家第五篇中說：

夫風化者，自上而行於下者也，自先而施於後者也。是以父不慈則子不孝，兄不友則弟不恭，夫不義則婦不順矣。父慈而子逆，兄友而弟傲，夫義而婦陵，則天之凶民，乃刑戮之所攝，非訓導之所移也。

此謂言教不如身教，但面對凶民則須刑教。

丁、處世：論處世，則以勤學爲本，濟世爲務。他在涉務第十一篇中說：

士君子之處世，貴能有益於物耳，不徒高談虛論，左琴右書，以費人君祿位也。國之用材，大較不過六事：一則朝廷之臣，取其鑒達治體，經綸博雅；二則文史之臣，取其著述憲章，不忘前古；三則軍旅之臣，取其斷決有謀，强幹習事；四則蕃屏之臣，取其明練風俗，清白愛民；五則使命之臣，取其識變從宜，不辱君命；六則興造之臣，取其程功節費，開略有術。此則皆勤學守行者所能辦也。

可知君子處世是最貴學以致用，濟時益物的。

綜此可知顏氏家訓是以孝弟爲本，講明立身的重要，爲學的方法，更推而廣之，論及如何奉侍君上？如何睦處於朋友鄉黨之間，主旨不外「務先王之道，紹家世之業」，與儒家總論大學一書主旨十分吻合，即大學所謂：

古之欲明明德於天下者，先治其國，欲治其國者，先齊其家；欲齊其家者，先修其身；……

> 身修而后家齊，家齊而后國治，國治而后天下平。自天子以至於庶人，壹是皆以修身為本。

之推運用智慧著家訓二十篇，述立身治家之要，不但用此訓誡子孫，更以此辨正世俗錯誤觀念及行止，在保家護身之餘，也毅然負起教化世人的責任，欲令天下父母，都能教導子弟通曉大義，涉獵群籍，明古今之治亂、鑑品流之邪正，其警世教育的功效誠如沈揆所說：

> 此書雖辭質義直，然皆本之孝弟，推以事君上，處朋友鄉里之間，其歸要不悖六經，而旁貫百氏。至辯析援證，咸有根據，自當啓悟來世，不但可訓思魯、愍楚而已[17]。

盧文弨更恭維此書說：

> 此書委曲近情，纖悉周備，立身之要，處世之宜，為學之方，蓋莫善於是書，人有欲訓俗型家者，又何庸舍是而疊牀架屋為哉[18]？

雖然此書不免有時尚崇佛的傾向[19]，及疏失的部分[20]，但是趙敬天先生仍然推崇此書說：

> 顏公著家訓二十篇，雖其中不無疵累，然指陳原委，剴切叮嚀，苟非大愚不靈，未有讀之而不知興起者，謂當家置一編，奉為楷式。

由於顏氏家訓擁有「家置一編，奉為楷式」的價值，因而受到儒家學者的大肆宣傳、佛教信徒的廣為徵引，以及顏氏後代子孫多次的翻刻，造就了此書在家訓文學上的崇高地位。㉑又因為此書是經由父親叮嚀子弟來完成傳遞人類文明的目的，所以顏之推贏得了「萬世父表」的尊稱。㉒

三、顏氏家訓之後的家訓文學

顏氏家訓之後，號稱「家訓」一類的著作仍然不少，例如：近世出自敦煌石窟的太公家教便是一篇流傳廣泛，且影響重大的家訓文學著作，見拙著敦煌兒童文學第三章。且自明代之後，家訓文學隨著譜學的進展，也廁入譜牒，成為重要的項目之一——譜訓，譜訓所以為世人所重視，陳奇祿先生在族譜家訓集粹一書前言中指出下列四點原因㉓：

㈠譜訓之本旨，雖仍不外「忠孝」二字；然能冶吾國經史之精義於一爐，而以日常生活為例，復以平易近人之短句警語出之；不必咬文嚼字，耗神廢時；即可恍然省悟，深銘肺腑；故為人所樂讀。

㈡譜訓雖以尊祖睦族為起點，而其目的，則以修齊治平為軌範。申言之，則為由睦族而睦鄉里，由睦鄉里而睦國家，由睦國家而善天下，進而為致大同之階梯。揆其內容，實屬至公無私，至大無外。自宋代以降，族譜之立意，家訓之主旨，莫不以此為鵠的；非僅限於一家而已也。

㈢社會之不和諧，雖原因不一，然多因日常瑣事引起。初由小節，於日既久，漸漬漸深，積爲乖恨。族譜之立訓，爲防於未然。故對此等小節，不厭深切詳解，誠爲獨到之處。設人人能於此小節處注意力行，復我之禮，正我之心，行我之素；則君子道長，小人道消；可立收社會和諧之效。

㈣ 家譜之爲訓，重在寓教於行，不在死板記憶章句。昔者鄉村漁樵，雖目不識丁，然敦厚有禮。蓋家守矩範，薰陶成習使然。歷代先賢，治國莫不以勵族治，正人倫，美風俗爲先，實有深意存焉。

由於譜訓受到世人的重視，家訓文學因此更受矚目，這一類的著作十分豐富，今僅以時代分唐、宋、明、清、民國五期，簡列家訓文學作品於后，以明唐宋之後家訓文學流傳的概況。

㈠ 唐代家訓文學作品㉔

戒子拾遺十八篇，李恕。
示子詩一首，杜甫。
示子詩一首，韓愈。
寄子詩一首，盧仝。
寄弟書信一篇，李勣。
寄兒子詩一首，杜敬。
名子說一篇，劉禹錫。
中樞龜鏡一篇，蘇瓌。

(二) 宋代家訓文學作品㉕

司馬溫公家範十卷，涑水司馬光。留餘草堂叢書本。

家訓筆錄一卷，聞喜趙鼎。函海本。

石林家訓一卷，吳縣葉夢得。津逮秘書本，說郛本。

放翁家訓一卷，山陰陸游。知不足叢書本，嘯園叢書本。

戒子通錄八卷，臨江劉清之。商務印書館影印四庫珍本初集本。

(三) 明代家訓文學作品㉖

家規輯略一卷，明澠池曹端。曹月川遺書本。

孝友堂家規一卷，明容城孫奇逢。孫夏峯先生全集本。

陸氏家訓一卷，明上海陸樹聲。陸文定公雜著本。

龐氏家訓一卷，明南海龐尚鵬。嶺南遺書本。

家訓一卷，明歙縣張習孔。檀几叢書本。

蘇氏家語，明晉江蘇士濬。續說郛本。

餘慶堂十二戒一卷，明開原劉德新。檀几叢書錄要本。

家誡要言一卷，明海塩吳麟徵，學海類編本。

家矩一卷，明嘉善陳龍正。檇李遺書本。

治家格言不分卷，明崑山朱用純。刊本。
東里家訓一卷，明泰和楊士奇。東里文集本。
霍文敏公家訓一卷，明南海霍韜。霍文敏公渭厓文集本。
張莊僖家訓一卷，明烏程張永明。張莊僖文集本。
高子家訓，明無錫高攀龍。高子遺書本。
唐文恪公家訓一卷，明華亭唐文獻。占星堂集本。
奉常家訓一卷，明太倉王時敏。婁東雜著本。

四 清代家訓文學作品㉗

訓俗遺規四卷，補二卷，附教女遺規三卷，清臨桂陳宏謀。五種遺規本。
里堂家訓二卷，清江都焦循。傳硯齋叢書本。
蔣氏家訓一卷，清常熟蔣伊。澤古齋叢鈔本。
聰訓齋語二卷，清桐城張英。篤素堂文集本，雙溪全集本，藝海珠塵本。
庭訓格言一卷，清聖祖。留餘草堂叢書本。
敬義堂家訓二卷，清臨川紀大奎。紀愼齋全集本。
來復堂家規，清諸城丁大椿。來復堂全書本。
倪氏家規二卷，清華亭倪元坦。附志學會規後。
曾文正公家訓二卷，清湘鄉曾國藩。曾文正公家書本，曾文正公六種本，曾國藩六種本。

錫嘏堂家範一卷，清山陰魯燾。活字本。

豐川家訓三卷，清鄠縣王心敬。豐川全集本。

王氏家訓一卷，清黃巖王維祺。梅庵遺集本。

代州道後馮氏誌傳世譜　清乾隆五十一年　馮秋山修　三册

柯橋蔡氏宗譜　清道光二十八年　蔡文榮土修　四册

延陵金氏增修宗譜　清咸豐六年　金輝徵等修　十册

梁溪倪氏宗譜　清咸豐七年　倪會亭等修　三十六册

西河毛氏宗譜　清咸豐九年　毛海晏等修　一册

皖桐璩氏族譜　清同治四年　璩光燦修　二十八册

皖桐伍氏家譜　清同治七年　伍受糈等修　三十六册

毘陵范氏家乘　清同治九年　范顯瑤等修　十六册

暨陽許氏宗譜　清同治十一年　許堡修　十六册

桐城麻溪姚氏宗譜　清光緒四年　姚壽昌重修　十二册

毘陵承氏宗譜　清光緒五年　承儁等修　三十册

合肥吳氏宗譜　清光緒六年　吳重仁等修　二十册

古虞金罍范氏宗譜　清光緒十年　范繼昌修　十四册

三江李氏宗譜　清光緒十一年　李光銓等修　二十四册

靈泉許氏重纂家譜　清光緒十一年　許克勤纂　四十四册

常州白洋橋沈氏宗譜　清光緒二十三年　沈葆靖等修　二十册
南城危家山危氏宗譜　清宣統三年　危重璋修　二十六册

(五)　民國家訓文學作品㉘

常熟慈村金氏家乘　民國三年　金鶴翀修　八册
桐城齊氏宗譜　民國八年　齊錫周等輯　二十一册
梁溪沈氏宗譜　民國八年　沈垣等輯　三十六册
瞿氏族譜　民國九年　瞿宇安修　一册
虞都許氏族譜　民國十六年　許揚滂輯　二十一册
皖桐方氏族譜　民國十八年　方炳南修　二十六册
項城魏氏族譜　民國二十年　魏連捷修　一册
紹興漁臨關金氏宗譜　民國二十年　金乙麒修　十六册
長沙瞿氏家乘　民國二十二年　瞿宣穎修　二册
懷遠梅氏族譜　民國二十五　梅源德修　四册
衡陽魏氏五修宗譜　民國三十年　魏筱窗等修　四十九册
武嶺蔣氏宗譜　民國三十七年　吳敬恒等修　六册

第三節　家訓文學的內容

在中國歷時悠久的父系家族社會裡，父親掌握權力，必須負起撫養、保護和教育兒女的責任；母親則從旁協助父親行使職權；做子女的則必須服從父母的一切意識及行爲。在這種執政者、執行者與服從者的父母與子女關係中，出於父母或長者筆下用來教育子女晚輩的家訓文學作品，也就源源不絕了；而爲人子女後輩的，也都身體力行、恭奉不輟，充分地發揮了家庭教育的功效。

由於家訓文學是長者教養後世子孫的文學作品，所以家訓文學的內容依據施教者及其對象，可分爲胎兒教育、兒童守則、戒子叢說、訓女遺規等四類。

一、胎兒教育

胎兒時期是人類生命的第一個階段，而個人健全的身心，更是仰賴胎兒時期的完善養育，所以家庭教育應該從胎兒時期就仔細講求，王德瓊先生在家政學一書中即提出此一觀點，他說：

人自胎兒始，身心健全的培養、情感生活的學習、道德觀念的養成，以及嬉戲、入學、就業、通婚、成家、立己處世的指導，都是家庭教育之任務㉙。

基於相同的理由、家訓文學的內容首先應該探討的就是文學作品中有關胎兒的敎育。

(一) 胎教的源起

胎敎所以在中國源起且至今仍然令人深信不疑的主要原因，有下列兩點：

甲、重視敎育：中國自古就是世界上少數極重視敎育的民族之一，所以從歷史上來看，整個中國文化的重點，是可以用「敎育」兩個字來概括的，無論政治制度、社會、家庭都離不開敎育。而敎育的常規，則如易經及中庸所言：「立天之道，曰陰曰陽；立地之道，曰柔曰剛；立人之道，曰仁曰義。」、「天命之謂性，率性之謂道，修道之謂敎。」，是在希冀人們能遵循天地所賦予的陰陽及剛柔的秉性，而表現出合乎道的行爲——「居仁由義」的情況下、敎導他們因應時間與空間、主觀和客觀的實際狀況，作合理而適度的調節與修正。但是這種敎育的推動當始於何人？何時呢？中庸有言：「君子之道，造端乎夫婦」、可知夫婦是最基層、最原始的敎育推動者，而與父母最親密的子女便是他們施敎的第一理想對象，因此重視敎育的父母，無不充分利用胎兒時期，施以胎兒敎育了。

乙、篤信遭性：所謂「遭性」，就是王充在論衡命義篇中所說的三性之一，他說：

……三性，有正、有隨、有遭。正者，稟五常之性也；隨者，隨父母之性；遭者，遭得惡物象之故也。

許世明先生以醫理闡釋三性，認為就是人類的三種遺傳。第一種正性，由於是稟於五常之正的，所以說是特別好的遺傳；第二種隨性，是隨父母之性而來，屬於一般尋常的遺傳；第三種遭性，是指胎兒時期所遭到的印象㉚。王充指出這種胎期印象對胎兒是有絕對影響的，因此世人有胎教禮法，他說：

妊婦食兎，子生缺脣。月令曰：是月也，雷將發聲，有不戒其容者，生子不備，必有大凶，瘖聾跛盲，氣遭胎傷，故受性狂悖。羊舌似我初生之時，聲似豺狼，長大性惡，被禍而死。在母身時，遭受此性，丹朱商均是也。性命在本，故禮有胎教之法㉛。

㈡胎教的內容

胎教是指胎兒的教導，也就是傳統觀念中婦女在懷孕期間要注意的事項。由於中國人重視胎教，所以胎教之說，起源很早，西漢劉向在列女傳母儀篇中，以太妊胎教生下周文王的經驗，介紹婦女於姙子期間所須敬戒謹愼者以及胎教所能得到的效果：

古者婦人姙子，寢不側，坐不邊，立不蹕，不食邪味，割不正不食，席不正不坐，目不視於邪色，耳不聽於淫聲，夜則令瞽誦詩道正事，如此則生子形容端正，才德過人矣。

東漢王充篤信胎期印象，所以他在論衡中也陳述了胎教的內容是：

禮有胎教之法：子在身時，席不正不坐，割不正不食，非正色目不視，非正聲耳不聽……受氣時母不謹慎，心妄慮邪，則子長大，狂悖不善，形體醜惡。

北齊顏之推特重家訓，其教子一篇就是由胎教開始說起的，他說：

古者聖王有胎教之法，懷子三月，出居別宮，目不邪視，耳不妄聽，音聲滋味，以禮節之。

凡此以及後世，論胎教的內容，大致可以分為積極與消極兩方面㉜：

甲、積極的胎教：唐宋以前，中醫已有養胎之說，此乃積極的胎教，亦即告訴孕婦於懷孕期間應該怎樣做才能生育理想的嬰孩。可查考的有北齊，徐之才的逐月養胎方，其中稱：「欲子美好，數視璧玉，欲子賢良，端坐清虛」。隋巢之方病源論中提及「欲子端正莊嚴，常口談正言，身行正事」；「欲子美好，宜佩白璧；欲子賢能，宜看詩書」。

乙、消極的胎教：為守住積極的胎教，懷孕期間孕婦的行為舉止、飲食等方面有許多禁忌，此乃消極的胎教。大家認為，如果孕婦不遵守這些禁忌，將來不是難產就是會生畸形兒。胎孕之禁忌大致分為行動、飲食、沖犯胎神和星煞方面：(1) 在行動方面的禁忌，傳統的觀念是孕婦目不視惡色、耳不聽邪聲、割不正不食、席不正不坐、夫婦分房而居避免性行為、忌見月蝕、不可看戲、不許參加他人婚禮、不許去廟裏、不可看死人入殮。(2) 在飲食方面的禁忌有：忌食螃蟹、麋脂、梅、李；不食兔、山羊、鼈、鷄、鴨等家畜、家畜肉類；也有稱食兔肉、小孩會缺唇（兔唇）；食薑令子餘指，食騾肉會難產。(3) 在冲犯胎神、星煞方面的禁忌有：忌犯胎神，否則會造成不幸或流產或生殘缺兒，甚至母子俱亡。

二、兒童守則

家庭是兒童生活的中心，所以父母對於子女的教育，應該從家庭日常生活著手。在家庭教育一書中曾說過：

> 兒童未入學以前，終日處於家庭之中，卽入學之後，亦大部時間消費在家庭之中。家庭實兒童生活之中心，亦卽兒童教育之中心。杜威氏曾謂：「教育是經驗繼續不斷的改組和改造，這改組是使經驗的意義增加，也使後來控制經驗的能力增加的。」經驗之改組與改造，均以實際生活為出發點。故吾人教育兒童，應自家庭日常生活著手也㉝。

所以從孩子有了認知能力開始，就要教導他如何使自己生活合於規範，這是基礎的教育，基礎打得好，將來才有好的發展。

而教導學僮灑掃進退的這種生活教育，一向是中國傳統教育中極爲重要的部份，禮記內則載：

八年出入門戶、卽席、飲食，必後長者，始教之讓……十年出就外傅，居宿於外，學書記……朝夕學幼儀，請肄簡諒。

又漢書食貨志云：

（古者）八歲入小學，學六甲五方書計之事，始知室家長幼之節。

自古以來，與學書（識字）、計（六甲、九九）等功課並重。從禮記中的曲禮、少儀、內則一直到明清流行的弟子規，這一類兒童守則讀本不知凡幾，今但述弟子職、童蒙須知、弟子規三書，以明兒童守則之內容大要。

㈠ 弟子職

漢志孝經類中所著錄的弟子職，根據應劭的註解，作者是管仲，而此書也一直保存在管子書中，流傳到今天。但是此書多言管子後事，因此後人認爲管子書非管仲所著⑨，進而指證弟子職，並非管仲手著，乃後人誤入此書，當出於漢代儒家之手，羅根澤先生在管子探源中推敲弟子職的作者說：

莊述祖弟子職集解云：「漢志附石渠、論語、爾雅後，蓋以禮家未之采錄，故特著之六藝。……案別錄有子法、世子法、弟子職，記弟子事師之儀節，受業之次敘，亦曲禮少儀之支流餘裔也。漢初論五經引弟子職，鄭康成每據以說禮。」今案曲禮少儀，皆漢儒之書，此既為其支流餘裔，蓋亦漢儒所作也。且自孔子開講學授徒之風，而師弟之間，辯難解惑，其儀節未甚繁賾，子路冉有公然與孔子面爭。爾後墨孟以及諸子百家，其弟子之於師，更肆於發難，毫無忌憚。至西漢尚師說而師道尊，弟子視師，如萬能之神聖，有承受而無辯詰。加之漢儒重禮，儀節纖悉，而弟之於師，遂有此刻板式之規律矣。春秋戰國，蓋無此也。故雖無他證，而即其思想與儀節而論，頗疑為出於漢人之手也㉟。

弟子職究竟出於何人之手，至今尚無定論，根據羅先生的看法，只能推論是漢代人所著。方師鐸先生在弟子職用韻分析一文中，曾進一步地考定弟子職寫成的時代約在東漢中葉，不得晚於班固著漢書之後。㊱

　　至於弟子職著作的目的為何？根據王應麟困學紀聞引述朱子看法是：

弟子職，漢志附於孝經，朱子謂疑是作內政時，士之子常為士，因作此教之㊲。

如果就弟子職的內容來看，所謂：

至於食時，先生將食，弟子饌饋。攝衽盥漱，跪坐而饋。置醬錯食，陳善毋悖。凡置彼食，鳥獸魚鼈，必先菜羹。羹胾中別，胾在醬前。左酒右醬，其設要方。左執虛豆，右執梜匕。飯是為卒，告具而退。奉手而立，唯嗛之視。三飯二斗，……

一般鄉村教師，大概是不會有「先生」這種吃飯的氣派架勢，這證明了朱熹推測此篇是爲教士之子而作的論點是正確的。

由於朱熹否認管子一書是管仲所著，所以他並未直言是管仲作內政時所著，但是他對於寫作目的的推論，卻與管仲對答聖王當如何處士的一段話，有十分密切的關係，根據國語齊語的記載，管子是這樣說的：

今夫士，群萃而州處，閒燕則父與父言義，子與子言孝，其事君者言敬，其幼者言弟。少而習焉，其心安焉，不見異物而遷焉。是故其父兄之敎不肅而成，其子弟之學不勞而能。夫是，故士之子恆為士。

由上可知，弟子職雖未必出於管仲之手，卻應該是管子當時的教育思想。王瑞英在管子新論中論述管子的弟子教育時說：

這裡所謂的「弟子」並非指一般百姓的弟與子而言，而是指執干戈以衛社稷軍士的子弟而言。對這些有功於國人的子弟，國家當然應該負起教育他們的責任。而幼年教育與成人教育因為對象不同，所以施教的方法也有很大差異。管子的弟子教育內涵載於弟子職篇㊳。

弟子職全篇韻語，以四言爲主，偶有五言，它的主旨在教導學童，如何善盡弟子之職。全文內容分三段述於后：

甲、「先生施敎，弟子是則」至「一此不懈，是謂學則」

此章爲一般敎育原則。首先先建立「先生施敎，弟子是則」的觀念，進而要求學童養成溫和、恭敬而且謙虛的性情，如此才能夠採受他人的敎誨。至於個人行止及交游、作息的原則是：「見善從之，聞義則服。溫柔孝悌，毋驕恃力。志毋虛邪，行必正直。游居有常，必就有德。顏色整齊，中心必式。夙興夜寐，衣帶必飾。」對於這一切都要「朝益暮習，小心翼翼」，絕不可稍有懈怠。

乙、「少者之事，夜寐早作」至「古之將興者，必由此始」

此章先述蒙童應該晚睡早起，待自己盥漱灑掃完畢，再爲長者服勞，侍奉先生盥漱入坐。其次弟子見師長猶如對待賓客，出入要恭敬，而且「危坐鄉師，執事有恪」；至於受業誦習也有一定的次第，所謂：「受業之紀，必由長始，一周則然，其餘則否」；坐作之儀，則是「後至就席，狹坐則起」，末了申明古義「凡言與行，思中以爲紀，古之將興者，必由此始」。

丙、「若有賓客，弟子駿作」至「周而復始，是謂弟子之紀」

此章共有十二個主題：⑴　客至應對進退之儀。⑵　復習請益之事。⑶　侍食進饌之儀。⑷

陳設食物，左右先後各有程序。⑸食時爲長者進益之儀。⑹少者聚食之儀。⑺既食徹饋之儀。⑻灑掃進退之儀。⑼薄昏擧燭之儀。⑽夜坐侍長之儀。⑾弟子侍尊長寢息之儀。⑿弟子於侍長之後，又與朋友切磋，互求長益。凡此都是弟子應該敬事的事情。

㈡ 童蒙須知

宋代朱熹曾經煞費苦心地編了一部「小學」，其中輯錄了古聖先賢的許多話，組織成內、外兩篇，內篇包括：立敎、明倫、敬身以及稽古四部分，外篇包括嘉言、善行兩部分，內容不外乎灑掃應對進退之節，以及愛親敬長隆師親友之道，雖然書成之後備受推崇，知名的文人學者紛紛爲之作箋釋注解，官家、私人也不斷刻印，但是這本授予童蒙的讀物，並沒有流行在學塾蒙館，陸世儀指出「小學」一書的缺失說：

文公所集，多窮理之事，近乎大學。又所集之語多出四書、五經，讀者以為重複。且類引多古禮，不諧今俗；開卷多難字，不便童子。此「小學」所以多廢也㊴。

基於相同的原因，所以類似小學的圖書都無法廣泛的流傳。

另外，有一部同出朱子之手，但是全無「小學」一書缺失的「童蒙須知」，確實是一本分量不多，內容淺顯，易知易行，適合童蒙的敎村。朱熹在自序中說明「童蒙須知」的寫作目的是：

夫童蒙之學，始於衣服冠履，次及言語步趨，次及灑掃涓潔，次及讀書寫文字，皆所當知，今逐目條列，名曰童蒙須知。若其修身、治心、事親、接物，與夫窮理盡性之要，自有聖賢典訓，昭然可考，當次第曉達，茲不復詳著云。

朱熹指出讀書求知要依照順序進行，每位蒙童都必須先完成了基本教育之後，再進一步從古聖先賢留下來的典籍中探求更深奧的修身、事親、待人接物，以及窮理盡性的要道，所以童蒙須知一書中，只是載述簡單而適合蒙童的生活守則。

由於童蒙須知一書的重點是在明示學童生活的守則，所以文字表達不受字數及押韻的限制，只求文意明確，容易遵行即可，因而此書採用二言、三言、四言以至九言一句的雜言句式寫成。

全書內容除首段爲朱熹自序外，可分爲五部分：

甲、衣服冠履：此段開宗明義指出「身體端整」是爲人的先要事情，自冠巾、衣服、鞋襪都必須收拾愛護經常保持潔淨整齊。接著闡述其先人訓誡子弟的三緊（頭、腰、腳），要求子弟必須緊束，否則身體放肆不夠端嚴是會爲人所輕賤的。其後說明穿衣的次第，以及避免衣物污漬的要點和脫下衣物的收藏辦法。至於衣物破敗或污漬時，必須立刻補綴洗澣，常令完潔。此外在盥面、就勞役時，要卷袖或去上籠衣服，上床前尤須更換睡衣，如此一來，虱子跳蚤才不易藏存在衣物中、衣服也不容易破損。有了這一套完整的著衣、護衣原則就可以收晏子著衣威儀及其「一狐裘三十年」的美名了。

乙、語言步趨：此段先言子弟面對父兄長上的語言態度，須是：「常低聲下氣，語言詳緩，不可高言喧鬨，浮言戲笑」。如果父兄長上有所督教，但當「低着聽受，不可妄大議論」，萬一長上檢責有過誤時，不可出言辯解，「姑且隱默，久却，徐徐細意條陳云：此事恐是如此，向者當是偶爾遺忘。或曰：當是偶爾思省未至」，如此既不會犯上失道，也能使對方明白自己的委曲。同時這也是對待朋友同輩的語言態度。至於聞人過惡，或婢僕犯錯，都不可任意傳揚，「當相告語，使其知改」，最後六句則言及「步趨」事宜，先言步行原則：「須是端正，不可疾走跳躑」，若是父母長上有所喚召，就當「疾走而前，不可舒緩」。

丙、灑掃涓潔：首先指出「灑掃居處之地，拂拭几案」，是每位子弟都必須學習負責的潔淨工作。至於文字筆硯各種器用，都該有一定位，用畢復元，令其常保整齊。如果向他人借用書籍文稿，一定要登錄下來，避免忘記歸還。此外要自我約束，斷不可在窗子、牆壁、桌案、書籍文稿上胡亂塗畫，否則書几書硯若人「自黥其面」，最不雅潔。

丁、讀書寫文字：此段先言讀書，讀書前的準備工作「整頓几案令潔淨端正，將書冊整齊頓放」，而後端正身體，面對書冊開始讀書，讀書時一定要安詳仔細緩慢明確地讀誦，不但字字得讀得響亮，更不可誤一字、少一字、多一字或倒一字，如無法即刻記牢，只要多誦幾遍，就能「自然上口，久遠不忘」，熟讀之後也就能夠「自曉其義」了。至此作者提出個人的讀書心得說：「讀書有三到，謂心到、眼到、口到」，而此三到中以「心到」爲最重要。最後不忘叮囑學童讀書必須愛護書冊，不可以「損汚縐摺」；同時在急速的情況下，應當效法濟陽江祿，養成一定先把尚未讀完的書籍「掩束整齊」之後才離去的良好習慣。至於書寫文字，先要學習正確磨墨的方法：「須高執墨錠，端正研磨，勿使墨汁汚手」，以及正確的握筆方式：「高執筆，雙鉤端楷書字，不得令手楷著毫」，寫文字時要求學童一定得仔細參看範本，一筆一畫要「嚴正分明」，不可潦草有差訛，至於文字寫得工拙如何，並不列爲評核的項目。

戊、雜細事宜：雜細事宜品目甚多，朱子列舉其中較爲切要的。先是養成早起晏眠的習慣，不接近「喧鬨爭鬬」的場所，不做「無益之事」；對於飲食，當抱持「有則食之，無則不可思索」的態度，但是「粥飯充饑」是不可闕的；冬大取暖時必須與火源保持距離，愼防燒到衣服；與人行禮相揖時，不可草率，必須「折腰」；面對長上宜自稱名字，並敬稱某丈；一旦外出或歸來，都要對尊長拱手致敬；在尊長面前飲食，必「輕嚼緩嚥，不可聞飲食之聲」，且不可爭較「多少美惡」；陪侍尊長身邊，要「正立拱手，有所問，則必誠實對，言不可忘」；開門揭簾，要「徐徐輕手」，以免妨害別人安寧；與衆人共坐，必要「斂身，勿廣占坐席」；陪尊長外出，要「居路之右，住必居左」；喝酒必須適量，不可「令至醉」；上廁所「必去外衣，下必盥手」；夜間行路，「必以燈燭，無燭則止」；對待婢僕，必須「端嚴，勿得與之嬉笑」；端拿器皿也須端嚴，「惟恐有失」；危險事一律「不可近」；道路遇到長者，應該「正立拱手，疾趨而揖」；晚上睡覺，一定要用枕頭，而且「勿以寢衣覆首」；用飯吃東西時，「舉匙必置筯，舉筯必置匙，食已，則置匙筯於案」。

朱熹對於自己爲童子所撰寫的童蒙須知五篇，頗有自信，謂童子如果能遵守不違，必有獲益，能「不失爲謹愿之士，必又能讀聖賢之書，恢大此心，進德修業，入於大賢君子之域，無不可者」，所以期望蒙童勉力於此。

㈢ 弟子規

坊間弟子規一書，並沒有作者姓名，但是在彭國棟所撰重修清史藝文志子部儒家類中，列有弟子規一卷，題爲李毓秀所撰，排列在張師範課子隨筆之後，依此推之，作者大約是清朝中葉嘉慶、道光年間的人物，其餘的也就無可考了。

此外，根據楊家駱叢書子目類編著錄，弟子規還有一種王檢心的增訂本，被收入復性齋叢書中。那些沒有經過王氏增訂的本子曾經被西京清麓叢書續編、西京清麓叢書外編、津河廣仁堂所刻書、東聽雨堂刊書和周氏師古堂所編書這幾部叢書收入，由此可知弟子規雖然是訓蒙小書，卻得到人們的推崇。

在清代中葉以後，一般私塾多採用弟子規來敎導子弟，所以流行最廣，影響極大。這部弟子規，是用三字經的形式寫成，三字一句，兩句一韻，並且時常更換韻腳。全書秉承了孔子的思想體系，以孔子在論語學而篇所講的：

弟子入則孝，出則弟，謹而信，汎愛衆而親仁，行有餘力，則以學文。

做爲此書的主旨，也根據這一段話爲標目將全書的內容分作五個段落敍述，明示學童於日常生活中所應當嚴守並實踐力行的規範。

甲、總段：

弟子規，聖人訓。首孝弟，次謹信，汎愛衆，而親仁，有餘力，則學文。

共八句，二十四字，是本書的總綱目，然後再根據此綱目，分層說明各綱目的細節，以便讓兒童實踐力行。

乙、入則孝出則悌：

父母呼，應勿緩；父母命，行毋懶；……事諸父，如事父；事諸兄，如事兄。

此段共一百句，三百字。前五十六句專講孝道，說明子女在平日應該如何地敬事、順承、勸諫父母，父母患病時，子女又應該如何小心地侍候，以及父母喪亡之後，子女應當居喪、祭拜的禮數。後四十四句則是由家中兄弟相處之道說起，進而言及出外尊事長上的禮節，同時又點出了「孝」、「悌」之間的關係是「兄弟睦，孝在中」。

丙、謹而信：

朝起早，夜眠遲，老易至，惜此時。……過能改，歸於無，倘掩飾，增一辜。

此段共一百二十八句，三百八十四字。前六十八句說明「謹」字的重要，先從個人的生活、衞生習慣、衣著、飲食、舉止要求起，進而做到人前人後，有人無人都能心地光明、謹愼行事、趨善避邪的地步。後六十句是說明「信」字的重要，先指出「信」爲一切言語的先要條件，而後說明說話的標準、態度、技巧、以及承諾的原則，和見賢思齊、見不賢而自省的覺悟，最後強調他人忠告的言語，是我們所應該坦然接受並力求改過的，同時我們也能因而獲得直諒的益友。至於文中「惟德學，惟才藝，不如人，當自勵；若衣服，若飲食，不如人，勿生慼」這一段話，更能讓那些精力旺盛喜歡與人較長比短的孩子，具有正確的觀點，而爭所應當爭者。

丁、汎愛衆而親仁：

凡是人，皆須愛；天同覆，地同載。……不親仁，無限害，小人進，百事害。

此段共七十六句，二百二十八字。前六十句以「汎愛衆」爲主題，先說明人與人應該互相關懷愛護的原因是「天同覆，地同載」。既擁有民吾同胞的觀念，要如何做才是汎愛衆人呢？首先要自我修養，令自己行高才大、能有所爲，有所不爲：與人相交時要尊重他人，不但不可多事騷擾，更要隱人惡揚人善，並且規勸過失，樹立個人的道德；平日往來，要多與之而少取之，別人恩惠絕不可忘記圖報，至於怨怒的事就該即早忘却；此外對待僕役不但要身端更要「慈而寬」，以理服人，才能令人心服口服。最後十六句是說明「親仁」的重要，先說同是人但是有品類的不同，世上「人多畏，言不諱，色不媚」的仁人，是很少的，爲了能夠

「德日進，過日少」，人人都應該遠離那足以讓吾人「百事壞」而受害的小人才是。

戊、行有餘力則以學文：

不力行，但學文，長浮華，成何人？……勿自暴，勿自棄，聖與賢，可馴致。

共四十八句，一百四十四字。先闡明「力行」與「學文」不能並重的缺失。接著說如何學文，首先說明讀書的三到法是：「心眼口，信皆要」；而讀書的原則是：「方讀此，勿慕彼；此未終，彼勿起。寬爲限，緊用功，工夫到，滯塞通」；如果遇到疑惑就要「隨札記，就人問，求確義」。至於童蒙如何由「行有餘力」到「則以學文」的過程，弟子規中也有明確的指示，先打掃環境及桌案文具，再端正磨墨，正心寫字，並且妥善安置保管書册，養成書歸原處，破則補之的習慣，同時對於書籍的選擇一定要是出於聖人之手的書册，並且勉人持恆於此當可臻於聖賢之境。

三、戒子叢說

世上沒有不愛子女的父母，所以上自天子以至於士庶百姓，凡是爲人父母的，都希望自己的子弟善良、賢智、福澤長久，而不願見到子女變得兇惡、愚昧、不肖的模樣，更不希望他們有困乏斷折的境遇，因此自古以來，無數的明君、良臣、慈父、淑母，秉持著聖賢的學說道統，勸戒子弟，而留下無數精闢的嘉言於後世，也因為個人生活環境及人生體驗不同，而使家庭訓示的作品呈現了多面化，豐富了家訓文學的內容。但由於此類作品實在太多，無法逐一為之析論，今僅以宋代劉清之戒子通錄㊵所集錄的家訓作品為範疇，探討中國傳統家訓文學中，其傳遞給子女的精神內涵。

庭訓是家庭中的長者指示教育家庭中晚輩的訓言，因而家訓文學中的執撰者，並不限於人父或人母，只要是家庭中的長者，就有訓誡的資格，所以家訓文學有祖戒子孫（如：明賈文元有戒子孫文，戒其六十二諸子二十餘孫，卷六頁十三）、父戒子（如：蜀漢先主劉備有敕後主辭卷一頁八）、兄戒弟（如：杜正獻有責弟書，卷五頁九）、母戒子（如：鄒孟軻母親有戒子言，卷八頁一），及叔戒姪（如：東漢疏廣告兄子言，卷三頁四）等作品都收列在家訓文學中。

庭訓的作者無不苦心於子弟的訓誨，只期子孫聽訓之後能夠啓悟深省，蓄德蒙澤，所以多不刻意強調寫作的文體及形式，即使是採用詩體所寫成的家訓作品，如唐人杜甫示子詩（卷四頁㈡）、盧仝寄子詩（卷四頁四）、杜牧寄兒子詩（卷四頁五）、宋人蘇頌訓子孫詩（卷五頁一）、范質戒從子詩（卷五頁六）、韓忠獻戒子姪詩（卷五頁九—十）、王禹偁示子詩（卷六頁五）等，也都是採用長短不拘，形式活潑，可暢所欲言的五言古詩體所寫成的。

庭訓作品的內容，依其訓示子弟的重點，可分析歸納為下列幾大類：

㈠ 勉子立志養志

凡人都應該有自己的志向，所以晉中散大夫嵇康說：

人無志非人也。（卷一頁十四）

然而志有高下之別，爲人長上的莫不勸勉子孫能立下崇高的志向，宋人何耕說：

志欲高而不欲卑。若是則其達也，必能卓然有立，以示百僚之準式；其窮也，亦將介然自重以為一鄉之表儀。苟惟不然，是林林而生，泯泯而死者耳，尚可以名男子為哉。（卷六頁十五）

宋人呂祖謙認爲人品最爲重要，是幼學所當先的，因而勉勵子孫立志要如孟子、顏回一般聖賢，他說：

顏子、孟子亞聖人也，學之雖未至，亦可以為賢人，今之學者若能知此，則顏孟之事，我亦可為。言溫而氣和，則顏子之不遷，漸可學矣。過而能悔，又不憚改，則顏子之不貳，漸可學矣。知埋鬻之戲，不如俎豆，念慈母之愛，始於三遷，自幼至老，不厭不改，終始一意，則我之不動心，亦可以如孟子矣！若夫，立志不高，則其學皆常人之事，語及顏孟則不敢當也，其心曰：我為孩童，豈敢學顏孟哉？此人不可以語上矣！先生長者，見其卑下，豈肯與之語？則其所學語者，皆下等人也。言不忠信，下等人也；行不篤敬，下等人也；過而不知悔，下等人也；悔而不知改，下等人也；聞下等之語，為下等之事，譬如坐於房舍之中，四面皆墻壁也，雖欲開明，不可得矣。書曰：不學墻面。孔子曰：其猶正墻面而立也歟。言人不可以不學也，揚子曰：吾馬開明哉？言學聖賢，然後心開而意明也。（卷七頁一～二）

宋人江端友，雖然官至太常少卿，但是他不屑名利，所以他指示子孫要「志澄道正，爲大丈夫之事」，他說：

夜臥不眠，常須息心定志，勿妄籌畫無益之事。及起邪思，當審觀此身，暫聚不久，既死之後，急急歛藏，蓋其敗壞，不可堪見，方此之時，誰為我者，如此思之，用意勞神，鑿空妄作，名利之心，皆可灰滅，以之涉世遇患鮮矣。志慮旣澄，自能體道，念念皆正，則大丈夫之事也。（卷五頁二十四）

立志要高，但是也須要身體力行，持之以恒，才有完成志向的一天，因而嵇康指出行志應該堅守的信念是：

君子用心量其善者，必擬議而後動。若志之所之，則口與心誓守死無二，恥躬不逮，期於必濟，若心疲體解，或牽於外物，或累於內欲，不堪近患，不忍小情，則議於去就，議於去就則二心交爭，二心交爭則向所見役之情勝矣，或有中道而廢，或有未成而敗，以之守則不固，以之攻則怯弱，與之誓則多違，與之謀則善泄，臨樂則肆情，處逸則極意，故雖繁華熠耀，無結秀之效，終年之勤，無一旦之功，斯君子所以歎息也。（卷一頁十四～十五）

此外平日要如何養志呢？唐人穆寧說：

吾聞君子之事親養志，為大直道而已，慎無為諂吾之志也。（卷一頁二十）

由於子女爲父母身體、精神的繼承者，所以爲人尊長的，總是希望家門所傳能夠世代不已，如梁王筠訓勉家門中人說：

史傳稱安平崔氏及汝南應氏，並累葉有文才，所以范蔚宗云：崔氏雕龍然不過父子兩三世耳，非有七葉之中名德重光，爵位相繼，人人有集如吾門者也，汝等仰觀堂構思各努力。（卷三頁十七）

當長上自己的職守或心願無法在生前完成時，有遺囑子女繼續承志的，如衞靈公臣史鰌，因不能爲國進賢臣而退小人，所以遺囑其子達成他以屍諫君的盡忠心願說：

我即死治喪於北堂，吾生不能進遽伯玉而退彌子瑕，不能正君也，生不能正君，死不當成禮，死而置屍於北堂，於禮足矣！（卷三頁二）

又和西漢史官司馬談，奉令撰史，雖恪盡職守，但病重無法完成撰史的工作，因而殷盼子遷能夠繼志了其心願，臨死執遷手而曰：

予先周室之太史也，自上世嘗顯功名于虞夏，典天官事，後世中衰，絕於予乎？女復為太史，則續吾祖矣，今天子接千歲之統，封泰山而予不得從行，是命也。夫命也，夫予死，汝必為太史，毋忘吾所欲論著矣，且夫孝始於事親，中於事君，終於立身，揚名於後世，以顯父母，此孝之大者。夫天下稱誦周公，言其能論歌文武之德，宣周召之風，達太王王季之思慮，爰及公劉，以尊后稷也，幽厲之後，王道缺，禮樂衰，孔子修舊起廢，論詩書，作春秋，則學者至今則之，自獲麟以來，四百有餘歲，而諸侯相兼，史記放絕，今漢興，海內一統，明主賢君，忠臣義士，予為太史而不論載，廢天下之文，予甚懼焉，汝其念哉。（卷三頁二～三）

幾乎所有的人都希望子女能繼承自己的志向，但是也有人訓戒子女勿習一己之所長的，如擅長圖畫的唐人閻立本說：

吾少好讀書，幸免牆面，緣情染翰，頗及儕輩，唯以丹青見知，躬廝役之務，辱莫大焉，汝宜深戒，勿習此末技。（卷一頁十九）

當然也有開明的長者，不勉強子女立志的方向，例如宋代張太史見北鄰賣餅的，每日五鼓未旦就繞街呼賣，雖然遇到大寒烈風也不輟止，而且時刻不少差失，所以訓勉子弟說：

城頭月落霜如雪，樓頭五更聲欲絕；捧盤出戶歌一聲，市樓東西人未行；北風吹衣射我餅，不憂衣單憂餅冷；業無高卑志當堅，男兒有求安得閑。（卷六頁六）

㈡　勸子讀書求學

「萬般皆下品，唯有讀書高」的思想，一直是中國傳統社會讀書求學風潮的推動者，一般人也視此為求取功名仕宦，享受榮華富貴的正途，因此家中長者都期望子孫能夠勤讀詩書，光耀門楣。唐韓愈曾經對正在城南讀書的孩子韓符說明讀書求學的重要，並分析學與不學的後果與差異說：

木之就規矩，在梓匠輪輿；人之能為人，由腹有詩書。詩書勤乃有，不勤腹空虛，欲知學之力，賢愚同一初，由其不能學，所入遂異閭，兩家各生子，提孩巧相如，少長聚嬉戲，不殊同隊魚，年至十二、三，頭角稍相疎，二十漸乖張，清溝映汚渠，三十骨骼成，乃一龍一猪，飛黃騰踏去，不能顧蟾蜍，一為馬前卒，鞭背生蟲蛆，一為公與相，潭潭府中居，問之何因爾，學與不學歟。金壁雖重寶，費用難貯儲，學問藏之身，身在卽有餘。君子與小人，不繫父母，且不見公與相，起身自犂鋤，不見三公後，寒饑出無驢，文章豈不貴，經訓乃菑畬，潢潦無根源，朝滿夕已除，人不通今古，馬牛而襟裾，行身陷不義，況望多名譽，時秋積雨霽，新涼入郊墟，燈火稍可親，簡編可卷舒，豈不旦夕念，為爾惜居諸，恩義有相奪，作詩勸躊躇。（卷四頁四）

讀書求學確實重要，所以爲人長上的不論自家子弟才性高否，都要求讀書力學，如宋丞相晏殊與兄論教子之事說：

四郎下面二孩兒，知己取在彼，不知今讀書否？假如性不高，亦須勤令讀書，學書學禮，度視老宿有德之人，所冀向後自了得一身，免辱門戶也！切切！此最日夕急切之事。……若箇箇稍學好事，免為人所嗤笑，成立得身事，則尊上父母一生放心有望矣！……（卷五頁八～九）

「人非生而知之者」，所以從師而學是免不了的，但是，做父母爲子女擇師的標準如何呢？

魯國大夫孟釐子在臨終前說出了他的看法，他說：

吾聞聖人之後，雖不當世，必有達者，今孔丘年少好禮，其達者歟，吾卽沒，若必師之。（卷一頁十五）

根據史記孔子世家記載，孔子當時年僅十七，但是他不但爲聖人正考父之後，本身又好禮數，所以得到孟釐子的推崇，而孟懿子也遵從父命投入孔門學禮。

至於子弟讀書求學的內容及途徑，長上也都有明確的指示，如杜牧在示兄子阿宜詩中說：「經書刮根本，史書閱興亡」（卷四頁六）。而此戒子弟學習經書的觀點，當是取法於孔子對子鯉的訓誡，孔子說：

學詩乎？不學詩無以言；學禮乎？不學禮無以立。又曰：女為周南召南，人而不為周南召南，其猶正牆面而立也與。（卷一頁十三）

孔子的訓誡，後人教子多加沿用，或有更嚴明的規定，如唐傅奕臨終誡子說：

周孔六經是為名教，汝宜習之。妖人亂華，舉時皆惑，唯獨竊嘆，衆不我從，悲夫！汝等勿學也。（卷一頁十九）

中國傳統教育特重道德教育，所以除了記誦之學外，「成德」是重要的內容，宋翰林學士楊億說：

童穉之學，不止記誦，養其良知、良能，當以先入之言為主，日記故事，不拘今古，必先以孝弟忠信、禮義廉恥等事，如黃香扇枕、陸績懷橘、叔敖陰德、子路負米之類，只如俗說便曉此道理，久久成熟德性，若自然矣！（卷五頁二十四）

至於，後生求學的先後次弟，宋呂本中於童蒙訓中說：

後生學問，且須理會，曲禮少儀、禮儀等，學洒掃應對進退之事，及先理會爾雅訓詁等文字，然後可以語上，下學而上達，自此脫然有得，自然度越諸子也，不如此則是躐等犯分陵節，終不能成，孰先傳焉，孰後傳焉，不可不察。（卷六頁二十三～二十四）

呂本中也指示了後生讀書求學的正確方法，他說：

前輩嘗說後生才性過人者，不足畏，惟讀書尋思推究者，為可畏耳；又云：讀書只怕尋思，蓋義理精深，惟尋思用意，為可以得之，鹵莽厭煩者，決無有成之理，論語溫故而知新，先儒以為溫尋也，尋繹故者，又知新者，學而不思則罔，先儒以為學不尋思其義，則罔然無所得，尋繹尋思，就先儒分上，所得已多，況真能尋繹尋思者乎。（卷六頁二十六）

由於讀書求學對人們有絕對的影響，所以作長上的都希望子弟們能夠完全投入其中有所收穫，如宋翰林學士王禹偁觀人種黍有感，亦不忘藉此誡子讀書勉力當如耕作，示子詩中說：

北鄰有閑園，瓦礫雜荊杞；未嘗動耕牛，但見牧群豕；今夏赤旱天，斸瑑誰家子；播種甚莽鹵，苗稼安能起；秋來連月雨，柴門晝不啓；新晴一携杖，出戶聊徙倚；重到田中立，黍稷何薿薿；吐穗欲及肩，鳥雀亦深喜；力穡乃有秋，斯言不虛矣；向使嬾種植，荒榛殊未已；有書閑不讀，為學還如此。（卷六頁六）

人生不免窮困，但窮困之時一個讀書人，仍然須要珍愛書册，如梁侍中謝僑安於貧困，一日清早無物可食，其子啓想要以班固史册典換錢財，但是謝僑意志堅決地對他說：「寧餓死，豈可以此充食乎？」（卷三頁四）可見讀書人是愛書的。

(三) 欲子獨立奮鬥

爲人父母的，都希望能夠照顧福蔭自己的子女，但是相對的也就容易養成子女依賴的心理，不知自我努力，而走上窮途末路，所以眞爲子孫計，就應該讓它們擁有自立、不依賴的觀念。後唐劉贊就是在父親劉玭有意令其自立的教導下，而有所成就的人：

贊始就學，衣以青布衫襦，每食則玭自肉食，而別以蔬食食贊於牀下，謂之曰：肉食君之祿也，爾欲之則勤學問以干祿，吾肉非爾之食也，由是贊益力學，舉進士官至中書舍人。（卷三頁四）

又如宋唐質肅也有此種看法，在退朝之後誡諸子說：

吾以直道自任，蒙聖主厚恩，參貳政府，惟以至公為報，不敢以朝廷官爵為己私恩，桃李固未與汝等栽培，惟荊棘則甚多矣，然仕宦窮達各有時命，汝等自勉之。（卷五頁十三）

(四) 訓子忠君盡公

忠與孝是一體的兩面，孝經事君章說：「君子之事上也，進思盡忠，退思補過，將順其美，匡救其惡，故上下能相親也。」這是君子行孝，以孝事君則忠，所以說「求忠臣於孝子之門」。呂本中童蒙訓曾就此闡述說：

事君如事親，事官長如事兄，與同僚如家人，待群吏如奴僕，愛百姓如妻子，處官事如家事，然後為能盡吾之心，如有毫末不至，皆吾心有所未盡也，故事親孝，故忠可移於君，君家理，故治可移於官，豈有二理哉。（卷六頁三十）

唐劉禹錫在名子說中闡明忠孝對一個人的重要：

今余名爾，長子曰允，字信臣；次曰廙，字敬臣，欲爾於人無賢愚，於事無大小，咸推以信，同施以敬，俾物從而衆說，其庶幾乎！夫忠孝之於人，如食與衣，不可斯須離也，豈俟余勗哉？仁義道德，非訓所及，可勉而企者，故存乎名，夫朋友字之非吾職也，顧名旨所在，遂從而釋乎！夫孝始於事親，終於事君，偕曰：臣之終也。（卷四頁十七）

宋歐陽修也修書示子當存心盡公守節：

想歐陽氏自江南歸明，累世蒙朝延官祿，吾今又被榮顯，致汝等並列官品，當思報效，偶此多事，如有差使，盡心向前，不得避事，至於臨難死節，亦是汝榮事，但存心盡公，神明自佑，汝慎不可思避事也。（卷五頁十一）

(五) 訓子操守清廉

清白廉潔是中國人立身處世最基本的條件，古代賢哲不但以此束身自愛，並用以訓誡其子，如西漢歐陽地餘臨死誡子說：

我死，官屬卽送汝財物，愼毋受。汝九卿儒者子孫以廉潔著，可以自成。（卷一頁十六）

地餘死後，官屬共送數百萬，其子不接受，天子知此事賜錢百萬嘉勉。

隋房彥謙居官，將所得俸祿都用來周恤親友，他對子元齡說：

人皆因祿富，我獨以官貧，所遺子孫，在於清白耳。（卷四頁六）

房彥謙不但不苟得，又能見利思義，濟助他人，此種行止眞是廉潔清白啊！

宋歐陽修誡子清廉，他曾因朱砂一事作書示子棐奕說：

昨書中言：「欲買朱砂來」。吾不闕此物，汝於官下宜守廉，何得買官下物，吾在官所，除飲食外，不曾買一物，汝可觀此為戒也。（卷五頁十一）

在位爲官，最忌擅用職權，做出貪贓枉法的事情，如孟子所說：「可以取，可以無取；取，傷廉。」（離婁下）因此爲人父母的特別重視這一點，嚴誡子弟不可處瓜田李下，如吳司空孟仁，自己結網補魚作鮓寄給母親，母親原件退回說：

> 汝為魚官，以鮓寄母，非避嫌也。（卷八頁六）

此外，陶侃的母親湛氏，也曾因侃爲尋陽縣吏監魚梁時，以一坩鮓送她，而令她封鮓並以書責備陶侃說：

> 爾為吏，以官物遺我，非惟不能益吾，乃以增吾憂矣。（卷八頁五）

父母是子女的表率；父母能夠不貪於上，子女也就自然廉潔於下，如此清白相承的家門，必然會受到世人尊崇的。

(六) 教子孝親敬祖

「孝」是人類最崇高的基本德行，父母生養子女，十分辛苦，因而做子女的都應該有烏鴉反哺孝敬父母之心。俗謂：「百善孝爲先」，宋祁在庭訓一文中說明這個道理：

孔子稱天下有至德要道之孝，故自做經一篇以教後人，必到於善，謂曰：至莫不切於事。謂曰：要舉一孝，百行罔不該焉，故吾以此教若等。凡孝於親則悌於長、友於少、慈於幼，出於事君則為忠，於朋友則為信，於事為無不敬，無不敬則庶乎成人矣。（卷五頁二十六）

「孝」是如此重要，所以吾人應當終身奉行不輟，宋人唐惠潤在孝義篇中說：

人性苟有一孝，則無所不包，猶樹根一固而百枝生焉，鷹隼羣飛，鳳凰遠逝，小人成列，君子深藏，聖人聞諫若味甘，愚者得諫若食荼，君子不以昏行易操，不以夜寐易容。（卷六頁三）

父母逝世之後，爲人子女的仍然可以透過祭拜之禮來表達自己的孝思，韓琦戒子姪詩說道：

春色清且明，節威一百五。寒食遵遺俗，潑火霽微雨。非才忝國恩，因病得吾土。何以知殊榮，此日奉宗祖。新安惟皇考，豐安則王父。松楸各萬株，崗勢擁城府。二塋相去間，近止一舍許。前曉揭旌牙，蠲潔具罍俎。芬馨達孝誠，儼若侍容語。禮成無一違，觀者競如堵。……（卷五頁十）

(七) 誡子和睦家庭

孟子說：「天時不如地利，地利不如人和。」（公孫丑下）旨在強調人和的重要，雖然是一句軍事上的名言，但是將這句話的精義用在家庭人事上，也能產生無窮的妙用。所以「和」字一直是傳統家庭的中堅維繫力量，也唯有和樂的家庭才能萬事興盛。因此家中的長者，都能了解「和」字的可貴與重要，並且以此訓誡子弟，例如蜀國左將軍向朗遺言以「和」誡子說：

天地和則萬物生，君臣和則國家平，九族和則動得所求，靜得所安，是以聖人守和，以存以亡也。吾，楚國之小子耳，而早喪所天，為二兄所誘養，使其性行不隨祿利以墮。今但貧耳，貧非人患，惟和為貴，汝其勉之！（卷一頁十七～十八）

黃庭堅有鑑於家庭由盛而衰的關鍵全在一個「和」字，所以誡子以和說道：

庭堅自丱角讀書，及有知識，迄今四十年。時態歷觀，諦見潤屋封君，巨姓豪右，衣冠世族，金珠滿堂，不數年間，復過之，特見廢田不耕，空囷不給，又數年，復見之有縲絏於公庭者，有荷擔而倦於行路者，問之曰：君家曩時蓄衍盛大，何貧賤如是之速耶？有應於予曰：嗟乎！吾高祖起自憂勤，噍類數口，叔兄慈惠，弟姪恭順，為人子者，告其母曰：無以小財為爭，無以小事為讎，使我兄叔之和也。為人夫者，告其妻曰：無以猜忌為心，無以有無為懷，使我弟姪之和也。於是共危而食，共堂而燕，共庫而泉，共廩而粟，寒而衣其幣同也，出而遊其車同也，下奉以義，上謙以仁，衆母如一母，衆兒如一兒，無爾我之辨，無多寡之嫌，無私貪之欲，無橫費之財，倉箱共目而斂之，金帛共力而收之，故官私皆治，富貴兩崇。逮其子孫蕃息，妯娌衆多，內言多忌，人我意殊，禮義消衰，詩書罕聞，人面狼心，星分瓜剖，處私室則包羞自食，遇識者則強曰同宗，父無爭子而陷於不義，夫無賢婦而陷於不仁，所志者小，而所失者大，至於危坐孤立，患害不相維持，此其所以速於苦也。庭堅聞而泣曰：家之不齊，遂至如是之甚，可誌此以為吾族之鑑。（卷六頁一）

(八) 教子友愛兄弟

在傳統家庭中，父母常以極大地力量來教導作兄弟者要愛護弟妹，作弟妹者要恭敬兄姊，宋人宋祁有庭訓其十四子應該互相關懷，說：

若等兄弟十四人，雖有異母者，但古人謂：四海之內，皆兄弟也。況同父均氣乎？詩稱：死喪之威，兄弟孔懷。不可不念也。兄弟之不懷求合他人，他人渠肯信哉？縱陽合之，彼應背憎也！（卷五頁二十六）

兄弟既是同胞手足，陶潛以爲就該同居一處，他說：

汝輩稚小家貧，每役柴水之勞，何時可免，念之在心，若何可言？然汝等雖曰同生，當思四海皆兄弟之義，鮑叔管仲分財無猜，歸生伍擧班荊道舊，遂能以敗為成，因喪立功，他人尚爾，況同父之人哉！潁川韓元長，漢末名士，身處卿佐八十而終，兄弟同居，至於沒齒。濟北范稚春，晉時操行人也，七世同財，家人無怨色。詩曰：高山仰止，景行行止。雖不能至，爾心尚之，汝其愼哉，吾復何言！（卷四頁三）

兄愛弟悌是兄弟和睦相處的要件，但是兄弟有過須如何處理呢？魏武子曹袞訓其世子孚嗣說：

汝幼少未聞義方，早為人君，但知樂不知苦，不知苦必將以驕奢為失也。接大臣務以禮，雖非大臣者，猶宜答拜。事兄以敬，恤弟以慈，兄弟有不足之行，當造膝諫之，諫之不從流涕喻之，喻之不改，乃白其母，若猶不改，當以奏聞，幷辭國土，與其守寵罹禍，不若貧賤全身也，此亦謂大罪惡耳，其微過細故當掩之。

(九)誡子關心族人

在生活康裕的傳統家庭中，特別是鄉村中的農業家庭，作父母者或作家長者，多能顧念到自己家庭以外的族人。如果同族中有困乏的人，他們都能按時或在年節期間施予濟助，並以此教訓他們的子女。例如范仲淹以他在朝爲官的薪俸撫卹族人，他告訴子女這樣做的理由是：

> 吳中宗族甚衆，於吾固有親疏，然以吾祖宗視之，則均是子孫，固無親疏也。苟祖宗之意無親疏，則饑寒者吾安得不恤也，自祖宗來，積德百餘年，而始發於吾，得至大官，若獨享富貴而不恤宗族，異日何以見祖宗於地下，今何顏以入家廟乎？（卷六頁十）

司馬光也強調宗族之愛，及其團結的力量，他說：

> 聖人教人以禮，使知父子之親，人知愛其父，則知愛其兄弟矣，知愛其祖，則知愛其宗族矣！如枝葉之附於根幹，手足之繫於身首不可離也，豈徒使其粲然條理以為榮觀哉？乃實欲使相依芘以扞外患也。吐谷渾阿豺有子二十人，病且死，謂曰：汝等各奉吾一隻箭折之。慕利延折之。曰：汝取十九隻箭折之。利延不能折。阿豺曰：汝曹知否？單者易折，衆則難摧，戮力一心，然後社稷可固。言終而死，彼戎狄也，猶知宗族相保以為彊，況華夏乎？聖人知一族不足以獨立也，故又為之甥舅婚媾姻婭以輔之，猶懼其未也，故又慈養百姓以衛之，故愛親者所以愛其身也，如是則其身安如泰山，壽如箕翼，他人安得而侮之哉，故自古聖賢者，未有不先親九族，然後能施及他人者，彼盡其所有而均之，雖糲食不飽，弊衣不完，人無怨矣！夫怨之所生，生於自私及有所厚薄也。漢世諺曰：一尺布尚可縫，一斗粟尚可舂。言尺布可縫而共衣，斗粟可舂而共食，譏文帝以天下之富，不能容其弟也。

（卷五頁十七）

(十) 誡子謹言愼行

「病從口入，禍從口出」，這是盡人皆知的古訓，詩經大雅抑篇：「白玉之玷，尚可磨也；斯言之玷，不可爲也」，就是囑人要謹愼言語。後漢馬援書誡兄子喜歡譏議妄論的毛病，並勸他謹愼言行說：

吾欲汝曹聞人過失，如聞父母之名，耳可得聞，口不可得言也。好議論人長短，妄是非正法，此吾所大惡也，寧死不願聞子孫有此行也，汝曹知吾惡之甚矣！所以復言者施衿結褵，申父母之戒，欲使汝曹不忘之耳！龍伯高敦厚周愼，口無擇言，謙約節儉，廉公有威，吾愛之重之，願汝曹效之。杜季良豪俠好義，憂人之憂，樂人之樂，清濁無所失，父喪致客數郡畢至，吾愛之重之，不願汝曹效也。效伯高不得，猶為謹勑之士，所謂刻鵠不成尚類鶩者也。效季良不得，陷為天下輕薄子，所謂畫虎不成反類狗者也。訖今季良尚未可知，郡將下車切齒州郡以為言，吾常為寒心，是以不願子孫效也。（卷三頁二十五）

可知家中長者都希望子孫在言語行爲上是嚴謹而非輕薄的。

北齊賀若敦，頗有本能，但自恃功高出言不遜，得罪晉公宇文護，被逼自盡。臨刑，呼子弼說道：

吾必欲平江南，然此心不果，汝當成吾志。且吾以舌死，汝不可不思！（卷四頁五）

賀若敦明瞭一個人若是不能夠謹愼言語，往往「喜時之言多失信，怒時之言多失禮。」（淸王之鈇五種遺規）在不知覺的情況下就會惹禍上身，所以在他卽將親嚐不愼口舌的惡果時，爲了讓其子弼能夠終身誡以愼口，於是用尖錐刺弼的舌頭至出血爲止。雖然如此訓誡似乎太過殘酷，但是比較利害，總比讓他因此而損德殞命來得好些，想來眞是天下父母良苦的用心啊！

㈩ 勉子戒奢尚儉

節儉是一個人的良好習慣，更是創業的基礎，它不但對個人十分重要，對於社會人群也有重大的關係。宋司馬光訓子孫當崇儉戒侈，他說：

御孫曰：「儉，德之共也；侈，惡之大也。」共，同也；言有德者皆由儉來也。夫儉則寡欲；君子寡欲，則不役於物，可以直道而行；小人寡欲，則能謹身節用，遠罪豐家。故曰：「儉，德之共也。」侈則多欲；君子多欲則貪慕富貴，枉道速禍；小人多欲則多求妄用，敗家喪身；是以居官必賄，居鄉必盜。故曰：「侈，惡之大也。」……以儉立名，以侈自敗者多矣，不可徧數，聊擧數人以訓汝，汝非獨身當服行，當以訓汝子孫，使知前輩之風

俗云。（卷五頁十五）

宋杜衍因弟侈而寫書責弟說：

比人從到，便嫌我家貧，云汝左右皆金釧釵鈿，每婢榻上各有四五張綾被，然則汝性侈，料得亦未有許多物色，始則不信，洎聞蔣姑東下，屢出告，隨舟歸汝家去，洎不從之，由是病日增矣！以此參驗，卽慕汝家，富無差矣！二哥不肯盡述，恐汝不悉，故報之。（卷五頁十）

宋張忠獻遺令子孫，不論婚、喪、祭祀、接待賓客，都不可浪費：

婚禮不用樂，三日後，管領親家卽隨，宜使酒成禮，可矣！不當效彼俗子，徒為虛費，無益有損。祭禮重大，以至誠嚴潔為主，別置盤盞碗碟之類，常切封鎖，以待使用。喪禮貴哀，佛事徒為觀看之美，誠何益？不若節浮費，而依古禮施惠宗族之貧者。賓客盡誠盡禮可也，恣烹炮飾器用，又群集婦女，言語無節，昏志損財，為害莫大。（卷五頁六）

㈩ 誡子知足知止

「月盈則虧，物極必反」，這是必然的道理，所以知足知止的人才能夠趨善避惡全身而退。東漢疏廣勸告兒子受應當知足求退，他說：

吾聞知足不辱，知止不殆，功遂身退，天之道也。今仕官至二千石，官成名立，如此不去，懼自後悔，豈如父子相隨出關，以壽命終，不亦善乎。（卷三頁五）

唐涼州都督李襲譽勉子勤奮耕織讀書以自給自足，如此就可以不必羨慕別人了，他說：

吾近京有賜田十頃，耕之可以充食；河內有賜桑千樹，蠶之可充衣；江東所寫之書，讀之可以立身；吾沒之後，爾曹但能勤此三事，亦何羨於人。（卷一頁二十一）

㈪ 誡子避免惡習

在古老的農業、手工藝及小商業社會中，一個家很容易被個人的惡習所破壞，有惡習的人不但會懶惰、不事生產；更進而將家產蕩盡，身體敗壞，甚至自己與家庭都被毀滅。因此作父母者無不訓誡其子女，避免染上惡習，漢代嚴光有十誡：

十誡：嗜欲者，潰腹之患也；貨利者，喪身之仇也；嫉妒者，亡軀之害也；讒慝者，斷脛之兵也；誹毀者，雷霆之報也；殘酷者，絕世之殃也；陷害者，滅嗣之場也；博戲者，殫家之漸也；嗜酒者，窮餒之始也。（案第十誡原註缺文）（卷一頁十六）

今但分節飲食、戒酒、却聲良三項言之：

甲、節飲食：宋呂本中童蒙訓言及飲食之禮：

古人自奉節約，類非後人所能及，如飲食高下，故自有制度，諸侯無故不殺牛，大夫無故不殺羊，士無故不殺犬豕，此猶是極盛時制度也。（卷六頁二十五）

宋王禹偁示子詩告誡子孫蔬食也要節約，如此才能安度凶歲：

吾為士大夫，汝為隸子弟，身未列冠裳，庶人亦何異，無故不食珍，禮文明所記，況非膏梁家，左宦乏貲費，商山水復旱，穀價方騰貴，更恐到前春，藜藿亦不繼，吾聞柳公綽，近代居貴位，每逢水旱年，所食唯一器，豐稔卽加籩，列鼎又何媿，且吾官冗散，適為時

所棄，汝家本寒賤，自昔無生計，菜茹各須甘，努力度凶歲。（卷六頁五～六）

宋江瑞友進一步指出稼穡的艱難，要珍惜品物，同時更不可因口腹之欲而耽誤正業：

凡飲食知所從來，五穀則人牛稼穡之艱難，天地風雨之順成，變生作熟皆不容易。肉味則殺生斷命，其苦難言，思之令人自不欲食。況過擇好惡，又生嗔恚乎？一飽之後，八珍草菜，同為臭腐，隨家豐儉，得以充飢，便自足矣！門外窮人無數，有盡力辛勤而不得一飽者，有終日飢而不能得食者，吾無功坐食，安可更有所擇，若敢如此，不惟少欲易足，亦進學之一助也！吾嘗謂欲學道，當以攻苦食淡為先，人生直得上壽亦無幾，何況逡巡之間便乃隔世，不以此時學道復性，反而區區惟事口腹，豢養此身，可謂虛作一世人也。（卷五頁二十五）

乙、戒酒：宋王肅家戒戒子飲酒：

夫酒所以行禮，養性命，為懽樂也，過則為患，不可不慎，是故賓主百拜，日飲酒而不得醉，先王所以備酒禍也。凡為主人飲客，使有酒色而已，無使至醉，若為人所強，必退席長跪，稱父戒以辭也。敬仲辭君而況於人乎？為客又不得唱造酒史也，若為人所屬，下坐行酒，隨其多少，犯令行罰，示有酒而已，無使多也，禍變之興常於此作，所宜深慎。（卷

一頁十四）

丙、却聲色：宋太宗以自身爲例戒皇屬說：

朕卽位十三年矣！外絕游觀之樂，內却聲色之娛，汝等生於富貴，長自深宮，夫帝子親王，先須克己。（卷一頁十三）

㈣ 訓子改過行善

孟子曰：「人性之善也，猶水之就下也。人無有不善，水無有不下。」（告子上）雖然人皆有善端，但是這些善性也會受到外在形勢的影響，而有惡行，這就如孟子所說：「今夫水，搏而躍之，可使過顙；激而行之，可使在山。是豈水之性哉？其勢則然也。人之可使爲不善，其性亦猶是也。」（告子上）因此家中長者無不勸誡子女改過行善的，魏文帝在誡子改過時，道出了天下父母要求子女改過的愛心，他說：

父母於子曰：雖肝腸腐爛，為其掩蔽，不欲使鄉黨士友聞其罪過。然行之不改，久久自知之，用此仕官不亦難乎？（卷一頁七）

蜀漢先祖劉備也以「勿以惡小而爲之，勿以善小而不爲。」（卷一頁八）來勸勉後主劉禪當避惡趨善。父母此番用心，莫不是希望子孫藉善行之因而得善果，如梁姚信所說：

古人行善者，非名之務，非人之為，心自甘之，以為己度，嶮易不虧，終始如一，進合神契，退同人道，故神明祐之，衆人尊之，而聲名自顯，榮祿自至，其勢然也。（卷三頁二十三）

四、訓女遺規

中國女教向來嚴明，呂新吾閨範自序曾說：

先王重陰敎，故婦人有女師，講明古語，稱引昔賢，令之謹守三從，克尊四德，以為夫子之光，不貽父母之辱。

因此訓誡女子的讀物，起源得很早，也十分豐富，僅叢書子目類編子部儒學類，所載有關婦女禮教的圖書，就達三十二種之多。清人王相在這類讀物當中，選出了漢代班昭女誡、以及唐朝宋若昭女論語、明成祖文皇后內訓三部書，與他母親劉氏所著的女範捷錄合編在一起，成爲風行一時的「女四書」，另外還有女兒經，更是一部深入閨門，人人傳誦的典範，到今天坊間仍然可以見到。由於這類圖書甚多，因而僅取班昭女誡與呂近溪女小兒語分析探論，以明古來誡女的內涵。

㈠ 女誡

作者班昭，東漢安陵人，是扶風班彪的女兒，平陽曹世叔的妻子，世叔早卒，班昭守志，教子曹穀成人。由於班昭博學高才，所以受和帝詔，就東觀藏書繼班固續修完成前漢書。和帝多次詔昭入宮，以爲女師，令皇后及諸貴人以師禮事之，賜號大家，世稱曹大家，著有女誡七篇。班昭作女誡的目的何在？她在自序中說：

但傷諸女，方當適人，而不漸加訓誨，不聞婦禮，懼失容他門，取恥宗族，吾今疾在沈滯，性命無常，念汝曹如此，每用惆悵，因作女誡七篇，願諸女各寫一通，庶有補益，俾助汝身，去矣，其勗勉之。

女誡採散文雜言形式寫成。全文共七篇，其誡女由「卑弱」開始，而終於「謙和」，大要以敬順爲主，無一語涉及外政，其內容如下：

甲、卑弱第一：先闡明女子之常道有三，⑴、卑弱下人：謙讓恭敬，先人後己，有善莫名，有惡莫辭，忍辱含垢，常若畏懼。⑵、執勤：晚寢早作，不憚夙晚，執務私事，不辭劇易，所作必成，手跡整理。⑶、繼祭祀：正色端操，以事夫主；清靜自守，無好戲笑；潔齊酒食，以供祖宗、能恪守此三者，必能免黜辱而名稱可聞。

乙、夫婦第二：夫婦之道是：「參配陰陽，通達神明，信天地之宏義，人倫之大節也。」不可不重視。作者認爲若要敦此人倫之大道，就不可但教男子而不教女子，她說：「察今之君子，徒知妻婦之不可不御，威儀之不可不整，故訓其男，檢以書傳，殊不知夫主之不可不事，禮義之不可不存也，但教男而不教女，不亦蔽於彼此之數乎？」可知作者主張男女都應接受適當的教育。

丙、敬順第三：由於「陰陽殊性，男女異行，陽以剛爲德，陰以柔爲用。」所以男子以強爲貴，而女子以弱爲美。又因女子「修身莫如敬，避強莫若順」，所以敬順之道就成爲女子之大禮了。若能依此而行，則夫婦能「義以和親，恩以好合」，否則「恩義俱廢，夫婦離行」。

丁、婦行第四：女子有四行：⑴、婦德：幽閒貞靜，守節整齊，行己有恥，動靜有法。⑵、婦言：擇辭而說，不道惡語，時然後言，不厭於人。⑶、婦容：盥浣塵穢，服飾鮮潔，沐浴以時，身不垢辱。⑷、婦功：專心紡績，不好戲笑，潔齊酒食，以供賓客。此四行是女子的大節，不可缺無。

戊、專心第五：依禮，「夫有再娶之義，婦無二適之文」，所以女子應該專心正色地博得丈夫之心，所謂專心正色，就是：「禮義居潔，耳無妄聽，目無邪視，出無冶容，入無廢飾，無聚會群輩，無看視門戶。」

己、曲從第六：女子對於舅姑之心也不可失却，所謂「夫雖云愛，舅姑云非，此所謂以義自破者也。」對舅姑之心要「曲從」。所謂「曲從」就是：「姑云不，爾而是，猶宜順命，勿得違戾是非，爭分曲直。」

庚、和叔妹：女子除應博得丈夫、舅姑之心外，叔妹之心也不可失。因為「婦人之得意於夫主，由舅姑之愛己也，舅姑之愛己，由叔妹之譽己也。由此言之，我之臧否毀譽，一由叔妹」。但如何才能博得叔妹之心呢？「固莫尚於謙順矣！謙則德之柄，順則婦之行，知斯二者，足以和矣！

(二) 女小兒語

作者呂得勝，明嘉靖甯陵人。他寫作女小兒語的目的，根據清陳宏謀的看法是：

> 玆篇其專訓女子者也，警醒透露，無一字不近人情，無一字不合正理，其言似淺，其義實深，閨訓之切要，無有過於此者。凡為女子，童而習其詞，長而通其義，時時提斯，事事效法，庶乎汝德可全，雖以之終身焉可也[41]。

此書分四言及雜言兩部分。四言共兩百一十六句，兩句一韻，四句換韻；雜言句，共四十句，包括四言八句，五言四句，六言十七句，七言九句，八言二句。全書內容亦可依此分作兩部分：

甲、四言部分：作者將一個女子的一生，分作幾個階段，並指示女子在每一個階段中，所應該具有的修養及肩負的責任：

子、少年婦女：女子年少，就應該養成勤謹的習性：「比人先起，比人後寢，爭著做活，讓著喫飯」，同時「件件要能，事事要會」；個人的整潔習性也必須同時養成，否則「污濁邋遢，諸人厭憎」；婦女的妝束，宜「清修雅淡」，無須穿金戴銀，但看是否賢德；節儉是美德，一米一絲都要珍惜，所謂「舍是陰隲，費是作孽」；言笑都要低聲，相貌更須端正；又「古分內外，禮別男女」，所以要避嫌疑，免招是非。

丑、出嫁婦女：女子出嫁要「孝順公婆，比如爺孃」；敬讓尊長是「任他難爲，只休使性」；視夫若天，「相敬如賓，相成如友」，若夫不成人就該「萬語千言，要他學好」；倘若久不生長，就應勸夫娶妾，和睦相處；對大伯小叔、小姑妯娌應該謙讓，應有「罵儘他罵，說儘他說」的雅量，相信「我不還他，他也臉熱」；謹愼言語「休要搬舌，休要翻嘴」，尤其是「母家夫前，休學語言」，破壞和諧；一切求其光明正大，要求自己「邪書休看，邪話休聽，邪人休見，邪地休行」。

寅、爲母婦女：女子生子爲母，對於嬰兒的敎養問題要特別注意，所謂「看養嬰兒，切戒飽煖，些須過失，就要來管，水火蒭刀，高下跌磕，生冷果肉，小兒毒藥」。

卯、持家婦女：對待鄰里親戚要和氣並「財物周濟」，多誇他人長處，「人向你說，只聽休管」；對待手下之人，應該「凡事從寬」；「三婆二婦，休敎入門」，否則「倡揚是非，惑亂人心」；在家不僅說話要小心，更是防盜防火；毋積陰隲，毋積錢財，但求兒孫皆好，錢去還來，由於「天不周全，地有缺欠」，所以應該安分知足，休生暴怨；常守「三從四德」，莫犯五出（按：無子有惡疾，都非其罪），做個「溫柔方正，勤儉孝慈，老成莊重」的賢妻孝婦，如此方不枉活一生。

乙、雜言部分：作者在雜言部分除訓示婦女所應警誡之事，如「婦人好喫好坐，男子忍寒受餓」

「婦人口大舌長，男子家敗身亡」，「婦人聲滿四鄰，不惡也是凶神」等；並要婦女凡事退一步想，如「打罵休得煩惱，受些氣兒災少」，「誰好與我鬪氣，是我不可人意」，「好聽偸瞧，自家尋氣，妝啞推聾，倒得便益」，「只怨自家有不是，休怨公婆難服事」；此外，萬一不幸，「孤兒寡婦，只要勁做」，一樣能夠自立的；爲了家庭和樂婦女更應該「大婦愛小妻」、「繼母愛前男」；除了上述言語，作者也用反諷的手法，隱刺爲人夫婿父母、及做公婆的，都應該有正確的思想及做法，如「買馬不爲鞍鐙，取妻却爭賠贈」，「僕隸沒賢德的主兒，孃家沒不是的女兒」，「新來媳婦難得好，耐心調教休煩惱」。可見凡事沒有絕對的，一個女子爲人稱德稱賢，除與本身的修養作爲有關，家中環境及其他成員也都足以產生影響力，呂新吾所謂「家教寬中有嚴，家人一世安然」，實在是句足以令人深思熟慮的話啊！

第四節　評　論

在整個教育發展史中，我們可以很明確地知道，社會文化尚未十分發達之前，社會上沒有特設的教育機關，更沒有所謂的學校教育，人民立身於人群中的知識，大半是得自家庭，所以家庭是古代惟一有效的教育機關。這種狀況卽使到了學校制度興立之後，家庭仍然不失爲兒童教育的中心，一切衣食、睡眠、言語、動作，以及立身處世等種種，都是在家庭中逐漸學習而成的。近代各國的教育學者，更是從各方面來證明家庭教育的重要，認定家庭教育是家長造就子弟實際生活上基本技能的一種教育。雖然家庭教育，屬於非正式的教育，但是他的內容，幾乎全是實際生活所需要的；所以家庭被稱爲天然組合的教育機關㊷。

在這個天然組合的教育機關裏，家庭中的長者莫不以社會文化爲基礎，融合了自己人生的經驗，透過文學的手法善意地訓誡後世子孫，向他們傳達人世間的眞理，進而幫助他們建立一套自我的觀念，並從中培養出自己獨特的人格以及道德判斷力。奧國教育學家阿得勒（Alfred Ad-ler1）分析這種教育的重要性，並強調兒童教育是愈早施行愈好，他說：

一個兒童的教育，在一生下來的時候就應該開始。當他逐漸生長的時候，他就造成他自己的一套規則或公式，以支配他自己的行為或決定他對各種情境的反應。兒童在很幼小的時候，還不會很明確的顯露他是在製造他終身行為的特殊傾向。及至他受過了數年的訓練之後，他行為的模式便已經固定，他對任何情境，不再能作客觀的反應；他的一舉一動，都要依照他的隱意識對他整個過去經驗的解釋來決定。倘若一個兒童不論對任何特殊的情境，或他應付問題的能力，有了錯誤的觀念，他今後的行為就都要受這個謬誤判斷的支配。這樣的兒童長大，不論他有多大邏輯的知識或常識，都不足以改變他的行為態度，除非他原始的、兒童時代的謬誤思想根本矯正㊸。

由此可知家訓文學對兒童人格的發展及道德的培養，是有絕對影響的。至於是什麼樣的影響，那就要視家訓文學的內容而定了。

我國家訓文學作品，是以人倫道德爲基礎，在這個基礎上中國統傳家庭所呈現出來的社會文化意義是十分獨特的，就如蔡仁厚先生所說：

中國家庭之社會文化意義，可分為橫的與縱的兩方面來說。家庭為人倫關係之中心。由家庭之父子、兄弟、夫婦之關係往外涌，乃可聯結朋友、君臣（即位之尊卑關係）等關係，而形成一社會國家之綱維網。而由家庭親情所培養之情誼與其特有之親和感，實為社會所以能夠凝結之真實基礎。西方哲人所認識者，大體只是此家庭之橫的社會文化之意義。而因中國人在家庭倫理中特重「孝」，所顯現之縱的社會文化之意義則不及知。中國人孝敬父母而及於祖宗，而及於一切同宗之人，乃形成其宗法家族之意識。再由其孝敬父母而求有以善繼父母之志，善述祖宗之善，更擴而為「承往聖之絕學」以為心，歷史文化之意識也於以成。此家庭由縱橫兩面所顯示之意義，乃所以形成它（家庭）在中國歷史社會中之獨特的地位與貢獻者㊹。

由於家訓文學的功用，小可以塑造個人獨特的個性，造就家庭特有的風格，大可以鼓動社會的風氣，形成國家民族文化的特質，所以它存在的意義相當重大，也因爲這個緣故，家庭始終是吾人文化的堡壘，道德生活的核心與安身立命的憑依。

雖然家訓文學的功能被肯定，但是部分兒童文學專家對家訓文學具有過濃的教訓意味，因而懷疑兒童是無法接受的；又父母尊長以耳提面命的方式，直接訓導指示兒童，這種作法會傷害父子之情而達不到預期效果；甚而有人斥責胎兒教育簡直是無稽之說，訓女遺規是壓抑女子的教條。關於這些問題，都是值得我們詳加討論的。

我們都知道，家訓文學是長者管教子女的作品，而管教的目的，是教導一個人去瞭解什麼是對的，什麼是錯的，且看他的所做所爲是否合乎這些原則。吉斯（Geisel）曾經說過：

幼兒降臨世間，他生命的最初十五年實際上是管教的時期。因為整個成長過程，實際上是去學習在正當的時候、正確的地點、做合理而有意義的事㊺。

試想在這種目的下所撰就的文學作品，教訓指示的意味能夠不濃厚嗎？其實兒童心理學家對這種直接指示明確途徑的作品作法甚表贊同，赫洛克（Eizabeth B. Hurlock）說：

在整個幼兒期中，幼兒應該學習在家或在外，對特殊的狀況都有正確的，且特定的反應。錯的行為，不管是由誰來管教，都要有一致的看法。否則，將使幼兒會感到困惑，且不知道怎麼做才符合別人對他的期望㊻。

基於這個理由，我們可以確知兒童的確須要，而且能夠接受這種文學作品的。

自古以來人們都主張易子而教，孟子在答公孫丑說明君子不教子的理由是：

勢不行也。教者必以正，以正不行，繼之以怒。繼之以怒，則反夷矣。「夫子教我以正，夫子未出於正也。」則是父子相夷也。父子相夷，則惡矣。古者易子而教之，父子之閒不責善。責善則離，離則不祥莫大焉。

孟子對於施教者與被教者的心理及可能造成的衝突，解說得十分清楚。但是「父子之間不責善」仔細想來，這只不過是可能發生的一種情況而已，如果因有此顧慮而蹉跎了教育價值最高的兒童早期歲月，那將是一件不可挽回的憾事。關於這一點，可以從下列幾方面加以說明：

㈠就家庭教育的目的來看

家庭是提供給孩子人格發展的基本環境，而健全的人格，是家庭教育的最高目標，李月嬌在闡述家政教育的重要時引用美國教育學家的論點說：

當代美國教育家克伯屈（William Hea-d Kilpatrick）早年即有先見之明，强調品格教育的重要性，大聲疾呼鍛鍊個人的身心，使個人有「剛正的品格」與「强固的道德」。人格教育之訓練有賴家庭、學校與社會三者，而家庭教育自居最主要地位。

又說：

健全人格乃個人追求的最高目標。個人追求高深學術、增進智慧，無非為了有高尚人格。

人格包括智力與健康的身心，而非智力統攝人格，重於人格。有了這點認識，相信對於個人在做人處事的方法與態度上會有所改變，而完美社會的達成將為期不遠㊼。

既然中外教育人士都一致認爲家庭必須負起最初人格教育的責任，那麼家庭教育就有他存在的意義與價值，是不容許任何人隨意否定的。

(二) 就人格發展的過程來看

心理分析論常被稱爲人格發展論（theory of personality development），目前這方面的理論以奧國精神病學家弗洛伊德（S. Freud）的理論爲主。按弗洛伊德的看法，人格主要係由本我（id），自我（ego）與超自我（supper ego）這三個部分所構成㊽。

甲、本我：本我爲個人與生具來的一種人格原始基礎，人格的其他部分（自我與超自我），則係由本我逐漸分化而來。從個體行爲上講，本我只包括一些本能性的衝動（instinctive impulse）係受所謂「唯樂原則」（pleasure principle）的支配，其行爲動機純在追求生物性需要的滿足與避免痛苦。按弗洛伊德的看法，本我在性質上純係潛意識，個人並不自知。

乙、自我：嬰兒漸長，從本我中分化出自我。自我乃是人格的核心。在本我時期，因爲個體要獲得生物性需要的滿足，就必須與其周圍的現實世界相接融、相交往。例如，飢餓而求食，固受本我的衝動所支配，但對食物之認識、記憶以及存放地點等，則必須經由個體的感官，藉知覺學習（perceptual learning）而與外在現實世界發生關係。在自我的支配下，個體自己不但能覺知需要爲何，並能了解其所處環境對自己的限制；同時，更能進一步調理自己的行爲以適應環境，並由環境中獲得需要的滿足。因此，自我是受「現實原則」（reality principle）支配的。自我的主要功能有四：⑴獲得營養及維護個體的生存；⑵調節本我之原始需要，以符合現實環境之條件；⑶抑制不能爲超自我所接受之衝動；⑷調節並解決本我與超自我之間的衝突。

丙、超自我：超自我爲人格結構中之最高層部分，即通常所說的「良心」或「良知」的部分。超自我對人格中其他兩部分具有監察的功能。超自我的形成，純屬後天社會環境的作用：先由家庭中父母的教誨，復經社會文化、倫理道德以及風俗習慣等的陶冶而成。因此，自我可以說是屬於「心理性的我」（psychological self），超自我是屬於「社會性的我」（social self）。超自我是在社會環境中，經由獎勵與懲罰的學習歷程而建立的。個人學到善惡之辨、是非之明、以及社會價值與道德規範等的自律標準，而成爲個人行爲的指南。如個人的行爲與其超自我的自律標準不符時，即會受到所謂「良心的懲罰」，此時個人即有一種罪疚感（feeling of guilt）產生。曾子所說的「吾日三省吾身」的反省工夫，即超自我的充分表現。

一個人當他還是初生嬰兒時，其人格構成成份，只含本我部分，因此所表現者也只是些生物性的基本需要與滿足，而不帶有社會性的意義。等到自我從本我中分化出來，它一方面管制本我的原始性衝動，但在另一方面却又協助本我使其需要得以滿足。所以在自我的活動中，已開始了相當高度的心理歷程，而成爲人格的核心。超自我在性質上是約束本我與自我的，他的主要功能有二：⑴管制本我的衝動，特別是不爲社會所讚許的性衝動、攻擊性衝動、以及破壞性衝動等；⑵誘導自我走向合於社會標準及道德規範的目標，力求達成十全十美的個人。所以超自我有時甚至是與本我、自我敵對的。超自我不以個體自身的需要爲中心，而是在社會標準下建立符合道德標準的個人、所以超自我又稱爲「理想的我」（ideal self）。以上三者可視爲一個物體的三面，本我可視爲人格生物性的一面，自我是心理性的一面，超自我是社會性的一面，三者平衡發展始能構成正常的人格。

在這整個人格發展過程中、弗洛伊德、強調個人人格的基本結構大致在六歲以前即已形成，換句話說，嬰兒與兒童期的生活經驗是構成個人人格的主要因素，因此六歲以前的家庭教育是不容忽視的。

㈢ 就兒童本身接受塑造的能力來看

任何學習都有它訓練的適當時機，也就是所謂的關鍵年齡或關鍵時期，想要得到最高的學習效果，就不可錯失適當的時機。杜威曾經指出早期兒童的可塑性是最強的，而一般心理學學者皆認爲個體的性格在十歲之內即已定型，所以一致認爲人類行爲的發展，早期的發展遠比後期的發展更爲重要，父母應善加誘導，以身作則爲子女奠定日後創造與啓發的基石㊾。歐陽教先生在道德判斷與道德教學一書中解析兒童的道德觀說：

在此階段，七、八歲以前的兒童，大致還不能作自立的道德判斷，一切以外在的他律為其行為的準則，他也不想修改，或另創新律，幾乎對於一切現行的外在規律或規則不表懷疑也不會問理由，為什麼應該如此，而不應該如彼[50]。

「兒童以外在的他律爲其行爲的準則」，這表示兒童在人格這方面是可以完全接受塑造的，因而歐陽氏肯切地建議父母尊長說：

道德規範的推薦與指導，作得不正確，將影響日後道德規範的分析批判。可見道德教學的最起始工作，也是非常重要的。尤其作為父母教師及兄姊者，更要細心的加以引導，積極地推薦正確的道德規範與價值給兒童；消極地防衛一切邪惡的或反道德的意識侵入他們幼弱的心靈。因為在「他律階段」的兒童，可說是道德理性（moral rationality）的無能者，無法自衛。尤其重要的是，作為父母教師者，千萬不可利用其道德心靈的幼弱無能，而故意或惡意地作一種道德灌輸，將一種不合理的道德教條或信念硬塞給他們。亦即，在此間，兒童作為一個「人」（person）的功能雖未顯，却也要把他當作「人」來看待（respect for persons），這樣他的人格、他的道德理性，才有充分發展成熟的一日[51]。

既然幼兒在成長過程中有無律及他律的階段，爲人父母長上的理應掌握時機，充分施敎，加以塑造。由於這種作法是順應兒童自然發展的，除非管敎方式不當，相信孩子是樂於接受的。

「胎教」一詞在早幾年前，醫學界及一般所謂文明之士都認為這只不過是一種傳說而已，發揮不了什麼效用的，許世明先生便是站在醫學的立場批評胎兒印象說說道：

> 外來的驚嚇，刺激並不能經由母親的子宮，去改變「基因」。遺傳秉賦，老早在精子與卵結合時，就決定好了。人類一切遺傳品性，也都以此基因為基礎而出發。……胎教僅是一種傳說罷，沒有這種事，假如說孕婦的思慮、情緒以及刺激可以影響胎兒（不是改變基因），似可解釋為孕婦體內激素的改變，牽動胎兒激素之改變。但這種改變或影響，通常很短，起不了大作用[52]。

然而孕婦的情緒果眞對胎兒起不了什麼作用嗎？王克先先生在發展心理學新論中持有不同的看法，他說：

> 我國自古對「胎教」要求甚嚴。……理論雖乏科學的證明，事實上，個體發展一方面固受生殖細胞內基因（Genes）的控制，另方面確受現實生活環境的影響[53]。

王先生指出得到心理學研究者肯定的「影響胎兒正常發展的因素」有七項[54]，其中包括「母親的情緒」這一項，他說：

因為胎兒在母體內營寄生生活，所以母親本身的身心狀況都會直接、間接影響胎兒的發展。强烈的情緒作用足以引起內分泌及血液中化學成分的改變，將直接影響胎兒的生理作用。因為胎兒的影響是由母體血液內攝取而來，尤其在胚胎期，個體一切器官組織正在形成。如懷孕第七至第十週內，孕婦情緒過度不安時，可能導致胎兒豁唇（Cleft palate）現象；因為胎兒顎骨的發展適在此時期。此種假定，已由動物實驗所證實，在白鼠妊娠期的某一段時間內，如果注射某種荷爾蒙，使其情緒發生紊亂，以後產生的幼鼠中，幾乎有百分之九十呈現豁唇現象。又最近研究發現，新生嬰兒的啼哭與懷孕期間孕婦過度焦慮有關。

由於孕婦情緒足以直接影響胎兒一事得證，所以今日醫學家對胎教提出了五項建議❸：

甲、保持心境的平衡：妊娠精神上最重要的，便是心地平和，擧止安祥，若心神不安，則於身體有壞的影響，憂慮是一件壞的事，非保持精神的活潑不可，若能精神快活，則血液循環優良，身體也就健康了，一些無謂的事，切不可去憂慮，這不只妊婦，一般人的日常生活中，亦要禁止的；不過在妊婦，非特別注意不可，因爲妊娠中，多傾向於神經過敏，所以憂慮的事很容易發生。

乙、杜絕慾念：要保持心地平靜，還必須不起任何慾念，若有種種的慾念，則心中便當生波瀾而不能保持寧靜了，妊娠務需精神高尚，心中需隨時注意不起任何齷齪的思想，須知自己的一擧一動，都直接間接使胎內的孩子受影響，故要保持一種高尚純潔的精神。

丙、丈夫的責任：妻子姙娠時，丈夫的行動對於胎教也有關係的。因爲丈夫和妻子本是休戚與共，妻子情緒所寄託的不是她雙親，也不是她的兄弟，而是她的丈夫，這尤其在初次的姙娠時，丈夫的行動更爲重要。……這點不可不注意的，若是由於丈夫品行不良，則妻子異常的身體上再加層的嫉妬，對於胎兒是很壞的影響的。

丁、時常談笑：姙娠的女子，心情起了很大的變化，比如說脾氣變壞、緊張、不安等，故良好的胎教，應時常談談笑笑，使心情開朗，那對於胎兒精神上，應有很大的益處。

戊、關於環境方面：盡量選擇舒適優良的地方，如自然的美，普通是不可缺少的，樹林圍繞，小鳥成群，或流水潺潺，野花馥郁，陽光充足，空氣新鮮，都能令人賞心悅目，使人生充滿一片溫馨和樂的遠景。……這些雖是些微末節的小事，但影響胎兒之將來至鉅，希望多加注意。

目前深植中國人心的胎教[55]，已經被醫學家，心理學家，甚至宗教家所肯定[57]，但是他們所肯定的除了胎養之外，主要範圍是在孕婦心情思緒對胎兒身心的影響這一點，事實上這也就是我國胎教所以存在的意義與價值，周敬譯在古代中國的胎教一文中闡述道：

在胎內的孩子，與母親是一心同體的；母親的心傳給孩子的心，母親的行為傳給孩子的身體。所以母親的心純潔而正直，則所生孩子的心性也是純良而正直的；母親如無不正當的行為，則所生的孩子隨著長大而愈懂得循規蹈矩。因此做母親的，從曉得有孕這天起，就不能有一點邪念，言行都要謹慎，日日如斯，以待安產，這就是胎教[58]。

清人筆記陳康祺「燕下鄉脞錄」卷九所載就是一個「母子一體」[59]胎教成功的例子：

> 雍乾朝士主張陸學者二人……；一南昌萬學士承蒼也。學士有賢母李氏，方孕時，默祝於影堂曰：「不願生兒為高官，但願負荷先世之學統。」，以萬氏先祖，如明刑部侍郎虞愷，光祿卿如言，皆講學於陽明念庵之門，號為碩儒者也。學士少入塾，果喜讀守仁講學之書，論者謂得之胎教。

綜觀我國胎教，都是爲了要孕育出一個優良、健康的孩子，所以孕婦的一切視聽言動，都必須由誠意、正心做起，進而要求一切合禮中節，讓孩子在胎兒時期就播下身心健全的種子。

兒童在家庭中所接受的家訓文學雖然多是道德的規範，生活的守則，較一般文學枯燥，但是遵循行事卻能夠因長上的讚賞，得到無比的喜悅，張春興兒童心理學論及幼兒的管教說：

> 在幼兒期中，必須基於教育的觀點管教幼兒——教導他什麼是對的，什麼是錯的——當他做對了，則以讚許及親愛來獎勵他，而不應處罰他。……很多父母認為幼兒不懂得被讚賞的意思，所以不去稱讚幼兒。雖然，只有少數的幼兒有足夠的理解力去瞭解別人稱讚他的話。但是，幼兒們都能自別人稱讚時的臉部表情上來領會。而且，因為與讚許一同出現的臉部表情比責備及其他方式的處罰表現的表情愉快。所以，幼兒為了得到這種良好的反應，就常常有較高的動機再去做這種帶來讚許的行為[60]。

一旦，兒童有這種自動學習的熱忱，必然能夠反覆實行，進而建立個人長久不失的道德行爲。所以做家長的如果能夠掌握管敎的方式及兒童的心理，他們是不會拒絕的，反而很有心地學習。

中國傳統社會，對於女子的要求是溫和柔順，並克制自己做到三從四德，進而負起建立良好家庭倫理道德的使命。但是經過了西方婦女運動浪潮的推動[61]，產生極大的反響，認爲中國婦女數千年來，都沒有獨立的人格，他是爲男子而存在，爲男子而受敎育，始終處於不自由、不平等的地位，劉良純在婦女法律地位之研究一書導言中便批評道：

由無數無根之傳統信仰，衍生出對婦女加上枷鎖之敎條，遂將婦女之天份，侷限於養兒育女，將婦女生活範圍，侷限於家園中。古訓所云：「婦人有三從之義，無專用之道，故未嫁從父，既嫁從夫，夫死從子」，遂成金科玉律，為剝奪婦女之利器[62]。

甚至爲了說明婦女天生弱者的觀念是錯誤的，朱敬先女士在兩性差異的研究一書中，他根據中外各項科學研究結果，討論兩性在(1)能力上、(2)人格上、(3)成就上各方面差異的事實，證明女子的各種能力及成就都是比得上男子的，進而爲女子爭取地位說道：

如果成們能夠完全消除社會中重男輕女的觀念，能夠改變傳統偏見所加諸兩性的不平等約束，相信必能減少兩性間的差異，使婦女同樣也能盡量的發揮她們的才智能力，表現她們應有的更大的成就[63]。

其實中國自古以來，都重視婦女地位的，孔子易經家人卦云：

家有嚴君焉，父母之謂也；父父，子子，兄兄，弟弟，夫夫，婦婦而家道正，正家而天下定矣！

家中嚴君指的是父親與母親，可知當時人視父母爲一體，而父親與母親的地位也必定是相等的。同時孔子在爲百姓爭取接受教育的機會時，主張有教無類，趙龍文先生說：

因孔子的這種主張，第一，開了私人講學的風氣；第二，教育機會一律平等[64]。

教育機會既然一律平等，那麼孔門三千弟子中應該有女弟子的，何況孔子有言：「自行束脩以上，吾未嘗無誨焉」。（述而篇）可見孔子並沒有拒收女弟子，女子的教育問題也是被重視的[65]。但是男女有別，所司各異，爲能達到「婦婦」的目的，所以自古以來婦女的教育，都特別強調婦女道德。事實上中國人對於婦女道德的重視，並不是爲了壓抑女子的社會地位，而主要的用意，誠如潘遵祁在御製女誡序中引述陳文恭公所說的：

有賢女然後有賢婦，有賢婦然後有賢母，有賢母然後有賢子孫，於是乎有教女遺規之刻[66]。

這才是女教在中國興起，並且普遍受到重視的原因。此外神宗皇帝在御製女戒序中，說明後宮嬪妃必須熟識女誡的原因是：「爰以毓成淑德，用翼坤維，共襄乾治」㊲，既說是「共襄乾治」，那就表示即使是在皇上的心目中，夫妻也是一體的，地位都是相等的。

今天身處在這個處處講求男女平等的時代裡，我們對於中國婦女傳統道德操守的眞義要有正確的認識，不但可以做爲個人修身的典範，如能妥貼地運用在社會、家庭之中，必定能從中得到最大的幸福，關於這一點王定華在中國婦女史話一書中，有十分中肯的說辭，他說：

目前有些提供婦女閱讀的書刊，類多為求創新，而偏愛譯述西方文學、史料、現實生活，對我國歷史上婦女偉大的貢獻和成就，很少為深入的介紹，並且以時代婦女精神的見解之故，怕談及民族道德會流於表揚婦女「三從」「四德」，將被人們議為守舊落伍，實則我們既已重視人權平等，而今日婦女教育早已普及平等，理智已見提高，感情自無偏蔽，誰人叫她憧憬於不合理的「三從」「四德」？親屬間合情合理於共同利益和幸福，義之所在，就會相互的實踐「三從」，本身的修養，又何曾不可進一步去求「四德」，何況我國文化深厚優美，自古以來，母性的偉大，婦德的賢淑，不獨孕育了無數的聖賢豪傑，而其自身傑出的言行成就，對國家社會的重大貢獻與影響，亦有非男性所可幾及者，史籍昭昭可考，可提供為現代婦女做榜樣或鑒戒的，比比皆是㊳。

王先生不但客觀地說明中國婦女傳統道德的現代意義，更指出傳統婦女道德對於今日女子的重要性。

基於上述理由，我國古代教育女子的讀物，相信仍然應該繼續地傳承下去，讓現代的女子也能吸取到這種讀物的精華，融會傳統與現代，表現出中華文化的精神與中國婦女的特質。

註釋

❶ 詳見吳自甦，中國家庭制度，朱岑樓之序言，頁三。

❷ 楊連凱於現代過程中家庭結構與功能之研究中，融合社會學家G. Murdock' W. Ogburn 以及我國學者孫本文、龍冠海、楊懋春等對家庭功能的見解，提出一般家庭應具有以下幾種功能：

一、生殖功能

每個社會皆以家庭為生兒育女的地方，社會是由許多個人所結合而成的，在正常情形下，每一個人都會經歷生、老、病、死的過程，在前一代的人死亡之後，再由新生的下一代繼承之，如此新陳代謝。生生不息。在某些社會裡，家庭傳宗接代、延續香火的觀念很濃厚，所謂「不孝有三，無後為大」。生殖為了孝順，自己被迫不得不如此，因此妻子不孕可以休妻，妻子不生男孩可以再娶，可見家庭生殖功能的重要性。

二、感情功能

人類需要親密的人性反應，許多研究指出情緒困難，行為問題或心理疾病等常是缺乏溫暖的結果。大部分的社會都以家庭為感情反應的場所，而且這種感情是自願的、互相的、協調的、與經常的，可見家庭是滿足感情需要、社會需要的重要場所。其次，男女兩性性慾的滿足，家庭是個合法的履行場所，各個社會皆要求性關係以制度化的規範加以約束，而社會的民德更禁止不軌的性行為，不過有些社會也忍受某些超出社會規範的性行為，即性行為在眞實文化與理想文化間總有些差異，但這無損於家庭是表現性行為合法場所的重要功能。

三、社會化功能

家庭為兒童社會化的第一個基本團體，兒童人格發展即開始於家庭，一旦兒童離開家庭進入其他基本團體時，其人格早已奠定穩固之基礎。甚至個人的興趣、價值觀念、生活習慣以及社會成就等，亦無不受家庭的影響。

四、經濟功能

在許多原始社會，家庭是基本的經濟單位，家庭成員工作在一起，享受在一起，家庭也產一切必需的物品，供給一切人生的物質需要。

五、保護功能

家庭給予身體的、金錢的和心理的保護，許多社會當家庭成員受到攻擊，卽是其家庭之恥辱，所有家庭成員必群起而攻之，家庭給予個人食衣住行之撫育，家庭也使得個人有安全感。

❸ 詳見林幸魄，臨床家庭功能性角色之初探，頁二。

❹ 參看蘇清守，我國學童道德判斷之研究；單文經，道德判斷發展與家庭影響因素之關係等論文。

❺ 參看梁志宏，父母管教態度對子女人格發展的影響調查研究；吳金香，父母教養方式與國中學生自我觀念的關係等。

❻ 詳見楊連凱，現代化過程中家庭結構與功能之研究，頁二～三。

❼ 詳見蔡仁厚，家國時代與歷史文化，頁七四。

❽ 我國以往傳統的家庭，在結構上是一個大的男系家庭中包含著兩個、三個或更多個小男系家庭。第一世的父母與他們的子女是一個家庭，女兒長大後，一個接一個出嫁，離開這個家庭；男兒長大後，一個接一個娶妻生子後，但與父母同住，則這個家庭就變成一個老家庭含著一個新家庭；如有數個兒子，就含著數個新家庭。每個家庭的兒子長大、娶妻、生子，於是這個家中就有三個世代的數個家庭同在一起。有些甚能延長到包含五個世代的人。卽所謂「五代同堂」，甚至於超過五代。西洋人稱我們這樣的家庭爲「擴展家庭」（Extended family），而楊懋春教授則稱之爲「複式家庭」。

❾ 楊懋春，中國家庭與倫理，頁四九－五〇。

❿ 同前註。

⓫ 中國家族最重祭祖。記曰：「萬物本乎天，人本乎祖。」尊天祭祖，以示不忘其本之意。曾子亦云：「愼終追遠，民德歸厚矣」（論語）。而家庭祭祖之權，實操之于家長。按宗法之宗字，說文云：「尊祖廟也。」

從宀從示，宗為祖廟之名，故主祭之人亦為宗，帝王為一國主祭之人故帝王亦稱為宗。引申之，凡族人為主祭之人統轄者，亦莫不稱之為宗。在家族社會裏，家長之尊嚴，及尊卑長幼之序，親屬遠近之等差，莫不賴祭祀以表達其精神。

⑫ 家庭既立，則一家庭中不得不統于所尊的父權。說文父字下云：「家長率教者，從又舉杖。」與君尹字形似，足證古代父權與君權相同。易家人彖：「家人，有嚴君焉，父母之謂也。」故通常稱父為嚴君。又西文，父親為 Pater，是和 rex 或 barilaus（君王）同義的字。它的原義，是統治者主人。故古代家長，對其家庭，有各種統治之權。參見楊亮功，中國家族制度與儒家倫理思想（東方雜誌十四卷十期，頁六）

⑬ 周法高編著，中國語文論叢，頁二五〇—二七〇。

⑭ 見四庫全書總目提要卷一百十七「顏氏家訓」條，頁二十二。孟繁舉以為陳振孫之言，頗為允當，他說：

按之推以前，撰家訓者甚多，李翱所稱太公家教，雖疑偽書，至杜預（周法高氏以為應是杜恕）家誡，則在前很久。此外，如鄭玄戒子書；馬援戒兄子嚴敦書；陶淵明與子儼等書；王昶家戒；東方朔戒子；向朗遺言誡子；顏延之光祿庭誥，均在顏氏家訓之前。不過以上諸作，都不如顏氏家訓合各篇以成一書，而以家訓命名。陳振孫以之為家訓之祖，頗為允當。

見中華文化復興月刊第十七卷第一期，頁六七。

⑮ 孟繁舉，顏之推與顏氏家訓（中華文化復興月刊第十七卷第一期，頁六八—六九）。

⑯ 顏延璽，顏氏家訓研究，頁八七—八八。

⑰ 周法高，顏氏家訓彙注，頁一八四。

⑱ 同註⑰，頁一六九。

⑲ 同註⑮，頁六八。孟繁舉以為顏氏家訓不宜列入儒家，他說：

然此書推崇釋氏，言吉凶禍福因果，不免崇佛之時尚。後人譏其立說未純，退之雜家。然觀歸心篇所云：「誠孝在心，仁惠為本，須達流水，不必剃落鬢髮。」尚不敢公然蔑視倫理，可知不是妄佛之徒。至其崇信佛法，講因果報應，或有神道設教之意：借此以警勸昏蒙頑劣。惟儒者以「明道」「反經」為要義，不語怪力亂神，執此以論，顏氏家訓列入儒家，似未允當，之推在歸心篇曾言：「內典非堯舜周孔所及。」恐爲失言。

⑳ 同註⑰，頁一九四。周法高先生指出家訓二十篇中，不可解者甚多。如勉學篇：「曾子七十乃學」，不知說出何處？書證篇引王莽贊「紫色鼃聲」，與勉學篇所引，辭意重複，而不併入勉學篇，義例不無參差。書證篇引詩：「有揜萋萋，興雲祁祁。」之推言：「雲當爲雨，俗寫之誤。」之推未見有作「興雲」者，遽云誤寫，亦屬失察。又引孟子「圖景失形」一語，今孟子無此文，爲應劭風俗通之語，指爲孟子，亦失之疏略。

㉑ 參見王利器，顏氏家訓集解敍錄。

㉒ 詳見中國歷代經典寶庫，盧建榮，顏氏家訓——一位父親的叮嚀，頁十三。

㉓ 見行政文化建設委員會與聯合報文化基金會國學文獻館主編，族譜家訓集粹，頁六—七。

㉔ 依宋劉清之戒子通錄所收唐代作品列之。至於戒子通錄及其作者，詳見於四庫全書總目卷九十二子部儒家類二。

㉕ 此目錄乃根據周法高先生在江蘇省立圖書館所見圖書總目，以及補編子部儒家類修治之屬，而列出宋代以後家訓圖書的大略情形。同註⑬，頁二八九～二九一。

㉖ 同註㉕。

㉗ 同註㉕；及註㉓，頁九五—九六。

㉘ 同註㉓，頁九六。

㉙ 詳見王德瓊，家政學，頁八〇。

㉚ 許世明，遺傳優生與胎教，頁一四三。

㉛ 王充，論衡集解，命義篇卷二，頁二七。

㉜ 郭立誠，中國生育禮俗考，頁一—八四。可同時參閱周治惠，傳統觀念與習俗對孕婦的影響一文，見公共衛生第九卷第四期，頁三。

㉝ 詳見教育部社會教育司主編社會教育輔導叢書之六，家庭教育，頁一。暨吳雲高、現代家庭，頁四四。

㉞ 如宋葉適，水心先生集中之「習學記言」云：「管子非一人之筆，亦非一時之書，莫知誰所爲。以其毛嬙、西施，吳王好劍推之，當是春秋末年。又持滿定傾，不爲人客等，亦種、蠡所遵用也。」宋朱熹，朱子語類卷一百三十七也有相似的看法，他說：「管子，非管仲所著。……想只是戰國時人收拾仲當時行事言語之類著之，並附以他書。」

㉟ 見羅根澤，管子深源，頁一一七。

㊱ 方師鐸，弟子職用韻分析（東海圖書館學報第六期，頁一—十七）。

㊲ 王應麟，困學紀聞，頁八六五。

㊳ 王瑞英，管子新論，頁二〇八。

㊴ 見陸世儀，論小學。陸世儀，字道威，號桴亭，太倉人，師事劉宗周，服膺程朱而重視力行。明亡後隱居，从事教育工作，先後在東林、太倉等書院講學，門生很多，著有思辨錄。

㊵ 戒子通錄一書共八卷，是宋代劉清之博採經史群籍，將凡是有關庭訓的資料，都節錄內容大要而撰述成書的。由於此書的編著目的是用爲勸戒之資，所以雖然有編採繁富但不免於冗雜，及隨事示教而不憚委曲詳明的現象，但不爲世人所詬病，且收入四庫全書之中。

㊶ 清陳宏謀，五種遺規，教女遺規卷之中。

㊷ 吳雲高，現代家庭，頁四十四。

㊸ 見奧國阿得勒（Alfred Adler）著、張官廉譯、兒童之教育，頁九三。

㊹ 蔡仁厚，家國時代與歷史文化，頁七三。

㊺ 張春興等，兒童心理學，頁一六三。

㊻ 同註㊺。

㊼ 李月嬌，家政教育的重要性，頁五一〇。

㊽ 同註㊺，頁四三一—四三三。

㊾ 同註㊼，頁五一〇—五一一。

㊿ 歐陽教，道德判斷與道德教學，頁九三。

(51) 同註㊿，頁九三—九四。

(52) 同註㉚。

(53) 王克先，發展心理學新論，頁一五七。

(54) 同註㉞。㈠、母親的營養。㈡、母親的健康。㈢、關於酒精的影響。㈣、煙草。㈤、母親的年齡。㈥、母親的情緒。㈦、子宮的擁擠。

(55) 陳榜，醫學家對胎教的建議。見中國儒聲第一五七期，頁一八。

(56) 周治惠在傳統觀念與習俗對孕婦的影響一文中，調查今日孕婦對胎教的看法是：「注意胎教最被孕婦們所重視，聽過的有百分之九一點五，相信的有百分之八一點五，做到的有百分之三九」。頁四〇三。

(57) 日本井上日宏所著胎教一書，就是根據佛教的教理來說明精神力量對胎兒身心發展的影響，他在前言中明白地說道：「本書所要談的『胎教』，就是指從堪稱爲『心理醫學』的宗教立場，注意使即將誕生的嬰兒心理與身體都能健全而言」。頁一一。

(58) 周敬譯在古代中國胎教第一課引述日人稻生恆軒所著稻子草一書。見徵信新聞報。

(59) Rubin曾提出婦女在懷孕期間的母性工作有四，其一卽是將此未出世的孩子，連繫到自己的身上，使成母子一體。Rubin, R.: Maternal Task in Pregnancy, Maternal-child Nursing Journal,4：143—153，1975。

(60) 同註㊺，頁一六三。

(61) 劉良純在婦女法律地位之研究一書頁一三三—一三四中，將女子如何獲得與男子相等之地位，做如下的說明：婦女權益之受到重視，可謂最近六十年來之事。至於其根源，則應回溯至十七、十八世紀風行一時之「社約論」學說。蓋社約論學者如霍布斯、洛克、盧梭、康德等，均戮力於喚起世人對人格權之尊重；人人皆生而自由，有獨立之人格，人人爲自己之主人，不應受他人之奴役。以此種立論爲出發點，則見婦女亦應爲自己之主人，不應奴屬於男人。惜乎社約論學者，亦宥於當時之社會習俗，甚少提及婦女權利問題。或雖提及矣，但持論失之偏頗，非但不爲婦女權益發言，反而貶抑之，韃伐之；倡男女不平等之說。……約言之，男女平等乃最近半世紀始告勃興之觀念。婦女獲得與男子平等之地位。一則是時代潮流之所趨；工商繁榮、交通發達、教育普及等因素，促進文化之交流，使婦女能體認自己之能力與地位，應與男子平等。二則是女權運動者，歷經艱苦奮鬥，使世人能逐漸了解婦女亦應享有人格，而具獨立之地位。自遠古以迄於十九世紀末葉，男女不平等，婦女屈居於受卑視之地位。此中外皆然者也。二十世紀初以迄於今日，婦女地位抬頭，女子獲得與男子相等之地位；此示中外皆然者。

62 參閱愛倫凱者、林苑文譯，婦女運動一書。商務印書館人人文庫。

63 詳見劉良純、婦女法律地位之研究，頁一。

64 見朱敬先、兩性差異的研究，頁一一七。商務印書館人人文庫。

65 趙龍文，論語今釋㈥，頁一五八六。

66 郭振武，孔子女弟子考，頁八—九。

67 見女子四書讀本，瑯琊王相晉升箋註、莆陽鄭漢濯之校梓，頁一。

68 同註66。

見王定華、中國婦女史語，卷首語，頁三。中央婦女工作會印行。

第五章 中國神話

第一節 神話釋義

神話是極其古老的口頭文學作品，劉大杰在中國文學發展史中指稱神話是初民對於自然現象的解釋，反映出人類生活中對自然界的奮鬥和願望，他說：

遠古的神話，多是原始之時廣大先民集體的口頭創作。在有文字以前，已經廣泛地流傳在先民的口頭。它們流傳日久，使得故事的內容複雜化、系統化、美麗化，而成為初民在生產勞動的過程中，對於自然現象的解釋，對於自然界的鬥爭和願望以及全部社會生活在藝術概括中的反映。（第一章·附論）

由於原始人類對於目睹的一切現象，有著無比強烈的好奇心，因而竭力想要摘去覆蓋在宇宙間萬事萬物上的神秘面紗，探究其間的奧秘，無奈受到當時思想知識的覊絆❶，結果卻創造出這種通過幻想虛構而成的神奇口頭故事——神話。袁珂在中國神話傳說一書中闡釋原始神話的起源說道：

社會發展史告訴我們，原始人「進入歷史的時候還是半動物的，因而也是十分貧困的，在這樣的條件下也就談不上有什麼計劃經濟。集體勞動與平均分配，在這裡是以原始人同周圍自然作鬥爭中的極其薄弱的裝備為其基礎的。」所以在原始公社制度下雖然沒有人對人的剝削，但原始人卻是自然的奴隸。他們被貧困和生存鬥爭的困難所壓倒，起初還沒有脫離周圍的自然界。在長時期中，原始人無論對自己或自己藉以生存的自然條件都沒有任何有連繫的觀念。後來逐漸才開始對自己和周圍環境有了極有限的幼稚觀念。再後一點，當人類的「兩手教導頭腦，隨後聰明一些的頭腦教導兩手，以及聰明的兩手再度更有力地促進頭腦的發展的時候」，原始人才開始在自己的想像中使周圍世界佈滿了超自然的存在物——神靈和魔力。他們對於大自然所發生的各種現象：例如風雨雷電的擊搏、森林中大火的燃燒、太陽和月亮的運行、虹雨雲霞的幻變……產生了巨大的驚奇的感覺。驚奇而得不到解釋，於是以為它們都是有生命的東西，管它們叫神。他們不但把太陽、月亮……等等當做神，還把各種各樣的動物、植物，甚而至於微小到像蚱蜢那樣的生物，也都當做神來崇拜。這就近似所謂萬物有靈論。從這些蒙昧的觀念中，產生了原始宗教和原始神話，而這種原始宗教和原始神話，正是原始人從勞動中發展起來的日益聰明的頭腦所創造出來的，也正是原始社會的低下的生產力的一種反映❷。

胡適在白話文學史中，批評中國古代優美的神話是：「懶洋洋地睡在棕櫚樹下白日見鬼，白畫作夢」的荒謬作品，但這並不足以抹煞它存在的意義。譚達先在中國神話研究中，以山海經充滿幻想的神話內容，駁正胡氏之說，並進一步說明中國古代神話產生於現實生活的原委以及它所擁有的藝術地位及特殊意義，他說：

總之，神話是原始那一時期客觀世界在原始人民頭腦中的反映，是以現實生活和生產活動作基礎的，也就是說其基礎是現實主義的。但是，神話反映客觀世界往往是間接的，而不是如實地去直接反映的，也就是說其藝術方法是浪漫主義的，這樣就顯得不同於其他形式的文學作品。從古代神話中，可以看出中國人民的祖先和自然界種種災害進行搏鬥以及社會生活的情況。它反映客觀現實就是把自然加以形象化、人格化，那時人們如果沒有征服自然、改造自然的願望，斷不會創作出「夸父逐日」、「精衞填海」的神話；現實社會中如果沒有人和蛇的存在，又怎能出現「蛇身人頭」的女媧。就是說，沒有原始人類那種向大自然作艱苦搏鬥的現實生活、經歷、體驗，就無法創作出神話來。在藝術上，神話的特點是在人民的幻想中經過不自覺的藝術方式所加工過的。原始人民的文化水準和思維能力都很低，他們無法有高級的思維能力去進行像後代專業作家那樣的自覺的創作，只可能不自覺地通過幻想！把自然物給以形象化和人格化。神話旣然主要是原始社會的產物，反映了原始人民對大自然的幼稚、樸素而又天真的看法，征服自然、改造自然的頑强鬥者和對社會生活的理解。所以說，它是人類文學藝術發展的童年❸。

根據譚先生的論述，我們可以確知先民頭腦中所反映的客觀世界，一如兒童思維中的奇幻王國，是神話的源頭，是屬於兒童的文學。

「傳說」的來源，魯迅先生在中國小說史略裡是這麼說的：

神話大抵以一「神格」為中樞，……迨神話演進，則為中樞者，漸近於人性，凡所敍述，今謂之傳說。傳說之所道，或為神性之人、或為古英雄，其奇材異能神勇為凡人所不及，而由於天授，或有天相者❹。

從魯氏的說詞中，我們可以知道傳說和神話的不同，是傳說已隨著文明的進步，漸排斥掉神話中過於樸野的成份，而代以較合理的人情味的構想與安排。王孝廉先生在中國的神話和傳說一書中，更進一步地分析二者的差異，指出傳說具有下列兩項特質❺：

(一)被當時人當做眞實的事實而相信著。

(二)傳說有其時空的限制，傳說中的事象和人物大都有其發生地方和時代的痕跡，不像神話一樣，往往有超時空的特性存在。

神話與傳說雖然各有定義，但是在一個故事當中，二者總是互相交織在一起的，裡面既有神的行事的敍寫，也有人間英雄行事的描繪❻。因此人們經常合「神話傳說」爲一詞❼，或者逕稱爲「神話」，例如袁珂在中國神話傳說中便持有這樣的看法，他說：

人神同台，才能譜寫出絢爛壯麗的詩篇，很難將它們拆裂開來，分而為兩；它們的大共名便叫做「神話」。這種神話發展的趨勢中外大抵都是相同的，不得不把學者們强為區分的傳說也都包括在神話之中❽。

袁氏不但將傳說混稱爲神話，更把後代那些一般人稱之爲神話的民間傳說故事也都包括到神話的範圍來了，他說：

> 傳說「混稱為神話」，這就是神話從狹義的圈子裡解放出來走向廣義的第一步。然而這還只是古代傳說和古代神話結合起來的「混稱」，還沒有包括後代產生的如上所舉像牛郎織女、白蛇傳等那些神話因素濃厚，一般人都稱之為神話的民間傳說故事。我們現在就是要擴大視野，要把後代那些一般人稱之為神話的民間傳說故事也都包括到神話的範圍來。問題不在乎名稱，而在乎精神實質，在乎我們承認後代和古代一樣也有產生神話的可能性的客觀條件❾。

的確，神話非上古所獨有，它是能夠在各個社會的各個歷史階段，隨著現實生活的發展和人們對生活的願望，陸續不斷產生的文學作品，而「神話」、「傳說」、「神話的民間傳說故事」，只不過是因時空及主人翁的差異而產生的「異名」罷了，葉師詠琍在兒童文學中指出三者之間的關係說：

神話、傳說和民間故事像三個孿生的姊妹，……神話是人類在古代與自然競爭中，因為無知而出於直覺的感性的認識，或幼稚的膚淺的臆測的產物。所以，神話雖然張著幻想的彩色的翅膀翱翔在廣濶的天空，它的根卻仍是扎在現實的生活裡，與人們息息相關的。……如果可以簡單地說，那麼，古代的傳說，叫做「神話」；後世的傳說，就叫做「傳說」。……也就是說，「傳說」是「神話」逐漸演進的結果。不論內容、人物都在逐漸變革，使它更接近人性，並且逐漸揚棄了神話中比較不合情理的部分，使傳說比神話更具有人情味，也更具有濃郁的生活氣息，於是神話愈傳愈人化，終於進入了傳說的階段。……而且，傳說的內容也離不開人類生活的範圍，它或是對人類智慧的歌頌，它或是對求生技術革新的禮讚……它的主題絕大部份反映人類文化史的主要階段，反映人類巨大的發現和勝利的果實，……可是在另一方面，傳奇中也有很多是述說民間的生活的，它謳歌山野間一些樸實的老百姓，他們或是農民，或是漁人、或是獵者、良工、巧匠……，他們或是善良友愛；或是勤勞勇敢；或是聰明多智。總之，他們平凡的出身，令這些傳奇的人情味十足，生活氣息濃厚，也令這些故事的真實性更強，活動的範圍也更接近民間，而題材既廣泛，內容又清新，它逐漸演變成另一流派的民間傳奇，與歷史的、英雄的又有所不同。後來，我們就統稱它們為「民間故事」⑩。

基於上述事實，為了能夠認識中國神話的全貌，我個人很贊同袁珂先生的看法，將「神話」一詞作廣義的解釋，雖以古代神話為主，但視野不只限制在古代的範圍之內⑪。

第二節　神話的源流

在各個不同的歷史時期，當人們對某種現實懷著不滿、冀圖對它有所變革卻沒有實際力量的時候，通過幻想的三棱鏡，新的神話就產生了。由於中國歷史悠久，所以這一類的文學作品也是十分豐富的，今略分為上古神話、後世神話兩部份介紹中國神話的流變。

一、上古神話

從傳統的眼光看來，上古神話當起於「槃古開天」，而止於「鯀、禹治水」，袁珂曾經做了這樣的劃分及說明，他說：

神話是生產力低下的原始社會的產物，它產生於原始社會母權制時期，到奴隸社會初期就登峯造極，自是而後就走了下坡路，乃至於逐漸消亡、熄滅。這就是「神話」一詞的狹義的內涵。假如將散碎的神話材料放在歷史的肩架上加以整理，那麼從盤古開天闢地到鯀、禹治水這一段時間才能算是神話，鯀、禹治水以後神話就終結了。這種對「神話」二詞的理解從傳統的眼光看來無疑是正確的，但必須在「神話」前面加上「古代」或「上古」這樣一個時間限制的形容詞，否則就無法概括在奴隸社會以後長時期封建社會裡產生的新的神話（乃至現代也有新的神話產生）⑫。

可惜的是這些美麗多產的上古神話，曾經大量的亡佚，魯迅在中國小說史略中，首先論及此事，以為有兩個重要原因，他說：

一者華土之民，先居黃河流域，頗乏天惠，其生也勤，故重實際而黜玄想，不更能集古傳以成大文。二者，孔子出，以修身齊家治國平天下等實用為教，不欲言鬼神，太古荒唐之說，俱為儒者所不道，故其後不特無所光大，而又有散亡。然詳案之，其故殆尤在神鬼之不別。天神地祇人鬼，古者雖若有辨，而人鬼亦得為神祇。人神殽雜，則原始信仰無由蛻盡；原始信仰存則類於傳說之言日出而不已，而舊有者於是僵死，新出者亦更無光焰也⑬。

但是玄珠卻指出孔子的「實用為教」在戰國時代未必有絕對的權威，能夠成為北方神話的致命傷，因而提出他個人的看法說道：

據我個人的意見，原因有二：一為神話的歷史化；二為當時社會上沒有激動全民族心靈的大事件以誘引「神代詩人」的產生。神話的歷史化，固然也保存了相當的神話；但神話的歷史化太早，便容易使得神話僵死。中國北部的神話，大概在商周之交已經歷史化得很完備，神話的色彩大半褪落，只剩了生民、玄鳥的「感生」故事。至於誘引「神代詩人」產生的大事件，在武王伐紂以後，便似乎沒有。穆王西征，一定是當時激動全民族心靈的大事件，所以後來就有了「神話」的穆天子傳。自武王以至平王東遷，中國北方人民過的是「散文」的生活，不是「史詩」的生活，民間流傳的原始時代的神話得不到新刺戟以為光大之資，結果自然是漸就僵死。到了春秋戰國，社會生活已經是寫實主義的，離神話時代太遠了。而當時的戰亂，又迫人「重實際而黜玄想」，以此北方諸子爭鳴，而皆不言及神話。然而被歷史化了的一部分神話，到底還保存著。直到兩漢儒術大盛以後，民間的口頭的神話之和古史有關者，尚被文人採錄了去，成為現在我們所見的關於女媧氏及蚩尤的神話的斷片了⑭。

譚達先先生在前人已有的言論中再加以探究，進而歸納出神話大量亡佚的主要原因有以下四點⑮：

㈠ 中國古代沒有記錄神話的專書

古代的神話，原是流傳在人民群衆口頭上的作品，古代既無專書記錄神話，這自然無法大量地保存下來。在過去漫長的古代社會裏，許許多多的文人學者、思想家、歷史家，常常輕視、歪曲神話，甚至排斥它，把它看作荒唐無稽的東西。……在古代社會裏，許多文人學者、思想家、歷史家既然排斥神話，因而他們在著述中就很少去記錄和研究它，即偶爾記及，也會給弄得面目全非。這樣，許多神話便亡佚了。

㈡ 古代社會的思想家、歷史家把神話加以歷史化

這些思想家、歷史家受到他們的時代和學術思想的局限，對神話的性質、特點並不認識和理解，爲了把它作爲掌故以增強自己的思想或學說的說服力，就常常加以竄改附會，使之歷史化。……就這樣，神話一經被記錄爲歷史後，其本來的作品，往往受到忽視，年長日久就亡佚了。

㈢在先秦時代，離神話的產生時代並不遠，有的作家學者僅僅是爲了表達自己的某種思想感情，闡述某種哲學道理，記錄某種史地知識，才在無意中引用了片段的神話。因此神話的全貌就無法被後人看見。

由於這些作家不是把神話當作完整優美的口頭文學故事來引用，而是對他們有用的某一點，就加以突出的引用，和自己的要求不相符合的部份，就給以捨棄或改寫。在經過作家學者們動過手術後，神話在他們的著述或作品中雖有保存，卻變成簡單、殘缺的了。同一神話，如果互見於諸書，集中它們，作細微的比較分析，還可以大體推知其原意。但有的神話很少被人們引用，無法找出它的異體，或者引用的人僅僅引用其含意，完全拋開其故事形式。因此，後人對於它就像猜測十分離奇的謎語一樣，無法得知故事的梗概了。

㈣在印刷術沒有發明的古代，保存古代文化和神話的書籍，多靠手抄，易於丢失；加上社會和時代的動亂，秦始皇焚書，楚項羽燒咸陽，和兩漢之間、漢魏之間、兩晉之間的戰亂等等，隨著社會的大動盪，大量的古書散失乃至被焚毀，因之，有了文字記錄的神話也亡佚了。

如西元前二一二年，秦始皇進行一次「焚書」，除了秦史官所藏國家史記外，對於別國史記一概燒毁；除博士官所藏圖書外，私人所藏的儒家經典和諸子書全得送官府燒掉。這就必然會燒去不少已記進古書中的神話。如司馬遷曾看見過記有神話怪物的禹本紀，它後來失傳了，書中所收的一部份大禹治水的神話也隨著亡佚。又如山海經這部記下了不少遠古神話的地理書，原先是有「古圖」的，但在流傳過程中，文字被增删改動，原圖也已亡佚，這樣，許多上古的神話也跟著無法看到了。

上述神話大量亡佚，及後人改變神話全貌，的確是令人遺憾的事，但是這口傳文學能夠流傳到今天，卻是靠著詩家、哲人和史家筆錄的呢！

中國的愛國詩人屈原，在他光輝的離騷、天問等長篇詩作中，就給後人留下了不少珍貴的南方神話資料；宋玉在他的賦中，也保存下不少神話資料[16]，但是詩人徵引神話，不免隨筆更易，變動原貌，魯迅在中國小說史略中指出他們在神話方面的功過，說道：

> 惟神話雖生文章，而詩人則為神話之仇敵，蓋當歌頌記敘之際，每不免有所粉飾，失其本來，是以神話雖托詩歌以光大、以存留，然亦因之而改易，而銷歇也[17]。

而在哲學書中，以莊子[18]、列子[19]、淮南子[20]三書保存最多的神話，此外墨子、荀子、韓非子也有些記錄，由於神話經過哲人的修改，所以不免都帶有一些哲理的氣味。至於左傳[21]、國語、呂氏春秋等史書，都載有神話內容，但是一般的正史都不如野史，比較注意保存神話的原來面貌[22]。

雖然目前我們能看到的上古神話數量很有限，而且大部份是零星片斷地保留在古書之中，但這不表示我國神話是不發達的，相反地這些神話正是早期頗有意義的神話整體中一些零散的部份，它不但說明了我國古代神話的豐盛，更爲後來神話學家提供了，結合零散資料以探究神話原貌的研究途徑呢！

二、後世神話——傳說與民間傳奇故事

在這無垠的世界裡，客觀的事物不斷地向前發展，而人們認識事物的能力卻是有局限性的，所以繼上古神話之後，代有新的神話即一般通稱「傳說故事」的出現。

所謂「傳說」，段芝先生詮釋道：

傳說則是指發生在較近的古代，而事件則屬人類能力大都能做到的，這是事件雖不一定被視為神聖，但是多少是被人仰慕和欽佩的㉓。

這無以數計的傳說，長久以來一直以故事的型式流傳於民間，王秋桂在中國民間傳說論集序中解釋它的意義，並分析它所擁有的特性說道：

所謂傳說，我想可以解釋為一種流行於民間的故事。這種故事的特點是沒有定本，故事細節，甚至情節或主題，往往隨時代、地域、社會、傳誦者等因素而變。傳說大部分是以口相傳，這是它容易變化的原因之一；就是有人紀錄下來，這寫本也沒有絕對的權威或必然的影響力。不過，口說傳統無法長久保存。在探討一傳說的源流和演變時，我們不得不依賴文字的記載，雖然這些記載往往是片斷或殘缺而不能代表傳說的全貌㉔。

王氏以「流行」來闡釋傳說故事，有兩個重要的意義：一、說明傳說故事不斷地在人民大衆的口頭上流動，它是可以打破時空限制，而傳播得很長久，也很遙遠。二、在長期不斷地流傳中，傳說故事能得到巨大的活力，有重新創造的能力，往往添精華汰糟粕成爲優秀的口頭文學珍品㉕。

想要一睹這些口頭文學珍品的眞貌與盛況，我們必須從下列兩個方向去探究：

㈠歷代典籍

我國由於有悠久的文字傳統，因此許多流傳幾千年的神話傳說都散見於歷代典籍中。翻閱史書我們可以很清楚地看到，在早期史籍中雜載著不少相關資料，因爲這個緣故，王充在論衡中曾就左傳、諸子、呂氏春秋、淮南子、史記、新序、說苑、列女傳等書所載加以批評，斥責這些「傳書」所說的內容有許多是憑虛造空的，但是這些卻都是神話傳說的珍貴資料，即使在後世史籍中，我們仍然可以發現有些傳說是被史學家視爲實事而加以引用記錄下來的。除了史册，歷代各地方的方志也是研究傳說者所不可忽視的重要資料，因爲方志所記錄的傳說，多由地方父老口述而得，既生鮮又富地方色彩呢！例如王世禎先生在中國神話事述篇所載錄，童年時候母親及伯母教導他們要做一個好心人的「天丹樹」故事，就是一篇結合了歷史人物（石崇）精彩可貴的口述神話故事㉖：

有一個很富足的人，他的名叫「石崇」，心腸是很壞的；他生有十個女兒，最幼的還未嫁，名叫「阿香」，心腸正和她的父親相反。石崇是很驕傲的，他常常想顯顯他的威風。當一年新年的時候，他自己做一首對聯貼在大門外，這首對聯寫著：「天下有富不有貧，世間由我不由人。」在他鐵蹄下的窮人們，當他的面前沒有一個敢不讚嘆他這首對聯是好的，他也自以為足以耀武揚威、氣蓋一世，但是他最幼的女兒阿香看見了以後，却常常為他憂慮，在人家的面前，又覺非常慚愧。所以她私自把這首對聯改了：「天下有富亦有貧，世間由命不由人。」

他看見自己的這首對聯被改了兩個字，便很惱怒，而且思疑是他門下的食客改的，他馬上召集他的食客十數人來質問。食客個個都說：「大老爺的大作，最好不過的，而且很稱合大老爺的家門，誰能夠修改一字？我們都不能改得的。」

他怒不可遏，正想各處找到改的人打他一百下屁股。阿香知道了這回事，直趕到他的面前直言不諱地表白出來：「這兩個字是我改的，不是別人改的。天下一切人生應有的幸福，富人應當享受，貧人也應當享受；世間一切的事情，不是一個人的能力所能支配的，好像我們田連阡陌，人家地無立錐，都不是由一個人的意思所願的；所以我把『不有』改為『亦有』，『由我』改為『由命』。」

他聽了阿香這番話以後，氣忿忿的，一聲不響，盡所有的力給她兩個耳光，嘀咕道：「你就要見『由命』！」他馬上想把她許給一個最貧窮的人。

有一天，一個衣衫襤褸的窮漢到他家來乞食，他便問這窮漢道：「你每天門過門的乞吃，到底一天到晚，能夠不餓的嗎？」

這個窮漢答道：「本人不致於餓，但是不能養老母。」

他以為這個窮漢雖然是乞食，但是仍不致於餓，所以他算不是最貧窮的人。

又有一天有一個撿屎的少年巡到他的屋邊，他又叫這個少年來問道：「你每天巡到晚，到底所得的錢，用來換米夠吃沒有？」

少年答道：「還能供給家父的烟錢。」他更不算是窮人。

又有一天有一個賣柴的柴夫名叫朋居，擔柴到他家裏來賣，他又問這柴夫朋居道：「你每天所得的柴錢，能夠供給你自己嗎？」

朋居答道：「每天祇夠吃一餐稀飯，柴刀都不能買一把，天天上山採柴都是用手折的，現在手指統統都壞了。每天所得的柴也因之減少，這樣看來，幾天以後，或者就要餓死。」

他聽說得這樣辛苦，便認定朋居是天下最為貧窮的人了。他再進一步問道：「你家裏有老婆嗎？」

朋居道：「沒有。」

他伸手指他的女兒阿香道：「那麼你就帶她去做你的老婆。」

朋居說：「這是笑話，你們金屋藏嬌，我們不能自給的窮人，怎配要她做老婆。」

他大聲道：「世間由命不由人，她做你的老婆就是由她的命，怎麼說不配？」

他馬上下令將阿香驅逐出門，要她跟朋居去。她雖然很悲傷，不捨得離開她的父母，但是不去又不行。將臨別的時候，她的母親很可憐她，私自將金子一塊夾在粽肉偷偷給她。

她兩個走到河邊，那正是一條大橋的樹蔭下，朋居道：「我肚子餓了，看看你母親給的什麼粽子？」

他接過她手拿的粽子，打開來看，見中間是一塊石子，順手就擲落河裏。她吃了一驚道：「什麼！這是金子，怎將它擲落河呢？」她嗚咽了。

他道：「這算是金子，我每天採柴的山上，不知產了多少。如果你要這樣的金子，將來我上山採柴的時候，可以替你搬回幾十塊，或幾百塊。」

她聽了他說了這話，似乎有些狂喜，在樹蔭下休息了一下，便又繼續走他的路。到家後，第二天的清早，朋居剛要上山採柴的時候，阿香便跟著他，想一齊到山上去。他因見她的脚短小，恐怕她走不得路，於是不許她一齊到山上去。因這緣故，她便覺得很不自在，想來想去，終於想出一個很好的法子。就是當他再上山的時候，給他一袋有殼的花生和甘蔗一條，叫他上山的時候，一路吃去。他不知她的計策，居然一路吃去，於是她便可以根據這些花生殼和蔗渣走到山上去，朋居忽然遇見她來到的時候，覺得很驚奇，隨著便問道：「你怎麼會來呀？山高嶺峻，怎回得去？你害死我了。」

她不理會他所說的是什麼話，祇問：「像金的石子在那裏？」

他答：「在山窪裏。」

她急不能待，馬上便要他帶她去看看。他不得已，和她向著山窪裏走去，過了山腰，便是山窪。將到的時候，她一眼看去，的確一堆一堆的統統都是金子。她看見了這麼多金子，心裏非常歡喜，同時對她的丈夫朋居說道：「我們從此可以大富了，不用再過賣柴的生活了。」

他回答：「不餓死就是好事，還希望大富！」

她說：「不要懷疑，趕快將金子搬回去，我們馬上就是富人了。」

再三爭論，終於將它的一部分搬回家裏去。自從搬了這些金子回家後，他們居然成了富人，一切的東西不論是吃的用的，都一變從前粗糙的而為精緻了。他們感覺得一座巍峨的房子不得不早為建築。但是想來想去，始終想不出一個最好的式樣，最後決意照阿香的父親石崇的建築造一間。

一天早飯後，朋居穿著平日的衣服，慢慢走到石崇家去和他商量建屋的事，朋居開口道：「我現在想依照你老人家的屋子建築一間，你能將屋圖繪給我嗎？」

他一聽說建屋的事，便以為他是說夢，同時板著他驕傲的面孔，像譏笑地說：「你作什麼夢？你打算你的晚餐從那裏找出來，已經是你的本領！胡說！混蛋！」

朋居再說：「就算我沒有能力建屋，但是最低限度也要請你繪一個屋圖給我。」

經他再三懇求，結果他教訓了他一番，才給他一個廁所的圖。他得了廁所的圖，便以為是真正的屋圖，很得意地的跑回家去。阿香把圖打開一看便知廁所圖，她心裏暗地想，平日貧苦到極點的人，一旦想照父親那樣偉大的房子建築一間，自然難得他相信。

第二天，她親自回到她父親家去繪了一個真正的屋圖回去，再加詳細的審擇。後來，竟建成一間比石崇的還要偉大的大屋，裏面什麼都整得非常妥當，衹有一扇大門無論如何都弄得不合。後來阿香想起產金的山上有一塊很像一扇門的大石，於是叫了許多工人將它搬回來。一裝進去，便配合得很好，並無不對的地方。

自從這門被搬回裝好後，那山上的金子統統都自動的由山上滾來，幾乎充滿他的新屋，這是因爲他的一扇天然門就是金門的緣故。

自從這次以後，他們不知比石崇富有了千萬倍，在地方上也享了盛名。因這緣故，當時有一句話說：「石崇富貴傳天下，不值朋居半扇門。」

石崇見朋居這樣富，心裏很想毒死他，以便佔奪他的家財。

朋居養有一條很好的狗，天天都帶牠到山外去遊逛遊逛。一天石崇攜了一把很利的寶劍，預先埋伏在山裏一棵大樹的根下，那正是朋居天天必須經過的地方。

這一天，他行得格外困倦了，到樹蔭下正想找一個位置坐下休息一刻。忽然石崇由樹根後用盡力氣一劍，朋居身子一鬆，登時倒地，石崇見事已成功，私心歡喜，飛也似的跑回家去靜聽朋居的消息。

朋居的狗見牠的主人已經被害，於是一直跑回家裏對牠的主婦阿香搖尾表示，而且叫出一種很悲哀的聲音。她看了狗這樣的情形，而且不見她的丈夫回來，心裏很懷疑。於是，跟著這條狗跑去，這條狗帶著她跑到樹根才止。她到樹根下看見丈夫已經被人害死，於是很悲傷，抱著她的丈夫的屍體哭了半天。忽然有一個小老鼠來咬她的大腳趾，她備受刺激，不由自主的，竟將小老鼠踩死了。一會兒，她看見有一個大鼠由樹穴跑出來，咬了少許這樹根的皮，蓋在小鼠的屍上，居然能將小老鼠在很短的時間救生起來。她看老鼠是這樣，她也把這樹根的皮，放入口裏亂嚼了一下，然後吐出敷在她的丈夫傷處，刹那間她的丈夫也像小老鼠一樣，從死裏醒起來。這樹有起死回生的功能，所以叫它做「天丹樹」。

朋居從死裏醒起來，完全不知道是誰加害他的。但是阿香告知了石崇這回事，石崇便覺得非常失望。於是，他心裏自思自想，欲殺朋居，必先砍樹，於是他想設法先砍了這根樹。他用一根很利的斧，斬了幾天，天天都祇是差許，不能斬斷，第二天又復回原狀；最後的一天，他惱怒極了，晚上連家都不返，把身子倒睡在樹的傷口上，以為可以阻止他生回原狀，料不到會被樹根含著。第二天他醒起來，已永遠不能離開樹根了。這便是天公故意把心腸不好的人，做為世人永遠永遠的警告。

(二)　通俗文學

神話傳說的演變主要的還是發生在通俗文學中，王秋桂先生在中國民間傳說論集序中強調這個觀念，並指出它在俗文學中的演變路線說道：

傳說的演變主要的還是發生在通俗文學中。大部分的這些通俗文學作品原先都屬於口說傳統。民間藝人面對不同的聽衆、在不同的場合中，憑著他們各別不同的訓練和天賦講述或演唱故事。為了要吸引聽衆、為了要和同行競爭，他們得把故事講唱得熱鬧動人。因此他們在表演中不但極盡渲染、誇張之能事，而且往往引進故事原來所無的成分以求新鮮。他們一方面爭奇鬪勝，一方面又相互模擬。長久以來，就形成一種集體的、聚積性的編述。傳說的內容在這種情形下就日益豐富地發展。

探討傳說在通俗文學中的演變，我們不能不先提唐和五代的變文，當然變文只是個求方便籠統而用的名詞。它其實包含數種不同的通俗文學類型。其次就是宋朝的「瓦舍伎藝」。這些包括廣義的說書、唱曲和各式各樣雜型的戲劇的表演型式在東京夢華錄、都城紀勝、西湖老人繁勝錄、夢梁錄、武林舊事等書中有相當詳細的紀錄。可惜具體的表演內容傳下來的並不多。除了幾種歌舞樂曲和一種或二種平話外，我們所能看到的只是一些零星的片斷。當然後來所刊行的一些作品其來源或可溯至宋。不過，在還沒有確切證據之前，我們寧可存疑。接下去是元代的平話和雜劇，明代的雜劇、傳奇和地方戲，明代所刊印，時期或早或晚的長短篇白話小說，明代的小曲和講唱文學如寶卷和說唱詞話等。宋代沿襲明代，在各種不同的小說、戲曲、講唱文學類型上都有相當的發展，而流傳下來的作品更是多得難以數計[20]。

今以馬幼垣、劉紹銘所發表的論文：「筆記、傳奇、變文、話本、公案——綜論中國傳統短篇小說的形式」來分析歸納王氏言論，可確知神話傳說在俗文學中是以小說形式爲主體流傳於後世的，至於小說如何繼承神話，當可窺魏晉南北朝志怪小說一書中，繼承神話的下列三種方式以見一斑[21]：

㈠、繼先秦古籍之後，收集了一些神話傳說。如搜神記卷十三裏的河神巨靈與卷十四裏的女子化蠶兩個故事，爲以前的古書中所未收的。

㈡、承襲神話傳說的創作精神，在現實的土壤中馳騁想像，創造故事或潤色民間傳說。如搜神記卷十一裏的韓憑夫婦和卷十九裏的李寄斬蛇，就是這樣的作品。

㈢、模仿古代神話書的體例，或利用舊題材演化新故事。如博物志卷八裏的史補一節，記衞士飲漢武帝仙酒事，是從韓非子的說林上「有獻不老之藥於荊王者」一條演變出來的；又如搜神記卷十六裏，記秦亘伯刺殺兩孫之事一節，就是用呂氏春秋，疑似篇中黎丘丈人一條改編而成；而博物志一書的體例，顯然也是步趨山海經的。

此外，根據王氏的論點，我們可以了解這些或全憑幻想產生、或半有事實根據的神話傳說，在輾轉附會流傳的過程中，是能夠豐富它們生命內容的，今試以中國仙女故事加以闡釋。

若要溯源中國仙女故事，個人鑑於漢代石刻畫像中仙人多有羽翼，且古書有「衣毛爲飛鳥，脫毛爲女人」（玄中記）的記載認爲應該先探討山海經裏擁有羽翅又是女性的「精衞鳥」神話：

又北二百里，曰發鳩之山，其上多柘木。有鳥焉，其狀如烏，文首，白喙，赤足，名曰精衞，其鳴自詨。是炎帝之少女名曰女娃，女娃游于東海，溺而不返，故為精衞，常銜西山之木石，以堙于東海。（北山經）

女娃化爲精衞鳥之後的變化，述異記是這樣載述的：

昔炎帝女溺死東海中，化為精衞。偶海燕而生子，生雌狀如精衞，生雄如海燕。今東海精衞誓水處，曾溺此川，誓不飮其水。一名誓鳥，一名冤禽，又名志鳥，俗呼帝女雀。

山海經中所存的精衞資料，應該就是仙女故事的源頭吧！

就文獻來看，仙女故事在晉代應該是很流行的，干寶搜神記卷十四載：

豫章新喻縣男子，見田中有六七女，皆衣毛衣，不知是鳥。匍匐往，得其一女所解毛衣，取藏之。卽就諸鳥。諸鳥各飛去，一鳥獨不得去，男子取以為婦。生三女，其母後使女問父，知衣在積稻下。得之，衣而飛去。後復以迎三女，女亦得飛去。

這小段志怪小說，到了唐代變文句道興搜神記所載錄的田崑崙故事就變成長篇精彩動人的講唱故事了㉙：

昔有田崑崙者，其家甚貧，未娶妻室。當家地內，有一水池，極深清妙。至禾熟之時，崑崙向田行，乃見有三個美女洗浴。其崑崙欲就看之，遙見去百步，卽變為三箇白鶴，兩箇飛向池邊樹頭而坐，一箇在池洗垢中間。遂入穀茇（茇）底，匍匐而前往來看之。其美女者乃是天女，其兩箇大者抱得天衣乘空而去。小女遂於池內不敢出池，其天女遂吐實情，向崑崙道：「天女當共三箇姊妹，出來暫於池中遊戲，被池主見之，兩個阿姊當時收得天衣而去。小女一身邂逅中間，天衣乃被池主收將，不得露形出池，幸願池主寬恩，還其天衣，用蓋形體出池，共池主為夫妻。」崑崙進退思量，若與此天衣，恐卽飛去，崑崙報天女曰：「娘子若索天衣者，終不可得矣。若非吾脫衫，與且蓋形，得不？」其天女初時不肯出池，口稱至暗而去。其女延引，索天衣不得，形勢不似，始語崑崙，亦聽君脫衫，將來蓋我著出池，共君為夫妻。其崑崙心中喜悅，急卷天衣，即深藏之。遂脫衫與天女，被之出池。語崑崙曰：「君畏去時，你急捉我著還我天衣，共君相隨。」崑崙生死不肯與天女，即共天女相將歸家見母。母實喜歡，即造設席，聚諸親情眷屬之言曰呼新婦。雖則是天女，在於世情，色欲交合，一種同居。日往月來，遂產一子，形容端正，名曰田章。其崑崙點著西行，一去不還。其天女曰：夫之去後，養子三歲，遂啓阿婆曰：「新婦身是天女，常來之時，身緣幼小，阿耶與女造天衣，乘空而來。今見天衣，不知大小，暫借看之，死將甘美。」其崑崙當行去之日，殷勤屬告母言：「此是天女之衣，為深擧（弆），勿令新婦見之，必是乘空而去，不可更見。」其母告崑崙曰：「天衣向何處藏之，時得安穩？」崑崙共母作計，其房自外，更無牢處。惟只阿孃牀脚下作孔，盛著中央，恆在頭上臥之，豈更取得。遂藏弆訖，崑崙遂即西行。去後天女憶念天衣，肝腸寸斷，胡至意日無歡喜，語阿婆曰：「暫借天衣著看。」頻被新婦咬齒，不違其意，即遣新婦且出門外小時，安庠入來。新婦應聲即出。其阿婆乃於牀脚下取天衣，遂乃視之。其新婦見此天衣，心懷愴切，淚落如雨，拂模形容，即欲乘空而去。為未得方便，却還分付與阿婆藏著。於後不經旬日，復語阿婆曰：「更借天衣暫看。」阿婆語新婦曰：「你若著天衣棄我飛去。」新婦曰：「先是天女，今與阿婆兒為夫妻，又產一子，豈容離背而去，必無此事。」阿婆恐畏新婦飛去，但令牢守堂門。其天女著衣訖，即騰空從屋窻而出。其老母搥胸懊惱，急走出門看之，乃見騰空而去。姑憶念新婦，聲徹黃天，淚下如雨，不自捨死，痛切心腸，終朝不食。其天女在於閻浮提經五年已上，天上始經兩日。其天女得脫到家，被兩箇阿姊皆罵老搖，你

共他閻浮衆生為夫妻，乃此悲啼泣淚其公母。乃兩箇阿姊語小女曰：「你不須乾啼濕哭，

我明日共姊妹三人，更去游戲，定見你兒。」其田章年始五歲，乃於家啼哭，喚歌歌孃孃，乃於野田悲哭不休。其時乃有董仲先生來賢行，知是天女之男，又知天女欲來下界。卽語小兒曰：「恰日中時，你卽向池邊看，有婦人著白練裙，三箇來，兩箇擧頭看你，一箇低頭佯不看你者，卽是母也。」田章卽用董仲之言，恰日中時，遂見池內相有三箇天女，並白練裙衫，於池邊割菜。田章向前看之，其天女等遙見，知是兒來，兩箇阿姊語小妹曰：「你兒來也。」卽啼哭喚言阿孃，其妹雖然慚恥不看，不那腸中而出，遂卽，悲啼泣淚。三箇姊妹遂將天衣，共乘小兒上天而去。天公見來，知是外甥（外）甥，遂卽心腸憐愍，乃教習學方術伎藝能。至四五日間，小兒到天上，狀如下界人間，經十五年已上學問。公語小兒曰：「汝將我文書八卷去，汝得一世榮華富貴。儻若入朝，惟須慎語。」小兒選（旋）卽下來，天下所有聞者，皆得知之，三才俱曉。天子知聞，卽召為宰相。於後殿內犯事，遂以配流西荒之地。於後，官衆遊獵，在野田之中，射得一鶴，分付廚家烹之。廚家破割其鶴嗉中，乃得一小兒，身長三寸二分，帶甲頭年，罵辱不休。廚家以事奏上官家，當時卽召集諸羣臣百寮、及左右問之，並言不識。王又遊獵野田之中，復得一板齒，長三寸二分，賷（齎）將歸回，擣之不碎。又問諸羣臣百官，皆言不識。遂卽官家出勑，頒宣天下，誰能識此二事，賜金千斤，封邑萬戶，官職任選。盡無能識者。時諸羣臣百官，遂共商議，惟有田章一人識之，餘者並皆不辯。官家遂發驛馬走使，急追田章到來。問曰：「比來聞君聰明廣識，其（甚）事皆知。今問卿天下有大人不？」田章答曰：「有。」「有者誰也

「昔有秦故彥是皇帝之子，當為昔魯家門戰，被損落一板齒，不知所在。有人得者，驗之官家，自知身得。」更款問曰：「天下有小人不？」田章答曰：「有。」「有者是誰也？」「昔有李子敖身長三寸二分，帶甲頭牟，在於野田之中，被鳴鶴吞之，猶在鶴嗉中遊戲，非有一人獵得者，驗之卽知。」官家道好。又問：「天下之中有大聲不？」章答曰：「有」「有者何也？」「雷震七百里，霹靂一百七十里，皆是大聲。」「天下有小聲不？」田章答曰：「有。」「有者何也？」「三人並行，一人耳聲鳴，二人不聞，此是小聲。」又問：「天下之中，有大鳥不？」田章答曰：「有。」「有者何也？」「大鵬一翼起西王母，舉翅一萬九千里，然始食，此是也。」又問：「天下有小鳥不？」曰：「有。」「有有（者）何是也？」「小鳥者無過鷦鷯之鳥，其鳥常在蚊子角上養七子，猶嫌土廣人稀。其蚊子亦不知頭上有鳥，此是小鳥也。」帝王遂拜田章為僕射。因此以來，帝王及天下人民，始知田章是天女之子也。

今日所見流傳各地的仙女故事，眞是蔚爲繁盛，僅以角色而言，仙女角色就有：織女（例如：趙景琛及趙國章所記述的西川「牛郎」、洪振初所記述的奉天「牛郎」、鄭仕超所記述的浙江永嘉「牛郎」）、（孫佳訊所記述的江蘇灌雲「天河岸」）、七星仙女（例如：林漢君所記述的閩南「七星仙女之一」、黃仲彥所記述的廣東梅縣「七星傳說」、陳風祥所記浙江臺州「劉孝子娶仙女」、米欽汝所記「孔雀衣」）、海上仙女（孫佳訊所記灌雲「海上仙女」）、華姑（孫倩訴所記「華記」）等；而男主角的角色有：牛郎（趙景琛及趙國章所記述的西川「牛郎」、鄭仕超所記浙江永嘉「牛郎」）、農夫（林漢君所記述的閩南「七星仙女之一」）、小禿子（孫佳訊所記灌雲「海上仙女」）、王小二（洪振初所記奉天「牛郎」）、張三（孫倩訴所記「華姑」）、劉孝子（陳風祥所記「劉孝子聚仙女」）、白秀（米欽汝所記「孔雀衣」）、董仲舒之父（黃英君所記廣東羅定「七月七日的一件故事」），居主要配角的動物，也有由一般的黃牛、水牛轉變到老麋鹿（孫倩訴所記「華姑」）㉚。

但是，不論盛代典籍中神話傳說的資料是多麼地珍貴，或者在通俗文學中的發展是多麼地豐富，這以口頭流傳爲主的民間文學一經文人筆墨記錄，就會被改變原貌產生變化的，譚達先先生在中國民間文學概論中說明了這種不能避免的事實及其所造成的結果，他說：

由於流傳時採用口頭方式，因此，在每次講話時，它的藝術形式、表現手法、語詞等都比較難於固定不變。作家或學者給它記錄時，就常被作出較大的改動。經過改動後，由書面記錄的民間文學作品，往往發生了下面的這兩種變化：一種變化是為人民大衆所喜聞樂見的富有民族特點、地方色彩、生動活潑的「民間語言」，變成了呆板、僵硬的語言，有的還可能是文人、士大夫脫離生活的死氣沉沉的語言。另一種變化是在民間文學作品中，不少精彩、生動的「情節」給刪去、縮短，或完全按文人、士大夫的模子（至少是用不符合原作的佈局結構）記錄下來。這兩種情況的發生，是出於作家記錄民間文學作品時，並不是為了忠實地把它整理成為廣大群衆的作品而保存下來，而是以為了滿足自己某種需要作為根據。這樣，勢必是只要某一點能符合證明自己想說的道理，或能起某種富有特殊意義的教育作用，就把它記錄下來。至於這個民間文學作品的原來面貌是怎樣的，記錄者根本不會去管它。在文學史上，這樣的例子，真是多得很。比方，在先秦時期，由作家、學者在作品中記錄下來的神話、傳說、寓言，比較完整的作品很少，大多數是成了一鱗半爪。再往下看，漢魏南北朝以後，直到近代，作家、學者所記錄下來的神話、傳說、笑話、生活故事、童話等，也往往只留下一個情節和表現手法都比較簡單的故事（當然，也有少數散文故事，被記錄得稍稍完整一些，這是例外。即使是這類作品，也要比那些在口頭上流傳的姿態橫生、情趣充溢的故事，要乾癟得多）。

三、山海經

今本山海經一書，是由五藏山經，海外經、海內經、大荒經及篇後的海內經五部份組合而成的，雖然全文不到三萬一千字，但是內容卻異常豐富，包括了我國古代地理、歷史、神話、民族、動物、植物、礦產、醫藥、宗教、奇邦異族國等上古社會珍貴資料。孟瑤在中國小說史中，將山海經視爲神話傳說的資料寶庫，今別立一單元，分別就山海經名義，作者及其成書時代和神話的內容三部份加以論述。

㈠ 山海經釋名

「山海經」，是由「山經」和「海經」組合而成的一部書，它所寓含的名義，可分別就「山經」、「海經」兩部份加以闡釋：

甲、「山經」：世人簡稱五藏山經爲「山經」。而「五藏山經」的取名，則源於「藏」字有「收藏」或「寶藏」的意思，這載及山海天地所收藏的各種寶藏，自然也就該取名爲「五藏山經」了。至於「經」字本身也有多種意義，但是這「山經」中的「經」字，一如山海經的「經」字，應該作「經歷」來解釋比較妥當，理由試述如下：

子：就成書時代觀之：五藏山經是東周時的作品（詳於後論），而此時「經」字的解釋多有「經歷」的意思，例如尙書君奭：「弗克經歷。」註：「不能經久歷遠。」孟子盡心下：「經德不回。」註：「經，行也。」。由此推想五藏山經的「經」字，當然也不在例外之列。至於「經」字釋爲與「經典」的同義字，乃是後起的說法，史景成先生在山海經新證論稱：「簡言之，以『經』字稱書之年代，可溯至戰國晚年之中期或初期。」這就可以說明「山經」的「經」字與「經典」的意義，是扯不上什麼關係的。

丑：就書內本文論之：以西山經爲例，在西山經每章末附有：

凡西經之首：自錢來之山至於䰠山，凡十九山，二千九百五十七里。

凡西次二經之首：自鈐山至於萊山，凡十七山，四千一百四十里。

凡西次三經之首：（自）崇吾之山至於翼望之山，凡二十三山，六千七百四十四里。

凡西次四經：自陰山以下，至於崦嵫之山，凡十九山，三千六百八十里。

右西經之山，凡七十七山，一萬七千五百一十七里。

這些文字說明每章末的記錄，都有自某山至某山，經歷若干山，若干里的意義在內。

寅：就書內異文論之

南山經文載有「南山經之首」以及「南次二經」、「南次三經」等名目，但是在劉秀所校錄的版本中，卻出現了不合體例的異文「中次一十一經」，同窗彭澤江於山海經新探指稱，此種現象是緣於劉秀校錄山海經時，改「山」爲「經」未盡的痕跡，原本當是「南山之首」、「南次二山」、「南次三山」㉝。

卯：就他書引文論之

劉昭注後漢書郡國志引五藏山經「禹曰：天下名山經，五千三百七十山，六萬四千五十六里，居地也。」爲「名山五千三百五十，經六萬四千五十六里。」，觀此異文在內容上除了五七因形訛誤之外，最令人深思的就是劉昭於「名山經」一詞，分開書寫，成爲名山有五千三百五（七）十座，一共經歷六萬四千五十六里的意思。劉氏這樣的引文，與郝懿行在「名山經」下的疏文：「經，言禹所經過也。」具有相同的意義，都說明了「經」的意義應當作「經歷」解，而非「經典」。

乙、「海經」：海經包括了「海外經」和「海內經」，即最初所謂的「海外自西南陬至東南陬者」及「海內東南陬以西者」等兩大部份。這與山經「自某山至某山」的含意相同，「經」字都是「經歷」的意思，由於過長的篇名題得太過累贅，於是劉秀校錄經文時，就取每篇的標題

「海外」、「海內」二字，依方位的順序簡稱為「海外南經」、「海內南經」等，於是有「海經」之名，與「山經」合稱「山海經」。

清初畢沅注「南山經之首」說道：

山海經之名，未知所始。今案五藏山經是名山經，漢人往往稱之；海外經以下，當為海經，合名山海經。或是向秀所題，然史記大宛傳稱之，則其名久也。

畢沅既稱「海外經以下，當為海經」，也就是已經將「大荒經」及末卷海內經囊括在內了。其實此二經在劉秀時「皆在外與經別行」㉞，直到晉人郭璞作注的時候，才將此五篇輯為一書，始成今日的定本，可見大荒經是在「山海經」名稱有了以後，才附錄在後的，與「山海經」的定名是不生關係的。

(二) 作者及其成書時代

山海經的作者及成書時代，自漢以來，便說法紛云，但歸納各家說法，不外「一人一時之作」及「非一人非一時之作」兩類：

甲、一人一時之作：究竟山海經是何時何人所作？共有五種說詞：一、唐虞時代的禹益所作 二、戰國時代的鄒衍或鄒派學者所作 三、墨子的弟子隨巢子所作 四、東周洛陽的無名氏所作 五、楚國的無名氏所作。其中以第一種說辭最具力量，此說始於劉秀上山海經表：

山海經者，出於唐虞之際。昔洪水洋溢，漫衍中國，民人失據，攲區（崎嶇）於邱陵，巢於樹木。鯀既無功，而帝堯使禹繼之。禹乘四載，隨山栞（刊）木，定高山大川。益與伯翳主驅禽獸，命山川，類草木，別水土。四嶽佐之，以周四方。逮人跡之所希至，及舟輿之所罕到。內別五方之山，外分八方之海，紀其珍寶奇物異方之所生，水土草木禽獸昆蟲麟鳳之所止，禎祥之所隱，及四海之外，絕域之國，殊類之人。禹別九州，任土作貢，而益等類物善惡，著山海經。皆聖賢之遺事，古文之著明者也。

此後王充、趙曄、郭璞等都贊同此說，而顏之推、晁公武之流即使懷疑書中雜有後人妄增的部份，也不改「禹益所作」的觀點。但是陳振孫對這似乎已成定論的觀點提出了質疑，他在直齋書錄解題：

今本錫山，尤袤，延之校定，世傳禹益所作；其事見吳越春秋曰：「禹東巡登南嶽，得金簡玉字，通水之理，遂行四瀆，與益共謀，所至使益疏而記之，名山海經。」此其為說恢誕不典。司馬遷曰：「言九州山川，尚書近之矣；而禹本紀山海經所書怪物，余不敢言之也。」可謂名言，孰曰「多愛」乎？故尤跋明其非禹、伯翳所作，而以為先秦古書無疑；然莫能明其何人也。

到底山海經是不是禹益所作的呢？彭澤江在山海經新探中，曾就山海經中下列四種記錄：一、經中屢言鯀、禹，和啓的事蹟 二、經中言及成湯、文王 三、經中言及郡縣 四、經中礦產言及銅鐵，加以駁證說明禹益並非山海經的作者，而是後人僞作而託之於禹的，並且推敲其所用心說道[85]：

夏禹治水，涉歷山川，當作了一些各地山川的紀錄，是以後世以禹為地理或治水的祖師。山海經古時被視為地理書，故山海經的作者以此附會於禹，一為推尊祖師之意；二來藉禹以見重，使當時人不敢懷疑。敢懷疑的，也不敢提出異議。

山海經不是禹益所撰，會不會是其他人以一己之力量完成的呢？彭氏認爲這是絕不可能的，他說：

由山經、海經、荒經三部分文筆的不同，體裁不同，同物異名，充滿矛盾，重複的情形看來，當非私人如隨巢子的著作。山海經為不同的作者，在不同的時代中，陸續纂輯而成的作品，由它的性質看來，是巫者的寶典、記實的典籍、實用的地理書、旅行的記遊、古代的神話、雛形的小說，有這樣多方面的性質，非私人的能力所能完成，當為官方的作品[86]。

乙、非一人一時之作：山海經作者不止一人的說法，已經得到肯定，但是參與這本鉅著的編纂者究竟是那些人？這也是必須探討的問題，郝懿行在箋疏敍中提及最具重要性的「周官」說道：

周官大司徒以天下土地之圖，周知九州之地域，廣輪之數。土訓掌道地圖，道地慝。夏官職方亦掌天下地圖。山師、川師掌山林川澤，致其珍異。邍（原）師辨其丘陵墳衍，邍隰之名物。秋官復有冥氏、庶氏、穴氏、翨氏、柞氏、薙氏之屬，掌攻夭鳥猛獸蟲豸草木之怪蠥。

除了周朝官府中各部門中掌管天下輿圖文獻檔案資料的職官做過纂輯的工作之外，燕國的官府也參與了類似的工作，衞挺生在燕昭王之鉅燕考中指出：

五藏山經乃騶子在燕任昭王師以後，由其訓練人才，並在其指導下，四出調查宇內山川物產及其民間傳說，而得之各地調查報告㊲。

此外，由山海經所呈現出的濃厚巫術色彩，我們可以確知巫風最盛的楚國也參與了山海經的編纂工作，史景成在山海經新證中闡釋楚國纂輯山海經的背景是：

山海經全書，乃戰國晚期，楚國在國勢日衰，臣主共憂患之局勢下，楚史巫之官，應運起而纂輯之書㊳。

根據以上的成書軌跡，我們可以推測：山海經是夏、商、周王朝的史巫、職方氏等人，及燕、楚等侯國官方，他們分別依其王朝及各侯國官府所珍藏的各類檔案與民間傳說，按次第纂輯而成這部鉅作的雛本，再經過後人多次增補，到晉郭璞作注才成爲今日的定本。確定了作者，探討成書時代就容易多了，因爲作者「非一人」，成書時代自然也就「非一時」了，據此全書可依理分別論述成書的時代，陸侃如是首先分論山海經著作時代的，他的結論是：

㈠山經（五藏山經）：戰國時楚人作。

㈡海內外經（海內外東西南北經）：西漢（淮南以後、劉歆以前）作。

㈢大荒經及海內經：東漢魏晉（劉歆以後，郭璞以前）作。

由於陸氏論證有許多處疑點，玄珠於中國神話研究中加以駁斥論述，對山海經的成書時代作了如下的論斷㊴。

㈠五藏山經在東周時。

㈡海內外經在春秋戰國之交。

㈢荒經及海內經更後，然亦不會在秦統一之後。

他是這樣說明自己的論點的，他說㊵：

㈠綜觀五藏山經之記載，是以洛陽爲中心，其言涇渭諸水流域卽雍州東部諸山，及汾水南卽冀州南部諸山，較爲詳密，洛陽附近諸山最詳，東方南方東南方已甚略，北方最略。又言及五嶽祭典，並無特盛，惟祭嵩山用太牢。這些都能幫助我們來假定五藏山經是東周之都洛陽的產物。而陸先生所擧鐵之盛行在東周一證，正也可以爲五藏山經成於東周作一旁證。因爲作者是當時中國版圖之中心地的洛陽的人，所以五藏山經內所包含的神話材料就有黃河流域和長江流域兩方面的神話了。然而仍以北部者爲多。

(二)從內容上加以研究。我們總可以承認劉歆以後到郭璞的時期內，神仙的觀念和怪異的迷信，和戰國時代已經很不相同罷？如果荒經以下乃漢魏人所作。應該有些那時道教的神仙觀念和變形魔術的痕跡。可是沒有。在性質上，荒經以下五篇和海內外經沒有什麼分別。我們不妨假定荒經及海內經與五藏山經不同時代，（或者本在海內外經中，後被分出的），然而若以之置於劉歆以後，卻未免太落後了些了。

(三)神仙之事，始於戰國末的燕齊方士，至秦始皇統一天下前後而盛極一時，所以西王母的「仙人化」大概可以上溯至秦漢之間，乃至戰國末；海內外經如爲西漢時所增加，則其言西王母必不如彼其樸野而近於原始人的思想信仰。故就西王母一點而觀，適足證明海內外經的時代不能後於戰國，至遲在春秋戰國之交。

玄珠的山海經著書時代論證確鑿，至今雖代有新探者，但是論述結果，都不出玄珠論點之外，即如袁珂提出荒經以下五篇早於山海經其他部份的論點，但考究結果最早也不能超出戰國時代的範圍。

三 山海經的內容——神話

山海經全文共三萬餘字，內容十分龐雜，五藏山經詳載了各地名山大川的方位與物產，以及當地民衆祭祀各神祇的祭品，並且包括了可以治療的疾病、防災免禍的動植物等；海外經則敍述結匈國、羽民國、讙頭國、厭火國等奇邦異國的位置及其風土習性；海內經所記，多與水流位置有關；大荒經則敍帝俊、顓頊、炎帝、黃帝、鯀、禹、啓、共工、夸父等神話歷史人物的世系及事蹟；篇末海內經的資料又有許多是與海內外經相通的，可見山海經一書的性質是相當複雜的，相對的它在保存上古社會史料上是卓具貢獻的。所以會在本章中獨論「山海經」的原因是根據袁珂的論點，推崇它是我國古籍中保存神話資料最豐富的一部書，因而在這裡也只擷取此書的神話資料，作有關內容的探討，今檢索資料可歸納出山海經神話的表徵有如下幾項：

甲：上古是由母系女權的社會轉變到父族男權的社會：在神話史中，女媧是最早的創造神：

有神十人，名曰女媧之腸，化為神，處栗廣之野，橫道而處。（山海經大荒西經）

類似女媧所組成的母系氏族，山海經還有多處的記載，如：

炎帝之妻，赤水之子聽訞生炎居，炎帝生節並……。（海內經）

炎帝妻雷祖，生昌意，昌意降處若水，生韓流。韓流擢首、謹耳、人面、豕喙、麟身、渠

股、豚止、取淖子曰阿女，生帝顓頊。（海內經）

帝俊妻娥皇，生此三身之國，姚姓，黍食，使四鳥。（大荒南經）

舜妻登比氏生宵明、燭光，處河大澤。（海內北經）

鯀妻士敬，士敬子曰炎融，生讙頭。（大荒南經）

由上述書子必及母的特點，可以推證上古時代的確存在過以女性為本位的社會組織，在這樣的組織下一切的權力自然也就歸入女性手中。

自原始母系社會式微之後，父權制度確立，於是男性的神和英雄，被人們歌頌者，產生不少陽剛之美的神話，如「夸父逐日」（大荒北經、海外北經）、「羿戰鑿齒」（海外南經、大荒南經）、「鯀禹治水」（海內經）、「黃帝戰蚩尤」（大荒東經、大荒南經、大荒北經）。

此外，更因他們的努力創造了不少美化造福人生的作品，如顓頊的曾孫太子長琴「始作樂風」（大荒西經）、炎帝的曾孫殳「始為侯（箭靶）」、鼓和延「是始為鐘，為樂風」、少皞的兒子般「是始為弓矢」、帝俊的曾孫番禺「是始為舟」、番禺的孫子吉光「是始以木為車」、帝俊的兒子晏龍「是為琴瑟」、帝俊的另外八個兒子「是始為歌舞」、帝俊的孫子義均「始作下民百巧」（海內經）等。

乙、上古國家制度的形成，是氏族制度解體後的結果：在山海經神話中所反映出來的最初社會形態，是以父母親為中心的氏族社會，他們分處在各地，為了彼此掠奪對方的財物和擴充勢力，必須由有經驗、有統御能力的人來領導，於是軍事的首領或部落的酋長就應運而生了。他們平時負責管理、分配、指揮族人捕魚打獵，編織麻布，燒煮食物，製造武器，鞏固內部的團結，戰時抵禦外來的侵略，這領導者反映在神話上，就是所謂的上帝，此時的「上帝」不止一人，「乃以爲衆帝之台」的「衆帝」（海外北經），和「群帝因是以爲台」的「群帝」（大荒北經），即說明了這種狀況。至於上帝的威儀及人民仰賴的程度，在山海經中也可以洞悉一二、例如他們擁有代表權勢的「帝臺」－「帝臺所以觴百神」（中山經），妙用無窮的奇石「帝臺之棋」──「帝臺之石，所以禱百神者也，服之不蠱」（中山經），更有那能治疾痛的漿水「帝臺之漿」──「甚寒而清，帝臺之漿也，飲之者不心痛」（中山經）。隨著時代邁進，淘汰了弱者，社會上終於出現了強力的國家組織，而統領者也由多人而歸於一二人之手，這至高無上的上帝在山海經中以殷人的祖先「帝俊」最受矚目了，生十日的義和生十二月的常義都是他的妻子哩！可惜他的民族卻被西方民族的上帝「黃帝」打敗了，此後歷史化的「黃帝」就從上帝變爲人主，成爲我中華民族的共同祖先，而爲戰敗民族上帝的「帝俊」，就銷匿聲跡了。

丙、神仙思想是藉著人民不滿生活環境的改變而侵入民心的：在山海經中人神是交通無阻的，只要順著天梯（山或樹）上下就可以了：

巫咸國在登葆山，群巫所從上下也。（海外西經）

華山青水之東，有山名曰肇山，有人名曰柏高。柏高上下於此，至於天。（海內經）

三桑無枝，其木長百仞。（海外北經）

有木名曰建木，百仞無枝，（上）有九欘，下有九枸。（海內經）

這反映了當時人們在政治、經濟地位上都是平等的。但是好景不長「重」「黎」兩位天神，終於在上帝的旨命下隔開了天地：

大荒之中，有山，名曰日月山，天樞也。吳姖天門，日月所入。有神，人面無臂，兩足反屬於頭山（上），名曰噓（噎）。顓頊生老童，老童生重及黎，帝令重獻上天，令黎卬下地。下地是生噎，處於西極，以行日月星辰之行次。（大荒西經）

天地的通路一斷，神和人就有了距離，一小部份的人往上爬，儼然也就是地面上的神，大部份的人卻被迫向低處沉落，此時帶來災難的怪鳥怪獸，以及山林水澤間無數有勢力的神靈都逐日增加，人民都置身在憂患和恐懼之中，由於長期飽受威脅，自然憧憬著人間樂土，與健康不死，自此仙話化的神話就時而可見了：

嗟丘，爰有遺玉、青馬、視肉、楊桃、甘柤、甘華、百果所生。（海外東經）

有沃之國，沃民是處。沃之野，鳳凰之卵是食，甘露是飲，凡其所欲，其味盡存。（大荒西經）

黑水之間，有都廣之野，后稷葬焉。爰有膏菽、膏稻、膏黍、膏稷，百穀自生，冬夏播琴（種）。鸞鳥自歌，鳳鳥自儛，靈壽實華，草木所聚。爰有百獸，相群爰處，此草也，冬夏不死。（海內經）

以上乃人世樂土，至於長壽不死的國度亦不在少數略舉一二如下：

軒轅之國在此窮山之際，其不壽者八百歲。（海外西經）

白民之國在龍魚北，白身被髮。有乘黃，其狀如狐，其背上有角，乘之壽二千歲。（海外西經）

無䏿之國，在長股東，為人無䏿。郭璞注：「䏿，肥腸也。其人穴居，食土，無男女，死卽薶之，其心不朽，死百廿歲乃復更生。」（海外北經）

長生不死的方法除了乘異獸如大戎國有文馬「乘之壽千歲」（海內北經）之外，一般都以食藥爲主：

開明東有巫彭、巫抵、巫陽、巫履、巫凡、巫相，夾窫窳之尸，皆操不死之藥以距之。窫窳者，蛇身人面，貳負臣所殺也。（海外西經）

有巫山者，西有黃鳥。帝藥，八齋。郭璞注：「天帝神仙藥在此也。」袁珂云：郭注『神

仙藥』者，當卽神仙不死藥也。（大荒南經）

丁、「奇人異國」是先民天眞幼稚世界觀的反映：在山海經中有兩種奇異的人物，一是經過變化的人物，一種是居處遠處的外國人。所謂經過變化的人物，是指上古人民認爲自我的生命是出於他們所隸屬的圖騰，法人杜爾幹解釋圖騰說：

> 圖騰是一種生物或非生物，大多數是植物或動物，這團體自信出自牠，牠並作為團體的徽幟及他們共有的姓㊶。

由於這樣的認知，所以山海經中有顓頊屬於蛇圖騰，隨著季節的變化復活，變爲與蛇相類似魚類的神話：

> 有魚偏枯，名曰魚婦。顓頊死卽復蘇。風道北來，天乃大水泉，蛇乃化為魚，是為魚婦。顓頊死卽復蘇。（大荒西經）

袁珂校注此一經文時，推測顓頊或許是掌握了風起泉湧，蛇化爲魚之機，所以「得魚與之合體而復甦，半體仍爲人軀，半體已化爲魚，故稱『魚婦』也。」。今本淮南子墬形篇云：

后稷壠在建木西。其人死復蘇，其半魚在其間。

可見這種奇聞異說廣流民間，反映出古人自然生物的知識不夠豐富確實。另有一種令人駭懼的形貌，那就是變化的神尸，山海經中所謂的「尸」，大都是指被殺戮以後，經過奇異變化的景象如：

奢比之尸在其北，獸身、人面、大耳，珥兩青蛇。一曰肝榆之尸在大人北。（海外東經）

據比之尸，其為人折頸被髮，無一手。（海內北經）

有神，人面獸身，名曰犂䰠之尸。（大荒東經）

有人方齒虎尾，名曰祖狀之尸。（大荒南經）

至於山海經遠國異人記載的源起，一則戰國時代，燕齊一帶濱海的人民，見海面上有海市蜃樓的景象，進而傳聞海上有仙山，所以君主如齊威王、燕昭王等都遣人入海求仙與不死藥，海上交通逐漸發達，和海外各國也開始有了接觸，由於古人的地理知識貧乏，閱歷不夠，又好想像和誇張的渲染，就產生「九州」的世界藍圖，史記孟荀列傳載：

（騶衍）以為儒者所謂中國者，於天下乃八十一分居其一分耳。中國名曰赤縣神州，赤縣神州內自有九州，禹之序九州是也，不得為州數。中國外，如赤縣神州者九，乃所謂九州也。於是有俾海環之。人民禽獸，莫能相通者，如一區中者，乃為一州。如此者九，乃有大瀛海環其外，天地之際焉。

山海經記載先民所圖畫的海外鄰國，以今日眼光衡量，可以歸類如下：

㈠純屬神話烏有的：如不死國、無腸國、三身國、卵民國等。

㈡實有或半實有的：如肅愼國、三苗國、匈奴、朝鮮、鉅燕、大楚、西周、北齊、大夏、巴國等。

㈢擁有特性異貌的：如深目國、黑齒國、儋耳國、毛民國、大人國、小人國、丈夫國、女子國、長臂國、長股國、一臂國、奇肱國等。

對這些遠國異民，先民熱情地指稱是自己的同胞呢？如：

有司幽之國。帝俊生晏龍，晏龍生司幽，司幽生思士，不妻；思女，不夫。食黍，食獸，是使四鳥。（大荒東經）

有白民之國。帝俊生帝鴻，帝鴻生白民，白民銷姓，黍食，使四鳥：虎、豹、熊、羆。（大荒東經）

有黑齒之國。帝俊生黑齒，姜姓，黍食，使四鳥。（大荒東經）

有人三身，帝俊妻娥皇，生此三身之國，姚姓，黍食，使四鳥。（大荒南經）

有臷民之國。帝舜生無淫，降臷處，是謂巫臷民。巫臷民朌姓，食穀，不績不經，服也；不稼不穡，食也。（大荒南經）

大荒之中，有人名曰驩頭。鯀妻士敬，士敬子曰炎融，生驩頭。驩頭人面鳥喙，有翼，食海中魚，杖翼而行。維宜芑苣，穋楊是食。有驩頭之國。（大荒南經）。

大荒之中，有山名曰大荒之山，日月所入。有人馬三面，是顓頊之子，三面一臂，三面之人不死，是謂大荒之野。（大荒西經）

行文至此，對先民如此純眞高尙的情懷，由衷敬佩，同時對於中華民族所以有「大同世界」的至高理想，也有了更深一層的認知。

第三節　神話的種類與內容

中國神話雖然豐富，但資料散見於各有關書籍之中，想要整理出一部完整的神話集，就已經不是一件容易的事了，更何況各種形式的探討。而歷來學者在神話的分類上，其看法也是相當分歧，例如沈氏在中國神話研究一文中把中國古代神話分爲六大類㊹：

㈠天地開闢的神話（包括盤古氏開闢天地、女媧氏煉石補天等等）。

㈡日月風雨及其他自然現象的神話（包括羲和馭日、羿妻奔月等等）。

㈢萬物來源的神話（這一類惟有蠶還傳下一段完全的神話，其餘的卽使有，也失之零碎）。

㈣記述神或民族英雄的武功的神話（包括黃帝征蚩尤、顓項伐共工等等）。

㈤幽冥世界的神話（此類神話，較古的書籍裏很少見，後代的書裏却很多，大概已經道教化或佛教化）。

㈥　人物變形的神話（此類獨多）。

此外，譚達先在中國神話研究一書中，駁斥玄珠與李丹陽各自六類的分法都不科學，而按照思想內容的不同性質，將中國古代神話分為以下四大類㊺：

㈠　表現人類對自然進行搏鬥的神話（包括后羿射日、夸父逐日、精衞塡海等）。

㈡　表現原始社會中人類集團間戰爭的神話（包括黃帝戰勝蚩尤、共工怒觸不周之山等）。

㈢　解釋與說明自然現象的神話（包括牽牛織女、羲和浴日、共工怒觸、不周之山等）。

㈣　表現人類創造文化的神話（包括神農、燧人氏、死亡是怎樣起源的等）。

譚氏依思想內容的不同所做的神話分類，固然很有科學的精神，卻無法顧及各類神話產生的先後次第，以致有先言女媧補天，後述開天闢地等情形，基於兒童有先入為主的觀念，兒童文學作品必須層次清楚的基本原則㊻，並參酌各家分法，擇取兒童感到關切而喜好探究的部分將中國神話做如下分類和介紹，至於以人物為主題的英雄故事，則併於後章「傳記文學」中論述。

一、開天闢地物類源起的神話

中國先民如其他原始人類一樣，思想雖然單純，但是卻擁有代表我們民族宇宙觀的開天闢地的神話，此類神話可細分為宇宙的形成、萬物的源起、人類的誕生三部分：

㈠宇宙的形成

宇宙未形成前的狀態，是一片「混沌」的景象。「混沌」根據山海經西次三經的記載是天神之名：

天山有神鳥，其狀如黃囊，赤如丹火，六足四翼，渾敦無面目，是識歌舞，實為帝江也。

而「帝江」二字根據畢沅的注解：「江讀如鴻」，就是「帝鴻」，而史記五帝本紀集解引賈逵所述：「帝鴻，黃帝也。」，可知「混沌」就是「黃帝」。這混沌黃帝在莊子的筆下是個十分奇異的人物呢：

南海之帝為儵，北海之帝為忽，中央之帝為混沌，儵與忽時相與遇於渾沌之地，渾沌待之甚善。儵與忽謀報渾沌之德，曰：「人皆有七竅，以視聽食息，此獨無有，嘗試鑿之。」日鑿一竅，而渾沌死。（莊子應帝王）

這模糊黏成一片的「混沌」，在後世人們的心目中一直是黑暗的代稱，例如神異經西荒經就載有抱持著這個觀念的傳說故事：

崑崙西有獸焉，其狀如犬，長毛四足，似熊而無爪。有目而不見，行不開，有兩耳而不聞，有人知往。有腹無五臟，有腸直而不旋，食物徑過。人有德行而往抵觸之，有凶德則依憑之。天使其然，名為「渾沌」。空居無為，常咋其尾，回轉仰天而笑。

在這一片昏暗似雞子的混沌世界中，三國徐整吸取了有關「盤瓠」及「盤古」的傳說，設計創造出由混沌孕育而成中華人民共同的老祖宗——開天闢地的盤古，徐整精彩的創作見載於三五曆紀中：

天地渾沌如雞子，盤古生其中。萬八千歲，天地開闢，陽清為天，陰濁為地，盤古在其中，一日九變。神於天，聖於地。天日高一丈，地日厚一丈，盤古日長一丈。如此萬八千歲，天數極高，地數極深，盤古極長。故天去地九萬里。（見太平御覽卷二）

㈡　萬物的源起

盤古支柱天地的工作十分辛苦，終於他也倒了下來，他臨死的時候全身突然產生巨大的改變；豐富而美妙的萬物都源生於他的軀殼，南朝蕭梁時代的任昉在述異話中就指稱盤古爲天地萬物之祖，他說：

盤古氏，天地萬物之祖也，然則生物始于盤古。昔盤古氏之死也，頭為四嶽，目為日月，脂膏為江海，毛髮為草木。秦漢間俗說，盤古氏頭為東嶽，腹為中嶽，左臂為北嶽，足為西嶽。先儒說，泣為江河，氣為風，聲為雷，目瞳為電。古說，喜為晴，怒為陰。吳楚間說，盤古氏夫妻，陰陽之始也，今南海有盤古墓，亘三百里。俗云，後人追葬古之魂也。

此外繹史卷一引五運歷年記，也載及盤古身體各部份，變化成爲自然界諸物，雖然內容與任說稍有出入，但有互相參研，豐富情節的價値：

首生盤古，垂死化身，氣成風雲，聲為雷霆，左眼為日，右眼為月，四肢五體為四極五嶽，血液為江河，筋脈為地理，肌肉為田土，髮髭為星辰，皮毛為草木，齒骨為金石，精髓為珠玉，汗流為雨澤，身之諸蟲，因風所感，化為黎甿。

㈢ 人類誕生

對於人類是從何而來的問題，在中國古書上除了在前所述「盤古創天地」的神話中，最後曾提到百姓生民是由寄生在「盤古」身上的跳蚤之類的小蟲轉變而來的以外，在另一些記載上却是歸之於煉石補天，再造天地的「女媧」的功勞。例如許愼在說文中解「媧」字說：「媧，古之神聖女，化萬物者也。」至於造人的原料，方法及成果詳見太平御覽卷七八引風俗通：

俗說天地初開闢，未有人民。女媧摶黃土為人。劇務力不暇給，乃引繩絙泥中，舉以為人。故富貴賢知者，黃土人也；貧賤凡庸者，引絙人也。

雖然上述一人造世的神話流傳不已，但是查看淮南子精神篇卻指出古有造世主二人呢？

古未有天地之時……有二神混生，經天營地……剛柔相成，萬物乃形，煩氣為蟲、精氣為人。

究竟這二神是誰呢？張光直在中國創世神話之分析與古史研究中是這樣說的：

二神之中，如其一為女，常稱女媧；男神則有多名，或為多神，或異名而同實。最常見的名字是伏羲。芮逸夫師引Clarke氏記貴州南部鴉雀苗語Bu-i（Bu，祖先；i，第一），以為伏羲實卽始祖之義（芮逸夫 1938:175）。伏羲或卽下節之盤古；常任俠云（1939:63）：「伏羲一名，古無定書，或作伏羲、庖犧、宓羲、虙羲，同聲俱可相假。伏羲與槃瓠為雙聲（此承胡小石師說）。伏羲、庖羲、盤古、盤瓠，聲訓可通，殆屬一詞」[47]。

從漢代的石刻畫像到唐代文人的零星記錄，都證明了遠古流傳過伏羲、女媧兄妹爲夫婦的完整的神話㊽，但是由於缺乏文字記錄，因而在古代文獻中失傳了，而它故事的復原是靠新興的考古學，尤其是人類學的努力才得完成的。根據近代人類學者的研究證明，早在許多邊疆和鄰近民族中就已經在口頭上流傳著這兩位造世祖的神話，雖然細節上與漢族同一主題的神話並不相似，但是主題卻是相同的，例如貴州市依族「洪水朝天」的神話是這樣傳述的㊾：

從前有一家伏羲兄妹，種有菜園，為了不浪費土地，邊邊種滿了葫蘆蓬。當葫蘆長大了的時候，洪水就淹天下了，這時候滿山遍野都有水，人烟無處可藏，於是伏羲兄妹就拿葫蘆來藏身，果然葫蘆救活了他倆，但其他所有的人却被淹沒了。為了延續世上人烟，他倆就用磨子來滾坡，看能不能相會合，結果磨子會合了，他倆就以這個磨子作為證人、媒人，打破兄妹關係就結為夫妻了。結婚得三年以後，生下一個無頭無脚的綉球人，他倆很寒心，用鋼刀砍成塊塊飛，全變為人，並發展成為千萬萬。因此故名為兄妹成親。

不論人類是由小蟲變來，或是由女媧揑土造成，還是盤古女媧兄妹婚生而來，這都是十分精彩動人的故事。至於出生相同的人類，何以有了外貌與地位上的分野呢？世上流傳著一個解釋「人爲什麼有貴賤怨恨和殘廢」的神話㊿：

盤古氏造了天地後，又造起人來。

他先弄了一大堆黃泥，然而用手一個個的揑塑，有男的，有女的。看看日過中午，而揑成的還不多，他不覺性急起來，連忙找些稻草繩來截斷了，一條條的在黃泥堆裏拖。這用手揑的是貴人，以繩拖的就是賤人。做好後，又搬到太陽下去晒；把相貌好的放在一起，使他們配成好夫妻，醜的也放在一起，使他們也配成夫妻。剛晒得半乾，忽的風雨交作，他慌張地搬回去，將次序弄亂了，好的醜的都混在一起，因此世上就有怨男怨女了。又在搬的時候，有的折了臂，有的斷了腿；在放的時候，有的壓歪了頭，有的壓駝了背，所以拐脚駝背等殘廢，就此產生了。

二、解釋說明自然現象的神話

存活在這宇宙間的人類，對於舉頭所見的日月星辰，及突如其來的雷電風雲雨，和生活中讓人駭懼的洪水大火等自然景觀，有著無比的好奇，於是產生了闡釋它們的神話。

㈠ 太陽的神話

古人將白日的明亮，歸功於太陽的神力，因此太陽神在各民族神話中都佔有極重要的地位；同時由於見到日出日落的景象，而把太陽神想像成要人出巡一般，每天日出時就是太陽神駕華車開始要巡行天地，日暮時分就是巡視完畢可以休憩的時刻，淮南子天文訓中將太陽每日巡視的行程作了很詳細的記載：

> 日出于暘谷，浴于咸池，拂于扶桑，是謂晨明。登于扶桑，爰始將行，是謂朏明；至于曲阿，是謂旦明；至于曾泉，是謂蚤食；至于桑野，是謂晏食；至于衡陽，是謂隅中；至于昆吾，是謂正中；至于鳥次，是謂小還；至于悲谷，是謂餔時；至于女紀，是謂大還；至于淵虞，是謂高舂；至于連石，是謂下舂；至于悲泉，爰止其女，爰息其馬，是謂縣車；至于虞淵，是謂黃昏；至于蒙谷，是謂定昏；日入于虞淵之汜，曙于蒙谷之浦，行九州七舍，有五億萬七千三百九里。

我國的太陽神出巡，是十分威武雄壯的，他穿著青的衣，白的裙，坐著由六「螭」所拖的四輪車上，車的四周插滿了雲旗，更有雷聲簇擁著，浩浩蕩蕩的一大隊「人馬」呢！更神氣的是在一路上一直都有「瑟」、「鼓」、「簫鐘」、「瑤簴」、「篪」、「竽」等樂器吹奏著，群巫翩翩的舞姿不停地輕擺於旁，更有衆神唱頌著詩歌，響入雲霄，嫋繞耳畔，楚辭九歌的東君便是這樣描述的：

> 暾將出兮東方，照吾檻兮扶桑；
> 撫余馬兮安驅，夜皎皎兮既明；

駕龍輈兮乘雷，載雲旗兮委蛇；
長太息兮將上，心低佪兮顧懷；
羌聲色兮娛人，觀者憺兮忘歸；
緪瑟兮交鼓，簫鐘兮瑤簴；
鳴䶵兮吹竽，思靈保兮賢姱，
翾飛兮翠曾，展詩兮會舞，
應律兮合節，靈之來兮蔽日。
青雲衣兮白霓裳，舉長矢兮射天狼；
操余弧兮反淪降，援北斗兮酌桂漿；
撰余轡兮高駝翔，杳冥冥兮以東行。

根據山海經大荒南經的記載，古代一共有十位太陽神：

東南海之外，甘水之間，有羲和之國。有女子名曰羲和，方日浴於甘淵。羲和者，帝俊之妻，生十日。

他們有秩序地輪流執行著巡行天下的工作：

湯谷上有扶桑，十日所浴——在黑齒北——居水中。有大木，九日居下枝，一日居上枝。（山海經海外東經）

一日方至，一日方出，皆載于烏。（山海經大荒東經）

爲何今日卻只剩一個太陽呢？王逸注楚辭天問「羿焉彈日？烏焉解羽？」引淮南子解釋道：

淮南言堯時十日並出，草木焦枯，堯命羿仰射十日，中其九日，日中九烏皆死，墮其羽翼，故留其一日也。

由於他們驕縱任性，不守輪流値班的規定，一齊出來胡鬧，造成了自然界的大災變，以至猰貐、鑿齒、大風、九嬰、封豨、修蛇……種種惡禽猛獸，都紛紛從山林水澤跟出來殘害世間。作爲宇宙統治者的帝俊，才不得不「賜羿彤弓素矰，以扶下國，羿是始去恤下地之百艱。」（山海經海內經）。

曾幾何時流傳於後代的太陽神卻是位女子了呢！嚴殊編輯的中國民間傳說記載了「太陽姑娘和月亮嫂子」的故事：

從前有姑嫂兩人，都生得很美麗，可是她們底性情卻完全不同，姑娘的性情，是嬌羞而剛烈的；嫂子的性情，卻是大方而柔和的。她們倆都願意把美麗的容光顯露在人們面前，但是嫂子是大大方方地讓人家正眼看的，而姑娘卻不許人家正眼看她。

她們倆常常討論讓人正眼看的問題：

「如果有人膽敢正眼看我，我一定用繡花針戳瞎他的眼睛！」姑娘說。

「不要如此，這未免太激烈了啊！」嫂子說：「我們既然不惜把美麗的容光顯露在衆人面前，又何妨讓人家正眼看呢？讓人家正眼看，祇要有個分寸，不把全付面龐常露在衆人面前就好了。因為常常給人家看，縱然美麗，人家也會看膩的；所以我以為不如把美麗的面龐慢慢地一點一點地顯露出來，又慢慢地一點一點地隱藏過去，使人家不至於因為常見同樣的面龐而膩煩起來。這樣子做，也可以保持我們的尊嚴，又何必拿繡花針去傷害人家呢！」

因為兩人的性情不同，姑娘畢竟不贊成嫂子的主張，於是祇好各行其是。

有一天，有一個不曉得姑娘底性情和主張的人！正眼看了她一次，姑娘立刻惱怒起來，拿她常備的繡花針，戳瞎那人的眼珠。姑娘的主張是實現了，同時她底罪案也成立了，因為她犯了無故傷人的罪，捉到官廳裏去，生生地被絞死了。

姑娘慘死後，和她十分親愛的嫂子，自然很悲痛，日夜哭泣著。有一天，她在哭泣的時候，忽然夢見姑娘來告訴她說：

「嫂子，你別哭了！我因為貞烈的緣故，已被天帝封為太陽之神了。我非常想念你，所以把你推薦給天帝，要求他封你做月亮之神；天帝已經允許，不久就有人來召你去管理月宮了。」嫂子夢醒之後，隔不多時，果然被天神請去了，在天上朝見了天帝，被封為月亮之神。從此跟親愛的姑娘朝夕相見了。

她們倆人相見後，自然悲喜交集。不過她們底性情和主張還是照舊，她們倆依舊把美麗的容光顯露在衆人面前，讓一般人都知道她們底美麗。不過月亮嫂子，是把面龐慢慢地一點一點地顯露出來，又慢慢地一點一點地隱藏過去；而太陽姑娘，卻把她繡花針化成千千萬萬的光，預備戳壞那正眼看她的人們底眼睛。

(二) 月亮的神話

有關月御「望舒」的記載很少，但是段芝先生認爲這個古代的月亮神話是能與太陽神話比美的，他說：

我國最早的月亮神話，也和前面所提的太陽神話一樣，敍說著月神駕著由一種祥瑞神奇動物所拖的車，每天夜晚如何由大隊人馬簇擁著，穿過天空，巡行四方，所出入停留的地點，也都有詳細的描述；月神婀娜多姿的神態，月宮富麗堂皇的氣派，也都為當時民間大衆所歌頌熟知的。可惜年代太早，又沒有把它詳細的記載下來，只有在離騷與淮南子中找到「望舒，月御也」幾字，說到月亮駕車的名叫「望舒」。至於「望舒」是何許人物，何等容貌，月神的花容美姿等等，在其他古書裡再也找不到較詳細的敍述[51]。

雖然欠缺月神出巡的神話，但是嫦娥奔月的神話，卻爲月亮帶來令人千古仰嘆的不朽價值，張衡於靈憲記中寫下了嫦娥奔月的經過：

> 嫦娥，羿妻也，竊西王母不死藥服之，奔月。將往，枚占於有黃，有黃占之，曰：「吉。翩翩歸妹，獨將西行，逢天晦芒，毋驚毋恐，後且大昌。」嫦娥遂託身於月，是為蟾蜍[52]。

翩翩美人因竊藥遭譴不但化爲蟾蜍，而且必須辛苦地日日搗藥，所謂「嫦娥擣藥無窮已，玉女投壺未肯休」（李商隱詩）。試想這樣的結果嫦娥會無悔嗎？詩人李白寫出了嫦娥內心的悲悽：「白兔擣藥秋復春，姮娥孤棲與誰鄰」；李商隱更寄以同情地說道：「嫦娥應悔偷靈藥，碧海青天夜夜心」。透過文人之筆及月亮之美，「月裏嫦娥」成爲女性至美的修辭，而「嫦娥奔月」的神話則以更豐富的內容流傳下來，甚至還有羿與嫦娥破鏡重圓的美滿結局呢！清袁枚在隨園隨筆中引三餘帖敍述了這段動人情節：

> 羿妻嫦娥奔月，羿思之，以米粉作團，呼而祭之，嫦娥遂歸。今在月者，乃結璘，非嫦娥也。

凝望美幻的月兒，那能爲世人巧配姻緣的月下老人也就自然浮現人們眼底，這段神話故事是發生在唐朝士子韋固的身上[53]：

唐貞觀二年（西元六二八年），杜陵人韋固，遊學四方，旅次宋城。韋固年青，但父母俱早亡，他出身士族，到處遊學，是為仕進。同時，也為自己擇婚。

至期，據說因韋固急於決定婚事，很早就赴約。那時，天未明，斜月尚在，他到了龍興寺山門，看到石階上坐了一個老人，對著月光在看一卷書。

韋固好奇，湊上去看，發現那卷書的文字奇特，為自己從未見過的，他是士人，對此大為駭異，便問老人。

老人告訴他，這不是人間的文字，再問，老人又自稱本身也不是人間的人。韋固大為詫異，但並不見怪，再問他那卷書是甚麼書，老人告以這是婚姻簿，人間的婚姻都記在這卷書中。韋固正求婚，便以此相詢。

老人對著月光看書，他告知韋固，自己已為他擇定了配偶，老人拿出囊中紅色絲繩，對韋固說，我將絲繩一條分別繫上男女之足，這兩人便會結成夫婦，不會變化的。

韋固大感奇異，又問老人，自己的妻子和婚期。

老人告訴他，他的妻子今年才三歲，要到十四年之後，韋固才能和他那妻子結婚。

韋固希望早日婚姻，聞之大駭，在情緒激動中，又追問自己的妻子為何許人？老人說，你的妻子現在就住在南店之北，一個賣菜婦人所領之女。韋固無法相信，但仍再相問是否可以先見。老人告以天明後便能相見。

天明，韋固所約的媒人不曾來，月下所見的老人却收書徐徐而起，囑韋固相隨而行，卽可一見未來的妻子。韋固隨了他走，轉入菜市，見到一個眇目的婦人，抱了一個女孩來，那自然是貧陋特甚的，月下所見的老人，指著那三歲的女孩而答韋固：這就是你將來的妻子。韋固聽了，為之大怒，對老人說，如你所言為真，我將這女孩殺了。老人對他說，那是命定的，你殺不了她的。

出身士族的韋固被老人所激怒，而一轉眼間，老人不見了。

在大怒中的韋固回去，磨利一柄小刀，交付他的從僕，允予一萬錢為酬，著令赴菜市，刺殺一個眇目婦人所抱的三歲女孩。當時的僕人，愚忠於主人，以服從為事而不問是非，那僕人奉主人之命去行兇。在菜市中，僕人揮刀刺一小女孩，立即轟動全市，僕人行事後連忙逃開了。韋固問他結果，僕人告以一刀刺向胸口，竟不中，刀刃刺中眉間，生死未知。這是悖法的荒唐事件，韋固可能定在大怒中不加思考而出之。當時的士族大家子弟，對殺一名窮苦的平民，不以為是大事，但事發之後，他可能大悔，走了。

自此之後，韋固依然四處求婚，但每次皆不成功。他應試也一再失敗。後來，他靠父蔭——父親有功朝廷，遺傳子孫——而入仕，移轉為相州參軍。時韋固年逾三十，尚未有妻。這位求婚十多年而未曾有妻的韋固，終於得到了妻。洞房之夕，他看妻子，年十六七，姿色頗秀麗，且為時世新粧，眉間貼一花鈿。韋固失婚，得妻如此，大感滿足。

婚後，他發現妻子眉間的花鈿，總是不除去的，睡時如此，沐浴時如此，這使他有了疑惑。於是，他詢問妻子，何以如此，他的妻子坦率相告：這是愛美心理，用花鈿掩飾一個疤痕。她自動講出童年故事——她祗是刺史的侄女，他父親是宋城令，她甫出生，父死，母兄隨後相繼故世，本家在宋城南店附近有一別業，乳媪陳氏，攜她入住別業，屋後有空地頗大，乳媪用以種菜。三歲時，乳媪抱行市中，為人所刺中眉心。數年之後，叔王泰來迎，於是她依叔而居，直至於今。

這一個故事勾引起韋固的舊事，他想起了月下所見的老人，想起預言自己婚姻種種，為之悚然。於是，他問妻子，乳媪是否眇一目的，出事時是否在菜市。妻答以是，並驚異於丈夫竟知道這一宗往事。至此，韋固亦坦述一切。夫妻二人對於月下老人之事，大感驚奇。由於有這樣的一個故事，夫妻間以命定而恩愛逾於常人。

(三) 星星的神話

黑夜降臨，滿天星斗綻放著光芒，好不吸引人。根據徐整五運歷年記的記載，這無盡的星辰是盤古的頭髮和髭鬚所變化生成的，但是在我國廣西大苗山等地區所盛傳的補天神話「龍牙顆顆釘滿天」中，這皎白的銀河與星斗，卻是桑哥哥和白姑娘騎著飛羊去補天時所用的白頭巾和龍牙呢！中國童話「天上的星星那裏來」載述的就是這篇永遠燦爛的故事：

在很久很久以前，天空突然裂開了一個大洞和無數的小裂縫，冷風、冰雪不斷由這大洞和裂縫灌下人間；大樹被雪塊壓倒，屋頂被寒風颷走。老百姓嚇得紛紛往山洞裏鑽，沒得吃，沒得喝，抱著飢餓的肚皮縮擠成一團，手脚不停打著哆嗦。

有個勇敢强壯的年輕人桑武，不顧大家待在山洞中等死。他聽說賴弄山上有個什麼事情都知道的綠鬍佬，決定冒著生命的危險去找他，問他有沒有辦法可想。

桑武嘟咚嘟咚的走向賴弄山。被風吹倒了，他爬起來再走；被雪塊砸傷了，他揉揉紅腫的傷口，又繼續向前。就這樣經歷了千辛萬苦，桑武終於到達了賴弄山。

這時天正矇矇亮，小鳥兒啾啾叫，賴弄山上忽然傳來一陣響遍大地的歌聲：「天亮嘍！綠鬍佬兒起牀啦！手拿梳子梳鬍子，長長的鬍鬚哪拖下山！」

桑武抬頭一看，大把大把又粗又長的綠鬍鬚像樹藤般由半空垂下地。原來，綠鬍佬住在賴弄山一棵樟樹上的大鳥窩裏。

綠鬍佬發現山脚下有個陌生人，就大聲的問：「你是誰？到賴弄山上來幹什麼？快攀著我的鬍鬚上來，好好說給我聽。」

桑武抓緊綠鬍鬚，迅速的爬上去。

綠鬍佬大叫：「小心點！別弄痛了我。」

桑武爬進鳥窩，看見一個小矮人坐在裏面，就對他說：「綠鬍佬，天皮破了，又颳風，又下雪，大家躲在山洞中不敢出來，請你快想個辦法救救大家吧！」

綠鬍佬是個慈祥的老人，他看看桑武說：「你真是個勇敢的青年，我要給你三樣好東西，幫你這個忙。還有，烏溜山上住著三個會補天的姑娘，你可以去請其中的一位幫忙你修補天皮。如果她們不肯見你，你就穿上這鞋子跺脚，套上這手套搖山，戴上這帽子撞山，把她們逼下來。」

綠鬍佬一邊說，一邊遞給桑武鞋子、手套和帽子。這三件東西都是綠鬍佬用他的鬍子編織成的。桑武帶著三件寶貝，又嘟咚嘟咚的走向烏溜山。

烏溜山光溜溜的，桑武爬三步退兩步，只好站在山下拉開嗓門大喊：「喂！山上的姑娘，我叫做桑武。天皮破了，百姓受凍挨餓，沒有好日子過，請你們和我一塊去修補天皮吧！」

山頭靜悄悄，一點聲音都沒有。

桑武想起綠鬍佬的話，立刻穿上鞋子，用力踩脚。這一踩，山搖地動，塵沙飛揚，把桑武嚇了一跳。

山上的姑娘也尖聲叫喊：「不要踩啦！不要踩啦！」然後山頭降下一根長藤，藤子的末端向上開著一朵大紅花，紅花上坐著一位黃姑娘。黃姑娘嗲聲嗲氣的說：「補天多辛苦啊！我只想在山頭睡個舒服覺。」

桑武生氣的說：「旣然這樣，你就回山都繼續做你的好夢吧！」他把花向上一推，黃姑娘就回山頭了。

桑武又大叫著：「再換一位姑娘下來吧！」

山頭還是靜悄悄，沒有一點聲音。

桑武只有戴上綠手套，雙手用力搖山。這一搖，山石咕咚咕咚的滾下來。山上的姑娘驚叫：「不要搖啦！不要搖啦！」

這回長藤的紅花上坐了一位綠姑娘，綠姑娘伸個懶腰，滿不在乎的說：「百姓受凍挨餓，關我什麼事啊！我只想吃喝玩樂。」

桑武又生氣的把花向上推，說：「你回山上享福去，我也不要你和我一起去補天了。」

桑武最後又戴上帽子，猛力撞山，烏溜山像發生地震般左搖右晃。山頭有個溫柔的聲音說：「不要撞啦！不要撞啦！我願意和你一塊去修補天皮。」

桑武抬頭一看，紅花裏下來一位笑盈盈的白姑娘。她頭戴白巾，穿了一身雪白的衣裳，騎著一隻大綿羊，手裏還抱著一頭小綿羊。

桑武高興的問：「你真的願意和我一塊去修補天皮嗎？」

白姑娘點點頭說：「老百姓太可憐了，我願意和你一起去解救他們！」接著，她又問桑武：「你知道天皮是怎麼破的嗎？」

桑武搖搖頭。白姑娘說：「南山有個烏龍哥，北海有個烏龍弟，是他們兄弟打架，把天皮撞破的。我們現在去補天，但是還是缺少鎚子和釘子。我看，就取烏龍哥的角做釘鎚，拔烏龍弟的牙做釘子吧。」

白姑娘交給桑武一把金鉗和一只皮袋說：「這把金鉗給你去拔龍角和龍牙；這只皮袋是個寶袋，龍牙放在裏頭，會越變越多。」

桑武帶著金鉗、寶袋和綠鬍佬給他的三件寶貝，又嘟咚嘟咚的走到南山。

他在山下大喊：「喂！烏龍哥，你撞破了天皮，現在我要取你的龍角做釘鎚補天。你快出來吧！」

烏龍哥在山洞裡翻轉了一下身子，不理會桑武。但是，心裡卻很害怕，他沒想到居然有人知道是他闖下的大禍。

桑武見烏龍哥不吭聲，趕快戴好三件寶貝，朝著南山又踩又搖又撞。烏龍哥被弄得頭暈眼花，只得求饒：「好啦！好啦！我出來就是了！」

烏龍哥乖乖從山洞中伸出龍頭，讓桑武用金鉗拔他的龍角。桑武高興的拍拍龍頭說：「謝謝你了，烏龍哥，下次別再和你弟弟打架了！」烏龍哥不太情願的嗯了一聲。

桑武又往北海找烏龍弟。海水深藍幽暗，桑武看不到烏龍弟，只有大叫：「烏龍弟，你快出來，我知道天皮是被你弄破的，我要取你的牙齒做釘子修補天皮。」

海底的烏龍弟動也不敢動，心裡暗暗的叫：「糟了！我幹的壞事洩露了！」

桑武又穿戴上他的寶貝，興風作浪，弄得波濤翻騰，浪花沖天。一個大浪把烏龍弟甩到海灘上，震得他暈了過去。桑武趕忙拿起金鉗，拔下烏龍弟的一顆顆龍牙，裝在寶袋中。寶袋果真應了白姑娘的話，一下子膨脹起來，袋裡的龍牙一變二、二變四，越來越多。

桑武拍拍龍頭說：「多謝啦！烏龍弟，以後別再和你哥哥打架了。」烏龍弟嚇得不敢開口，一頭縮進了北海。

桑武取得了龍角和龍牙，回到烏溜山找白姑娘。白姑娘這時已經把小羊養大了，並且剪下羊毛做了兩件白斗篷，一件自己穿，一件給桑武穿。

他們倆騎上兩隻綿羊，白姑娘對桑武說：「你輕輕扭動羊耳朵，我們就可以飛上天了。」

大風不停的吹，大雪不停的下，他們終於飛到了天上最大的破洞旁邊。這兒的風雪特別大，桑武和白姑娘簡直睜不開眼睛了，但是却一點也不退縮。

白姑娘解下銀白的頭巾，當風一抖，頭巾變得又長又大。她撕下一大塊，和桑武扯住頭巾的兩端蓋住大洞。白姑娘又取出寶袋中的龍牙，一顆顆插在白布巾的四周，桑武用龍角做鎚子，將龍牙釘牢，風勢立刻減弱了。

等天空所有的裂縫都這樣修補完了，天上到處綴滿了龍牙釘，風雪也都停止了，大地又恢復了平靜。山洞裏的百姓全都跑了出來，他們鼓掌歡迎從天上下來的桑武與白姑娘，稱贊他倆是英雄！

到了夜晚，大家往天空看去，黑暗的夜空，閃爍著一顆顆神奇晶亮的小東西，大家猜測著：那是鑽石，是碎琉璃，還是神仙的眼睛呢？其實那就是桑武與白姑娘補天用的龍牙釘啊！

夏天的夜晚，天空還會出現一道雪白銀亮的長河，今天我們都說是銀河。據說，那其實就是桑武和白姑娘修補天上大洞時用的白頭巾啊！

在銀河衆多的星子中牛郎、織女二星是最受矚目的，詩經大東就有如下的介紹：

維天有漢，監亦有光；跂彼織女，終日七襄；雖則七襄，不成報章；睆彼牽牛，不以服箱。

這兩顆遙遙相對的星星，譜出了一段辛酸的戀曲，明馮應京在月令廣義引小說所記，敍述牛郎與織女合離的經過是：

天河之東有織女，天帝之子也，年年機杼勞役，織成雲錦天衣，容貌不暇整。帝憐其獨處，許嫁河西牽牛郎。嫁後遂廢織紝。天帝怒，責令歸河東，許一年一度相會。

二人爲了能夠再次相聚，他們所作的努力及結果傳唱起來眞是令人悲痛：

迢迢牽牛星，皎皎河漢女，纖纖擢素手，札札弄機杼，終日不成章，涕泣零如雨。河漢清且淺，相去復幾許；盈盈一水間，脈脈不得語。（古詩十九首）

原本悲涼的神話結局，由於二人情感眞摯動人，於是憑添了一段烏鵲搭橋成人之美的佳話，宋羅願撰爾雅翼卷十三是這麼說的：

涉秋七日，鵲首無故皆髡，相傳是日河鼓與織女會於漢東，役烏鵲為梁以渡，故毛皆脫去。

這整個故事幾乎是中國古代社會男女情愛與婚姻的原型，只有在不妨害道德倫理與生活職責的情況下，愛情才被肯定，擁有正面的價值。

(四) 雷　神

隆隆的雷聲，常家使人與澎澎的鼓聲相連在一起，因此我國上古時代人也就把雷想成「連鼓」的形狀，由許多圓滾滾的鼓相連在一起，而轟轟地雷聲就是形似巨人的雷神在天上打鼓所導致的，王充在論衡中就是如此描述雷神的：

畫工圖雷之象，累累如連鼓形。又圖一人，若力士之容，謂之雷公，使之左手引連鼓，右手推椎。

雷神的居處地點和模樣據山海經的記載是：

雷澤中有雷神，龍身而人頭，鼓其腹，在吳西。（海內東經）

在原始社會中隆隆的雷聲，的確使人類生命感受到威脅，為了鼓舞人類對自然現象的征服意念，雷神臣服人類的神話至今仍然精彩地流傳著，例如近代貴州羅甸縣布依族就流傳著「洪水潮天」老者戰勝雷公的故事54：

一間房子裡住得有個老者，天上的雷公想打他，成天都在房頂上咕隆隆的擂。老者想：你想打我，我也不放過你。就拿青苔鋪在屋頂上。青苔是滑的，雷一打來，就滑下屋來，老者忙拿個雞籠蓋住。

有天，老者要出去，對一兒一女說：「雞籠頭那個東西，不要拿水餵。」老者走後，兩兄妹看著雞籠很奇怪，裏面空盪盪的，什麼也沒有，為哪樣還餵不得水？看著看著，他們竟忘記了爹的話，拿碗水放進籠裏，看有什麼動靜。水剛放進雞籠，立刻就不見了，籠裡突然冒出個公雞，花花綠綠的，嘴尖尖的。兩兄妹更驚奇了，又抬一缸水給雞吃。

公雞吃了水，喔喔叫一聲，一下掙出籠子，飛上天去了。

晚上，公雞給兩兄妹送來兩顆葫當子，對他們說：「明天要漲大水啦。你們救了我，我也要救你們。你們趕快把這兩顆葫當子種下，立刻就會結個大葫當。你們把葫當摳空，住進去，水就不會淹著你們了。

不過，你們千萬不要讓你家老者進去呵！」

兩兄妹種下葫當子，立刻就發芽、牽藤、開花，結了個很大很大的葫當。他們照雷公的話把它摳空。

突然大雨下下來了，越下越大，天下漲了大水，兩兄妹爬進葫當裡，見他爹無處躲，也把爹接進去了。

水越漲越大，淹了房子，淹了山，冒上天了。老者在葫當裡看見雷公正在上面吐水，就趁雷公不防，拿火鉗一下夾住它的卵子，一邊說：「你要吐水淹死我，妄想！」又把雷公揪住了。

雷公這下才服老者，拜老者做了師傅。

雷神所以會被描寫爲雞，這和佛教傳入有相當密切的關係，段芝先生曾經闡述雷神的形貌說道：

現在通常都把雷神描寫成形狀如鳥，是一黑且醜，驢頭、鷹嘴，長有蝙蝠翅膀，帶有鳥爪的鬼怪，一手拿著鐵槌，另一手抓著尖鑽，不斷地敲打著綁在他腰上當做腰帶的一長串鼓，發出可怕的巨響。這種鳥狀的造形，是在漢代以後的書中才出現；我們發覺到印度神話中所描寫的雷神也是這種造形，所以一般人常常誤解我國的雷神是受印度神話影響而產生的，實際上我國的雷神神話要比印度還要早，而在佛教傳入中國之後，才使我們的雷神被改頭換面，成為具有佛教色彩的鳥狀造形。這種雷神一般稱做「雷公」，以別於另外兩個更富佛教色彩的雷神—「雷祖」與「雷震子」[55]。

段氏用「鳥」來形容雷神，恐怕這鳥字指的就是「雞」，因爲細觀段氏所徵引的雷神、雷公、雷震子三張圖象，頭頂都有象徵雞冠的紅戎球之外，在哈尼族「爲甚麼雞叫太陽就出來」的神話中，將大公雞視爲鳥雀中最特殊的一分子，唯有牠那眞誠、熱情和坦白的啼喚聲，才博取了太陽重臨大地信心與溫情[56]。

至於後世流傳的「雷祖」，他最與衆不同的地方是長有三隻眼睛，這多出的一眼是位在額前正中央，鼻子正上方；當這眼張著時，會射出四道各長二尺的光，他時常騎在一隻在一眨眼間能行千里的獨角獸的背上，巡遊各地。傳說他還負有控制雨量均勻而適當的散布在穀物的責任；同時，若有人作踐了穀米，也會遭到「雷祖」重殛的處罰。而「雷震子」是由一陣大雷擊打在蛋上、殼破而出的、他也如「雷公」一般，其醜無比：肩上長有兩蝙蝠翅，一翅是風用的，一翅爲擊雷之用，青綠的臉孔，又尖又長的鼻子，兩顆長牙暴出在鳥嘴外，眼睛亮如明鏡閃閃發光，手上可不像「雷公」是拿著鎚鑽，左手持著官印，右手揮舞著金旗，這旗是用以造雨的道具。

(五) 電神

山海經中並沒有電神的影子，或許受到佛教傳入的影響，掌電的神—「電母」，才以女神身分出現，她穿著紅、藍、白、綠四色相雜而成的華麗服飾，她的特徵在於兩手高擧著兩面鏡子，鏡面會射出兩道強光，這就是造成閃電的原因。在神話世界裡，電神是雷公執行天道的好夥伴呢！漢聲中國童話載述他們成爲工作伙伴的緣由是這樣的(57)：

有一年春天，雷公又駕著黑雲，拿著他的武器，到南方出巡去了。

在南方一個小村落裏，住著一位年輕寡婦，她丈夫很早就死了，沒有兒女，只有她跟年老瞎眼的婆婆相依為命。她們的生活很窮苦，但是媳婦非常孝順，每天努力工作，換來一點點珍貴的白米，她把白米煮成噴香的米飯，通通讓給婆婆吃，自己卻是吃不花錢的胡瓜子過活。她又怕婆婆知道她吃胡瓜子當飯會傷心難過，所以總要裝成飯很香，吃得很飽的樣子。

有一天，在吃飯的時候，婆婆終於發現了媳婦吃胡瓜子的秘密，非常不忍心。那時，天空正下著細雨，她趁媳婦轉身到廚房去，偷偷把自己的白米飯與媳婦碗裏的胡瓜子調換過來。媳婦回來看到了，又要把白米飯給婆婆吃，於是兩個人就推推讓讓起來。爭到後來，媳婦只好把那碗胡瓜子拿到屋外倒掉。

這時候，天空烏雲密布，雷公正駕著黑雲從這兒經過，他看到一個女人把一碗像是白米的東西倒在地上。雷公很生氣，他想：「簡直是糟蹋五穀，太可惡了！」雷公狠狠的舉起斧頭來，轟隆一聲，就把孝順的媳婦劈死了。

這個可憐的婦人實在死得太冤枉了。玉皇大帝知道這件事以後，一再責備雷公。雷公自己也很後悔，就向玉皇大帝解釋說：「我每次出巡，都是下雨天，大地一片黑暗，不容易看清楚，難免要出錯呀！」

玉皇大帝點點頭，心想，雷公雖然很正直，但是做事急躁又粗心，應該有個細心的人陪著他一起出去，才不會再犯錯。於是，玉皇大帝就封那位被雷劈死的年輕寡婦為閃電娘娘，同時，又賜給她一面專門掌管閃電的寶鏡。

從此以後，雷公與閃電娘娘每回都結伴出巡。起初，雷公還是急急躁躁的，一看到有人糟蹋米糧就想舉起斧頭、槌子劈下去。幸虧閃電娘娘在旁邊阻攔，並且一遍又一遍的，用寶鏡把大地照得一片通明，讓雷公看清楚，免得誤劈了好人。

有一年春天，他倆又結伴出來巡視了。這時候，南方的稻田裏，農夫正忙著插秧。雷公看到農夫把一叢叢綠油油的秧苗拔起來，堆在田埂上，心想：「這些農人，怎麼這麼糟蹋稻子呢？秧苗長得那麼好，居然把它拔掉，實在太可惡了！」於是就舉起鎚子，準備打死這些農人。

閃電娘娘立刻伸手阻攔：「等一等，看清楚了再說！」她舉起了寶鏡，從鏡子裏射出一道道耀眼的閃光，把地面的情景照得一清二楚。

這時候，雷公藉著閃光，才看到另一邊的田裏，農夫正把田埂上堆放的秧苗一叢叢分開，又一排一排整整齊齊的種在犂好的水田裏。

原來，農夫種稻是要先播種在小塊的秧田裏，等種子發出芽，長成嫩綠的秧苗後，再把秧苗移植到大片水田裏。經過閃電娘娘用寶鏡照清楚後，雷公嚇出了一身冷汗，差點又做錯一件大事了。

從此之後，雷公便非常信任閃電娘娘，每次要打雷以前，就先請閃電娘娘照個明白，才決定要不要打雷懲罰壞人。這就是現在我們在聽到雷聲之前，可以看到亮亮的閃電的緣故了。

㈥風神

山海經中所記載的「條風」，就是指東北風，「凱風」是指南風，它們都是出自山谷中的，古人是把風想成藏在山谷裡面，控制它出入的就是風神，不同的風由不同的神來控制，如「折丹」是管東風，「因」是掌南風的。

到了楚辭離騷的時代，出現了總號司令的風神「飛廉」，一般人尊稱它爲「風伯」……

後飛廉（風伯也）使奔屬。（屈原・離騷）

前飛廉以啓路。（楚辭・遠游）

他的形狀是：

鹿身，頭如雀，有角，而蛇尾豹文。（呂氏春秋晉灼語）

這形狀是鹿身，鳥頭，頭上長有角，身上呈豹紋，帶有蛇狀尾巴的飛廉，在後世人們的心目中，卻是穿著黃衣，帶著紅、藍兩色帽的白鬍老頭，他隨身攜帶著一個很大的布口袋，風就是藏在這裡面，因此風的大小、方向都可隨他任意控制的㊽。

(七) 雲神

在自然景象中雲雨常是相帶發生的，所謂興雲致雨的神，大都坐鎮山嶺，山上草木繁茂，成爲衆河諸川的導源地；這種神也不只一個，不同的山有不同的神在鎮守，他們並非專司雲、雨的、但都有興雲雨、飄風雪的能力，所到之處都會造成雲起雨落的景象。例如山海經中載有不少此類神明：

符惕之山，其上多椶枏，下多金玉，神江疑居之。是山也，多怪雨，風雲之所出也。（西山經）

和山，其上無草木而多瑤碧，實惟河之九都。是山也五曲，九水出焉，合而北流注于河，其中多蒼玉。吉神泰逢司之，其狀如人而虎尾，是好居于萯山之陽，出入有光。泰逢神動

天地氣也。（中山經）

光山，其上多碧，其下多木。神計蒙處之，其狀人身而龍首，恒遊于漳淵，出入必有飄風暴雨。（中山經）

離騷：「吾令豐隆乘雲兮」，似乎「豐隆」也位列雲神之中，楚辭九歌的雲中君，將雲神駕著龍車，穿著錦衣，翱遊四方，忽東忽西，忽上忽下，瞰天下，横四海，無所不至，無所不見的悠然境界，做了如下的嘆頌：

浴蘭湯兮沐芳，華采衣兮若英；
靈連蜷兮旣留，爛昭昭兮未央；
蹇將憺兮壽宮，與日月兮齊光；
龍駕兮帝服，聊翺遊兮周章；
靈皇皇兮旣降，猋遠擧兮雲中；
覽冀州兮有餘，横四海兮焉窮；
思夫君兮太息，極勞心兮忡忡。

(八) 雨神

赤松子是神農時的一位雨師，他的肩上及胸前披著由樹皮製造的斗篷式的衣服，下身圍著同樣由樹皮串連而成的短裙；他降雨的方法是拿著一泥製的大盤，裏面盛滿著水，爬到山上，折下一叢樹枝，浸在大盤的水中，然後彈動著沾有水珠的樹枝；俄頃間，濃雲密佈，暴雨驟降，溪流暴漲。他把這種神技傳授予「神農」，「神農」之世才不爲乾旱所苦，農耕得以肇始[59]。後世流傳雨師是穿著黃鱗盔甲，戴著藍帽，高立在雲端，雙手捧著一個大噴水壺，壺口傾斜噴流出的水珠，形成雨滴，傾注地面；又相傳著另一種形貌的雨師是：左手擧著一只小盤，盤內滿溢著水，水中臥著一小龍，右手用來揮灑水滴，散布雨水，倒也饒富異趣[60]。

漢聲童話故事「李靖代龍降雨」，截取了唐代李復言續玄怪錄所記「李衞公靖」，經過口語改寫之後，可以讓兒童一窺雨神降雨的一、二玄機[61]：

> 李靖年輕的時候，住在一個叫做靈山的地方。有一年，靈山有好幾個月沒有下雨，河水乾了，田地裂了，井水也一天天少了，大家心裏都很焦急。
>
> 有一天，李靖正在屋子裏睡午覺。朦朧中，覺得自己正騎著馬上山去打獵，看到一頭非常漂亮的野鹿，便追趕過去。他一直追到天黑，卻怎麼也追不上。後來野鹿消失在山林裏，自己也迷路了。山裏一戶人家也沒有，晚上要住在那裏才好呢？李靖開始擔心起來。走著走著，天越來越黑，李靖看到樹林裏好像有燈光，便走了過去，那燈光看起來不太遠，卻

走了好久才到，令他十分驚訝的，在荒野的樹林裏，竟有一棟很華麗的大房子，燈光便是從房子窗口透出來的。

李靖來到房子前，在紅色的大門上敲幾下。他心想：「真奇怪，這麼漂亮的房子，會是誰住在裏面呢？」正想著，紅色的大門吱呀一聲打開了。是一位穿著青色裙子、素色棉襖的老太太來開門。她用非常和藹的聲音問李靖：「你半夜敲門，有什麼事嗎？」

「我打獵迷了路，想在這裏借住一個晚上。」李靖很有禮貌的行了個禮說。

老太太回了禮說：「我兩個兒子都出去了，還沒回來，恐怕不太方便留你過夜。」

李靖說：「可是天黑了，這附近都是樹林，我又沒有別的地方好去，還是請您答應我過一夜吧！」

老太太想了一想，終於說：「好吧！」

李靖高興的連聲說謝謝，老太太叫僕人把李靖的馬帶去馬廄，然後帶李靖到大廳去。

李靖在大廳坐著，僕人送來許多食物給他吃。奇怪的是，這些食物都是海裏的東西做的，譬如像魚、蝦、蚌、蛤，李靖可從來沒吃過這麼鮮美的海產。吃飽了，僕人便帶李靖到客房去睡覺。

牀上的棉被又柔軟又溫暖，又有一種說不出的海草香氣。李靖躺在牀上，很快就睡著了。

睡到半夜，李靖被屋外敲大門的聲音驚醒了。敲門聲又重又急，李靖覺得很奇怪，便坐起來聽。他聽到有個人出去開門，大門吱呀一聲打開，他又聽到門外有男人用很粗大洪亮的聲音說話：「天帝命令你家大兒子半夜的時候去降雨，就在靈山七百里的地方！不能降得太多，也不能降得太少！」

然後，李靖聽到門關上了。一會兒，李靖聽到老太太在大廳裏著急的走來走去，說：「怎麼辦呢？兩個兒子都不在，不去降雨又不行，超過了時刻又要受罰。怎麼辦呢？」

有個僕人說：「我看剛才那個來投宿的客人，長相很不平凡，何不請他幫忙呢？」

「說的也是！」老太太的聲音顯得很高興。

李靖心裏正覺得奇怪，老太太敲了敲他的門便進來了。老太太說：「我老實告訴你吧！這棟房子不是普通房子，而是一座龍宮，我和兩個兒子都是龍變的，專門負責替天帝降雨。剛剛天帝派人來通知要降雨。可是糟糕得很，偏偏今天晚上我的大兒子到東海喝喜酒去，二兒子又送他妹妹回婆家，這兩個地方都很遠，現在去通知他們也來不及了。我年紀大了，不能代替他們降雨，一下子找不到可以代替的人，所以想麻煩你！」

李靖聽了，惶恐的說：「我很樂意幫這個忙，可是我不知道怎麼做？」

老太太笑著說：「只要你答應了，我會教你怎麼做的。」

老太太叫僕人牽來一匹雄駿的青驄馬，又拿來一個小小的銀瓶子。老太太告訴李靖說：「你騎上這匹馬，馬自然會帶你去該去的地方的。你注意聽，只要馬一開始叫，你就拿起銀瓶子，滴一滴水下去。你要記住，每叫一聲，只要滴一滴就好，不可以多滴啊！」

李靖聽完老太太的指示，拿起銀瓶，騎上馬，想不到那匹馬一下子就跳得老高，躍過圍牆，飛到雲上去了。馬跑過的地方，就有閃電和轟隆轟隆的雷聲。一會兒，馬果然嘶叫起來。李靖趕忙拿起銀瓶子，滴一滴水下去。

再往前騎一陣，馬又叫了，雲層剛好裂開一線，李靖往下一看，正是靈山——他住的那個村莊，那裏已經很久沒有下雨了，李靖心想：「一滴大概不夠吧！」於是他就連滴了好幾滴下去。

不久，降完了雨，那匹馬又把李靖送回山中的大房子裏。李靖看見老太太正在廳堂裏哭，覺得奇怪，便問老太太：「我已經替你的兒子降過雨了，你為什麼還哭得這麼傷心呢？」老太太說：「你從銀瓶裏滴下一滴水，就等於下一整天的雨。你在你住的那個村莊滴太多了，違背了天帝的規定，我已經受了處罰，我的兩個兒子也都有罪了。」

李靖聽了，嚇了一跳，就醒了過來。大房子不見了，老太太也不見了，他發現這不過是一場夢，自己不過是在自己房裏睡午覺而已。可是看看外面，果然在下著大雨呢！靈山一帶的居民都因為雨水而高興，可是只有李靖想到夢中的遭遇，很擔心由於他滴水滴得太多，會造成當地的水災。

雨不斷下著，七天七夜之後，雨停了，幸好並沒有造成水災。李靖仔細的回想，那時他在夢中代龍行雨，正是滴了七滴水呢！

㈨ 水神

水伯「天吳」，是我國的掌水之神：

朝陽之谷，神曰天吳，是為水伯。在𧈫𧈫北兩水閒。其為獸也，八首人面，八足八尾，皆青黃。（山海經海外東經）

這一半人一半獸的怪物可能也就是我國早期型態的水神。由於大水爲湖海，小水是川流，所以流傳後世的水神，就有海王、河伯與江神的區別。在「海龍王」出現之前，有關海神的資料是很有限的，例如山海經也只載錄了東、北二海之神：

東海之渚中，有神，人面鳥身，珥兩黃蛇，踐兩黃蛇，名曰禺虢。黃帝生禺虢，禺虢生禺京，禺京處北海，禺虢處東海，是為海神。（山海經大荒東經）

至於莊子大宗師釋文引上經時所言「北海之神，名曰禺彊，靈龜爲之使」，今經文已無，但就音讀「京」「彊」古韻相同來看，禺彊應就是黃帝的後人禺京。後世「海龍王」的出現，更爲海的世界抹上綺麗的色彩，段芝先生將這鮮爲人知的海底世界做了如下繽紛、生動的描述：

後來又有「海龍王」的出現，把海神想像成龍狀，住在深海中由透明五彩的石頭所堆砌而成被稱叫「水晶宮」的富麗殿堂內。四大海各有一個海龍王鎮守著，這四大海龍王——東海龍王，南海龍王，西海龍王，北海龍工。他們都是以珍珠、琉璃珠為食，身軀非常的長，有五條腿，其中有一是長在腹部的中央，每隻腳上帶有五銳爪，他們能游往海中任何角落，且能昇入雲空；身上穿著黃鱗的盔甲，尖尖的鼻口下有兩條長鬚，多毛的尾巴，毛茸茸的腿，前額突出，眨著晶亮明澈的眼睛，耳朵很細小，微張著嘴，長長的舌，雪白銳利的牙齒；他們呼吸時所散發出的熱氣可以把魚煮熟，他們的喘息可使魚兒烤焦。當他們浮出水面時，海水洶湧，波濤四起，颶風來襲；當他們飛行在雲空時，風怒吼，雷雨急降，房頂被掀掉，整個天際洋溢著「嗡嗡」的喧騷聲，任何阻擋他們去路的都會被他們穿過時所捲起的急風掃的遠遠地，真是威風凜凜。

四大海龍王是永生不死的，他們彼此間心意相通，對於其他海龍王的心思、計畫，慾念都瞭若指掌。他們每年必須去朝覲「天帝」一次，通常是選在三月天，在這期間，沒有一個神敢出現於雲天，幸好他們逗留在天上的時間很短；通常都是留在水中，子孫、親戚、侍衛、隨從一大夥住在一起，熱鬧非凡；雖然許多神都為他們的威儀所震，他們却非常歡迎賓客的來訪，水晶宮內倒是時常賀客盈門，不絕於途㊷。

試想如此奇妙的海底世界，怎不令人生羨，尋問津口呢？唐李朝威所寫的傳奇「柳毅」，主人公終於在姻緣巧合的情況下步入了龍宮，並且幾經波折之後，居然成爲龍王的女婿哩㊸！

柳毅這篇神話小說十分盛行，唐末有本此而作的靈應傳，元朝尚仲賢更演爲柳毅傳書劇本，且翻案爲張生煮海，李好古的張生煮海更以雜劇的形式風行民間，而後代傳會而生的也不在少數，近人記錄各地有關龍王公主的故事很多，其中以孫佳訊所記錄的「熬海豬」，最是吸引兒童，它的情節曲折豐富，幻想奇異強烈，眞可稱得上是一篇精彩的長篇童話㊹：

靠近路旁的茅草荒裏，有一間小屋，住著一個小禿子。他的爸爸媽媽早已死了，只留下二畝草地。他每天都忙著打草，聚了兩吊錢，買頭小豬，沒事時，就抱著頑（玩）耍，「乖兒肉兒」的喊著。今天也說小豬能長五百斤，明天也說小豬能長五百斤，誰知說了兩個多月，小豬不但不長，反瘦得像黃毛老鼠一樣；小禿子越看越懊惱，嘆道：「人到倒霉，豬也不肯長了。」

這時大路上，恰巧來了一個辦寶回子，望著他身旁小豬，說道：「我給你一百兩銀子，你把小豬賣了吧！」小禿子心裏異常奇怪：「怎麼這樣東西，能值一百兩銀子？」歪頭問道：「你買這小豬有什麼用處呢？不說，我不賣。」辦寶回子說：「這豬名叫熬海豬。把牠帶到海邊，擱在鍋裏，舀上一瓢 海水，慢慢地熬著。鍋裏水熱時，海裏水也熱了，鍋裏水乾時，海裏水也乾了。海水乾時，想什麼寶貝沒有呢？」小禿子一把抱住小豬，喜得跳起來道：「我不賣，我不賣！你會熬，我不會熬嗎？」辦寶回子沒有方法，臨走時，又向他懷裏望了幾眼。

第二天，小禿子不等到天亮，便把小豬擱在小鍋裏，捆了兩個燒草挑到海邊，照著辦寶回子的話做了，他把豬熬了一會，波濤漸漸地翻滾起來，海水落下五六丈，霧氣騰騰的漫到沙灘上面。他試試鍋裏的水已經熱了。這時大浪裏忽然湧出來兩個紅衣夜叉，喊道：「快快地不要熬呵！龍宮就要倒了。」小禿子說：「我熬我的豬，碍你龍宮什麼事？」夜叉正在苦苦的哀求，龍王老爺又出來了喊道：「你千萬不要熬呵！你要什麼寶貝，我便給你什麼。」小禿子看龍王的大紅袍子飄在浪頭，十分威武，不由得心裏害怕，連忙從鍋裏抽出草來，小豬熬得已經發哼了。龍王對他說：「請你到龍宮頑（玩）頑，你下去不下去呢？」小禿子說：「下去！」夜叉拿起分水旗，向水面一擺，海水旋卽現出一條大路來。他跟著龍王夜叉向下面走去，兩旁的水聲嗚嗚亂響，浪花飛過去，好像幾千幾萬的白魚鷹一樣；衣裳雖然沒有濕，身上總覺得涼印印的。到了水晶宮，一桌的熱酒熱菜，早已擺下來了。小禿子一連在龍宮裏過了四五天，廚房有個挑水的，同他異常交好，有一天告訴他：「你要走，龍王送你金東西、銀東西，都不要呵，只要他桌上所擺的第三盆花。」小禿子聽到這話，當天就要走了。龍王說：「我也沒有什麼寶貝送給你，只有一個小葫蘆，你拿去罷。」小禿子說：「我不要小葫蘆，我要你桌上第三盆花。」龍王躊躇一會，發個狠道：「你要，就拿去罷！」他派了蝦兵蟹將，送小禿子上岸；小禿子抱著一盆花，踏著浪頭，飄飄盪盪地迎著西南風，到了岸上，再找找小鍋小豬都已沒有了。

小禿子到家，把花盆放在吃飯桌上，還是到野外忙著打草。太陽落時，來家煑飯吃，揭開鍋蓋一看，這鍋是豬肉，那鍋是大米乾飯，他跑出來喊道：「是那個在我鍋裏弄的飯呵？不吃，我要吃了。」他家前喊到家後，也沒有人答應，一氣回到屋裏，飽飽地吃了一頓。第二天他挑草回來，揭開鍋蓋，又是一鍋豬肉，一鍋大米飯，照著上天（昨天）叫了一會，仍是沒人答應，他吃過以後，決定第三天不再出去打草了。他翻過鹹水的破土缸，在底上錐了兩個眼子，躲在裏面，兩隻眼對著缸上的兩個眼子，靜靜地望著。望了一會，那盆花忽然微微一笑，變成了一位千嬌百媚的女子，這手提著米，那手提著肉，到鍋上弄飯。小禿子突然跳起來，那隻破缸頂在頭上，向後面一攛，他自己跌了一個「仰背叉」，跳起來，一把抓住那鮮花變成的女子，問道：「你是什拿人呢？天天弄飯給我吃。」她紅著臉道：

「我是龍王的三公主，變成一盆花，被你捧上來的。」說話時，小禿子頭上忽然一炸，鏗鋃一聲，掉下一對銀盌來，滿頭長出黑漆漆的頭髮。龍王三公主也就在這時候，拔下頭上的金釵，向地面上一劃，把小禿子所有二畝茅草荒，劃得前穿堂，後瓦房，不知怎樣好看。

從此，她就同小禿子在一塊過日子。」……

今人本「柳毅」古事，改以口語，濃縮簡化後段情節，而以「龍王三公主」爲題的幼福兒童好好聽故事錄音帶，更進一步提昇了兒童在聽覺上的享受。

由於黃河是中華文化的發源地，所以自來專指黃河之神的河伯，一直是水神之中最爲後人所稱述的，楚辭九歌中的河伯，就是祭河神的樂歌，對河伯的才能地位及居處之地都做了美的贊頌：

與女遊兮九河，衝風起兮橫波；

乘水車兮荷蓋，駕兩龍兮驂螭；

登崑崙兮四望，心飛揚兮浩蕩。

日將暮兮悵忘歸，惟極浦兮寤懷！

魚鱗屋兮龍堂，紫貝闕兮朱宮，靈何為兮水中！

乘白黿兮逐文魚，與女遊兮河之渚，流澌紛兮將來下！

子交手兮東行，送美人兮南浦；

波滔滔兮來迎，魚鱗鱗兮媵予。

或許是與「與女遊兮河之渚」的關係吧，於是有關河伯的神話，流傳最廣的就是「河伯娶妻」的故事了[65]：

春秋時，魏文侯命西門豹為鄴令（鄴，古地名；令，古官名，相當現在的縣長。）西門豹來到鄴地，見當地人戶稀少，且個個貧窮困苦；上任後，馬上會集當地的長老士紳，探問百姓的疾苦。長老向西門豹訴道：「我們這裡有河伯娶婦的風俗，這裡的老百姓所以會如此貧苦，時常到處流亡，都是由於這個風俗的緣故。」

西門豹不解地問長老：「何謂『河伯娶婦』？為什麼百姓會以此為苦呢？」

長老們詳細的解釋道：「黃河之水流過我們這裡，我們的田地，也全賴著黃河的水，得以灌溉，生活得以維持。為了怕黃河的水泛濫，淹沒農地房屋，每年都必須獻上一女子，作為祭拜河神，求其保佑之用，這就是所謂的『河伯娶婦』；再加以地方官吏與巫祝藉此勾結詐財，所以人民都逃亡到別的地方去了。」

西門豹聽完了，就囑咐道：「在河伯娶婦那天，當地方官和巫祝們把女子送到河邊後，請您們來通知我一聲！我也想湊湊熱鬧，參加河伯娶婦的大典哩！」

到了那一天，西門豹果然前往河上，來看熱鬧的百姓十分擁擠。主持祭典的巫師，是個年紀將近七十多歲的老太婆，還有女徒弟十餘人，作為副手，她們都穿著薄綢衣衫，站在老巫婆的身後。

「把河伯未來的夫人請出來，讓我看看她到底有多漂亮吧？」西門豹說道。

於是那新娘姍姍地被扶出帳篷外，立於大衆的面前。西門豹走近端詳了半天，故意大驚小怪地叫道：

「啊呀！這女子長得還是不夠漂亮啊！河伯恐怕不會中意吧！我看得麻煩巫婆婆，到水裡跑一趟，向河伯報告一下，告訴他今年所挑出來給河伯做太太的新娘子，我們越看越不合意，打算再去找一個更好看的女孩子，請河伯暫時委曲一下，過幾天再送給他，可不可以？」

西門豹未待老巫婆開口，舉手一揮吏卒們一擁而上，抱起老巫婆往水裡丟，「噗嗵」一聲，激起了數陣浪花，大巫嫗早已無踪影了！

「老婆婆去了大半天了，怎麼還不見她回來呢？是不是出了什麼岔錯了？叫她的弟子去瞧瞧，催一催吧！」一個女徒弟被扔進河裏。

女徒弟去了半天仍未見回來，西門豹又說女流們也許說不清楚，就要地方官吏去一個催說一番！那些勾結巫婆的官吏個個面色大變，急忙跪下來求饒；西門豹乃藉此告誡他們一番，並要他們將功折罪，開渠道引水，諸官吏不敢違犯，就努力開渠，最終鑿了十二個渠道，把黃河的水引出灌溉田地，百姓因而受益匪淺。

雖然西門豹將河伯娶妻的故事當做迷信一樣地破了，但是這「河伯娶妻」卻也因此而流傳下來了。

江水之神在中國神話中多是女神，其中以湘水之神天帝的兩個女兒「湘君」和「湘夫人」最爲後人歌頌：

君不行兮夷猶，蹇誰留兮中洲？美要眇兮宜脩，沛吾乘兮桂舟。令沅湘兮無波，使江水兮安流。

望夫君兮未來，吹參差兮誰思？

駕飛龍兮北征，邅吾道兮洞庭。薜荔柏兮蕙綢，蓀橈兮蘭旌，望涔陽兮極浦，橫大江兮揚靈。

揚靈兮未極，女嬋媛兮為余太息。橫流涕兮潺湲，隱思君兮陫側。

桂櫂兮蘭枻，斲冰兮積雪。采薜荔兮水中，搴芙蓉兮木末。心不同兮媒勞，恩不甚兮輕絕。

石瀨兮淺淺，飛龍兮翩翩。交不忠兮怨長，期不信兮告余以不閒。

鼂騁騖兮江皋，夕弭節兮北渚。鳥次兮屋上，水周兮堂下。

捐余玦兮江中，遺余佩兮醴浦。采芳洲兮杜若，将以遺兮下女。昔不可兮再得，聊逍遙兮容與。（楚辭九歌湘君）

帝子降兮北渚，目眇眇兮愁予。嫋嫋兮秋風，洞庭波兮木葉下。

白蘋兮騁望，與佳期兮夕張。鳥何萃兮蘋中，罾何為兮木上？

沅有芷兮澧有蘭，思公子兮未敢言。慌惚兮遠望，觀流水兮潺湲。

麋何食兮庭中，蛟何為兮水裔？朝馳余馬兮江皋，夕濟兮西澨。

聞佳人兮召予，将騰駕兮偕逝。築室兮水中，葺之兮荷蓋。

蓀壁兮紫壇，播芳椒兮盈堂。桂棟兮蘭橑，辛夷楣兮葯房。罔薜荔兮為帷，擗蕙櫋兮既張。白玉兮為鎮，疏石蘭兮為芳。芷葺兮荷屋，繚之兮杜衡。合百草兮實庭，建芳馨兮廡門。九疑繽兮竝迎，靈之來兮如雲。捐余袂兮江中，遺余褋兮醴浦。搴汀洲兮杜若，將以遺兮遠者。時不可兮驟得，聊逍遙兮容與。（楚辭九歌湘夫人）

這原始的神話，後來結合了投湘水而死的舜妃「娥皇」和「女英」，民間尊奉娥皇、女英為湘江的守護神，而留下「湘妃竹」的感人故事[66]：

娥皇和女英是堯的兩個女兒，都具有絕世的聰明；雖然是皇家貴女，全沒有一點驕傲的氣息，布衣粗服，像民家的女兒一般。他們姊妹又極其相愛，堯也不肯輕易將他們許配人家。一天堯訪著一個賢人，名叫舜，他們談了許多治國的方法，舜都對答如流，無一不是依著人民的意思去做的，堯很歡喜，就將皇位讓給他，自己的兩個女兒，也一齊嫁給他了。後來舜又將皇位讓給禹，自己卻帶了娥皇女英，搬到衡陽去，他們度著甜蜜的生活，可惜沒有多時，舜就死在靠近湘江的一個小村裏了。

娥皇和女英好像著魔了一樣，披散了頭髮，旦夕在江邊哭泣，聲音啞了，淚也盡了，眼中最後流出血來，江邊的竹子很多，一棵棵都染上血點了！後來生出的新竹也有了斑點的，就是現在的湘妃竹，又名斑竹。

(十) 火神

中國發明火的是「燧人氏」：

遂明國不識四時晝夜，有火樹名遂木，屈盤萬頃。後世有聖人，遊日月之外，至於其國，息此樹下。有鳥類鴞，啄樹則燦然火出。聖人感焉，因用小枝鑽火，號燧人。（路史發揮一注引拾遺記）

但是被尊爲火神的卻是「赤精子」，他是出生在「石唐山」之陽，全身上下全都是呈紅色的：紅的身體，紅的髮，紅的鬚，用紅葉製成的衣，簡直是個火人！也有傳說是由他把火從桑樹的樹幹中取出，帶到人間，是他把火和水中的濕氣調和在一起而孕育出陸上的各種生物[67]。

廣西睦邊瑤族流傳了一個人類所以知道取火方法的故事「金古蟲要火」：

從前人沒有火，便派金古蟲到玉皇那裏去要。玉皇打火時，叫金古蟲用手掩起眼睛，金古蟲的眼睛長在腋下，它看見玉皇用鋼月白石，再加點火煤一打就發火了。金古蟲看得清清楚楚。

它回來後，把玉皇發火的方法告訴給人聽。從此以後，金古蟲就不再去要火了。

隔了三天，金古蟲又到玉皇那裏去要，玉皇問：「為什麼幾天不來要火了？」金古蟲說：

「我的眼睛在腋下，你發火時我看得清清楚楚，我已經告訴給人聽了。」玉皇聽了金古蟲的話，惱火了。把金古蟲綁起來，綁得緊緊的，所以現在金古蟲的腰很細，不能生存。金古蟲又去問玉皇：「我不能生存，斷子絕孫怎麼辦？」玉皇對金古蟲說：「你不能生存，就拿別人的仔來放進窩裏，唸經七天七夜就行了。」所以現在金古蟲就拿別人的仔來放進窩裏做自己的仔。（廣西印各族動物故事第一集）

三、超乎自然的神怪信仰世界

人們對於宇宙間一些無形的力量和異乎尋常的現象，透過想像很容易對它們產生某種信仰感及結合這些奇異的理念，就形成了人們心靈精神上的信仰世界。

㈠　天地主宰

在中國神話中，「天帝」是宇宙的最高主宰者，也是世間萬物的統治者，祂的權威很大：能降后羿射日，命禺彊使巨鼇負山，拆散織女與牛郎，使玄鳥降而生商，三皇五帝、賢臣英雄都得受命於祂。這位至尊天帝的神話資料很有限，但是由人們祭祀「天帝」的盛況，可以推想祂的威儀：

吉日兮良穆，將愉兮上皇；撫長劍兮玉珥，璆鏘鳴兮琳琅。
瑤席兮玉瑱，盍將把兮瓊芳？蕙肴蒸兮蘭藉，奠桂酒兮椒漿。揚枹兮拊鼓，疏緩節兮安歌，
陳竽瑟兮浩倡。
靈偃蹇兮姣服，芳菲菲兮滿堂。五音紛兮繁會，君欣欣兮樂康！（楚辭九歌東皇太一）

天帝祂高居天庭，受世人奉祀的形象，與後世流傳民間受百姓祭祀的天帝——「玉皇大帝」是相同的。玉皇大帝永住天庭，但是時時委派諸神到世間來觀察人民的善惡，因此每年的農曆十二月二十四日夜晚，諸神都昇天去向玉皇大帝報告人間的種種情形，第二天，玉皇由諸神陪伴，巡視大地，以決定人民來年的禍福，祂是萬事萬物的主宰，祂降災賜福，獎善懲惡，一言九鼎，是不容更改的，「金華府的老龍」故事，就是最好的實例[68]：

浙東有一個金華府，共分金華、蘭溪、湯溪、永康、武義、義烏、東陽、浦江八縣；管理這八縣雲雨的龍，就叫做「金華老龍」。

在許多年前，有一次，天上的玉皇大帝恨八縣的人，都用穀米養豬——八縣人家很愛養豬，此風至今如舊；所以金華出產的火腿，最為著名。——糟蹋白米，要罰他們大旱三年，旱得棵粒無收，給八縣人一個大大的教訓。

這個消息被金華老龍知道了，牠便發出慈悲的心腸來救濟這場大災。牠瞞著玉皇大帝暗中噴出雲、吐著霧，遮蔽了太陽；有時還偷偷地落下無數的細雨來滋潤稻作；因此，這年八

縣中的收成，不但沒有旱災，反比往年還要豐稔。

依八縣的風俗，每到一年最末的一天晚上——俗叫「三十夜」——家家戶戶，都要用雞肉豬頭米飯……祭天，叫做：謝年；也有叫做「還年福」的。

這年金華老龍只怕玉皇知道牠私放雲雨的事情，便在前幾天晚上，向金華府的太爺託了一個夢。叫太爺通知八縣人民，本年三十夜裏，大家都用清水謝年，表示民間的窮苦，和年頭的不好。

百姓看到了太爺的告示，那裏肯聽，都說今年這般好的收成，還說年頭不好，用清水來謝年，太過意不去；因為他們並不知道金華老龍私放雲雨的事情，所以謝年的禮物都仍舊和往年一樣。謝年時雞肉米飯的香氣，騰上天空，衝進玉皇的鼻孔。玉皇聞得奇了，便差使者下來查探，探得是金華老龍作弊，便大發皇威，於正月十五的晚上，將金華老龍斬為兩段，可憐鮮血飛濺，八縣地方，下了三天紅雨。

太爺知道老龍受斬，便出諭痛罵百姓，百姓見了，無不哀傷之極。所以就於每年正月十五夜，為金華老龍鬧燈，表示把他的龍頭龍尾仍舊接攏，以報恩德。

所以現在金華八縣的地市，元宵節都有鬧龍燈的風俗。

天皇發怒，怒不可遏，即使是有人皇刻意坦護，都無法改變成命，中國童話「門神」故事中就有如此一段載述[69]：

照理說，住在長安城裏的皇帝——唐太宗李世民應該無憂無慮才對。可是，有一天晚上，唐太宗在皇宮裏却做了一個奇怪而令他煩惱的夢。

他夢見華麗的宮牆像煙一樣散開，走進來一個相貌古怪、穿白衣服的人，一見到唐太宗，就跪了下來。

「你是誰？為什麼要跪在我面前呢？」唐太宗問。

白衣人說：「我不是普通人，我是住在汾河裏的龍王，平日專管雨水的。今天來，是希望國君救我一命。」

唐太宗說：「這究竟是怎麼一回事啊？快告訴我，只要我做得到，我一定救你！」

白衣人很憂愁的說：「唉！這都怪我無意中違反了玉皇大帝的規定，犯了死罪。想來想去，只有來求國君救我了。事情是這樣的……」

龍王開始述說他如何違犯了天條的故事。

那一天，龍王變成一個穿白衣的讀書人，手搖白摺扇，走進長安城去玩。

長安城真是熱鬧啊！龍王擠過人潮，來到一個算命攤子前面。算命的是一個名叫袁天罡的白鬍子老先生。

袁天罡向圍觀的人說：「我神通廣大，一切會發生的事我都可以預先知道。」

龍王聽了，心裏想：「這老頭說話真狂妄，天底下那裏會有算命這麼準的人呢？我來問他一個難題吧。」

龍王於是問他：「老頭子，我問你，下一次長安城什麼時候會下雨？會下多少雨？猜不中的話，我可要砸你的算命攤子了。」

算命先生袁天罡摸摸鬍子，深深看了龍王一眼，然後閉上眼，嘴裏喃喃唸了一通，然後說：「明天午時，長安城必定下雨三寸三分。」

龍王聽了不由得笑起來，心想：「我是專管下雨的，我什麼時候要下雨，要下多少雨，這老頭那裏猜得中呢？我等著來砸他的算命攤子吧！」

誰曉得龍王才一回到汾河的龍王宮裏，就接到天上玉皇大帝的聖旨，這份特別命令上清清楚楚的寫著：明天午時在長安城降雨三寸三分。

龍王看了嚇一跳。啊呀！沒想到這位袁天罡算命算得真準啊。可是龍王越想越不服氣，所以故意把下雨的時間延後一個時辰，又把雨量加大。雨停了以後，他興沖沖的又跑去找袁天罡，準備要砸他的算命攤子。

龍王正要動手，袁天罡說話了：「我早就看出你是龍王了。先別急著砸我的攤子，你先救自己要緊啊。因為你沒有遵從玉皇大帝的聖旨，延後了時辰，又加大雨量，造成水災，淹死了一些人，玉皇大帝大為生氣，明日午時三刻，就要派當今皇上的大臣——魏徵來殺你了。現在，唯一的方法，只有請皇上幫忙……」

這回，龍王知道算命先生說的話都是真的，才匆匆趕到唐太宗的宮殿裏，求唐太宗救命。龍王說完了他違犯天條的經過後，露出哀求的神色對唐太宗說：「明天午時三刻就是玉皇大帝召魏徵殺我的時間，無論如何，在那段時間裏，國君一定要把他留在身邊，不可離開一步。」

唐太宗說：「魏徵是我的臣下，也是我最好的朋友，你的要求我一定可以辦到。你放心去吧！」

第二天，唐太宗醒來，記得龍王託付他的事，於是一大早就把魏徵找來。

魏徵平常說話很直爽，就算是皇帝犯了錯，他也敢責備皇帝，人人都讚美魏徵是天下最正直的好官。

「不知國君召我來有什麼事？」魏徵向唐太宗行了禮，問道。

「嗯……」唐太宗不好意思說夢中見龍王的事，怕魏徵不相信，就編了一個理由：「找你來，是要談國事啊！」

國事談完了，魏徵要走，唐太宗又找理由留他：「你看，花園裏最名貴的綠牡丹開了，你陪我賞花吧。」

逛完花園，唐太宗和魏徵一起吃午飯。吃過午飯，魏徵又要告辭，唐太宗想到午時三刻就要到了，心裏著急起來。

「我今天很想下棋，你留下來陪我下棋。」唐太宗說。

魏徵於是又留下來陪皇帝下棋。可是他逛了一早花園，實在有點累。下著，下著，魏徵手裏拿著棋子，竟迷迷糊糊打起瞌睡來了。

唐太宗想：「讓魏徵睡一會兒也好，這樣，他就不會離開我一步了。」

過了午時三刻，魏徵突然醒了過來，大聲的說：「累死我了！」

唐太宗問他：「你睡了一覺，怎麼還叫累呢？」

魏徵回答道：「我做了一個夢，夢見玉皇大帝派人來找我到天庭去，給我一把寶劍，叫我執行殺龍的大刑。我看見一隻遍身都是金鱗的大龍，被緊捆在很粗的銅柱上。我遵從玉皇大帝的命令，就用力揮寶劍，把龍頭給砍了下來。那龍頭比牛頭還大，好怕人啊！」

唐太宗聽了大驚失色，沒想到龍王還是被殺了，心裏覺得很對不起龍王。

(二) 命運之神

在中國神話中人類生命的短長，是由命運之神「司命」所主管的，史記天官書載：

斗魁戴匡六星曰文昌宮：一曰上將，二曰次將，三曰貴相，四曰司命，五曰司中，六曰司祿。

司馬貞索隱引春秋元命包說：

上將建威武，次將正左右，貴相理文緒，司祿賞功進士，司命主老幼，司災主災咎。

楚辭九歌中，掌管壽夭的司命又分有大司命與少司命，王夫之先生說明二者職責的不同是：

大司命統司人之生死，而少司命則司人子嗣之有無，以其所司者嬰稚，故曰少，大則統攝之辭也[70]。

細觀九歌中祭祀大司命及少司命的樂歌，王說不無道理：

廣開兮天門，紛吾乘兮玄雲；令飄風兮先驅，使涷雨兮灑塵。君迴翔兮以下，踰空桑兮從女。紛總總兮九州，何壽夭兮在予！

高飛兮安翔，乘清氣兮御陰陽。吾與君兮齋速，導帝之兮九坑。

靈衣兮被被，玉佩兮陸離。壹陰兮壹陽，衆莫知兮余所為。

折疏麻兮瑤華，將以遺兮離居。老冉冉兮既極，不寖近兮愈疏。

乘龍兮轔轔，高駝兮沖天。結桂枝兮延竚，羌愈思兮愁人。

愁人兮奈何？願若今兮無虧。固人命兮有當，孰離合兮可為？（楚辭九歌大司命）

秋蘭兮麋蕪，羅生兮堂下。綠葉兮素華，芳菲菲兮襲予。夫人自有兮美子，蓀何以兮愁苦？

秋蘭兮青青，綠葉兮紫莖。滿堂兮美人，忽獨與余兮目成。

入不言兮出不辭，乘回風兮載雲旗。悲莫悲兮生別離，樂莫樂兮新相知。

荷衣兮蕙帶，儵而來兮忽而逝。夕宿兮帝郊，君誰須兮雲之際？

與女沐兮咸池。晞女髮兮陽之阿。望美人兮未來，臨風怳兮浩歌。

孔蓋兮翠旍，登九天兮撫彗星。竦長劍兮擁幼艾，蓀獨宜兮為民正。（楚辭九歌少司命）

人們最關心的就是自己能夠活幾年，據川康邊界彝族的傳說，最初人類的壽命和石頭一樣是無止境的[71]：

很久很久以前，天地間原是混沌一片，只有一團濃霧，什麼都看不見。這時候，一位天神在重重濃霧中，一覺睡醒，覺得到處黑洞洞的，真是單調無趣啊！於是他大手一揮，揮散了濃霧。霎時，天上露出了燦爛的日、月、星辰，地上的山、水、草、木、平原，也都呈現了。但是天神仍然覺得大地荒涼了一點，一切都靜悄悄的，不夠熱鬧，所以又在山頂創造了石頭，在河邊的平原上創造了人。

天神在創造了人和石頭以後，站在雲端，大聲的說：「人和石頭啊！我同樣的給了你們珍貴的生命和自由，你們可以一代生一代，可以長生不老，也可以永遠在土地上自由活動。」天神頓了頓，又嚴肅的說：「不過，為了容易分別你們，石頭啊！我給你堅硬的身體。人呢，我給你智慧。聽明白了，就各自生活去吧！」

天神分配好一切後，滿意的上天去了。人和石頭就在自己的土地上，自由生長、活動。人在平原上蓋房子、種稻子、生小孩。稻子一年年的收割，孩子一代代的誕生。石頭也在山頂一個接一個不斷增加。不久，滿山滿谷，到處都是大大小小的石頭。一季季的春天過去，人和石頭越來越多，大地上也越來越熱鬧了。平原上已擠滿了人，山上也擠滿了石頭，人想到山上開拓土地，石頭更想下山找個寬闊的地方居住。於是，山上有許多石頭被人鑿壞了，山底下人的房子、稻田，也常被山上滾下來的石頭砸壞。

一天，一個上山找土地的老人回到平地，告訴大家說：「我在山上石頭堆裏，發現了青銅歟！」

青銅可以用做農具和武器，所以非常寶貴。聰明的人聽到這消息，都趕忙上山挖青銅。他們用力，鑿呀，把石頭打得粉碎，敲得滿山坑坑凹凹。

這下激怒了石頭。在一個靜靜的深夜裏，人都熟睡了，成千上萬的石頭忽然「轟隆！轟隆！轟隆！」的滾下山，滾到平地，砸毀了稻田，砸壞了房屋，而且還砸傷了人，把原本繁榮，和樂的大地，弄得煙塵瀰漫，一片哭喊。

地下烘亂的吵鬧聲驚動了天神。天神低頭一看，就明白人和石頭起了戰爭。他馬上降臨大地，來調解這場紛爭。

人是有智慧的，一看見天神，立刻擁上前去哭訴、抱怨：「天神啊！石頭太可怕了，我們只不過敲了他們一下腦袋，他們竟然趁著黑夜我們睡覺的時候，砸壞了稻田和房子，還把我們人類砸得頭破血流。天神啊！石頭這東西，實在太可惡了，您一定要替我們做主啊！」

天神造石頭的時候，因為沒有給他們聰明智慧。所以石頭聽了人類的話，只是冷冷硬硬的站成一排，噘著嘴，一句話也不辯駁。

天神憤怒的對石頭說：「你們真是太殘忍了！原本美麗祥和的大地，被你們砸得一塌糊塗！這都是因為你們行動太自由了，以後你們永遠不許隨意行動，即使被人擊得粉碎，也不能走動一步。」

人正在得意，天神又回過頭來說：「人啊！因為你們長生不老，越生越多，才會沒地方居住，到山上亂鑿石頭。以後你們的生命都要受限制，最多只能活到一百歲！」天神說完，就回到天上去了。

從此以後，石頭再也不能愛到那兒就到那兒，人也不能長生不老了。

爲何人只有一百歲的生命呢？我國西南邊區麼些族流傳著有趣的解說故事[72]：

傳說天地剛造成的時候，所有東西都還不知道可以活多久。有一天，大神把萬物都召到面前，說道：「明天一早，我要分配你們的壽命，到時候聽我一喊，大家記得來領自己的壽命啊！」

因為大神最疼愛人，所以趁大家不注意的時候，偷偷把人拉到一旁，給他兩樣東西，並且說：「我知道你最貪睡，來，把這束荆棘拿回去當被子，把這塊黑石頭抱回去做枕頭吧！今晚不要睡得太熟了。」

這天晚上，人記得大神的叮嚀，只好枕著硬梆梆的黑石頭，蓋著刺札札的荆棘睡覺。睡到半夜，人的脖子痠疼，全身又痛又癢，實在忍不住了，就把黑石頭遠遠一丟，正好砸在石頭誕生地的大石頭身上；又隨手把荆棘往外一拋，正好落在流水源頭的大河身上。然後人打開溫暖的獸皮當被子，揶來又香又軟的大餅當枕頭，才一會兒，就呼呼睡熟了。

第二天，天剛亮的時候，天神已經站在雲上叫喊了：「誰要十萬年的長壽？」聲音穿過雲層、越過高山，一波一波傳到人住的地方。人睡得正甜，根本沒有聽到。但是石頭誕生地的山雞沒有睡，山雞拍拍翅膀，把被黑石頭砸了一下，而一夜睡不好的大石頭驚醒。大石頭「呃」的哼了一聲，答應得最快，十萬年長壽就給大石頭得去了。

「誰要一萬年的長壽？」天神洪亮的聲音又傳了過來。人睡得正香，還是沒有反應。但是流水源頭的水鴨沒有睡，水鴨拍拍翅膀，把被荊棘刺痛，而一夜睡不好的大河驚醒。大河「啊」的叫了一聲，一萬年長壽就給大河拿走了。

「誰要一千年的長壽？」大神把聲音喊得更響，但是懶惰的人仍然沒有回答。天神連忙叫冬風去吹醒人，沒想人反而把身上蓋的獸皮拉得更緊，翻身睡的更香，更舒服了。不過冬風倒驚醒了雲山上的大樹，大樹「唰」的喊一響，千年長壽就給大樹得去了。

大神一直沒聽到人來領取壽命，擔心極了，只好使出全力大喊：「誰要一百年的壽命啊！誰要一百年的壽命啊！」許多動物都半醒了過來，正在打盹兒的雞，沒搞清楚是怎麼回事，拍拍翅膀，「喔！喔！喔——」，拉長了聲音，大大打了個呵欠，百年壽命就給了雞。接著，馬踢了踢蹄子，長嘶了一聲，得了三十歲；牛眨眨眼睛，「哞——」的一喊，得了二十歲；狗跳了跳，「汪！汪！汪！」大叫，得了十五歲。最後，大神失望的說：「誰要這五年的壽命呢？」

人總算醒過來了，慌慌張張的喊：「我要，我要！」於是，人只得了五年壽命。

「五年的壽命實在短，根本做不了什麼事！」人越想越著急，趕緊跑去找大石頭，想去和他交換壽命。

「我才不換！」大石頭神氣的說：「我們石頭也知道活十萬年才好哇。」

人聽了很不高興，就咒罵道：「你神氣什麼！將來要你從裏面爛，從外面裂，開縫後就不能再合攏！」經過人這麼一詛咒，所以後來的石頭都是從裏面爛，從外面裂，開縫後再也合攏不上了。

人趕忙再跑去找大河幫忙。大河得意的說：「我才不換！我們河流也知道萬年長壽才好哇。」

人聽了很生氣，就對大河詛咒：「你得意什麼！白天叫你不能坐，夜裏要你不得睡，又永遠不能往高處流！」經過人這麼一詛咒，所以現在的河流都是白天不能坐，夜裏不得休息，而且只能往下流，永遠不會往高處流。

然後人匆匆忙忙又去找大樹幫忙。大樹搖搖手，驕傲的說：「你憑什麼和我換，我們樹木也知道千年長壽才好哇！」

人聽了很不是滋味，就咒罵道：「你驕傲什麼！以後砍了你造房子，劈了你當柴燒，叫你活得提心吊膽！」

但是人還不死心，又跑去找其他東西交換壽命，却都招來這樣的嘲笑：「我才不和貪睡的懶人交換壽命呢！」

這時候，人後悔也來不及了。他傷心的想：「五年的壽命能做什麼？開闢土地來不及，生兒育女來不及，耕種收割來不及，連養大牲口也來不及，一切一切都來不及，怎麼辦呢？」

人慢慢踱著步子回家，一路走，一路哭。

走呀走的，人忽然發現雞蹲在麥架上哭叫：「咕咕，咕咕……為什麼我得了一百歲呢？等我活到那麼老的時候，翅膀和尾巴上漂亮的羽毛，一定掉得差不多了，脚爪和尖嘴也會磨平了，怎麼辦呢？」

人一聽，腦子裏很快閃過一個念頭，他高興的安慰雞說：「別哭，別哭！我的五年壽命和你的百年壽命來交換，這樣你不用煩惱活得太老，我也不用擔心時間不夠用啦！」雞歪歪脖子考慮了一下，就答應了。

為了感謝雞，人就取來白銀，黏上雞的尖嘴；取來綠松石，掛上雞的耳朶；取來黑玉，貼上雞的脚爪；最後再取來紅寶石，裝上雞的頭頂。雞看看自己一身花花綠綠的，頭頂還戴了個美麗的紅冠，滿意極了！後來走起路來，總是抬頭挺胸，尾巴翹得老高！

人受了這次教訓，決心要珍惜一百年壽命，每天一聽到雞叫，就立刻跳起來，再也不敢貪睡了。

㈢ 幽冥世界

人在有限的生命結束之後，究竟魂歸何處？這一直是各宗教所以令人信奉，及其具有約束世人行爲能力的關鍵。他們強調恭奉神明，行善助人，死後便能得道成神，例如今日臺灣民間信奉最廣的醫神保生大帝故事就是脫胎於宋朝人吳本行醫之事，漢聲中國童話「行醫濟世的保生大帝」是這樣載述的(73)：

保生大帝原名叫吳本，是宋朝福建泉州人。吳本小時侯，媽媽就對他說：「兒啊！你可不是普通的孩子喲。有一回，媽媽夢見吞下一隻大白龜，就生下你啦！你落地的時侯，天上朵朵紅雲彩，滿屋都是香氣，還有三位老神仙把你送來呢！」

「哦！是真的嗎？」吳本仰著頭，明亮的眼睛望著媽媽。

媽媽摸了摸他的頭說：「當然是真的。」

吳本雖然不太明白這件事，可是他小小的心裏，從此有了一個念頭：「神仙都會用仙術幫助凡人，我也要像仙人一樣，常常幫助人哪！」

他最喜歡到屋後的山林中玩耍。林子裏有好多叫不出名的果子和草木。他看到鳥雀啄果子，許多野獸自己銜草療傷，他非常好奇，覺得醫藥很奧妙，就去拜師學醫。十七歲時，他開始替人治病。

有一年，他的故鄉泉州和漳州鬧旱災，紅日高掛，天上沒有一絲雲，到處倒著餓死的人。不多久，又發生了瘟疫，一個傳一個，連吳本的媽媽也染上可怕的瘟疫。吳本非常著急，可是他學了那麼多年的醫術，卻救不了自己的媽媽。他的媽媽就這樣病死了。

「世上一定有治瘟疫的藥方，我一定要學會！」吳本抹去淚水，立下心願要救更多可憐的百姓。

傳說有一天，吳本忽然遇上一位白衣老人，他手一招，吳本便不由自主的跟去了。轉眼來到天邊的崑崙山，吳本爬上山頂，求見西王母娘娘，吳本說：「王母娘娘，我不求什麼，我只需要治瘟疫的良方，您能不能教我呢？」說著，吳本心急的看了看遠在山南的家鄉，真怕學晚了，會來不及救那些染病的可憐人。

王母娘娘含笑點點頭，賜給他一本醫書，上面密密麻麻的記載了珍奇的藥方。吳本趕緊叩謝娘娘。再一閉眼，他已經到家了。他馬上布施仙藥，平息了瘟疫，救活了許多人。

從此之後，不論什麼千奇百怪的毛病，一到他手中就醫好了，傳說中，還有這幾件神奇的事。

有一回，吳本到山中採藥，亂石中忽然蹦出一隻吊眼大老虎，打著滾，痛苦難忍的咆哮著說：「趕快救救我吧！吳本先生，我受不了啦！我再也受不了啦！」

吳本上前一看，原來老虎的喉嚨裏，正卡著一根人骨頭，鯁得老虎眼淚直淌，閤不上口。

吳本生氣的對老虎說：「你吃的人太多了。這是報應，我不替你治傷！」回頭就要走。

老虎跪在地上不斷哀求道：「吳本先生，求求你救救我吧！我以後不再吃人了！」

吳本想了一想，說：「要救你可以，可是你得先告訴我，被你咬死的人在什麼地方。」

老虎說：「那個人已經被我咬死一年多了，早都成了白骨了。」

吳本說：「沒關係，你馬上帶我去看看。」

果然，在一個大山的荒草叢裏，找到了一堆枯骨。吳本一看，少了左腿骨，正是鯁在老虎嘴裏的那一根。吳本這才替老虎取出骨頭。老虎連忙叩頭道謝。

吳本把骨頭拼好，再敷上了藥，剎那間，一個可愛的小孩復活了。吳本又把小孩送回家，他的雙親見到這個失蹤一年多的孩子竟然平安回來，簡直不敢相信，高興的掉著淚，一直向吳本道謝。

而那隻大老虎呢？從那天起，便寸步不離的跟著吳本，讓吳本騎著他，走遍五湖四海，行醫救人。

當他們來到江畔，碰到一個弓著背的怪老頭，手緊緊的捂著眼，沙啞的說：「請你治治我的眼睛吧，痛死我了！」

吳本發覺怪老頭的眼睛圓滾滾的，還透著赤火，他覺得奇怪，再仔細一看，然後說：「你別瞞我了，你不是凡人，是一條巨龍！」

老頭吃了一驚，才點頭讚歎：「先生好眼力！我是怕你不肯救我，才化身為人哪。」

吳本微微一笑，拿出草藥一敷，龍眼立刻好了。老頭跪下來對吳本拜了三拜，霎時變成手舞爪張的大蒼龍，騰空飛去，一下就不見了。

吳本一邊行醫，一邊也把醫術傳給許多人，並不寫下十幾本醫書。漸漸的，在大家的心目中，都把他當成神明一樣尊敬。

到了吳本五十八歲這年，許多人都看到吳本騎著老虎，飛升上天去了。

「吳本先生成仙啦！」「吳本先生得道升天啦！」一傳十十傳百，百姓都捐錢蓋起廟祠，拈香禱祝，敬拜吳本為保庇眾生的醫神——保生大帝。

畢竟能夠脫去凡骨，列爲仙尊的人是有限的，而大多數一般的人死後就成了鬼，鬼的形象是鮮爲人知的，但在法苑珠林中倒是可以借著宋定伯夜行逢鬼一事略知其一二特徵：

南陽宗定伯年少時，夜行逢鬼，問曰：「誰？」鬼曰：「鬼也。」鬼曰：「卿復誰？」定伯欺之，言：「我亦鬼也。」鬼問：「欲至何所？」答曰：「欲至宛市。」鬼言：「我亦欲至宛市。」共行數里，鬼言：「步行大亟，可共迭相擔也。」定伯曰：「大善。」鬼便先擔定伯數里，鬼言：「卿大重，將非鬼也？」定伯言：「我新死，故重耳。」定伯因復擔鬼，鬼略無重。如是再三。定伯復言：「我新死，不知鬼悉何所畏忌？」鬼曰：「唯不喜人唾。」……行欲至宛市，定伯便擔鬼至頭上，急持之。鬼大呼，聲咋咋索下，不復聽之。徑至宛市，中著地化為一羊，便賣之。恐其便化，乃唾之，得錢千五百。（法苑珠林六）

除了一般的鬼，還有所謂的「厲鬼」，郭立誠解釋道：

「人死為鬼，鬼者歸也」，「鬼有所歸，卽不為厲」，所謂「有所歸」就是他死後能夠入土為安，又能按時享受子孫的血食祭祀，自然不會為祟，使人不安；若是「陽壽」未終，竟然橫死，他死得不甘心不瞑目，就會「為厲」復仇，寃有頭債有主，害人的兇手卽或逃得了國法的制裁，也逃不了寃鬼的追踪……74。

漢聲中國童話據「烏盆記」改寫的「會說話的黑瓦盆」就是一篇厲鬼雪寃的故事75：

從前有個布商叫劉世昌，年輕時離開故鄉去做綢緞生意。不久發了大財，就想回家鄉去奉養父母，讓一向窮苦的父母親過過好日子。

他騎著騾子，騾背上馱著貴重的東西，不停的趕路。天黑了，找不到旅店，只好向附近一個做瓦盆的人家借宿一晚。

房子的主人趙大夫婦又貪心又殘忍，看到布商穿著漂亮值錢的衣服，騾背上還馱著許多東西，就動了歪主意，夫婦倆暗暗商量：「乾脆把他殺掉，這些東西就通通是我們的了，反正沒人會知道。」

夜裏，趁著布商熟睡時，趙大夫婦合力把他殺掉，埋在後院裏。他們侵佔了布商的東西，變得很富有。

過了幾個月，有個叫做張別古的老頭，聽說趙大發了財，趕緊跑來向他要債。果然看到趙家蓋了大房子，穿的衣服也華麗多了。但是牆角還堆放著許多沒有賣掉的瓦盆。

張別古說：「呵！老哥，你發了財，欠我的四百二十文錢可以還了吧！」

沒想到趙大夫婦不肯承認欠錢的事，反而說：「張老頭，你沒錢，我給你就是，何必硬說我欠你錢呢？四百文錢算什麼，我口袋裏隨便掏掏也比這個多。」說完，「嘩啦」一聲丟下四百文錢。

張別古本想大罵他一頓，後來一想：「這對惡夫妻，真像無賴，算了算了，四百文就四百文吧！」撿起地上的錢就想走，一眼瞧見牆角擺了許多瓦盆，順手拿了一個漆黑發亮的新瓦盆，算是抵那不足的二十文錢，這樣心裏才舒服些。

張別古懷裏揣著這一個黑瓦盆，急急忙忙回家去。路上經過一個濃濃密密的樹林，突然一陣寒風吹來，把樹葉颳得沙沙作響。「哈秋！」張別古打了個噴嚏，不小心却把黑瓦盆掉到地上了。

「哎喲！摔得我好疼啊！」一個低沈的聲音從黑瓦盆裏傳出來。張別古嚇了一跳，看看四周，只有樹葉沙沙的聲音，一個人影也沒有。他挖挖耳朵，心想：「一定是我聲錯了。」撿起盆子又朝前走。

「慢點，慢點，張老頭，別走那麼急嘛！」低沈的聲音又從黑瓦盆裏傳出來。張別古回頭仍不見一人，恨恨的吐了一口口水說：「真是活見鬼，大白天裏怎會有這種怪事？大概我快要死了吧！」他想到自己老得耳朶都不靈了，突然覺得很悲哀，就一路咳聲歎氣的回家去了。

好不容易回到他的破草屋裏，張別古把黑瓦盆隨地一扔，想好好睡一覺。「哎喲，輕點，你又把我摔疼了。」黑瓦盆裏的聲音這次聽得非常清楚，把張別古嚇得一骨碌翻下牀。他拿起黑瓦盆，倒過來轉過去，看了又看。

這時，黑瓦盆突然悲悲切切的哭著說：「張老頭，我死得好慘，你得替我伸伸冤哪！」張別古一向很熱心，聽黑瓦盆這麼一哭，反倒不怕了。他問：「你是鬼嗎？為什麼躲在黑瓦盆裏？有什麼冤情，說給我聽聽吧！」

黑瓦盆果然慢慢的說出一段故事：「我姓劉名世昌，家住蘇州城裏，半年前曾經借宿趙大家，不料他夫妻為了侵佔我的錢財，夜裏把我殺掉埋在後院。後來又挖後院的土做瓦盆。

我的靈魂就附在黑瓦盆上了。我死得真不甘心，求你替我在青天大老爺包公面前伸冤，我會很感激你的。」說完，忍不住放聲痛哭。

張別古聽了，很同情黑瓦盆的遭遇，生氣的說道：「這趙大夫婦太狠心了，別難過，明天我就帶你到包青天老爺面前告狀去。他一定會替你洗雪冤情的。」

從來沒進過衙門的張別古，緊張得一夜都睡不著覺。但是為了黑瓦盆，他鼓足了勇氣，一大早就到公堂前敲鼓伸冤。

黑臉、濃眉、大眼的包拯，做官公正廉明，老百姓都私下喊他包青天或包公，這時他高高坐在公堂上，看起來非常威嚴。他問張別古：「你有什麼冤情？」

張別古就把黑瓦盆的事說了一遍，並且指指身邊漆黑的瓦盆說：「不信你可以問它。」

包公就對黑瓦盆說：「黑瓦盆，有沒有這回事？」

漆黑發亮的瓦盆，靜靜躺在地上，不吭一聲。包公又叫了兩聲，還是靜悄悄的。

包公以為張別古是來胡鬧的，看他年紀大了，也沒有說什麼，就叫左右的人把他趕出去。

被趕出衙門的張別古，拍了兩下黑瓦盆，生氣的說：「剛才包公喊你，你為什麼不說話？」

黑瓦盆說：「剛剛衙門的門神攔著我，不讓我進去啊！」

張別古聽到這話，鼓起勇氣又進了衙門。包公知道這個情形，提起筆來寫了幾個字，叫人拿到門前燒掉，請門神放黑瓦盆的靈魂進來。

第二次，包公又喊：「黑瓦盆！黑瓦盆！有話快說！」連叫了兩遍，黑瓦盆還是沒有動靜。

包公生氣了，用力拍著桌子說：「大膽！竟敢上公堂來胡鬧，說什麼黑瓦盆會說話。來人哪！重打張別古二十大板。」

這二十大板可把張別古的屁股打得像火燒一樣，最後只好挾著黑瓦盆，一拐一拐的走出衙門。他用力把黑瓦盆一摔，生氣的說：「不管你了。」

「哎喲！」黑瓦盆哇哇大叫：「痛死我了！痛死我了！」

張別古說：「你現在叫那麼大聲，剛才在公堂裏，為什麼不說話？」

黑瓦盆說：「我沒有穿衣服，不敢去見包公。求求你，給我一件衣服穿，我就跟你進衙門。」

張別古說：「還進去？我已經為了你挨了二十大板，再進去我這條命就保不住了。」但是禁不住黑瓦盆苦苦哀求，張別古還是找了件衣服蓋住黑瓦盆，又一拐一拐的進衙門去了。他怕黑瓦盆沒跟著來，就一路走，一路喊：「黑瓦盆！黑瓦盆！黑瓦盆！」蓋在衣服底下的黑瓦盆也不斷回答：「我在呀！我在呀！」衙門的人聽得目瞪口呆。

到了包公面前，黑瓦盆一邊哭一邊吐露他的寃情。包公聽了大為憤怒，立刻派人去捉拿趙大夫婦。做了虧心事的趙大，看到會說話的黑瓦盆，嚇得連忙低頭認罪，結果被判了死刑。包公對那個黑瓦盆說：「你的寃情已經真相大白了，我會把趙大侵佔你的錢財送到你家去，讓你的父母晚年過好日子，現在你的靈魂可以安息了。」說完，又賞給張別古一筆很厚的獎金。張別古就帶著獎金，揣著黑瓦盆，歡歡喜喜回家去，只是這個黑瓦盆再也不說話了。

世人作歹，死後是必須入地獄接受煎熬的，五道將軍在答覆目連其母親所以不能面見閻王的道理時，就很明確地說道：

世間兩種人不得見王面；第一之人，平生在日，修於十善五戒，死後神識得生天上。第二之人，生存在日，不修善業，廣造之罪，命終之後，便入地獄，亦不得見王面。唯有半惡半善之人，將見王面斷決，然始託生，隨緣受報76。

「地獄」在山海經中並無載錄，但是經中卻有個與地獄性質類似的幽冥世界——幽都：

北海之內，有山，名曰幽都之山，黑水出焉。其上有玄鳥、玄蛇、玄豹、玄虎、玄狐蓬尾。有大玄之山。有玄丘之民。有大幽之國。有赤脛之民。（海內經）

王逸注楚辭招魂「君無下此幽都些」指出：

幽都，地下后土所治也，地下幽冥，故稱幽都。

似乎招魂與山海經中的幽都是一樣的，但是招魂中對那守在幽都門口的「土伯」作了令人倍感恐怖的描繪：

土伯九約，其角觺觺些；敦脄血拇，逐人駓駓些；參目虎首，其身若牛些；叄目虎首；其身若牛些；此皆甘人……。

地獄所以令人魂驚膽落，必然源於懲戒方式的嚴酷，今試觀目連尋母所經過的「刀山劍樹地獄」，就可洞悉一斑了❼：

目連前行〔又〕至〔一〕地獄，左名刀山，右名劍樹。地獄之中，鋒劍相向，涓涓血流。見獄主驅無量罪人入此地獄。目連問曰：「此箇名何地獄？」羅察（剎）答言：「此是刀山劍樹地獄。」目連問曰：「獄中罪人作何罪業，當墜此地獄？」獄主報言：「獄中罪人，生存在日，侵損常住游泥伽藍，好用常住水菓，盜常住柴薪。今日交伊手攀劍樹，支支節節皆零落處：」

刀山白骨亂縱橫，劍樹人頭千萬顆。
欲得不攀刀山者，無過寺家填好土。
檝（栽）接菓木入伽藍，布施種子倍常住。
阿你箇罪人不可說，累劫受罪度恒沙，
從仏湟盤仍未出。此獄東西數百里，
罪人亂走肩相棳。業風吹火向前燒，
獄卒把杈從後插。身手應是如瓦碎，

手足當時如粉沫。　沸鐵騰光向口顛（顚），
著者左穿如右穴。　銅箭傍飛射眼精（睛），
劍輪直下空中割。　為言千載不為人，
鐵把樓聚還交活。

鬼於陰間亦如人於陽世，是必須固守本分的否則後果還眞堪慮呢！明朝陳耀文天中記裡的「夢馗」就記述了小鬼胡鬧的悲慘後果[73]：

明皇開元講武驪山，上不悅，因痁疾作，晝夢一小鬼，衣絳犢鼻，跣一足，屨一足，腰懸一屨，搢一筠扇，盜太真繡香囊及上玉笛，繞殿奔戲上前，上叱問之，小鬼奏曰：「臣乃虛耗也。」上曰：「未聞虛耗之名。」小鬼奏曰：「虛者，望虛空中盜人物如戲；耗卽耗人家喜事成憂。」上怒，欲呼武士。俄見一大鬼，頂破帽，衣藍袍，繫角帶，靸朝靴，徑捉小鬼。先刳其目，然後劈而啖之。上問大者：「爾何人也？」奏云：「臣終南山進士也，因武德中應舉不捷，羞歸故里，觸殿階而死。是時，奉旨賜綠袍以葬之，感恩發誓，與我王除天下虛耗妖孼之事。」……

反過來一個固守本分且又有善行的鬼，非但期滿有轉世為人的機會，甚而能升入仙界，為後人尊奉呢！盛傳「水鬼變城隍」就是一個好例子：

傳說水鬼在陰間的地位是很低的，除非找到一個活人，拉進水裏做他的替身，不然就得永遠待在冰冷的水裏，不能重新投胎做人。台灣嘉義紅毛埤附近的河裏，就住了一個始終找不到替身的水鬼，大概是這兒太偏僻，很少有人經過的緣故吧。只有一個漁夫，倒是常在河裏捕魚，但是他太機警了，所以水鬼一直沒法子下手。

有一天，水鬼想了個計策，在漁夫撒網打魚的時候，暗中把魚兒趕跑，使得漁夫打了一整天魚，網子還是空空的。

天黑了，水鬼趁著漁夫低頭看網的時候，用力把漁夫一把拖下水去，重重的按在水裏。等了一會兒，看見漁夫一動也不動，一副沒氣了的模樣，水鬼高興的叫了起來：「哈哈，漁夫總算讓我抓來當替身了！」水鬼就將身上帶著的鬼牌插到漁夫身上，又拿些污泥爛草塗了漁夫一臉，然後歡天喜地的跑到閻王府交差了。

那知道漁夫精通水性，只是裝死而已。他騙過水鬼以後，等水鬼一走就上岸。然後，把臉洗乾淨，就回家去了。

水鬼到閻羅王那兒，高高興興的說：「我找到替身了，這下我可以投胎做人了吧！」閻羅王一查生死簿，發現漁夫沒死，他吹鬍子瞪眼睛罵道：「你這粗心鬼，趕快去要回你的鬼牌吧，否則永遠也不能翻身做人。」水鬼硬著頭皮，趕回河裏一看，發現漁夫已經走了，並且連鬼牌也一道帶走了。

半夜裏，水鬼找到漁夫的家，就在門外大吼大叫，要漁夫還他鬼牌。漁夫在屋裏根本不理他。一直拖到天快亮了，水鬼的口氣越來越溫和，最後竟可憐的說：「求求你，漁夫老哥，把鬼牌還我，不然我就永遠成不了人啦！求求你……」說著，水鬼哭了起來。

漁夫聽到水鬼的哭聲，才說話了：「好吧！我願意把鬼牌還給你。不過，為了懲罰你老要害人，以後你得天天幫我把魚趕到網裏才行。」水鬼千恩萬謝的連聲說：「好的好的，當然可以。」於是，漁夫開門把鬼牌還給水鬼。

從此，漁夫到河裏打魚的時候，水鬼便在河裏各處游動，將魚兒一群一群的趕到漁夫網裏。漁夫每天都滿載而歸，生活越過越好。他看水鬼成天在水中過日子也難受，就常常辦些酒菜，請水鬼到家裏來吃吃聊聊。日子一久，兩人竟成為無話不談的好朋友。

一天，水鬼忽然來向漁夫道別：「明天有個老太婆會從河邊過，我想找她當替身。」漁夫勸水鬼說：「老太婆的歲數大了，你幹麼讓她死在冷冰冰的水裏呢？何況你我感情那麼好，你一走，誰幫我網魚呢？」水鬼覺得也有道理，答應等三年再說。

過了三年，水鬼又跑來告訴漁夫說：「明天有個小男孩會到河裏玩水，我準備找他當替身。你別勸我了，水裏頭的日子真是不好過哇！」第二天，漁夫在河邊捕魚時，果然看到一個又蹦又跳的小男孩，正想下水去玩。漁夫實在不忍心看他給水鬼抓走，就連哄帶騙的把小男孩勸走了。

晚上，水鬼來到漁夫家大罵道：「你太不夠朋友了！為什麼故意來破壞我的事？」漁夫料到水鬼會生氣，早就預備一頓好酒菜，向他賠罪說：「唉！原本我也不願意見你一直當水鬼，但是看小男孩天真活潑的樣子，將來也許很有出息，因此才把他叫開。請你別怪我，下次我一定不再多管閒事啦！」水鬼想了想，慢慢的消了氣，就撇開這件事不提了。

又過了好幾年。這天晚上，水鬼來到漁夫家，表情凝重的說：「漁夫老哥，這回我們可真的要分手了，你要多保重！」漁夫詫異的問他原因，水鬼勉强的答道：「張大嫂和她丈夫吵架，明天會來投河自殺。這可是她自找的，我可以拿她當替身了。」漁夫聽了，心裏暗暗吃驚，張家是他的鄰居，他怎麼能見死不救呢？但他答應水鬼不再管這事，漁夫心裏真是左右為難。第二天，漁夫雖然逼自己不能管這件事，但他實在忍不下心，終於匆匆忙忙的趕到河邊去。水鬼的話果然沒錯，遠遠的他就看到張大嫂披頭散髮，哭哭啼啼的往河裏跳。「噗通！」一聲，河面濺起許多水花。漁夫連忙跟著跳下水，死拖活拉的把她給救上岸。這時張大嫂的丈夫也趕了來，看到張大嫂濕得像落湯雞，真是後悔又心疼，謝過漁夫，就攙著張大嫂一起回家了。

這天晚上，水鬼又來了。漁夫見到水鬼，心裏覺得抱歉極了。水鬼沈默了半天，突然開口說：「我不會怪你，你的心地好，不忍見人落水淹死，這也沒錯。我既然交了你這個朋友，我決定順你的意，以後再也不害人了。」就這樣，一天過了又一天，他們依舊一起合作捕魚，一道吃喝聊天，過著平靜的日子，水鬼再也不想害人、找替身了。

在陰間的閻羅王，時時觀察部下的行為，以便作升遷的標準。當他發現紅毛埤地方的這個水鬼，居然十年都沒害過一個人，不禁深受感動，認為他真是個善良的好鬼，於是就奏明玉皇大帝，封他為嘉義的城隍爺。

水鬼接到做城隍爺的命令，真是歡喜得不得了，立刻跑到好朋友漁夫家報喜訊，沒想到漁夫到市場賣魚去了。水鬼忙著上任做官，只得留下一張請帖，請漁夫到廟裏找城隍爺，就急著上路去了。

漁夫回家看到請帖，不知道是水鬼留的，吃驚的想：「老天，我什麼時候這般福氣，竟然和城隍爺交上朋友啦？」

到了約定日期，漁夫半信半疑的來到城隍廟裏，却沒看到半個人影，只得坐在椅上等著。等呀等的，他迷糊的睡了過去。夢裡，他看到水鬼穿著城隍的官服來迎接他，還擺了一大桌酒席，漁夫見老朋友居然升了官，做了威風的城隍，也很為他高興。

吃飽喝足以後，變成了城隍的水鬼拿出幾錠黃金，對漁夫說：「若不是你三番兩次阻止我害人，我那能有今天？現在不能替你趕魚了，這幾錠金子是我一點心意，你拿去作點小買賣，不要再辛苦的打魚了。」

正說到這裏，漁夫忽然醒了過來。回想夢裏的情形，摸摸肚子，覺得還是飽飽的；再掏掏口袋，果真有幾錠重重的黃金在袋裏。漁夫趕緊向城隍的神像拜了幾拜，快快樂樂的回家去了。

具有善性的鬼，是不會被世人所厭惡疏離的，倒是世間方寸不正的人，才是人人所討厭的，斬鬼傳正文第一回中藉著閻君的口將人與鬼作了如下的區別：

太凡人鬼之分只在方寸間，方寸正的鬼可為神，方寸不正的人卽為鬼。

所謂方寸不正的鬼有謅鬼、假鬼、奸鬼、搗大鬼、冒失鬼、仔細鬼、涎臉鬼、發賤鬼、輕薄鬼、齷齪鬼、不通鬼、心病鬼、醉死鬼、丟謊鬼、色中餓鬼……等等。很顯然的，這些所謂的「鬼」，指的就是現實的人性中種種不善不良的癖性的化身，面對這等鬼，即使是閻王老爺也不免頭疼說道：

此等鬼最難處治，欲行之以法制，彼無犯罪之名；欲彰之以報應，又無得罪之狀也，曾差鬼卒稽查，大都是習染成性之罪孽。

幸虧有個驅鬼的神道鍾馗，誅殺懲罰或治療了這些陽間人鬼，讓人世間清澈了些。斬鬼傳雖是一部有反面諷刺的小說，但也確實是一部長幼雅俗共賞的作品，漢聲中國童話「捉鬼大將軍鍾馗」，就是叁較本傳及平鬼傳二小說，節錄其中部分精華改寫而成的故事，不但生鮮有趣，讀之不畏，倒還能夠令人深自警省[80]：

唐朝人鍾馗，是個大才子。有一年，他參加了國家舉行的考試，皇上讀了他的精采文章，不禁拍著桌子叫好，並且立刻要見他，點他做第一名的狀元。可是皇上一見鍾馗，就嚇得倒抽一口冷氣，叫道：「那來這麼醜的人？」原來鍾馗雖有滿肚子的學問，却長得非常難看。他那張鐵青的大臉上，兩道粗黑的濃眉，配著一雙圓鼓鼓的大眼睛，再加上一臉鐵針似的鬍鬚，而那朝天的大鼻孔，彷彿一出氣就能把人沖上天，所以誰見了他都害怕。

皇上見鍾馗這副醜模樣，說什麼也不點他做狀元。鍾馗一口冤氣憋不住，大喊一聲：「氣死我了！」就一頭撞死在大殿上了。

皇上想到鍾馗的才華，又是後悔又是惋惜，便封他的魂魄做了「捉鬼大將軍」，派他去掃蕩天下的妖魔鬼怪。

在地獄治理大鬼小鬼的閻羅王，一聽有個名叫鍾馗的人來報到，立刻眉開眼笑。他對鍾馗說：「我正煩得很呢！早巴望著有個正直能幹的人，來替我懲罰在人間搗蛋作怪的鬼。」

鍾馗瞪著一雙大眼，問：「人間有什麼鬼呢？」

「多啦，你瞧！」閻羅王拿出一本「點鬼簿」，鍾馗湊上前，果真看見上頭一行行記著：好吃鬼、懶惰鬼、小氣鬼、說謊鬼、死鬼、醉鬼、搗蛋鬼、賭鬼、討債鬼、邋遢鬼、短命鬼、糊塗鬼、賴皮鬼、饒舌鬼……

鍾馗看得眼花撩亂，說：「原來鬼還有這麼多名堂。」

閻羅王說：「唉！說來慚愧。這些鬼藏在人間，鬧得雞飛狗跳，好人也不得安寧。我看就是你最適合去懲罰他們！」

鍾馗立刻答應下來。閻羅王便把點鬼簿交給鍾馗，又賜給他一匹追風馬和一把青鋒寶劍。另外還派給他四個鬼：大頭鬼牽馬，大膽鬼扛寶劍，精明鬼提一盞紅紗燈引路，伶俐鬼舉一把破傘好擋風遮日。最後閻羅王又派個小鬼變成一隻蝙蝠做嚮導，專門往有惡鬼的地方飛。一切都打點好了，蝙蝠就領著鍾馗和一隊鬼兵，浩浩蕩蕩向人間進兵。

一路行來，飛個不停的蝙蝠忽然停在一座古廟前面。這就表示廟裏一定有鬼啦！果然，廟裏有個燒飯的溫呑鬼。這個鬼懶散得不得了，每天睡到太陽下山還不起來；一頓飯做到三更半夜還做不出來，常常餓得和尚和進香的香客頭昏眼花，連拜佛唸經都沒氣力。溫呑鬼兩眼無神，鍾馗問上十句話，要等個老半天，他才上氣不接下氣的答上半句。鍾馗不由得火冒三丈，說：「我要殺了你，你又沒有什麼了不得的罪。要不殺你，可真是要慪死我了。」

這時候，忽然有一個人「呼」的跑進廟裏，也不管別人，就拿起桌上供佛的瓜果雞鴨，大吃大喝起來。原來他就是點鬼簿上記的「冒失鬼」。

鍾馗看他太不像話，氣得一步衝上前，說：「來得倒好，我正不知道要怎麼治溫呑鬼呢！」他提起寶劍，「喀喀」兩下，把兩個鬼從當中一劈，共分成了四份，然後把溫呑鬼的半邊和冒失鬼的半邊合在一起，這麼一來，恰好又合成了兩個鬼，只是溫呑鬼不再溫呑，冒失鬼也不再冒失，兩個鬼都變得不溫不火、中規中矩的了。

鍾馗很滿意的拍了拍手，把點鬼簿上的溫呑鬼和冒失鬼一筆畫去，便領著五個小鬼，繼續向前進兵。

接下來，一路上遇到的鬼可多著呢！比方這天他們看見小氣鬼和好吃鬼一同到寒酸鬼家去作客。寒酸鬼只拿出一個小燒餅來招待兩個客人。吃光了燒餅，小氣鬼眼尖，看見桌縫裏還嵌著一粒芝麻兒。正要去拿，那知好吃鬼搶先一步，飛快的扣出來吃了，小氣鬼心一疼就死了。

鍾馗又好氣又好笑，一口把好吃鬼吃下肚，剛吃完就放了個又臭又響的屁。他又把寒酸鬼洗乾淨，使他變得大方體面。

鍾馗領著鬼兵，一路走，一路殺鬼吃鬼，眼看著捉鬼的使命就要完成了，點鬼簿上只剩下最後一個「涎臉鬼」。鍾馗急著要除掉這個涎臉鬼，只是不知道他有些什麼能耐？

走著走著，一條大河攔住了他們的去路。這條河真是奇怪，只見它不停的「咕嘟咕嘟」冒出白色的泡沫。仔細聽聽，泡沫裏像有數不清的聲音，在吵架、罵人、吐口水；再仔細看看，泡沫裏像有數不清的人，在握拳、捶胸、跳脚。

「這就是『口水河』，河對面就是無恥山。我們要捉的涎臉鬼就住在那山上。」蝙蝠指著大河說：「只因為這個涎臉鬼皮太厚，四處害人，所以引得人人朝無恥山吐口水，久而久之，口水越積越多，就流成了這條又黏又臭的口水河。」

鍾馗騎著追風馬，一跳就跳過了河，隨從的小鬼只有赤脚走過去。河雖然不深，卻很黏，踩一步就半天才能拔出脚來，好不容易才到了對岸。河對岸的情況可真古怪，他們都不敢大意。原來無恥山全是由「不誠石」堆成的，山上長滿了「鬼眼松」，連出沒的老虎野狼，都是膽小怕事的「挨打虎」和「夾尾狼」。大膽鬼和伶俐鬼剛踩上不誠石，就都踩了個空。原來這些石頭看起來很實在，卻都是空心的。精明鬼和大頭鬼提心吊膽的跟在後面，又看見鬼眼松上面長滿鬼眼，還不停擠鬼眼看人，心裏不禁發毛。

鍾馗忍不住大聲吼道：「這到底是什麼鬼地方！」

忽然不知從那兒蹦出一個看來很不起眼的鬼。他頭上戴了一頂牛皮盔，身上穿了一件牛皮甲，拿著兩把大刀，指著鍾馗罵：「你這個醜八怪好大的膽子，竟敢自己送上門來！」「你大概就是那個厚臉皮的涎臉鬼吧！哼，吃我一劍！」鍾馗氣得擧劍就砍，一劍正砍在他臉上。只聽得「梆」的一聲，劍身反彈回來，涎臉鬼的臉竟然連半根汗毛也沒少，一點傷也沒有。

鍾馗忍不住嘖了兩聲：「嘖嘖！你這臉皮還真厚啊！」

涎臉鬼說：「嘿嘿！我這臉沒別的好處，就是不怕刀劈箭射靴子踼。」說完，還把臉湊過來。

鍾馗不信，拿起弓「颼颼颼」射出十幾枝箭，箭却「叭叭叭」全黏在涎臉鬼的臉上。鍾馗氣得跳上追風馬的背，用力朝涎臉鬼的臉足足踼了一百下。涎臉鬼却立定不動，臉不紅不腫，還笑咪咪的說：「再多來幾下嘛！」

鍾馗不由得「嗤」的笑了出來，說：「你這張好臉打那兒來的，可真結實啊！」

「我這臉可是挖空了心思做成的寶。」涎臉鬼得意的用指頭在臉上「答答」敲了幾響，說：「告訴你吧，我是先用鐵打了個模子，塗上百來層漆，再貼幾千層樺樹皮，才做好的。不過這些材料別人都可以弄到，我這張臉還有一種別人沒有的好材料，比什麼都扎實，那就是別人的口水。哈哈，別人把口水吐在我臉上的時候，我從不擦掉，就讓它乾在臉上。多少年來，我這臉上也不知乾了多少層口水，才有今天這麼結實啊！」

鍾馗聽了，知道自己不是對手，只好敗下陣來，和他的鬼兵商量商量，再做打算。

伶俐鬼說：「我看他本領也不怎麼高，單是那張臉厲害。我們想個法子把那張臉弄到手，怕他不跪下來求饒？」

精明鬼想了一會說：「是啊，我們就依他的法子，照樣打製一張更厚的臉，裏面藏上一個『良心』。他贏不了，一定會求我們換臉。只要他換了新臉，良心一發現，包管他完蛋！」

果然，精明鬼想得周到，他們打造好了一副比涎臉鬼那張臉更厚的臉，又把這臉在口水河裏浸了三天三夜。

於是鍾馗苦著臉戴上這副厚臉，再度攻上無恥山。

這回一交戰，鍾馗假裝打不過涎臉鬼，讓他提著刀向自己臉上連連大砍，鍾馗又故意嘻嘻笑說：「癢絲絲的，呵，真舒服哩！」

涎臉鬼立刻死求活求，一定要鍾馗把臉換給他。鍾馗憋住笑，故意拖了半天才答應。

涎臉鬼連忙丟了舊臉，戴上新臉。沒想到「良心」一發現，他立刻覺得自己的臉發紅發燙。再一摸，臉皮竟一寸一寸薄下來，最後薄得像張紙。他不等鍾馗上前打他，自己就抱頭逃走了，從此他變成了個最會臉紅的害羞鬼。

最後一個鬼已經解決了，天下太平啦！鍾馗率領五個鬼嘍囉，打道回地獄去交差。

閻羅王歡喜得不得了，把鍾馗立下的大功勞，一五一十全都報告了天上的玉皇大帝。大頭鬼、大膽鬼、精明鬼、伶俐鬼，當然還有蝙蝠，一併得了奬賞。而鍾馗呢？便被封為「翊正驅魔雷霆帝君」。直到今天，每到過年過節的時候，有的人家還會在大門上掛起眼瞪蝙蝠，手舞寶劍的鍾馗畫像。據說，光憑那一張醜臉，就能嚇唬得妖魔鬼怪不敢上門來搗亂哩！

四、動物神話

身爲大自然動物界一員的人類，自然會對周遭的其他動物有者濃蜜的感情，日日目睹那飛走的蟲魚鳥獸，怎能不細心地觀察牠們的特質，爲他們鋪述一段美麗動人的神話故事呢？茲以此類神話繁盛盈溢，僅就代表祥瑞的四靈、與中國曆法相關的十二生肖動物、令中國有絲國美譽的蠶神、千古傳唱的蛇郎君和威振天庭的孫猴子，介紹於後：

㈠ 四　靈

在我國動物的神話與傳說中，最有名的要屬「四靈」了，段芝先生解釋四靈的由來說道：

照古書的說法：萬事萬物皆由「陰」、「陽」二氣孕育而生，生得最精的就叫做「靈物」，古人又依動物身上的覆蓋物之不同，而把所有動物分成「毛蟲」（卽四脚獸）、「羽蟲」（卽鳥類）、「介蟲」（貝殼類）、「鱗蟲」（爬蟲類）、「倮蟲」（哺乳類），他們認為：毛、羽之蟲為陽氣所生，介、鱗之蟲為陰氣所生，倮蟲為陰陽之精，而人類則是由陰陽兩氣孕育交合的最精妙而成，所以才被稱為「萬物之靈」。在這五類中，各類也有他們生得最精的「靈物」：「毛蟲」中最妙精的叫「麒麟」，「羽蟲」中最精的叫「鳳凰」，「介蟲」是以「龜」為最靈的，「鱗蟲」的精者為「龍」，這就是所謂的「四靈」。人中之「

聖人」乃為萬物之靈中的佼佼者，「四靈」皆得受他的支使，「四靈」的出現，也就是表示了聖人的卽將顯現於世，「四靈」因而便成了吉祥的象徵[81]。

今分述於後[82]：

甲、麒麟：據說麒麟的形狀是：鹿身、牛尾、馬蹄、五趾，在頭的正中，高聳著一隻角，全身爲白毛，在背上的毛是五彩的，腹部的毛更特別是黃色的。牠性情溫和，不會無緣無故殘殺生蟲，更不會任意折斷枝葉，態度和藹，對所有的生物都一視同仁，公平對待。牠選擇太平治世的時候出現，它總愛依偎在聖王賢者的身旁！牠知道那個地方是安全的或險惡的環境，同時任何想要加之於牠身上的傷害，都會導致傷麟者自身的毀滅，這就是牠所以靈異的特點。相傳黃帝、堯、禹在位之時期，麒麟觸目可見，據此可推知當時天下政治是何等清明了。到了魯哀公十四年春「西狩獲麟」，麒麟就絕跡於中國了，在杜預注中我們可以看到孔聖人的悲慟：

麟者仁獸，聖王之嘉瑞也。時無明王，出而遇獲。仲尼傷周道之不興，感嘉瑞之無應，故因魯春秋而修中興之敎，絕筆於獲麟之一句，所感而作，固所以為終也。

乙、鳳凰：有關「鳳凰」的神話與傳說在名稱上或有不同，但是都在說明這是一種美麗而帶靈氣的鳥，形狀像雞般大小，身上的羽毛五彩繽紛，耀人眼目，尾巴非常長，更是色彩鮮艷，明麗照人；同時牠每一部分的紋羽各有其專名：頭上的紋毛叫做「德」，翅上的稱爲「義」，背上的喚做「禮」，胸前的紋是爲「仁」，腹下的名爲「信」。

傳說牠是來自太陽，或是誕生於聖人之地、君子之國，與聖人同生死，有時甚可成爲聖人的化身，牠最特別的一點，是能飛得非常地高，可以直上雲霄，飛入太陽、月亮、星星之內、更可飛得非常地遠，一天之內可飛遍四方所有地方。

雖然牠以四海爲家，翺翔在宇宙之內，往來於天地之間，自歌自舞，悠遊自在，但是牠的生活則是非常的講究，只在由崑崙山中流出的最純淨的水中沐浴，晚上則睡在洞穴內，牠知道躲避危險，尋求安全，凡是有牠在的地方，不會有電閃雷擊發生，不會起狂風降暴雨，更不會造成溪水暴漲，泛濫成災的險境，而是一片風靜草偃，祥和的景象。

至今人們心靈深處還常企盼著五百年一見的火鳳凰能出現呢！

丙、靈龜：相傳「靈龜」的甲殼上有五彩斑紋，如玉石、黃金般的晶瑩奪目，牠的頭總是朝著陽光燦爛的地方，背向著陰森黝暗之地；牠的背是隆起的，這是取法於天的形象，牠的腹部是平坦的，這是向地學來的；四肢趾爪的轉動與春、夏、秋、冬四季相應合，同時也會隨著四季的變化而變色，春天是暗綠色，夏天呈黃色，秋日變白，冬季轉黑；身上的紋理是畫著天上二十八個星宿的位置與形象，頭長得如蛇，膀上長有龍翅，可以活命千年，看到千年的變化；出身於深水中，在地面上成長，又能夠高飛天際，直上青雲，因而能使天地上下之氣相交通，能明天道，知地物，預禍福，見存亡。商代所以卜龜占驗吉凶是不無道理的。

此外，「靈龜」也是聖王出世，王道政治的瑞兆：禹時有「靈龜」負「洪範九疇」的現之於世；孔子也曾感嘆終其一生沒有見到「靈龜」；天子孝，則會有「靈龜」現；「靈龜」也被視如今日的國璽般，先得到靈龜的人，成爲天子，爲王的珍視龜，諸侯臣服，天下太平。烏龜的智慧在古今中外都受到肯定，試看下面這「聰明的老烏龜」故事吧[83]：

狐狸是個狡猾的壞東西，看到弱小的動物就想欺負。有一次，狐狸神氣活現的走在路上，瞧見一隻老烏龜背著重重的殼，慢吞吞的往前爬，就上前取笑他說：「又醜又笨的老烏龜，背了一身重殼惹人厭！」

老烏龜只是默默的爬，不理睬狐狸。狐狸覺得很沒趣，心想：「好啊，居然敢不吭聲，我要讓你瞧瞧我的厲害！」他擧起腳狠狠的朝老烏龜的背踢去。

「哎喲，我的媽呀！」狐狸痛得叫起來。他沒料到老烏龜的殼那麼硬，一腳踢下去，可把自己的腳踢得又紅又腫。

「哈哈，活該！」老烏龜乾笑兩聲，自顧自走了。

狐狸一聽，氣得胸口都要爆炸。他動了動歪腦筋，咬牙切齒的説：「哼！老烏龜竟然敢惹我，真是活得不耐煩了。等我找來我那群了不起的好親戚幫忙，準教他死路一條！」

於是狐狸一跛一跛的去哀求他的好親戚老鷹乾姊姊、穿山甲乾哥哥、灰狼乾爺爺和花斑虎乾姑婆，都來幫他出口氣。這些親戚一向做慣了壞事，這回當然都一口答應了。

這一天，天氣很好，老烏龜出去散步。老鷹正在天空打轉，一發現他，就猛撲下來啄他。不巧老鷹啄了幾下，都啄到烏龜殼，把嘴巴給啄歪了。狐狸、穿山甲、灰狼和花虎得了消息，都大吼大叫的趕了來。老烏龜知道自己敵不過，馬上把身子縮進堅硬的甲殼裏，不敢探出頭來。

狐狸說：「穿山甲哥哥，平常你能在地下鑽洞，現在就動手鑽破他的龜殼吧！」

老烏龜很鎮定的說：「不自量力的穿山甲，要鑽就快些。我的祖傳鐵殼不叫你折斷腦袋，拗斷尾巴才怪呢！」

穿山甲聽了，嚇得倒退三步，不敢動手。

狐狸看穿山甲那麼害怕，又想了另一個辦法，他說：「老烏龜縮在甲殼裏，總有探出頭來透氣的時候。灰狼爺爺，等這傢伙一伸出頭，你就把他的脖子咬斷。」

老烏龜聽了，倒有點害怕。他想：「如果他們真的寸步不離的守住我，就算我不渴死餓死悶死，可也難過死了。」但他還是不慌不忙的說：「我能整月整年不喝水，不吃東西，你們有耐心的話，儘管等吧。我這鐵甲上有個透氣孔，底下還有四個通風洞，一千年不探出頭來，也悶不死我的。嘿！老灰狼，你有興趣，就叫你的子子孫孫都來等吧。」

灰狼和狐狸張大嘴巴，傻住了。花斑虎姑婆卻憋不住氣，跳起來說：「別聽這小子胡說八道！我們拿鐵榔頭來，把他敲個粉碎，再拿火烤他。嘖嘖！烏龜肉一烤，滋味一定不錯！」

老烏龜大吃一驚，嚇得全身冰冷，一會兒他又笑得咯咯響，說道：「我這祖傳的寶甲，那裏會怕鐵榔頭抓癢似的敲幾敲呢？只怕你們用力一敲，鐵榔頭被寶甲反彈回去，先斷送自己的命！你們也真是太笨了，難道沒聽說過烏龜洗澡不是用水，而是用火？如果把我推到大火裏去烤，那就像洗個暖烘烘的舒服澡一樣，暢快得不得了呢！」

壞動物一聽，恨得牙都癢起來。老鷹扶正被啄歪的尖嘴，安慰大家說：「別擔心，我有辦法讓老烏龜栽在我的手裏！」

「什麼妙法子？你快說呀！」大家都迫不及待的問。

老鷹用翅膀拍拍大家的背說：「別急，別急。」然後又問老烏龜：「喂，該死的東西，你不怕火，難道也不怕水？讓我把你抓得高高的，丟到大河裏淹死你，看你還敢不敢逞強？」

老烏龜沒料到老鷹居然不曉得他的老家就是大河，他躲在龜殼裏幾乎要偷笑出來。但是他反而裝出一副可憐相，哭著哀求說：「老鷹姑娘，請你饒了我好嗎？如果真的把我丟進河裏，我這一身甲殼，又重又笨，馬上會沈到河底，不淹死才怪！求求你，千萬饒過我這條老命吧！」

老烏龜哭得悽悽慘慘，一群壞動物卻捧著肚子，笑得喘不過氣來。狐狸甩甩尾巴，得意的說：「想不到你這老傢伙也有害怕的時候。嘿嘿，要我們饒了你，別作夢啦！」

等狐狸取笑夠了，老鷹立刻把烏龜高高抓起，飛到大河上空，然後一鬆爪子，老烏龜就「噗通」一聲跌到河裏去了。

老烏龜跌進河裏，也就是回到老家了。他放心的從水面仰起頭來，朝著岸上那群壞動物呵呵大笑說：「你們這些笨蛋，以後不要再賣弄聰明啦！」

丁、龍獸：相傳黃帝、堯、舜、禹、湯、文王武王當政之時，除龜負書外，也有龍馬負圖的事情發生，到了後代，即使沒有龍負圖、龜負書，太平盛世也會有黃龍出現。

傳說中的龍，有各種不同的種類，帶有甲殼的稱爲「蛟龍」，有翅膀的稱爲「應龍」，長著角的叫做「虯龍」，沒有角的是「璃龍」，能升天的叫「蟠龍」，後來更傳說有一百多種的龍，但都有共同的特徵：頭上長有長鬚，帶有角，足上有爪，一般都是四爪，有五爪的則傳說是屬於龍中的帝王，只有做皇帝的人才能持有。又相傳龍要經過數千年的修行，才可以昇天，這才是眞正的龍，在升天以前，和地上的蚯蚓螞蟻一樣，渺小還沒有長成龐大的身軀，在昇了天後，馬上會變得身長體大，碩壯無比。同時在昇天時還必須在一個大雷雨的天氣下，依附著尺木才可以上得了天際。

在我國古代神話中的每一座大山上，都是有神仙居住或鎭守著，而這些神似乎都是龍的化身，或是人身龍首，或是龍身人面，或是鳥身龍首，龍身鳥頭，龍頭馬身的。

中國人自稱是龍的傳人，那是因爲傳說黃帝是由龍變來的，據說有隻生有長長鬍鬚的龍在黃帝死後下迎黃帝，黃帝騎上龍身，飛入天空，他的臣子也欲跟去捉著鬍鬚不放，龍鬚被拔，而衆臣紛紛落到地上，因此身爲黃帝後代的中華子孫，都是「龍種」。

㈡ 十二生肖

十二生肖的產生，源於我國紀日月的干支。東漢王充首先論及十二個地支所配的十二個動物，他說：

含血之蟲相勝服，其驗何在？曰寅木也，其禽虎也，戌土也，其禽犬也，丑未亦土也，丑禽牛，未禽羊也，木勝土，故犬與牛羊爲虎所服也；亥水也，其禽豕也，巳火也，其禽蛇也，子亦水也，其禽鼠也，午亦火也，其禽馬也，水勝火，故豕食蛇，火為水所害，故馬食鼠屎而腹脹……審如論者之言，含血之蟲亦有不相勝之效，午馬也，子鼠也，酉雞也，卯兎也，水勝火，鼠何不逐馬？金勝木，雞何不啄兎？亥豕也，未羊也，丑牛也，土勝水，牛羊何不殺豕？巳蛇也，申猴也，水勝金，蛇何不食獼猴？獼猴者畏鼠也，囓獼猴者犬也，鼠水、獼猴金也，水不勝金，獼猴何故畏鼠也？戌土也，申猴也，土不勝金，猴何故畏犬？（論衡物勢篇）

辰為龍，巳為蛇。（論衡言毒篇）

可見東漢時代以十二種動物代表十二時辰已經是很流行的事了。

後世人們爲了便於記憶，講起來也比較方便、具體，漸漸就用代表十二辰的十二種動物來紀年了，但是爲何只選上鼠、牛、虎、兎、龍、蛇、馬、羊、猴、雞、狗、豬這十二種動物，不選其他的呢？說法向來紛紜[84]，在童話故事「十二生肖」中是這樣解釋動物排名的[85]：

相傳在上古時代，人們都不曉得計算年月的方法，於是就去請玉皇大帝幫忙。玉皇大帝覺得動物和人們的關係最密切，如果用十二種動物來做年份的名字，人一定最容易記得。

不過，地上的動物那麼多，要如何選出十二種動物來呢？玉皇大帝就決定在自己生日那一天，舉行一次動物渡河比賽。最先到達終點的十二個動物就被選出來，名列十二生肖。

當比賽的消息公布後，所有的動物都紛紛討論起來，希望能贏得這場賽跑。

那時候，貓和老鼠是最要好的朋友，他們吃在一起，睡在一起，親熱得形影不離。

老鼠說：「我很想跑在前頭，列名十二生肖中，可是我身子又小，又不大會游泳，怎麼辦呢？」

貓說：「旣然我們身子小，跑不快，就應該動身得早。我知道水牛平常天不亮就起身了。到那一天，我們請水牛叫醒我們，也許就可以跑在前面了。」

老鼠拍手跳起來說：「吱吱——好極了，就這樣辦！」

到了玉皇大帝生日那天，天還沒亮，雞也還沒啼呢，和善的水牛就來把老鼠和貓叫醒了，水牛笑咪咪的說：「看你們迷迷糊糊的樣子，不如爬到我的背上來，我載你們一塊兒走吧。」

老鼠和貓就卷伏在溫暖又寬大的牛背上，舒舒服服的又睡了一覺。當他們醒過來的時候，天才剛剛亮，卻已經到了河邊了。貓兒在牛背上伸了一個大大的懶腰，高興的說：「過了河，馬上就是目的地了。看來，我們三個是跑在最前面啦。」

「是啊，你出的主意真好。」老鼠口裏這麼說，心裏卻在盤算跑在前頭是不錯的了，不過，怎樣才能跑在水牛和貓前面，得到第一名呢？」

自私又狡猾的老鼠，想出了一個壞主意。

當水牛游到河中間的時候，老鼠假心假意靠近貓，親親熱熱的說：「貓哥哥，我們快到河邊了，你看看，四周的風景多美啊！」

「真的，好美喔！」貓果真四處張望。

就在這個時候，老鼠狠心的用力一推，貓沒坐穩，「噗通」就掉到河裏了。

「嘿，嘿……」老鼠忍不住笑出聲來。

大水牛發覺背上的重量減輕了，回頭一看，卻發現許多動物都在陸續過河，他便趕緊加快速度，沒有注意到貓掉到水裏，而狡猾的老鼠早已偷偷鑽進大水牛的耳朵裏去了。

大水牛很快的過河了。眼看就要得到第一名，心裏正高興著。突然，從他的耳朵裏跳出一團黑黑的東西。大水牛愣住了，停下脚步，仔細一看。「啊，原來是老鼠。」老鼠卻一溜煙似的往前跑。等大水牛看明白了，老鼠早就跑到終點，得到第一名。

玉皇大帝看到老鼠最先到達，感到奇怪，便問：「老鼠，你不會游水，又跑不快，怎麼會先到達呢？」

老鼠得意洋洋回答說：「我雖小，可是頭腦聰明，當然得第一名嘍！」玉皇大帝聽了點點頭。

一眨眼，大水牛也到了，得到第二名。不過他一直對著老鼠「哞，哞」的叫，很不高興的樣子。

不一會兒，老虎一身濕淋淋的跑過來，很自信的吼：「我是第一名吧？」

「不，我才是第一，你光靠力氣沒有用啊！要像我……」老鼠很不客氣的回答，於是老虎和老鼠就吵起嘴來。

突然間，天邊捲起一陣狂風，一隻巨龍從天空中降下來，就在龍快到終點時，突然一隻蹦蹦跳跳的小兎子，飛快的跑到玉皇大帝前，得到第四名。

原來，兎子也不會游水，是踏在別的動物身上跳過河的。而龍呢？他會飛，應該最早到的啊！玉皇大帝便好奇的問他為什麼會晚到。

「我本來可以很早到的，可是我到東邊去降了一場雨才趕來，所以就躭誤了時間。」龍是專門負責天上降雨的動物，責任感也特別强，他很認真的回答玉皇大帝。

一會之後，他們聽到一陣馬蹄聲，看到路上揚起許多灰塵，隱約中看到馬、羊、猴子、雞和狗拼命的跑著。馬跑在最前面，眼看著就要到終點了。突然，他聽到一個聲音。「我來了，我先到了。」原來，草叢裏鑽出一條大蛇。

大蛇來了引起一陣混亂，老鼠和兎子害怕的躲起來。大蛇平常最喜歡吃老鼠和兎子，今天卻很有禮貌的說：「今天我是特地來參加動物渡河比賽的，放心吧，我不會吃你們。」

「嘶——」馬一到就高高興興的亂叫。「我得第幾名？」

「第七名啊，算你運氣不錯。」老鼠搶著回答。

不久，老山羊、猴子和大公雞分別到了。

「哎，你們三個怎麼會一起來啊？」老鼠問。

老山羊慢吞吞的說：「我們在河邊撿到一塊木頭，坐在上面，互相照顧著過河。」

「汪，汪，汪。」調皮的狗也來了。其實他早該到了，因為貪玩，在河裏洗澡，躭誤了時間，最後只得到第十一名。

比賽快要結束了，已經到達的動物，都想看看最後一名是誰。大家伸長了脖子四處張望。過了好一會兒，聽到豬叫的聲音。奇怪，平日最懶的豬怎麼也來了？

「是不是有好吃的東西啊？」豬喘著氣問。

大家聽了，都捧著肚子哈哈大笑，說道：「真是一個貪吃的傢伙！」

雖然如此，豬還是得到第十二名。

玉皇大帝於是鄭重的宣布比賽的結果：「十二生肖的排名是：鼠、牛、虎、兔、龍、蛇……」

話還沒說完，貓急急忙忙趕到了。他把身濕透，一副很狼狽的樣子。他一來就趕緊問：

「我得第幾名？我得第幾名？」

玉皇大帝和善的說：「你來晚了，什麼名都沒有咧。」

貓一聽，氣得不得了，大叫：「都是可惡的老鼠害的，我要吃掉他。」說著便伸出利爪。

玉皇大帝連忙阻止，可是貓那裏忍得下這口氣，不顧一切向老鼠衝過去。老鼠知道自己對不起貓，又慚愧又害怕，吱吱叫著，直往玉皇大帝椅子下鑽。

老鼠雖然在比賽中贏了，列入十二生肖的第一名，不過，他卻提心吊膽，隨時怕貓來找他報仇。從此以後，老鼠一看到貓的影子，就沒命的逃，甚至大白天也躲在洞裏不敢出來，

這就是做了虧心事的報應了。

(三) 蠶神

中國是世界上最早會養蠶抽絲織布的民族，絲做的衣裳是人們日常的必需品。根據黃帝內傳的記載，蠶神早在黃帝時就出現了：

黃帝斬蚩尤，蠶神獻絲，乃稱織維之功。（繹史卷五引黃帝內傳）

蠶神的形貌，可據唐乘異集所載：

蜀中寺觀多塑女人披馬皮，謂馬頭娘，以祈蠶。俗謂蠶神為馬明菩薩以此。（宋戴埴鼠璞•蠶馬同本引）

知道蠶神是披著馬皮的美貌姑娘。

這般相貌的蠶神透過豐富的想像，在搜神記中就敷衍出下列這一段美麗奇異的故事了：

舊說太古之時，有大人遠征，家惟有一女，牡馬一匹。女思念其父，戲馬曰：「爾能為我迎得父還，吾將嫁汝。」馬乃絕韁而去，徑至父所，悲鳴不已，父亟乘以歸。為畜生有非常之情，故厚加芻養。馬不肯食，每見女出入，輒喜怒奮擊。父怪問女，女具以告。父於是伏弩射殺之，暴皮於庭。父行，女與鄰女於皮所戲，馬皮蹶然而起，卷女以行。後經數日，得於大樹枝間，女及馬皮盡化為蠶而績於樹上，因名其樹曰桑。（晉干寶搜神記卷十四）

四 蛇郎君

蛇是古代最常見的一種動物，在神奇傳說中「后羿」爲民除大害，殺了洞庭湖中的「巴蛇」，牠留於湖中的屍骨，隆起像山陵，就是現在洞庭湖上的「巴陵」。

傳說中的「巴蛇」是黑色的身子，青色的頭，能一口氣呑下一隻大象，這隻大象在巴蛇的肚中經過三年的咀嚼，才把殘骸碎骨吐出，眞是駭人聽聞的動物。

蛇的模樣及毒性都是足以使人毛骨悚然，不寒而慄的。但是在後世神話中以蛇爲主題的故事卻廣受歡迎，例如白蛇傳等都是令人百聽不厭的故事。此外，發生在衢州這個地方的「蛇郎君」故事，更是精彩絕倫的童話，熊塞聲先生根據這個故事創作了長篇童話詩「馬蓮花」傳唱起來眞是扣人心絃[86]。漢聲中國童話的「蛇郎君」雖然編者縮減了樵夫的三個女兒爲兩人，但是內容依舊曲折動人[78]：

在一個很遠很遠的山脚下，住了一個老樵夫和兩個女兒。

大女兒長了滿臉麻子，不愛幹活，只愛成天照鏡子。小女兒卻不一樣，有個甜甜的臉蛋，經常像小鳥一般哼著歌，日日燒柴打水，忙出忙進。

一天清早，老樵夫上山砍柴去，小女兒對爹爹說：「金花銀花不想戴，摘朶鮮花女兒戴。」老樵夫砍了兩大綑柴，記起小女兒的話，便擔了柴，四處去找花。尋呀尋的，忽然看見一個山洞上，剛剛開了一朶美麗的小紅花。老樵夫喘吁吁好不容易攀上洞，才伸手摘下花，就聽到一聲怒吼——

「可惡！」山洞裏走出一個猙獰的蛇怪，全身青綠的鮮皮，大聲咆哮著：「是誰吃了熊心豹子膽，摘了我蛇郎君的花，真是可惡極了！」

「啊！我不知道這是您的花……」老樵夫嚇了一大跳，告饒著說。

「說！你摘花幹什麼？」

「我，我，我摘給女兒……」老樵夫還沒說完，蛇郎君又吼著說：「有女兒就好辦！限你明天一大早把她送來，給我做妻子，不然——」蛇郎君大口一張：「我就吃掉你！」

老樵夫嚇得柴都丟了，手裏卻還緊緊拿著那朵小紅花，苦著臉回到家，兩個女兒追問半天，才明白爹爹遇上了可怕的蛇郎君。

大女兒一聽，立刻放聲大哭：「我不嫁我不嫁！蛇郎君太可怕了。這都是妹妹惹的禍，應該讓她嫁去！」

老樵夫安慰著說：「不嫁！爹爹不能讓你們嫁！我年紀一大把了，叫蛇郎君吃了也無妨！」

父女三人抱頭大哭。

小女兒想了又想，便下了決心說：「好，我願意嫁給蛇郎君，救爹一命。」

第二天清晨，小女兒就走上山，嫁給蛇郎君了。原來蛇郎君很富有，在山洞的那邊，他有個皇宮一樣華麗的家，開了滿院的鮮花，屋裏的桌椅牀櫃都是金的，鍋碗瓢盆全是銀的。蛇郎君雖然是個蛇精，但是一到晚上，他就變成俊美的青衣男子。他又很愛護妻子，所以小女兒比以前更快樂了，經常穿著華貴的衣服，開開心心的回家探望爹爹和姊姊。

大女兒看妹妹竟然嫁的是有錢人，心裏又羨慕又嫉妒。這一天姊姊忍不住走上山，來到蛇郎君的家門口。這時，恰巧蛇郎君出門去了，只有妹妹一個人在家，姊姊笑嘻嘻的贊歎妹妹好福氣，說著便向妹妹要東西：「你可衣服一件我穿穿，裙子一條我著著，帽子一頂我戴戴，襪子一雙我穿穿，鞋子一雙我著著，手鐲一副我戴戴……」

大方的妹妹便拿出美麗的衣裳首飾來，任姊姊穿，任姊姊戴。姊姊得意的裝扮起來，又要去花園摘花。

當姊妹倆來到水井旁，姊姊心中忽然生了壞念頭，她對妹妹說：「我們向井裏望望，看看那一個美麗？」

妹妹那裏知道姊姊的心思，她俯下身子望井水。這時，姊姊用力一推，只聽見「噗通！」一聲，可憐的妹妹就落到井裏去了。

姊姊笑著回到房裏，扮成妹妹等蛇郎君回家。蛇郎君看見有個麻臉的女人，就奇怪的問：

「你是誰？」

「我是你的妻子呀！」姊姊回答說。

「可是你的脚這麼大！」

「我在林子裏走大的。」

「你的身子這麼長！」

「我摘果子摘長的。」

「你臉上這麼多麻子！」

「被荊棘刺麻的。」

正在他倆對答的當兒，妹妹變成一隻美麗的小鳥，從井底噗啦著翅兒飛出來，她唱著歌：

「姊姊穿我衣，羞羞——，姊姊著我裙，羞羞——，姊姊戴我帽，羞羞——」唱著，就飛到蛇郎君的手掌心上。蛇郎君低下頭看著鳥兒，心裏很奇怪，便把小鳥養在金籠裏。

姊姊聽見小鳥罵她，便趁蛇郎君不在，殺死小鳥燒成菜，放在飯桌上。可是吃飯的時候，蛇郎君一筷筷挾的都是肉，姊姊挾的卻老是骨頭。

姊姊恨極了，把骨頭扔到花園。不久，骨頭長成了一棵大棗樹，結出滿樹紅紅的棗子。蛇郎君一摘，嚐嚐都是甜的，姊姊摘的卻老是酸的。

姊姊又恨極了，砍斷棗樹來做門檻。蛇郎君一跨就跨過去了，姊姊老是「咕咚」一聲，在門檻上絆了個四脚朝天。

姊姊真恨極了！把門檻拆下，抛進火爐裏，燒得火星子劈哩啪啦的炸到她臉上，麻臉的姊姊從此變成了大花臉啦。

這時，她可真恨到極點了！提起一桶水就要往灶裏潑，可是一打開灶門，卻看見灶裏蒸著一個熱烘烘的年糕。姊姊便把年糕放進被窩裏溫著，想等晚上自己一個人偷偷吃。可是到了晚上，她卻忘了被窩裏的年糕這回事。

晚上，當蛇郎君要睡覺，一掀開被，卻發現年糕變成了他美麗的小妻子。蛇郎君吃驚的問道：「你怎麼這樣像我的妻子啊？」

「我不但像，而且我就是你的妻子啊！」這時蛇郎君才明白過去的一切事情，全是姊姊搞的鬼。

姊姊看見妹妹又回來了，就羞愧的低著頭說：「妹妹，我沒臉見你，請你原諒我吧！」說完，就跳進井裏去了。

(五) 孫猴子

傳說人類的祖先是猿猴，在齊東野語裡有一段猿猴具有人倫之性的載錄：

范畧公載吉州有捕猿者，殺其母之皮並其子賣之龍泉蕭氏，示以母皮，抱之跳擲，號呼而斃，蕭氏為作孝猿傳。先君向守鄞江，屬邑武平素產金絲猿，大者難馴，小者則其母抱持不少置，法當先以藥矢斃其母，母既中矢，度不能自免，則以乳汁遍洒林葉間以飲其子，然後墮地就死。乃取其母皮痛鞭之，其子亟悲鳴而下，束手就獲。蓋每夕必寢其皮而後安，否則不可育也。

漢聲中國童話在「猴子是怎麼來的」故事中，將人類與猿猴做了更緊密的牽扯[88]：

從前，有個名叫阿月的女孩，生來便是皮膚又粗又黑，眼睛一隻大一隻小，長得真是難看。不過，阿月雖然是長得難看，心地卻很善良，喜歡幫助比自己更窮苦的人。

阿月家裏很窮，只好到一戶有錢人家當佣人。她的主人是一對愛漂亮的夫婦，年紀都四、五十歲了，還打扮得像二十歲的年輕人。他們非常吝嗇，心腸又很惡毒，常常虐待阿月，即使阿月工作勤快，他們也總是要故意挑毛病。

一天晚飯後，阿月在廚房裏忙著洗碗。有個面黃肌瘦，穿了一身破爛衣服的老乞丐，從後門探頭進來，對廚房裏的阿月有氣無力的喊：「姑娘，給我一點兒吃的吧！」

阿月看他又瘦又弱，心裏很同情他，立刻滿滿的裝了一碗剩飯剩菜，端給老乞丐。老乞丐正想痛快的吃一頓，不巧女主人進來看見了。她一把搶過老乞丐手裏的碗，破口大罵：「醜丫頭，誰讓你把飯菜送給這個髒老頭？」

這時候，男主人聽到聲音，也跑進廚房。他把老乞丐推出後門，粗聲大氣的說：「哼！我們家一根骨頭也不會給你吃，還不快點滾出去！」罵完，「砰」的一聲關上後門，又把阿月痛打一頓，夫妻倆才氣呼呼的走出廚房。

阿月雖然被打得很疼，但是看主人走了，她又悄悄的打開後門，叫住老乞丐，然後趕忙拿片荷葉包了剛才那碗剩飯剩菜，偷偷交給老乞丐，溫柔的對他說：「你快點走，別再給我家主人發現了。」

老乞丐非常感動，呵呵笑著，從懷裏掏出一塊月白色的綢巾，說：「好心的姑娘，你對我這麼好，我沒有什麼好東西送你，這塊綢巾你就收下吧！今天晚上你用它洗洗臉，明天一早就會有你想不到的事發生唷。」

阿月接過輕軟的綢巾，正要向老乞丐道謝，老乞丐忽然不見了。阿月驚訝極了，到晚上臨睡前，她就聽話的用這塊綢巾洗了洗臉。說也奇怪，洗好臉後，她覺得說不出的清爽、舒服，所以這一夜，她睡得特別香甜。

第二天清早，阿月也沒想起老乞丐的話，就到井邊打水，準備洗衣服。打好水，她不經心的照照自己的臉，「天呀！」阿月既吃驚又高興的大叫起來：「這是我嗎？怎麼變了樣子呢？我不是在做夢吧？」

阿月的主人被叫聲吵醒了，兩人拿著籐條，氣沖沖的要來打阿月。當他們看到水井邊的阿月，都看呆了，原來那個醜阿月，怎麼會變成眼前這個皮膚細白、眼睛明亮、嘴唇紅潤的美女呢？

女主人揉揉眼睛，不相信的問：「你……你是阿月嗎？你怎麼變得這麼漂亮？」

男主人也性急的問：「到底你是怎麼變美的？快說快說！否則有你罪受。」

阿月這才想起昨天老乞丐送她白綢巾的事，就把事情的經過都說了出來。主人立刻逼著阿月交出那條綢巾，迫不及待的拿去洗臉了。

兩人拿綢巾在臉上又搓又擦了好一會，這還不滿足，擦完臉又猛擦身體，把一塊白綢巾擦得又黑又髒。夫婦倆正在高興自己馬上要變得年輕漂亮了，阿月卻突然驚叫起來：「老爺，夫人！你們的臉，還有身上，您麼全……全長出毛來了？連嘴巴、鼻子也變……變了樣啦！」

兩夫婦經阿月這麼一喊，立刻摸摸臉，抬頭看看對方。

「你……你……」他們看到對方長出一臉、一身棕色的毛，都嚇得講不出話來。

女主人急得大哭，悲傷的說：「我們以後怎麼見人啊！都怪那個害人的老乞丐！」話剛說完，老乞丐竟忽然出現了。

夫婦倆合力揪住老乞丐，恨恨的說：「你這個害人的老乞丐，還不快點把我們變回原來的樣子，不然我們決不饒你。」

老乞丐一邊哈哈大笑，一邊慢吞吞的說：「別急，別急！」他隨手撿起兩塊磚頭，對兩夫妻說：「要是你們能耐心的在磚頭上坐一天，而不起一點壞念頭，就會變回原樣了。要是你們一起壞念頭，就會有可怕的後果喔！」

夫婦倆急忙搶過磚頭放在地上，然後一屁股坐下去。才過了一會兒，他們就坐得又痠又麻，不耐煩的大罵老乞丐：「哼！等我們變回原樣，再和你算帳！」話才脫口，磚頭突然變得火燙，像是剛從火爐裏拿出來一樣。他們的屁股底下發出「嗞嗞」的聲音，好像已經被烤焦了，痛得兩人尖叫著跳起來，猛一下坐進阿月準備洗衣服的水盆，「嘩啦！」濺了一地的水。

這時候，老乞丐轉了個身，忽然變成一位白鬍子老仙人，嚴肅的對他們說：「你們平常心胸狹窄，愛欺負人，犯了錯又不知悔改，現在總算得到報應了。阿月雖然長得醜，卻有善良的心地，自然會有好報。」老仙人說完，揮揮衣袖就消失了。

夫婦倆跳起來，想去追老仙人，可是他們發現自己的屁股被燙得火紅，還長出一條尾巴，再加上一身棕色長毛，這副怪模樣根本不能見人，他們只好羞愧的跑到森林裏躲起來了。

據說，他們就是猴子的祖先呢！

西遊記雖然是部長篇小說，但是書中悟空、八戒、沙僧的動物特殊造形，卻是它所以能夠深深吸引兒童的主要原因，尤其是那能七十二變而又慧黠的悟空，對師父的一片忠愛之心，很令人佩服，鄭明琍女士在孫行者與猿猴故事一文中推崇悟空說道：

在孫行者二度被逐，產生「兩心」不平衡，後經觀音等斡旋，師徒再度修好，又路過火焰山，熄「火」之後。西行途中，四人的關係便一直很調和。內部既經穩定，悟空便開始替別人掃妖除怪。緊接六十二回的寶城掃塔、取寶救僧便是管閒事的勾當。到西遊記後半部，這一類的事愈多，表現悟空親親而仁民，仁民而愛物，逐步拓展的愛心。這種德性，只有萬物之靈中最高等的聖賢才有的稟賦。卻讓亦人亦猿的悟空發揮無遺，令人無法不歎服。這應是猿猴故事走向「人性」的極致了89。

漢聲據西遊記第二十四回「萬壽山大仙留故友　五莊觀行者竊人參」，改寫成下述「孫悟空偷吃人參果」童話故事，讀來仍然令人嘖嘖稱奇90：

一天，孫悟空和師弟豬八戒、沙悟淨保護著師父唐三藏，來到古樹茂密、白鶴飛舞的萬壽山前。忽然一陣奇異的香氣飄過來，他們一聞就覺得渾身舒服，不由得循著香氣，竟來到一座幽靜的道觀門前。

門一開，觀裏出來兩個小童，行了一個禮說：「請問師父是不是往西天取經的唐三藏？請到裏面歇一會兒。」

唐三藏吃了一驚，說：「我，我就是。請問仙童怎麼知道我的名姓？」

童子說：「我們師父是鎮元子大仙，他出門的時候再三交代，說您今天一定會來，要我們好好招待。」童子招呼師徒四人安頓好了以後，轉身回房，不一會兒，用盤子捧著兩個噴香、紅艷、樣子很奇怪的東西出來，恭敬的說：「請師父先吃兩個果子解解渴吧。」

唐三藏低頭一看，嚇得牙齒一直打顫的說：「不好了，這明明是兩個小孩子，怎麼拿來當果子吃呢？」

「您這就不知道了。這果子叫『人參果』，是我師父種的果樹上結的。三千年才開一次花，三千年才結一次果，再過三千年，果子才會熟透。您要是聞一下，就可以活個三百六十年；要是吃一個，就有四萬七千年的歲數好活嘍！」可是不管童子怎麼說，唐三藏只是閉眼直念「阿彌陀佛、阿彌陀佛」，不肯吃那人參果。

仙童只好把人參果捧回房中，一人吃一個。

豬八戒正在廚房做飯，他先聽見隔壁咕咕噥噥說什麼人參果、人參果的，又聽見「喀吃、喀吃」咬得果子繃脆的聲音；忍不住口水直流，就拉住孫悟空，求他去摘個果子。

孫悟空拍了拍胸脯說：「這個容易，看我老孫的！」他使了個「隱身法」，一下子就到了果園。只見一棵大樹，枝椏一直伸展到雲裏面。風一吹動那碧綠的大葉子，果真露出一個個孩兒似的人參果。

孫悟空可樂了，「颼」的一聲，跳上樹，又從耳中掏出金箍棒，敲下三個果子，分給豬八戒、沙悟淨吃。

貪吃的豬八戒囫圇吃完果子，嚷嚷說：「哥哥，你好人做到底，再去弄一個來，讓老豬仔仔細細的吃出味道來嘛！」

這呆子大聲叫嚷，被那兩個仙童聽見了，他們急忙到果園去查看。果然不錯，少了三個果子。他兩人急得把唐三藏師徒四個罵了一大頓。

孫悟空恨得火眼圓睜，心裏想：「這童子真是可惡，吃他幾個果子有什麼大不了的！看我用個計謀，叫大家以後都吃不成。」他在腦後拔了一根毫毛，吹口氣，說聲「變！」毫毛就變成另一個孫悟空，站在原地。他自己一個觔斗翻進了果園，悶口氣，一下子把樹連根推倒，又用金箍棒在那棵大樹上乒乒乓乓一陣狠敲，把那些孩兒似的人參果都打了下來。誰知果子一落地，全都像地鼠似的，鑽進地底下不見了。孫悟空找不著果子，只有回到唐三藏身旁，把化身變回了毫毛，抖一抖，收上了身。

兩個童子罵了好久，唐三藏氣也不敢吭。仙童罵完了，又回園中查看。這一看可不得了，樹倒了，果子也不見了，嚇得兩人手軟腳麻。他們商量了半天，覺得這事只有等師父回來再說，就輕手輕腳的把屋子一層層上了鎖，不讓唐三藏師徒四人出去。孫悟空卻又用了開鎖的法術，把幾重鎖都輕輕鬆鬆的撬開。然後，他拿了兩隻瞌睡蟲，偷偷彈到仙童臉上，仙童一下就打起瞌睡，什麼事都不知道了。師徒四人騎馬的騎馬，挑擔的挑擔，急忙往西方奔去。

卻在這個時候，兩個仙童的師父鎮元子大仙回到道觀，發現他的樹被孫悟空推倒了，果子也一個都不剩了。氣得他立刻乘雲趕上孫悟空，罵道：「你這隻潑猴，別想走，趁早還我的人參果樹。」

孫悟空扯出金箍棒，朝大仙劈頭就打，可是怎麼也打不著他。大仙一抖袖子，輕輕一展，「唰」的把四個人連白馬一起，全攏在袖裏。孫悟空、豬八戒和沙悟淨上下亂打，袖子卻像銅牆鐵壁一樣，動也不動。

大仙轉身飛回觀裏，命令徒弟將四人分別綑在四根柱子上，再狠狠打他們一頓。一個胖嘟嘟的徒弟拿了一根長長的龍皮鞭子，問大仙說：「師父，先打那個？」

「唐三藏是師父，先打他。」大仙說。

孫悟空急得大叫：「偷果子的是我，吃果子的是我，推倒果樹的也是我，我師父完全不知道這些事情，要打就打我！」

大仙笑著說：「好，就連你師父的份一起算上，打你六十鞭。」孫悟空睜大眼，一看鞭子要打上腿來，便把腰一扭，暗叫一聲「變！」把兩條腿變成了鐵腿。胖徒弟打得手痠氣喘，孫悟空卻一點也不覺疼癢。

這天夜裏，孫悟空悄悄把身子一縮，便脫出了繩索，又解開了綁住師父師弟的繩子，要豬八戒拔了四棵柳樹來，用繩子照樣綁在柱子上。他念動咒語，叫聲「變！」柳樹竟變成一模一樣的師徒四個，問他，他也會說話，叫名字，他也會答應。

四人摸黑逃出道觀，沒命的往前跑。天剛亮的時候，孫悟空卻忽然打起滾大叫：「不好了！」原來他以為昨天挨了大仙的龍皮鞭子，今天不會再挨打。誰知一大早那鞭子又打在他的化身上。孫悟空的法力沒法施到化身上，那份疼痛就傳到真身來了。他疼得受不了，只有急忙收了法，柱上的化身就變回了一棵柳樹。

大仙一看，恨得立刻乘雲趕上他們。只見他用力一展袖子，又把孫悟空四人籠了回來。

大仙命令徒弟架上大油鍋，煑滾了的熱油「咕嘟咕嘟」直冒泡兒。大仙說：「把孫悟空給我炸一炸，好讓我出口氣。」

孫悟空一眼看見階前的大石獅子，喊聲「變！」把石獅子變作自己，他卻身子一縱，跳上雲頭。

大仙叫，「把孫悟空扔進油鍋！」

但是四個仙童抱不動那個假的孫悟空，八個仙童也抬不動他，直到出動了二十個仙童才抬起孫悟空，往鍋裏一摜，只聽「砰！」的一聲，鍋破了，油湯流了一地，一個石獅子掉在地上。

大仙大怒說：「再換一個鍋子，炸不到孫悟空，我就炸唐三藏。」

孫悟空在空中一聽，立刻一個觔斗翻下雲頭，說：「千萬別炸我師父，剛剛我急著去小便，要炸還是炸我吧！」

大仙一把扯住孫悟空說：「我知道你有本事，我就和你一同去西天，見你那如來佛祖，看你還不還我人參果樹！」

孫悟空抓抓頭頂，笑著說：「折騰半天，原來你是要樹，這有什麼難的。早說了，可不省事。只要你放了我師父、師弟，我一定求佛祖教一個把樹救活的仙法給你。」

大仙聽了，就限他在三天以內求仙法回來。

孫悟空立刻喚來觔斗雲，像一道電光似的直飛上天空。忽然他心中一閃，想到了慈悲的觀音菩薩，便掉轉雲頭，來到南海的普陀巖上。只見觀音菩薩正在竹林裏講說佛法。孫悟空就把遭遇的事情說了一遍，又再三叩求。觀音才手托淨瓶，跟隨他來到道觀，帶領大仙和三藏師徒進了果園。

觀音教孫悟空把人參果樹扶正，然後用柳枝沾了一滴淨瓶中的甘露，灑在樹根上。不一會兒，樹底冒出一股汩汩的清泉，滿樹的大葉子又恢復碧綠的顏色，風一吹動葉片，露出底下一個個孩兒似的人參果，大仙數一數，竟然一個也不少。

大仙十分歡喜，連忙在樹下擺開桌椅，敲下人參果來，請觀音他們各吃一個。這真是不打不相識啊！大仙和孫悟空倒結成了好朋友。

第二天天亮，唐三藏師徒四人打點好行李，告別了大仙，繼續向西天取經去了。

五、植物神話

三字經說：「地所生，有草木，此植物，遍水陸」，而中國幅員遼闊，因此遍水陸的奇草異木也就特別地多，通過先民奇幻的思維，與我國固有文化的洗禮，篇篇植物神話，都蘊含著濃郁的中國文化氣息，茲檢述幾篇較具代表性的植物神話介紹於后：

(一)稻　子

民以食爲天，在以稻米爲主食的中國，觸目可及的是稻浪滾滾，遍野金黃，端起飯碗，怎能不思索這稻子的來源呢？在中國民間趣事中載述了「稻子」的來歷⑪：

話便要追溯到原始時代，世界正十分荒涼：雪長時間的遮覆地上；古森林陰鬱蓬勃又平淡的密毗連著，成群的野獸到處巡遊，呼嘯，專門找人作對；為自衛，為生存，人便日日把畢生的精力來用在防衛野獸和尋覓食物的兩件事上了。

這時期是我們現在書中所說的漁獵時代。

因為世界上既沒有得天獨厚的人，預備有相當的食物。而天然的危害又那麼多，於是就大非神的意思了。

在那時，神與人所住的地方，已被大海隔絕。一處在西邊，名崑崙，是神之宮；另外在東邊，有方丈蓬萊瀛洲，這三處，是神之島。

為憐憫人間的危害，某次，由萬神之帝玉皇，在神之宮裏召集了一次天神會議。於是主席的玉皇發言。

「真是想不到，諸位天神，我們首先看不過地上太荒涼，就生長了許多植物。後來一看仍是很平淡，慈悲的女媧，又用黃土搏成許多人。但單是人，依然不能點綴這廣漠的世界。於是我們又造出了許多所謂飛禽和走獸，麟介和豸蟲，這一來，地面上是有些生氣了。可是現在人却引起絕大的驚擾恐懼。他們為防禦野獸的侵襲，便要構木為巢，或掘土為穴的居住，來免去危險；但他們又為生活的條件所逼迫，仍要僥倖地同那些動物相肉搏，這個在我們似乎很矛盾！一方面希望這世界和平美麗，一方面實現的却是戰爭屠殺。

「萬神之主，這真是太慈悲了！」一位叫盤古的神說：「在當初創造世界後，生那些動物時，無形中是已經有一種限制的。『予之齒者取其角，傅之翼者兩其足，』我們既與野獸等以堅利的爪、牙、蹄、角，同樣，也給人以聰明、智慧。他們用這些天賦的異稟，還不足以抵禦外侮嗎？」

「聰明的盤古，你的話彷彿是很公允。」神農立刻起來反駁：「誠然人是應該利用他們特有的智力，——當人和獸永遠沒有爭端之時——而且他們的智力，也儘足以自衞；只要人不故意同野獸們起釁。我相信除少數的猛獸外，那些是決不敢同人作對的。」

「這正是最大的原因。」玉皇頷首說：「可是有什麼辦法才能補這個缺陷呢，神農？」

「這因為他們缺少相當的食品，我們可以將一種叫「稻」的植物，移到地上去，教人類種植。」

「是的，稻，感謝你，神農！我們為什麼不早點想起這個呢？」玉皇欣慰似的嘆息著：

「但想想，諸位天神！我們看他們還需要些什麼？」

「我以為稻以外還該給人類幾種和善的動物作幫手。虎與獅，太兇猛了，不容易馴服；狐與猿，又太狡猾了，不可用。種植稻的工作，單只人，是不能成功的。」摶土為人的女媧，在此時才發表她的意見。

「這應該把勤勉的牛、忍耐的馬，忠心的犬和柔順的貓給他們。」畜牧之神伏羲很肯定的說了。

「好，我們就決定把這幾種給人類。」其餘的諸位天神都如此說。

神之宮便宣告閉會了。

玉皇忽地躊躇起來，為送這些東西到地上、牛、馬、犬，本來都可以獨自前去。——因為他們具有泅水的本能——而貓卻不能。至於稻，則更為困難，需要這四動物當中一個，用身軀在稻堆上一滾，使滿身都黏著穀粒，然後才能夠奇異的送到人間。——原來在天上，稻是從根至尾密密地叢生著穀。這東西，最善變化，如果附有穀粒在身上的那動物，身上落去了一部分，則將地上的稻，那一部分就會沒有穀。

因此玉皇便先問牛、但牛的回答，是「不能勝任。」

其次是問馬，馬除了答應幫助貓之外，也不願意這個工作。再次是問的犬，犬是肯承受這個使命了。但牠卻預先聲明，不擔保中途遺失的責任。玉皇復由躊躇而變為忻然。於是在四個動物當中，他特許犬有食穀的權利。至於遺落與否則看人間的運命了！

這奇怪的旅行隊便開始在崑崙出發：牛傲岸地前行，馬的背上蹲著那貓，犬除了鶻泳泳的眼睛尚在轉動外，滿身都是金黃的顆粒。

海浪如山岳般起伏，這三位游泳家，在波濤中沖洗，沉浮、掙扎的到了陸地上。

然而犬所帶來的穀，已只剩得尾巴尖上的一撮了。

這在人間，是極不幸的事。後來用這穀種出來的稻，都僅有短得如犬尾似的在莖端留著一叢粒；但在人們已覺得頗為滿足了。而這四種動物，也成為他們良好的伴侶。不過在待遇上卻不能一律。——牛和馬都喫草，而犬獨可以食穀。

至於貓也何以得食穀？則因為後來，犬把牠應享的權利，分為三份，一份與乞丐的原故。

㈡ 靈芝

靈芝在漢藥史上是珍貴的藥材，白蛇傳中能挽救許仙一命的就是那南山的仙芝，根據山海經的記載，它是天帝的女兒「女尸」死後變化而成的：

又東二百里，曰姑媱之山。帝女死焉，其名曰女尸，化為䔄草，其葉胥成，其華黃，其實如菟丘，服之媚于人。（中山經）

「靈芝姑娘」現身為人，勸王郎造福百姓的善良，與王郎貪婪圖利的凶獰，在中國童話中成了強烈的對比，這豈不是人不如物嗎[92]？

有個年輕的讀書人叫王郎，沒爹沒娘，住在山邊一座荒廢的破廟裏。王郎一面用功讀書，準備上京城考試，一面教些附近山村的小孩唸書，賺點錢勉強過活。

這年夏天，山村裏開始流行可怕的傳染病，怎麼治都治不好，村民們一個個倒下去，沒人再送小孩到王郎這裏讀書。王郎心想：「這下子沒有收入，該怎麼過活呢？」沒法子，王郎只好在古廟後闢了塊園圃，種些果蔬維生。

這一天，他正在菜園裏忙著，忽然看見牆脚長出一根小草，王郎伸手就要去摘，但是看那小草像翡翠一樣碧綠可愛，就沒忍心摘掉它。以後，他每天都順手給小草澆點水。小草逐漸長大，細長的莖上居然開出一朵艷麗的紅花來。王郎看見，真是高興極了。

不料沒多久，王郎自己也得了傳染病，又暈又渴，三天都爬不起來，加上沒人照顧，眼看是活不成了。第三天晚上，王郎迷迷糊糊的，覺得有一隻細柔的手撫摸著他火熱的額頭，他吃力的張開沈重的雙眼，卻見床邊站了一個嬌美的姑娘。姑娘餵他吃了一粒芳香的藥丸王郎立刻覺得心頭涼爽舒服，腦子也清醒些。王郎正想問她是誰，一眨眼，姑娘就轉身不見了。王郎只瞥見她綠色的裙脚和髮鬢邊的一朵紅花。

王郎的病很快痊癒了，他暗暗思念起那位溫柔的姑娘，他想：「為什麼不再出現呢？對了，我何不裝病，說不定姑娘會再來看我呀！」

於是，這天晚上，王郎躺在床上假裝生病：「哎喲……哎喲……」他不停哼著喊著。

這時，一陣微風吹來，帶著淡淡的幽香，王郎張開眼，看到那綠衣姑娘又站在床前 王郎急忙跳起身，緊緊抓住她。綠衣姑娘嚇了一跳，愣在那兒。王郎放開手問道：「姑娘，謝謝你治好我的病，能不能告訴我，你是誰呢？」

綠衣姑娘微笑道：「我是靈芝仙草，感謝你每天都為我澆水，所以來給你治病。」

王郎萬分驚訝的說：「啊！原來你是那棵奇妙的草呀！」

靈芝姑娘點點頭說：「是的，現在村子裏有很多人生病，我這裏有一些藥，你拿去分給村子裏每個病人一粒。」

王郎說：「哎呀，那多麻煩，我想算了吧！」

靈芝姑娘和善的勸他：「村民病好了，才可能讓他們的小孩到你這兒唸書，這對你的生活也大有幫助啊！」王郎想想也對，只好照著做，果然村民的病都好了。

王郎又恢復以前的生活，一邊教書，一邊自習，並且每天都不忘為靈芝草澆些清水，不同的是，到了晚上；仙草都會化身為姑娘，陪他讀書，有時候幫他縫補衣服，做些點心。天氣熱的時候，靈芝姑娘在一旁搧風；王郎疲倦的時候，靈芝姑娘幫他鋪床褥。王郎在靈芝姑娘的悉心照料陪伴下，很能定心讀書。京城中大考的日期終於到了。

臨行前，靈芝姑娘對他說：「希望你這次考試，能一舉成名，日後多多為百姓造福。」

王郎到了京城後，果真高中狀元，做了官。但是，他却迷上京城吃喝玩樂的富貴生活。靈芝姑娘的話，早已被他拋在腦後，整個腦子裏只想：「從前窮書生的日子過多了，現在總算熬出頭，該是我盡情享受的時候到了。」為了使自己過得更舒服，他甚至暗中搜括老百姓的錢財，用種種手段尋找升官的門路。有一天，皇上咳聲歎氣道：「唉！人的壽命是多麼短暫，如果我能找到長生不老藥，永遠活下去多好啊！」

大臣們你看我、我看你，都覺得這是不可能的事。這時，王郎突然想起家鄉的靈芝姑娘，他想：「對！靈芝姑娘一定有辦法。」

王郎便信心十足的對皇上說：「皇上，我有辦法找到長生不老藥。」

皇上一聽，高興極了，說：「太好了，如果你能把事辦成功，我就封你為宰相。」

王郎便帶著大隊人馬，神氣十足的回到家鄉那座古廟。這時已是晚上，月光輕柔的照在荒廢的園子裏，只見靈芝仙草仍然在牆腳下，紅花綠葉，更加美麗了。王郎一進屋立刻叫道：

「靈芝，靈芝，我回來啦！」

一陣清香拂來，靈芝姑娘果無出現了。王郎故意拉拉身上的錦繡官服，驕傲的說：「靈芝，你看，我總算有些成就，你高興嗎？」

靈芝姑娘看他得意洋洋的樣子，只微微冷笑道：「是嗎？你有沒有造福百姓呢？」

王郎變了臉色，語氣便轉為柔和些，說：「靈芝，我知道你是無所不能的。皇上想吃長生不老藥，你一定能夠幫我的忙吧！

靈芝歎了口氣說：「其實只要吃下我這朵紅花，就能長生不老。」

「哦！真的嗎？」王郎聽了，真想一把就把靈芝姑娘頭上的紅花搶奪下來，可是又不好意思做出這麼粗魯的動作。

「我知道這幾年你做了許多違背良心的事。而且，你尋找長生不老藥，只是為了巴結皇上，來升官發財，你這樣的表現太令我傷心了！」靈芝姑娘紅著眼眶接著又說：「我今晚來看你，正是要勸你反省改過！」

王郎根本聽不進那番話，只是懇求的說：「靈芝，如果你不給我那朵紅花，皇上一生氣，可能會殺死我的。當初我天天為你灌溉，難道你忍心看我被處罰嗎？」

靈芝姑娘見他苦苦哀求的樣子，心一軟，只好說：「唉！好吧。我願意給你，只是這事我不能完全作主……」王郎正想再問，靈芝姑娘忽然綠衣一閃，消失了踪影。

第二天一早，王郎拿一把鋤頭，來到後花園裏，他看到牆下的靈芝仙草，正想一鋤頭把靈芝仙草給掘出來，那知道鋤頭才落地，呼的一聲，靈芝仙草居然整個縮進地裏，不見了。

王郎撲空撞到牆上，把頭撞了個大包，心中非常懊惱。

王郎空手回到京師，皇上大為震怒，不但免掉他的官職，沒收他的財產，還把他打下監牢。直到許多年後，王郎的頭髮都白了，才被放出牢來。王郎出獄後，仍舊回到以前那座破廟居住，他漸漸後悔當時年少的無知，很希望再見到靈芝姑娘，可是靈芝姑娘再也不出現了。

(三) 桃花

桃在中國是吉瑞能避邪的植物：火紅的桃花盛開在三月，詩經周南桃夭，描述貌美如花的女子，在桃花紅千里的三月裡出閣，好不喜氣；西王母的蟠桃，能令萬物延年益壽，是各方夢寐的珍品；桃花源中的世外仙境，是人類心靈企盼的淨土；道士手中的桃木劍，更是令鬼魅喪膽的法寶。

漢聲根據元代戲曲桃花女改寫的「桃花女鬥周乾」，是一篇能夠讓兒童明悉中國婚禮習俗由來的神話故事[93]：

> 周乾原來是天上的神仙，有一次在天上闖了禍，竟然溜下凡塵，在人間為非作歹。不久，玄天上帝發覺了，立刻派法力高強的桃花仙子去把周乾捉回天宮。
>
> 桃花仙子一下凡，就投胎到任太公家。十六年後，長成一個美麗的少女，臉蛋像桃花一樣嬌豔，所以人人都叫她「桃花女」。
>
> 一天，周乾偶然心血來潮，掐起指頭一算，竟然算出任家的桃花女，就是玄天上帝派來捉拿他的桃花仙子。他嘿嘿冷笑兩聲，心想：「你要抓我回去，沒那麼容易！咱們先來鬥鬥法，比一比高下，叫你知道我周乾的厲害。」
>
> 這天晚上，他趁桃花女不在，偷偷跑進桃花女的閨房，拿走了牀頭水瓶裏插著的桃花枝——這是桃花仙子的本命。如果花死了，她也就活不成了。第二天，周乾又請了媒婆去向任

家提親，說要娶桃花女。

桃花女一來怕周乾把她的本命桃枝弄死；二來她的任務本來就是要捉周乾回天宮。既然如此，不如就答應婚事，和周乾鬥鬥法，把他降伏了，正可以回天上交差去。

不過，當桃花女掐指仔細的一算，突然又嚇得喊了聲「哎呀！」原來周乾選定的成親日，不只天上的凶神全會下凡來降災搗蛋，就連地下的煞星也都會出來攪和害人。只要那天桃花女，頭見了天，腳沾了地，就別想活命。而且周乾怕桃花女法術太厲害，又另外請了幾位最可怕的惡魔，安排在自己家中各個角落，準備要害桃花女。

桃花女定定神，心裏有了主意，就對媒婆說：「有幾件事情，請周家一定要辦到，不然我可不嫁！」她停了停，又繼續說：「第一，迎親那天要先送來一塊二尺長的紅巾和一個篩籮；第二，花轎要掛著十八洞神仙的綉像；第三，花轎一回周家，請新郎親自拿一個裝滿檀香和柏葉的熨斗，繞著轎子走三圈；第四，從周家大門口一直到大廳裏，全得鋪上紅地毯，院子裏還要放一個馬鞍。」

媒婆回去，一一告訴周乾，周乾並不以為這些東西有什麼作用，哈哈一笑，立刻答應了，並且說：「三天之後我就去迎娶啦！」

婚事就這樣說定了。但是桃花女幾經思量，還是覺得放心不下。就去後院折了柳條和桃枝，細心的做成一張柳弓、三枝桃箭。然後，她叫來了家裏的僕人，把柳弓、桃箭交給他，又悄悄吩咐了幾句。

一晃眼就到了成親的日子，周家抬著花轎，吹吹打打的來迎娶桃花女。任家僕人一看花轎上果然掛著綉了十八洞神仙的紅緞子，同時也送來了紅巾和篩籮，就趕緊拿著紅巾，去通報桃花女。

桃花女鎮定的穿上一雙黃色綉花鞋，把紅巾蓋在頭上，對任太公說：「爹爹，女兒的鞋子不能沾土，請爹爹抱女兒上花轎。」

任太公把桃花女抱上花轎，一陣「嗚哩哇啦」猛吹，花轎就上路了。這一路上原來有許多活蹦亂跳的小鬼和小凶星，正等著要搗蛋，但是花轎頂十八洞神仙的綉像，突然放出一圈圈莊嚴的金光，把他們嚇得一步也不敢接近，花轎就平平安安的到達了周家。

周乾聽說桃花女平安的到了，心中有點吃驚：「哎呀！這桃花女法力可不小，沿路的小鬼竟然沒害著她。哼！厲害的還在後頭呢，看她可有什麼法子躲過！」

「周老爺，請出來薰轎啦！」任家的僕人在門外催了三遍，周乾只好拿起熨斗，點燃裏面的檀香和柏樹葉，胡亂繞著花轎走了三圈，隨手將熨斗一扔，就進去了。他那知道，檀香和柏葉的香氣一散開，馬上就把躲在大門後的凶神給薰得捂著眼逃跑了。

「嗚哩哇啦」又一陣響，花轎進了大門，走在轎前的任家僕人忽然拿起桃花女給他的柳弓「咻」的朝大廳門楣上射出一枝桃箭。

躲在門楣上的喪門大魔和吊客二魔，最怕的就是柳弓和桃箭。這時見一枝桃箭當面射來，嚇得魂都飛出竅，灰著臉跳上雲端，頭也不回的溜了。

花轎停在院子裏的紅地毯上，僕人「撥啦」一聲打起轎簾，頭戴紅巾，身穿大紅嫁衣的桃花女就出了轎子，僕人很快地從轎裏拿出篩籮，往空中輕輕一拋，罩住桃花女的頭頂上方。同時，僕人一邊把轎子裏預先準備的草抓起來，一把一把的撒在地上，一邊朗聲的唸咒語：「線篩籮做成天羅網，大紅毯壓住絆脚繩，跨馬鞍騎住星日馬，鬼金羊見草走無蹤。」

桃花女也輕巧的跨過她要周乾預備的馬鞍，踏著紅地毯，緩緩走向大廳。這一來，桃花女不僅頭沒見一絲天，脚也沒沾半點土，天上地底的凶神，根本就沒機會接近她，連可怕的星日馬也都被馬鞍剋制住。而凶惡的鬼金羊見了一把把撒來施了法術的青草，也溜走了。

桃花女就安穩的進了大廳。

周乾沒想到一切的安排都落了空，直恨得咬牙切齒，也不管滿屋子都是賀喜的賓客，破口就罵桃花女：「可惡的桃花女，你以為你法力高強，我就拿你沒辦法了嗎？」

桃花女揭下頭上的紅巾，兩眼瞪著周乾說：「哼！你乖乖跟我回天宮去吧，不要再留在凡間做壞事了。」

周乾不肯認輸，拿出桃花女的本命桃枝，憤恨地說：「既然你一定要和我作對，我只好毀了你的本命桃花枝。」說完，用力把桃枝折成三段，扔在地上，又用脚把桃枝頂端盛開的花踩得稀爛。

「你……」桃花女大叫一聲，兩頰的紅暈霎時消失了。她軟軟的倒在地上昏死過去，神案前兩根紅蠟燭也同時熄滅了。

周乾得意的大笑：「你還是敗在我的手上啦，哈哈……」

一直守在院子裏的任家僕人，聽到大廳上亂烘烘的，有人嚷著：「新娘子死了！」他記起桃花女的吩咐，立刻就「砰」的把周家大門關緊 拿柳弓在門上「叩叩叩」敲三下，然後喊：「桃花女，桃花女回來啊！」一陣幽幽的桃花女香氣飄過，「波」紅燭又自動點燃了，倒在地上的桃花女，突然「哎喲」喊了一聲，眼睛緩緩張開，翻身坐了起來。旁邊站的人全嚇得尖嚷，搶著往外衝。桃花女看周乾吃驚的望著自己，不禁也火了，指著他說：「你實在太可惡了，別怪我手下無情！」

她拿出一支刻著桃花的玉如意，向周乾頭上砸下。周乾也抽出身上的天罡寶劍，「唰」一劍刺向桃花女。於是兩人你來我往，從大廳打到院子，又從院子飛上彩雲，「鏗鏗鏘鏘」打得難解難分，天昏地暗。

三百招後，技高一籌的桃花女大喝一聲，用玉如意砸中周乾，把周乾給捉住了。玄天上帝交給桃花女的任務，終於圓滿達成。

從此，不論誰家辦喜事，都會用桃花女辟邪的種種法子，來保祐新郎新娘的平安，祝福他們白頭偕老。

㈣水仙

水仙又名金盞銀臺，根部與蒜和薤十分相似，但是比較長些，它是在冬月生葉，初春抽莖開花的。這白淨具瑩韻的水仙花，它不但能飄出令人陶然的清幽香氣，更使世世代代的中國子孫沈浸在濃厚的人世溫情裡，中國民間傳說中的「水仙花」神話故事是這樣傳說的(94)：

從前，漳州的梅溪村裏有一個寡婦，家裏很窮，勤儉度日，祇可餬口。她有一個兒子，有一晚，遲遲未歸，家裏只剩一碗飯，留著給她的兒子吃。她等了好久，不見兒子回來，心焦的很。

這時，來了一個怪可憐的乞丐，向他討點殘飯，哀求得很悲傷；柔心腸的寡婦聽了，墮下一絲絲的眼淚，幾乎要把她的心腸寸寸剪斷了！她再也忍不住，便把那一碗冷飯，施給乞丐充飢。

乞丐吃完了冷飯，還不想走，呆視著寡婦流淚，就問她說：「婆婆！你捨不得這碗殘飯麼？」

「捨得的，不過這碗飯，本來是留給我兒子吃的，但是我的兒子一頓不吃，不過飢餓些罷了，還不至於死；假使不施給你吃呢，那末恐怕你立刻要餓死了呀！」寡婦如此回答著。

乞丐聽了，感激得很，便問她道：「你的景況怎樣？」

「我祇有這一小塊田罷了！」寡婦指著門說。

乞丐聽了，瘋也似的轉身到門外，把吃下去的一碗飯吐在寡婦的田裏，然後向她道謝一聲去了。

乞丐走了幾步，砰的一聲，跳入池中去了。寡婦就奔過去，大聲呼救，來了幾個村人，撈來撈去，撈不到他的屍體。

第二天早晨，寡婦起來一看，她的田裏，昨晚那乞丐吐飯的地方，都抽茁一種植物的嫩芽；過了幾十天，滿田都開了花。她就取名為「水仙花」，算是紀念乞丐的。

那個時代，水仙花祇有寡婦的田裏會生長，因此他靠了這些花賺了許多錢，從此不必愁衣食了。

這一段水仙花的神話將中國人「人饑己饑」的仁慈，以及「受恩圖報」的情節，表露無遺。

(五)　牽牛花

牽牛花在中國可算得上是能夠代表堅貞愛情的「情花」，至今情歌「牽牛花」傳唱民間依舊是那麼地感動人心，透過那花瓣上隱約可見的牛脚印，民間孕蘊育了一個神話式的戀情故事「牽牛花」[95]：

每到七夕這一晚，天上的牽牛星，和織女星，一定渡過銀河上的鵲橋相會的，相傳牽牛星是一個農家牧牛的童子，織女星是農家織布的女兒，他倆的前身，却是玉皇大帝的金童玉女，因為一個打碎了金瓶，一個碰碎了玉碗，所以被罰投身人世了。

他們同住在一個村裏，不久由相識而相愛了，他們的父母，完全不知道。

一天牧童牽了牛到山後去會他的情人織女，會著的時候，他們並不像往常那麼快樂，織女的眼淚斷珠似的掉下，這使得牧童更加傷悲，終於他們抱頭大哭了，因為織女的父親已經決定將織女賣給城裏一個富翁做妾了。織女正在陳述著這些，忽然前山傳來了喊叫的聲音，原來她的父親已經尋來了，織女恐慌到萬分，採了路旁一朵花，插在牧童的襟上，算是他們永別的紀念。

這時天上忽然起了很大的雷聲，閃閃的電光，撩得老人眼花，織女投在牧童的懷裏，他們周圍起了一陣白烟，火星四散的飛舞，老翁跑到面前時，他們的人影都不見了，衹有一條牛呆呆的站在那裏，和牠脚下倒臥著一朵美麗的花兒，襯著綠葉，老年人失去了他的女兒，一個人哭哭啼啼的回家了。

不久這個故事傳遍了鄰里，個個跑來看了，果然那朵花是很美麗的，現在已長得更茂盛了，後來人都叫牠牽牛花，因為花瓣上，還隱隱辨得出牛脚印呢。

㈥ 棗核子

山東盛產甘甜美味的紅棗，紅棗中的小核子在山東流傳的神話故事中，卻是個機智聰敏，不畏邪曲，勇於助人的小小英雄呢！他的英勇事蹟，漢聲中國童話故事「棗核小英雄」記載的很詳細㊻：

山東的一個小莊子裏，住著一對農家夫妻，他們勤勞的幹活，日子過得倒也平平安安，就是缺個活蹦可愛的孩子，怪寂寞的。兩口子盼啊盼，成天盼望有個小孩。

他們的茅屋前面，栽了一片棗樹林，夏天的時候，滿林子開了黃綠的小花；秋天到了，就結成一個個又香又甜的紅棗子，兩口子收了工，總坐在樹下摘棗子吃，留了一地棗核。丈夫時常望著那些骨碌碌滾動的棗核，歎著氣，說：「咱們要是有個孩子，那怕他只是棗核兒大，俺也心滿意足啦！」

終於這一年，妻子懷了孕。懷到第十個月，身子却只添了一斤重，夫妻倆正擔心得緊，孩子突然呱呱墜地。事情說多巧就有多巧，這個孩子真的只有棗核那麼點大，兩口子歡天喜地，給他取的名字就叫棗核兒。

棗核兒長得結實可愛，她娘用紅布縫小衣裳給他穿；又在花粉盒裏，鋪上再柔軟的棉花給他睡。他爹每晚把花粉盒吊在長煙斗上，輕輕的搖他、哄他。夫妻倆把棗核兒疼愛得像心肝寶貝，希望棗核兒吃飽好睡，快快長人。

一年又一年，門前的棗花不知開落了幾回，棗子也不知結了幾回，牲口欄裏的小牛小驢都長成大牛大驢了，只有棗核兒，還是像棗核那麼點大。他成天在棗樹林裏遊玩，跳上跳下，練得一身本事，一蹦可以蹦得比人還高！

可是爹娘看他老長不大，心裏有些發愁，爹爹對棗核兒說：「棗核兒呀！白叫我歡喜一場了，你人小不能做事，萬一爹娘老得不能動了，你靠什麼過日子呢？」

棗核兒仰起臉猛搖頭，一蹦蹦上了爹爹的肩頭，說：「爹爹不用愁，別看我人小，一樣能幹活！」

於是棗核兒天天同爹到田裏去，勤快的幫著幹活，他爬到牛頭上，用力把牛鼻環拉到右邊，牛就乖乖的轉向右邊；拉到左邊，牛就轉向左邊。他又能蹦到驢頭上，抓緊兩隻驢耳朵，雙腳使勁踏著驢頭，驢子就叮叮噹噹拉車往前走。牛啊驢啊都被棗核兒使得靈活極了。

夜裏，媽媽在燈下縫衣裳，棗核兒就坐在針線盒裏，幫忙找線頭、穿針孔、打線結，做得又快又好。

棗核兒會做的事還多著呢，在林子裏砍柴，在井邊打水，都比別人快又靈巧。莊子裏的小孩要是懶惰不乖，父母就會說，「人家棗核兒那麼點大，也能幹活，比比看，羞不羞？」聽得棗核兒的爹娘心裏好得意，眼睛笑得瞇成一條細縫兒！

有一年，老天不下雨，鬧起一場大旱災，田裏的麥子一粒也沒收，可是官府裏的老爺是個大惡人，硬要百姓繳糧稅。誰要是繳不出，誰家的牛和驢就得被牽了去抵償。

棗核兒住的莊子，沒有人繳得出糧稅，所有的牲口都被官府的差役牽走了。沒了牲口，以後怎麼耕種呢？大夥愁得不得了，莊子裏的男人便聚在棗樹林裏，商量解決的辦法。可是，除了咳聲歎氣，又有什麼辦法呢？突然，棗核兒從一顆棗樹上，一蹦蹦到他爹頭上，說：「叔叔伯伯別發愁，棗核兒有辦法啦！」

大夥一點也不相信棗核兒會有什麼辦法，因為就算五個棗核兒加起來也沒有人家拳頭大，怎麼對付得了官府裏那些凶惡的差役？棗核兒也不爭辯，只笑笑說：「不信你們就等著瞧吧！」說完，便一溜煙跑回家，一蹦蹦進了娘的針線盒，拿起一根針，插在腰上當寶劍，然後又一蹦，不知蹦到那兒去了。

當天夜裏，一彎月牙兒掛在樹梢上，衙門裏看守牛和驢的差役呼嚕嚕睡得正甜。棗核兒悄悄跑到栓牲口的院子，一蹦，蹦上了木欄杆；再一蹦，蹦進了驢耳朵裏。他鼓起力氣，「哦喝！哦喝！」的大聲吆喝驢子。驢子一驚嚇，「吁……吁……」的高聲大叫，驚動了所有牲口，一下子滿院子牛、驢全都慌得團團轉。

差役跳了起來，慌忙點起火把仔細搜看。可是折騰了一陣，什麼也沒搜著，便又熄了火，躺下再睡。還沒閉眼，突然聽到細細一陣「哦喝！哦喝！」的聲音，牲口又是一場大亂，差役趕緊又起來搜查，這回，仍然連個影子也沒搜著。

這樣忙了大半夜，差役都睏得眼皮上彷彿掛了兩個鉛錘似的，帶頭的差役說：「大夥睡吧，別管那些牲口了，他們八成是見了鬼！」大家實在太累了，倒頭就睡得像泥人似的，一動也不動。這時候棗核兒偷偷解開綁牲口的繩子，又蹦到院子大門上，拔開門栓，悄悄把牲口一匹匹的趕了出去，當夜就領著一大群牲口回到莊子了。

天亮以後，差役才發現牲口都不見了，趕忙去報告縣太爺。縣太爺氣得吹鬍子瞪眼睛，他一查到偷牲口的是棗核兒那個莊子的人，立刻氣洶洶的帶了大隊差役來抓人，莊子裏雞飛狗跳，大家都怕得不得了。突然，棗核兒不知從那兒一蹦，就蹦到縣太爺的馬頭上，對吃驚的縣太爺扮著鬼臉，說：「牲口是我牽的，你要把我抓走嗎？」

縣太爺大叫：「小怪物，小怪物，快給我綁起來！」差役拿了繩子，要套住棗核兒，他們東套西套，棗核兒總是輕輕一跳就躲開了，閃在一旁哈哈笑。

但是縣太爺小小的眼睛一轉，想出了新主意，又叫：「快用大口袋把他裝起來！」差役把棗核兒團團圍住，拿出一口大麻袋，對準棗核兒套去。棗核兒一急，慌忙往上一蹦，正好蹦進了大口袋，給套得牢牢的帶到衙門去了。

壞心的縣太爺在大堂坐定，叫差役把棗核兒打一頓。「蓬蓬蓬！」差役用棍棒狠狠的打在那口麻袋上，可是棍子打東，棗核兒就跳到西；棍子打西，他就跳到東，一棒也打不著他。聰明的棗核兒却一個勁兒大叫：「哎呀！疼死我了！」

過了一會，縣太爺以為棗核兒已經被打死了，就命令差役打開麻袋瞧瞧。誰知麻袋一打開，棗核兒就不偏不倚的蹦到縣太爺的臉上，抓著他的鬍子盪鞦韆。縣太爺拼命搖晃腦袋瓜，可就是晃不掉棗核兒，他只好指著鬍子喊：「快打！快打！快打！」差役一窩蜂擁上前，揮棒敲下去。「哎呀！」只聽得縣太爺一聲慘叫，滿嘴的牙齒全給打下來啦！滿堂的差役慌了手脚，亂成一團。

這時，棗核兒又跳到縣太爺的耳朵裏，拔起他的寶劍，用力一刺，然後大聲叫道：「壞蛋，下次你再胡來，隨便欺侮百姓，我就像這樣把你耳朵刺爛！」縣太爺被棗核兒打雷般的叫聲震得頭昏眼花，又被他那麼一刺，疼得鼻涕眼淚都流出來了，忙喊著：「饒了我吧！下次不敢啦！」棗核兒這樣才大搖大擺的走了。

縣太爺經過這次教訓，再也不敢到棗核兒的莊子來鬧事，也不敢隨便欺侮百姓了。而棗核兒呢？莊子裏人人都誇他勇敢又機智，每一次看到他，都會佩服的叫他一聲「棗核小英雄」呢！

第四節　評　論

「神話」在兒童文學作品中，一直是學者專家最爭議的部分，究竟它合不合適兒童閱讀，諸家看法都各有不同，林守爲先生曾經歸納他們的說詞，分學說爲以下三派97。

一、反對派

此派學者，不主張兒童閱讀神話，理由是：

甲、神話是迷信的，對於兒童心理有不良影響。

乙、神話含有「野蠻系」。所謂野蠻系，就是非文明的因素——意指不合理、不道德的因素，這種因素會毒害兒童的思想。

丙、在兒童還沒有得到正確的科學知識和歷史知識之前，講述或閱讀神話不免先入爲主，將來不易矯正。

丁、神話裏所述，大都適合於成人構造的想像，不是兒童想像所及；且易使兒童流於幻想。

二、贊成派

反對上述論點，主張兒童應該閱讀神話的學者，他們所秉持的理由是：

甲、神話在兒童讀物裏的價值是想像跟趣味，不是事實和知識；所以讓兒童聽或讀神話，是聽或讀有趣味的故事，不是求學問。而注重兒童興趣，啓發兒童興趣，正是現代教育的特色。

乙、神話裏的神，雖叫做神，其實是「理想的人」、「理想的英雄」。他們有人的性格、情欲和體力，也有人所具有的弱點。雖然某些誇大部分不符眞實，但既是理想的，自也免不了誇大。

丙、流傳到今天的神話，是經過多少年代的選拔遺留下來的，原始的部分被捨棄了，殘忍的部分被刪去了，不良的部分被改寫了，動人的部分被擴充了：所以好的神話，不但有價值，而且爲人人所喜愛。

丁、神話中既有英勇的冒險的事蹟，又有戲劇式的故事，在表現方法上，並不是平舖直敍，而是有韻律、有節奏的；更在故事主題方面具有道德教育的涵義。所以神話除了可以灌輸史前知識誘發天文研究興味和激發文學藝術的興趣外，其在兒童情感陶冶與心靈感化上都有意義，都有貢獻。在美國就有一些兒童文學專家特別推崇神話，認爲沒有其他故事一類的東西能比得上神話與學校課程發生更好的關係。

戊、依據倫敦大學兒童教養專科教授史篤脫女士（Mary Sturt）說：「與神話同等的及有神話動機的故事，對於六至八歲的兒童是必要的。」又據推孟（Lewis M. Terman）研究兒童年齡與閱讀興趣的結果，說：「六歲至七歲好讀鳥獸花樹風雨之書，也好讀神話。八歲時，神話是極有興味的讀物……」。由以上諸家的研究，可知神話在兒童讀物中的地位。

三、折衷派

此派學者折衷前兩派學說的論點，以爲神話有其價值，我們既不必因其中有不合科學、不合現代生活的成分而加棄置，也不可無條件加以接受，他們主張：

甲、要經過選擇：選擇要注意的是：消極方面要剔除過於荒誕不經的、以及和兒童生活無關的；積極方面要有正確光明的主題，對兒童身心有所裨益的。

乙、須加以改寫：改寫要注意的是：索性把「神」當作「人」來處理，不必加上「神」的稱號；或是把「神」諱化，或有意把故事寫得特別誇張，使兒童知道這些故事所講的是「假」的。兒童心中先有了戒備，就不至受到不好的影響。

面對上述各派學說，個人以為反對派的論點固然是錯誤的，但是贊同派的看法未臻完備，而折衷派的主張也不免畫蛇添足，所失更夥。今歸納各家異議，分別就兒童身心的發展，神話的內容、功用、選擇與改寫等方面論述於后：

(一)就兒童身心的發展而論——神話是兒童所須要且喜愛的文學作品

黃天中先生在兒童發展學中，指出兒童七歲的時候，他們特別喜歡閱讀的書籍是「神話、傳奇、科學」[98]，其實兒童四歲就喜歡神話作品」[99]，今依兒童身心發展來推敲兒童所以喜歡神話的原因，有下列幾項：

甲、此期兒童的精神生活以想像為主：蕭恩承先生在兒童心理學一書中，將人類想像的發展狀況作了如下的分段及闡述：

初期之嬰孩僅承受感覺的印象，而無想像之自由。三歲以後，身心始不完全為感覺所支配，於是漸有活潑之想像，特皆遊移不定，無目的、無系統耳。……三歲以內之兒童，其想像多為模仿的，亦卽所謂無想像之自由。自三歲至七、八歲間之想像，多為自創的，凡稗官野史之所傳，均信以為眞，其玄想、幻想，有若成人之夢。自十歲至十三歲，兒童之想像漸趨實際化，凡與常理相悖者，皆漸知其不可能。一至青年期，則因情緒之衝動大，而恢復前此想像之性質，唯想像之內容不同。以前之想像為故事式的，至此則變為所謂「日間夢想」之想像，對於將來之事業，頗有宏大之計劃，此亦為最危險、最難應付之期。青年期以後，則又一變其幻想之情緒，而為實際之想像[100]。

由上述的分析可知兒童自三歲至十歲之間的想像是異常豐富而且自由的。奇妙的是這虛無的幻想在兒童的心中卻是一片眞實的世界，同時他們也將自己投身其中推究其中的道理，則是兒童無法辨別記憶之影像和想像之影像的緣故，蕭氏說：

兒童對於一切事物之影像，俱鮮明強烈，唯其鮮明強烈，故兒童每不能分別何者為記憶之影像，何者為想像之影像，其甚者，至成人之年，於知覺與影像，猶不能辨別，此之謂錯覺。錯覺之影響，每能使兒童造作謊語，……有時亦能使兒童畏懼。例如兒童獨自玩樂時，匆猝然奔至父母之懷，或啼哭不止，若有物躡跡其後者，有時兒童獨自嬉遊時，輒聞其自笑自譚。蓋兒童之想像中實若眞有同伴者在其左右也，兒童之影像較成人為多，其大部分之精神生活為想像，且其所想像者，多為具體的、實物的，故於思想上應有之意義、關係及判斷，皆形缺乏[101]。

透過心理學家的論述，我們可以清楚地透視出兒童的心理狀況及精神生活，都是以「想像」為主的。為了能夠豐富兒童的精神領域，滿足幼稚的奇幻心境，自然也就應該為兒童選擇以「想像趣味」為主的讀物——「神話」了。林良先生在神話跟兒童文學一文中以「想像」結合了兒童與神話，他說：

兒童喜愛神話，並不因為相信它是「歷史」，而是為它的趣味所吸引。那種趣味，就是「想像的趣味」。研究神話的學者把神話區分成三類：宗教的、科學的、美學的。宗教的神話，大半是關於天地的創造，或人類以及其他生物的創造的故事。科學的神話，大半是一些解釋自然現象的故事。美學的神話，大半是一些描寫「神的生活」的動人的故事。不管是哪一類神話，那故事裏的主角都是「神」。這些「神」，都是人憑著想像創造出來的，就連那「創造人類的神」，也是人類自己創造出來的[102]。

兒童生活在這想像的「神的世界」中，他們有古人相伴，可以自由地順應著自己先天的本性，向這不為人知的世界伸出觸鬚，探究生命進而熱愛生活與人類。袁珂闡釋所以研究神話的理由之一就是在此，他說：

神是人類社會童年時期的產物，一個大人固然不能再變成小孩子，可是一個小孩子的天真爛漫畢竟也還是令人高興的。從神話裏，我們可以看到古代人民的思想觀念是怎樣的：他們怎樣設想世界的構成、怎樣歌頌人們的英武、怎樣想望生活過得更美好、怎樣讚美生命的掙扎……等等。研究神話，可以使我們更加懂得怎樣熱愛生活和熱愛人類[103]。

由以上的論述，我們可以肯定神話在兒童精神生活中的地位是多麼地重要。同時也能夠讓我們了解反對派以「神話裏所述，大都適合於成人構造的想像，不是兒童想像所及；且易使兒童流於幻想」為理由，反對兒童接觸神話的論點是錯誤的。

乙、此期兒童由衷地嗜聽誇大的言詞：神話中的故事情節，變化無窮，有很多誇大不符實情的描述。反對派認為這種不合理的野蠻因素是會毒害兒童思想的，而贊同派則稱這是描繪理想中事物必然會產生的現象。其實透過心理學我們可以確知兒童有遇事喜歡誇大其詞的天性，蕭氏於兒童心理學中說明產生此一習性的原因與兒童的想像作用有密切的關係：

想像作用，乃感覺的經驗與知覺的經驗之再現。兒童之想像，繫乎感覺器之是否健全，與經驗之多寡。知覺之起作用，必有刺激物存在，想像則不然。其作用之起，初不必有何物刺激其器官，此想像之所以別於知覺，而亦想像所優於知覺也。兒童之想像，有係重演過去之經驗者，亦有係綜合過去之經驗而產生新情況、新事物者。兒童因經驗缺乏，故富於產生的想像，遇事喜誇大其詞，且因見聞之錯誤，與夫所見或所聞者中間之衝突，每作荒謬之論。比荒謬之論，成人每誤認為謊言[104]。

由於兒童具有誇張性，那以極端形容取勝的神話作品，自然是能夠迎合兒童心理的文學作品。

丙、此期兒童言語發展到達已經有能力表達自己思想的階段了：一個六歲左右的孩子，根據心理學家的統計在語言上的發展，除了以自我中心主義為他語言的特徵之外，順應聽者，述說自己知識的「社會化的語言」也逐日增加了⑩⑤。當兒童發展的能力增加，而發表的對象又是與自己年齡相仿的兒童，當然他須要與自己生活經驗相符，而且又是彼此都能感到興趣的內容，那就是——神話。蕭氏分析兒童酷嗜神話的原因時指出：

神話中之資料，每與兒童之經驗相符合，且能代替兒童表演其思想。神話能供給兒童談話或文藝之資料。⑩⑥

透過神話不但能訓練兒童表達的能力，更難得的是在這神話世界中兒童可以藉著神話的內容交談遊戲而拉近了彼此的距離。

㈡　**就神話的內容而論——神話不同於迷信，它是健康的兒童讀物。**

在原始人類之中，除了有積極意義的神話之外，自然也會產生那消極意義的宗教迷信。而在神話流傳的過程中，不免會摻進一些迷信因素。但這並不代表神話就是迷信的，譚達先先生在中國神話研究中比較二者的同異指出：

神話和迷信的相同之點，是反映了原始人民對於世界的一種幼稚的認識，對於超自然力量的信仰。二者的基本區別，是對待命運的態度不同。神話基本上是鼓勵人們要敢於反抗神的權威，不要為命運所屈服，在幻想中擺脫奴工地位，並去征服命運，因而思想內容是積極的、健康的。迷信基本上是宣揚宿命論、宣揚因果報應，叫人們屈服在神的權威面前，去相信萬般皆由命，聽從命運主宰。因而思想內容是消極的、不健康的。可以說，神話代表著人民進步的要求和利益；迷信則代表著那些與人民進步的要求相違反者的利益[107]。

未摻雜迷信的神話，自然是兒童所需要的優良讀物。至於那些摻有部分迷信的神話是否就不合適兒童閱讀呢？葉師以爲這是多慮的，他說：

真正的神話，都是健康的、樂觀的，它反映了人們遼濶、自由的想像能力，也表達了人們善良、勇敢的美好願望，孩子讀了，不但不會掉入迷信的泥淖，（他們日後的科學知識教育會讓他們認清自然奧秘的真象。）還會激起他們追求美滿生活的信念和力量，就和童話、童詩一樣，它們全不同於真正的生活。可是，和真正的生活，是沒有抵觸的[108]。

(三)就神話的功用而論——神話的吸收並不會影響兒童的正規教育

神話在兒童身上所顯現的功用是多方面的：

甲、培養出豐富的想像力：神話是以想像爲主的文學作品，林良先生視神話爲人類傑出的「想像活動」的遺產；他說：

神話不是真正的歷史，但是每一個民族的歷史都由神話時代開始。這是寫文書的人的責任感造成的。歷史既然是過去一切事情的記錄，那麼寫史書的人對於「最遙遠的不可知的過去」，就只有憑個人的想像或者群體共有的想像。在這一部分，與其說是歷史的，不如說是文學的。每一個民族的歷史，都有一個「神話的開頭」，證明文學裏的想像力，往往被用來探索不可知的過去，當作一種「處理不可知」的方法⑩⑨。

兒童欣賞這種以想像處理一切不可知的神話作品，自然能培養出人類奇異能力之一——想像的能力，相對的也增長了文學的氣質。

乙、形成濃厚的民族意識：神話是初民文化的泉源，兒童可以藉著神話了解當時的文化和社會的概況及演變，同時想像力、感受力都十分敏銳的兒童，在神話中很容易產生一種同源的意識那就是可貴的民族情感，而擁有民族的特質，袁珂先生很強調這一點，他說：

我們還應該注意到：神話又是民族性的反映，各國的神話都在一定的程度上反映出了各國民族的特性。中國的神話，自然也在好些地方反映出了中華民族的特性。從我國保留下來的古代神話的片段如像「夸父逐日」、「女媧補天」、「精衛填海」、「鯀禹治水」……等所記述的事蹟看，我們的民族，無用自愧地說，誠然是一個博大堅忍，自強不息，富於布望的民族。神話裏祖先們偉大的立人立己的精神，實在是值得作為後代子孫的我們很好地去學習、去發揚的。研究神話，就能了解民族性的根源，那些是從我們祖先傳留下來的好的成分？那些是壞的成分？好的就該發揚，壞的就該醫治，這對於我們如何承續先民智慧的輝煌，當然也還是有幫助的⑩。

丙、誘發科技發明的興趣：神話雖然不是眞正的科學，但是它所擁有的文學想像力，却和科學有很密切的關係，林良先生舉例說明二者之間的關係：

人類運用這想像力，來處理科學一時沒法兒解釋的現象。神話對這種「謹愼的假設」或「大膽的假設」的基本能力的訓練，有很大的幫助。想像力是科學的觸鬚。科學家運用想像力去探索未知的事物，然後設法求證。植物學家孟德爾的一套完整的關於植物遺傳的實驗，是完全合乎吃苦耐勞的科學原則的，明明白白可以一再證明的。可是產生那一套實驗方法的，却是他的卓越的想像力。我們可以證明神話不是歷史，神話不是科學，但是我們不能因此判定神話無用。神話是一直有用的，至少我們已經承認神話是培養兒童想像力的有用方法之一。想像力恰巧又是知識之母⑪。

看看今日科技發達的文明世界，再懷想一下神話裡：長臂國的長臂，奇股國的飛車，治水的禹變成熊去打通環轅山，七仙女姊妹們一夜織成十匹雲綿，風伯自風袋放出風來，飛龍於空中製造雨水……，我們能否認神話在科學中的地位嗎？因此接觸神話的兒童，自然容易在科技發明上產生興趣，進而有所突破。

反對派以爲「在兒童還沒有得到正確的科學知識和歷史知識之前，講述或閱讀神話不免先入爲主，將來不易矯正」，而一般人士也顧慮會因而妨害日後正規的學校教育，其實這種說詞並不正確，顧忌也是多餘的，因爲兒童的心智成長是有一定過程的，蕭氏指出：

> 神話及故事，與兒童之幻想，有密切關係。神話之年齡，開始於四歲，其繼續期間之長短，則視兒童所受之教育為定。兒童四歲前所注意者，多為母親或保姆所發明之簡單故事，且須富有與人相關之引喻，如「有一個小孩，正和你一模大……」之類。此種簡單之故事，實為神話之初步；稍長，則愛好神話或故事之心益切，而所聆之故事，亦不必需用與人相關之引喻；待經驗增加，遂知神話之虛幻而不足時，於是由神話期轉入寫實的故事期……[112]。

可知兒童一旦接受學校的正規教育，神話的色彩自然也就降低了，並不會影響現實科學知識的吸收。但是這並不代表是一件可喜的現象，因爲透過李維斯陀神話與意義一書所強調的觀念：「人類頭腦並無原始與文明之異，其差別在於文明人受了近百年科學極度發展的影響，心智反而備受禁錮，喪失原有的感官能力，變得視而不見、聽而不覺，反而譏笑『原始人』的看法荒謬無倫。」[113]我們可以確知，當一個孩子在接受正規教育的同時也失去了各種官能平衡發展的能力，吳燕和先生爲神話與意義一書寫跋時，指出了教育的缺失，他說：

為什麼文明人通常不可能同時接受多重的感官印象呢？這是文明人自小訓練的結果。我們從小不知不覺地，把視覺和聽覺分開，把每樣感官功能分開而專一注重某件外在世界，運用某一感官時就得把另一感官關掉。……有人做過這麼一個實驗，比較瞎眼的小孩和正常小孩的繪畫，六歲以下的小孩兩者沒有什麼區別。而過了六歲，能看的小孩就全靠視覺來表達圖畫，跟瞎眼小孩異道殊途了。文明小孩逐漸發展用一種感官時，就關閉了另一種感官，這是文化和習慣養成的。但是許多「原始」民族就沒有這種限制，而可同時運用幾種感官。……文明世界注重視覺而不注重其他的感覺，人們不只逐漸喪失各種官能平衡發展的能力，還強調個人自己的感受；如人飲水，冷暖自知是也。一方面這也是教育的結果。文明人的知識來自書本，而成人只看書，並非讀書。看書的結果是把自己關閉在自我的世界裏，沉默地、無聲地欣賞眼中看到的或腦中看到的影像，這時把一切花香鳥語都關閉在感覺之外了⑪⑭。

明白這個道理，我們反而應該鼓勵在學兒童多接觸神話，以便從中獲知一物多面的闡釋；和本身感官均衡發展的訓練。關於這一點，林良先生也持有相同的論點：

許多固執的成人，認為童話裏的「鳥言獸語」是教兒童走向愚蠢跟癡呆。但是現代的科學家却認真的在研究獸類的語言，鳥類的語言，甚至蜜蜂的語言，而且找到了一些可用的知識。這就是童話裏的「鳥言獸語」精神所激發的。在兒童文學裏，「現代神話」的塑造仍然在繼續。不過，這並不代表人類的危機，它恰好代表人類思想的生機[115]。

(四) 就神話的選擇而論——應該爲兒童選擇擁有正面光明主題的神話

神話本身的價值以及在兒童文學中的地位都是受肯定的，但是兒童是人類未來的希望，成人美夢的寄託者，因此成人在介紹閱讀或講述那足以滿足或導引理想及願望的神話故事時，能不謹愼地加以選擇嗎？李亦園先生在神話的意境一文中說明了神話在這一方面的影響力，他說：

> 著名的神話學家堪培爾（Joseph Campbell）曾說：「神話是衆人的夢，是溝通意識與無意識的橋樑……它是一種和夢相似的象徵符號，激發並支配人類的心理力量」。從堪培爾這段話裡我們可以說，神話是一種巧妙的文化產物，它不但表達了一個民族隱蔽在深處的理想與願望，同時其本身也在某一程度上滿足了這一理想與願望；在世俗的宇宙裏，若干願望與理想也許永遠無法滿足，但經由神話的幻想與象徵，這些理想與願望也就間接獲得滿足與導引[116]。

選擇的標準，折衷派有兩個原則：

(一) 積極方面要有正確光明的主題，對兒童身心有所裨益的。

㈡消極方面要剔除過於荒誕不經的，以及和兒童無關的。個人認爲爲兒童擇取主題正確光明，對兒童身心有所裨益的神話，這是絕對正確的看法。因爲就兒童學習吸收及道德發展的過程來看，兒童有先入爲主的特性，而道德的形成與所接觸的讀物有著密切的關係⑪，因此面對可塑性極強的兒童，個人以爲選擇正面的神話是絕對必要的，更期望能因此培育出根本穩固的民族幼苗，且人人皆具「仁民愛物」、「孝悌爲首」、「窮而不濫」的君子本質。

中國是一個重教化的國度，因此在中國神話中，絕大部分的神話都具有正面積極的主題，例如從「牛郎織女」的神話故事中，我們可以體會到古代農耕社會中，男耕女織，人人都必須勤於工作，安於本位，否則即使貴爲天神，也不免失却應有的幸福。但是在這龐大的資產中自然不免有品質優劣的差別，加以口述者思想的介入，糟粕的作品就逐日遞增了，例如流傳民間「各作各工」就是一個傳達「自私自利」意識的神話⑱：

當養蠶的時節，有一種鳥叫的聲音，似乎是「各做各工，總不要和人換工。」相傳有一個農夫極會做工，他所種的田地總比他人的好。於是每當耕種時，人家總邀他去相幫，幫了這家，那家又來邀請。他說：「我自己的田地還沒有動手哩，我再不能替你們做了。」他們說：「這又何妨，你先替我們做了，我們再去幫你，大家換換工，也是有趣的事。」農夫只得答應，誰知將各家的工做完之後，農時已過，不能再種了。農夫心中懊惱，一頭撞在田隴的石頭而死，變為一隻鳥，叫著「各做各工，總不要和人換工。」

這種思想一旦傳開，影響立現，例如江西農閒就出現了近似的作品「各栽各個」[119]：

從前，有一個農夫，他是很勤，同時又是一個很量大的人。有一年，農事很忙，天氣也變化得快，農人們都要趕急把工夫做好。一到插秧的時候，更是忙得要命，於是彼此都請人來幫忙。這位老實的農夫自然是最肯幫忙的一個，大家也就爭先恐後的來請他。他一天一天幫人的忙去啦，倒把自己的田地忘了；而且，他去了一家又一家，早已走到離家約莫二三百里的地方去了；所以等他記起自己的田地而返回家裏時，那時竟已過了栽禾的時令，他只得袖手無策了，他想著不覺憂悶起來，不久就生了病，不久他又死了。於是他在閻羅那裏請願，自己情願化作一隻鳥，一到了相當的時候，他就出去叫醒一般人趕緊將田地耕好，禾田插好，不要再蹈他的覆轍。他情願天光叫到夜，一直到口裏叫出血來，才略略休息一下。他去啦；於是他唱出二句歌詞道：「割麥栽禾，家家栽禾，各栽各個。」他從此就這樣苦心苦志的救人，永不休止。

雖然這神話故事也能予人啓示，但是我們先仔細體會這篇呂氏春秋「令女外藏」的故事：

人有為人妻者。人告其父母曰：「嫁不必生也。衣器之物，可以外藏之，以備不生。」其父母以為然，於是令其女常外藏。姑妐知之。曰：「為我婦而有外心，不可畜。」因出之。

婦之父母，以謂為己謀者以為忠。終身善之。亦不知所以然矣。（孝行覽遇合）

之後，如果將此類作品提供兒童欣賞，豈不也患了與這位女子父母同樣的錯誤嗎？不但偏曲了兒童的思想、泯滅了兒童的善心，更可能剝奪了他人生的幸福呢？所以我們不能只片面地相信贊同派所謂「流傳到今天的神話，是經過多少年代的選拔遺留下來的，原始的部分被捨棄了，殘忍的部分被刪去了，不良的部分被改寫了，動人的部分被擴充了：所以好的神話，不但有價值，而且爲人人所喜愛。」的言論，而應該謹愼選擇。

至於折衷派所強調的消極原則，個人則以爲有商榷的必要，因爲神話中「荒誕不經」的內容，是充滿幻想的孩子所能接受，而且是能夠擴充他們精神生活領域的文學作品，至於「和兒童生活無關」的內容，更能滿足兒童探索不知世事強烈的好奇心，並且能夠藉此激發他們活潑的想像力，林良先生所以指稱神話在兒童文學中最重要的貢獻——「保全了人類奇異能力之一的想像力，使它繼續生長。」相信就是基於這個道理的。

(五)就神話的改寫而論——神話的原貌是必須尊重的

神話的故事情節本來是十分單純的，但是經過歷代口傳筆述者的增飾，以及供應欣賞對象的不同，使得故事的情節逐步地擴張變遷。但是不論如何傳述，都不可以捨棄神話的本質。葛琳先生在兒童文學創作與欣賞中指出神話的特色及價值說道：

神話在這種變化之中，情節不斷的擴張。曲折緊張處令人心驚膽跳。溫和甜美處，令人心神陶醉。這種種不尋常的發展，就是神話的特色。

由於神話是純粹想像的故事，神力魔法超過一切。所以故事的發展，有時不合邏輯，但善惡是非，仍深藏在故事中有一個明確的表現。因果的關係，也有一個極合理的安排。這是神話在文壇上屹立不搖的永恆價值⑫⓪。

可知神話就是神話，擁有神力魔法令人景仰的神和世俗平庸的人，本來就是不同的。倘若如折衷派所說：「索性把『神』當作『人』來處理，不必加上『神』的稱號；或是把『神』謔化，或有意把故事富得特別誇張，使兒童知道這些故事所講的是『假』的。兒童心中先有了戒備，就不至受到不好的影響。」去做，不但喪失此一作品的本質，更破壞了「神」的形象，令兒童心靈失却憑依，無由產生信仰力量，因而個人以爲改寫應該尊重神話作品的原貌。

目前美國有一家出版公司從事一系列改寫童話的工作，平路在「童話？」一文中說明他們改寫的宗旨和自己的觀點，他說：

美國有一家小小的出版公司，叫做 Creative Education，四年前印行了一系列改寫過的童話故事，改寫的宗旨是跳出迪斯奈電影的窠臼而在舊瓶中裝入新的時代意義。這樣的企圖裏，「仙履奇緣」的結局由婚後過著幸福快樂的日子延續下去，女主角成為酗酒的老婦，在窗前凝眸……佳期如夢……她只能遙想著與王子成婚之日的光景。而「小紅帽」的故事也被搬演至現代叢林的大都市裡，新的版本中，狼在結尾前從未真正地現形，但是它的陰影無處不在，狺狺地出沒於現代人惶恐的夢魘。故事告終時大野狼跳到小紅帽身上，把她一口吞了，機警的獵戶或好心的樵夫不曾打現場經過，沒有，全然沒有救援的到來！

事實上，這樣的結尾更忠實於「小紅帽」的原版——在格林兄弟採集之初與修編之前的那個故事。而掃除了奇蹟的童話，正像魔咒失靈後的女主角，會不會，也更接近人生的真相呢⑫?

誠如平路所言，童話故事加添了現實的結尾，可能更忠實於故事的原貌，但是這樣刻意忠於作品原貌的做法，個人並不表贊同，理由如下：

甲、倒敍的作品並不合適兒童：葉師詠琍在兒童文學一書中很強調這個觀念，他說：

兒童文學作品的佈局，既要求嚴謹、完密，又要求條理清晰，層次井然，來龍去脈一清二楚。因為年齡幼小的讀者，既要給他們細緻地描敍事物，又應考慮到他們還不可能掌握太複雜的事物和人物關係。正因為這樣，一般文學中常用的倒敍、插敍或抒情插話等手法，不宜過多使用，特別是幼兒文學作品，一般宜用順敍法，把故事從頭講起，順序到底。這種有頭有尾，結構清晰的作品，容易為幼兒所接受。能把孩子帶到作品中的生活天地，從中受到感染和啓示⑫。

可知將女主角寫成酗酒老婦，在窗前凝眸遙想著與王子成婚之日光景的敍述是不爲兒童所喜愛的。

乙、有結局的故事，反而限制了兒童的思想：兒童的思想天眞純淨而且遼濶，他能夠依照自己的理想爲故事編出一個滿意的結尾，基於啓發兒童思維能力、表達能力的觀點，無疑地將作品止於「從此以後，過著幸福美滿的日子」是明智的作法，葉師詠琍在兒童文學與國小語文教育一文中談到文章結尾的時候說：

創作的兒童文學作品，不論內容如何，一定要文筆幽默，富於啓示，多想像力，而又側重思考。許多時候，文章不一定要有結論，讓讀者自己去作結論、找答案，是聰明的作者，省力又討巧的方法哩[123]。

丙、過份現實殘酷的描述，會增加兒童畏懼的心理狀況，影響兒童健康的發展：兒童是愛的泉源因此他們眞誠淸純的情感是可貴的，爲了維繫兒童此顆赤子之心，個人以爲應當避免讓兒童接觸過份現實的作品，因爲一旦兒童接觸此類作品便會產生不可避免的後遺症——畏懼。兒童日常生活中的意外事件就已經產生夠多的恐懼了，沒有必要在他們最需要人們溫情滋潤心靈的幼年，接觸過份現實殘酷的作品，壓抑他們活潑愉悅的天性。更令我堅持的理由是，兒童的恐懼是有一定的心理機械的，在徐道鄰譯兒童行爲一書中是這樣說明的：

在一般的情形之下，孩子們對於所恐懼的東西，起先是避退得太遠，接著又是走攏得太近。最後到了第三階段，他才安定在一個比較適應良好的狀態。他到了這個時候，才控制了他的恐懼。他才能夠拿得起放得下[124]。

試想，一個模仿力強的孩子，在過份接近作品中曾經令他恐懼的現實殘酷的虛幻世界中，不會受到影響、模仿那些現實殘酷的行徑嗎？這樣的孩子豈是我們所期許的呢？或許有人懷疑不讓兒童接觸現實殘酷的作品，豈不是蒙蔽了兒童的視聽，給予他們錯誤的認知？其實這種作法，可以用孔子「無友不如己」的言論解釋。孔子與人爲善，但是當一個人自己還不是君子，無法以德服人之前，就應該秉持這樣的態度。同樣地，一個孩子當他的心智逐漸成長，滿懷父母之愛，面對現實殘酷的一面，他能因愛而激發出道德勇氣，而且能憑恃著自己的心智與才能突破困境，予人溫情。培育出如此大仁、大智、大勇的民族幼苗，豈不是千百年來所企盼的嗎？

此外，改寫作品的好壞，往往與改寫者或傳述者本身程度有極密切的關係，文學修養高者必然能夠掌握作品精神，在眞善美三方面加以昇華。反之容易在自我舖陳的過程中喪失了作品的精神，大大地降低它的價值與趣味。試觀漢聲中國童話「芬芳潔白的水仙花」故事中舖述老大娘與老乞丐答問的這一段[125]：

雪白晶瑩的一碗米飯，散發出陣陣的熱氣和芳香。老乞丐看了，迫不及待的接過飯碗，用烏黑的手一把一把的抓起飯，胡亂塞進嘴裏，一眨眼，就吃得碗底朝天。他舔舔手指上的飯粒，抬頭問老大娘說：「還有嗎？」

老大娘本來怔怔的望著老乞丐吃飯，一聽他這麼問，兩行熱淚突然順著臉頰滑下。老乞丐奇怪的問：「大娘，你為什麼哭呢？難道是不捨得這碗飯嗎？」

老大娘哽咽的說：「你不知道，這碗飯是我們家裏最後的一點米糧了。我兒子空著肚子在外面忙了一整天，等會回來，鍋裏空空的，豈不要餓壞他嗎？我想著，禁不住難過起來。」

老乞丐聽了，臉色變得很難看。他勉強支撐著站起身，用低啞的聲音說：「真對不起！可是飯我已經吞下肚了，你教我怎麼樣才能還你呢？」說完，他就頭也不回的走了。

老乞丐才走了十幾步遠，突然彎下身，好像很不舒服似的，把剛吃下肚的白飯，大口大口的嘔吐到田邊的池塘裏。

老大娘站在家門口，遠遠看到這情景，心裏很難過，她自言自語的說：「哎呀！都是我不好，說了那些訴苦的話，害得這位老先生把剛吃的一碗飯又吐了出來。」她追過去，想安慰老乞丐，沒想到老乞丐一轉眼就不見了。

在這段舖述中，我們無法感受到老大娘「捨己為人」的慈悲心境及曠達胸懷，也看不出老乞丐所以會自動圖報的動機，有的是施者不樂、受施者苦痛的悲淒景象，實不若前節所引「水仙花」故事來得感人，而且適合孩子閱讀。

有鑑於此，當執筆為兒童編撰或以口語為兒童講述神話時，能不秉持敬愼之心嗎？

註釋

❶ 玄珠在中國神話研究中指出原始人民的心理特點有六：「一為相信萬物皆有生命，思想，情緒，與人類一般；此即所謂汎靈論（Animism）。二為魔術的迷信，以為人可變獸，獸亦可變為人，而風雨雷電晦冥亦可用魔術以招致。三為相信人死後魂離軀殼，仍有知覺，且存在於別一世界（幽冥世界），衣食作息，與生前無異。四為相信鬼可附麗於有生或無生的物類，靈魂亦常能脫離軀殼，變為鳥或獸而自行其事。五為相信人類本可不死，所以死者乃是受了仇人的暗算（此惟少數原始民族則然）。六為好奇心非常強烈，見了自然現象（風雷雨雪等等）以及生死睡夢等事都覺得奇怪，渴要求其解答。」頁五－六。

❷ 袁珂，中國神話傳說，頁一。

❸ 譚達光，中國神話研究，頁五。

❹ 魯迅，中國小說史略，頁二二－二三。

❺ 王孝廉，中國的神話和傳說，頁二二二－二二三。

❻ 例如追日的夸父，「為中樞者」，實在已經「漸近於人性」，他會感到口渴，會去喝黃河和渭水裡的水來解除渴，就是「近人性」的表現。其他像羿、禹等，情況也大致相同。

❼ 茅盾在神話的意義與類別一文中也不得不承認：「傳說（Legend）也常被混稱為神話。」可見中國和外國的情況同然。見神話研究，頁三。

❽ 同❷，頁五十五。

❾ 同前註。

❿ 葉師詠琍，兒童文學，頁一四三－一四五。

⓫ 同❷，頁五三。

⓬ 同前註。

⑬ 同❹，頁二八—二九。

⑭ 同❶，頁十二—十三。

⑮ 詳見❸，頁六—十。

⑯ 例如「巫山神女」和冥土守門的「土伯」，都是宋玉保存下來的可貴資料。

⑰ 同❹，頁二二—二三。

⑱ 今本的莊子已非原形，外篇和雜篇，佚亡的很多。所以保存著的神話材料如鯤鵬之變，蝸角之爭，藐姑射的仙人，十日並出等，已經不很像神話，或者太零碎。然據陸德明莊子釋文序則謂莊子雜篇內的文章多似山海經，或類占夢書，因其駁雜，不爲後人重視，故多佚亡。又郭璞注山海經，則常引莊子爲參證。可知莊子雜篇的文字很含有神話分子，或竟是莊子的門人取當時民間流傳的神話爲莊子所作而歸之於雜篇。參閱註❶，頁三七—三八。

⑲ 例如太行王屋的神話，龍伯大人之國，終北的仙鄉，都是很重要的神話材料。

⑳ 淮南流傳了女媧補天和嫦娥的神話，又有羿的神話。

㉑ 左丘明好引用神話傳說，然而在他以前的史官早就把大批神話歷史化而且大加刪削，所以禹、羿、堯、舜、早已成爲確實的歷史人物，因此左丘明只能拾些如說堯殛鯀於羽山，其神化爲黃熊，以入於羽淵這類片斷零星的小段神話來寫。

㉒ 如三國時的徐整在三五歷記中就敢於採用「南蠻」的開闢神話。後來宋胡宏作皇王大紀居然將盤古氏列於三皇之首了。宋羅泌路史和清馬驌繹史也採用了歷來的神話資料，轉化爲歷史。

㉓ 李亦園主編、段芝撰，中國神話與傳說緒言，頁九。

㉔ 王秋桂編，中國民間傳說論集序，頁一。

㉕ 參閱譚達先，中國民間文學概論，頁三七。

㉖ 王世禎，中國神話事迹篇，頁二九三—三〇〇。

㉗ 同㉔，頁二—三。

㉘ 魏晉南北朝小說，頁二十三。木鐸出版社印行。

㉙ 王重民主編，敦煌變文，頁八八二—八八五。

㉚ 參閱註㉖，頁八—十八。

㉛ 同㉕，頁三七〇—三七一。

㉜ 史景成，山海經新證。

㉝ 彭澤江，山海經新探，頁七—八。

㉞ 查廣韻孫緬唐韻序云：「案搜神記、精怪圖、山海經、博物志、四夷傳、大荒經……」是唐代時仍有將大荒經視爲山海經的附文，而將兩者名稱分別論述者。

㉟ 同㉝，頁八四—八五。

㊱ 同前註。

㊲ 衛挺生，燕昭王之鉅燕考。

㊳ 同㉜。

㊴ 同❶，頁四九—五四。

㊵ 同❶，頁五四—五五。

㊶ 見引於李宗侗，中國古代社會史。

㊷ 袁珂，山海經校注，頁四一六。

㊸ 同㊷，頁四一六。

㊹ 沈氏，中國神話研究，收入神話雜論一書，民國十八年世界書局出版。

㊺ 同❸，頁二〇—二二。

㊻ 葉師詠琍，於兒童文學一書中強調兒童文學作品必須採用順敍法：

兒童文學作品的布局，既要求嚴謹、完密、又要求條理清晰，層次井然，來龍去脈，一清二楚。因爲年齡幼小的讀者，既要給他們細緻地描敍事物，又應考慮到他們還不可能掌握太複雜的事物和人物關係，正因爲這樣，一般文學中常用的倒敍、揷敍或抒情揷話等手法，不宜過多使用，特別是幼兒文學作品，一般宜用順敍法，把故事從頭講起，順序到底。這種有頭有尾，結構淸晰的作品，容易爲幼兒所接受，能把孩子帶到作品中的生活天地，從中受到感染和啓示。

㊼ 張光直，中國創世神話之分析與古史研究（民族學研究期刊第八期，頁五六）。

㊽ 根據考古學的發現知道，在東漢以前的石刻、絹畫的圖像裏，已經出現了伏羲女媧兄妹結爲夫婦的關係，其中以東漢武梁祠畫像尤爲著名，而諸家考釋也都以此爲根據，例如容庚者漢武梁祠畫像考釋指出：「第一段畫二人，右爲伏羲，……左爲女媧，面泐，身同伏羲，尾亦環繞與右相交。中間一小兒，右向，手曳二人之袖，兩足捲走。」，這無疑是一幅幸福家庭圖畫。

㊾ 同❸，頁六八。

㊿ 王顯恩編，中國民間傳說元始趣事集。

51 同註㉓，頁二九。

52 見嚴可均輯，全上古三代秦漢三國六朝文輯靈憲。

53 王世禎，中國神話人物篇，頁一一九—一二二。

54 同❸，頁三八—三九。

55 同㉓，頁三六—三六。

56 同❸，頁一一二—一一五。

57 漢聲出版，中國童話（二月的故事），頁五十—五一。

58 同㉓，頁四十。

59 晉干寶，搜神記卷一：「赤松子者，神農時雨師也。服冰玉散，以教神農。能入火不燒。至崑崙山，常入西王母石室中，隨風雨上下。炎帝少女追之，亦得仙，俱去。至高辛時，復爲雨師，遊人間。今之雨師本 是焉。」。

60 參閱註㉓，頁四十。

61 同57，頁一一三—一一五。
62 同23，頁四八—五六。
63 唐人傳奇小說（中國學術名著叢刊小說類，頁六二—六八）。
64 同31，頁三八三—三八五。
65 同53，第一個破除迷信官史—西門豹，頁二九—三四。
66 石山編，中國民間趣事，頁一四六—一四七。
67 同23，頁六八。
68 同26，頁五五—五六。
69 同57，一月的故事，頁三一—三三。
70 繆天華，離騷九歌九章淺釋，頁一二六。
71 同57，十二月的故事，頁三四—三六。
72 同57，七月的故事，頁二三—二五。
73 同57，三月的故事，頁六九—七一。
74 郭立誠，中國民俗史話，頁一二八—一二九。
75 同57，四月的故事，頁三四—三七。
76 同29，頁七二五。
77 同29，頁七二六—七二七。
78 陳耀文，天中記，卷四，頁二五。
79 同57，五月的故事，頁四九—五二。
80 同57，七月的故事，十四—十八。
81 同23，頁一一一。
82 參閱23，頁一一二—一二八。

83 同57，七月的故事，頁一〇八—一〇九。

84 試舉數家說法如下：

(一)、宋洪巽 暘谷漫錄：「子、寅、辰、午、申、戌俱陽，故取相屬之奇數以爲名，鼠、虎、龍、猴、狗皆五指而馬皆單蹄也，丑、卯、巳、未、酉、亥俱陰，故取相屬之偶數以爲名，牛羊鷄猪皆四爪，兎兩爪，蛇兩舌也。」

(二)、明葉世傑 草木子：「術家以十二肖配十二辰，每肖各有不足之形焉，如鼠無牙，牛無齒，虎無脾，兎無唇，龍無耳，蛇無足，馬無膽，羊無瞳，猴無臂，犬無胃，猪無筋，人則無不足也。」

(三)、明郎瑛 七修類稿：「子爲陰，極幽潛隱晦，以鼠配之。午爲陽，極顯明剛健，以馬配之。丑陰也，俯而慈愛生焉，牛有舐犢，故以配之。未陽也，仰而秉禮行焉，羊有跪乳，故以配之。寅爲三陽，陽勝則暴，配以虎。申爲三陰，陰勝則黠，配以猴。日生東而有西，酉之鷄。月生西而有東，卯之兎。此陰陽交感之義，故卯酉爲日月之私門，辰巳陽起而動作，龍爲盛，蛇次之，戌亥陰斂而潛寂，狗守夜，豬守靜，故各以配焉。」

(四)、郭立誠中國民俗史話：「據我個人的想法，牛、馬、羊、鷄、犬、豕古人稱爲「六畜」，就因爲這六種動物和人類關係密切，牠們是人類不可缺少的好助手好夥伴，又是朝夕相見最親切最熟習的動物，於是首先選定這六種，其次才考慮到一些人們習知聽聞的動物：凶猛的虎，陰森的蛇，討厭的鼠，狡猾的兎，伶俐的猴以及神奇莫測的龍，於是就組成了一直流行一兩千年的十二屬相。」

85 同57，一月的故事，頁四七—五〇。

86 同10，頁六一—八九。

87 同57，四月的故事，頁五八—六一。

89 同57，十一月的故事，頁一一三—一一五。

89 鄭明娳，孫行者與猿猴故事（古典文學第一集，頁二三六）。

90 同57，七月的故事，頁二九—三三。

91 同(66)，頁一八五—一九〇。
92 同(57)，二月的故事，頁八十—八三。
93 同(57)，十二月的故事，頁一九—二二。
94 嚴殊編，中國民間傳說，頁三一—三二。
95 同(66)，頁一五七—一五八。
96 同(57)，十一月的故事，頁三四—三八。
97 林守爲，兒童文學，頁六六。
98 黃天中，兒童發展學，頁三〇二。
99 見蕭承恩，兒童心理學，頁九二。
100 同(99)，頁九十—九一。
101 同(99)，頁九一。
102 林良，神話跟兒童文學（中國語文二一五期，頁七六）。
103 袁珂，中國神話故事白話本，頁十一。
104 同(99)，頁九〇。
105 王馨生，兒童心理學，頁一五四—一五五。
106 同(99)，頁九二。
107 同(25)，頁三一—三二。
108 同(10)，頁一四三—一四四。
109 同(102)，頁七八。
110 同(103)，頁十一—十二。
111 同(102)，頁七八。
112 同(99)，頁九二。

113 李維斯陀著，王維蘭譯，神話與意義，頁六三。
114 同113，頁七五—七六。
115 同102，頁八十。
116 李亦園，神話的意境（中國時報，中華民國六十七年五月十六日）。
117 參閱黃翼，兒童心理學，頁一一九。
118 同25，頁四三一。
119 同25，頁四三二。
120 葛琳，兒童文學創作與欣賞，頁二〇五。
121 路平，童話？（中國時報，中華民國七十七年一月二十六日）。
122 同10，頁十二。
123 葉師詠琍，兒童文學與語文教學的關係（我國人文社會教育科際整合的現況與展望會前論文集工，頁三〇二。
124 徐道鄰譯，兒童行爲，頁二一三。
125 同57，十二月的故事，頁一〇五—一〇六。

第六章　傳記文學

一個九歲到十三、四歲，屬於兒童期晚期的孩子，由於年紀較長，對於現實認識得比較淸楚，所以他們對於那些神話一類虛構的故事，逐漸減退了興緻，但是由於崇拜英雄的心理產生，傳記文學便成爲他們此刻所需求的精神食糧了。赫洛克（ Elizabeth B. Hurlock ）在所著兒童心理學一書中，說明了這個時期兒童閱讀的胃口，他說：

他們所讀的內容多半偏於探險故事。把自己想像成故事裏的英雄，而感到很滿足。諸如：英雄傳、女英雄傳、歷史故事、學校生活記趣，以及一些時尚人物的介紹文章，如運動健將的傳記、男女演員的報導等，在他們崇拜英雄的心理狀況下，都能迎合他們的口味❶。

由此可以確知此期兒童所喜歡的讀物，就是以偉人爲中心的傳記文學。

第一節　傳記文學的意義

「傳記文學」所包含的意義及層面，劉紹唐先生在傳記文學創刊詞中闡釋道：

傳記文學是以傳記為領域的一種文學，任何與傳記有關的文字與資料都是傳記文學的作品。換句話說，任何有關個人的活動記錄與思想見解的材料，都屬於傳記文學的範疇❷。

吳鼎先生在兒童文學研究一書中，更簡單明瞭地說明二者之間的關係：

傳記是文學中的一個枝幹，當然傳記的本身也是文學，所謂「傳記文學」的便是❸。

劉紹唐與吳鼎先生「傳記卽傳記文學」的廣義觀點，與李辰多先生「傳記有別於傳記文學」的狹義看法並不一致，李氏的論點是：

傳記的目的在求真，文學的目的在求美，……總之，傳記與文學所要表現的，都是人類由理想而實踐時所感觸的意識；不過，二者取材的範圍，稍有不同罷了。傳記的材料，只限於固定的某一個人；文學的取材則可由作者的想像而自由創造。當作者將這種意識恰當地表現出來後，讀者透過了表現而感到同樣的意識，於是產生了美感，因而傳記的真與文學的美相溝通，構成了傳記文學。傳記與傳記文學的關係，由此可以了解❹。

杜呈祥先生在傳記與傳記文學一文中，更仔細地將屬於史學的傳記，及隸屬於文學的傳記文學，加以探究區分，綜合他的論點，二者有下述幾點區別❺：

㈠　傳記僅是敍述一個人的行動，傳記文學便須描寫一個人在完成這一行動時所表現的神態、和造成的氣氛等等，所以傳記給讀者的印象是靜的、是死的，傳記文學給讀者的印象是動的、是活的。這是一般的傳記和傳記文學作品最重要的不同之處。

㈡　傳記多半只敍記一個人的公生活，如事功、主張、節操、學術造詣等。傳記文學作品便必須兼顧到一個人的私生活，大而男女關係，小而生活習慣，都要讓讀者曉得。因爲傳記文學所要呈現給讀者的是傳記主人翁的整個人格，而且是一幅活的人生圖像。

㈢　傳記多半只是從個人敍述個人，傳記文學作品便必須注意到書中主人翁的時代和環境的描述。一個偉人好比一棵參天大樹或美麗花朵，但世界上的大樹和美花，都不是天上掉下來或者是懸空生成的，是由適當的土壤和氣候培育成的。傳記家只敍述一個人的偉大或罪惡，傳記文學家便必須告訴讀者造成這偉大或罪惡的時代環境是甚麼。

㈣　傳記多半只是概括地敍述一個人的思想主張和對人的關係，傳記文學家便注意引用書中主人翁表達思想主張的說話和對人交往的原始文件。因此在傳記裏面，對話很少，原件也很少，傳記文學作品便充分利用對話和原件，所以傳記文學作品的文字，是比較冗長的，瑣細的。

由杜氏的分析，我們不能否認傳記的文學性是比較低的，而傳記文學給讀者的印象却是具體、深刻及生動的。但是這樣的區別，是不是就意謂著傳記應該摒除於文學之外呢？王夢鷗先生在傳記、小說、文學一文中替傳記申辯道：

傳記是一種書寫的東西，倘從廣義的文學來解說，則傳記之為「文學」，固可無疑。……但欲作文學之狹義的諒解，它多少必帶有一點詩的遺傳，有詩一般的想像，詩一般的寫法。它不但能使讀者有以「知」乎其人其事，且能使其人其事感動讀者之心❻。

王夢鷗先生的看法，個人認爲是十分允當的，因而在拙著敦煌兒童文學第五節傳記文學中，就對「傳記」做了如下的闡釋：

傳記是屬於歷史性的文學，它的原則和特徵是：先以歷史資料為依據，而其中細膩的瑣事，可以憑文學家的想像去創造。換句話說，現代傳記文學的特色，必須綜合了歷史真實客觀，及文學細膩生動的兩大寫作特色，才能完成傳記文學的真正使命，所以傳記細分起來，大約有實體類和文學類。實體類是用偉人的真實事跡，記敍偉人的偉大，而讓兒童來效法；文學類則大半是虛記其人其事，或是借用其人其事，進而有所寓意，具有教育和啓發的作用❼。

第二節 傳記文學的源流

中國歷史悠久，自有文字記載起，至少已經綿延了五千多年，在這漫長的歲月中，才德兼修、事業有成的各類偉人英雄，此起彼落，傾耳可聞，開卷可見，今略作探源。

一、傳記文學的源頭——論語

中國的正史，是一種記傳體的歷史，所謂「記傳體」，就是以「傳記」爲主的，性質同是傳記，不過天子或曾經統治過天下的人的傳記，叫做「本紀」；諸侯或曾經統治過某一地區的人的傳記，叫做世家（亦稱載記）；爲一般名臣或有異行之人寫的傳記，便叫做列傳。中國的正史裏面，大部份是傳記，也可以說主體就是傳記，其他的表和志等，都不過是附屬品或補充材料❽。由於史記就是這種記傳史的鼻祖，因此葛琳先生在兒童文學——創作與欣賞一書中，將史記這些記載人物活動的文章，視作中國傳記的起源❾。杜呈祥先生更是推崇史記這部書，認爲它不僅僅是史學的傑作，也是文學的巨著，雖然不能說每一篇都是優秀的傳記佳作，但是的確有不少極優秀的傳記文學作品，同時更推舉司馬遷爲我國古代第一位史學家暨大傳記文學家呢❿！

雖然司馬遷的史記在傳記文學中，佔有如此崇高的地位。但是個人以爲傳記文學的源頭並不止於史記這本書，胡適先生在師範大學所做的「傳記文學」的講演裏，將中國最早的言行錄——論語，認定是我國最早且最暢行的傳記文學，他說：

除了短篇傳記之外，還有許多名字不叫傳記，實際是傳記文學的言行錄。這些言行錄往往比傳記還有趣味。我們中國最早、最出名、全世界都讀的言行錄，就是論語⑪。

四庫全書總目，並沒有將論語視作傳記文學的鼻祖，卻把晏子春秋列入史部傳記類，並加案語說：

晏子一書，由後人摭其軼事為之。雖無傳記之名，實傳記之祖也。舊列入子部，今移入於此。

嚴格地說起來四庫全書總目把晏子春秋從子部移到史部傳記類，不能說沒有見解，但是以晏子春秋為傳記之祖而不稱論語的論點，毛子水教授認為這是有以僞亂眞的嫌疑，他客觀簡要地分析說：

晏嬰可能比孔子年代要早，但論語的成書則當在晏子春秋的前邊，而論語的真實性，則要比晏子春秋高得多。以晏子春秋為傳記之祖，好像以楚辭為「總集之祖」而忘卻詩三百篇一樣。這雖然因為尊經的緣故，但理致自說不通⑫。

毛教授認同胡適的見解，推「論語」爲我國最古的傳記文學，更將論語一書與柏拉圖的幾篇談話錄比較一番，論定二者都是最有價值的古代傳記文學，而我國這部論語的成書年代要比那柏拉圖的談話錄早上五六十年呢⑬！

二、正史列傳

繼孔子言行錄「論語」之後，代代皆有偉人出現，他們的言行即使沒有專書傳誦，也被載錄在正史列傳之中，以數量來論，分量是相當龐大的，以繼承史記體式用紀傳體編輯的明代史書爲例，全書總共有三百三十二章，而傳記部分就有一百九十七章，幾乎佔了全書的百分之六十，同時整部歷史除了表、志之外，都可以視爲傳記的資料。

擁有如此龐大傳記文學資產的中國，是不是就得到傳記文學品質及發展上的肯定呢？胡適先生卻以：一、中國歷來眞正的偉人英雄，他們平生所說的話，很少被詳細地用白話記錄下來。二、即使是個人的日記、書翰、札記這類材料，也往往散佚，不能妥善保存下來。因此他評定中國出色的傳記文學多止於正史短篇的記傳而已⑭。劉紹唐先生也認爲自史記以後，中國很少有幾本可讀的傳記，他推究所以造成這種缺憾的原因是⑮：

㈠自己寫自己「爲賢者所諱」。中國人素有謙沖的美德，成不居功，自己寫自己縱然非常忠實，也怕遭到自炫或自我宣傳之譏。

㈡「爲智者所諱」。寫自己，難免要涉及到當時的政治，更難免要涉及到同時代的人，褒貶論斷，可能惹起許多無謂的糾紛。

㈢始終缺乏一個持續不斷而作風正派的傳記文學刊物，來糾正若干不合時宜的觀念，來推動與擴大傳記文學寫作的影響。

劉氏前兩項的顧慮，的確是中國幾千年來，令多少有作爲、有成就、有貢獻的人，所以沒有片紙隻字遺留下來，便撒手而去的重要原因。自己身前不肯寫，死後別人寫得又不像，只有留待後世史家像沙裏淘金、像霧裏看花一樣地去摸索探求，當然這對整個國家民族來說，眞是一個重大而無法彌補的損失！至於第三項原因，誠如劉氏所強調的影響更是鉅大，試想倘若早有一本傳記文學刊物的出現，不僅能「給史家做材料，給文學開生路」，同時也能打開寫傳記、讀傳記、重視傳記文學的新風氣呢！

徐訏先生在談現代傳記文學之素質一文中所表達的理念，與劉氏的觀點也是一致的，他專就社會人心這一點，分析舉例說明傳記文學所以在中國不發達的原因，不外下列五種⑯：

㈠中國社會裏人與人的關係，好像不是親人就是敵人，我們在公共場合看到的，人人幾乎都是敵對的，互相提防。可是有一點點相識，就變成了親人，買車票請客，吃茶代付賬，任何小事情就包庇。因此對人的認識都帶著情感，很少有客觀的不帶感情的認識。

㈡社會上對人的意見，常常是兩極端，不是堯舜，就是桀紂；不是孔孟，就是盜跖。好的往往好得不像一個「人」，壞的也壞成不像一個「人」。

㈢對於古聖先賢的尊敬太偶像化與神話化，好像個個都是面無笑容的坐在聖廟裏毫無煙火氣的人物。如果說到古聖先賢也是愛吃美味，愛戀美色的人，那就變成大逆不道了。如以前林語堂寫了一個子見南子的劇本，也只是說到孔子好色的一點人性，曾經鬧到學校起風潮，學生被開除，教育廳明文禁止……等等事件。

㈣我們中國人，還有隱惡揚善的美德。就是我們對人家的好事要「揚」，惡事要「隱」。

㈤知識階級似乎都有責備賢者的態度，這也就是對賢者有十全十美才德的要求。

徐氏強調這幾個原因，有實際互相牽連與互爲因果的作用，所以卽使有心人想從傳記文學上努力，也就不免有許多顧慮，尤其是要撰寫當代的人物那更是困難。

以上劉、徐二氏所提出的有關現象，是不容我們否認的，但是依此論斷並否定我國傳記文學的成就，這是有待商榷的。居浩然先生在傳記文學與教育一文中指出，所以有中國傳記文學不發達的說法，那全是考據學家的一種偏見，他說：

有人認為中國傳記文學不發達，恐怕只能說是考據家的一種偏見。正史中的列傳那末多，豈能說不是傳記？撰正史的作者都是中國的大文學家，焉能說他們的作品不是文學？何況他們撰史的時候往往文筆重於史實，為了文章氣勢有所增添或減少，從司馬遷開始就是如此。考據學家不妨懷疑正史中所記載的史實，卻不能抹殺其文學價值。又因為做人的樣本重在那些事做對了，而不在那天做了那一件事，所以年月日無關緊要。而合乎考據家理想的列傳大概是年譜式底，生年月日一查卽知。不像正史中的列傳大部份記事並不繫年，遑論月日，偶爾查到一項生年月日，如獲至寶。但體裁不合考據之用是一件事，能否稱得上傳記文學是另一件事，根據前者並不能判定後者，更不能說中國傳記文學不發達。若是只為查生年月日，難道歷代人物年里碑傳綜表就可以說是傳記文學⑰？

至於這種偏見產生的原因爲何？居先生也做了如下的說明，他說：

後世地方志中的列傳以及私人傳記、墓誌銘、神道碑等都成了刻板文章，照例是那幾句好話，理論上應該在生前有忠孝節義的表現，死後才有這些事跡的記載；實際上「諛墓之文」乃是花錢買來的，蓋棺所論的「定」不是公眾的評價，而是某一大手筆的杜撰。這些寫行狀或墓表的專家與死者不必相識，隨便問幾個非問不可的問題，如姓名、別號、三代功名等，此外就套上公式發揮，無非是「生而聰穎過人」、「事父至孝」或「事母至孝」（更妥當一點，不妨用「事親至孝」）、「疏財仗義」、「為鄰里所稱道」云云。傳記文學發展成這種千篇一律底八股，也就說不上是傳記，更說不上是文學了。這種既非傳記又非文學的商品自無絲毫教育價值，若是考據家根據這種八股來判定中國傳記文學不發達，則任何人都不會提出異議。但這只是後世的一種畸形發展，並不能用來抹殺過去所有的傳記文學⑱。

由於居氏的論述，讓我們深刻地明瞭，只要我們不從考據的觀點去低估歷來正史列傳的價值，我們就可以說中國的傳說是發達而且具有民族文化意識表徵的文學作品。

至於「諛墓之文」的價值，是否就如居氏所言只是「八股」文章而已呢？程滄波先生在論傳記文學一文中，改正自己以往卑視的態度，出衷懇切地舉證說明「諛墓之文」所應該給予的肯定，他說：

講到中國的傳記之學，我二十年前的舊作中對於「諛墓」之文，曾經加以指斥。近年在臺灣，我有機會把清朝人編的碑傳集、續碑傳集及碑傳集補細讀一遍，覺得中國舊時碑傳之文，有許多在體例及態度方面，是不能一概予以排斥的。態度的莊重與含蓄，是我們傳記的特長。公是公非，不是一家之言所能掩蓋過去，清末王闓運的湘軍志，我覺得是中國近代傳記學上一個異彩。譬如湘軍志中曾軍後篇末段論曾國藩：

「國藩本以憂懼治軍。自幸平洪寇，克江寧，如初起兵時所望。力言湘軍暮氣，不可復用。主用淮軍。後以平捻寇。然席寶田、左宗棠，仍募湘軍征苗回，竟定塞外，棱威天山。烏覩所謂暮氣者耶！」又論曾國荃：

「群言益讙，爭指目曾國荃，國荃自悲艱苦負時謗、諸宿將如多隆阿、楊岳斌、彭玉麟、鮑超等欲告去，人輒疑與國荃不和。且言江寧鎡貨盡入軍中。左宗棠沈葆楨每上奏，多鐫譏江南軍。會病疥，因請疾歸鄉里……大功雖成，然軍氣憤鬱慘沮矣。……」論湘軍軍紀：

「統將收入……故將五百人，則歲入三千。統萬人，歲入六萬金，猶廉將也。唯多隆阿統

萬人，而身無珍裘靡葛之奉，家無屋，子無衣履，其天人乎……」（湘軍志營志篇）

上述所引幾段的記事與議論，實在做到莊嚴的藝術之上乘⑲。

三、清末民初以後的發展

中國的傳記文學到了廿世紀以後，有了如下的轉變及發展⑳：

㈠**撰寫的格式繁多**：從古老傳統的方式如列傳、行狀、墓誌銘、年譜等，以至西方的格式都應有盡有。

㈡**作品的數量豐富**：年譜的編纂到清代規模大備，內容不但詳載個人的生活，更旁及他的親朋好友，此時更有自撰年譜的。二十世紀以後，編纂年譜的風氣仍然流行，但是自撰年譜已逐漸被自傳取代，成為現代中國文藝界最突出的現象，幾乎所有著名文藝作家及政、商、軍界要人都有大部頭自傳的撰述。此外辭典類傳記如中國名人大辭典、民國名人圖鑑、中國國民黨史稿等相繼問世，而報章雜誌又常登載時人逸聞以增加讀者的閱讀興趣。

㈢**傳記的對象廣泛**：除了古今的學者、詩人、政治家、著名軍人或軍閥以及革命領袖為傳記對象之外，被後世所忽略的歷史名人，如明朝太監鄭和、宋代宰相王安石等也都普遍受到重視。此外，外國開國名人及主義創始人的原文傳記或中文譯本也都陸續出現在街坊上了。

美國霍理齋先生（Richard C. Howard　），他推敲現代中國傳記文學所以能夠有如此顯著地發達的原因是㉑：

㈠**個人主義之興起**：自十九世紀中葉以還，西方堅甲利兵、工商企業、機器技巧打開中國門戶，使中國傳統社會及政治型態發生根本變化，人民對其文化與學術傳統之優越感，逐漸減少信心，一般知識份子乃相率本其對西方自由主義及個人主義理想之所知，對於過去之傳統重于評估，並尋求個人行爲之新典範。因此，乃漸對西方著名人物發生興趣，並切望重新檢討中國歷史上偉人之事蹟。

㈡**政治及社會制度之變遷**：在過去皇帝專制統治時代，批評時政，尤其批評當政顯貴，懸爲厲禁，及至二十世紀，通商口岸類皆有外國租借地，非中國主權所能管轄，且中央政令亦難在全國有效推行，故作家乃有較多評論時人之自由。而城市中產階級亦歡迎新式傳記，因此，傳記寫作乃大爲流行。

㈢**報紙刋物之興起**：商務印書館等大印刷廠之成立，均有利於傳記文學之刋登及出版。

此外，清末民初先後出現的三位傑出傳記作家——章學誠、梁啓超及胡適，由於他們開創在先，才使得中國傳記文學自二十世紀以後，能夠有一片踵事增華蔚爲繁盛的新景象。今分別敍述他們在傳記文學上所做的貢獻：

㈠章學誠

章學誠（一七三八—一八〇一）是我國十八世紀傑出的民間傳記作家，他是撰寫地方志的專家，曾經獨立寫過四部，與人合作寫過十部。除了此種「歷史性傳記」的撰述之外，他還經常撰擬「社會性傳記」，如墓誌、墓表、祭文等。至於「行狀」他向來不寫，不過卻常爲熟人寫家傳。美國歷史學者倪德衛先生（David S. Nivison）曾經探索過章氏對傳記文學的觀點，今歸納論述可知章氏在傳記文學上是具有下列幾點獨到看法的㉒：

甲、歷史性及社會性傳記要明確地予以劃分：在西元一七六三年，章氏曾經協助他的父親編纂湖北天門縣志，在編修之前章氏撰寫了修志十議一文作爲編纂的準繩。在該文中，章氏強調必須將「歷史性」及「社會性」傳記明確地予以劃分。

乙、別傳與本傳應該加以區別：爲熟識的人寫傳是章氏的特長，但是這一類的傳記稱作「別傳」，表示與「本傳」是有差別的，章氏撰寫此類傳記時，整個篇幅大都在敍述作者所憶及的往事以及兩個人之間的對話，援例很少提及死者生平事蹟的。

丙、傳記寫作貴在眞實：章氏力主撰寫傳記要絕對客觀，不容許使用阿諛的字眼，所以對於僞造事蹟爲死者增光的作法堅持反對的態度。

丁、原則上不爲活人撰寫傳記：章氏認爲傳記是一人一生蓋棺論定的記錄，只能在人死之後撰寫的。但是在乾隆四十二年到四十三年之間，他應直隸永清縣知事周震榮的邀聘，纂修該縣縣志時，爲了將該縣「貞節孝烈」婦女們的事蹟，採入縣志的列女傳中，就有爲活人立傳的例外情形產生了，爲能脫穎而出，章氏採一反常例的撰述手法，章氏在周筤谷別傳中敍述道：

丁酉、戊戌年間，君館余修永清縣志。以族志多所掛漏，官紳採訪，非略則擾，因具車從，橐筆載酒，請余周歷縣境侵游，以盡委備。……得唐宋遼金刻劃一十餘通，咸著於錄。又以婦人無閫外事，而貞節孝烈錄於方志，文多雷同，觀者無所興感，則訪其見存者，安車迎至館中，俾自述其生平。其不願至者，或走訪其家，以禮相見，引端究緒，其間悲歡情樂，殆於人心如面之不同也。前後接見五十餘人，余皆詳為之傳，其文隨人更易，不復為方志公家之言。

章氏親訪永清縣「貞節孝烈」婦女中的「見存者」五十餘人，或「安車迎至館中」，或「走訪其家」，讓她們自述生平，並且「引端究緒」，詳爲發問，然後根據她們所說的種種「悲歡情樂」的各個不同材料，分別爲她們寫傳記。這種傳記，不只是確實可信，而且也特別生動感人，和通常各州縣地方志的列女傳大不相同。沈雲龍先生在其口述歷史與傳記文學一文中，指出章氏此一傳記寫法，卽中外流行所謂的「口述歷史」（Oral History），並且否認了這是西風東漸的說法，而推崇章氏距今一百八十餘年前就有了如此偉大的發明㉓。

㈡梁啓超

梁啓超先生的傳記作品極多，一八九八年，他以傳統列傳寫法著作了爲戊戌政變殉難的六君子傳；一九〇一年他以西方傳記筆法爲李鴻章作傳；一九〇一年至一九〇九年他寫作傳記的興趣達到高峯，分別爲義大利建國三傑加富爾等、英國的克隆維爾、匈牙利的噶蘇士、中國的康有爲、管子、王安石等人作傳；晚年則改寫年譜、墓誌銘等傳統式傳記。

梁氏晚年曾撰中國歷史研究法補篇一文，在文中列舉五種「專史」，在人物專史中又分爲列傳、年譜、專傳、合傳及傳記圖表等五類，對於每一種傳記的性質及編纂的方法，都有詳盡的論列。其中「專傳」一詞是梁氏所創設的，他主張將中國的歷史分爲文化、政治及藝術三類，而每類選擇若干代表人物合計一百人。專爲這一百人撰寫傳記成爲專傳。梁氏強調雖然傳記只是歷史的一小部分，但是只要能選擇得當，則此一百人的專傳卽可顯示中國的全部歷史呢㉔！

美國霍理齋先生（Richard C. Howard）在現代中國傳記寫作一文中，分析梁氏傳記的寫作方式並指稱他的寫作方法是有別於傳統的，他說：

本世紀最初數年梁氏所寫傳記有其共同特色，即著重寫人物的行為所發生的歷史影響，並將這些人物作為某種價值及理想（如愛國主義及立憲政府）之典範；其次寫法亦大致相同，通常冠以前言，說明何以選該人作傳，第一章敍述其歷史背景、家庭環境及早年生活，最後一章則綜論其一生成就。梁氏所寫傳記最長亦最重要之一篇為王荊公，在該篇傳記中，梁氏特專設兩章，一章敍述王安石之朋友及同僚，另一篇則描寫其家庭生活。梁氏並引用王安石同代資料及王安石之信札等以說明其生活及思想，此則與中國傳統寫作傳記方法大不相同㉕。

㈢ 胡適之

胡適雖然與梁啓超在傳記文學方面，同樣受到章學誠先生的影響，但是胡氏對傳記的看法來自於對西方文學的認識，與梁氏來自實際寫作經驗是迥然不同的。他認爲傳記不只是歷史的一支，也是文學的一種方式，亟應獨立存在，同時它不僅反映歷史中的一段，也應該表現出個人品格及其發展過程。

胡適以西方傳記的標準來衡量中國的傳記文學，認爲中國缺少良好的傳記文學，並且指出是基於下列三項主因的結果㉖：

甲、中國人缺乏英雄崇拜的觀念：胡氏否定中國傳統傳記中英雄崇拜的例證，他深信這些並非眞實的傳記，而係該人死後他的家屬所寫的褒揚狀。

乙、中國文人通常不願對時政、同代人物以及死去的親屬加以坦白的論述：胡氏認爲在這樣的心理狀況下，中國傳記大多充滿讚頌之詞，而對其缺點則絕口不提，但是這些缺點，又爲敵方窮加詆毀，同樣失實。

丙、中國傳統傳記均用文言寫作：胡氏以爲用文言寫作時，往往爲了適於選詞擇句，往往會有不得不犧牲或歪曲事實的缺失。

基於對西方傳記文學的認同，胡氏在四十自述序言中說出了他對傳記文學的理想是：人人將自己的經歷寫出來，給「史家作材料，給文學開生路」。至於他對傳記作者的要求，據美國霍理齋先生的敍述是：

胡氏對於傳記作者應持之態度，也有精闢的見解。他認為作傳的對象應為其尊敬及喜愛的人物。作者應將其對象加以生動的描述，其秉性、精神及生活均應刻畫如生，俾使讀者發生共鳴。欲達到此目的則必須使用白話文，而非古舊的文言文。胡氏又說傳記文學最重要的一點就是真實，絕不容有虛偽阿諛的成份存在[27]。

四、童蒙傳記讀物

中國歷代童蒙書中，有關傳記文學的作品資源可依體式分爲韻語傳記、散文傳記和歷史讀物三類[28]：

(一)童蒙韻語傳記文學作品

這一類的童蒙讀物，是採對偶押韻的句式，將一個歷史人物或者傳說人物的故事，包含在一個句子裏。由於字句簡短整齊又押韻，很方便兒童背誦記憶，加上故事情節則由長者講述，更形精彩動人，很能引起兒童的興趣，豐富他們記誦的內容。此類童蒙讀物，創始於蒙求一書，最後發展爲明清以下廣泛流行的幼學。

甲、蒙求：蒙求一書的作者和時代，衆說紛紜，至今併存二說，一是以晁公武、陳振孫爲首的「唐人李翰（瀚）」說。晁公武郡齋讀書志後志卷二「蒙求三卷」下云：

> 右唐李瀚撰，纂經傳善惡事實類者，兩兩相比為韻語，取蒙卦童蒙求我之義名其書，蓋以教學童云㉙。

陳振孫直齋書錄解題卷十四「蒙求三卷」下云：

> 唐李瀚撰，本無義例，信手肆意，雜襲成章，取其韻語易於訓誦而已，遂至舉世誦之，以為小學發蒙之首㉚。

此外，清代官修全唐詩附收了「蒙求」，稱「唐末五代李瀚」作，而四庫提要則謂爲「晉李瀚」撰，四庫全書總目提要卷一百三十五「蒙求集註二卷（江蘇蔣會瑩家藏本）」下云：

> 晉李瀚撰。瀚始末未詳，考李匡乂資暇集稱：宗人李瀚作蒙求，則亦李勉之族。又五代史桑維翰傳稱：初，李瀚為翰林學士，好飲而多酒過，高祖以為浮薄，當即其人也㉛。

陳、晁二氏都是宋人，距蒙求的時代近，且著錄以親見爲主，說詞很受認同，但是全唐詩及四庫全書都是官修書冊，亦有相當的言論基礎，所以二說並存。至余嘉錫撰四庫提要辨證，方定其作者爲「唐朝李瀚」，他的言論如下：

嘉錫案：日本元化中天瀑山人林述齋，所刊佚存叢書第四帙，有古本蒙求三卷。首有天寶五年饒州刺史李良薦蒙求表、趙郡李華蒙求序，題唐安平李瀚撰注，又森立等經籍訪古志卷五、楊守敬日本訪書志卷十一，各著錄舊鈔舊刻本蒙求數種，亦多有薦蒙求表及李序㉜。

蘇樺在古代兒童讀物的新紀元一文中，推崇此書爲我國第一本兒童讀物，也可能是世界上最早的一本，因而對這位作者有心地作了如下的簡介：

李瀚，是唐朝趙郡贊皇（今河北省贊皇縣）人，是玄宗天寶年間的一位名進士，曾經是以死守睢陽聞名的張巡的朋友。安祿山作亂（天寶十四年——西元七五五年），他在張巡那裏作客，所以對張巡抗賊殉難的經過知道得十分清楚，肅宗上元二年（西元七六一年），曾經撰寫張巡傳上給肅宗，表揚張巡等的忠烈，很受當時人的稱揚。他的文筆很好，文思卻不太敏捷，所以李肇的「國史補」，說他晚年寄居陽翟（今河南省禹縣），常從縣令皇甫曾求音樂，遇文思枯澀的時候，就奏樂助興，然後從音樂裏得到靈感，就提筆作文㉝。

蒙求全書共五百九十六句，二千三百八十四字，它是採集古人事蹟，以一句四言、上下兩句成偶爲單元，講述一個掌故，內容有歷史人物故事、傳說人物故事和膾炙人口的軼聞。雖然李良在薦章中稱此書是作者「錯綜經史，隨便訓釋」的，但是也眞達到「童子固多弘益」

的作用，張志公先生傳統語文教育初探一書中指出它的蒙學史上的地位是：

蒙求這部教材在蒙學史上是可與急就篇、千字文前後輝映，具有開創性的著作，對此後的蒙書具有極大的影響㉞。

張氏所言不虛，蒙求之後的蒙書，除三字經、日記故事、龍文鞭影、幼學多取材於此㉟，更有因襲「蒙求」之名的性質相同讀物，如：唐王殷、範續蒙求，白廷翰、唐蒙求；宋劉班、兩漢蒙求，范鎮、宋朝蒙求，全應符、趙氏家塾蒙求，徐伯益、訓女蒙求，無名氏、左氏蒙求，無名氏、南北史蒙求；元胡炳文、純正蒙求；明柳希春、續蒙求；清羅澤南、養正蒙求等㊱。

此類蒙書以宋王令的十七史蒙求流傳較廣，而龍文鞭影則是同類讀物中內容比較豐富活潑且按韻部編排逐聯押韻的作品，念起來最是流暢順口。

乙、幼學：明程登吉是此書的原編著者㊲，通行的有清人鄒經脈增補注釋的幼學瓊林、錢元龍校訂注釋的幼學須知句解、童成重注的幼學求源等本子。

觀幼學瓊林一書，與李翰蒙求已不全似，它已打破四言的拘束，靈活運用雜言的形式，不強求整齊押韻，只要求兩兩成對。

在內容方面，由於廣泛吸取多種蒙書的材料所以涉及的層面很廣，這一點可驗證於此書多達三十四類的篇目（天文、地輿、時序、統系、朝廷、相猷、將略、科第、文階、武秩、父子、兄弟、夫婦、師友、婚姻、外戚、列女、人事、年齒、制作、文史、藝術、貧富、訟獄、凶喪、釋道、身體、宮室、器用、衣飾、飲食、珍寶、花木、鳥獸），其中除了掌故典故之外，還有神話傳說成分的故事。

今日人們口頭常說的格言、成語及一般的用詞，多出自此，而且連一般基本的常識，也以它爲依據，可見此書是如何地深入古代童蒙的幼稚心靈。

(二) 童蒙散文傳記文學作品

這一類的童蒙讀物，是針對兒童學習及成長的需求所設計的讀物，是採用散文故事的體式，將有關某一人物的事蹟，用一百個字左右的篇幅，做最簡單的敍述。由於篇幅簡短、主題單純、內容精彩、語辭淺顯，是很能刺激兒童主動欣賞，並且能夠直接吸收的優良傳記讀物。此類讀物包括了以名物掌故及人物爲主的散文故事。名物掌故的故事有宋胡繼宗的書言故事和自眉故事，由於此類讀物幾乎成了一種成語典故辭典㊳，所以不及以人物爲主的散文故事合適蒙學，而這類讀物大致起於元代，而以日記故事流傳廣，影響大。

甲、日記故事：元人虞韶，受到楊文公（億）家訓及朱熹小學一書的影響，承繼了他們的意念，編了這部以楊文公所言「日記故事」爲名目的傳記文學作品。日記故事序載述了作者這段著作的緣由以及選定內容的原則：

> 童稚之學，不止記誦。養其良知良能，當以先人之言為主。日記故事，不拘古今，必以孝

弟忠信、禮義廉恥等事，如黃香扇枕、陸績懷橘、叔敖陰德、子路負米之類，只如俗說，便曉此道理，久久成熟，德性若自然矣。晦庵先生輯小學之書以立教明倫，敬身為之綱，既述稽古證於後，復廣之嘉言實之善行，無非欲新學小生，知立身行己之方，體日用常行之要，必先立其大者，以幼童為壯行之本也。二先生誨人之旨可謂深切簡要矣！愚嘗僭二先生遺意推廣之，採摭傳記史籍，增入晦庵先生刪定先朝名臣言行錄，取其有關於人倫，有裨於世教，可以終身行之者，如入則事親敬長，出則隆師親友，與夫行己治家待人應物，以達於忠君蒞官之際，一言一行，壹是皆以聖賢行事為法條，分彙列輯成一編㊴。

此外由序中之言：

授之童蒙，以資講習，使日誦之間入耳著心，自少至老，終身受用。

可確知這是一本專爲兒童編撰的讀物，由於故事精湛，可讀性高，是此類讀物中流傳廣影響較大的，如唐彪在父師善誘法中說道：

日記故事，俱載前人嘉言懿行，以其雅俗共賞，易于通曉，講解透切，不獨漸知文義，且足啓其效法之心。

由於日記故事是有插圖的讀物，因此張志公先生特別推崇此書的價值說：

日記故事……不論哪種版本，大都有插圖，有的並且相當精美，很有助于兒童的閱讀興趣，幫助兒童理解故事的內容。用故事書教育兒童，在西洋各國很盛行，我國從清末以來，也廣泛運用。因此，閱讀散文故事這一項，並不能算是傳統語文教育中特有的經驗。但是我國插圖故事書的起源那麼早，走在世界各國之前，前人的成績是十分值得稱道的。此外，把古代的許多故事加以選擇、整理、改編，汲取那些優秀的部分來充實我們今天的兒童讀物，這也是一項不應忽視的工作㊵。

此書之後，有明陶贊廷、蒙養圖說，清寄雲齋學人編日記故事續集，清無名氏二十四孝圖說等，都是此類的作品。

丙、童蒙觀鑒：清朝丁有美編。此書內容龐雜，除了多數取之於史傳外，也有部分取之於小說等文學作品，或經過改寫，因而字數也比日記故事要多些，大約在一百字左右，超過一百五十字的也不多。全書分爲志學、孝友、高潔、智識、才力、穎敏六類，六百四十九個故事㊶。

㈢ 童蒙歷史讀物

此類讀物的主要寫作目的，是向兒童傳播歷史的知識，由於歷史是人類文化的過往軌跡，所以任何歷史的讀物，必然是以人爲中心的，基於這點理由，個人以爲童蒙歷史讀物也應該納入兒童傳記文學之列。此類讀物張志公先生就其內容和編法分爲如下四類㊷：

甲、斷代蒙求：此類讀物專講一個歷史時期的掌故，而以歷史人物或事件做爲講述的範圍。此類讀物數量不算少，如宋胡宏的敍古蒙求，鄒彥春的春秋蒙求，三四種左氏蒙求，兩三種兩漢蒙求，此外還有三國蒙求、晉史屬辭、南北史蒙求、唐蒙求、宋蒙求、皇朝（清）掌故等，幾乎包括了上古至清的每一個朝代。

乙、韻語通史：此類讀物是採四言韻語的形式，依次介紹上古以來的歷史。其中以宋代黃繼善的史學提要是最早有系統地介紹歷史知識的蒙書。其後有明越南星的史韵，明末清初許遯翁的韵史，清仲弘道的增訂史韵、任啓運的史要、鮑東里的史鑒節要便讀、周竇的史學驪珠等，其中恐怕要以清初王仕云的鑒略最是流行，鍾文在許遯翁韵史後跋說道：「江上王望如著有四字鑒略，家絃戶誦，頗有益于童蒙，較三字經、千字文啓蒙諸書，層樓更上」。

丙、詠史詩：從魏晉到隋唐，詩人常有借古人古事爲題抒發自己的胸懷和感嘆的，或者是以古喻今，有所批評勸誡的，而眞正敍述歷史事實的並不多，但張氏指出其中確實有兩本蒙書是爲兒童而寫的，一是唐末胡曾的詠史詩，此書已詳介於第二章；二是清張應鼎著的鑒綱詠略，全書按照歷史順序，從上古到明末，以帝王爲線索，將重要人物每人一首或幾個人合爲一首載述，因而一個詩題下所包含的人物事件很多，加上每首五言詩的篇幅過巨，造成這本只有一百三十三首的詠史詩，分量過重成爲兒童閱讀的負擔。

丁、朝代歌和人物歌：此類讀物有元代許衡的編年歌括、清代鮑東里的歷代國號總括歌，鑒略所附的國號歌、帝王歌、群英歌等等，雖然這類歌與歷史人物脫不了干係，但是它的寫作目的及用途止於幫助記憶而已，因此並沒有什麼內容，與傳記文學的距離是比較遠的。

今日坊間專爲兒童編寫的中國偉人傳記讀物，我們可以由國立中央圖書館台灣分館所編的全國兒童圖書目錄及續編目錄，了解到此類讀物不論是在質或量各方面都有顯著的增長，由於出版狀況是足以反映讀者需求的，因此我們可以確知傳記文學作品，是今日備受兒童肯定及喜愛的讀物。至於出版的書目可查閱上述目錄，今不再一一論述。

第三節　傳記文學的內容

傳記文學是因應著人們偉人崇拜的心理而產生的，所以一部專爲兒童設計編撰的傳記文學作品，書中所描述的人物行徑，必然是成人心目中的典範，同時也是成人對兒童的期許。日記故事是我國第一部以介紹歷史人物爲主，專爲兒童編寫的故事讀物，自然此一書中所描述的人物行徑，就是我們中國人心目中的英雄，更是古代人們對於後世子女期許的典範。基於此一理由，今先以日記故事推論我國兒童傳記文學內容的實質精神，再以今日坊間出版最具匠心的四維八德的傳家故事，說明中國兒童傳記文學在內容上所堅持的原則及方向。

日記故事一書，共計三十三類，二百五十五篇故事，各篇故事篇目如下㊸：

㈠美質：二十篇。

後漢張覇：人號曾子。

後漢黃琬：對日食狀。

魏曹植：請面試文。

魏常林：字父不拜。

魏楊脩：與客戲談。

晉明帝：對日遠近。

晉謝尚：座稱顏回。

唐劉晏：欲正朋字。

宋曹彬：提戈取印。

宋王禹：還鸚鵡對。

宋楊億：賦朝闕詩。

宋寇準：吟華山詩。

宋劉恕：知孔子兄。

宋蘇軾：感范滂母。

宋文彥博：灌水取毬。

宋司馬光：擊甕出兒。

宋黃廷堅：賦牧童詩。

宋朱熹：通孝經義。

宋陸九淵：問天窮際。

元許衡：穎悟非常。

(二) 好學：二十四篇。

楚孫敬：閉戶讀書。

北史劉炫及信都劉焯：閉戶讀書。

漢倪寬：帶經而鋤。

漢匡衡：鑿壁引光。

後漢高鳳：護雞誦經。

晉車胤：囊螢照書。

晉孫康：映雪讀書。

南晉江泌：隨月讀書。

北史祖瑩：藏火燃燈。

隋李密：乘牛讀書。

唐狄仁傑：與聖賢對。

宋范仲淹：粟粥虀菜。

宋張方平：書不再讀。

宋歐陽修：荻畫學書。

宋司馬光：手不釋卷。

宋劉恕：不顧羹炙。

宋胡瑗：不展家書。

宋范純仁：置燈帳中。

宋張九成：與神明伍。

鄒孟軻：以刀斷機。

後漢樂羊：引刀趨機。

唐李白：道逢磨杵。

宋趙普：論語一部。

宋李沆：論語兩句。

㈢ **孝親**：此類有孝養十八篇、孝感八篇、思孝七篇及孝女兩篇，合計三十五篇。

周文王：問安親膳。

周武王：冠帶侍疾。

周老萊子：戲綵娛親。

周樂正子春：傷足憂色。

晉范宣：傷手改容。

魯閔損：單衣順母。

唐韓伯俞：受杖悲泣。

漢蔡順：拾椹奉親。
後漢黃香：扇枕溫席。
後漢江革：行傭供母。
後漢趙咨：迎盜安母。
後漢張孝、張禮：乞命歸養。
三國陸績：懷橘遺母。
晉王延：忌月悲啼。
晉李密：奉表陳情。
唐陳叔達：葡萄奉母。
宋歐陽守道：懷肉遺母。
宋范純仁：辭調終養。

以上孝養

漢姜詩：湧水出魚。
三國孟宗：泣竹笋生。
晉王祥：剖冰出鯉。
晉盛彥：感螬明目。
南朝解叔謙：道遇藥藤。
北朝梁彥光：園獲石英。

五代陸政：涌泉出魚。

唐熊袞：忠孝雨錢。

以上孝感

周仲田：負米供親。

漢丁蘭：刻木爲親。

隋徐孝肅：畫圖親像。

魏王裒：門人廢詩。

唐狄仁傑：顧雲瞻悵。

唐任敬臣：志學報母。

宋楊政：移孝顯忠。

以上孝思

漢緹縈：上書贖罪。

楊香：搤持虎頸。

(四)。**敬長**：六篇。

後漢孔融：食菓取小。

晉庾袞：扶兄疫病。

魏楊椿：食不先飯。

唐崔孝暐：恭順循禮。

唐李勣：爲姊煮粥。

宋司馬溫公：問兄饑寒。

㈤ **友悌**：五篇。

伯夷、叔齊：讓國共逃。

漢姜肱：同被共寢。

漢薛包：中分財產。

漢牛弘：射牛不問。

隋田眞弟慶廣：感樹敦睦。

㈥ **重義**：三篇。

漢宋弘：不肯易妻。

宋劉廷式：貴娶瞽女。

魯秋胡子：棄金赴水。

㈦ **教子**：七篇。

魯季文伯母：勤勞誨子。

晉庾袞：箕箒訓女。
五代劉贊：蔬食與子。
宋陳堯咨母：擊杖墜魚。
宋韓忠憲：索杖詬子。
宋程晌：內助得賢。
宋呂榮公父母：教循規矩。

(八) **傳家**：二篇。

後漢龐公：遺之以安。
南朝柳世隆：遺以一經。

(九) **齊家**：九篇。

後漢萬石君：諸子責過。
後漢繆肜：諸婦更睦。
唐柳公綽：家法名世。
宋竇儀：諸弟侍立。
宋王旦：吾門素風。
宋范仲淹：戒享富貴。

宋富弼：女僕戒往。
宋胡安定：閨門整肅。
宋司馬溫公：家法謹守。

㈩ **睦族**：五篇。

晉范毓：七世敦睦。
唐劉君良：六院同庖。
唐張公藝：九世同居。
宋李昉：家餉計給。
宋范仲淹：義莊以贍。

㈩㈠ **隆師**：十篇。

後漢魏昭（師郭泰）：童子作粥。
後漢鄭玄（師馬融）：設帳授徒。
宋程頤（哲宗之師）：師傅自重。
宋焦千之（呂申公子之師）：端坐不語。
宋胡安定：公服以見。
宋楊時（師程伊川）：吾道南矣。

宋游酢、楊中立（師程伊川）：立雪門外。
宋朱光庭（師程伊川）：坐春風中。
宋彭汝礪（師倪天隱）迎置執禮。
宋徐積（師胡安定）：不敢邪心。

㈩ **親友**：九篇。

齊管仲與鮑叔：鮑子知我。
漢王吉與貢禹、蕭育與朱博：冠綬彈結。
後漢嚴光與光武：光皇論舊。
後漢雷義與陳重：膠漆不如。
後漢范式與張伯元：千里期信。
魏管寧與華歆、邴原：割席分座。
晉稽康與呂安：千里命駕。
晉荀巨伯：值賊不去。
唐魏元與裴炎：號耐久朋。

㈫ **尊賢**：二篇。

漢陳蕃：設榻禮待（周璆、徐穉）。

後漢皇甫規：倒屣迎賢（王符）。

㈩四 愼獨：八篇。

魯顏叔子：明燭避嫌。
魯柳下惠：坐懷不亂。
魯男子：閉戶不納。
後漢張湛：幽室必整。
宋范祖禹：燕居危坐。
宋張詠：靜室焚香。
宋趙抃：事必告天。
宋司馬溫公：事可對人。

㈩五 謹言：一篇。

劉忠定公：不妄語始。

㈩六 持行：三篇。

宋賈黯：終身不欺。
宋范忠宣公：一生忠恕。

宋張觀：勤謹和緩。

㈦勵志：二篇。

晉陶侃：運甓惜陰。

晉祖逖：聞雞起舞。

㈧改過：二篇。

晉周處：改勵除害。

晉戴淵：泣涕投劍。

㈨堅操：一篇。

楚卞和：抱璞自泣。

㈩謙抑：四篇。

周公：無以國驕人。

宋李昉：不取怨於人。

宋曹彬：引車避朝紳。

宋富弼：抗禮引坐客。

㈢寬洪：十八篇。

漢直不疑：誣金不辯。
漢卓茂：與馬不爭。
後漢黃憲：清濁莫量。
後漢劉寬：神色不異。
後漢陳重：代錢不言。
後漢劉寬：誣牛不校。
後漢陳寔：不發盜惡。
晉衛玠：情恕理遣。
唐婁師德：面唾自乾。
宋呂蒙正：不問朝士名。
宋李文靖：不許狂生訕。
宋韓琦：不責侍兵。
宋韓琦：不殺逃卒。
宋韓琦：不責碎玉吏。
宋張齊賢：不問竊器奴。
宋王旦：喜怒不見。

趙藺相如：引車趨避。
後漢寇恂：不與相見。

㈤ **定見**：二篇。

宋韓琦：不治刺客。
宋寇準：受敕復宴。

㈥ **廉潔**：十篇。

魏樂羊子：不污拾遺。
周孔伋：不受妄與。
後漢楊震：暮夜畏知。
晉吳隱之：飲泉不貪。
晉胡威：清恐人知。
唐常詵：苞苴不污。
唐房彥謙：獨以官貧。
宋包拯：不持硯歸。
宋趙抃：屏去龜鶴。
宋孫之翰：不收石硯。

㈣ 儉樸：二篇。

宋李沆：居第隘陋。

宋曹彬：綈袍胡牀。

㈤ 報德：四篇。

漢張蒼：父事王陵。

漢韓信：金贈漂母。

後漢樊曄：餌得都尉。

唐李文亮：官授張弼。

㈥ 施仁：二十三篇。

楚孫叔敖：出遊埋蛇。

楚惠王：食菹吞蛭。

漢于公：治獄不冤。

後漢王忳：營葬書生。

宋范仲淹：還所付金。

唐郭震：資錢助喪。

宋范純仁：麥舟助葬。

宋曹彬：克城不救。

宋曹彬：給還擄女。

晉魏顆：從治嫁妾。

宋鍾離瑾：嫁前令女。

宋姚雄：女嫁孤子。

晉趙盾：壺飧餔餓。

北魏李士謙：糜粥賑餓。

宋范仲淹：經濟生民。

宋富弼：活濟流民。

唐裴度：帶還婦人。

宋竇禹鈞：金還物主。

宋劉留臺：舉金還商。

宋林積：悉還北珠。

春秋祝隋侯：救活傷蛇。

漢楊寶：救活黃雀。

宋宋郊、宋祁：渡活群蟻。

(二七)　**忠節：十五篇。**

衛史魚：死將屍諫。
齊王蠋：不事二君。
漢末蘇武：杖節牧羊。
漢王尊：稱爲忠臣。
漢朱雲：攀折殿檻。
唐魏徵：願爲良臣。
宋趙普：補奏復進。
宋劉安世：號殿上虎。
唐張巡、許遠：分城死守。
唐顏杲卿：瞋目詈賊。
唐顏眞卿：叱賊被害。
唐段實秀：奪笏擊賊。
宋江萬里：忠孝兩全。
宋謝枋得：從容就義。
宋文天祥：惟思盡忠。

(二十八) 蒞官類：十六篇。

漢雋不疑：爲吏不殘。
漢召信臣、後漢杜詩：爲民興利。
漢龔遂：勸事農桑。
後漢劉寬：蒲鞭示辱。
後漢賈琮：褰帷行部。
後漢張綱：埋輪都亭。
後漢范滂：攬轡澄清。
後漢郭伋：河潤九里。
後漢張堪：麥穗兩歧。
後漢劉昆：虎北渡河。
後漢戴封：蝗不入境。
後漢廉范：人歌來暮。
後漢仇覽：陳說孝行。
晉顧愷之：畫簾閑寂。
北齊蘇瓊：難得兄弟。
隋梁彥光：訓諭善士。

(廿九)恬退：一篇。

漢疏廣、疏受：知足不辱。

(三十)隱居：二篇。

後漢孔子健：布衣之心。

隋朝王通：皷琴河汾。

(三十一)交遊：二篇。

齊田文：貧賤寡交。

後漢翟方進：貧賤交情。

(三十二)期約：二篇。

魏文侯：不失信國人。

後漢郭汲：不違信兒曹。

(三十三)自適：二篇。

唐張志：志不在魚。

宋邵雍：飲不至醉。

由以上篇目我們可以發見，全書的內容所傳述的主題，都不外個人道德的涵養與做人處世的道理。其實這樣的內容並不是嬌情的創作，而是中國傳統學術思想教育中所強調的實質精神，居浩然先生在傳記文學與教育一文中說明了這一點，他說：

中國傳統學術思想中所謂「學問」是「學、問、思、辨、行」的簡稱，這是包括「博學之、審問之、愼思之、明辨之、篤行之」五個階段或過程的一件事，也就是由知到行即知即行的一件事。所謂「知」，在知道怎樣做人；所謂「行」，在照所知的「道」去實行。因此做學問就是做人，做人也就是做學問。學問盡於做人的道理，教育的內容自亦不外於此。而做人本是為己之學，各人為自己做一分是一分，教育的功用只在順勢輔導，並不能揠苗助長。每一個中國人做中國學問，都要從「十有五而志於學」開始，教育有助於做學問，却不能越俎代庖。上一代人從出生做到死亡，儘管在困學力行中得到不少做人的知識，頂多只能留下許許多多做人的樣本，下一代人仍舊要照樣本從頭做起，一針一線縫製自己的衣服。這些做人的樣本，就是正史中的本紀、世家、列傳。……

中國的傳記文學直接用作教育資料，目的在教學生如何做人，這豈是西式或新體傳記所能比擬？分辨清楚傳記文學與教育的直接或間接的關係，至少可以說明中國傳記文學並不是不發達，進一步也足以了解中國學問的本質和教育的內容，其根本目的在講求做人的道理，知所先後，則近道矣[44]。

試看班固漢書的「古今人表」，他把上自伏羲，下至項羽的歷史人物，分上中下三級各三等排比，擇要如下：

㈠上上者爲「聖人」——如伏羲、神農、黃帝、堯、舜、禹、湯、文、武、周公、孔子等。

㈡上中者爲「仁人」——如伊尹、武丁、傅說、微子、箕子、比干、伯夷、叔齊、姜尙、管仲、子產、吳季子、顏回、子思、孟子、荀子、屈原、魯仲連等。

㈢上下者爲「智人」——如倉頡、鮑叔牙、百里奚、孫叔敖、子貢、子路、子游、子夏、曾子、子張、范蠡、段干木、田子方、樂毅等。

㈣中上者——如晉文公、趙盾、叔孫豹、伍子胥、越王句踐、老子、墨子、商鞅、韓非等。

㈤中中者——如齊桓公、師曠、申包胥、鄒衍、孟嘗君、宋玉、呂不韋、荊軻等。

㈥中下者——如吳起、梁惠王、齊宣王、申不害、莊子、惠施、公孫龍、秦始皇、李斯、項羽等。

㈦下上者——如齊景公、魯哀公、孔文子、楚懷王、專諸等。

㈧下中者——如丹朱、夏桀、鄭莊公、公叔段、晉獻公、叔孫武叔、互鄉童子等。

㈨下下者——如象、商均、后羿、商紂、周幽王、吳王夫差、趙高等。

這種排列並不是班固一個人的見解，而是代表漢朝人衡量人物的一個標準，而且這個標準是以中國傳統的知人之學作根據，對後世的影響非常深遠，東漢以後，有關人物的評價和人品的欣賞，雖然出現一些新的觀念，但是這三級九等的架構，以及那些重要人物的等第，並沒有基本上的改變。蔡仁厚先生在中國文化研討會講述中國人品之美時，舉證了這一點，並且進一步比較分析了聖人與英雄的差異性，他說[45]：

現在我只提出其中的一個觀念，就是「英雄」這個觀念，拿來和「聖賢」相對照。聖賢是德性人格，不是才性人格的名目。以才性的觀點論聖人，是不恰當的。因為聖賢的根基，在超越而普遍的理性（而且是道德理性），而並不在於才質或天資。聖賢當然也有天資才性之美，但他的天資才性所呈現的姿態，卻在「成德之學」中為德性所潤澤、所造化。所以我們說到聖賢的時候，只說聖人之德、聖賢氣象，而沒有人說聖人的風姿或神采。風姿神采乃是原始生命的表現，並不是人格價值的觀念。

順才性看人，雖然不足以論聖賢，但用來論「英雄」，卻非常恰當而相應。「人物志」英雄篇有二句話：

「聰明秀出謂之英，膽力過人謂之雄。」在先秦典籍裏面，並沒有「英雄」這個觀念。到東漢末年開啓品題人物的風氣，許劭說曹操是「治世之能臣，亂世之奸雄」，而曹操自己也和劉備煮酒論英雄。到人物志更正式提出「英雄」這個觀念，而且寫成一篇專論文章。裏面舉張良、韓信、項羽、劉邦四人為例證。說張良是英而不雄，韓信是雄而不英，項羽、劉邦是既英且雄，但項羽「英分少」，所以劉邦才真正是「英雄」這一格的典型。平常讀歷史，覺得劉邦是個大流氓、大無賴，他沒有什麼道德觀念。譬如有一次打敗仗逃命，車子太重跑不快，他就把兒女從車上推下去，別人抱起來，他又推下去，他那有父親的慈愛呢？又有一次，項羽俘虜了劉邦的父親，要脅劉邦作一次單打獨鬥以定勝負，劉邦笑一笑說，我寧可鬥智不鬥力。項羽說你不答應，我就把你父親烹了。劉邦說，我們曾是同僚，我的父親就如同你的父親，如果你一定要烹他，請「分我一杯羹」。這種話他都說得出口，那還有孝心呢？但是，有一句話說：「打天下者不為家」。他全副精神用在打天下，這個時候他是不管父母妻子兒女的。這表示——

英雄只服從「生命原則」，而不服從「理性原則」。

德國哲學家黑格爾就用「偉大的情欲」來稱讚英雄。照一般的道理，「情欲」是必須節制化解的，有什麼「偉大」之可言？但用這句話來說「英雄」卻有它的恰當性。譬如秦始皇出巡時，威風八面，神氣十足，劉邦看了就說：「大丈夫當如是也！」項羽也看到了，他說：「彼可取而代之也！」從他們二人的聲口，就可以知道他們生命中看出來的欲望是何等的強烈！所以英雄人物整個兒是情欲生命的揮灑，叱咤風雲，衝破一切，他根本不受道德規範的約束，也根本不照理性原則來行事。如果他做的事情也合乎理性原則，也只是「暗合於道」而已。因為暗合於道，所以英雄也會有偉大的成就，這也是黑格爾說那句話的根據。

聖賢則不然。聖賢表現「理性原則」，所以「行一不義，殺一無罪，而得天下；不為也」。這表示聖賢的生命隨理性走，以理性來潤澤生命、引導生命，這樣才能建立人格的型範，也才能挺顯文化理想，開出文化的方向途徑。所以中國人崇敬聖賢，而很少歌頌英雄。因為英雄生命雖有壯采，可欣賞，但英雄也常欺侮人，會造成大禍害。到了宋朝理學家出來，重建成德之學，就能照察出英雄的弊病和不足，所以推尊聖人，以德為本。而漢唐的英雄之主，在宋儒的照察之下，就成為卑不足道。此即所謂「理境既寬，眼目自高」。用孟子的話說，「觀於海者難為水」，看過海洋的人，再看江河之水，就會覺得不夠看。英雄生命跌宕起伏，有如江河之水，雖然浪濤洶湧，顯示生命的壯采之美，但和聖人海洋般的德量一對照，就變成「不足觀也已」。所以，一個了解聖賢學問和聖賢人格的人，就不會把英雄看得太高而去崇拜英雄。

能夠掌握中國對於人品之美的要求，自然就能夠明白日記故事的內容，所以始終離不開個人涵養及做人處世的道理了。卽使到了科技昌明的今天，成人對於兒童的人品期許，仍然承繼著傳統的觀念，這一點我們可以從今日坊間印行的四維八德的傳家故事中得到驗證。

四維八德的傳家故事，是編撰者戴晉新、王福群以我國固有道德四維八德爲綱領，擷取二十五史及其他典籍的相關材料撰述而成的兒童傳記文學讀物，其中所傳述的每一個人物都必須是具有完美人品的，試看下列各篇篇目，便可確知自古以來此一讀物的實質精神是始終如一的：

㈠禮：十二篇。

吳太伯兄弟友讓。
態度恭敬禮讓戰功的范文子。
爲國著想禮讓君位的季札四兄弟。
循禮諫主的杜蕢。
謙退不誇功的馮異。

禮讓功績的陰興。
知禮守禮的東漢明帝和章帝。
孔融讓梨的故事。
有禮讓之風的呂蒙。
遵循禮法虛心求教的北周武帝。
賢淑知禮的長孫皇后。
爲人篤厚謙虛知禮的文彥博。

㈡　義：十二篇。

聞道必行的仲由。
小聖人閔子騫。
爲主毀容呑炭的義士豫讓。
爲知己者復仇的聶政。
講義氣的夏侯嬰。
義氣貫長空的武聖關公。
義無反顧的范滂。
明辨義與不義的樂道融。
勇於直諫的狄仁傑。

義薄雲天的秋瑾。
深明民族大義的溫生才。
慷慨赴義的林覺民。

㈢ 廉：十三篇。

粗食布衣破車上朝的賢相晏嬰。
不貪求高官厚祿的介之推。
公平公正的祁奚。
執法公正的張釋之。
以清白二字傳家的楊震。
羊續以身作則改善奢靡風氣。
不爲五斗米折腰的陶淵明。
公正不偏私的韋仁壽。
清廉正直的好官歐陽修。
鐵面無私不枉不縱的包拯。
終生廉潔的清官于成龍。
清廉愛民的朱山。
不貪財不求名的彭玉麟。

㈣ 恥：十二篇。

少康中興復國。
臥薪嘗膽的句踐。
負荊請罪的廉頗。
善用反間計而復國的田單。
立志每天寫完一缸水的王獻之。
忍辱立志的韓信。
發憤著書的司馬遷。
爲慈心感化的陳興兄弟。
改過遷善的周處。
痛改前非的戴淵。
大澈大悟的李勣。
粗鐵磨成針的故事。

㈤ 忠：十三篇。

忠貞不貳的蘇武。
萬死不屈的耿恭。

鞠躬盡瘁的諸葛亮。

英勇護主的嵇紹。

志在恢復中原的祖逖。

慷慨就死的顏杲卿。

死守睢陽城的雙忠。

以死全節的王彥章。

盡忠報國的岳飛。

正氣浩然的文天祥。

壯志未酬身先死的鄭成功。

海戰英雄鄧世昌。

革命烈士陸皓東。

㈥　孝：十四篇。

孝悌兩全的舜。

事親至孝的鄭莊公。

孝行感人的緹縈。

冒死護棺的廉范。

繼承父志續著漢書的班氏兄妹。

辭官養親的李密。
父忠子孝的卞壺父子。
孝行可風的郭世通父子。
克盡孝道的北魏孝文帝。
爲父報仇的張氏兄妹。
孝行感天動地的杜誼。
繼承父志以顯揚祖父的岳珂。
爲父雪恨的何競。
孤身萬里報父仇的黃宗羲。

㈦仁：十四篇。

堯是仁慈節儉的好國君。
顧念天下而忘私的禹。
商湯奉獻自己感動上天。
兩位宅心仁厚的國君楚惠王和齊景公。
孔子也讚爲仁者的公孫子產。
楚莊王心胸寬大又講仁義。
施仁行義的春秋覇主秦穆公。

學問淵博時時行仁的孔子。
以德報怨的仁人宋就。
漢文帝爲人民廢除殘暴法律。
謙遜節儉的鄧皇后。
先天下之憂而憂的仁者范仲淹。
王安石脾氣古怪卻心胸寬大。
處處爲人民著想的耶律楚材。

㈧愛：十三篇。

愛人甚於愛己的孫叔敖。
李冰爲治水而竭盡心力。
愛國愛民的卜式。
心懷誠與愛的戴封。
修養極好滿富愛心的劉寬。
親民愛民的辛公義。
勤儉愛民的鄧攸。
充滿愛心的神醫孫思邈。
慈悲爲懷的血印和尚。

富有愛心的傑出科學家徐光啓。
爲除惡習而犧牲的吳鳳。
武訓行乞存錢興辦義學。
愛國的革命志士蔡鍔。

㈨ 信：十三篇。

退避三舍的晉文公。
執法立信的司馬穰苴。
完璧歸趙的藺相如。
誓死如歸的荆軻。
移木賞金以立威信的商鞅。
眷念舊情的宋弘。
準時赴約的范式。
重然諾守信義的太史慈。
堅守志節的高允。
破鏡重圓的故事。
深得君主信賴的尉遲恭。
勤諫唐太宗存大信的戴胄。

不負婚約的劉庭式。

㈩ **義**：十三篇。

大義滅親的石碏。
盡忠職守的齊國太史。
義救趙氏孤兒的程嬰和公孫杵臼。
馮驩買義。
偷盜兵符義救趙國的信陵君。
爲友力辯冤屈的欒布。
重義輕生的貫高。
見義勇爲的邴吉。
忠義自守的臧洪。
大義凜然的朱全昱。
重義輕財的侯可。
任俠尙義的巢谷。
捨生取義的方孝孺。

㈩① **和**：十篇。

維護和平的春秋覇主齊桓公。
華元爲救國夜探楚營。
向戍弭兵之會換得和平。
墨翟智勝公輸般。
魯仲連路見不平拔刀助趙。
劉敬發明和親政策。
兩位漢朝的和親公主劉細君與劉解憂。
了不起的和平使者王昭君。
爲民族長久和平著想的千金公主與義成公主。
唐朝的和平使者文成公主。

㈢ 平：九篇。

張騫溝通中國與西域。
馬援平西羌求和平。
諸葛亮七擒七縱番王孟獲。
對夷狄寬大而平等的唐太宗。
郭子儀化干戈爲玉帛。
被俘卻不忘本的王繼忠。

三保太監鄭和下西洋的故事。

一生為民主自由而奮鬥的　國父。

愛自由愛和平的先總統　蔣公。

可知在中國不分貴賤、不別男女、不論長幼，只要是人品完美，有助於世道人心的人，就有資格立名於世，成為傳記偉人，這根據儒家思想撰述而成的傳記，有別於西洋的傳記文學㊻。

這些傳記對兒童的影響是直接而且有力的，如日記故事中的「感范滂母」一篇，就是很好的例證：

宋蘇軾，字子瞻，父宦學四方，太夫人親授以書，聞古今成敗，輒能舉其要，太夫人嘗讀漢史至范滂傳，慨然太息，公侍側曰：「某若為滂，夫人許之乎？」太夫人曰：「汝能為滂，吾固不能為滂母耶？」

從下面這一篇日記故事「訓諭善士」的記敘中，我們更能體會出偉人在人格上是如何深入感化人心的：

隋梁彥光，字脩之。為相州刺史，有滏陽焦通，事親禮闕，為從弟所訟。彥光弗之罪，將至州學，令觀孔子廟中所畫韓伯俞母杖不痛哀母力弱向母悲泣之像，通遂感悟，既悲且愧，若無所容，彥光訓諭而遣之，後改過厲行，足為善士。

鑑於中國傳記文學的著重點是在道德觀念的傳遞，而傳記讀物對兒童的影響又是這般地強烈，因此在目睹今日社會人心的表現之後，個人以為今後我國傳記文學在內容上，有下列兩點問題是值得我們再檢討與用心的：

(一) 因果報應的問題

偉人傳記中善有善報的結局，就和童話故事中好人終有美滿人生是一樣的扣人心弦。但是，部分不正確的因果搭配卻是混淆兒童因果觀念偏差的主要因素，日記故事中不少這類故事，例如「資錢助喪」和「麥舟助葬」都將「助人」與「顯宦」做了不必要的結合：

資錢助喪（日記故事）

唐郭震，字元振。有大志，年十六為太學生，家嘗送資錢四十貫，會有衰服者及門，自言五世未葬，願假以治喪，震遂與之無所吝，亦不問其名氏，同舍薛稷、趙彥詔之。震曰：「濟人大事，何誚焉？」人皆嘆服。十八登進士，至史部尚書，德延于世，子復歷官于朝。

麥舟助葬（日記故事）

宋范純仁，字堯夫。嘗往東吳，得租麥五百斛，舟載以歸。道會石曼卿，自言三喪在淺土，欲葬之而北歸，無可與謀者。堯夫悉以舟麥與之，車騎到家，拜父侍立。父曰：「東吳嘗見故人否？」堯夫曰：「石曼卿為三喪未舉，留滯丹陽，時無郭元振，無以告者。」父曰：「何不以麥舟付之？」堯夫曰：「已與之矣。」後登進士，官至中書侍郎，謚忠宣。

又如「救活黃雀」和「渡活群蟻」也是以不相當的因果收尾：

救活黃雀（日記故事）

漢楊寶，七歲時，有黃雀為鴟梟所搏，墜樹下，被螻蟻所搏，寶救之，置籠中，以黃花養之百餘日。雀愈，朝去暮來，忽一日變為黃衣童子，以白環四枚與寶曰：「好掌此環，子孫累世為三公。」後寶子孫四代俱作三公。

渡活群蟻（日記故事）

宋宋郊、宋祁兄弟，少時有胡僧見而謂曰：「小宋他日當魁天下。大宋亦不失甲科。」後不得中。春試罷，復遇僧於郭邸，執大宋手而驚曰：「公風神頓異，必能活數萬命者。」郊笑曰：「貧儒何力至此。」僧曰：「不然，肖翹之物，皆命也，公試思之。」郊俛思良久，乃笑而言曰：「昔日前所居堂下有蟻穴，為暴雨所浸，群蟻繚繞穴旁，吾戲編竹為橋以渡之，由是獲全，得非此乎？」僧曰：「是也，小宋今年固當首捷，然公不出小宋之下。」二宋私相語曰：「妄也，一歲豈有兩魁。」及唱第，小宋果中首選，時章獻太后當朝，謂不可以弟先兄，上乃以郊為首魁，祁為第二，始信胡僧之言不妄。后官至司空，封鄭國公。

閱讀這類傳記作品之後，所建立的因果觀念雖然能鼓舞世人行善之心，但是今日行善必求好報，不得好報則怨天尤人，甚至棄明投暗的行徑，豈不就是不正確的因果觀念所帶來的負面影響嗎？既然奉行此類作品所能得到的結果，只是給人們帶來如日記故事「虎北渡河」中，劉昆回答皇上他所以能夠叩頭止火的原因：「偶然爾」的成功率，可知這類故事在篤厚世道人心上是不足以憑恃的。頂好能以「暮夜畏知」、「糜粥賑饑」這類心境光明正大，行所當行的仁者典範爲主，來恢弘世人善性：

暮夜畏知（日記故事）

後漢楊震，字伯起。遷東萊太守，當之郡，道經昌邑，故所舉荊州茂才王密為昌邑令，謁見，至夜懷金十斤以遺震。震曰：「故人知君，君不知故人，何也？」密曰：「暮夜無知者。」震曰：「天知、神知、子知、我知，何謂無知者？」密慚而退。震性公廉，不受私謁，子孫常蔬食步行，故舊或欲令為開產業，震不肯，曰：「使後世稱為清白吏子孫，以此遺之，不亦可乎！」

糜粥賑饑（日記故事）

北魏李士謙，為開封府參軍，富財勤儉，每以賑施為務。嘗值歲饑出粟千石，以貸鄉人，明年又饑，人無以償，公即對眾焚券曰：「債已了矣，不須復償。」明年大熟，人爭償之，一無所受。明年又大饑，公復罄家貲，以供糜粥，賴以活者萬計。或曰：「公之陰德多矣。」士謙曰：「陰德猶耳鳴，人無得知，惟己獨知，今吾子皆知，何謂陰德？」

㈡成功途徑的問題

偉人傳記中自然有其所以成功的暗示，只要稍用點心，就可以勾畫出此一偉人所以成功的途徑。這對兒童來說可眞是踏上成功之路的重要參考資料呢！但是兒童判斷力薄弱，部分看似偉人，實是弊多於利的錯誤行徑，很容易讓兒童做出自傷傷人的事而不自知，例如「隨月讀書」、「藏火燃燈」雖然表現了發憤讀書的精神，但是不能正常作息、阻礙健康成長、視力模糊不清，直到今天中國還無法逃脫東亞病夫的惡名，似乎就這一點來看豈不也是得不償失的典範嗎？

隨月讀書（日記故事）

南齊江泌，少時力學，家貧無油，嘗隨月讀書，及月斜，乃升屋以盡其餘光，而竟夜不寐。

藏火燃燈(日記故事)

北史祖瑩，字元珍。年八歲耽書，父母恐其成疾，禁之不止，常密藏火，父母寢，然後燃燈讀書，以衣蔽塞牕戶，恐漏光為家人所覺。由是聲譽益甚，內外呼為聖小兒，後為秘書監。

所以個人以爲「囊螢照書」、「映雪讀書」、「乘牛讀書」，這類暗示人們充分掌握利用時間苦讀以至於成的傳記，才是今日學子最好的典範，相信必能讓他們因此摸索出一條正確的成功途徑，而有成於異日。

又如下列這篇「射牛不問」，固然能表現出兄對弟不責其非的人倫之愛，但細思孔子責曾子「大杖則逃，小杖則受，不以不義遺於父」的道理，就可以知道牛弘的態度，看似友悌，但是循此而行，無異是陷兄弟於不義之境的作法，如何能稱得上是一位成功仁德的兄長？

射牛不問(日記故事)

漢朝牛弘，字里仁。為吏部尚書，弟弼好酒而常醉，射殺弘駕車牛，弘還宅，其妻迎謂弘曰：「叔射殺牛。」弘聞，无所怪問，直答曰：「作脯」。坐定，妻又曰：「叔射殺牛，大是異事。」弘曰：「已知。」顏色自若，讀書不輟。

由於「兒童是人類之父」，所以唯有採取正確的管教方式，才能讓他日後成德，為人景仰。

第四節　評論

在古往今來的兒童世界中，傳記文學始終是兒童們所喜愛的讀物，試觀我國史學家劉知幾在史通自序中，敘述他童年時期是如何地熱愛此類讀物，他說：

> 年在紈綺，便受古文尚書。每苦其辭艱瑣，難為諷誦。雖屢逢捶撻，而其業不成。嘗聞家君為諸兄講春秋左氏傳，每廢書而聽。逮講畢，即為諸兄說之。因竊嘆曰：若使書皆若此，吾不復怠矣。先君奇其意，於是始授以左傳。期年而講誦都畢。……次又講史漢三國志。於是觸類而通。不假師訓。……

推究傳記文學所以受到兒童歡迎的原因，推孟・林瑪在兒童讀物與興趣一文中，指出有如下兩個重要的關鍵㊼：

㈠　由於傳記中的主人翁既為名人傑士，自有其輝煌的事蹟、高尚的理想、優美的品性，又經傳記作者運用藝術手法，通過文學想像，加以刻劃，不僅事實本身感人，而且富有濃厚情趣，自易引起讀者的興味。

㈡人對於自己的同類過去所做的事，既關懷又有興趣。英國史學家李雪特（Sidney Lee）在他的「傳記原理」書中說：「傳記之興，是饜足人類紀念的本能。」紀念就是懷舊或思古，人情既樂於懷舊或思古，所以對於傳記的興趣，可說是人類性情中本來就已具有的。

由於兒童對於傳記文學作品的興趣，是人類性情中所固有的，所以兒童無一不是採取主動接觸的態度，如此一來兒童傳記文學的價值便可以彰顯至極了。歸納我國今日傳記文學對兒童所產生的效益，計有如下幾項：

一、啓示人生意義，樹立崇高理想

傳記文學中主要描述的，就是各種模範人物的終身事蹟，他們或是爲著實現某種理想，或是爲著拯救一群人們，或是爲著完成一項事業，自願堅忍奮鬥，不惜犧牲小我，成人之所不能成，爲人之所不能爲。面對這些偉人傑士的傳記，兒童可以藉著文字的感染，而興起「我與之齊」的追慕心情，進而樹立堅定自己崇高的理想，去奮鬥創造有意義的人生。例如兒童文藝叢書「國父傳」中，有一段關於　國父童年的載述，很能啓示人生意義，樹立兒童爲世人謀取幸福的崇高理想㊽：

年齡漸長，　國父的知識漸開，他聽見，也看見，這個世界上有許多不合理的事情。

一日，國父正在鄉塾裏讀書，忽然聽見鄉塾外面有許多人狂喊奔跑，霎時間，整個翠亨村都大亂了起來。正在驚愕時，有人逃到鄉塾裏來，說是海盜來了，海盜衝進翠亨村來，正在洗劫一戶人家。

這家人，僑居美國許多年，辛辛苦苦的賺了些錢財回來，決定在家鄉定居。不料被海盜打聽到他家裏有錢，竟然明目張膽，在大白天裏，衝上岸來，搶劫他家。

當海盜們搶到了錢財，毫不在乎地，大搖大擺，把船開走後，國父見那被搶的人家，一個個哭喪著臉，逢人告訴：「我完啦！什麼都完啦！半輩子冒著生命的危險。漂洋過海，好不容易積蓄的一點錢財，全部被強盜們搶光啦！」接著又痛哭著說：「在外國，我們得到外國政府和法律的保護，不會被搶；那裏想得到，回到自己的國家，却一點保護都沒有……」

國父的年紀雖小，但這幾句話，對他的刺激很深。他在想：為什麼在外國有政府和法律的保護，壞人不敢亂搶；回到中國來，就得不到政府和法律的保護呢？他開始感覺到：滿清政府是一個不能保護百姓的、不中用的政府。

那時，翠亨村另有一戶人家，有兄弟三人，家庭本來很窮，靠了這三兄弟的勤苦節儉，後來有錢了，蓋了一幢房子，還有一個很大的花園。

這三兄弟和他們孫家很好，國父時常到他們家裏去玩。有一天，國父放學回家，經過三兄弟的門口，忽然看見幾名滿清軍官，帶了幾十名士兵和衙門的捕快，衝進三兄弟家裏，把三兄弟捉住，加上了手鐐脚銬，帶回縣衙門去。

過了不久，自縣城裏傳來消息，三兄弟中有一人已被判處死刑，另兩人還關在死囚監牢裏。這件事驚動了整個翠亨村，因為村裏的人都知道，這三兄弟的錢財，全是很正當賺來。他們沒有為非作歹，也沒有犯任何罪，卻無緣無故被捉進官府去，全村的人都為這三兄弟打抱不平，可是又沒有一個人敢公開說出來，恐怕說出來，傳入官府裏去，會給自己添麻煩。

國父這時雖然還是一個學童，他也為這三兄弟打抱不平，現在見全村的人都害怕，不敢出頭主持正義，就一個人走進三兄弟的家裏。

縣衙門官吏，見有一個小孩子走進來，便厲聲喝問道：「你進來幹什麼？」

國父毫不畏懼，勇敢地回答道：「我是來玩的！這家三兄弟，對我都很好，我經常到這裏來玩的。請問你們，這三兄弟究竟犯了什麼罪，把他們捉去，關在牢裏？還殺了他們其中的一個。」

那些凶惡的官兵們，見一個小孩子竟敢出言頂撞，非常憤怒，就有人拔出佩刀來，瞪著眼望著他道：「不許你來玩，如果不看你是小孩子，馬上就把你抓起來。」

「憑什麼？」才十歲出頭的國父，不但不害怕，反而質問他們道：「這是我父親朋友的家，以前我常常來，為什麼現在就不能夠來？他們都是好人，你們為什麼要把他們抓起來？」

國父的話還沒有講完，官吏們就打斷了他的話，且有人拔出佩刀，瞪著眼，警告他道：「小鬼！多言多語，你是想找死！」

國父知道這般東西是橫不講理的，見情形不對，轉過身就走了。

這件事，給　國父留下很深的印象。他開始明瞭「權力」是很可怕的東西，如果給不肖的人抓在手裏，往往可以不顧法律，憑自己的好惡，隨便捕人殺人。所以，他後來創造三民主義，就規定官吏要由人民選舉，官吏不好，人民有權利罷免官吏，重新選舉。

那時，他的家庭也面臨著一項困擾。那就是他家的田地，以前因窮困先後出賣過一部份，打是因為沒有按陋規去行賄稅吏，一直無法變更所有權移轉的登記。以致田地雖然賣給人家，他們孫家每年還須向政府納稅，稍有遲緩，便會受到稅吏的窮吼責罵，他的父親為這事非常苦惱，全家人也都因此而不安。小小年紀的　國父，也感覺到這事的困擾，並留下終生難忘的印象。他當時曾問村中的一位長者：對這種不公平的事，有沒有補救的方法？長者的回答，只是搖頭嘆息道：「沒有辦法，因為這是皇帝的規定，沒有任何人可以改變！」

隨著時間的增長，　國父知道在中國有許許多多不合理的事情，應該加以改革；他也知道中國並不就是「世界」。除了翠亨村、金星港，和整個中國之外，這世界上還有很多的國家。

二、涵養個人德性，熟悉處事道理

兒童以崇拜英雄的心理來閱讀傳記，自然容易受到偉人人格的潛移默化，涵養出個人堅毅完美的德性。而傳記文學中對於偉人充滿智慧的言行舉措都有詳盡的描繪，兒童可以由此得到許多經驗和啓示，做爲日後處世的指南。例如下面這段敍述孔子求學問憤發且謙虛的態度，成爲千百年來學子求學的最佳典範㊾：

據說孔子七歲的時候，就到學館裏去讀書，以後一年一年的長大，更是專心向學，有時發憤起來，連飯也忘了吃，覺也很少睡。他的家境很困難，生活很刻苦，他卻一點不放在心上。所以他吃飯的時候，只要有一點蔬菜，喝一點白開水就行了。睡覺的時候，沒有枕頭，就把兩隻胳臂一彎，當做枕頭來枕。他用全副精神來研究學問。這樣認真的探求，自然進步很快，學識淵博了。

當時的人都知道孔子不但用功求學，而且對於古代的各種禮節也很有研究。後來就有人請他到祭祀魯國始祖周公的太廟裏，擔任「助祭」的職務。他到了太廟以後，更不肯放過學習的機會，對於每一件事物，他都要問問：這個東西是什麼？那件事情怎麼樣？

有人看到他這樣土頭土腦，什麼都要問，就譏笑他說：

「以前大家不是說這個鄹邑的年輕人很懂古禮的嗎？為什麼他進了太廟以後，還要問東問西呢？看起來他是什麼都不懂的啊！」

孔子聽到了這些話，不但不生氣，反而笑著說：

「這些都是值得學習的呀！我怎麼能放過這麼好的學習機會呢？何況向老前輩們請教，對他們表示敬意，也是應有的禮貌，而且可以從他們那裏得到許多寶貴的經驗和意見。

又如下面這段孔子見老子的內容，更能為兒童闡明個人應具的涵養以及如何與人相處的道理㊿：

孔子在魯昭公那裏主持工程事務的時候，聽說南方楚國的一位大學問家李耳——就是大家尊稱的老子，在東周的京城做圖書館館長，對古代的文化很有研究。孔子就想找個機會去拜訪他，向他請教一些問題。

有一天，孔子把這個意思告訴他的學生南宮敬叔。南宮敬叔很贊成，就到魯昭公面前去，請求昭公派他和孔子一起到東周去訪問。魯昭公答應了這個請求，並且給他們準備了一輛車子，兩匹駿馬，和一名隨從。……

車子出發了，輪聲轔轔，沙塵滾滾，向東周的都城洛邑前進。孔子和南宮敬叔一同坐在馬車上。他們一面觀賞路上的風景，一面談談笑笑。不久就到了目的地。

孔子要做的第一件事，就是去訪問老子，向他請教許多有關古禮的問題。

那時候，孔子年紀輕，學問也不錯，去見這位老前輩老子的時候，不免有點驕傲的樣子。所以老子在告訴他關於古禮的意見以後，又很懇切的告訴他說：

「古人曾經把說話當作禮物送人，現在我也有幾句話要送給你：我聽說會做買賣的人，都把貴重的東西收藏得好好的，不一定使人人都看見。有修養的人，臉上看不出他的聰明；驕傲和貪求，對於一個人是沒有好處的。」

孔子聽了，大受感動。後來他跟學生們說：

「鳥，我們知道牠是在空中飛的；魚，我們知道牠是在水裏游的；獸，我們知道牠是在地上跑的；至於龍，卻變化莫測，我們不知道牠是怎樣出現在天上的。我看老子學問與修養的高深，叫人不可捉摸，真好比一條神龍啊！」

三、瞭解歷史事實，增進歷史見聞

傳記是以歷史事實爲基礎所撰寫的文學作品，所以一篇載述歷史人物的傳記，兒童必然同時能夠從中了解到那一個時代的社會史實，如此可以增進兒童歷史的見聞，並提高兒童閱讀歷史的興趣。例如下面這一篇「倡行尊王攘夷的管仲」，可以同時讓兒童了解當時的國際情勢、社會環境、政治制度、以及齊桓公的賢明和鮑叔牙的仁厚[51]：

管仲，名夷吾，字敬仲，春秋時齊國潁上縣人。管仲少時，就立志要成為一個文武全才的人。他一面熟念詩書，一面學習駕車和射箭。但因家庭沒落，生活窮困，他當過兵，也做過商人。

管仲有一個好朋友鮑叔牙，兩人合營商業。管仲因家境困難，常多取利潤，引起鮑叔牙手下的不服，但鮑叔牙卻不以為管仲做得不對。後來兩人一起隨軍作戰，每到戰場，管仲又往往躲在後面；等到作戰勝利凱旋歸來了，又往往跑在前頭，很多人就譏笑他貪生怕死。鮑叔牙卻很了解管仲的苦心，就告訴他們說：「這不是管仲膽小，而是他母親老了，不能不活著養她。」管仲聽見了以後，感嘆著說：「生我的是父母，了解我的只有鮑叔牙！」於是，他們倆就結成了最好的朋友。

後來，管仲和鮑叔牙成為齊僖公的臣子。齊僖公有三個兒子，大的叫諸兒，第二的叫公子糾，第三個叫公子小白。齊僖公命管仲做公子糾的老師；鮑叔牙做公子小白的老師。不久，齊國內亂，公子糾和小白爭做國君，結果公子小白勝利，登上王位，這就是齊桓公。

齊桓公做了國君，要以鮑叔牙為宰相。鮑叔牙是個深謀遠慮的人，堅持不受。他說自己在治理國家、安撫百姓、忠信禮義、領兵作戰等方面，都不及管仲，所以力薦管仲為相。齊桓公說不過鮑叔牙，就答應任用管仲。管仲拜相的時候，很是雄心勃勃，準備幹一番事業。

管仲為相，首先注意通財積貨，使人民足衣足食，然後明法度、宣教化。改革齊國政治、軍事上，最重要的政策是：「作內政以寄軍令」，就是把生產編制和軍事編制統一起來。他把全國編成二十一個鄉，其中六個鄉的百姓專門從事工商，可以不當兵；十五鄉的百姓專門從事農業，戰時要當兵。這樣，農民就可以平時種田，戰時立刻應徵，合於「寓兵於農」的意義。

管仲還提醒齊桓公，對於政事不可獨斷專行，要多聽百姓的意見。百姓所需要的，就趕快去辦；百姓所討厭的，就應該廢止。管仲主張用人唯才，運用群體的力量、智慧來治理國家。管仲說：「一個人的力量終究是有限的，不把一些有才幹的人請來幫助國家辦事，國家是不會昌盛的。這就像一根木料不能建成大廈，一滴水不能滙成大海的道理一樣。」

齊桓公經過管仲施行新政以後，不到幾年工夫，國內兵精糧足，人們安居樂業，他就想對外用兵，來擴大勢力，創建霸權。但管仲反對他說：「想依靠戰爭稱霸是不行的，周朝王室雖然衰竭，但他到底是天下的共主，只能奉著他的命令，才能把各國的諸侯會合起來，一起訂立盟約，保衛中原，抵禦外族；如果我們能夠做到這點，即使不做霸主，別人也承認齊國是領袖了。」

齊桓公細細領會管仲的意見，覺得他的話很有道理，就接受了管仲著名的「尊王攘夷」的政策，開始與諸侯會盟，以信義獲得諸侯們的信服，並且抵禦了山戎、北狄的侵入，救了燕國、衛國和邢國，不但阻止了山戎、北狄的南侵，保衛了中原地區的生產和文化，而且也更加強了中國北邊的屏障。齊桓公做了這幾件事情，更得到了列國諸侯的擁護。

齊國的霸業在與楚國的「召陵之盟」，到達了頂點。周襄王元年，齊桓公又召集各國諸侯在葵丘（河南考城縣東）會盟，重申各國間的盟誓。管仲在這次會上，還說明當時人工水利，需要各國合作，還號召各國不可囤積穀米，應該互助共濟，互通有無。在這次盟會上，各國諸侯都表示服從齊國的「尊王攘夷」的號召，和各國間的盟誓；但等到周襄王七年的夏天，管仲死後，齊國的霸業也隨著貴族的內訌、政治的腐敗，漸趨衰落了。宋國、晉國等國家，都代之而起，想繼承齊國的霸業。

管仲治理齊國四十一年，他的「尊王攘夷」政策，團結了各國的諸侯，減少了列國間的戰爭，阻止了北方和南方外族的侵入，保衛了中原地區。所以孔子贊美他：「微管仲，吾其被髮左衽矣！」

四、增進文學修養，提高文學興趣

傳記固然是根據眞實史料所寫出來的作品，但是僅是眞實的文獻，並不是藝術的作品。所以一篇傳記文學，除了史料的眞實之外，還必須透過作者藝術化的創作，唯有加入了文學想像的傳記作品，才是栩栩如生，能夠吸引兒童閱讀，並從中增進文學修養的優良兒童讀物。例如以神話開卷的「岳飛」，就是一篇很能引發兒童閱讀興趣的傳記作品52：

距今八百七十多年前，我國南宋徽宗年間，在河南省彰德府湯陰縣，誕生了一個小孩，他就是後來成為我國偉大的民族英雄——岳飛。

當他出生的時候，有一隻鵬鳥忽然飛下來，又沖天飛去，他的父親岳和就為他取個別號鵬舉。

一天，黃河的堤防壞了，造成大水災。岳飛的母親姚氏趕緊抱著他坐在大水缸內，和鄉人一起逃難。

岳飛從小力氣很大，他拜周侗做師父，一方面努力研究左氏春秋和孫吳兵法，一方面勤練周侗的箭法。就這樣，武藝和學問都有很大的進步，不但雙手都能夠開弓，更可以一下子就拉開三百斤的硬弓。

這時候，北方的金兵攻打宋朝，徽宗和欽宗兩個皇帝被俘，大臣另外擁立高宗在南京即位。有一天，岳飛的母親對他說：「兒啊！眼看著國家就要滅亡，我們做百姓的應該有責任來保衛它，這是你從軍報國的一個好機會。」

岳母就叫他點上香燭，脫下衣服，用針在他背上刺了「精忠報國」四個字，她含著眼淚，撫著岳飛的背道：「兒啊！你要切記『精忠報國』四個字，不要辜負娘的一片苦心。」

岳飛從軍以後，因為他的機智與勇敢，很受長官的器重，他帶領的軍隊，一直都很守紀律，愛護百姓，因此到處受到百姓的歡迎。

這時金兵將領金兀朮在鎮江被韓世忠打敗後，又在建康敗給岳飛，金兀朮首先命令劉豫成立齊國做傀儡皇帝；然後故意把俘虜秦檜放回臨安城，製造和平共存的空氣，擾亂民心。高宗認為平定國內的盜匪才能夠專心對付金兵，就命令岳飛剿除長江流域一帶的盜賊首領李成。結果李成跑去投靠齊將張用，岳飛利用同鄉的關係寫了一封很誠懇的信給張用，勸他投降。

看到這種混亂的情勢，岳飛十分感慨的說：「在這個危險的關頭，只要每一個做官的人，大家一心一意，共同合作對付敵人，那麼，收復河山，只是早晚的事情。」

盤據在道州的曹成勢力最大，成為岳飛消除的主要對象。

岳飛帶領著大軍進發，沿途的百姓都很樂意協助他。道州一帶都是高山峽谷，非常險惡，不容易進攻，岳飛就發揮他的智慧，將曹成打敗，同時捉到賊將楊再興，岳飛鄭重的對他說：「我不忍心殺你，只要你能夠改過自新，為國家盡忠。」

岳飛在兩年內，接連平定長江沿岸一帶的盜匪，只是他的志向並不在這裏。如何收復中原失土，解救被俘的皇帝，才是岳飛的願望。

為了這個，他感慨的做了一首慷慨激昂的「滿江紅」。

在接連平定各地盜匪以後，高宗親自頒給他一面「精忠岳飛」的軍旗，將恢復中原的重任交給他。

岳飛派王貴、牛臯和他的兒子岳雲連連收復襄陽、隨州、唐州等地。因此被皇帝封為武昌侯。

在現在湖南、湖北交界的地方；經過戰爭和盜匪搶劫以後，損失很大。有一個大盜楊么，佔據在洞庭湖附近，十分厲害。岳飛奉命去消滅他，就一面派兵士假扮商人想辦法捉住一些賊兵，勸他們投降，一面佈置安撫計劃，派任士安作先鋒，去攻擊楊么的水寨。任士安一連打了三天，還分不出勝敗。

三天以後，岳飛的大軍突然從四面圍攻水寨，賊兵被打得七零八落，不久，賊將楊欽就帶著大批人馬出來投降。

岳軍接收了一大批的大小船隻，接著，岳飛親自帶兵圍攻楊么的大寨，用盡了千方百計才攻破大寨，殺死楊么。

前後一共八天，就把水賊完全平定了。人人都很佩服岳飛的神機妙算。費了六年的時間，內亂終於平定了。這個時候，岳家軍的威名已經聲名遠播，在各地的英雄豪傑，都來投奔他為他效命。

宰相張浚認為現在正是收復失土的最好時機，岳飛接受命令後就立刻進軍襄陽城，攻下了附近的幾個縣及蔡州等地，並想乘機收復失去的中原，也定下了攻打金兵的根據地黃龍府的計劃，可是高宗始終不太積極。

岳飛派王貴、牛臯、楊再興等人接連收復了穎昌、鄭州、洛陽等地，岳家軍的威名震動了整個中原。

金兀朮在這時帶著十分厲害的拐子馬來到偃城準備和岳飛一決死戰。結果不幸被岳飛打敗了。金兵害怕的說：「搖動一座山還算容易，要想搖動岳家軍可真難呢！」

岳飛收復朱仙鎮以後，正準備率領大軍進攻黃龍府的時候，却被漢奸秦檜以計連下十二道金牌，硬將岳飛從前線撤退，同時解除他的兵權。

當他下令班師回朝的時候，百姓們扶老携幼的攔住他的馬，跪著請求他，不讓他走，軍民哭成一片。

最後，一代英雄，竟然被奸臣用計謀害，死的時候只有三十九歲。後來孝宗皇帝就追封他為武穆，並且建造一座岳飛廟讓後世的子孫來景仰他、紀念他。

此篇傳記固然有文學的想像，但是仍然有幾處應該多用文墨的地方，如：岳飛如何千方百計攻破楊么的水寨？十二道金牌對岳飛產生了什麼樣的壓力？百姓們對岳飛如何地愛戴？岳飛臨時死時是什麼樣的心境？此外省漏掉岳飛所填的「滿江紅」歌辭是最令人遺憾的事，試看史記荊軻列傳，其中最令讀者迴腸盪氣，唏噓不已的，莫不是以文學想像所鋪述的那場易水送別，當荊軻高歌起：「風蕭蕭兮易水寒，壯士一去兮不復還」時，不正是讀者融入傳記作品，深受文學浸染、感動的一刻嗎？

五、增進專業知識，掌握成功途徑

傳記是以人爲對象，無論政治、軍事、科學、文學、音樂、美術……都有可傳的名人。這類專家的傳記，對於他如何成爲專家，自然有全面詳細的介紹，而且有關的專門知識，必定也在撰述之列。如此一來兒童可以選擇自己感興趣的名人傳記閱讀，不但可以增進專門的知識和學問，更可以從中尋覓出專家所以成功的原因，讓自己也能掌握住成功的要訣，踏上成功的途徑。例如列在科學家列傳中的「李時珍」傳記，就明示了學習中國醫學應走的途徑，同時也介紹一些藥物和藥性[53]：

二十多歲的李時珍，成為年青的醫師了。他要求自己精通醫術。有能力治好各種疾病，幫助人們獲得健康的快樂，他努力學習。經過父親的傳授，他學會了切脈訣竅，他常常跟父親出外應診，從而掌握了診斷病情的實際經驗，一有空閒，便專心看書。當時最流行的一些重要醫藥書籍像「素問」、「脈經」、「證類本草」等。他都很有研究。他下苦功夫勤懇地讀了十年醫書，結合自己行醫實踐的心得，積下了十分豐富的醫藥知識。他讀完家中的書以後，還利用行醫的機會，向蘄州的富貴人家借書來看。李時珍閱讀的範圍非常廣泛，精讀了許多醫藥書籍，也看過不少歷史、地理和文學名著，因此，他的學識很淵博。

李時珍一面行醫，一面研究，醫學上有一項重要的事業被他發現了；李時珍看到古代藥書的豐富，他想：一千幾百種藥物，每一種藥的藥性都經祖先仔細識別，又把它們總結起來，該是多麼艱巨的工作，這些藥物知識，由幾千年前一代一代傳下來，保衛著人們的健康，該是多麼寶貴的遺產；但是，他發現古代藥書中還存在著不少的缺點和錯誤。

我國古代記述藥物的書，所收藥物總以草類佔最多數，所以都叫做「本草」。大約在漢朝時候，曾有人把古代藥物知識做了一次總結，這便產生了「神農本草經」這部書。以後，本草知識不斷發展，唐朝有官修的「唐本草」；到宋朝時候，四川的名醫唐慎微又把本草知識做了一次新的總結，寫成「證類本草」一書。宋朝「本草」書中的藥物已增加到了一千多種了。

這些舊的「本草」書，雖然跟著時代發展，逐步在精密而完善起來，但是書中的記載，還是有不少錯誤的。經李時珍仔細查考書本。再去實地認真考察，發現舊本草書裏有不少的錯誤。像天南星和虎掌，原是一種植物，却誤作兩種藥。蔓菁和菘菜，實際上是兩種植物。却誤認為是同一種植物。甚至在分類上，錯到分不清蟲和魚，或者把蟲類列入木類。這樣，不但會在藥物的研究上造成困難，還容易記錯藥物的性質，造成醫療上的錯誤。

更嚴重的是舊本草書中對有些藥物的性質了解錯了。像「水銀」這一種藥，雖有殺蟲治病的功用。却有很大的毒性。可是自古以來的許多本草書裏，都說水銀無毒，甚至於採用了那些修仙學道的方士的說法，以為吃了水銀可以生長。結果，很多希望長生而誤吃水銀的人，不是中毒死亡，便得了慢性中毒，成為殘廢。又如前人所寫的本草書中都沒有說清砒素有毒。實際上砒有大毒，誤吃以後，可以使人中毒致死。

李時珍深深感到藥書解釋藥物，如果講錯了或是講得混亂不清，決不是一件小事情；那是關係人類生命健康的嚴重問題。醫生開方子，是根據藥性的性質來處理的；把藥性弄錯了，開出錯誤的藥方，就會把病治壞。並且，藥鋪照著錯誤的書發藥，也會把藥發錯。所以，這是人命關係的大問題，對人們健康的危害實在太嚴重了。

整理和補充舊的藥書，改正它的錯誤，是多麼迫切的事啊，李時珍看到了這樣一件偉大的事業，自己就想把這個鉅巨的責任擔負起來。但是他還是二十多歲的青年，學識和經驗，還遠不夠實現他的雄心，他必須繼續下苦功，收集足夠的資料，為這一偉大的工作做好準備。……在一個陡坡中間，李時珍從高可隱入的莽草叢裏爬出來，手裏舉著一株草本，歡聲高呼道：「曼陀羅花有了！」龐憲趕緊走過來瞧，不禁也歡呼起來：「這東西果真不錯，是一個莖兒，是開六個瓣兒的白花呀！哈，今天總算找著了呀！」

他們還在另一座山頭冒險採到一顆榔梅，這是一種變形的榆樹結的果子。明朝皇帝把它當做仙藥，列入地方上貢品的一種，老百姓如果私採一枚，就要受到重罰，連守山的道士也要一同治罪。可是後來他們仔細研究，經過實驗，證明榔梅在治療上的功效實在有限，只是能夠止渴和滋生唾液罷了。

經過這樣辛勤的工作，武當山裏許多特有的藥材，大部份都被李時珍師徒兩採到了。加上沿途採訪的豐富收獲，李時珍的厚厚的筆記本，記滿了價值無窮的資料。……

又如下面這一小段「韓幹」的傳記，不但道出了韓幹所以能夠成爲畫馬名家的主要原因，也爲後世畫家立下了揣摹實體，力求眞切的典範[54]：

當時的皇帝唐玄宗特別喜歡養馬，御廐中，歷年從西域大宛各地進貢來的名駒，及國內所產駿馬，多達四十萬匹，這些馬都有專人訓練和餵養，玄宗常下令叫內廷畫師加以描繪。曹霸在開元年間，已是遠近皆知的畫馬名家了。他的弟子陳閎也是畫馬的能手，獲得唐玄宗的恩遇而供奉內廷。這時韓幹也拜在曹霸門下，但他並不肯刻板的遵照老師所傳授的畫法，而獨自到馬廐中，研究馬的眞實形態，剛開始時，他畫的馬可能有些不合時宜，玄宗就命他向陳閎學習畫馬方法。韓幹胸中自有主張，不過礙於皇帝的命令，只得陽奉陰違，後來玄宗發現他所畫的馬和陳閎的風格完全不一樣，就責問他，韓幹回答說：「臣自有師，陛下內廐之馬皆臣師也」。玄宗這才驚訝到他的創造精神，不但不責備他，反而命令他描繪心愛的「玉花驄」、「照夜白」等御馬。

今日爲兒童創作編寫的傳記文學，在人物選擇的態度上，已經突破了傳統以値得兒童效法人物爲範疇的原則，這種觀點的改變，使政治上的覇者、黑社會上的首領等，都晉升在傳記文學之列。雖然放寬作傳人物的標準，令傳記文學在數量上有長足的進展，但是對兒童來說這並不是一件可喜的現象，畢竟兒童不同於成人，他們的心靈是單純潔淨的，近朱便赤，染墨則黑；他們有強烈的模仿性，只要典範在前，就伏膺而行；他們涉世不深，歷練不足，如何能夠辨識前人行徑的是非？試想面對這樣兒童，我們怎麼能夠冀望他們讀大人賦能夠明白篇末微旨，行蠻陌之邦能如君子不更己行呢？細品孔子「無友不如己」一言，當能明白孔子用心，是以個人以爲日後在兒童傳記文學的選擇上，仍然應該掌握住我國傳統文化精神，爲兒童擇取足以憑恃以崇高個人人格，踏上成功之路的典範。

註釋

❶ 詳見赫洛克原著、胡海國編譯，兒童心理學，頁二八七。

❷ 詳見劉紹唐，我們的想法與作法——傳記文學創刊詞（傳記文學第一卷和第一期）。

❸ 詳見吳鼎，兒童文學研究，頁三一六。

❹ 見李辰冬，傳記與文學（傳記文學第一卷第四期）。

❺ 參閱杜呈祥，傳記與傳記文學（傳記文學第一卷第二期）。

❻ 見王夢鷗，傳記・小說・文學（傳記文學第二卷第一期）。

❼ 見拙著敦煌兒童文學，頁一四四。

❽ 同註❺。

❾ 葛琳，兒童文學——創作與欣賞，頁二五三。

❿ 同註❺。

⓫ 見胡適言論集甲編。

⓬ 毛子水，我對於傳記文學的一些意見（傳記文學第一卷第一期）。

⓭ 同註⓬。

⓮ 同註⓫。

⓯ 同註❷。

⓰ 徐訏，談現代傳記文學之素質（傳記文學第三卷一期）

⓱ 居浩然，傳記文學與教育（傳記文學第二卷第六期）。

⓲ 同註⓱。

⓳ 程滄波，論傳記文學（傳記文學第一卷第三期）。

⑳ 霍理齋（Richard C. Howard），現代中國傳記寫作（傳記文學第二卷第二期）。

㉑ 同⑳。

㉒ 倪德衛（David S. Nivison）著，張源譯，中國傳統傳記之面面觀（傳記文學第二卷第二期）。

㉓ 沈雲龍，口述歷史和傳記文學（傳記文學第二卷第五期）。

㉔ 同⑳。

㉕ 同⑳。

㉖ 同⑳。

㉗ 同⑳

㉘ 張志公，傳統語文教育初探，頁五二—九二。

㉙ 王雲五，國學基本叢書四百種，郡齋讀書志，頁八五六。

㉚ 同前，直齋書錄解題，頁四〇四。

㉛ 藝文印書館，四庫全書總目提要，一百三十五卷子部書類卷一，頁二六四八。

㉜ 藝文印書館，四庫提要辨證，卷十六子部七，頁九六〇。

㉝ 蘇樺，古代兒童讀物的新紀元—我國古典兒童讀物之二（兒童文學周刊第二六〇期。）

㉞ 同㉘，頁五七。

㉟ 同㉘，頁五九—六十。

㊱ 同㉝。

㊲ 程登吉，字允升，西昌人，一說此書爲明邱濬原編。

㊳ 同㉘，頁八八—八九。

㊴ 日記故事，明歷畊毛農編，明嘉靖四十五年朱天球刊本，見中央圖書館所藏善本書目子部小說家類。

㊵ 同㉘，頁九二。

㊶ 同㉘，頁九一。

㊷ 同㉘，頁六二—七二。

㊸ 同㊴。

㊹ 同⑰。

㊺ 蔡仁厚，中國人品之美（東海大學，中國文化月刊第五十三期，頁三二—三四）。

㊻ 居浩然於傳記文學與教育一文中，指出中國傳統傳記文學與西洋及今日採取西洋傳記體例的中國近代傳記之間的差異性說道：

至於西洋的傳記文學和採取西洋傳記體例的中國近代傳記，顯然與根據儒家思想所寫成的傳記立意不同。這種西式或新體傳記文學與教育的關係乃是間接底。傳記文學有助於某一學科的研究，這種研究又構成教育的一部份。因爲各學科需要的不同，傳記本身也有不同底寫法。例如歷史家注重年月日，理想底傳記乃是年譜式底；社會學家注重制度文化底行爲 insititution alized behvior，傳記中對於這類行爲如祭祀、婚禮、喪事等要有詳盡地記載。原則上這種新體傳記重事實不重主觀底評價，也不重文學底裝飾，比起中國傳統底傳記文學來有根本性質的差別。西式或新體傳記在中國是西化運動中的產物，作品貧乏不足爲怪。倒是用西洋學術眼光來看中國傳統文學才大謬不然。（頁一三七—一三八）。

㊼ 林守爲，兒童文學，頁一一五。

㊽ 國父傳，兒童藝文叢書，大衆書局，頁六—九。

㊾ 蘇尙耀，孔子的一生，頁六—八。

㊿ 同註㊾，頁九—十三。

51 呂明勝，談歷史說故事正集，頁一—六。

52 忠孝故事集第一集—岳飛，光復書局。

53 中國偉人列傳，科學家傳記，頁九五—一一二。

54 李川信、林光輝編著，創造歷史的人物，頁九—十二。

第七章 寓言故事

當兒童隨著年齡的增長而強化了自己的自尊時，耳提面命式的教訓不再是他們樂於接受的教育方式，而且此刻的兒童在各方面的知識與經驗，都已經足夠明瞭文學作品中的寓意了，是以一篇具有婉轉、比喻、啓發性的寓言故事，是很可以藉著文學的力量感染兒童心靈，進而達到省思並調整步履的潛移默化功能的。

第一節 寓言故事的義界

中國是一個古文明國家，因此代表人類智慧的寓言故事，不但源起得早，數量龐大更是可觀，是以能與南方的印度、西方的希臘並受矚目，成爲今日世界寓言的三大發源地之一。

照理說中國傳統豐富的寓言資產，應該能在今日兒童文學界獨放異彩光芒的，但是林文寶先生在兒童文學「故事體」寫作之研究中，卻指稱中文的寓言只包含了英文寓言中的三分之一所謂的——fable 而已，他說：

中文裏的寓言，一般是指 fable 而言，而英文中可譯為「寓言」者，尚有 allegory、parable、apalogue 。一般說來，fable 是指一種用來倡導某種有用的道理或概念的故事，尤其是那種讓動物，或者甚至連無生物都會說話的故事。當然人類的角色卻未必完全被摒棄於外。而 parable 是指利用一些常屬虛構的，日常生活的故事以幫助聽者或讀者瞭解某種議論。這兩種通常皆為表達某種較單純的、或單一的思想。至於 allegory 原是成人文學之一種，如天路歷程、格列佛遊記。除其篇幅較長，文字較深外，其結構也較為複雜，同時所欲表達的思想，更常是繁複而多元化。這種寓言，雖也能引起兒童的閱讀興趣，但卻必須經過改寫❶。

林氏所謂西方兒童文學中寓言一詞所界定的範疇，的確是今日兒童們能夠接受並且喜愛的寓言故事，但是他對中文寓言的含義卻有過分偏狹的看法，推究他所以如此論斷的原因，應該是受到當今兒童文學專家他們所下的寓言定義影響的關係，試觀下列各專家定義：

吳鼎先生兒童文學研究：

寓言的英文原名是 fable，和 ablegory（寓言體）及 wetaphor（隱語）等意義相似。不過從學習上說，一般人稱寓言，都是用 fable 一詞的。所謂寓言，是一種寓有教訓，或含有新的啓示的故事，其內容常把動物或無生物「擬人化」（Personification），使之成為主角。如許多寓言中，常把狐狸、雞、烏鴉、山羊等動物，使他們「人格化」，能說能做，一切行為和人類差不多，使他成為故事中的主角，使其生動靈巧，活潑有趣。所以寓言是指一種不基於事實（fact），而是超自然的（super - natural）故事❷。

林守爲先生兒童文學：

寓言（fable）是什麼？寓言是寄寓著高深意思的一種故事。所以就文體說，寓言屬於敘述文，每一篇寓言都敘述著一個故事。但它的目的並不在敘述這一個故事，而在借這一個故事來表達某種高深的意思❸。

葛琳女士兒童文學創作與欣賞：

寓言是寄寓著深遠意義的一種簡短緊湊的故事。但它的目的，不止是講故事，而是藉著故事來表達或暗示一種意義與真理。所以，寓言也可以說是一種含有啓發性、積極性的假設故事❹。

鄭蕤女士談兒童文學：

寓言的英文名是Fable，這就是類如隱語的一種文體，就依我們中國字的字面來求解釋，也就是將很深遠的意思寄託在所用以表達的語言文字之中的一種文體，換句簡單一點的話兒來說，那也就是表面上雖然似在敘述一件事或一個故事，而實際上卻深藏了無限的意思。所以寓言常常是意在言外的，有時可以透過一個很普通的事物，來表達很深的哲理，和很遠的意思❺。

許義宗先生兒童文學論：

就兒童而言，寓言（ fable ）是用淺近假託的故事，隱射另一事件，來闡述人生哲理，表達道德教化，含有啓發性、積極性、教育性的簡短故事❻。

雖然兒童文學中的寓言故事，仍然是以一般所謂的「 fable 」爲主體，但是爲了鞏固寓言在中國及世界兒童文學界的地位，個人以爲中國寓言故事的範疇有重新再做探討的必要。我國「寓言」二字，最早見載於莊子一書：

以天下為沉濁，不可與莊語，以卮言為曼衍，以重言為真，以寓言為廣。（天下篇）

寓言十九，重言十七，卮言日出。（寓言篇）

這「寓言十九」釋文是這樣解釋的：

寓，寄也。以人不信己，故托之他人，十言而九見信。

今人只見於此，因而將寓言做了只限於「言在此而意在彼，有所寄託」的狹義解釋，事實上莊子所謂的重言（引用或假托名人的話）、卮言（立意遣詞不受眞人眞事限制，任意發揮，變化不定）也都在寓言的義界之內，葉程義先生在莊子寓言研究一書中，解釋莊子一書何以寓言佔十分之九而重言又佔寓言十分之九的原因時，他指稱重言即「重言式」的寓言，他說：

> 莊子一書，寓言佔十分之九，然重言又佔十分之七，似令人費解。張默生云：「莊子書中，往往寓言裏有重言，重言裏也有寓言，是交互錯綜的，因此寓言的成分，即便佔了十分之九，仍無害於重言的佔十分之七。」其言頗有卓見，誠為的論。據筆者研究之結果，所謂「重言裏也含有寓言」一語，就形式言，以重言方式表達；就內容言，乃寓言也，故謂之「重言式寓言」耳。至於無論形式內容，皆為寓言者，則謂之「純粹寓言」，以示區別耳。重言者，借重古聖先哲時賢，年高德劭長者之言，以令人信服者也。其表達方式，以直敘法行之，亦即詩之賦也。蓋世俗之人，崇拜偶像，迷信權威，莊生不得不偽託之，以表現其思想者也。其與後世腐儒，託古以自重者，則有天壤之別矣。是故莊生所引古人，或有其人，或無其人；或雖有其人，而無其言；或雖有其言，而非其本義，皆偽託以立意。故莊生筆下之孔子，似有多重人格，明乎此，則不難理解矣。是故莊子之重言，亦即寓言耳。

故莊子曰：「重言十七，所以已言也，是為耆艾。年先矣，而經緯本末以期年耆者，是非先也。人而无以先人，无人道也；人而无人道，是之謂陳人。」❼。

透過葉氏的言論，重言在寓言之列是被肯定了。至於那立意遣辭不受眞人眞事限制可以任意發揮而變化不定的「卮言」，在陳蒲清先生的眼裏與「寓言」和「重言」是一體的，他在中國古代寓言史中是這麼說的：

三者（寓言、重言、卮言）的共同點都是把自己的主旨寄托在其他的人或事上，但「寓言」一詞更為恰切地反映了主旨和故事間的「寄寓」關係，因而後來被人們廣泛採用了。當然，古代評論家對「寓言」的理解比今天的涵義要廣泛一些，他們往往將很多寄托理想的作品都定為「寓言」❽。

至此，中國的寓言的定義，及其所以被後人曲解的原因和寓言內容並非只限於「 fable 」的事實眞象，當可大白了。

依以上界說檢閱我國古來寓言，再驗以下列顏崑陽先生所歸納的西方寓言五條❾：

㈠寓言必須是一則簡短的故事，有開端、發展、結尾，具備完整而有機的結構。

㈡其中角色包羅一切無生物、動物、植物、仙魔、鬼怪、虛構的人物。無生物與動物可使擬人化，同樣能有屬人的語言動作。

㈢它的故事都屬虛構。
㈣它的文體多採散文。偶而亦用詩歌或戲劇。
㈤它的意義不在字面上作直接的解說，而在故事情節中作間接的暗示。透過寓言，必使讀者得到教訓或啓示。但它和一般修辭上的隱喻不同，隱喻必有固定的喻依（作爲比喻的材料）和喻體（被比喻的對象），所以它所產生的喻意也往往明確而固定。如伍擧諫楚莊王，大鳥不飛不鳴是喻依，楚莊王不出號令是喻體，兩者有固定的對待關係。但寓言並沒有固定而對待的喻體，其意義也可自由推想和延伸。

我們可以肯定中國寓言故事即使處在世界兒童寓言的星空之中，它也必定是一顆光芒最璀璨的星星。

第二節　寓言故事的源流

中國寓言不但源起得早，且由於歷代接踵的創作不斷，爾今寓言不僅是中國古典文學中的藝術瑰寶，更成了世界藝術寶庫中的耀眼明珠，陳蒲清在中國古代寓言史一書中統計我國古代寓言的數量並與西方寓言略作比較說道：

中國古代寓言數量巨大。據我們粗略統計，至少在兩千則以上，僅先秦寓言便超出千則。而古希臘寓言的總集，皆寄托在伊索名下，僅數百則。德意志民主共和國萊比錫出版的托伊布納希臘羅馬作家叢書伊索寓言匯編，只收了寓言三百零七則；這個數字，僅僅相當於韓非子一書中的寓言數⑩。

面對我國歷史悠久，源遠流長的龐大寓言遺產，擬於探源之外，並依時代先後簡述寓言流變於後。

一、寓言故事探源

「寓言」一詞，雖然最早見載於莊子一書，但是在中國浩繁的上古典冊中，是否早有寓言作品的存在？這的確是值得探索的問題。

上古典冊中曾被推列爲中國首篇寓言故事的，以嚴北冥在中國古代哲學寓言故事選中所收錄的下列兩則易經爻辭爲最早⑪：

羝羊觸藩，不能退，不能遂。（大壯上六）

困於石；據於蒺藜；入於其宮，不見其妻。凶。（困六三）

此外，則屬左傳宣公十一年記載大夫申叔勸阻楚莊王藉口平陳國內亂而劃陳爲楚縣時所做的譬喻，他說：

牽牛以蹊人之田，而奪之牛。牽牛以蹊者信有罪矣；而奪之牛，罰已重矣。

但是這早在西元前十一世紀就誕生的易經作品，以及西元前五九八年所載錄的左傳作品，陳蒲清先生分別以「沒有什麼情節」、「缺少情節，接近一般的比喻」爲理由，將它們摒於寓言之外，而以下列左傳宣公十五年的「魏顆嫁父妾」爲中國最早的寓言作品[12]：

初，魏武子有嬖妾，無子。武子疾，命顆曰：「必嫁是。」疾病則曰：「必以為殉。」及卒，顆嫁之。曰：「疾病則亂。吾從其治也。」

及輔氏之役，顆見老人結草以亢杜回，杜回躓而顛，故獲之。夜夢之曰：「余，而所嫁婦人之父也。爾用先人之治命，余是以報。」

推究陳氏所以論斷的標準，當是他所謂寓言必須具備的下列兩項基本要素：

㈠有故事情節。

㈡有比喻寄托，言在此而意在彼。

陳氏所以以此兩點論斷寓言的理由是：

根據這兩條標準便可以給寓言劃出一個比較明確的範疇。只有完全具備這兩個條件，才能算作寓言，以避免過寬；同時，只要具備了這兩個條件，就可以算作寓言，以避免過窄。根據這兩條可以把寓言和其它文體基本上區分開：根據第一條，可以使寓言跟一般比喻相區別，跟托物言志的咏物詩、禽言詩以及其它寄托理想的詩文相區別；根據第二條可以使寓言跟一般故事相區別，一般的故事其意義是從情節本身中顯示出來的，沒有比喻意義。當然，兩可的情形也是存在的，但不只是寓言如此，其它文學體裁乃至自然界都有這種兩可的現象⑬。

陳氏簡要明晰的論點，的確有助於寓言作品的認定，但是陳氏在既知文學體裁不免有兩可現象的理念下，何以僅因「沒有什麼情節」爲理由，將嚴氏納入寓言中的兩則易經爻辭割捨於寓言之外呢？這卻是一件令人狐疑的事。

個人以爲像這種以公羊撞上籬笆，不能前進亦復不能後退，來比喻人們一時間艱難處境的易經爻辭，雖然陳氏指稱在故事的結構上「沒有什麼情節」，但是這並不能否認它還是具有故事情節的作品，只是比起那有機結構完整的故事，顯得簡陋些罷了；此外就易經「近取諸身，遠取諸物」善用譬喻來說明道理的著作用心來看，易經爻辭具寓言的作用是不容置疑的，例如蔡澤勸高居相位的范睢要急流勇退時，便是採用了易經乾卦爻辭的「飛龍在天，利見大人」和「亢龍有悔」，史記范睢蔡澤列傳第十九：

蔡澤曰：「今主之親忠臣不忘舊故不若孝公、悼王、句踐，而君之功績愛信親幸又不若商君、吳起、大夫種，然而君之祿位貴盛，私家之富過於三子，而身不退者，恐患之甚於三子，竊為君危之。語曰『日中則移，月滿則虧』。物盛則衰，天地之常數也。進退盈縮，與時變化，聖人之常道也。故『國有道則仕，國無道則隱』。聖人曰『飛龍在天，利見大人』。『不義而富且貴，於我如浮雲』。今君之怨已讎而德已報，意欲至矣，而無變計，竊為君不取也。且夫翠、鵠、犀、象，其處勢非不遠死也，而所以死者，惑於餌也。蘇秦、智伯之智，非不足以辟辱遠死也，而所以死者，惑於貪利不止也。是以聖人制禮節欲，取於民有度，使之以時，用之有止，故志不溢，行不驕，常與道俱而不失，故天下承而不絕。昔者齊桓公九合諸侯，一匡天下，至於葵丘之會，有驕矜之志，畔者九國。吳王夫差兵無敵於天下，勇彊以輕諸侯，陵齊晉，故遂以殺身亡國。夏育、太史噭，叱呼駭三軍，然而身死於庸夫。此皆乘至盛而不返道理，不居卑退處儉約之患也。夫商君為秦孝公明法令，禁姦本，尊爵必賞，有罪必罰，平權衡，正度量，調輕重，決裂阡陌，以靜生民之業而一其俗，勸民耕農利土，一室無二事，力田稸積，習戰陳之事，是以兵動而地廣，兵休而國富，故秦無敵於天下，立威諸侯，成秦國之業。功已成矣，而遂以車裂。楚地方數千里，持戟百萬，白起率數萬之師以與楚戰，一戰舉鄢郢以燒夷陵，再戰南并蜀漢。又越韓、魏而攻彊趙，北阬馬服，誅屠四十餘萬之眾，盡之于長平之下，流血成川，沸聲若雷，遂入圍邯鄲，使秦有帝業。楚、趙天下之彊國而秦之仇敵也，自是之後，楚、趙皆懾伏不敢攻秦者，白起之勢也。身所服者七十餘城，功已成矣，而遂賜劍死於杜郵。吳起為楚悼王立法，卑減大臣之威重，罷無能，廢無用，損不急之官，塞私門之請，一楚國之俗，禁游客之民，精耕戰之士，南收楊越，北并陳、蔡，破橫散從，使馳說之士無所開其口，禁朋黨以勵百姓，定楚國之政，兵震天下，威服諸侯。功已成矣，而卒枝解。大夫種為越王深謀遠計，免會稽之危，以亡為存，因辱為榮，墾草入邑，辟地殖穀，率四方之士，專上下之力，輔句踐之賢，報夫差之讎，卒擒勁吳，令越成霸。功已彰而信矣，句踐終負而殺之。此四子者，功成不去，禍至於此。此所謂信而不能詘，往而不能返者也。范蠡知之，超然辟世，長為陶朱公。君獨不觀夫博者乎？或欲大投，或欲分功，此皆君之所明知也。今君相秦，計不下席，謀不出廊廟，坐制諸侯，利施三川，以實宜陽，決羊腸之險，塞太行之道，又斬范、中行之塗，六國不得合從，棧道千里，通於蜀漢，使天下皆畏秦，秦之欲得矣，君之功極矣，此亦秦之分功之時也。如是而不退，則商君、白公、吳起、大夫種是也。吾聞之，『鑒於水者見面之容，鑒於人者知吉與凶』。書曰『成功之下，不可久處』。四子之禍，君何居焉？君何不以此時歸相印，讓賢者而授之，退而巖居川觀，必有伯夷之廉，長為應侯，世世稱孤，而有許由、延陵季子之讓，喬松之壽，孰與以禍終哉？即君何居焉？忍不能自離，疑不能自決，必有四子之禍矣。易曰『亢龍有悔』，此言上而不能下，信而不能詘，往而不能自返者也。願君孰計之！」應侯曰：「善。吾聞『欲而不知（足），失其所以欲；有而不知（止），失其所以有』。先生幸教，睢敬受命。」於是乃延入坐，為上客。

劉勰在文心雕龍宗經篇，指稱那含蘊著天地人三才間至極道理的經書，是通達人性深奧且極盡文章神妙的作品，他說：

三極彝訓，其書曰經。經也者，恒久之至道，不刊之鴻教也。故象天地，效鬼神，參物序，制人紀，洞性靈之奧區，極文章之骨髓者也。皇世三墳，帝代五典，重以八索，申以九邱，歲曆緜曖，條流紛糅，自夫子刪述，而大寶咸耀。於是易張十翼，書標七觀，詩列四始，禮正五經，春秋五例，義既極乎性情，辭亦匠於文理，故能開學養正，昭明有融。然而道心惟微，聖謨卓絕，牆宇重峻，而吐納自深。譬萬鈞之洪鐘，無錚錚之細響矣。

至於借譬喻以明天道人事的易經，在劉勰眼中則是聖哲探取至寶的淵泉，並且與其他經書一樣是歷久彌新，取用不盡的：

夫易惟談天，入神致用。故繫稱旨遠辭文，言中事隱，韋編三絕，固哲人之驪淵也。……至根抵槃深，枝葉峻茂，辭約而旨豐，事近而喻遠，是以往者雖舊，餘味日新，後進追取而非晚，前修人用而未光，可謂太山徧雨，河潤千里者也。

可知周易實是：「性靈鎔匠，文章奧府。淵哉鑠乎，群言之祖」的經書，雖然此書未經細膩的雕琢，但是卻無損它美玉的本質，是以個人以爲易經爻辭中的比喻，可視爲中國寓言的源頭。

二、先秦哲理寓言⑭

先秦寓言中以戰國時期的諸子寓言爲主流，它是在王威喪失，社會動盪，各國諸侯競相爭延人才以擴充一己力量的社會背景下產生的。當時文士表達自己政治哲學主張的意願，於是在已有的文學發展基礎上，大量地引進各種歷史實事和民間故事融入自己的觀點，以增強論辯的效果，並且充分地運用比喻、擬人及誇張等藝術手段，使說理達到深入淺出，通俗易懂又能讓自己置身事外，不波及生命安全的地步，因而造就了這一段寓言蓬勃發展的黃金時代。

由於此期寓言多是九流十家各自爲闡述自己學派哲理和政治主張的作品，因而寓言作品都集中在諸子散文之中，今但舉儒家孟子、道家莊子、法家韓非子、名家伊文子、縱橫家言論戰國策、雜家言論呂氏春秋及列子一書中的寓言作品篇目，說明此時諸子寓言故事的繁盛景況。

㈠孟子寓言㈠：主旨在宣揚儒家的仁政。

梁惠王上：五十步笑百步。

公孫丑上：揠苗助長。

滕文公下：王良與嬖奚、楚人學齊語、攘雞、於陵仲子。

離婁上：孺子歌。

離婁下：逢蒙殺羿，乞食墦間。
萬章上：校人欺子產。
告子上：學奕。
盡心下：馮婦。

㈡**莊子寓言**：旨在宣揚道家順應自然、齊生死、等得失、絕聖棄智、避世養生等哲學政治主張。

逍遙遊：燕雀焉知鴻鵠之志、越俎代庖、心智聾盲、宋人資章甫、不龜手藥、大而無用。
齊物論：天地人三籟、朝三暮四、十日並出、齧缺與王倪論是非、瞿鵲與長梧論是非、罔兩問影、莊周夢蝶。
養生主：庖丁解牛、右師獨足、澤雉飲啄、秦失弔老聃。
人間世：顏回見仲尼論處世、葉公問仲尼論處世、螳臂擋車、櫟樹以不材而長壽、不材之木、支離疏以奇醜而享年、楚狂接輿之歌。
德充符：王駘形殘而德全、子產羞與兀者同行、無趾以名聞爲桎梏、婦人競爲哀駘它媵妾、靈桓悅醜者視全人、惠子與莊子論人情。
大宗師：道無所不在、南伯子葵問道於女偊、祀輿犂來四友、臨尸而歌、孟孫才母喪不哀、意而子見許由論仁義、顏回忘我、子桑鼓琴而歌。
應帝王：齧缺問道於王倪、肩吾見接輿論法治、無名人論治天下、老聃論明王之治、壺子四相、一竅不通。

駢拇：臧穀亡羊。

馬蹄：伯樂陶匠治馬埴木。

胠篋：盜亦有道。

在宥：絕聖棄智而天下治、廣成子論修道永生、鴻蒙論養心。

天地：黃帝遺玄珠、許由論治亂之率、華封人論壽富多男子、子高責禹德衰刑立、孔子問道於老聃、將閭葂見季徹論政、渾沌氏之術、苑風論聖治神德、赤張滿稽論政、厲人夜半生子。

天道：堯舜論王天下、擊鼓求亡子、士成綺見老子問修身、輪扁斵輪得手應心。

天運：巫咸祒論爲政、莊子論至仁無親、黃帝奏咸池之樂、東施效顰、老子論采眞之遊、老子語仁義、六經乃先王之陳迹。

刻意：干越之劍。

繕性：去性從心。

秋水：河伯與海若論道、夔蚿蛇風相憐、孔子困於匡、坎井之蛙、楚之神龜、鵷鶵之志、儵魚之樂。

至樂：莊子妻死鼓盆而歌、滑介叔左肘生瘤、髑髏之言、魯侯養鳥、百歲髑髏。

達生：醉者墜車、駝子捕蟬、船夫駕舟、養生若牧羊、祝宗人說彘、桓公見鬼患病、紀省子養鬪雞、呂梁泳者、梓慶削木爲鐻、東野稷御馬、工倕畫圖、扁子論至人之德。

山木：木以不材壽、豐狐文豹以皮亡身、北宮奢賦斂爲鐘、甘井先竭、棄千金之璧、莊子衣弊履穿、孔子窮於陳蔡、螳螂捕蟬、美醜二妾。

田子方：東郭順子道貌自然、溫伯雪子論理義、唐肆求馬、老聃神游物初、魯少儒士、奚舜心無爵祿死生、宋元君召史畫圖、姜太公釣魚、伯昏无人論射箭、孫叔敖不計毀譽、凡未始亡。

知北遊：智者不言、初生之犢、舜問丞於道、老聃論至道、每下愈況、論道非道、泰淸問道、有無之道、捶鉤不失豪芒、愛人无己、化與不化。

庚桑楚：春生秋成、心若死灰。

徐无鬼：魏武侯悅相馬術、徐无鬼論爲義偃兵、治天下若牧馬、魯遽調瑟、匠石斲泥、隰朋可屬國、獼猴以靈巧喪生、南伯子綦之悲、孔子述不言之義、子綦悲子梱食祿、許由逃堯、暖姝濡需卷婁三者。

則陽：公閱休冬江夏山、蝸牛兩角相爭、宜僚聲銷陸沈、爲政治民如種禾、人君日行虛僞、蘧伯玉與時俱化、衛靈公飲酒湛樂、丘里之言、物種源始。

外物：車轍鮒魚、任公子釣大魚、儒以詩禮發冢、去躬矜容知、宋元君夢神龜、無用之用。

寓言：孔子未嘗多言、釜鍾如雀蚊、九年而大妙、蜩甲蛇蛻、老聃戒陽子去驕泰。

讓王：堯舜讓天下、大王亶父遷岐山、王子搜惡爲君之患、子華子論輕重、隨侯之珠彈雀、列子辭鄭子陽遺粟、屠羊說辭萬鍾之祿、原憲貧而樂、曾子貧而樂道、顏回無位而不怍、重生輕利、孔子窮於陳蔡而弦歌、无擇恥受君位而投淵、卞隨瞀光負石沈水、伯夷叔齊恥食周粟。

盜跖：孔子往見盜跖、子張與滿苟得論名利、无足與知和論貪廉。

說劍：莊子以三劍說趙文王。

漁父：孔子問道於漁父。

列禦寇：列禦寇問道於伯昏瞀人、鄭人緩爲儒而自殺、朱泙漫學屠龍、曹商矜夸受辱、魯哀公問仲尼於顏闔、人心險於山川、正考父三命而俯、龍頷得珠、犧牛與孤犢、莊子以天地爲棺槨。

(三) **韓非子寓言**：主旨在講述法、術、勢相結合的法家學說。

十過：豎谷陽進酒、獻公假道伐虢、楚靈王行僻自用、亡國之聲、淸角、智伯貪愎好利、戎主耽女樂、田成子遠遊、桓公不聽忠臣、韓失宜陽、重耳過曹。

說難：鄭武公欲伐胡、宋人疑鄰父、彌子瑕失寵。

和氏：和氏獻璧、吳起枝解、商君車裂。

奸劫弒臣：春申君棄妻殺子。

飾邪：豎谷陽進酒（重出）。

解老：詹何前識。

喩老：豐孤、玄豹之皮、孫叔敖請寢地、扁鵲見蔡桓公、紂爲象箸、子罕不受玉、王壽焚書、宋人爲象楮葉、趙襄王學御、白公慮亂、鳴必驚人、莊王伐越、戰勝故肥、玉版。

說林上：務光投河、甘茂擇事、子圉、臼里之盟、晉人伐邢、子胥出走、慶封爲亂、智伯索地、秦康公築台、荆救不至、借道攻中山、涸澤之蛇、溫人之周、不可兩用、紹績昧亡裘、老馬與蟻壤、不死之藥、田駟、遠水不救近火、嚴遂、張譴、樂羊食子、秦西巴釋麑、曾從子、紂爲象箸、攻大服小、紂爲長夜之飲、織屨縞適越、拔楊容易樹楊難、季孫新弒君、隰斯彌不伐樹、逆旅二妾、私積聚、魯丹去中山。

說林下：蹻馬、文子見曾子、翢翢鳥、鱣與蠶、相千里馬與駑馬、宋太宰、楊布打狗、爭買璞玉、撽鹿、荊公子伐陳、許由舍於家人、三虱相訟、蝺、公子糾將爲亂、斷髮與斷頸、不待滿貫、子西不免、中行文子出亡、宮他之計、白圭之計、管仲使鮑叔從小白、沮衛蹵融犒師、知伯將伐仇由、越勝吳而荊從越、倚相破吳兵、魏文侯服韓趙、讒鼎與信、綦毋恢之計、海大魚、荊王弟在秦、闔廬攻郢、必築坏墻。

內儲說上——七術：侏儒夢見灶、莫衆而迷、見河伯、亡其半、豎牛餓叔孫、江乙說荊俗、衛嗣君之壅、盡備不傷、三人言市有虎（以上「衆端參觀」）、董閼于行石邑、子產敎遊吉、隕霜、刑棄灰、將行、以刑去刑、麗水之金、積澤之火、太仁弱齊、慈惠亡魏、斷死人、買胥靡（以上「必罰明威」）、薦草而就、越王焚宮、吳起倚車轅、李悝以射斷訟、崇門人服喪、句踐式怒蛙、韓昭侯藏弊袴、鱣與蠶（重出）（以上「信賞盡能」）、魏王索鄭、南郭吹竽、申子試君意、秦王欲割河東、弛上黨（以上「一聽責下」）、龐敬、戴驩、周主亡玉簪、牛屎（以上「疑詔詭使」）、韓昭侯佯亡一爪、黃犢食苗、曲杖、卜皮、求車轄（以上「挾知而問」）、陽山君謗樛豎、淖齒、詐逐所愛者、佯言見白馬、子產離訟者、衛嗣公過關市（以上「倒言反事」）。

內儲說下——六微：靖郭君重于齊、諸卿作難、州侯相荊、李季浴矢（以上「權借在下」）、夫妻禱祝、戴歇議公子、三桓攻昭公、公叔內齊軍、翟黃召韓兵、太宰嚭說大夫種、大成牛謂申不害、司馬喜告趙王、呂倉諷秦荊、宋石遺衛君書、白圭敎暴譴（以上「利異外借」）、刖跪殺夷射、濟陽君、司馬喜、鄭袖劓美人鼻、費無級誅郄宛、陳需逐犀首、燒芻廐、殺老儒（以上「托於似類」）、陳需、黍仲貴、販茅者、宰人上羹、湯中有礫、宰臣上炙、穰侯請立帝（以上「利害有反」）、驪姬患申生、鄭夫人毒君、州吁殺君、公子根取東周、商臣作亂、嚴遂刺韓廆、田恒殺簡公、戴驩皇喜爭事、太子未生（以上「參疑內爭」）、文王資費仲、秦王患楚使、黎且去仲尼、于象沮甘茂、荆用子常、獻公伐虞虢、叔向讒萇弘、雞假（以上「敵國廢置」）、秦侏儒善荆王左右、襄疵善趙王左右、衛嗣君賜席。

外儲說左上：有若說宓子賤、秦伯嫁女、買櫝還珠、墨子爲木鳶、謳癸與射稽（以上「明主之道」）、棘端母猴、兒說虛辭、不死之道、鄭人爭年、畫莢、畫孰最難、堅瓠、虞慶爲屋、范且折弓（以上「人主聽言」）、宣言而伐宋、借口如皇之台、怒蔡攻楚、吳起吮傷、播吾之迹、華山之博、晉文公返國、卜妻爲袴、車軛、衛人佐弋、潁水縱鱉、效長者、宋人信書、梁人讀記、郢書燕說、鄭人置履（以上「自爲則事行」）、棄耕學文、平公不敢坏坐、中山好士而滅（以上「利之所在」）、桓公服紫、子產治鄭、宋襄公戰於涿谷、齊景公奔疾、魏昭王讀法、鄒君好服長纓、叔向賦獵、申子請罪（以上「明分責誠」）、文公攻原、箕鄭救餓、吳起待食、文侯期獵、曾子殺彘、楚厲王擊警、李悝謾兩和（以上「積信」）。

外儲說左下：刖者救孔子、翟黃乘軒、嬴勝履屩、少室周（以上「誅罪賞功」）、東郭牙議管仲、渾軒非文公、簡主御陽虎、夔一足（以上「勢、術」）、文王自履（文公自履）、季孫遇賊、先黍後桃、美下耗上、費仲勸紂誅文王、不博不弋不鼓瑟（以上「臣主之理」）、費金壁求仕、西門豹納璽、矜裘尾與不需袴、左畫方右畫圓、莫敢索官、粟多馬臞、管仲薦五子（以上「利禁毀譽」）、獻伯之儉、管仲之奢、孫叔敖之儉、陽虎不善樹人、趙武薦仇舉子、解狐薦仇、賣豚（以上「臣下之節」）、子國怒子產、梁車刖姊、綺烏封人（以上「公室與私行」）。

外儲說右上：齊景公惠民、季孫讓仲尼、太公望誅二士、重馬輕鹿、薛公用術（以上「以勢除患」）唐易言弋、國羊請更過、宣王太息、薛公獻十珥、犀首被讒、玉卮與瓦器（以上「愼言獨斷」）、狗猛酒酸、社鼠、堯誅諫者、茅門之法、蔡嫗、敎歌之法、吳起出妻、斬顚頡（以上「不避親貴」）。

外儲說右下：馬驚駕敗、子罕殺宋君、田恒纂齊（以上「賞罰共則禁令不行」）、秦王罰禱者、不發五苑、田鮪敎子、公儀休不受魚（以上「強生於法」）、子之相燕、虎目、周行人却衛君（以上「借權」）、造父驅驚馬、齊王聽計（以上「治吏不治民」）、踞轅而歌、中飽、腐財怨女、延陵卓子乘蒼龍（以上「因事之理」）。

難一：矛盾。

難勢：矛盾（重出）。

五蠹：守株待兎、楚有直躬、魯人敗北。

顯學：巫祝。

(四) **尹文子寓言**：主旨在闡述名與實的關係。

大道上：宣王好射、黃公謙卑、山雉與鳳凰、田父得玉、泓之戰、紂與小白。

大道下：孔子誅少正卯、聖法與聖人、莊里丈人、康衢長者、鼠與玉璞。

此外太平御覽收有佚文：賢與不肖、狐假虎威。

㈤ **戰國策寓言**：不外縱橫家用以游說人君馳騁縱橫術的言行記錄。

西周策：百發百中、買良劍。

秦策：楚人有兩妻、管莊子刺虎、扁鵲見秦武王、曾參殺人、江上處女、子死不憂、周人賣樸、神叢、智伯之亡。

齊策：海大魚、鄒忌窺鏡、畫蛇添足、土偶與桃梗、薦賢、田父擅功。

楚策：狐假虎威、狗嘗溺井、麋與獵者、驚弓之鳥、驥遇伯樂、鄭袖劓美人、莊辛說楚王、不死藥。

趙策：土偶與桃梗、柱山兩木、禽與虎鬥、公甫文伯、復塗偵夢灶君、虎怒決蹯、交淺言深、相馬之工。

魏策：樂羊食子、文侯期獵、老妾事主婦、拔揚與樹楊、三人言市有虎、宋人名其母、龍陽君哭魚、南轅北轍。

韓策：叱犬、烏鵲、馬不能千里。

燕策：五百金買駿骨、忠信得罪、媒、一顧而價十倍、鷸蚌相爭、柳下惠不去魯。

宋、衛策：見祥爲禍、衛贖胥靡、新婦。

中山策：中山君出亡。

㈥ **呂氏春秋寓言**：雜取儒道墨法名等各家學說加以有意識地融滙。

貴公：荆弓荆得、鮑叔與隰明。
去私：祈奚舉賢、腹䵍殺子。
貴生：子州支父、越王子搜、顏闔辭幣。
當染：墨子泣素絲。
先己：夏啓修政。
勸學：顏淵事孔子。
制樂：成湯不卜、不以地動移國、不移禍於人。
愛士：飲盜馬者、殺白騾。
順民：湯禱桑林、請廢炮烙、親民雪恥。
知士：劑貌辨。
審己：列子學射、眞岑鼎、公玉丹、偏聽致亂。
安死：孔子弔季孫氏。
異寶：無受利地、江上丈人、子罕不受玉。
精通：磬聲、庖丁解牛、乞人歌。
異用：網開三面、澤及枯骸、孔子問恙。
至忠：隋兕、文摯。
忠廉：要離刺慶忌、好鶴亡國。
當務：盜有道、楚有直躬、割肉相啖、據法立紂。

長見：師曠聽鐘、親親與尊賢、吳起被譖、薦衛鞅。

士節：北郭騷。

介立：介子推、爰旌目。

誠廉：伯夷叔齊。

不侵：豫讓報智伯、公孫宏說昭王。

序意：青荓（以上十二紀）。

去尤：人有亡鐵者、公息忌組織、魯有惡者。

務本：燕雀處室。

孝行：樂正子。

本味：伊尹生空桑、高山流水、伊尹說湯。

首時：耕以待時、田鳩見秦惠王。

義賞：賞雍季、賞高赦。

長攻：越王請糴、楚王滅息與蔡、趙襄子滅代。

愼人：百里奚、孔子困於陳蔡。

遇合：外藏、逐臭之夫、越王善野者、陳侯悅惡人。

必己：山木、牛缺遇盜、孟賁過河、竭池求珠、張毅好恭、單豹好術、孔子馬逸、伊尹覛夏政、武王問虜、持勝而憂。

權勳：司馬子反、假虞滅虢、智伯伐仇繇、齊王吝賞。

下賢：桓公見小臣、子產見壺丘子林、魏文侯尊段干木。
報更：委桑餓人、張儀報德、淳于髡救薛。
順說：惠盎說宋康王、田贊說荊王、管仲爲役人謳歌。
不廣：鮑叔傅小白、孔靑歸屍、晉文公納襄王。
貴因：武王候殷。
察今：循表夜涉、刻舟求劍、引嬰兒投江。
先識：晉先亡、五盡必亡。
觀世：晏子禮越石父、列子拒粟。
知接：布與廡、易牙豎刁之徒。
悔過：殽之戰。
樂成：子產治鄭、樂羊攻中山、史起治鄴。
察微：子貢贖魯人、子路拯溺者、吳楚相伐、華元不餉羊斟、鬥雞之仇。
去宥：秦惠王拒言、荊威王廢學書、枯梧樹、齊人攫金。
正名：尹文說士。
君守：解閉。
任數：祠廟之豕、桓公得仲父、顏回攫甑。
勿躬：膽胥己。
愼勢：諸御鞅進言、走兎與積兎。
執一：詹子對楚王、田駢對齊王、吳起與商文。

審應：孔思請去魯、存亡繼絕、田詘對昭王、公孫龍談偃兵、薄疑諫重稅、申向說公子沓。
重言：梧葉封弟、一鳴駭人、東郭牙知伐營。
精諭：好蜻者、不言之效、相知豈待言、微言、桓公欲伐衞、晉欲用武。
離謂：鄧析答溺屍之價、子產誅鄧析、遇難貪生者、魏王兩失。
淫辭：秦趙之約、藏三牙、亡緇衣、唐鞅之對、惠子之法。
不屈：惠子不受禪、蝗螟、白圭。
應言：公孫龍說偃兵、司馬喜難非攻、孟卬、魏敬勸魏王勿入秦。
具備：掣肘。
離俗：讓王、卞隨與務光、亡戟得矛、賓卑聚。
高義：孔子辭祿、墨子辭封、子囊請死、伏法免父。
上德：舜修德伏三苗、申生被讒、晉文公釋被瞻、孟勝。
用民：殺馬立威。
適威：驟勝者亡、東野稷敗馬。
爲欲：晉文公伐原。
貴信：曹翽劫盟。
舉難：魏文侯相季成、寧戚飯牛。
恃君：豫讓報智伯、柱厲叔。
長利：伯成子高、固國不以山林之險、戎夷。

知分：次非斬蛟、黃龍負舟、夏後啓。
召類：士尹池問子罕、史默諫伐衞。
達郁：防民之口、不沈於酒、以士爲鏡（窺井）、尹鐸與趙厥。
行論：禹不怨殺鮌、文王事紂、燕王忍念、殺使致禍。
驕恣：晉厲公聽讒、魏武侯自伐、齊宣王爲大室、沈鸞徼乾河。
觀表：郈成子、吳起泣西河（以上八覽）。
開春：更葬期、封人子高、祁奚救叔向。
察賢：宓子與巫馬期。
期賢：有士十人、軾段干木之閭。
審爲：自邠遷岐、韓魏相爭、重生。
愛類：墨子止楚攻宋、惠子王齊王。
貴卒：吳起之死、小白入齊、佮悝佯死、吾丘鳩。
愼行：費無忌、慶封行惡。
無義：公孫鞅騙公子卯、續經。
疑似：幽王擊鼓、黎丘奇鬼。
壹行：孔子惡「賁」。
求人：堯讓天下於許由、子產賦詩。
察傳：夔一足、穿井得一人、三豕渡河。

貴直：能意、齊孤援哭國、去犀蔽屏櫓。
　直諫：勿忘出奔、葆申笞王。
　知化：子胥之死。
過理：紂暴政、沮鄜、齊湣王亡國、宋康王射天。
雍塞：智擒戎主、殺實賞虛、傅太子、齊宣王好射。
不苟：武王繫墮、收由余、賞郤子虎。
贊能：桓公相管仲、薦孫叔敖。
自知：掩耳椎鐘、任座。
當賞：不賞陶狐、不罰而賞。
博志：寧越爲學、養由基射白猨、尹儒學御。
貴當：觀人之友、好獵者。
似順：陳可伐、完子逆越師、尹鐸增壘。
別類：治偏枯與起死人、高陽應爲室。
分職：白公貪客、衛靈公罷役。
處方：章子攻荆、昭厘出弋。
愼小：衛獻公被逐、石圃殺莊公、以表取信。
士容：良狗取鼠、田駢論客、唐尙爲吏。
務大：燕雀處室、薄疑說王術、杜赫說安天下、被瞻說義（以上六論）。

(七) **列子寓言**：雖然列子一書爲僞書，但是部分描摹人物心理、社會現象、自然狀況和具有科學幻想的寓言，却是列子所以不朽的重要原因之一。

天瑞：列子將嫁衛答弟子問、列子說百歲髑髏、榮啓期三樂、林類行歌拾穗、子貢倦於學、列子貴虛、杞人憂天、舜問道於烝、齊國氏與宋向氏之盜。

黃帝：黃帝夢遊華胥國、列子乘風之術、列子問至人於關尹、列禦寇與伯昏無人之射、商丘開至信感物水火不入、梁鴦養禽獸之道、顏回問操舟之術、呂梁泳者之道、痀僂丈人承蜩、漚鳥忘機、中山人之游金石蹈水火、神巫季咸相壺丘子、列子驚乎「食於十漿、五漿先饋」、楊朱受教於老聃、美醜二妾、狙公養狙朝三暮四、紀渻子養鬥雞、惠盎以孔墨說宋康王。

周穆王：周穆王與西極化人、老成子學幻於尹文、周尹氏之老役夫、鄭薪者與鹿夢、宋陽里華子病忘、逢氏子迷罔之疾、燕人歸鄉。

仲尼：仲尼之憂、陳之聖人亢倉子、商太宰問聖人於孔子、子夏問回賜由師之爲人於孔子、列子與南郭子、壺丘子評列子之游、龍叔之疾、鄧析舞伯豐子、公儀伯之力、中山公子牟之悅公孫龍、堯禪天下。

湯問：殷湯問古初於夏革、大禹與夏革言聖人所通與所未通之道、愚公移山、大禹迷適終北國、殊方異俗、兩小兒辯鬥、詹何言釣、扁鵲換心、匏巴鼓琴、薛譚學謳、伯牙與鍾子期、周穆王與偃師、紀昌學射於飛衛、造父習御、來丹復讎、昆吾之劍火浣之布。

力命：力命論功、北宮子與西門子論窮達、管夷吾與鮑叔牙、子產誅鄧析、季梁之疾、楊朱言命、智巧才行、齊景公牛山之游、東門吳死其子。

楊朱：晏平仲問養生於管夷吾、公孫朝與公孫穆、端木叔之縱欲、孟孫陽問生死於楊朱、楊朱損一毫而利天下不爲也、楊朱見梁王言治天下之道、野人獻曝。

說符：列子學持後之術、嚴恢問爲富於列子、列子問射於關尹子、宋人以玉爲楮葉、列子辭粟、施氏得時孟氏失時、公子鋤止晉文伐衛、晉郄雍辨盜、何梁之泳者、白公問孔子、趙襄子攻翟、宋人黑牛生白犢、蘭子技干宋元、九方皐相馬、楚莊王問治國於詹何、孫叔敖免三怨、孫叔敖請寢丘、牛缺遇盜、虞氏之亡、爰旌目義不食盜食、柱厲叔死莒敖公、岐路亡羊、楊朱喩弟、不死之道、簡子放生、齊田氏祖於庭、齊之乞兒、執契求富、伐梧取薪、亡鈇意鄰、白公勝慮亂忘頤、見金不見人。

三、兩漢勸誡寓言⑮

兩漢時代的寓言，是在謀求長治久安之道及宣傳道德規範下所產生的作品，作者莫不希望借著寓言將歷史的經驗傳遞給人民，勸誡他們聽取教訓並安適於當時的政治及生活。由於漢初文士心中猶然留有焚書坑儒的餘悸，再加上漢代又獨尊儒術，大大牽制了文士的思維，相對地也妨礙了思維活潑的寓言的發展，以致於寓言作品數量銳減，題材和手法也滯留在因襲先秦的狀況下。

兩漢寓言作品散見於理論著作的有：陸賈新語、賈誼新書、劉安淮南子等；此外兩漢史書中也載有不少的寓言故事，堪稱兩漢勸誡寓言代表作的說苑，新序二書，就是劉向以歷史故事做寓言題材所編輯的故事集。今條舉此二書故事篇目如下：

(一) 劉向說苑

君道：君子不博、禹泣罪人、文王之境、桐葉封弟、燕昭王師郭隗、思賢忘飯、明主三懼、楚國有三不祥、以獵求士、湯時大旱、桑谷、大水任過、楚昭王不祭河、不移禍令尹、利於民、楚文王遣申侯伯、沉欒激、求過來諫、韓武子畋田、師經撞魏文侯、齊景公弔晏子、弦章辭賞。

臣術：進賢爲賢、魏文侯置相、屈春資多、翟黃擧賢、成侯卿擧賢、公孫支讓百里奚、趙簡主知董安于、社稷之臣、忠臣之事、晏子不受車馬、彰君之賜、晏子分食、鴟夷子皮、尹綽赦厥、晏子逐高繚、子路爲蒲令。

建本：橋與梓、曾子藝瓜、伯俞有過、師曠論好學、常爲常行、寧越、竹與箭、百姓爲天、咎季、楚恭王多寵子、趙宣子立嗣君、趙襄子忍辱。

立節：孔子不軾陳降民、孔子辭廩丘、曾子全節、子思縕袍、茲父與目夷、申生伏劍、孤突、奮揚反命、鉏彌觸槐、子蘭子契領、忠孝不可兩全、杞梁華舟、雍門子秋、子囊請死、成公趙、田基、邢蒯聵、王歜、左儒友杜伯、朱厲附、申公子倍。

貴德：武王克殷、上下同樂、桓公存燕割地、爵殼、嬰兒乞於途、養老弱、桓公施惠、春築台、中行獻子將伐鄭、中行穆子克鼓、漁者獻魚、華元殺羊食士、于公決獄（東海孝婦）、春風夏雨、子路持劍、樂羊與秦西巴、智伯侮人、智囊子爲室。

復恩：蟨與蛩蛩巨虛、高赫受上賞、晉文公行賞、棄簞豆茵席、介之推、舟子僑、邴吉、魏文侯攻中山、李談却秦軍、穆公飲盜馬者、絕纓者、翳桑餓人、從史救袁盎、豫讓報智伯、辛俞、博浪椎秦、知我者鮑叔、趙氏孤兒、木門子高、北郭子、吳赤市、祠田者、擇人而樹、東閭子、魏文侯撫孤、吳起吮疽、刖父奪妻、公子宋殺鄭靈公。

政理：下暗則上聾、反之已、腐索御奔馬、短綆不可汲深井、教爲務、愚公谷、魯有父子訟者、使民富且壽、上溢下漏、愛民、賢君治國、數更法令、臨深履薄、欲長有國、三君問政、閉心、鮮有敗事、忠信敢、久而愈明、宓子踐任人、小節中節下節、毋迎拒望許、陽橋與魴、三失三得、晏子治東阿、子路治蒲、子貢爲信陽令、治大不治小、景差相鄭、奪淫民、社鼠猛狗、審察左右、不言而諭、狐豹之皮、割地分民、三政、延陵季子游晉、齊不如魯、懸牛首買馬肉、身先行、贖人還金、孔子見季康子。

尊賢：秦穆公之覇、桓公之覇、九九之術、水廣則魚大、六翮與毛毳、宣王不好士、擧杖呼狗、宋衛之過、觀於朝廷、介子推相荆、銅鞮伯華、貧窮驕人、隨會不扶文侯、田瞶出將、段干木與翟黃、孔子遇程子、三權、知用任信專、寇罷復來、遺德餘教、楊因、張急調下、祠田者、蹇重浮君、范中行之臣、怨仇並前、荀林父復將。

正諫：齊景公游於海、楚莊王相蘇從、咎犯詘五指、土偶與木梗、螳螂捕蟬、椒擧、茅焦諫始皇、諸御己、桓公欲鑄大鐘、令尹子西、保申笞荆文王、晉平公罷台、追桑中女、圉人殺馬、燭雛亡鳥、賞刖跪、益友與偷樂之臣、夫差殺子胥、諸御鞅、魯囊公朝荆、枚乘諫吳王濞、白龍下清冷之淵、嚴則喑聾。

敬愼：損益、欹器、常樅教老子、齒墮舌存、愼終如始、敬父不兼子、舟綽、衆賀獨弔、申旗伏瑟、魏公子牟之言、棄酒、豎谷陽飲子反、好戰之臣、忘其身、無多言、魯哀侯棄國、丘吾子、黃口盡得、機汜好恭、成回恭敬。

善說：范座、逢滑、三歸之台、閭丘先生、虞丘壽王、祖朝、惠子善譬、孟嘗君寄客於王、陳子說梁王、林旣、設令必行、越人歌、雍門子周、楚最多士、祈奚免叔向、張祿、莊周、貸粟、叔向言大患、承盆疽、子貢見太宰嚭、孔子猶江海、以挺撞鐘、季文子三窮三通、孔子論管仲、咎犯與趙衰、每變益上。

奉使：趙王遣使、解揚致命、唐且不辱使命、吳王救魯、趙倉唐說文侯、豚尹觀晉、柳下惠釋魯難、陸賈使南越、宋使會於宛丘、越使諸發、晏子使吳、吳王譏晏子、晏子不剖橘、橘生江北爲枳、使狗國從狗門入、秦楚轂兵、梧之年、蔡遣使見伐、史黯視衛、毋擇獻鵠。

權謀：重傷其類、厘王廟、東郭垂知伐營、屠餘見周威公、諸侯孰危、絺疵謂智伯、祭而亡牲、叔向預見蔡難、白圭之中山、能言者未必能行、管仲知豎刁易牙、屈建知白公將難、韓昭侯作高門、田子顏欲反、患害在吳、陳可伐、亡者不知過、曲突遠薪、報怨以德、中行文子出亡、任過故興、智伯索地、楚莊王觴諸侯、夫差先自敗、左史倚相論越、陽虎走齊、湯欲伐桀、武王犯三妖、晉文公先嘗雍季、咎犯解夢、越饑請糴於吳、王孫商善謀、魯君爲僕、齊妻闔廬、太子忽辭婚、三大夫孰賢、江乙善謀、泜水之役、智伯欲襲衛、叔向殺萇弘、城壺丘、簡子輟圍衛、反間取鄭、逆旅三叟、晉文公伐衛。

至公：延陵季子、太王居岐、辛櫟之言、令之非始皇之禪、推君之德、楚弓楚得、觀遠臣以其所主、秦軍將遁、申包胥哭秦廷、虞丘子擧賢、趙宣子薦韓厥、咎犯薦仇、楚文王殺子行法、子文責廷理、茅門之法、伍子胥、孔子敬讓斷獄、刖者救子羔。

指武：徐偃王無武亡國、屈宜臼敎吳起、田單將攻翟、田恒救鄭、胡建斬監御史、農山言志、文王伐密須氏、武王伐紂、文王伐崇、楚莊王敗吳師、桓公欲伐潩陵、宋圍曹、吳王入郢、田成子與宰我、桓公輟攻魯、孔子誅少正卯、王滿生見周公。

談叢：梟逢鳩。

雜言：祁射子見秦惠王、彌子瑕、孟子對淳于髡、惠子渡河、西閭過渡河、甘茂渡大河、孔子見疑、三死非命、孔子困於陳蔡、孔子之宋、進退屈伸之用、無所不容、見賢思齊、呂梁丈夫、子路盛服見孔子、榮啓期三樂、夫子之三言、孔子無蓋、子路辭於仲尼、晏子送曾子、晏子搴草而坐。

辨物：柏常騫爲君請壽、景公欲求雨、三苗同秀、神降於莘、桓公北征孤竹、防風之骨、肅愼之矢、土罐中羊、萍實與商羊、夢黃熊、蓐收、石有言者、三自誣者死、翟雨谷、哀公射中稷、扁鵲醫趙太子、完山之鳥、五丈夫之丘、王子建無知。

修文：選射之禮、延陵季子葬子、三年之喪、事君養親、韓褐子濟河、顓孫子莫、曾子有疾、孔子與子桑伯子、孔子遇嬰兒、子路鼓瑟。

反質：得賁嘆息、負罐灌韭、侯生說始皇、由餘、經侯祉門不出、田差、賀火災、桓公禁汰、季文子相魯、魯築郎囿、晏子飲景公酒、楊王孫倮葬、魯有儉者、斷楹納書、子石子不學詩、公明宣不讀書、魯人徙越。

(二) 劉向新序

雜事一：篤行孝道、孫叔敖埋兩頭蛇、樊姬、史鰌屍諫、祁奚舉賢、筦蘇與申侯伯、足己者亡、衛國逐獻公、虎會不推車、周舍諤諤、翟黃與任座、一祝不勝萬詛、所寶者賢臣、折衝樽俎之間、六翮與毳、曲高和寡、五墨墨、中行氏先亡、申公巫臣。

雜事二：三人言而成虎、曾參殺人、謗書一篋、狐假虎威、掣肘、獻餘魚、鄒忌敏捷、燕相得罪、妖不勝德、獵得善言、二虜談妖、行之太遠、農夫老古、扁鵲見齊桓侯、莊辛諫楚襄王、反裘負芻、共定國是、楚莊王好隱戲、海大魚、無鹽女。

雜事三：寡人有疾、孫卿議兵、唐且說秦、請從隗始、樂毅上書、鄒陽上書。

雜事四：管仲薦五子、桓公用管仲、田子方、進賢受上賞、名過而功不及、臣之力與君之力、柯之盟、晉文公伐原、趙襄子伐中牟、楚莊王伐鄭、晉人伐楚、晉文公賞郄虎、宋就灌瓜、施政宜厚（二璧）、楚惠王呑蛭、子產不毀鄉校、常思困隘、夢丘邑人、哀　憂　勞　懼　危、郭氏之墟、晉文公田於虢、趙武之力、好學受諫、擊磬者、熊渠子射石、晏子不禳彗星、宋景公受不祥、宋康王見祥爲禍。

雜事五：學而後可、網開三面、澤及枯骨、任計不任怒、人固難全、齊桓公見小臣稷、魏文侯軾段干木、孫卿論儒、田贊衣儒衣、不祥有五、東野畢敗馬、吏苛甚於虎狼、好戰窮兵而亡、去而不忍則亡、正假馬之名、國家之患孰爲大、觀人之交、至死不諭（明）、宋昭公悔悟、秦二世自殺、忠臣盡善、宋玉讓友、玄蝯、雞與鴻鵠、葉公好龍、黃發之言（楚丘先生）、後生可畏、和氏之璧。

刺奢：桀作瑤台、紂爲鹿台、中天台、宛春諫鑿池、宣王爲大室、優莫諫趙襄子、齊景公飲酒、魏文侯見箕季、司城子罕、以養賢爲富、以秕食鳥。

節士：伯成子高、關龍逢、比干、子臧、延陵季子、季子掛劍、許悼公太子、子伋與子壽、公子肸、晉獻公太子、申包胥哭秦庭、齊太史、柳下惠（岑鼎）、子罕不受玉、鄭相不受魚、原憲、越石父、列子辭粟、屈原、石奢、李離、介子推、申徒狄、嗟來之食、袁旌目、鮑焦、趙氏孤兒、張胥鄙與譚夫吾、蘇武。

義勇：石他人、子淵棲、仇牧、晏子、田卑、易甲、屈廬、王子閭、莊善、陳不占、長兒子魚、弘演、芊尹文、卞莊子。

善謀上：管仲諫盟江黃、狐偃、荀息與宮之奇、燭之武、司馬侯、伍子胥、衛鞅與甘龍杜摯、司馬錯、黃歇、虞卿。

善謀下：陳恢、韓信、廝養卒、酈食其、張良借箸代籌、先封雍齒、婁敬、留侯召四皓、內史之謀、韓安國與王恢、主父偃議推恩。

四、魏晋以后寓言

魏晉南北朝是一個十分動盪的時代，在這長達數百年長期動盪的社會背景下，傳統儒學失去了獨居尊位維繫人心的力量，在曹操講刑名、士林尚玄學，朝野仰佛理的多重因素下，人們的思維再一次地活躍起來，配合著文筆之分，在文學理論興起並講求文學技巧的情勢下，魏晉寓言作品數量不多，且多因襲先秦作品，但內容上卻顯得多樣化，因爲此時除了傳統蘊有寓言作品的散文著作如荀子、劉子、金樓子、世說新語、搜神記之外，印度「百喻經」的傳入，更爲中國寓言注入了新鮮血液，而第一部笑話專集「笑林」的出現，更開啓了唐宋諷刺寓言和元明以後詼諧寓言的先河。

(一)唐宋寓言

此期寓言，可依文體略分爲詞賦與散文故事二類。在詞賦寓言中，三吏三別等寓言詩造就了杜甫詩史的地位，而深受佛家講唱變文影響的劉禹錫咏物諷喻詩詞，頗受專家的好評，今敦煌帛書中的燕子賦、茶酒論更是膾炙人口的上好童話寓言作品。

至於散文寓言故事，在基於古文運動的勃起和小品、傳奇小說文體日趨成熟的狀況下，除部分繼承先秦寓言傳統的散文作品，如無能子（宣揚道家思想）、伸蒙子（宣揚儒學思想）、續孟子等，可分別在晚唐小品及唐宋傳奇、筆記和類書中探得不少優秀或長篇的寓言傑作。

此期不乏大家撰述寓言作品，其中當推唐朝柳宗元和宋朝蘇東坡最受矚目。柳宗元寓言作品量雖少但質地佳，他根植在唐代現實生活中，深刻諷刺各種腐敗社會現象和人物的寓言故事，有：羆說、罵尸蟲文、鞭賈、哀溺文、蝜蝂傳、永州鐵爐步志、李赤傳、河間傳等；至於自喻身世、反映革新失敗情緒的寓言故事，有：行路難、謫龍說、憎王孫文及最具代表性的臨江之麋、黔之驢、永某氏之鼠三篇。此外正面說理的寓言故事，有：種樹郭橐駝傳、梓人傳、劉叟傳等。

宋朝蘇軾在儒家思維爲主，旁涉諸子各家觀點、雜融佛家學說，在深受柳宗元寓言影響下，創出與前代風格迥異的詼諧幽默式寓言，而最具代表性的作品就艾子雜說一書，其中假託艾子先生貫穿全書，針對當時對專制暴政、無能文臣武相，澆薄世態人心等做了笑話式寓言的諷刺，非但寓意深遠，更深刻地影響了後世詼諧的寓言故事。

㈡元明清寓言⑰

元代至民初，由於外族多次入主中原，並採取高壓統治手段，遂令長期生活在這種專制黑暗、言論不自由社會中的人們，養成了詼諧玩世、善好冷嘲熱諷的人生態度，他們憑藉著詼諧具譏刺性的寓言作品，對於當時社會絕對地加以嘲弄。

此期寓言，除部分作品滲透於小說文體中，如儒林外史、聊齋志異、諧鐸、子不語、閱微草堂筆記等，至於此期個人文集筆記中也不乏優秀寓言作品，都足以反映當時的社會狀況和個人的思維，例如明朝劉基的郁離子、宋廉的龍門子凝道記與燕書、陶宗儀的輟耕錄、方孝孺的遜志齋集、薛瑄的薛文清集、莊元臣的叔苴子、耿定向的權子雜俎、瞿汝稷編的水月齋指月錄、劉元卿的賢奕編、江盈科的雪濤小說及清代唐甄的潛書等，其中以馬中錫的中山狼傳最是宏偉。此期數量最龐大的詼諧寓言作品，就是以「笑」或「詼諧」命名的笑話專集，今突破此期時間限制，將我國歷代此類作品條列如下⑱：

笑林（玉函山房輯佚本）　邯鄲淳

笑林（古小說鉤沈輯佚本）　邯鄲淳

啓顏錄（敦煌卷子本）	侯　白
啓顏錄（輯太平廣記本）	侯　白
啓顏錄（類說本）	侯　白
啓顏錄（續百川學海本）	侯　白
啓顏錄（廣滑稽本）	侯　白
諸噱錄	朱　揆
群居解頤（說郛明鈔本）	高　擇
艾子雜說（陽山顧氏文房本）	舊　題　蘇軾
艾子雜說（五朝小說大觀本）	舊　題　蘇軾
調諧編（雪濤諧史本）	蘇軾語　王世貞編
調諧編（五朝小說大觀本）	蘇　軾
軒渠錄（說郛明鈔本）	呂居仁
善謔集	天和子
開顏錄（說郛明鈔本）	周文玘
醉翁談錄	羅　燁
籍川笑林	吳取善
拊掌錄	邢居實
笑海叢珠	仁興堂刊

笑苑千金	仁興堂刊
稗史	仇遠
群書通要	佚名
權子	耿定向
山中一夕話（一名開卷一笑）	李贄
艾子後語	陸灼
艾子外語	屠本畯
憨子雜俎	屠本畯
露書諧篇	姚旅
應諧錄	劉元卿
五雜組	謝肇淛
諧語	郭子章
雅謔	浮白齋主人
笑林	浮白主人
迂仙別記	張夷令
雪濤諧史	江盈科
談言	江盈科
諧浪	郁履行

諸叢	鍾惺
笑贊	趙南星
笑禪錄	潘游龍
笑府	馮夢龍
廣笑府	馮夢龍
古今譚概	馮夢龍
精選雅笑	醉月子
時尚笑談	佚名
華筵趣樂談笑酒令	佚名
遣愁集	張貴勝
三山笑史	佚名
寄園寄所寄	趙吉士
笑倒	咄咄夫
笑得好	石成金
笑笑錄	獨逸窩退士
嘻談錄	小石道人
眞正笑林廣記	遊戲主人
一笑	俞樾

幽默筆記　胡山源編
苦茶庵笑話選　周作人選
明清笑話四種　周作人編
中國笑話書　楊家駱編
笑話群　婁子匡
巧女和獃娘的故事　婁子匡

縱觀今日兒童寓言讀物，除部分翻譯西方伊索寓言和編寫有關佛教經義的寓言外，目前坊間仍然是以語譯中國古有寓言故事爲主，圖文出版社爲兒童編寫納入「中國孩子的百寶箱」讀物中出版的中國寓言故事，就是今人從語譯傳統寓言故事中爲孩子尋根並囊探智慧的最佳例證。

第三節　寓言故事的內容

寓言是寄托了勸喻或諷刺意義的各種故事，不論它是借此喻彼、借遠喻近、借古喻今還是借物喻人，重點就是要將抽象深奧的事理從具體淺顯的故事中體現出來，讓讀者能夠悟得作者的本意。由於此類作品或因作者的造詣高低而涵蓋面有廣狹之分，也因讀者的程度不齊而領悟力有強弱之別，因而寓言故事的內容介紹，個人以爲不便究其立意以爲分類標準，當就其故事題材角色與風格加以區別，如此讀來，兒童思路才不被牽制，而故事寓意也能如掛角羚羊不著痕跡地駐足人心，不失寓言本意。茲略分中國寓言故事內容爲：動物、植物、人物、神怪、笑話五類，簡介於後。

一、人物寓言故事

中國寓言故事中以人物為最多，這是別於國外寓言的明顯特徵之一，此類故事可略分為歷史人物故事和一般生活故事兩類：

㈠ 歷史人物故事

歷史有鑑往知來的作用，而有寄託的人物寓言故事更能彰顯歷史此項功能，「楚厲王打鼓」一事，使得貴為國君的楚厲王成了「放羊的孩子」，頗能警惕人們嚴謹自己的態度行為⑲：

戰國時期，楚國的國君厲王，為了防止敵軍的偷襲，特叫人做了一面大鼓，這面鼓打起來聲音很大，可以傳得很遠。楚厲王下令說，如果國家突然出現了緊急情況，就打起鼓來，老百姓聽到鼓聲，就會立即動員起來，準備應付敵人。

有一天，厲王喝酒喝多了，他從大鼓旁走過，醉醺醺地拿起鼓棰亂敲了一通。老百姓遠遠地聽到了鼓聲之後，都以為有敵軍進犯，馬上拿起武器，緊急集合在宮門之外。

厲王看到自己敲了幾下鼓，就使得那麼多人驚慌地集合起來，感到很開心。他哈哈大笑了一陣，派人告訴那些老百姓說：「剛才打鼓沒什麼急事，只是大王喝醉了酒，從大鼓旁經過，看著好玩，敲了一陣鼓，現在沒事了，大家散去吧！」那些集合起來的老百姓，只好回去了。

過了幾個月，別國的軍隊偷襲楚國，楚國的哨兵發現敵軍後，馬上報告厲王，厲王趕緊叫人擊鼓，通知百姓集合，準備抵禦敵人。鼓被敲得震天響，但老百姓以為又是楚王尋開心，所以沒有一個人趕去救援。

由於楚國防守力量非常薄弱，最後城被敵軍攻破，楚厲王被亂軍活捉。（取材韓非子）

「輕人重物」是人們常犯的毛病，「齊景公射鳥」中，悲天憫人的晏子不但以機智打動了齊景公的心而挽救了燭雛，更將「人命關天」的思想深植人心[20]：

齊景公喜歡用箭射鳥，他指派一個叫燭雛的人專門負責射鳥的事。

有一天，燭雛不小心，讓射中的鳥飛走了。景公大怒，要殺死他，晏子知道這件事後，對景公說：「燭雛犯了罪，請讓我一一列舉他的罪狀，然後按照他的罪過來處死他。」景公答應了。

晏子把燭雛喊來，當著景公的面，列舉他的罪狀說：「你替大王射鳥，卻讓鳥飛了，這是第一條罪；你讓大王因為鳥飛走了而殺人，這是第二條罪狀；這件事被其他的人知道了，會認為大王把鳥看得比人命還重要，這是你的第三條罪狀。」

晏子列舉完燭雛的罪狀，就請齊景公把燭雛殺了。景公說：「不要殺他了。」

齊景公不但沒有殺燭雛，反而向他表示歉意。（取材漢劉向說苑）

㉑：不明事情的因果關係，常會讓人想出欲益反損的不智做法，「趙簡子放生」就是很好的例子

晉國有個大官，名叫趙簡子。趙簡子是個心地善良的人，每逢見到活蹦亂跳的小鳥被關在籠子裏，他就於心不忍，一定出高價買下那隻小鳥放生。如果有人把捉來的鳥送到他家，他也重重酬謝那些送鳥來的人，然後把鳥放生。

捉鳥的人看到趙簡子肯出這麼高的價錢買鳥，於是爭先恐後，想盡辦法到處捉鳥。捉來鳥就獻給趙簡子，得了賞錢以後，再去捉。這樣，一傳十，十傳百，許許多多的人都去捉鳥。有的人用彈弓打，有的人設下網來捉，還有的夜裏去掏鳥窩。如此一來，趙簡子雖然花了那麼多錢放生，鳥卻越來越少了。

有一次，趙簡子帶著僕人去郊外遊玩，一天也沒有看到幾隻飛鳥，就奇怪地問僕人：「從我手中放生的鳥不知道有多少，為什麼一天也沒看見幾隻呢？」

僕人便把看不到飛鳥的原因對趙簡子說了，趙簡子感到很慚愧，但又不知怎麼辦才好。

僕人忙說：「您如果真是那麼愛護鳥，為什麼不下一道命令，嚴禁人們捕鳥呢？」

趙簡子想想，覺得很有道理。第二天，城牆上便貼出了嚴禁捕鳥的告示。從此，人們再也不敢捉鳥，各種鳥也就漸漸多了起來。（取材列子）

頓悟了「月盈則虧」的道理，自然就能夠不戀功名利祿得全身而退了，「鳥盡弓藏」證驗了這個眞理㉒：

文種和范蠡二人是協助越王勾踐打敗吳王夫差的功臣。越王勾踐滅了吳國以後，行慶功會歡宴群臣，歌舞宴飲直至深夜，越王忽然覺得眼前少了一人，細細查問，原來范蠡不見了。他立即命令大家去找，到處都找不到。勾踐考慮到范蠡握有兵權，怕他會造反，立刻叫文種去接管范蠡的軍隊。

第二天，有人在太湖邊尋到范蠡的外衣，口袋裏有一封信，趕緊呈給越王。信上說，他幫助越王滅了吳國，這是應盡的本份，目前越王身邊有兩個人留著對越王沒有好處，一是西施，她迷惑夫差，也可能迷惑越王；另一是范蠡，手中權力太大，讓人不放心，因此他已為越王除掉這兩個人。

越王讀完信，心裏的大石頭總算落了地。大家猜測，范蠡一定是先殺了西施，然後跳湖自殺了。勾踐為了追念范蠡，下令將會稽山一帶劃為范蠡的封地。

過了不久，文種忽然收到一封信，上面寫著：「飛鳥盡，良弓藏；狡兔死，走狗烹；敵國滅，謀臣亡。越王這個人，可以共患難，不可以共富貴。您現在不走，將來一定會惹來殺身之禍……。」文種才知道范蠡並沒有死，而是隱居起來。文種尋思范蠡的話，時常裝病不去上朝。有人向越王進讒言說，文種自以為功高賞薄，心懷怨恨，故意裝病不來上朝。越王知道文種是個很有才能的人，這種人萬一變了心，難以對付，決定要除掉文種。一天，他親自去探望文種。在病榻前對他說：「你幫著我滅了吳國，現在請你幫助我去對付已經死掉的幾代吳王，行不行？」說完，就匆匆走了。

文種一時弄不明白越王的話是什麼意思。當他發現勾踐留下一把劍在椅子上，取劍細看，劍鞘上有「屬鏤」二字，不由得大驚失色，原來這就是當初吳王夫差逼忠臣伍子胥自殺的那把劍。他明白了越王的用意，仰天長嘆說：「鳥盡弓藏，兔死狗烹。我不聽范大夫的話，真是愚蠢，走狗不走，只好讓主烹了！」說完，就拿起劍自殺了。

范蠡卻經商致富，改名陶朱公，安享晚年。（取材史記）

㈡ 一般生活故事

人們在日常生活中發生的瑣碎小事情，如果細心的考量自然也能發現有許多是值得深思的問題，在「塞翁失馬」的故事中，我們可以領會出凡事都有得失的[23]：

在邊疆附近，有一個人的馬弄丟了，鄰居們都去安慰他。他父親說：「這也不見得是件壞事啊！」過了幾個月，那匹馬帶著一匹駿馬自己回來了。鄰居們又來恭賀他，他父親說：「這也不見得是好事啊！」

自從來了這匹駿馬，這個人的兒子就常常騎著駿馬出去奔馳。有一次不小心從馬上摔下來，跌斷了大腿。鄰居們又來安慰他，他父親說：「這也許是件好事啊！」

過了一年，北方的胡人大舉入侵，青年們都被徵去當兵，十之八九都戰死了。可是，這個人的兒子因為跌斷了大腿，沒有被徵去當兵，結果保住了性命。（取材淮南子）

天降鴻福，如果我們不能待以平常心，恐怕終究難享其福呢！國父強調民族主義重要所講的「苦力中獎」故事，就是上好的例證㉔：

有一個無家可歸的苦力，他唯一的家當就是一根竹槓和兩根繩子，天天在碼頭上幫人家挑東西度日。後來他積了十幾塊錢，買了一張獎券。因為他沒有家，就把獎券藏在竹槓裏面。獎券藏在竹槓內，不能隨時拿出來看，所以他就把獎券的號碼牢牢地記在心裏。到了開獎那天，他迫不及待地趕到獎券行去對獎。一對之下，發現自己竟然中了頭獎！高興得簡直要發瘋了。他想：「我就要當富翁了，以後再也不必給人家挑東西了，還要這根竹槓幹什麼？」想到這裏，順手一扔，把竹槓和繩子扔到海裏去了。（取材國父　孫中山先生演講辭）

人的疑心病很重，因而判斷處理事情時，常常因心理重重的障礙，等不到水清石現就犯下胡亂瞎猜的錯誤，「斧頭不會作怪」將此一人性缺點做了絕妙的描繪，無異在昏冥的心靈中點上一盞明燈㉕：

有個人丟掉了一把斧頭，到處都找不到，也不知道是上山砍柴時，忘了拿回來呢？還是放在家裏被偷了！

這一天，一大早起床。他就開始找他的斧頭。他翻遍了家裏的櫃子、櫥子，就是找不到那把斧頭。

他東猜西想，還是想不出斧頭掉到哪裏去了？

忽然一擡頭，他看到鄰居的孩子阿毛，鬼鬼祟祟地從窗前閃過，而且竟然紅著臉，很快地離開了！

「奇怪？以前阿毛不是這樣子的啊？」他想：「以前碰到我，阿毛總是喊聲『叔叔早』，十分親切——今天怎麼這樣？連個招呼都不打，就悶不作聲地躲開了？」

他搖頭晃腦了一陣子，好像找到答案似的：「對了，會不會是阿毛？一定是！一定是阿毛偷了我的斧頭，要不然阿毛躲個什麼？」

於是，他立刻趕出門外，叫住阿毛：「喂，阿毛！」

「呃，叔叔，你……你找我……什麼，什麼事啊！」阿毛支支吾吾地回過頭來，不太敢正面看他。

「阿毛，叔叔丟了一把斧頭，你有沒有看到啊！」

「叔叔，什麼斧頭啊？」阿毛紅著臉回答，看起來有點心虛的樣子。

「就是叔叔每次上山砍柴，都要帶的那把斧頭啊！前幾天叔叔出門前，你還說『好利啊』的那把斧頭啊！」

「前幾天？哦，叔叔，前幾天我看你帶著出門了，可是你回來的時候，我卻……卻沒有看到啊！」阿毛很小心地回答，好像怕說錯話似的。

他看著阿毛講話的樣子，生生澀澀地，心想八成是阿毛沒有錯。可是又找不到證據，只好放阿毛走了。

過了兩三天，斧頭還是找不到，他只好帶了另一把斧頭上山砍柴。砍了一個上午的木柴，正想休息，忽然發現丟掉的那把斧頭，就在前幾天砍樹的草叢裏亮著呢！

他趕緊跑過去，拾起那把斧頭，果然是自己的沒有錯，就高高興興地帶著兩把斧頭回家了。剛要跨進家門，遠遠就看到阿毛站在門邊，看到了他，高興地說：「叔叔，怎麼這麼早回來呢？——啊，叔叔今天還帶兩把斧頭啊？」

他很不好意思地摸著阿毛的頭，脹紅著臉說不出話來。

從此以後，他再看到阿毛，就覺得阿毛的一舉一動，一點也不像是會偷斧頭的樣子了。（取材列子）

忠言果眞逆耳，良藥無不苦口，人們如果能夠察納雅言，必然能夠減少許多不必要的損失，可惜的是，一般人既無此度量，又不能在遭到橫禍之後眞正明悟先知卓識者的功勞，「該感謝的人」可以讓人們知道虛心受教與防犯未然的重要㉖：

漢朝有個很有見識的人，到朋友家裏拜訪，看到這位朋友家中的竈上，烟囪很直；烟囪旁邊還堆積了不少木柴，就勸告朋友，應該趕快把烟囪改為彎曲，讓火舌向外橫冒，以免燒到房子；同時也要把烟囪旁邊的木柴搬開，以免萬一火燒房子時，助長火苗。

他的朋友聽是聽了，卻一句話也沒有回答，當然更不可能依照他的話去做了。

過了沒多久，這位朋友的家裏果然失火了，由於火苗竄得很快，烟囪旁又有不少乾燥的木柴，因此火勢非常凶猛，沒辦法立刻撲滅掉。

幸好鄰居都跑來幫忙，有人提著水趕來，有人搬了泥沙來，有人甚至衝進火場中滅火，好不容易才把這場大火撲滅了。這位朋友損失了財物不說，鄰居中也有人因此受了傷。

等清理好火場，安頓下來後，這位朋友為了感謝鄰居的幫忙，便殺了一頭牛，準備了酒菜，請那些來幫忙救火的鄰人。被火燒得最嚴重的人功勞當然最大，就坐到上座去，其他的人也都依救火功勞的大小，依序入座，就是沒有請那位有見識的人。有人就私下提醒主人：「我看不太對勁吧，被大火燒得焦頭爛額的人，當然應該感謝，但假使當初你聽那位有見識的人的話，根本就不會發生火災，沒有火災，當然也就不會害得救火的人燒成這個樣子，更不用你擺酒席來謝他們了——如果要論功行賞，當初勸你把烟囪弄彎曲點、把木柴搬遠一點的人，難道沒有恩惠嗎？」

主人一下子被點醒了，趕快就去請那位有見識的人來坐在上座。（取材漢班固漢書）

二、動物寓言故事

飛禽走獸的世界裏，也如人間世俗，各自憑依著自己的聰明才智及做事態度，過著境界、層次高低各不相同的生活，因而描述動物百態的故事，頗有感動人心，啓發智慧的寓意。透過「群鳥學搭窩」的故事，很能鞏固人類堅忍情性認眞求知以期求得眞知並安享幸福的信念[27]：

在古代森林裏，只有鳳凰會搭窩，住得非常舒服。小燕子、麻雀、烏鴉、老鷹、貓頭鷹、老母雞都想學學這本領，便一起去找鳳凰。

鳳凰說：「想學本領要用心聽我說，沒有聽清楚，一定學不好……」話才剛開頭，老母雞就呼呼的睡著了，貓頭鷹覺得沒有趣味，也飛走了。

鳳凰繼續說：「要想搭個好窩，首先要打好根基，選擇大樹幹的三個杈……。」老鷹一聽，說：「這很簡單，我會了。」把翅膀一撲，也飛走了。鳳凰接著說：「把叨來的樹枝，一層層地疊起來……」烏鴉說：「哈！我也學會了。」呱呱呱叫了三聲，飛走了。鳳凰往下說：「要保險的話，好的窩要搭在人家的屋簷下，不怕風吹雨打……。」麻雀以為已經說完了，馬上飛走了，沒想到鳳凰還補充說：「更好的窩是：先叨泥，把泥土和著些毛和草，一層層疊起來，裏面也鋪上毛和草。」最後的這些話只有小燕子聽到。

到今天，老母雞不會搭窩，只有讓人飼養；貓頭鷹也沒有窩，只好夜夜淒涼的哭；老鷹呢，只會蹲在三杈的樹枝上；而烏鴉搭的窩不太結實；麻雀比烏鴉聰明，會在屋簷下搭窩。最被人稱讚的是燕子了，牠的窩，又結實又不怕風雨。（寓言故事第一集）

平實之美常被世人忽視，反而羨慕那無法捉摸的外放光芒，在缺乏「自知之明」的情況下，卻常使得自己成爲愚昧的象徵，那技窮的「笨驢」，將這庸俗的一面表現得十分入扣㉘：

古時候，貴州省（簡稱「黔」）沒有驢子，有人多事，從外地用船載了一隻驢子來，想讓大家開開眼界。

剛開始，的確也熱鬧了一陣子，過了不久，大家不再感到好奇了，而這隻驢子又沒辦法取代牛跟馬的工作，帶牠來的人不得已，只好把牠放生到山谷下，讓牠自生自滅。

這一天，有隻老虎下山來找吃的東西，看到從來沒有見過的驢子，嚇了一大跳，瞧瞧驢子的樣子，更是龐大得很，還以為是神呢！於是老虎趕緊躲到樹林裏，仔細觀察驢子的一動一靜。

這時候驢子忽然嘶喊了起來，老虎一聽，以為驢子要吃掉牠，怕得立刻逃出林子，跑得遠遠的。

可是，老虎又覺得奇怪，驢子怎麼不來追牠呢？因此便在離驢子一段距離外的野地上，來回踱著步子，想看看驢子有沒有什麼反應？

過了好一陣子，驢子還是一樣地在原地上吃草，老虎試著向前靠近了幾步，驢子仍然跟剛才一樣地在原地吃草，又在原地不動。老虎試了幾次，漸漸習慣驢子的叫聲了，也更加地靠近驢子身旁。

雖然如此，老虎到底還是不敢隨便亂來，只是在驢子身邊開牠的玩笑，驢子似乎生氣，可是卻沒有撲殺老虎的意思。

老虎一看，這隻驢子大概很有本領，一方面更加地小心防備，一方面卻又上前一步，靠在驢子身邊耍弄牠。

驢子被老虎這麼一耍弄，生氣得很，便用蹄子踢了老虎一腳，心想老虎該怕牠了！

老虎被驢子踢了那麼一下，一點也不生氣，反而高興得很：「這隻怪物原來不是神，牠的能耐不過如此罷了！」

於是老虎立刻跳起來撲在驢子的身上，咬斷了牠的喉嚨，吃光了牠的肉，然後大搖大擺地走了。（取材唐初柳宗元黔之驢）

一個不能識破對方居心的人，經常在對方得隴望蜀的貪念下陷於困境，「老虎與蟒蛇」很能讓人記取住「防人之心不可無」的教訓㉙：

有一天，老虎在路上碰見了一條蟒蛇，悶悶不樂地嘆著氣。老虎覺得很奇怪，就問蟒蛇：「我看你一向都很快樂，今天有什麼事讓你不高興嗎？」

蟒蛇擡起頭來，告訴老虎：「不瞞你說，我每天看到你一出門，山谷的禽獸都怕得逃走，十分威風，我實在非常羨慕您。」

老虎一聽，不禁大笑：「其實這並不值得羨慕——可是，我不懂這又有什麼好難過的呢？」

蟒蛇說：「因為跟您的威風比起來，我實在可憐。我每次出門，總要東躲西藏，生怕被其他的動物吃掉，如果能不被粗心的大象踏到，就覺得這一天很幸運了。我們都是森林中的動物，命運卻有這麼大的差別，真是越想越難過啊！」

老虎聽了蟒蛇的話，非常同情，因此就說：「這樣吧，你乾脆爬到我的身上，跟著我走，一方面分享我的威風，一方面也就不用擔心自己的生命安全了。你認為好不好呢？」

蟒蛇聽到老虎說的這番話，破涕為笑，立刻爬到老虎身上，纏著老虎，一道在山林中遊蕩。想不到走不了幾公里，蟒蛇的興奮就漸漸消失了，甚至想把老虎纏死，來證明自己比老虎厲害，也出一口平常被其他動物瞧不起的怨氣。

於是蟒蛇便逐漸地使力，把老虎的身體慢慢地、緊緊地纏起來。起初老虎並沒有感覺，以為蟒蛇怕摔下來，還笑著跟蟒蛇說：「你緊張個什麼勁，你纏在我身上還怕摔下來不成？放輕鬆點吧！」

等到老虎發現蟒蛇纏得越來越用力，牠的呼吸也開始困難了，這才緊張起來：「喂，你鬆開來啊！這樣下去我會被你纏死的！」

蟒蛇好像沒有聽到似的，只是更加用力地纏，更加快速地繞。老虎被纏得受不了了，只好聳起背部奮力向空中一跳。蟒蛇由於纏得太緊了，被老虎這麼聳背一跳，立刻裂為二段，摔在地上。

蟒蛇生氣地罵著老虎：「我原來只希望能分享你的一些風光，想不到你竟然奪走了我的生命。我真是寃枉透頂啊！」

老虎想不到蟒蛇還有臉說出這樣的話，一時也楞住了，不知該怎麼回答才好。

過了一會兒，蟒蛇抽搐了一下，死在地上。老虎這才驚醒過來，自言自語地說：「蟒蛇啊，我如果不這樣做，現在躺在地上的就不是你，而是我了。」（取材於明屠本畯艾子外語）

由於老虎本身擁有強大的力量，因而不識時務圖謀不軌的蟒蛇終於嚐到了自食惡果的下場。但是瘦弱小鹿在「忘了我是誰」的故事中，却因此喪失了寶貴生命㉚：

有一隻小鹿，長得很可愛。有一天在野外玩耍，不小心被獵人捉住了。獵人看這隻小鹿的模樣好看，不忍心把牠殺掉，於是就決定帶小鹿回家飼養。

誰曉得獵人跟小鹿一進門，家裏的狼狗就涎著嘴，伸著舌頭，搖著尾巴，想要把這隻小鹿吃掉。

獵人一看，非常生氣，把狼狗趕到一旁，罵了牠幾句。

為了使得小鹿有一個安定的家，也為了使得狼狗能友愛小鹿，從此獵人便開始訓練狼狗，以便改變狼狗的壞習慣。獵人先讓小鹿站在狼狗面前，命令狼狗不准亂動，過了幾天以後，就開始訓練狼狗跟小鹿一起玩耍。

反覆訓練久了，狼狗果然乖巧，經常和小鹿玩耍，也不再張牙舞爪，想把小鹿吃掉了。

過了不久，小鹿習慣了，牠每天跟狼狗玩耍，竟忘了自己是一隻小鹿，也把自己看成狼狗，跟那隻狼狗更加親近。而這隻狼狗呢？由於希望獲得獵人的喜愛，雖然有時免不了舌頭發癢，想把小鹿一口吃掉，卻還乖乖地陪著小鹿玩耍。過了三年以後，小鹿長大了，有一天忽然想到外頭散步，便走出家門，跑到馬路上。小鹿走了沒多遠，看到前面的路邊有很多狗在一起玩耍，心裏高興得很，立刻跑過去要加入遊戲行列……

那些狗看到小鹿闖了進來，既生氣又高興，全部圍了過來，把小鹿咬死，爭著吃小鹿的肉。可憐的小鹿啊，牠就這樣死了；更可憐的是，小鹿到死還搞不清楚自己為什麼會被狗吃掉呢。（取材唐柳宗元臨江之麋）

三、植物寓言故事

以植物爲主角的寓言故事在中國的寓言作品中佔的比率比較少，但是含有寓意的植物故事，一樣生動地綻放出智慧的火花。在「菟絲與長春藤」故事中，作者藉著毫無本事只知依附顯貴而陷於絕境的菟絲，點出不知自我充實，而到處趨炎附勢，是絕對不智的作法㉛：

菟絲與長春藤生長在松樹與朴樹的下面。它們在商量要攀附那一種樹比較好。菟絲說：「朴樹是一種不成材的樹，一叢叢的長著，彼此互相遮蔽。而松樹呢！它的根長在石縫之中，根旁生出茯苓，而茯苓是各種藥材中最名貴的，聽說古時候的神農氏就是吃了茯苓而成為神仙的。而且松樹的松脂埋入土中，便成了琥珀，而琥珀和水中的玉石、山裏的寶石都是貴重的寶貝。再說，松樹的樹幹從山谷中伸出來直沖雲霄，它的枝條矯健地盤曲著，它的葉子非常茂密，風一吹來，便像各種樂器一樣，發出悅耳的聲音。我覺得除了依靠松樹，沒有別的地方會更理想了。

長春藤說：「你說的松樹真美。但是，依我看，做為我們攀附的對象，卻不如朴樹。凡是美妙東西，就是人們爭奪的目標。所以，山上如果埋有金子，便會被挖掘，石頭裏藏有美玉，便會被打開，湖泊裏有魚便會被抓走。現在松樹身長十丈，樹梢高聳入雲，它不生長在人迹稀少的山谷，偏又直挺挺地生長在大家都能看到的地方，何況它的根旁還長了茯苓、琥珀。我覺得它不久就要遇害了。

菟絲沒聽長春藤的話，爬到松樹上去了。長春藤便彎彎曲曲地向朴樹上爬，它纏繞朴樹的枝幹，伸出自己的枝葉，於是，朴樹的葉子反而枯萎了，枝條、樹幹反而成了長春藤的依附品。

一年多以後，人們見到這棵挺拔的松樹，又有名貴的藥材及琥珀可得，就把這棵松樹砍了，菟絲也隨著死了；而長春藤及朴樹仍然依舊生長著。（取材郁離子）

病入膏肓往往是在「小病無所謂」或「怕麻煩」及「怕疼痛」的心理下，延誤醫治的結果，

「竹子生病了」很能警寓世人注意小處，而擁有由小見大的智慧㉜：

有一棵竹子剛剛長高，它那靠近地面的一節，就被小蚜蟲咬了許多斑痕。高大的榕樹看見了，趕忙對竹子說：「你生病了，快請啄木鳥來替你醫病。小病好醫，大病難醫喔！」

竹子不在乎地說：「要請啄木鳥？它會啄我，我怕痛，算了吧！小病而已，很快就會好的。」過了不久，蚜蟲又生小蚜蟲，越生越多，竹子靠近地面的一節被蛀得百孔千瘡，竹子都站不直，只好託人去請啄木鳥醫生來治病。

啄木鳥醫生剛剛飛到，恰好颼來一陣大風，「嘩」一聲，生病的竹子就被吹倒了。（廣西壯族寓言）

四、神怪寓言故事

角色中有神仙鬼怪的寓言故事，在信仰神鬼的中國，似乎比起其他寓言故事更能篤定人們的信念。「愚公移山」就是自助人助之外更得天助的例子㉝：

傳說我國古時候，在冀州之南、河陽之北有兩座大山，一座叫太行山，一座叫王屋山，方圓七百里，高數萬丈。

山北住著一位叫「愚公」的老頭，年紀快九十歲了，他每次出門，都要繞個大圈子，才能走到山南，愚公為此十分苦惱。一天，愚公把全家人召來，說：「我和你們一起，把這兩座大山移走，修一條直通山南的大道，你們說好不好？」全家人都表示贊成，但他妻子說：「像太行、王屋那麼高的大山，挖出來的泥土、石塊往哪裏送呢？」沒等愚公回答，兒孫們都說：「把泥土、石塊扔到渤海去好了！」於是愚公率領兒孫開始挖山，用竹筐畚箕把一堆堆泥土、石塊挑到渤海去。愚公移山的事，感動了附近的人，有不少人甚至於自動來參加移山的行動。河曲地方有個「智叟」，看到愚公竟然笨得想要移山，就對愚公說：「你這個人真傻，你這麼大年紀了，還有多少日子好活？我看你連山的毫毛都動不了一下，更不要說把那麼多的泥土、石塊移走了。」愚公不服氣地說：「你這個人的頭腦真死啊！我死了以後，還有我的兒子，我的兒子死了又有孫子。我的子孫無窮無盡，可是這兩座山卻不會增高，我為什麼不能把它移走呢？」愚公移山的精神，感動了天帝，於是派了兩個神仙下凡，一夜之間把太行、王屋兩座山背走。從此，愚公出門再沒有高山阻擋了。（取材列子）

求人不如求己，如果沒有必要就無須煩勞神明異物，否則得不償失的結果是驚人的，「南山的蛟龍」能讓我們深刻體會到自立求存與權衡用人的意義㉞：

漢愍帝末年，洛陽鬧大旱災，草木都枯了，池裏水也乾了。神巫們對那管理公共事務的老人說：「南山有一個大水池，裏面有一個能興雲作雨的神物，可以請它出來。」老人回答說：「那東西是蛟龍啊！不能用它來解救旱災，它雖然可以得雨，但也會招來災禍。」人們說：「如今旱災這麼嚴重，大家好像坐在爐子上一樣；活過早晨不曉得能不能活過晚上，難道還有閒工夫去考慮以後的事嗎？」便請來神巫，跟他們一道去水池邊，向蛟龍祈禱，請它出來。

還沒有祭拜完畢，蛟龍便彎彎曲曲地爬出來了。隨之而來的是一陣涼颼颼的冷風，吹得山谷都震動起來，一會兒就打雷下大雨了。大風把樹木連根拔了起來；大雨連續下了三天三夜，城裏每條河水都氾濫成災。這時，大家才後悔沒聽那位老人的話。（取材郁離子）

談鬼變色是很自然的現象，但是碰見了鬼，如果想要保住生命不被嚇死，就該學學這「不怕鬼的人」㉟：

有一個人到朋友家裏，正值夏日炎炎的季節，朋友把他請進一間屋子裏坐。到了晚上，他想睡在這個屋裏，朋友說這屋子有鬼，晚上睡不得，他卻偏要在這兒睡。半夜時分，有個很薄的東西慢慢地從門縫裏爬進來。那東西進來之後，漸漸地舒展開來，變成一個女人的模樣。這個人卻一點也不害怕，只見那女人忽然披頭散髮，吐出舌頭，變成吊死鬼的樣子。他對女鬼笑著說：「還是原來這些頭髮，只是稍微零亂一些；還是原來的舌頭，只是稍微長了一些，這又有什麼可怕呢？」女鬼又把自己的頭摘下來，放在桌上。他對女鬼說：「有頭的鬼我都不怕了，怎會怕你這無頭鬼呢？」女鬼知道嚇不倒這個人，就自己走了。（取材清紀昀閱微草堂筆記）

要能「見怪不怪、令怪自敗」才是明智之擧，否則就會像「黎丘老人」錯認鬼怪，枉殺了自己的孝順兒子，豈不悲痛㊱：

梁國有個黎丘鄉，鄉裏有個怪物，特別善於裝成人家的兄弟、兒子，來捉弄人們。黎丘有個老人很愛喝酒。一天，他喝得醉醺醺的，那個怪物變作他的兒子，扶著他回家。一路上，這個假兒子打他、搯他，嘴裏還不住地罵他，把他折磨得好苦。老人回到家，迷迷糊糊地睡了。第二天他對兒子大罵起來：「我把你養大，多不容易，你竟然這樣對待我。昨天我喝多了酒，你就在路上折磨我，你還有一點兒孝心嗎？」他的兒子跪在地上磕頭說：「這是沒有的事呀！昨天我和鄰居一起到城裏買東西，今天一早剛趕回來，根本沒在路上碰見您，鄰居都可以為我作證的！」

老人知道兒子平時非常孝順，所以聽兒子說完後恍然大悟：「噢！這一定是那個怪物裝作你的模樣來捉弄我，我早就聽說過這種事。」老人心想：我明天帶把寶劍，還去那裏喝酒，再遇到那怪物就把它殺死。

第二天，這個老人又去喝酒，喝得爛醉。兒子怕父親喝醉了又被怪物捉弄，忙去接他回家。路上，老人遇見了兒子，以為又是那個怪物，拔出寶劍就把他刺死了。（取材呂氏春秋）

五、笑話寓言故事

中國寓言笑話除了有一笑解千愁的作用之外，更能令人在捧腹之餘得到寓意的智慧，讓向來平淡的日子立刻鮮活起來。「送公文」將人們不肯用頭腦作事愚蠢而自以爲是的模樣，做了如下笑話的描述[38]：

有個傳遞公文的人要送一件緊急的文件到別縣去。上官怕他走得太慢了，便借給他一匹馬。那人連忙牽著馬，走得又急又快。別人問他：「這樣緊急的事，怎麼不騎著馬跑，而牽著走呢？」他回答說：「現在我用六隻脚在地上走，難道會比四隻脚慢嗎？」（取材廣笑府）

在「橫豎都不對」的笑話寓言故事中，將人們愚不可及的作法，做了如下令人發噱的敍述㊲：

很久很久以前，山東有個鄉下人帶了一根很長的竹竿，要進城裏去，他一路扛著竹竿，順利地經過了田野、馬路，一點也不覺得不方便。

想不到走到城門的時候，卻發生了問題。這個鄉下人看看城門的高度，考慮了一下，認為要把竹竿豎著拿才能進得城去，便將扛在肩上的竹竿放下來，雙手抓著直立的竹竿走向城門，結果人還沒有進門，竹竿的頂端就碰到城門了。

鄉下人心想，既然直著走拿不進去，那就橫著拿吧！於是便用雙手把竹竿橫著擺在肚子前面，又試了一次——這次慘了，竹竿兩頭都被城門邊緣擋住，人還沒進門，就先摔了一跤。

鄉下人坐在地上，又氣又急，左思右想，橫的也試過了，豎的也試過了，就是進不了城，怎麼辦呢？

就在他懊惱不已的時候，從城裏走來一個年紀很大的都市人，看到他坐在地上，問清楚原因，不禁哈哈大笑，指點他說：「我雖然不是什麼都曉得的聰明人，但各種種奇奇怪怪的事，倒是看多了。你怎麼那麼笨呢？竹竿橫著拿走不進城，直著拿也走不進城，那是因為竹竿太長了，你從中間把它鋸掉，不就可以進城了嗎？」

鄉下人一聽，果然有道理，便照著老人的話，把那根長竹竿鋸成兩半，高高興興地進了城。

（取材太平廣託）

人性好表現的缺點，相信可以在「賣弄」讀後，隨著笑意神奇地消逝的㊴：

有人買了一張新床，床頂上雕刻著很美麗的花；因此，很想給他親家看一看，才算不埋沒他這張新床。他就假裝生病，躺在床上，讓他親家來探病的時候，好亮一亮他的新床。湊巧，那邊親家剛做了一條褲子，也正想給他親家諞（音偏）一諞。忽然聽說親家得了病，認為正是好機會，就馬上到他親家家裏去了。

他一走進親家屋裏，就先找了一個亮堂的地方坐下來，把大腿翹在二腿上，再將長衫子撩開，在新褲子上拍一拍，撣了撣。這許多動作都做完以後，他才想起問候他的親家說：「親家得了什麼病啦？幾天不見，人就瘦得不成樣子了！」

這邊親家躺在床上，看他親家進屋以後，一直在亮自己的新褲子，根本就沒注意他的新床。因此就回答道：

「親家一來，我才明白：原來我和親家害的是同樣心病！」

那蝕人心靈的貪慾，似乎在充滿笑意的語言中喪失了魔法，絲毫顯現不出一點的威力來，「臉長」就是個很好的例子㊵：

有一天，漢武帝對群臣說：「相書上說，鼻子下的『人中』，如果有一寸長，就可以長命百歲。」

東方朔聽了大笑，有人奏明皇上，指責他大不敬。這時候，東方朔說：「我不敢笑陛下，我是在笑彭祖的臉好長啊！」

武帝問他說：「為什麼？」

東方朔回答說：「彭祖活了八百歲，如果按照陛下的說法，那彭祖的人中應該有八寸，臉就有一丈多長了！」

武帝聽了，哈哈大笑。

第四節　評　論

自古以來，寓言故事一直活躍在人們的心目之中，是成人與兒童共享的文學作品。但是隨著歲月的流逝，這合適兒童閱讀趣味的文學作品，似乎已經被兒童從成人文學的領域中獨佔過來，又由於那些從事兒童教育的專家們，不斷地強調寓言文學中的特殊感人力量，並將寓言故事視爲教育兒童最有效益的工具，因而造就了寓言故事在今日兒童文學界中特有的崇高地位㊶。

推究這不純屬兒童文學作品的寓言故事，何以能夠如此地吸引兒童？個人以爲這與寓言故事的特質有極密切的關係，今分述於後：

(一)　主題旣單一又鮮明

寓言的特質，在於有所寓寄，而所寓之意，也就是這個寓言的主題，由於這些主題多是用來表現出一個人生眞理、明智看法、特殊經驗或苦樂感受，因而作品單一的主題顯得十分突出，能夠讓讀者有鮮明的印象與深刻的啓發。

㈡ 完全用譬喩的手法

寓言故事的寫作目的是「敎訓」，雖然「敎訓」是此類作品的靈魂，但是它將這苦澀而不易爲人所直接接受的內容，以譬喩的手法爲它加上了誘人的糖衣。歸納寓言這種表達的方法有二：一種是借故事以寓理，採取暗示的方式，不在故事中點破作者的旨意，留予讀者自行體會。另一種則是借故事採取明喩的方式說理，在故事中點出作者的旨意[42]。

㈢ 全是故事的架構體

故事是寓言的基本構架，凡是寓言都必須具有故事的情節，雖然寓言中的故事多是虛構的，但是通過這具體、首尾貫串、完整而獨立的故事情節，就可以收到寓言借此喩彼、借近喩遠、借古喩今、借大喩小等功效。更何況故事本身就是令兒童覺得有趣味而深獲兒童喜愛的文體。

㈣ 角色多且具代表性

寓言中的角色多是虛構的，在人物方面，或借歷史人物做虛構故事的主角，或以虛構人物的行徑表達作品的寓意。此外寓言尚有大量的動植物等其他物種角色，但是他們也都以「擬人化」

的形態出現，他們跟平常人一樣有思想、有性格、有情緒，能說會動地活躍在整篇寓言作品之中。這類角色，一方面由於兒童對大自然界中的動植物都有一種天生的親切感，另一方面則因這些擬人的角色都擁有鮮明的表徵(如狼的殘忍、羊的溫順、松樹的堅貞、菟絲的柔弱等)，因此對兒童不但有股強烈的親和力量，更能藉著物種的各式形象，讓孩子清楚地看到人性的各方面，並掌握住所以成功幸福的關鍵。

(五)篇幅簡短語言精練

作者刻意將深刻的道理，寄託在壓縮過的簡短故事結構中，成就了寓言作品所以始終篇幅短小的風貌。在這篇幅短小的文體中，作者由於沒有多餘的細節可以描述，所以莫不專心提煉那繁冗鬆散的文墨與語言，因而形成寓言作品皆有準確、深動、精煉的語言特色，為寓言故事又添入一股所以深入人心的力量。

至於成人所以鼓舞兒童接觸寓言作品的原因，個人以為不外寓言本身擁有「借譬喻以達教育目的」功用的緣故，莊子有言：

寓言十九，藉外論之。親父不為其子媒。親父譽之，不若非其父者也；非吾罪也，人之罪也。與己同則應，不與己同則反；同於己為是之，異於己為非之。

可知這些借重古先聖哲、當世名人、其他物種，來教化兒童的寓言作品，很容易使感性強但缺乏知性與理性的兒童，在事似不關己而懷抱著崇拜偶像的觀念下，接受了寓言的感化與啓示，進而達到成人教育兒童的目的。

寓言故事的教育效力特別地強勁，它通常可以使兒童在深入寓言世界之後，由懵懂而邁入明智成熟的階段，爲了強化寓言故事的教育功用，個人以爲在兒童寓言故事的選擇上有絕對愼重的必要。

此外，個人所以強調必須選擇寓言作品的原因是：兒童由於見聞經驗的缺乏，以及理解剖析能力的不足，經常無法作出正確的善惡論斷，即使是在偶有結果正確判斷的情況下，也往往因兒童強烈的好奇心而定力不足地迷亂了心志，因此主動地爲兒童選擇寓意中正的寓言作品是勢在必行且明智的做法。尤其是龐大的笑話作品中，除部分純正笑話能爲兒童帶來增進快樂氣氛、提高生命活力、保持開朗心境、啓廸幽微智慧、惕勵不當行爲的正面影響外，其他立意、內容均有不當的有色且卑俗作品，對兒童來說，眞是足以令他們心意沉迷、行止浮薄的不良讀物，有鑑於此，個人以爲應當揭擧孔子「少之時戒之在色」的論點，精選過濾此類作品，令兒童在笑樂中悟得眞理，增長智慧，並進而培養出高尙的品德與情操。

註釋

❶林文寶，兒童文學故事體寫作論，頁一四一。
❷吳鼎，兒童文學研究，頁二七七。
❸林守爲，兒童文學，頁七二。
❹葛琳，兒童文學創作與欣賞，頁二一一。
❺鄭蕤，談兒童文學，頁四四。
❻許義宗，兒童文學論，頁六一。
❼葉程義，莊子寓言研究，頁二。
❽陳浦清，中國古代寓言史，頁八—九。
❾顏崑陽，莊子的寓言世界，頁一二一。
❿同註❽，頁十七。
⓫同註❻，頁十一。
⓬同註❽，頁十。
⓭同註❽，頁四—五。
⓮先秦寓言故事篇目，除莊子部分參閱葉程義莊子寓言研究、列子參閱黃美煖列子神話寓言研究之外，其餘則以陳浦清中國古代寓言史爲主。
⓯同註❽，頁一〇五—一三七。
⓰同註❽，頁一七三—二三三。
⓱同註❽，頁二三四—三一七。
⓲陳清俊，中國古代笑話研究，頁一八八—一九一。

⑲ 中國寓言故事(一)，圖文出版社出版，頁一〇四—一〇五。

⑳ 中國寓言故事(二)，圖文出版社出版，頁二五。

㉑ 同註⑲，頁三十—三一。

㉒ 同註⑳，頁十七—十九。

㉓ 同註[illegible]，頁十三。

㉔ 同註⑳，頁一八九。

㉕ 向陽，中國寓言故事，頁四九—五三。

㉖ 同註㉕，頁四一—四三。

㉗ 寓言故事第一集，聯經出版社印行，頁三三—三六。

㉘ 同註㉕，頁二二—二六。

㉙ 同註㉕，頁一〇六—一〇九。

㉚ 同註㉕，頁十五—十七。

㉛ 同註㉖，頁一三二—一三三。

㉜ 同註㉗，頁五七—六十。

㉝ 同註⑲，頁三二—三五。

㉞ 同註[illegible]，頁一二二—一二三。

㉟ 同註⑳，頁一八四。

附錄・重要參考書目（按筆劃排列）

一、論述著作

女子四書讀本　王相箋註　廣益書局
大白貓　王玉川　國語日報社
三字經　王應麟原著　章太炎增修　陳立夫增訂　李牧華注　世紀書局
川沙縣志（江蘇）　成文出版社
千家詩　後村先生　曹寅康熙四十五年刊本
千家詩　後村先生　漢中出版社
山海經校注　袁珂　里仁書局
山海經新探　彭澤江　七十一年文化大學中研碩論
小動物兒歌集　林良　將軍出版社
三國演義　羅貫中　華正書局
小學紺珠　王應麟　商務印書館

小學集解　張伯行　商務印書館
小學歌曲選　中華書局
五十年來的中國俗文學　婁子匡　朱介凡編著　正中書局
孔子女弟子考　郭振武　自印本
孔子家語　王肅注　商務印書館（四部叢刊本）
文心雕龍　劉勰　大光出版社
父母教養方式與國中學生自我觀念的關係　吳金香　六十七年師大教育碩論
父母管教態度對子女人格發展的影響調查研究　梁志宏　七十三年文化兒福碩論
不知名的鳥兒　鍾梅音　中華兒童叢書
水果們的晚會　楊喚　純文學出版社
日記故事　歷畊老農編　明嘉靖四十五年朱天球刊本（中央圖書館）
中國小說史略　魯迅
中國文字學　潘師重規　東大圖書公司
中國文學　高師明　復興書局
中國文學發展史　劉大杰
中國文學概論　周億孚　盤庚出版社
中國古代的科學家　遠流出版社
中國古代笑話研究　陳清俊　七十四年師大國文碩論

中國古代寓言史　陳蒲清　駱駝出版社
中國生育禮俗考　郭立誠　文史哲出版社
中國民俗史話　郭立誠　漢光文化事業公司
中國民間文學概論　譚達先　木鐸出版社
中國民間傳說論集　王秋桂編　聯經出版社
中國民間謎語研究　譚達先　木鐸出版社
中國民間趣事　石　山編　牧童出版社
中國母親底書　張天麟　正中書局
中國兒歌　朱介凡　純文學出版社
中國兒歌　王世禎　星光出版社
中國兒歌的研究　褚東郊　明倫出版社
中國兒歌的研究　劉昌博　自印本
中國兒歌研究　陳正治　啓元出版社
中國俗文學論文彙編　劉經菴　徐傳霖　西南書局
中國神話人物篇　王世禎　星光出版社
中國神話事迹篇　王世禎　星光出版社
中國神話故事　袁　珂　河洛圖書出版社
中國神話研究　譚達先　木鐸出版社

中國神話研究　玄　珠　河洛出版社
中國神話傳說　袁　珂　駱駝出版社
中國神話與傳說　李亦園主編　段芝撰　地球出版社
中國家庭制度　吳自甦　商務印書館
中國家庭與倫理　楊懋春　中央文物供應社
中國婦女史話　王定華　中央婦女工作會
中國偉人傳記科學家列傳　偉文圖書公司
中國寓言故事　向　陽　九歌出版社
中國寓言故事　圖文出版社
中國童玩　漢聲雜誌社
中國童玩兒歌專輯——歡天喜地　黃才春文　林純純圖　鄧橋出版社
中國童話　漢聲出版社
中國詩歌發展史　梁　石　經氏出版社
中國詩學　黃永武　巨流圖書公司
中國語文論叢　周法高　正中書局
中國語言學史　王　力　谷風出版社
中國歌謠　朱自清　世界書局
中國歌謠論　朱介凡　中華書局

中國歷代故事詩　邱燮友　三民書局
中廣兒童歌曲一百首　錢慈善　中國廣播公司
太陽・蝴蝶・花　詹　冰　成文出版社
古今謠諺　楊愼著　史夢蘭補註　商務印書館
北平俗曲略　李家瑞　文史哲出版社
史　記　司馬遷　藝文印書館（武英殿本）
四庫全書總目　紀　昀　藝文印書館
左傳正義　杜預注　孔穎達疏　藝文印書館（十三經注疏本）
可愛的童詩　林川夫　武陵出版社
玉谿生詩集箋注　李商隱　馮浩箋注　里仁書局
列子　張　湛注　中華書局（四部備要本）
列子神話寓言研究　黃美嫒　七十四年師大國文碩論
如何開創你的創造力　哈佛管理叢書
各省童謠集　朱天民　商務印書館
西洋兒童文學史　葉詠琍　東大圖書公司
西洋兒童文學史　許義宗　北市市立女子師範專科學校
戒子通錄　劉清之　商務印書館（四庫全書本）
我國學童道德判斷之研究　蘇清守　六十年師大教育碩論

我愛ㄅㄆㄇ　林武憲　啓元出版社
困學紀聞　王應麟　商務印書館
近體詩聲律論淺說　鄭靖時　中央文物供應社（中國詩歌研究）
周易注疏　王弼　韓康伯注　孔穎達疏　藝文印書館
兩性差異的研究　朱敬先　商務印書館
孤寂的廻響　洛夫　東大圖書公司
兒童心理學　蕭恩承　商務印書館
兒童心理學　王馨生　台灣省教育廳編印
兒童心理學　赫洛克著　胡海國譯　桂冠圖書公司
兒童文學　林守為　自印本
兒童文學　葉師詠琍　東大圖書公司
兒童文學　文致出版社
兒童文學小論　周作人　藍燈文化事業公司（周作人全集）
兒童文學的認識與鑑賞　傅統林　作文出版社
兒童文學故事體寫作論　林文寶　復文圖書出版社
兒童文學研究　吳鼎　遠流出版社
兒童文學研究　師專空中教學教材　中華電視臺教學部主編
兒童文學創作與欣賞　葛琳　康橋出版社

兒童文學綜論　李慕如　復文圖書出版社
兒童文學論　許義宗　自印本
兒童行爲　徐道鄰譯　大林出版社
兒童發展與輔導　賈馥茗　正中書局
兒童發展學　黃天中　東華書局
兒童詩的欣賞和教學　林良　苗栗縣政府國教輔團（兒童詩歌欣賞與指導）
兒童詩的理論與發展　許義宗　自印本
兒童詩畫選（上）　蘇振明　將軍出版事業公司
兒童詩選讀　林煥彰　爾雅出版社
兒童學概論　凌冰　商務印書館
兒童讀物研究　小學生雜誌社編印
兒歌百首　喻麗清　爾雅出版社公司
兒歌創作集　許義宗文　楊文貴譜曲　吳仁芳插圖　中華色研出版社
直齋書錄解題　陳振孫　商務印書館
看古人說笑話　謝武彰文　劉開圖　啓元文化事業公司
胎教　井上日宏著　左秀靈譯　國際文化事業公司
急就探奇　陳本禮　江都陳氏叢書
急就篇研究　張麗生　商務印書館

神話與意義　李維斯陀著　王維蘭譯　時報文化出版公司
後漢書　范　曄　藝文印書館（武英殿本）
唐人傳奇小說　成偉出版社
唐以前小學書之分類與考證　林明波　東吳大學中國學術著作獎助委員會
海洋兒童文學研究　久洋出版社
家政學　王德瓊　正中書局
家庭教育　教育部社教司主編　社會教育輔導叢書
家國時代與歷史文化　蔡仁厚　香港九龍人生出版社
唐詩三百首鑑賞　黃永武　張高評合著　黎明文化事業公司
郡齊讀書志　晁公武　商務印書館
海寶的秘密　布穀出版社
莊子的寓言世界　顏崑陽　尚友出版社
莊子集釋　郭慶藩輯　河洛圖書出版社
莊子寓言研究　葉程義　義聲出版社
國父傳　大衆書局（兒童藝文叢書）
現代化過程中家庭結構與功能之研究　楊連凱　七十三年東吳社會學理論組碩論
現代家庭　吳雲高　中華書局
教育心理學　孫邦正　鄒季婉合著　商務印書館

淮南鴻烈集解　劉　安著　劉文典集解　商務印書館
陶淵明集校箋　陶　潛著　楊勇校箋・明倫出版社
淺語的藝術　林　良　國語日報社
族譜家訓集粹　文建會與聯合報國學文獻館主編　聯經出版社
詠史詩　胡　曾　商務印書館（四庫全書本）
童言　江治榮　洪建全教育文化基金會
寓言故事第一集　董忠司　聯經出版社
發展心理學　譚維漢　商務印書館
發展心理學新論　王克先　正中書局
童詩五家　林　良等　爾雅出版社
敦煌兒童文學研究　雷僑雲　學生書局
童話城　王蓉子　中華兒童叢書
童話與兒童研究　松村武雄　新文豐出版社
敦煌變文集　王重民　世界書局
道德判斷發展與家庭影響因素之關係　單文經　六十九年師大教研碩論
童謠探討與賞析　馮輝岳　國家出版社
新兒童文學　葛承訓　兒童書局
搜神記　干　寶　里仁書局

新笑林廣記　池　魚編　大夏出版社
詩集傳　朱　熹　中華書局
傳統語文教育初探　張公志　上海教育出版社
毛詩正義　毛亨傳　鄭玄箋　孔穎達疏　藝文印書館（十三經注疏本）
零歲教育　劉修吉　青峰出版社
新詩賞析　楊昌年　文史哲出版社
鈴鐺之歌　沈玲裳　布穀鳥兒童詩學叢書
管子探源　羅根澤　里仁書局
管子新論　王瑞英　大立出版社
說文解字注　許　愼著　段玉裁注　黎明文化事業公司
漢　書　班固　藝文印書館（武英殿本）
漢魏晉南北朝韻部演變研究（第一分册）　羅常培　周祖謨
談兒童文學　鄭　蕤　光啓出版社
樂府詩校箋　潘師重規　學海出版社
論語注疏　何晏注　邢　昺疏　藝文印書館（十三經注疏本）
廣雅疏證　王念孫　商務印書館
遺傳優生與胎教　許世明　正中書局（醫學保健叢書）
論　衡　王　充　中華書局（四庫備要本）

談歷史說故事正集　呂明勝編　龍門出版社
廣韻　陳彭年等　藝文印書館
謎語古今談　陳香　商務印書館
禮記注疏　鄭玄注　孔穎達疏　藝文印書館（十三經注疏本）
顏氏家訓——一位父親的叮嚀　盧建榮　時報文化出版公司
顏氏家訓研究　顏廷璽　六十四年文化中文碩論
顏氏家訓集解　顏之推著　王利器集解　明文書局
臨床家庭功能性角色之初探　林幸魄　七十三年東吳社會工作組碩論
魏晉南北朝小說　木鐸出版社
繪圖童謠大觀　廣文書局
離騷九歌九章淺釋　繆天華　東大圖書公司
露珠　曾妙容　臺灣文教出版社

二、期刊報紙

三字經詳註易讀　林政華　國民教育二十三卷一期
口述歷史和傳記文學　沈雲龍　傳記文學二卷五期
山海經新證　史景成　書目季刊第三卷第一、二期合刊

三歲至十二歲兒童的特性　司琦　兒童研究二十四期
中文科學化聲中談中國文字的優劣點　劉凱中　仙人掌雜誌第十號
中國人品之美　蔡仁厚　中國文化月刊五十三期
中國文字之優美特性　彭震球　華文世界十五期
中國文字之優越性　陳立夫　訓育研究十九卷二期
中國文字之優越性　穮穠　新動力三十三卷五期
中國文字在世界文化的地位　廖維藩　大陸雜誌十九卷十期
中國文字的特性　龍宇純　中央月刊九卷四期
中國文字的構造特性　林師慶勳　孔孟月刊二十二卷九期
中國文字的優美性　陳克誠　華文世界八期
中國文字容易敎學的「怪論」　蕭瑜　學粹七卷三期
中國文字與中國文學　江擧謙　東海文藝季刊八期
中國話的特性　丁邦新　華文世界八期
中國語文的成熟與優美　穆超　新動力三十卷九期
中國語文的特性和趣味　王逢吉　國敎輔導十四卷二期
中國創世神話之分析與古史研究　張光直　民族學研究期刊八期
中國傳統傳記之面面觀　倪德衞著　張源譯　傳記文學二卷二期
布穀鳥兒童詩學季刊　林煥彰主編　布穀鳥出版社

弟子職用韻分析　方師鐸　東海圖書館學報六期
我如何踏入國學之門　林師尹　中國時報六十七年五月十六日
我是中國人——從實用比較觀點談中國語文　中華文化復興月刊十一卷四期
我們的想法與做法——傳記文學創刊詞劉紹唐　傳記文學一卷一期
我們傳統國文教學法系列——講唱教學法　王師更生　華文世界三十八期
我對於傳記文學的一些意見　毛子水　傳記文學一卷一期
兒童文學周刊（一至六輯）　馬景賢　張劍鳴　國語日報社
兒童文學與語文教學的關係　葉師詠琍　我國人文社會教育科際整合的現況與展望會前論文集I
兒童的歌謠　梁容若　中央日報民國四十一年十月廿九日
兒童詩的回顧與展望　趙天儀　國立編譯館館刊十二卷二期
兒童詩歌研究　林文寶　台東師專學報第九期
兒童歌謠與兒童詩研究　蔡尚志　嘉義師專學報十二期
風箏兒童詩刊　林加春主編　東益出版社
神話的意境　李亦園　中國時報民國六十七年五月十六日
神話跟兒童文學　林　良　中國語文二一五期
書評書目　洪建全教育文化基金會
現代中國傳記寫作　霍理齋　傳記文學二卷二期
從國字的演化與特性談國字的教學　張清鐘　教師之友二十三卷三期

國語及兒童文學研究　林　良　研習叢刊三集
笠詩刊　笠詩刊社
推廣古典詩歌・滋潤倫理親情　葉慶炳　中華文化復興月刊十五卷十二期
童詩歌謠的結合　林煥彰　中央日報民國七十一年十月二十一日
試論兒童詩教育(二)　林文寶　國教之聲十八卷四期
試論兒童詩教育(五)　林文寶　國教之聲十九卷一期
傳記・小說・文學　王夢鷗　傳記文學二卷一期
傳記文學與教育　居浩然　傳記文學二卷六期
傳記與文學　李辰冬　傳記文學一卷四期
傳記與傳記文學　杜呈祥　傳記文學一卷二期
傳統的語文教學　黃師錦鋐　華文世界三十八期
傳統觀念與習俗對孕婦的影響　周治惠　公共衞生九卷四期
漢字可用爲世界語　杜學知　自由青年五十八卷一期
語言的力量　趙友培　中國語文二四七期
歌謠周刊　北京大學　東方文化書局
論中國民謠之首見　洪澤南　中華學苑二十三期
談我國文字及其特質　李國良　中國語文三十二卷二期
談現代傳記文學之素質　徐　訏　傳記文學三卷一期

談脫離了語言的中國文字　朱文長　東方雜誌一卷六期
談童謠　馮長青　國教月刊二十二卷十一期
論傳記文學　程滄浪　傳記文學一卷三期
諷誦涵詠與語文教育　亦耕　中央日報民國七十年二月二十一日副刊
縮寫本「百科全書」——三字經　黃紹祖　孔孟月刊二十卷九期
顏之推與顏氏家訓　孟繁舉　中華文化復興月刊第十七卷一期
顏氏家訓彙注　周法高　中央研究院歷史語言研究所專刊四十
醫學家對胎教的建議　陳榜　中國儒聲一五七期

國家圖書館出版品預行編目資料

中國兒童文學研究

／雷僑雲著. --初版. --臺北市：
臺灣學生，1998 [民87印刷]
面； 公分
參考書目：面
ISBN 957-15-0909-4 (精裝)
ISBN 957-15-0910-8 (平裝)

1.中國兒童文學

859　　　　87013450

中國兒童文學

著作者：雷僑雲
出版者：臺灣學生書局
發行人：孫善治
發行所：臺灣學生書局
臺北市和平東路一段一九八號
郵政劃撥帳號〇〇〇二四六六八號
電話：二三六三四一五六
傳眞：二三六三六三三四
本書局登記證字號：行政院新聞局局版北市業字第玖捌壹號
印刷所：宏輝彩色印刷公司
地址：中和市永和路三六三巷四二號
電話：二二二六八八五三
定價 精裝新臺幣六八〇〇元
平裝新臺幣六〇〇〇元
西元一九九八年十月初版二刷

85902

ISBN 957-15-0909-4 (精裝)
ISBN 957-15-0910-8 (平裝)